Christoph Nußbaumeder

Das Herz von allem

Roman

Rowohlt · Berlin

1. Auflage

Originalausgabe
Veröffentlicht im Rowohlt · Berlin Verlag,
Kreuzbergstraße 30, 10965 Berlin, August 2025

Satz aus der Adobe Caslon Pro
bei Pinkuin Satz und Datentechnik, Berlin
Druck und Bindung GGP Media GmbH, Pößneck
ISBN 978-3-7371-0225-4

Kontaktadresse nach EU-Produktsicherheitsverordnung:
produktsicherheit@rowohlt.de

FSC www.fsc.org MIX Papier | Fördert gute Waldnutzung FSC® C014496

Wenn wir uns finden, so finden wir alles.

JACOB BÖHME

Als Georges Cuvier 1796 seine erste Vorlesung im neu eröffneten Institut National de France in Paris hielt, ahnte niemand von uns, was der junge Naturforscher herausgefunden hatte.

Cuvier referierte über Mammuts und Mastodonten, er wies nach, dass sie weder zur Spezies des Indischen noch des Afrikanischen Elefanten gehörten, sondern eine eigenständige Gattung bildeten. Diese Gattung sei mittlerweile jedoch ausgestorben. Er sagte tatsächlich ausgestorben. Cuviers Befund versetzte die Anwesenden in Empörung. Aussterben, das gab es nicht in ihrem Bewusstsein, es rüttelte an der Urangst des Menschen vor dem Nichts. Denn falls das mit diesen Tieren wirklich geschehen war, könnte es auch ihnen oder ihren Nachkommen irgendwann einmal widerfahren: das endgültige Verschwinden vom Erdball.

Die Leute glaubten fest an ein von Gott vollständig eingerichtetes Universum, dem nichts hinzugefügt und aus dem nichts entfernt werden konnte. Aussterben, das war ein Skandalon ersten Ranges. Und was nicht sein durfte, das konnte auch nicht sein. Gott hatte in der Genesis die Welt erschaffen, so wie sie sich uns offenbarte, und selbst in der nicht christlichen Hemisphäre war man sich seit Platon einig darüber, dass die große Kette der Wesen unverbrüchlichen Bestand habe und vom kleinsten Insekt bis zum gewaltigsten Geschöpf hinaufreiche.

Der junge Franzose stellte dieses schöpferische Prinzip indessen schonungslos infrage. Noch Jahre später war Cuvier als Wirrkopf verschrien, man warf ihm vor, nicht die redliche Wissenschaft zu vertreten, sondern eine krude Außenseitermeinung zu verkünden. Dabei hatte Georges Cuvier die Wahrheit ausgesprochen.

Da wir just im selben Jahr zu unserer Expedition aufbrachen, um in den Black Hills das American Incognitum zu finden, hatten auch wir keine Kenntnis von ausgestorbenen Tierarten. Niemand von uns hatte je davon gehört. Hätten wir dies gewusst, hätte es die Expedition vielleicht nie gegeben, und mein Leben wäre ganz anders verlaufen.

Die Ereignisse, über die ich schreibe, dokumentieren meine Reise ins «Herz von allem» als Aufbruch in eine fremde Welt und Rückkehr in eine neue Heimat. Seither sind vierzig Jahre vergangen, einige Dinge erkenne ich heute wesentlich klarer als damals, da ich vieles über das Land und seine Einwohner noch nicht wusste. Manches dagegen wird mir wohl bis zu meinem Lebensende rätselhaft bleiben. Die folgende Geschichte ist jedoch wahr, ich weiß es deshalb, weil sie mir so wirklich wie ein Traum erschienen war.

JOHN STONE, PHILADELPHIA 1836

Erster Teil

1. Ankunft in Amerika

Auf den letzten Meilen strahlte uns ein gelbliches Leuchtfeuer entgegen, zunächst sehr verschwommen, dann klarer mit allmählich schärfer werdender Kontur. Tränen stiegen mir in die Augen, mein Herz schlug wild, gleichzeitig fühlte ich mich erhaben, wie jemand, den weniger eine glückliche Fügung als eine göttliche Vorsehung hierhergespült hatte. Ich faltete die Hände, senkte mein Haupt und holte tief Atem.

Wie so oft während der vierzigtägigen Überfahrt stand ich an Deck der «Aurora», nur dieses Mal schon bevor die Sonne den Tag zurückgeholt hatte. Schließlich hob ich wieder meinen Kopf, und für einen Moment war mir, als träte ein riesiges Tier auf der Landzunge hervor und betrachtete mich mit schmalen, glimmenden Augen. Gleich darauf stach die Morgensonne die ersten Häuser aus dem Dunst heraus und machte den Hafen von New York kenntlich. Dutzende Passagiere polterten vom Zwischendeck herauf und drängten an die Reling, doch anstatt des erwarteten üblichen Radaus breitete sich eine knisternde Stille aus. Selbst die flegelhaftesten unter ihnen brachten keinen Ton hervor. Alle, wirklich alle staunten, manche mit offenem Mund, andere mit geschlossenen Augen, und niemand sagte für Minuten auch nur ein Wort. Vor uns lagen tatsächlich die Gestade der Vereinigten Staaten von Amerika.

All die Wochen über war ich wie berauscht gewesen; von meinen Gedanken, meinen Hoffnungen, vom Blick aufs Wasser, das mir in der Weite grenzenlos erschien, und ließe man sich hineinfallen, würde man wohl nie mehr aufhören zu sinken. An sonnigen Tagen tanzten Myriaden von Spieglein auf der Meeresoberfläche, die mir winzige Blitze zuwarfen. Mit jedem Tag auf hoher See wuchs meine Vorfreude auf die Ankunft in diesem jungen, verheißungsvollen Staat, während die alte Heimat, wo man die Ungerechtigkeit der Unordnung vorzog, in mir zerbröckelte wie morsches Holz.

Ich machte mir aber nicht nur Illusionen, sondern rechnete durchaus mit Enttäuschungen und Hindernissen – und dennoch: Ich erhoffte mir zumindest eine Insel des befristeten Gelingens, auf der Gerechtigkeit und Ordnung einhergingen, für nicht viel weniger als für die Länge eines Traums, der meine restliche Lebenszeit andauern sollte. Ich war damals dreißig Jahre alt und hatte bereits ein Leben hinter mir.

Der Dreimaster hatte schon eine Weile im Lee der Lagerhallen und Bootsschuppen geschlingert, bis uns endlich ein resoluter Kommandoruf die Genehmigung erteilte, an Land zu gehen. Schwere Taue sowie riesengroße Knäuel von Fischernetzen lagen verstreut auf dem Kai, an einer Bretterwand prangte unübersehbar die rot-weiße, mit fünfzehn Sternen besetzte Flagge der Vereinigten Staaten. Ich ließ die anderen Ankömmlinge an mir vorüberziehen, die den direkten Weg zu den Aufnahmequartieren einschlugen.

Oliver Hancock hatte mir in seinem letzten Brief mitgeteilt, dass er abseits des Piers bei den schmiedeeisernen Toren auf mich wartete. Sobald die «Aurora» in Sichtweite käme, würde ein Hafeninspektor einen Laufburschen nach ihm aussenden. Ich bräuchte mich nirgends anzumelden, alles sei bereits erledigt und in guten Händen. Ich solle lediglich meine Einreisedokumente griffbereit halten, beim Anblick seines Siegels würde man mich durchwinken, und ich könne davon ausgehen, zuvorkommend behandelt zu werden. Und in der Tat, nach der Kontrolle meiner Papiere wies mir ein freundlicher Herr von der staatlichen Behörde den Weg zum Hafenausgang.

Ich wand mich an aufgetürmten Gepäckburgen vorbei, ehe ich eine lang gestreckte Anlegestelle entlanglief, wo unter meinen Füßen der Unrat des Welthandels lag, Gewürzkrümel, Tee und Kaffeebohnen, zu Boden gefallene und zerquetschte Orangen und in fast regelmäßigen Abständen Lachen von Branntwein oder Essig, um deren Ränder sich dicke Fliegen sammelten. Am Ende der Lände begann der ansteigende Weg zu den Toren, der von dunkelroten Sandsteingebäuden gesäumt war. Meinen schweren Koffer schleppte ich abwechselnd mit der rechten und linken Hand. Auf einmal drangen grelle Stimmen an mein Ohr. Schräg gegenüber, vor einer Taverne, schienen vier Männer irgendetwas unter sich auszumachen. Sie standen im Halbkreis, und der lauteste schwenkte eine Flasche, als klopfte er seine Worte in die Luft, dabei geriet sein schmaler Körper arg aus dem Gleichgewicht. Die vier waren ziemlich heruntergekommen, wirkten ausgezehrt und gingen dennoch wüst miteinander um, offenbar waren sie schwer betrunken. Sie hatten alle eine dunkle Hautfarbe sowie pechschwarzes, nackenlanges Haar. Jetzt erst begriff ich, dass diese Männer amerikanische Ureinwohner waren. Ich hielt an, um mir ein genaueres Bild von ihnen zu machen, auch um Sprachfetzen aufzuschnappen, doch kaum stand ich still, zupfte mich jemand am Ärmel meines Mantels.

«Kommen Sie mit. Sie sind doch Mr Gottstein, Johannes Gottstein?»

Ich nickte dem Jungen zu, meine Augen wanderten aber sofort wieder zu den Ureinwohnern, von denen einer jetzt seinen Nebenmann anpinkelte, was bei diesem einen heftigen Wutanfall auslöste. Ich empfand es stets als rätselhaft, wenn schwächliche, im Grunde genommen bereits dem Tode entgegentaumelnde Menschen noch immer so viel Zorn aufbrachten. Als revoltierte ihre Seele noch ein letztes Mal vor dem Gang ins Jenseits. Die Indianer fingen an, sich gegenseitig zu stoßen, und der eben noch urinierende Bursche fiel dabei zu Boden, wobei sein Hosenlatz nach wie vor offen stand. Die anderen machten sich prompt einen Spaß und traten nach ihm wie nach einem Baumstamm, der mal da- und mal dorthin rollte. Der Junge ergriff nun mein Handgelenk und zog mich weg. Mit einer Stimme, die tiefer klingen sollte als seine normale Tonlage, appellierte er eindringlich an mich.

«Kommen Sie bitte mit, das sind sittenlose Wilde.»

Jetzt sah ich ihm zum ersten Mal ins Gesicht. Seine sommersprossigen Wangen glänzten im matten Sonnenlicht, seine bläulichen Augen waren von einem Schleier verhangen, aus ihnen sprachen aber auch Eigensinn und Aufsässigkeit. Er stellte sich als Kermit MacGowan vor, er sei von Mr Hancock geschickt worden, um mich abzuholen. Mr Hancock habe noch Geschäfte zu erledigen, würde mich aber am Nachmittag in der Herberge begrüßen. Die Worte purzelten schnell und schludrig aus ihm heraus, dann nahm er mir den Koffer ab, und wir trotteten schweigend zum Tor. Der Junge war zwar ein Schlaks, ein Hänfling mit geflickten Hosen, aber er war drahtig und augenscheinlich sehr kräftig, denn er trug mein Gepäck, ohne es auch nur ein einziges Mal abzusetzen. Über die Indianer verloren wir kein weiteres Wort. Mir fiel nur auf, dass er sich noch einmal nach ihnen umsah und einen giftigen Fluch ausstieß, den ich aber nicht verstanden hatte.

Bei der Kutsche, die mit zwei Pferden bespannt war, wartete der Fuhrknecht auf uns, ein Mann schätzungsweise um die vierzig, der den Namen Sidney trug. Es war das erste Mal, dass ich einem Schwarzen so nahe kam, ihm sogar die Hand schüttelte. Das allererste Mal hatte ich zwei Jahre zuvor welche in Frankreich gesehen, eine Schar Sklaven auf einer Baustelle, mit zerrissenen Kleidern und zerschundenen Leibern. Sidney war Olivers Hausdiener, er hatte einen sauberen, dunklen Zweireiher an, und ehe er mir die Tür öffnete, erkundigte er sich nach meinem Befinden und wie die Reise verlaufen sei. Anders als Kermit schien Sidney ein gefälliger Charakter zu sein, seine warme Ausstrahlung erleichterte umgehend mein Herz.

Während der Fahrt saß mir der Junge schweigend gegenüber. Nur manchmal schnalzte er leise mit der Zunge. Ich verbrachte die Zeit damit, Straßenszenen zu beobachten, denn in einer so großen Stadt war ich vorher noch nie gewesen, selbst München kam mir viel kleiner vor, von Basel und Zürich ganz zu schweigen. Die Kutsche klapperte über die Insel Manhattan, wir fuhren auf den Broad Way, passierten die Universität und die mit ihr verbundene Trinity Church, dann bogen wir auf die Wall Street, und ich sah die Federal Hall, wo sieben Jahre zuvor die «Bill of Rights» angenommen worden war. Von dort ging es auf die William Street, auf der wir eine Weile geradeaus fuhren. Hier war es nicht anders als in Europa: Sobald sich ein junges Jahr dem Frühling zuneigt, tummeln sich die Leute auf den Gassen. Ich sah viele Sklaven neben ihren Herren einhergehen, einige sahen arg gedrückt aus, anderen machte die Gefangenschaft, so mein Eindruck, weit weniger aus, sie wirkten gar stolz und würdevoll. Armut und Unfreiheit schienen in dieser Stadt keine Schande zu sein, Elend und Glanz nicht miteinander auf Kriegsfuß zu stehen. Bisweilen steckten wir für Minuten im Verkehrsgetümmel fest, die Kutscher schalten sich gegenseitig mit derben Schimpftiraden, sichelbeinige Kavalleristen, die zu Fuß unterwegs waren, schmetterten patriotische Lieder, Fisch- und Gemüsehändler fochten, so schien es, einen Wettstreit aus, wer am lautesten sein Angebot herauszubrüllen imstande war. Ich spürte eine Kraft, die alle diese vielen Menschen zu einer tatkräftigen Herde zusammengetrieben hatte. Die Passanten bewegten sich sehr schnell, als wären sie unentwegt bestrebt, auf den nächsten, vielversprechenderen Moment zuzulaufen. Ich sah aber auch Menschen in feinem Zwirn, Damen wie Herren, die mit gesenkten Häuptern über Plätze schritten, ihre Augen unablässig auf Handspiegel gerichtet, die sie vor sich hertrugen wie aufgeschlagene Gebetsbücher.

Alles war aufregend und neuartig, und ich konnte es nicht fassen, dass mich die Lotterie des Lebens tatsächlich hierher verschlagen hatte. Drei Jahre zuvor war ich noch ein verzweifelter Pfarrer gewesen, der sich mit Feldmessen ein paar Dukaten dazuverdient hatte, um sich die Flucht aus dem Kloster zu finanzieren, jetzt war ich plötzlich ein willkommener Einwanderer, dem man die Überfahrt von Le Havre nach New York bezahlt hatte und der nun mit einer Kutsche zu seiner Herberge chauffiert wurde. Ich lächelte Kermit an, doch der Junge nahm mich gar nicht wahr, er starrte mit leeren Augen vor sich hin.

Mrs Hunter, meine Kostwirtin, war eine äußerst elegante Erscheinung, sie nahm mich herzlich auf und servierte mir anschließend ein warmes, schmackhaftes Mahl in der dazugehörigen Schankstube; gesottenes Rindfleisch mit Kartoffeln, Bohnen und einen Becher Kaffee. Jetzt erst merkte ich, wie durchgefroren ich war. Mrs Hunter bemerkte dies ebenfalls, und mein Reisegestank war ihr sicherlich auch nicht entgangen, also setzte sie flugs Wasser auf, um mir ein heißes Bad anzurichten. Ihr Dienstbote, der trotz seines durchhängenden Kreuzes, als hätte er sein Leben lang schwere Steine schleppen müssen, flink und wendig war wie ein Flussotter, befüllte eilends einen Holzzuber im Waschraum.

Nach dem genossenen Bad ging ich die Stufen hoch auf mein Zimmer, das nicht nur sehr geräumig war – noch nie hatte ich einen so großen Raum für mich allein gehabt –, sondern auch vornehm eingerichtet, mit einem breiten Himmelbett und herrschaftlichem Mobiliar. Ich schlüpfte in mein Nachthemd und packte noch schnell meinen Koffer aus. Dabei fiel mir die kuriose Wirkungsweise der zwei Trumeaus auf, die hier einander gegenüberstanden. Wenn ich mich vor einen der Spiegel stellte, wurde mein Bild von zwei Spiegeln zurückgeworfen, dieses wieder vom ersten und so weiter, sodass ich mich in ewiger Wiederholung sah. In meinem Rücken schlug eine mächtige Standuhr zwölf Uhr Mittag. Ihr brauner Korpus war an den Leisten golden verziert, wie auch das Ziffernblatt hoch über meinem Kopf. Die Zeit schwebte also über mir, dachte ich umgehend. Möge sie auch auf meiner Seite sein.

Ein vehementes Klopfen weckte mich aus meinem bleiernen Schlaf. Ich riss die Augen auf, wusste aber nicht gleich, wo ich mich befand. Ich wunderte mich nur, warum nichts um mich herum schwankte und alles so ruhig war. In Gedanken sah ich das Unterdeck der «Aurora», wo sich zwischen Kojen, Waren und Gepäck meist Familien niedergelassen hatten, die sich oft zankten oder über irgendetwas klagten. Prompt vermeinte ich den Geruch von Kohl und Stall in der Nase zu haben. Obgleich ich mich nach weiterem Klopfen ruckartig aufrichtete und «Ja» sagte, dauerte es ein wenig, bis ich in der Lage war, die neue Umgebung zu erfassen.

Ich vernahm nun die Stimme Mrs Hunters, die mir durch die Tür mitteilte, dass unten in der Gaststube Gesellschaft auf mich wartete. Nun kam ich zu mir, bestimmt Oliver Hancock, dachte ich. Zwar war ich todmüde und spürte noch jeden einzelnen meiner Knochen, nichtsdestotrotz überwog die Vorfreude, ihn zu sehen. Ich bat Mrs Hunter, sie möge ausrichten, ich würde in zehn Minuten erscheinen. Die Uhr verriet, dass ich gut drei Stunden geschlafen hatte. Ich kleidete mich um und warf mir meinen Benediktinerhabit mitsamt dem Skapulier über, außerdem zog ich neue Stiefel an, die ich noch in Europa hatte machen lassen. Oliver sollte mich ruhig in meiner Mönchskutte zu Gesicht bekommen, schließlich bestand er ausdrücklich darauf, mich als Mann Gottes dabeizuhaben und nicht als Chronisten oder Astronom. Er hatte mich aus Gründen strenger Geheimhaltung nicht in seine genauen Pläne eingeweiht, aber ich wusste zumindest, dass es ins Landesinnere ginge, in die von der Zivilisation noch unberührte Wildnis. Vielleicht, so spekulierte ich, wollte er dort im Namen Gottes und im Dienst der Aufklärung Eingeborene missionieren, oder er beabsichtigte, einen geeigneten Ort zu finden, um eine neue Stadt zu erbauen. Ohne blutdurchtränktes Fundament, auf reiner Vernunft gegründet und im Geiste Jesu verwirklicht. Anhand seiner Andeutungen hielt ich derlei Dinge durchaus für möglich. Nun war ich sehr gespannt, worum es tatsächlich gehen würde.

Als ich den Saloon betrat, wo ich vorher noch alleine gespeist hatte, fand ich eine Schar Männer vor, die sich um den großen Tisch herumgruppiert hatte. Durch die Fensterscheiben drang eigentlich genug Licht herein, dennoch saßen sie bei

Kerzenschein. Oliver befand sich nicht unter ihnen, stattdessen erblickte ich Kermit, der mich aber einfach nur mit lauernden Augen anglotzte.

Ich grüßte scheu in die Runde, doch niemand äußerte sich, alle maßen mich von oben nach unten, ähnlich abschätzig, wie ich es aus deutschen Landen von den Mienen der Adeligen her kannte. Dabei machte dieser neunköpfige Haufen alles andere als einen blaublütigen Eindruck auf mich. Manche hatten sich schon die Nasen rot gesoffen, andere sahen aus wie graugesichtige Gauner.

«Ich habe eigentlich Mr Hancock erwartet», sagte ich in die aufgeladene Stille hinein.

«Wenn man irgendwo neu ist, sollte man sich erst einmal vorstellen. So ist es bei uns Sitte.» Der Mann, der dies von sich gab, sprach betont langsam und mit einer hellen Stimme, er trug einen Dreispitzbart und funkelte mich aus tief sitzenden Augen an. Instinktiv ging ich auf ihn zu, und mir stieg sofort ein abgestandener Maiglöckchenduft in die Nase, den er verströmte. Der Geruch des Todes, dachte ich auf Anhieb. Ich entschuldigte mich, verwies auf meine Müdigkeit sowie auf die ungewohnte Umgebung.

«Mein Name ist Johannes Gottstein, aber nennen Sie mich ruhig John, ich bin ein katholischer Pfarrer, wurde jedoch von meiner Abtei im Staat Kurpfalz-Bayern exkommuniziert. Die vergangenen zwei Jahre verbrachte ich in der Schweiz, wo ich zuletzt Redaktor einer Zeitung war. Dort habe ich auch Mr Hancock kennengelernt, vor gut einem Jahr. Er lud mich ein, ein Teil der Expedition zu werden. Nun bin ich hier.» Ich breitete die Arme aus und setzte ein ergebenes Lächeln auf.

«Gut gemacht, Pfarrer John», sagte der Dreispitz und schlug mir gönnerhaft auf die Schulter. Er stellte sich als Joe Scheider vor, ebenfalls deutschstämmig und von Beruf Arzt.

Dann nannte er im Uhrzeigersinn die Namen der anderen. Damals konnte ich sie mir nicht sofort merken, aber wenn ich heute die Runde vor meinem inneren Auge wachrufe, so war die Anordnung folgendermaßen: Paul Rickover, Jerome Drouillard, Tom Pueyo, Steven Twitty, Kermit MacGowan, Lawrence Wilkerson, Gustaf Billstrom und Jack Sullivan.

Ich fragte mich kurz, warum Mrs Hunter nicht zugegen war. Diese Leute waren der lebendige Kontrast zu ihrem schmuck eingerichteten Lokal.

«Mr Hancock wird schon noch kommen», ergriff nun Rickover das Wort direkt neben Scheider, über dessen linke Wange eine markante Narbe verlief. Er strich sich drei Strähnen aus seiner Stirn und setzte ein verschmitztes Lächeln auf. «Genehmigen Sie sich einen Whiskey und erzählen Sie uns noch ein wenig aus Ihrem bewegten Leben. Wo haben Sie die englische Sprache so gut gelernt?»

Ich wollte diese Männer mit einer gewissen Gewitztheit für mich gewinnen und bekundete, dass ein Deutscher dem Begriff nach jemand sei, der weder Latein noch Griechisch spreche, weshalb ich mir neben diesen beiden Sprachen die englische und die französische angeeignet habe, mit der Absicht, gewissermaßen das Gegenteil eines Deutschen zu werden. Als daraufhin niemand etwas erwiderte, schob ich hinterher, es sei mir ein dringendes Bedürfnis gewesen, nach meiner Schulzeit Englisch und Französisch dazuzulernen, um den Vereinigten Staaten wie auch Frankreich als den zwei Ländern der Revolution meine Hochachtung entgegenzubringen. Scheider kommentierte dies mit einem «Bravo» und klopfte mit den Fingerknöcheln auf den Tisch. Ich wusste allerdings nicht, ob er es spöttisch oder anerkennend meinte. Paul Rickover bemerkte lapidar, mein Englisch sei sehr gut, aber grausam anzuhören. Er wies mir einen Platz neben sich zu, und rasch hatte ich auch ein satt eingeschenktes Glas Whiskey in der Hand. Rickover hob das seine und sprach: «Auf unseren Gottesmann, möge ihm die neue Heimat wohl bekommen.»

Alle stürzten ihr Glas hinunter, also tat ich es ihnen gleich. Das Zeug war so scharf, als hätte man meiner Kehle Rizinusöl verabreicht. Es schüttelte mich, und ich keuchte wie ein heiserer Hund. Lautes Gelächter brandete über mich hinweg, am längsten und schallendsten lachte Rickover selbst, dergestalt, dass ich sein Gaumenzäpfchen immer noch sah, nachdem mein Hustenanfall schon wieder abgeklungen war. «Humor ist hier ein anderer Name für Religion», raunte er mir zu und schwang mir seine Pranke ins Kreuz. «Willkommen in Amerika!»

Alle schienen plötzlich heiter und aufgeweckt, wenn auch nicht unbedingt freundlicher mir gegenüber. Jack Sullivan, ein bulliger und – seiner schiefen Nase nach zu urteilen – auch streitlustiger Kerl, fragte mich, ob ich überhaupt reiten und rudern könne, ob ich Angst vor wilden Tieren und Indianern hätte oder ob ich mir vor unbekannten Monstern in die Hosen machen würde ... Er zog seine Augenbrauen zusammen und grinste mich fratzenhaft an. Was hatten diese Leute bloß gegen mich, fragte ich mich erschrocken. Mochte es damit zu tun haben, dass ich ein Katholischer war? Dabei war ich doch einer von ebendieser Kirche Ausgestoßener ... Ich goss mir Whiskey ein, leerte das Glas in einem Zug, worauf ich wieder husten musste, allerdings nur ein- oder zweimal.

Ja, gab ich schließlich zu, ich hätte Angst. Aber was sei schon meine Angst, verglichen mit der von Jesus in den Stunden vor seiner Kreuzigung. Gott erlege uns allen Prüfungen auf, und nur wer diese aufrichtig bestreite und durch alle Ängste hindurchgehe, werde wirklich frei.

Draußen vor der Tür schnalzte eine Peitsche, Pferde wieherten, Hunde bellten. Alle beäugten mich mit einem schalen Blick, als wäre ich ein Spinner. Scheider, der Arzt, räusperte sich und sagte, meine Antwort sei interessant, doch leider neigten viele Menschen dazu, sich zu überschätzen. Sich mit Christus zu vergleichen, sei jedenfalls sehr vermessen.

«Ein Beispiel an ihm nehmen und sich in Demut üben, das habe ich gemeint!», brach es aus mir hervor.

«Demütig kommen Sie mir nicht gerade vor», versetzte Rickover gallig, «was haben Sie überhaupt auf so einer Expedition zu suchen? Wir haben keinen Pfaffen nötig. Oder wollen Sie Gott in den Wäldern auf der anderen Seite des Mississippi finden?» Ich hörte, wie einige belustigt auflachten. Rickover lehnte sich behäbig zurück. «Nun, was haben Sie dazu zu sagen?»

«Nichts», sagte ich unwirsch, «nur so viel: Ich habe nicht vor – Gott sei gelobt –, ihn in der Wildnis zu suchen. Man erkennt Gott im Herzen, egal, auf welchem Boden man steht. Und ich wurde von Mr Hancock persönlich gebeten, als Geistlicher mitzukommen. Meine Anwesenheit ist ausdrücklich erwünscht, aus diesem Grund habe ich einen Ozean überquert und alles zurückgelassen, alles!» Ich spürte die Erregung in meiner Brust, mit zitternden Händen glättete ich meinen Habit. Aus dem Augenwinkel beobachtete ich, wie Scheider Sullivan ein Zeichen gab, worauf dieser unverzüglich das Wort übernahm.

«Schon mal nachgedacht, welche Gefahren für einen Kirchenmann in der Wildnis lauern? Bei manchen Stämmen gibt es Weiber mit Riesenbrüsten und solchen Ärschen, die scheren sich einen Dreck um deine Keuschheit oder Gelübde, die pflanzen sich einfach auf dich drauf und drücken dich platt.»

Wieder lachten sie, diesmal dumpf und räudig.

«Dort draußen», und Sullivan wies mit ausgestrecktem Finger nach Westen, wo die Sonne gerade glutrot hinterm Horizont versank, «da gibt es keine Friedhöfe. Wer umkommt, endet nicht in geweihter Erde, sondern als ein von Rothäuten Massakrierter oder als Mahlzeit in einem hungrigen Magen.»

Mrs Hunter kam aus der Küche in den Saloon getippelt und kündigte an, bald werde aufgetischt, Mr Hancock würde ebenfalls bald da sein. Kaum dass sie wieder verschwunden war, schwang auch schon die Tür auf, ein kalter Wind fegte durch den Raum und löschte das Kerzenlicht. Olivers Gesicht lag im Dunkeln, aber man konnte sehen, wie sich sein Mund zu einem breiten Grinsen ausdehnte. Er verharrte kurz im Türrahmen und lupfte seinen Hut, ehe er mit der ihm eigenen patrizischen Sicherheit eintrat. Ihm folgte ein bärtiger, mürrisch dreinblickender Mann. Er hatte zwar einen aufrechten Gang, doch ihm haftete etwas Schwerblütiges an, als spürte er die Zukunft in seinen Knochen. Nach ihm kam Sidney herein, der die Tür umgehend hinter sich zuzog und verriegelte.

Alle erhoben sich, und Oliver schüttelte reihum jedem die Hand. Ein verbindendes Ritual, das ich von einem Anführer noch nie gesehen hatte. Mir drückte er die Hand besonders lange, hieß mich herzlich willkommen. Er entschuldigte sich übertrieben, dass er mich nicht persönlich abholen hätte können. Er hoffe jedoch, ich sei gut empfangen worden, was ich schmallippig bejahte. Sodann nahm er auf einem grün gepolsterten Sessel Platz, den man aus einem Nebenzimmer für ihn herbeigeschafft hatte, und begann, mich mit Lobeshymnen zu übergießen, Sentenzen des Dankes und der

Wertschätzung prasselten auf mich ein. Er stellte mich als einen ehrbaren Illuminaten vor, ferner verwies er auf meinen heroischen Mut und berichtete davon, wie ich gegen die katholische Kirche aufbegehrt und daraufhin Flucht und Repressalien auf mich genommen hatte. Für die Expedition strich er explizit meine Nützlichkeit als Seelsorger heraus, der auch dazu berufen sei, die Letzte Ölung zu spenden. Ich geriet in Verlegenheit und war zu erschöpft, sie zu verbergen. Lobhudelei war mir seit jeher suspekt, aber in diesem Fall war mir völlig schleierhaft, wie ich seinen Vortrag einzuordnen hatte. Gerade noch wurde ich von seinen Leuten einem gehässigen Verhör unterzogen, nun kürte er mich vor ihnen zum Heiligen. Oliver bat mich, ein paar Worte an die Gruppe zu richten. Mir wurde heiß und kalt zugleich, die Adern pochten mir unter der Haut. Dabei hatte ich mich auf meine Vorstellungsrede vorbereitet. Ich wollte über die unausrottbare Sehnsucht nach Freiheit sprechen sowie über die Tugend der Zuversicht, die für solche Expeditionen unabdingbar sei – gleichwohl, es half nichts. Ich brachte kein Wort davon über die Lippen. Außerdem wusste ich nach wie vor nicht, wohin die Reise gehen sollte, vom Zweck ganz zu schweigen. Ich stand also auf und sagte mit gesenktem Blick: «Ich werde mich stets bemühen, euch ein vertrauensvoller Seelsorger zu sein. Und ich freue mich sehr, dabei sein zu dürfen.» Ich setzte mich wieder, mit dem kläglichen Bewusstsein im Nacken, versagt zu haben, doch Oliver klatschte in die Hände und sagte so etwas wie «Wunderbar, vielen Dank, John!».

Nach dem Essen – es gab das gleiche wie zur Mittagszeit – erteilte Oliver seinem bärtigen Begleiter das Wort. Er war Franzose und hieß Lucien Bodard. Die anderen kannten ihn bereits, allerdings nicht sonderlich gut, wie ich manchen

Äußerungen entnahm. Bodard saß ebenfalls in einem grün gepolsterten, aber etwas kleineren Sessel als Oliver. Seinen mürrischen Gesichtsausdruck hatte er nicht abgelegt, wie ein zusammengeknautschtes Laubblatt kauerte er auf seinem Platz und nickte einmal in die Runde, er gab sich insgesamt wenig Mühe, Anklang zu finden. Rickover hatte mir während der Mahlzeit erzählt, dass Bodard mit den Gegebenheiten westlich des Mississippi bestens vertraut sei, er sei ein unabhängiger Fallensteller, der bereits mehrmals in den Rocky Mountains gejagt habe.

Bodard ließ sich von Sidney eine Landkarte aushändigen, die er auf dem Tisch ausrollte. Die meisten hier, begann er, würden die Route bereits kennen, aber da wir heute zum ersten Mal vollzählig seien, wolle er allen noch mal den Plan erläutern. Lucien Bodard war unser Expeditionsleiter. Mir kam er von Anfang an vor wie einer, der wusste, wie man aus jeder Lebenslage unbeschadet davonkam.

Sein linker Daumen hing im Knopfloch seiner Weste, mit dem Zeigefinger seiner Rechten deutete er auf verschiedene Markierungen auf der ansonsten weitgehend unbeschriebenen Karte und gab dazu spärliche Kommentierungen ab. Alles in allem würde die Wegstrecke von New York aus rund eintausendsiebenhundert Meilen betragen. Bodard zeigte auf verstreute Handelsposten bis hinauf zum oberen Missouri, er verwies auf Siedlungen sowie auf einige Missionsstationen. Plötzlich hob er den Kopf und funkelte mich an.

«Pfarrer John, sollten Ihnen irgendwann die Kräfte versagen, laden wir Sie einfach auf einer Mission ab und sammeln Sie auf dem Rückweg wieder ein.» Halbherzig lächelte ich zurück, von den anderen äußerte niemand etwas, sie blickten erwartungsvoll zu Oliver, der aber so tat, als hätte er nichts gehört. Dann machte Bodard auf wichtige Streckenabschnitte aufmerksam. «In dem Bereich setzen wir über den Mississippi, und ungefähr hier wollen wir den Missouri überqueren.»

Zwischen den beiden Strömen erstrecke sich ein endloses Grasmeer voller riesiger Bisonherden. Er schwenkte seinen Finger weiter nach links. «Da ist der Gebirgszug, die Black Hills, den die Lakota Pahá Sápa nennen. Doch wirklich interessant wird es hier», sagte er nun mit einer verschwörerischen Note in der Stimme und kreiste mehrmals um einen kleinen Punkt, bevor er den Finger darauf absetzte.

«Hier ungefähr ist der Eingang zur Unterwelt. In dieser Gegend der Black Hills befindet sich das verborgene Tal, wo das Incognitum lebt.» Bodard richtete sich auf und wischte sich mit der Hand über den Mund. «Entweder wir finden den Höhleneingang selbst, oder die Lakota werden uns helfen, mit denen kann man gut kooperieren.»

«Aber wir haben nicht die Spur einer Chance gegen die und keine Garantie, dass sie uns nicht abmurksen.»

Die lallende Einlassung kam von Kermit, der sich dabei aufplusterte und leicht nach vorne kippte. Oliver schnappte nach Luft, Blut schoss ihm in den Kopf.

«Ich habe euch schon tausendmal gesagt: Wer dort draußen den Indianern friedlich begegnet, der muss nicht um sein Leben fürchten!»

«Genauso ist es», pflichtete ihm Bodard bei, «die Lakota sind zwar mächtig, wenn man ihnen aber Respekt entgegenbringt, wird uns nichts passieren.»

Bodard rollte die Karte wieder ein, während ich mich ernsthaft fragte, ob ich die Worte «Unterwelt» und «Incognitum» richtig vernommen hatte. Ich wagte aber keine Nachfrage, da ich mich nicht blamieren wollte. Für die anderen schien das Genannte jedenfalls nichts Ungewöhnliches zu sein. Auf einmal wurde ich von Kermit angerempelt, er hob schlaff die Hand und torkelte weiter zu seinem Stuhl. Jetzt kam er mir doch vor wie ein tumber Tunichtgut, wie jemand, dem das Leben arg mitgespielt hatte und der nun danach trachtete, das Erlittene dem Erstbesten heimzuzahlen. Rickover stand neben mir, und als hätte er meine Gedanken gelesen, meinte er, ich müsse nachsichtig sein mit den jungen Burschen. In einer Woche ginge es ins Ungewisse, da wollten sie jetzt noch einmal den Branntwein und die Sinnesfreuden auskosten, das sei normal, ein Geistlicher könne das wahrscheinlich nicht nachvollziehen.

«Doch, doch», wiegelte ich ab, nichts Menschliches sei mir fremd. Rickovers Umschwung ins Verträgliche war mir nicht ganz geheuer, gehörte er doch vorhin zu meinen drei Inquisitoren. Gleichwohl war er der Einzige aus der Gruppe, der sich überhaupt mit mir unterhielt.

«Was steckt eigentlich hinter diesem Incognitum, was suchen wir da?»

Halb belustigt, halb fassungslos sah mich Rickover an, kratzte sich am Hinterkopf und machte eine gedankenvolle Pause. «Das wissen Sie wirklich nicht ... Das Beste wird wohl sein, Sie fragen den Captain selbst.»

«Mr Hancock wollte es mir nach meiner Ankunft mitteilen, aber er hat es wahrscheinlich vergessen ...»

Rickover nickte leidlich. «Wahrscheinlich», sagte er tonlos, «so wird es sein.»

Dann bat Oliver noch einmal um unsere Aufmerksamkeit, er wirkte nun herrischer und kein bisschen mehr jovial wie noch vor dem Essen. «Die meisten wissen es, aber damit es keine Missverständnisse gibt, habe ich einen Strafkatalog verfasst, der sich nach den Regeln der Armee richtet.»

Er begann mit der Aufzählung der Vergehen, zu denen

Dinge gehörten wie: aufrührerisches Reden, Diebstahl oder Befehlsverweigerung. Die Bestrafung erfolge durch Peitschenhiebe, die Sidney ausführen werde.

«Die wichtigste Regel muss ich euch eigentlich nicht sagen, weil sie wirklich jeder kennt, trotzdem noch einmal für alle: Die Expedition ohne meine Zustimmung zu verlassen, ist nur möglich mit den Füßen voran oder mit den Beinen in der Luft.» Daraufhin johlten manche mit kehliger Stimme, andere stießen spitze Töne aus.

«Was meint er damit, was heißt das?», flüsterte ich meinem Nebenmann zu, in Erwartung, Rickover würde mir antworten. Dann erst drehte ich mich zur Seite und gewahrte statt seiner Bodard. Er bemerkte meine Irritation, sagte aber nur trocken: «Hinrichtung, entweder durch Erschießen oder durch den Strang. Die meisten von denen waren beim Militär, für die ist das nichts Neues.»

«Für mich auch nicht, ich war im Kloster», entgegnete ich ihm ebenso trocken. Bodard zog seine Mundwinkel in die Breite, seine Augen blitzten.

«Im Übrigen wollte ich mich bei Ihnen entschuldigen für die unnötige Spitze von vorhin, die Sache mit der Mission …»

«Welche Spitze?», erwiderte ich mit gespielter Arglosigkeit, «ich kann mich an nichts erinnern.»

Er drückte mir die Hand und dankte es mir mit einem achtungsvollen Blick. Ich registrierte, dass uns Oliver beobachtete. Wenig später teilte er mir mit, dass er mich am übernächsten Tag für eine lange Unterredung auf seinen Landsitz erwarte. Danach ging ich schlafen, und so endete mein erster Tag in Amerika.

2. Behemoth

Ich war froh über den Ausflug aufs Land, nicht zuletzt, weil Mrs Hunter von akuten Fällen von Typhus in der Nähe der Unterkunft berichtet hatte, was mich doch etwas beunruhigte.

Sidney kutschierte mich in aller Frühe zu Olivers Landsitz nach Greenburgh, einem Dorf, gut zwanzig Meilen nördlich von New York, in einem Seitental am Ufer des Hudson gelegen. Kurz hinter der Stadtgrenze erstreckten sich weite Ackerflächen, die teilweise von schmelzenden Schneetupfern bedeckt waren. Noch zeigte sich kein grüner Halm zwischen den glitschigen Erdkrumen, nur ein paar Maisstrünke vom Vorjahr waren hie und da liegen geblieben. Noch nie vorher hatte ich so viel weite Flächen ohne jegliche Bebauung gesehen. Am Himmel entdeckte ich einen Schwarm Möwen, der unsere Kutsche begleitete. Wie durch unsichtbare Fäden verbunden hielten die Vögel einen gleichmäßigen Abstand zueinander, wobei ihre Formation einem riesigen Gabelkreuz glich. Ich grübelte eine Weile, welche Bedeutung ihm die kirchliche Heraldik beimaß, konnte mich aber nicht mehr daran erinnern. Das Interesse der Möwen an uns währte nur kurz, sie landeten am Ufer des Hudson River, während wir den Strom entlang weiter nach Norden fuhren in ein Gebiet namens Tappan Zee. Nach dem gestrigen Regentag floss der Hudson so schnell wie ein bergab rumpelnder Karren. Der Wind blies trocken und strömte kalt durch die Ritzen. Ich begann zu frösteln, als wäre ich wieder auf der «Aurora».

Vor meinem inneren Auge schien das miterlebte Elend der Überfahrt auf. Ein wahrlich wesensechtes Elend, denn das Wort bedeutet im Deutschen ursprünglich die Fremde. Die von Seekrankheiten, von Verstopfungen, Scharbock und dergleichen Gepeinigten starrten mich erneut an. Ihre Beschwerden rührten von alten und äußerst scharf gesalzenen Speisen, auch von unreinem Wasser, wodurch einige jämmerlich verendeten. Deren Leichen wurden unter Wehklagen ihrer Angehörigen ins Meer versenkt. Manch andere fluchten unentwegt oder wünschten sich wieder nach Hause zurück. Welch Wunder eigentlich, dass ich die Überfahrt unbeschadet überstanden hatte. Erst jetzt, nach zwei Tagen an Land, kam mir dieser Gedanke, und ich fing an zu beten. Formeln des Dankes und der Demut, die ich bedächtig, nahezu vorsichtig murmelte, als würde mir sonst Flüssigkeit von den Lippen tropfen und meine Kleidung nässen.

Als ich die Augen wieder öffnete, sah ich die ersten Amerikaner außerhalb von New York. Auf den Feldern standen viele Männer in gebeugter Haltung und traktierten die Erde mit Spaten, Rechen und Eggen, um den feuchten, teils schlammigen Grund auf die Aussaat vorzubereiten.

Oliver hatte die Residenz erst voriges Jahr umbauen und erweitern lassen, hauptsächlich während seines letzten Europaaufenthalts, wie mir Mrs Hunter am Vorabend auseinandersetzte. Zu dieser Zeit hatte ich Oliver kennengelernt. Natürlich war mir damals bewusst gewesen, dass er begütert sein musste, über das Ausmaß seines Reichtums hatte ich mir allerdings keine Vorstellungen gemacht. Olivers Familie, so Mrs Hunter, gehöre zu den einflussreichsten Latifundienbesitzern im Staat New York. Sie hätten schon lange vor der Unabhängigkeit etliche Parzellen ihrer Ländereien an Farmer verpachtet. Die Hancocks, erzählte sie mir, kamen aus dem katholisch dominierten englischen York, der nördlichsten Stadt des einstigen Römischen Reichs, und siedelten sich im siebzehnten Jahrhundert in New York an, nachdem die Engländer den Holländern die Macht entrissen hatten. In Amerika konvertierten sie in zweiter Generation zum Protestantismus, obwohl sie ursprünglich davor geflohen waren. Auf meine Frage, wie sich die Familie vor gut hundert Jahren so viel Land aneignen konnte, wusste Mrs Hunter keine Auskunft zu geben, sie reagierte darauf, als haftete meinem Interesse etwas Unbotmäßiges an. Stattdessen hob sie hervor, dass das Erdreich im Hudsontal leicht und lehmig sei, ideal für Getreide aller Art. Inzwischen kontrollierten Oliver und sein älterer Bruder Andrew über zwanzig Meilen Land. Die beiden gehörten zu derjenigen Elite, die gebildet und belesen war und die sich beständig mit den neuesten wissenschaftlichen Erkenntnissen vertraut machte. Ich wusste bereits, dass Oliver Mitglied einer Freimaurerloge war und einen Abschluss von der Yale Universität hatte, nun erfuhr ich auch, dass er sich neuerdings an der Entwicklung einer Baumwollentkörnungsmaschine beteiligte und Sozius einer Waffenschmiede war, zudem wies er offenbar enorme ökonomische Kenntnisse auf, was ihn dafür prädestinierte, erfolgreich an der New Yorker Stock Exchange zu handeln. Für eine unbestimmte Zeit ging er nun in Vakanz. Die laufenden Geschäfte würde er seinem Bruder überantworten, der Anwalt war und eine politische Karriere in der Föderalistischen Partei anstrebte. All dies erzählte mir Mrs Hunter voller Stolz. Es war der Stolz einer Frau, die sich als verlängerter Arm eines bedeutenden Mannes sah und sich als seine Pächterin im Anspruch besonderer Privilegien wähnte. Welchen Zweck die Expedition hatte, konnte oder wollte sie mir jedoch nicht mitteilen. Auch hier vermittelte sie mir den Eindruck, die Frage danach sei unangebracht.

Der Erfolg war Oliver offenbar auf ganzer Linie beschieden. Meine bisherigen Erfahrungen mit ihm ließen auch kaum einen anderen Schluss zu. Bereits nach unserer ersten Begegnung schien mir, dass er nie das naheliegende Machbare, sondern stets das fernliegende Utopische verwirklichen wollte. Derlei Pioniercharakter war mir selbst nicht in die Wiege gelegt worden. Erzogen im Geiste deutscher Untertänigkeit, wurde ich gänzlich anders in die Welt gepflanzt. Im Schatten der Observanz war man in Duldungsstarre gehalten und von Schuldgefühlen durchsetzt. Oliver dagegen hatte Ansehen und Zuspruch offenbar mit der Muttermilch aufgesogen.

Ich wollte gerade in mein Schlafzimmer gehen, da wandte sich mir Mrs Hunter mit vertraulicher Miene zu. Sie legte ihre Hand auf meine und bat mich darum, für Mr Hancock beständig zu beten und ihm allzeit ein schützender Begleiter zu sein. Ich horchte auf und versicherte ihr, dass ich dies gerne tun werde, räumte allerdings ein, dass Oliver gegen die Fährnisse der Wildnis wohl besser gewappnet sei als ich selbst, und er sei, so mein Eindruck, alles andere als ein leichtsinniger Mann. Sie hielt kurz inne, ehe sie sich bedächtig räusperte. «Mr Hancock ist jemand, der immer wieder mit den Dämonen des Versagens zu kämpfen hat.» Sie fügte hinzu, sie wisse nicht genau, woran dies liege, aber vielleicht trage er gerade deshalb diese brennende Leidenschaft in sich. Ein verstocktes Lächeln huschte über ihre Lippen. Ich fragte, ob sie zumindest eine Vermutung habe, woher seine Dämonen rührten. Möglicherweise, sagte sie zögerlich, habe es damit zu tun, dass er als kleines Kind seine Mutter verloren hat. Diese sei eines Tages plötzlich unauffindbar gewesen. Gerüchte und Spekulationen gab es zuhauf, aufgeklärt habe sich ihr Verschwinden nie. Manche vermuteten einen Freitod, andere brachten einen Liebhaber ins Spiel, mit dem sie nach Südamerika durchgebrannt sei. Sie nahm mir das Versprechen ab, mit niemandem darüber zu sprechen.

Ich fand diese Wendung erstaunlich und war überrascht, dass ausgerechnet Oliver mit Dämonen zu kämpfen habe. Dabei erkannte ich damals schon an seiner Stimme, dass sämtliche Schwingungen in ihm wirkten, und insgeheim schwante mir, dass dies zu inneren Kollisionen führen könne.

Nach der Mittagsstunde erreichten wir unser Ziel. Der Wind zerstreute Olivers Begrüßungsrufe, und ich musste beim Aussteigen aus der Kutsche meinen Hut festhalten, um ihn nicht auf Nimmerwiedersehen zu verlieren. Jetzt bemerkte ich die ganze Pracht der zweigeschossigen Landvilla, insbesondere ihre vorgelagerten dorischen Säulen am Eingang, zwischen denen sich Oliver aufgebaut hatte und mich nun zu sich winkte. Eine Architektur mit unverkennbar antiken Anleihen. Die Villa stand aber nicht allein auf freier Flur, sondern war Teil einer Plantage, bestückt mit gemauerten Nutzungsgebäuden; dazu gehörte ein Milchhaus, ein Fachwerkstall und eine Scheune, außerdem gab es noch ein Quellhaus sowie eine große Mühle für Gerste, Weizen und Mais.

Mit dem parolenhaften Befund «Der Wind weht nach Westen» begrüßte er mich auf den Stufen vor dem Portikus und umarmte mich, was mich in Verwunderung versetzte, denn für gewöhnlich umarmten sich Männer nicht in meiner Heimat.

«Ein Zeichen, endlich aufzubrechen, meinst du nicht auch?»

«Wie könnte es anders sein?», pflichtete ich ihm bei, worauf er ein begeistertes Lachen ausstieß und mich abermals herzte. Nun bemerkte ich erneut, welch wohlgeratener Mann er doch war. Groß gewachsen und mit einem ebenmäßigen Antlitz, einer geraden Nase und hohen Wangenknochen. Bis auf die zwei Furchen zwischen den Nasenflügeln und den Mundwinkeln erschien das Aussehen dieses dreiunddreißigjährigen Junggesellen geradezu makellos.

Im Haus nahm mir ein Bediensteter sofort den Mantel ab, und Oliver führte mich die halbkreisförmige Treppe hoch, geradewegs in einen Salon, den er Unterhaltungsraum nannte und von denen es offenbar zwei in der Villa gab. Das Zimmer maß bestimmt sieben mal sieben Meter und war über drei Meter hoch. Der Plafond war schneeweiß gehalten, auf den Wandtapeten überwog ein hellgrüner Pastellton, aus dem dezent goldene Fäden hervorschimmerten. In einem hellen Winkel entdeckte ich eine auf einem Sockel stehende Marmorbüste. Ich nahm sie von Nahem in Augenschein, es war das Abbild eines Jünglings, sein Gesicht war vollkommen symmetrisch und mit hoher Kunstfertigkeit gearbeitet. Kurz fragte ich mich, ob sich Oliver selbst darin verewigt sehen wollte, denn manche Züge glichen den seinen.

«Das ist Antinoos», erklärte er.

«Der aus der Odyssee?»

«Nein, Gott bewahre. Dieser Antinoos war der Gefährte von Kaiser Hadrian.»

Ich hatte von dieser Gestalt noch nie gehört und machte ein beschämtes Gesicht.

«Keine Berühmtheit», lächelte Oliver. «Es ist leider kein Original aus der Römerzeit, sondern eine Nachbildung.»

«Und was hat es mit ihm auf sich?»

Oliver räusperte sich, wahrscheinlich hatte er nicht erwartet, dass sich jemand dafür interessierte. «Antinoos soll von einem Sterndeuter erfahren haben, dass durch seinen Freitod dem Kaiser die ihm noch verbleibende Lebensspanne zugeschlagen wird. Daraufhin soll er sich das Leben genommen haben, indem er sich in den Nil gestürzt hat.»

«Und, hat es sich eingelöst, ist der Kaiser alt geworden?»

«Ehrlich gesagt weiß ich das nicht. Hadrian war aber von der Aufopferung seines Freundes so überwältigt, dass er ihn zur Gottheit erklärt hat. – Mich fasziniert das. Wenn es doch nur mehr solch treues Personal gäbe», sagte er feixend, ehe er mich mit einer Handbewegung an eine ausladende Eichentafel bat. Auf der Tischplatte erstreckte sich eine Landschaft aus Büchern – manche aufgeschlagen, andere gestapelt –, Notizblättern, Skizzen und Landkarten. Oliver rieb sich die Hände, in seinen Mundwinkeln saß ein triumphales Lächeln.

«Nun, John, lass uns über das Wesentliche sprechen ... So wie man früher nach dem *Stein der Weisen* gesucht hat, wollen wir nach dem *Tier der Freiheit* fahnden. All diese Aufzeichnungen bezeugen seine Existenz.» Als wollte er dem letzten Satz Nachdruck verleihen, schlug er auf eine alte Handschrift, worauf ein paar Staubkörner in die Luft wirbelten. Ich wusste nicht, ob er mich auf den Arm nehmen wollte und was all dies genau zu bedeuten hatte, daher fragte ich einfach: «Was meinst du damit?»

Seine tagblauen Augen weiteten sich, und er trat dicht neben mich. «Wir werden nächste Woche aufbrechen, um das Monster zu suchen, das American Incognitum.»

Draußen klarte es auf. Ein Bündel Sonnenstrahlen brach sich im Reliefglas der oberen Fensterreihe, fiel auf Olivers Haupt und verlieh seinem braunen Haar einen rötlich warmen Schimmer.

«All diese Schriftstücke habe ich in den letzten Jahren zusammengetragen, sie beweisen eindeutig, dass das größte Tier der Welt, eine Art amerikanisches Mammut, tief in den westlichen Wäldern existiert.» Ich machte wohl keine allzu beeindruckte Miene, denn Oliver schob mit dunkel raunender Stimme hinterher: «Wir haben die Mythen, wir haben Zeugen, und wir verfügen über Knochenfunde.» Er sah mich erwartungsvoll an, ich wusste allerdings nichts zu erwidern, in meinem Kopf schwirrten die Begriffe, ich vermochte vor allem nicht zu entschlüsseln, weshalb das *Tier der Freiheit* ein Monster sein sollte.

«Das ist interessant, sehr interessant», sagte ich schließlich verhalten, «aber was soll sich ein einfacher Pfarrer wie ich darunter vorstellen …»

«Du bist kein einfacher Pfarrer, sonst wärst du nicht hier. Sag mir lieber, was du denkst!»

Ohne meine Antwort abzuwarten, wandte sich Oliver von mir ab und ging zur Tür, wo ein Seilzipfel aus der Wand herauslugte, an dem er zwei-, dreimal zog. Dies setzte offenbar einen Mechanismus in Gang, denn es dauerte keine Minute, ehe uns ein junger Bursche eine Kanne Tee und Gebäck auf einem rollenden Tischlein servierte. Wir nahmen am anderen Ende des Zimmers auf zwei geflochtenen Sesseln Platz. Schweigend aßen wir eine Weile von den Keksen, wobei sich Oliver jedes Mal gleich zwei Stücke in den Mund stopfte.

«Du bist doch ein bibelkundiger Mensch, John», sagte er plötzlich schmatzend mit versöhnlicher Stimme. «Dann weißt du bestimmt auch, dass bei Hiob von Behemoth berichtet wird, dem Landungeheuer, als Gegenpart zu Leviathan, dem Seeungeheuer, so wie es auch bei Thomas Hobbes steht.»

Ich nickte vorgeblich wissend, in Wirklichkeit wusste ich nicht mehr genau, was es mit Behemoth im Alten Testament auf sich hatte, und Hobbes hatte ich nicht gelesen. Vielmehr kam mir die Apokalypse des Johannes in den Sinn, dessen 13. Kapitel. Und derlei Tierwesen, das wusste ich aus der griechischen Mythologie, stehen oft am Anfang mythischer Schöpfungen. Oliver war aber ohnehin nicht daran interessiert, mir seine Deutung der Verse darzulegen oder gemeinsam Bibelexegese zu betreiben. Die Sache an sich – nichts Geringeres als die Existenz des Monsters – schien unbestreitbar für ihn.

In vielen der großen Schriften aus der christlich-mosaischen Tradition, so erläuterte er mir, wie eben der Bibel, dem Talmud oder den Apokryphen wimmele es von chimärischen Bestien mit teils zwar unterschiedlichen Namen und Zuschreibungen, dennoch drehe es sich seiner Überzeugung nach bei den Landungeheuern unzweifelhaft um ein und dasselbe Tier, nämlich um das Mammut. Das American Incognitum, ebenfalls zu dieser Spezies zu zählen, sei hingegen noch größer; es handle sich um ein riesiges Raubtier, das Wildschweine und Hirsche zwischen seinen Fängen zu zermalmen vermöge. Weshalb das Ungeheuer nicht mehr in der Alten Welt existiere, habe einen ganz und gar plausiblen Grund: und zwar die Sintflut, das gewaltige Wasser nach dem endlosen Regen, dem nur Noah auf seiner Arche zu entkommen wusste, da Gott ihn gewarnt hatte.

«Noah galt den meisten als Spinner, sie haben ihn verhöhnt – bis eines Tages der Regen kam.» Er lachte beherzt. «Wie gern hätte ich ihre Gesichter gesehen. Noah hatte jedenfalls von jeder Tierart ein Paar. Nur die Mammuts, stell ich mir vor, waren viel zu groß für sein Schiff, er konnte sie nicht retten … Nun, ich weiß nicht, wie es wirklich war. Ich bin mir nur sicher, dass diese Viecher der Sintflut zum Opfer gefallen sind, die es bei uns, in der Neuen Welt, nicht gegeben hat. Und genau deswegen müssen sie hier sein!»

«Das verstehe ich wohl», begann ich ruhig, prompt fiel mir Oliver mit erhobenem Zeigefinger ins Wort.

«Und nicht nur die Schriften der Alten Welt bezeugen meine These, ich habe Kenntnis von Legenden, in denen von Ungeheuern die Rede ist. Vor allem aber kennen wir Lakota, die das Incognitum schon gesehen haben, und zwar in einem heiligen Gebiet, in einem abgeschiedenen Tal, das man nur über einen Höhleneingang erreichen kann. Denn die Bergkämme drum herum sind für Menschen unüberwindbar.»

Nun begriff ich, was Lucien Bodard zwei Tage vorher mit dem Eingang zur Unterwelt gemeint hatte. Es handelte sich also um einen Höhlengang, der durch oder unter ein Bergmassiv hindurchführt.

«Hat Bodard selbst die Tiere je gesehen? Ich frage nur, weil diese Ungeheuer doch sehr gefährlich sind, und der Franzose scheint mir die Gefahr recht gut einordnen zu können.»

«Ihre Gefährlichkeit ist in der Tat eine Herausforderung. Du kannst aber davon ausgehen, dass wir ausreichend bewaffnet sind, und meine Männer haben hervorragende Jagd- oder Gefechtserfahrungen.»

Damit wusste ich zwar Bescheid, wie man dem Biest begegnen wollte, meine eigentliche Frage hatte er aber nicht beantwortet, ob nämlich Bodard des Monstrums je ansichtig geworden sei. Mir schien es unratsam nachzufragen, denn die kleinste Skepsis, das spürte ich, konnte bei ihm die Schleuse zur Unausstehlichkeit öffnen.

«Mich würde noch interessieren, warum du die Tiere finden willst? Allein schon die Reise ist gepflastert mit vielen Gefahren …»

«Warum? Du willst wirklich wissen, warum?!», ereiferte er sich und schnellte aus seinem Sessel hoch. «Das Incognitum zu finden wäre eine Weltsensation, wir würden in die Geschichte eingehen! Wir hätten das größte Tier der Erde, das größte Tier an Land, das versteht doch jedes Kind!»

Wieder nickte ich verständig, während ich ihn diesmal mit einer Mischung aus Verblüffung und Erschrockenheit anglotzte. Es war ja nicht so, dass ich Olivers Faszination für das American Incognitum nicht nachvollziehen konnte, aber warum musste man es mit einer so kleinen Gruppe in über eintausendsiebenhundert Meilen Entfernung suchen, in einer Gegend, die kaum je ein Weißer zuvor betreten hatte? Wieso sollte ich dafür mein Leben aufs Spiel setzen? Und warum sollte ich als Geistlicher einem Ungeheuer nachjagen, das dort möglicherweise gar nicht existierte? Ich war nach Amerika gekommen, um an guten Entwicklungen mitzuwirken. Doch nun musste ich mich von einem weltlichen Waghals belehren lassen, Noah hätte auf seiner Arche keinen Platz für ein Mammut-Paar gehabt ... Herrgott im Himmel!

Oliver hatte stets betont, dass zwischen Freimaurern und Illuminaten kein signifikanter Unterschied bestehe. Beide Bünde würden an vorderster Front der Aufklärung kämpfen mit lediglich unterschiedlichen Methoden und anderen inhaltlichen Ausrichtungen. Die Zielsetzung sei jedoch dieselbe. Ich selbst vermochte damals nicht und vermag immer noch nicht, dies zu beurteilen. Ich kann nur über den Orden der Illuminaten Zeugnis ablegen, wurde ich doch gleich zu Beginn meiner Universitätslaufbahn Mitglied des verbotenen Bundes. Dem Orden wurden zahlreiche Vergehen gegen die Obrigkeit vorgeworfen, dabei hatten wir zu meiner Zeit nie vor, etwas gegen den Staat, das Christentum oder gegen die guten Sitten zu unternehmen, es ging allein um die Erneuerung der Institutionen im Lichte der Aufklärung.

An dieser Stelle muss ich etwas ausholen. Der Begriff Illumination stammt eigentlich von Augustinus. Für ihn erreicht der Mensch das Wissen über die Essenz des Lebens durch die Erleuchtung des Verstandes. In einem solchen Moment der Erleuchtung, so der Kirchenvater, werde dem Verstand die Wahrheit offenbart. Illumination sei jedoch nicht zu verwechseln mit Ekstase oder Verzückung, sie ist im Grunde nur eine Steigerung der Reflexion, auf dass man die Wahrheit frei vom Gang der Gedanken erkenne. Alles, was in diesen Zustand führe, setze die Reinheit des Herzens voraus.

In den Minervalversammlungen der Ingolstädter Illuminaten begnügten wir uns vor allem damit, der Lust des Selbstdenkens nachzugeben. Ich erhielt den Ordensnamen Moses (Mose ist der «Mann des Wortes»), und mit vierundzwanzig wurde ich zum Illuminatus minor initiiert. Von da an verbrachte ich viele Abende im Zirkel wichtiger Mitglieder. Für mich war es auch der Zutritt in gehobene Kreise, wo man die behagliche Untätigkeit zu genießen wusste. Ausflüge nach München schlossen sich an, Abende im Schauspielhaus, Besuche in der Bildergalerie, und nicht unerheblich: Ich machte dort die Bekanntschaft mit anderen Illuminaten und deren Freunden, wie etwa mit Fabian Goller aus Zürich. Goller sollte mir ein paar Jahre später, als ich in Zürich für dessen Zeitung arbeitete, Oliver Hancock vorstellen. Der Verleger war Mitglied einer schweizerischen Freimaurerloge und hatte so Oliver kennengelernt, der wiederum einer New Yorker Loge angehörte.

Oliver eignete etwas Joviales, und er versprühte eine pionierhafte Begeisterung, für ihn schien es keine gedanklichen Grenzen zu geben. Allerdings wehte durch manche seiner Aussagen auch ein eisig deterministischer Hauch. Er hatte Gefühle und Innenleben zu einem menschlichen Defekt erklärt, was mich etwas stutzig machte, doch ging ich seinerzeit davon aus, er hätte dies nur im Scherz gesagt. Von bedeutender Relevanz für unsere Annäherung war eine Unterredung über die menschliche Natur mitsamt der Frage, was den Menschen gut oder böse werden ließe. Meine Einschätzung dazu lautete damals in etwa folgendermaßen: «Der Mensch ist nicht per se gut oder böse, klug oder dumm. Es sind oft nur die Umstände, die ihn zu dem einen oder dem anderen Verhalten geleiten. Nicht selten sind es dabei selbst verschuldete Umstände, auch bei jenen, die klaren Verstandes sind. Einer dieser selbst verschuldeten Umstände ist der Korpsgeist mancher Gruppen, die all ihre Mitglieder dazu treiben, sich selbst zu Konformisten zu machen, also lieber um der ungetrübten Stimmung wegen gemeinsam um das Goldene Kalb einer annehmlichen Lösung herumzutanzen, anstatt zu fragen, ob denn diese Lösung überhaupt die beste sei. Der Mangel an nicht konformen Ideen ist die Nahrung der Überheblichkeit. Die wiederum ist der Vater des fatalen Fehlers, und der wiederum ist die Mutter der Katastrophe.» Nachdem ich dies zu ihm gesagt hatte, fing er an, um mich zu werben, euphorisiert, einem Mann Gottes wie mir begegnet zu sein, der in der Lage war, wirklich kritisch zu denken.

Ich versicherte Oliver, dass es wahrlich eine Weltsensation wäre, das Incognitum zu finden, doch als Freimaurer, der er nun einmal sei, wüsste ich gerne von ihm, welch aufklärerischen Nutzen die Entdeckung habe.

«Auf welche Weise ist es uns denn für die gute Sache dienlich? Oder anders gefragt: Welchen Nutzen hätte es für die Demokratie und die Freiheit, wenn wir des Behemoths habhaft würden?»

Oliver blickte mich beifällig an. «Das ist eine sehr gute Frage. Genau für solch findige Gedanken habe ich dich geholt. Die Antwort ist nämlich unser Ziel.»

Ich fühlte, wie sich meine Stirnfalten kräuselten, denn ich hatte keine Ahnung, was er meinte. «Denk ruhig nach», sagte Oliver vergnügt, gleich darauf klatschte er in die Hände und eilte zielstrebig zur Tür. «Komm mit, ich muss dir was zeigen.»

Wir spazierten über das weitläufige Gehöft, wo ein reges Treiben herrschte. Von irgendwo drangen hämmernde und sägende Geräusche. Ein paar Kinder scheuchten eine Schar Ziegen, Holzknechte kamen gerade mit einem mit Brennholz beladenen Ochsenkarren an. Nahe der Mühle standen mehrere Wagen, auf die Arbeiter Säcke schichteten. Unter ihnen erblickte ich Kermit, der hin und her hastete wie ein Hirtenhund. Wie alle anderen hatte er ein graues Hemd an, aus einer dicken, groben Wolle gemacht. Schließlich sah er mich, worauf ich etwas zögerlich meine Hand zum Gruß hob. Aus seiner Körperhaltung wich die Anspannung, etwas Freundliches zeigte sich in seinem Gesicht. Das scheue Lächeln wich aber schnell von seinen Lippen. Er hielt sich ein Nasenloch zu und jagte aus dem anderen einen Rotzklumpen zu Boden, dann machte er sich weiter an die Arbeit. Die anderen beiden jungen Kerle, Steven Twitty und Tom Pueyo, entdeckte ich nun ebenfalls.

«Hoffentlich sind sie nächste Woche noch gut bei Kräften.»

«Die sind zäh, aber ab morgen haben sie frei, dann bleibt ihnen noch genug Zeit, sich auszuruhen.»

«Arbeiten alle, die mitkommen, für dich?»

«Nein, nein, nur die drei.»

«Und Sidney», ergänzte ich forsch.

Schlagartig fixierte mich Oliver mit strengem Blick. «Sidney arbeitet nicht für mich, er gehört mir.»

Ich öffnete den Mund zum Widerspruch, schloss ihn aber

gleich wieder, ehe ich doch, um ein peinliches Schweigen zu umgehen, sagte, dass es mit mir trotzdem vier seien.

«Arbeitest du für mich ... Wahrscheinlich könnte man das so nennen.» Er gab ein tonloses Lachen von sich.

«Aber was wäre, wenn ich mich weigerte mitzukommen?», fragte ich freiweg, angewandelt von einem seltsamen Aufbegehren.

«Hast du Angst?»

«Nein, mich interessiert einfach nur, was dann passieren würde?»

Oliver zeigte sich überrascht, blieb aber ruhig. «Nun, wir haben vereinbart, dass du mit deiner Teilnahme an der Expedition die Kosten für die Überfahrt abzahlst. Wenn du nicht mitkommst, bist du mein Schuldner, und ich könnte dich ins Gefängnis werfen lassen, allerdings kriege ich dann mein Geld nicht ... Mit deiner Arbeitskraft ist es nicht weit her ...» Er taxierte mich mit einem aufgesetzten mitleidigen Blick. «Du könntest vielleicht hier im Dorf im Schulhaus unterrichten und versuchen, den starrköpfigen Holländerkindern was beizubringen. Du solltest nur wissen, dass man ihnen Bildung einprügeln muss. Und die Bauern könntest du noch das Psalmensingen lehren, sie vergelten es dir mit Ackerrettich ... Ich schätze, in zehn Jahren hättest du dann deine Schulden getilgt – vorausgesetzt, ich gestatte dir ein zinsloses Darlehen.»

«Oh, gut zu wissen», entgegnete ich scherzhaft, «die Gegend gefällt mir, ich will es mir überlegen.» Oliver tätschelte mir freundschaftlich den Hinterkopf, ehe er mir mit seiner Hand unter meinen Mantelkragen glitt und meinen Nacken umspannte. Ich spürte die Kühle auf der Haut, spürte den leichten Druck seiner Finger.

«John, bitte unterlasse solche Provokationen in Zukunft, das ist nicht gut.»

Auf einmal standen wir vor einer hohen Lehmziegelmauer, ein gutes Stück von der Farm entfernt. Hier war es ruhig und windstill, niemand war zu sehen, nur ein herrenloser Hund trank ein paar Meter entfernt aus einer Pfütze. Auf dem Grundstück hinter der Mauer befand sich ein fünfeckiges Steinhaus, es hatte ein Reetdach und musste aufgrund beachtlicher Ochsenaugen in den Giebelbereichen lichterfüllt sein. Man sah dem Gebäude seine Neuheit an, und mein erster Gedanke war, es würde Oliver wohl als eine Art Refugium dienen, als Nachdenkort für seine Pläne. An der Schwelle gab er mir die Anweisung, die Augen zu schließen, dann nahm er mich am Arm und führte mich ins Innere. Der Geruch von Nussöl und Lack stieg mir in die Nase. Erst ging es nach rechts, schließlich ein paar Stufen nach unten, und nachdem er mich in eine bestimmte Position gedreht hatte, befahl er mir, die Augen aufzumachen.

Der weiß getünchte Raum war ungewöhnlich hell. In seiner Mitte stand auf einem Podest ein gigantisches Skelett. Für einen Moment stockte mir der Atem. Das musste es also sein, das American Incognitum. Es hatte die Gestalt eines Elefanten, nur war es, meiner Einschätzung nach, vier- bis fünfmal größer. Ein signifikanter Unterschied bestand auch darin, dass seine Stoßzähne mit den Spitzen nach unten geschwungen waren. Sein Elfenbein funkelte an manchen Stellen. Das Knochengerüst wurde mit Eisenriemen und Stangen zusammengehalten, dies wirkte auf mich, als läge es in Ketten. Dadurch sah es einerseits tragisch aus, andererseits auch Furcht einflößend. Zwischen zwei Wimpernschlägen vermeinte ich sogar ein unterdrücktes Knurren zu hören. Umgeben von der Aura eines schlafenden, allzeitig zu erweckenden Riesen, kam es mir vor wie ein Kunstwerk aus der *Antike der Natur*, erhaben, wahrlich erhaben. Oliver machte einen Satz auf das Podest und stellte sich unter den wannenförmigen Brustkorb, der in Form und Umfang einem Ruderboot ähnelte. Er streckte seinen rechten Arm in die Höhe, kitzelte mit seinen Fingerspitzen am Brustbein. «Und schau dir nur mal die Kieferknochen an. Wenn das kein blutrünstiges Ungetüm ist!»

Ich stand da wie angewurzelt, geplättet von der schieren Größe des Tiers. Oliver kam wieder zu mir und trat nah heran, neigte seinen Kopf an mein Ohr.

«Aber», sagte er leise, fast anschmiegsam, «‹Mein Behemoth ist groß und doch sanftmütig, er unterdrückt seine Flamme, solange er nicht gereizt wird.›» Er setzte eine Pause, in der er tief Atem schöpfte, ehe er seinen lyrischen Vortrag fortsetzte:

«Sieh, mit welcher Kraft seine gehärteten Lenden
umgürtet sind,
Rundherum undurchdringlich und aller Verwundung
verschlossen.
Sein Schweif bewegt sich wie eine Bergzeder!
Und seine durchflochtenen Sehnen werden nimmer
schlaff.
Hoch und weit gebaut, übertreffen seine starken
Knochen
An Fertigkeit Stäbe von Stahl; seine Rippen sind
Rippen von Erz;
Sein majestätischer Gang und seine gerüsteten Kiefern
Geben dem Wald und dem Berge Gesetz.»

Selbstversunken lauschte er den Worten nach. «Edward Young», sagte er schließlich, «aus einem Text über Hiob. Ein Geistlicher wie du. Vor über fünfundsiebzig Jahren verfasst.

Göttlich, findest du nicht auch?» Ich nickte knapp. Immer noch stand ich reglos da, verstört wie ein ans Licht gezerrter Maulwurf.

Oliver schien meine Beklommenheit alles andere als zu missfallen.

«In einer Indianerlegende heißt es über ein großes, riesenhaftes Wesen: ‹Bei seiner Mahlzeit wurden Wälder vernichtet, das Stöhnen flüchtender Tiere wurde überall gehört, und ganze Menschensiedlungen waren von einem Moment auf den anderen zerstört.› – Young kannte die Legende nicht, und die Ureinwohner kannten Youngs Poem nicht … Verrückt, oder?»

Oliver erzählte, das Skelett sei vor über drei Jahren einige Meilen weiter nördlich am Ufer gefunden worden. In einer Mergelgrube auf seinem Grund. Nur ein paar Eingeweihte wüssten um die Tragweite des Fundes, wie etwa ein Professor von der Universität Pennsylvania, der mit dem Aufbau betraut war. Dennoch hätten sowohl Arbeiter als auch manche Anwohner die Bergung der Knochen mitbekommen. Um deren lästige Neugierde zu unterbinden, ließ Oliver falsche Berichte in Umlauf bringen, er lancierte sogar einen Zeitungsartikel, in dem es hieß, bei dem Skelett würde es sich um die Überreste eines Walfisches handeln, der vor Jahrhunderten am Ufer des Hudson gestrandet sei. Nicht einmal Thomas Jefferson, ein fanatischer Sammler von Mammutknochen, habe Kenntnis von diesem Skelett, obwohl es das einzig vollständig erhaltene auf amerikanischem Boden sei. Oliver wollte partout keine schlafenden Hunde wecken, er habe dennoch das Gefühl, sich seit drei Jahren in einem Wettstreit mit unbekannten Konkurrenten zu befinden, seit er eben damals den Entschluss gefasst habe, eine Expedition auf die Beine zu stellen. Er gehe davon aus, dass es andere Geschäftsmänner geben müsse, die ebenfalls schon Witterung aufgenommen hätten. Die Verlockungen, die das Incognitum verhieß, seien einfach zu groß. Im Tonfall eines weltläufigen Botschafters wies er mich noch darauf hin, dass neben seinen Landsleuten mit Sicherheit weitere Interessentenkreise hinzukämen. Denn das Gebiet jenseits des Mississippi sei nahezu unerschlossen, weder die Franzosen noch die Spanier hielten es besetzt (obgleich es damals der spanischen Krone gehörte), aber auch den Russen, die vom Pazifik her immer wieder aufs Festland schielten, traute Oliver den Griff nach dem Incognitum zu. Insofern müsse er allein schon aus patriotischer Pflicht den imperialen Rivalen zuvorkommen. Er hoffe jedenfalls inständig, dass noch niemand die Fährte zur Höhle entdeckt habe. Dieser Hinweis sei nämlich der entscheidende Trumpf und der mit Abstand erfolgversprechendste Weg.

Angesicht all dessen gelangte ich zur Ansicht, das Incognitum könnte tatsächlich tief im Westen existieren; auf entlegenen Weidegründen, weit entfernt von Menschen.

«Aber wer oder was hat es vertrieben, warum ist es nicht mehr im Hudsontal?», stammelte ich.

«Damit wir es finden können, John.» Er ballte die Faust, sein Ton wurde energischer. «Ich bin überzeugt, dies gehört zur Geburt einer Nation. Die Suche, das Aufspüren, der Triumph. Und wenn wir es gefunden haben, werden wir es bändigen – und einrüsten! Das Biest wird uns eine militärische Überlegenheit garantieren. Alle werden uns fürchten, niemand wird sich trauen, uns anzugreifen, denk nur an Hannibal … Und als Lasttier wird es uns seine enorme Kraft bereitstellen, so wie man in Indien Elefanten abrichtet für Arbeiten aller Art, für den Wald, für die Landwirtschaft …»

Er legte seinen Kopf in den Nacken, atmete einmal kräftig durch, ehe er sich mir wieder zuwandte.

«Du hast mich vorhin gefragt, welchen Nutzen die Demokratie davon hat, wenn wir Behemoth finden.»

Ich nickte neugierig, denn ich war wirklich gespannt auf seine Antwort.

«Ich denke wirklich, das Tier ist ein Schlüssel, um die Welt aufzuschließen und ihr die Fackel der Freiheit zu bringen. Vielleicht bin ich zu optimistisch, aber ich glaube an die Idee, dass es möglich ist, der Welt das Gute überzuhelfen und sie mit großen Idealen zu behufen!»

«Das klingt vor allem sehr kühn.»

«Das ist es auch, und das soll es auch sein. Ich bin eben überzeugt davon, dass wir über kurz oder lang der neue Hegemon der Menschheit werden. Ein guter Hegemon natürlich, einer, der die Kavallerie der Aufklärung anführt.»

Seine Selbstgewissheit beeindruckte mich von Neuem, er konnte einfach überzeugend sprechen, und dennoch: Seine Worte machten mich misstrauisch, irgendwas stimmte nicht, sie klangen mir zu abstrakt, tönten wie fernes, hochtrabendes Triumphgeheul. Um der Harmonie willen sagte ich nur: «Solange die Fackel der Freiheit keine Feuersbrunst anrichtet, soll es mir recht sein.»

«Nein, wo denkst du hin», wiegelte er belustigt ab. «Wir sind ein friedfertiges Land, kein übermütiges.»

«Aber hast du wirklich keine schlüssige Erklärung, warum das Incognitum aus dem Hudsontal verschwunden ist?»

Wieder griff er mir in den Nacken, dieses Mal nur kurz und neckisch. «Du bist ziemlich hartnäckig, aber das schätze ich an dir.» Dann räusperte er sich, ehe er einen konspirativen Ton anschlug. «Es hat damit zu tun, dass es für die Eingeborenen ein heiliges Tier ist. Das bedeutet, entweder haben sie es mit Feuer vertrieben, um es vor uns Einwanderern zu verstecken, oder das Incognitum hat sich nach unserer Ankunft von selbst zurückgezogen.»

«Und warum?»

«Weil es uns Menschen Unsterblichkeit verleiht!», lachte er auf und wurde gleich wieder prosaisch. «Nein, im Ernst, vielleicht ist es einfach scheu. Ich habe noch ein paar andere Vermutungen. Bald werden wir viele Tage und Nächte zusammen sein, dann haben wir auch Zeit zum Reden.»

Auf einmal hörte man das Knarren der Tür, gefolgt von klackernden Schritten. Ein süßlicher Geruch lag in der Luft, und gleich darauf tauchte auch Joe Scheider auf. Sein Maiglöckchenduft zwei Tage zuvor war also keine Ausnahme gewesen. Der Mann mit dem Dreispitzbart bewegte sich grazil die Stufen herab. Er grüßte höflich, empfahl sich aber umgehend, da er im Laboratorium noch einiges zu tun hätte. Scheider trug den einfältigen Gesichtsausdruck eines Mannes, der in Gedanken vertieft war und sich nicht mühte, dies zu verbergen.

Oliver schien es unangenehm zu sein, dass ich nun von Scheiders Labor auf seinem Grundstück wusste. Nichtsdestotrotz oder gerade deswegen erkundigte ich mich nach dessen wissenschaftlicher Forschung.

«Ach, Joe forscht an so einigen Dingen. Er hat medizinische Theorie und klinische Praxis studiert, und das will er hier ein bisschen vertiefen. Joe ist ein Genius, manche nennen ihn auch einen Wunderarzt. Er wird uns gewiss nützliche Dienste auf der Expedition erweisen.»

«Aber woran forscht er genau? Ich habe Mathematik und Astronomie studiert, man kann mir allzu Weltliches durchaus zumuten …»

«Ich weiß», nickte Oliver anerkennend, bat jedoch um Nachsicht, nicht alles auf einmal bereden zu können, und verwies noch einmal auf kommende Zeit. Er blickte auf seine Taschenuhr und schlug vor, in der Villa zu speisen. Vor unseren Augen legte sich ein samtgrauer Schleier auf das knöcherne Incognitum, worauf Oliver noch einmal zwei Verse von Edward Young zum Besten gab:

«Die Berge ernähren ihn, dort bewundern die Tiere
den mächtigen Fremden und weichen furchtsam zurück.»

Er schwenkte seinen Hut und wünschte dem Skelett einen schönen Abend.

Entgegen der eigentlichen Planung blieb ich bis zum Aufbruch auf dem Landsitz in Greenburgh. Oliver wollte es so, meine Anwesenheit, sagte er, würde ihn beruhigen. In den vier kommenden Tagen war alles den letzten Vorbereitungen unterstellt. Ich wurde von den Tätigkeiten ausgenommen und hatte daher viel Zeit zum Nachdenken. Oliver sah ich nur zu den Mahlzeiten. Tagsüber streifte ich durch die Flusslandschaft, die mich an manchen Stellen an die Donauauen meiner Heimat erinnerte, in den Abendstunden studierte ich die Apokalypse des Johannes oder las Zeitungsberichte. Ich hatte Angst vor der Expedition, ihre Zielsetzung gab mir eine böse Vorahnung. Man dringt nicht ungestraft in heiliges Land ein. Die dauerhafte Gesellschaft meiner zwielichtigen Begleiter ließ mein Herz auch nicht gerade höherschlagen. Insofern spielte ich mit dem Gedanken der Flucht, es wäre nicht meine erste gewesen. Nach reiflicher Abwägung meiner Möglichkeiten entschloss ich mich jedoch, zu bleiben und mich der Prüfung zu unterziehen.

3. Meine Herkunft

Meine erste transzendente Erfahrung hatte ich als Fünfjähriger. Ich lag auf dem Floß meines Vaters und tauchte meine Hand in den Fluss. Ich spürte, wie sich das Wasser um meine Finger bewegte, sich vor ihnen teilte und hinter ihnen wieder schloss. Mit einem Mal gelangte ich zu der Erkenntnis (ohne nachgedacht zu haben), dass das Wasser nur eine stellvertretende Erscheinung von allen Stoffen ist, auch der des Geistes, da nämlich alles ähnlich, fast gleich und doch verschieden ist. Es war für mich schwierig, Worte dafür zu finden, nichtsdestotrotz erkannte ich die Welt als ein System sich ständig verändernder Beziehungen und Strukturen. Sie war buchstäblich unentwegt *im Fluss*. Dies schien mir eine überwältigende Wahrheit zu sein, an die ich mich erst nach vielen Jahren wieder erinnerte und zu der ich – inzwischen als jemand, dem Pascal wohl eine wissende Unwissenheit zubilligen würde – einen neuen Zugang finden sollte.

Ich bin in Irlbach geboren, einem Dorf an der Donau, wo mein Vater den Beruf des Fährmanns ausübte. Ich war das älteste von drei Geschwistern, meine Schwester Helene war um drei Jahre jünger, mein Bruder Hans um ganze zehn. Als Bub war ich um ein Weniges gescheiter als die anderen Schulkinder, tat mich aber besonders im Schönsingen hervor, weshalb mich der Pfarrer an das Jesuitengymnasium nach Straubing empfahl, wo ich als Singknabe kostenfrei aufgenommen wurde. Vier Jahre später wechselte ich ans Lyzeum nach Regensburg. Dort waren die meisten Lehrer despotisch und zeigten sich nicht selten als intrigant. Unter ihrer Hand lernte man zu kuschen, und als Kind armer Häusler wurde ich härter geprüft als die übrigen Schüler. Eingeschüchtert und gleichzeitig widerspenstig, in ständiger innerer Auflehnung, oft am Rande einer Untat, die nur der Mangel an Gelegenheit verhinderte, und trotzdem stets bereit, Vertrauen zu fassen, um endlich Frieden zu finden, lebte ich in eigensinniger Halsstarrigkeit das Leben eines isolierten Zöglings. Ich schmiedete Fluchtpläne, wusste aber nicht, wohin ich fliehen sollte. Schließlich begriff ich, dass ich keine andere Wahl hatte, und bildete einen trotzigen Ehrgeiz aus, der mich schon im nächsten Jahr zum Klassenbesten machte. Allmählich aber registrierte ich, dass ich eine zweifache oder vielmehr zwiespältige Erfahrung gemacht hatte. Meine schulischen Leistungen brachten mir zwar hohe Anerkennung ein, aber auch schmierige Anbiederung. Alles in allem lehrte mich die Schule nicht nur Latein, Altgriechisch und Mathematik, das Leben in der Anstalt schulte mich auch darin, die wirklich Klugen von den bloß Gelehrsamen zu unterscheiden. Letztere, verstand ich, suchen den Zuspruch der Macht, Erstere lassen sich von ihr nicht vereinnahmen.

Nach dem Lyzeum schwebte mir eine Professorenstelle in einem Erziehungshaus vor, damit hätte ich liebend gerne meinen Lebensunterhalt bestritten, doch der Pfarrer und meine Eltern, gerade mein Vater, bedrängten mich, ich solle in ein Kloster gehen, um dort einmal Prior zu werden, höhere Weihen zu erlangen. Ich sollte die Stütze ihres Alters werden und als Geistlicher das Ansehen der Familie heben. Nach einer Weile gab ich schließlich ihrem Verlangen nach. Meine Mutter hatte zwar meine Entfaltung nie einzuschränken versucht und schenkte mir auch reichlich Geborgenheit – und im Grunde hatte sie eine urchristliche Auffassung der Welt, sie glaubte an Heroismus, Barmherzigkeit und Großzügigkeit –, in dieser Angelegenheit aber opferte ich meinen Herzenswunsch in erster Linie ihretwegen. Nichtsdestotrotz gab ich mir auch im Kloster Mühe, und mein effizientes Gedächtnis ließ mir viele Dinge leicht von der Hand gehen. In der Benediktinerabtei von Niederaltaich war man von meinen geistigen Fähigkeiten derart überzeugt, dass man mich nach dem Noviziat zur Universität nach Eichstätt bei Ingolstadt sandte, wo ich Mathematik und Astronomie studieren durfte.

Schon während der Schulzeit, vor allem mit dem Beginn meiner klösterlichen Periode, hatte sich in mir ein großes Verlangen nach verfemten Literaturen ausgeprägt. Im Verborgenen las ich Texte von Rousseau, Voltaire, Adam Ferguson und Immanuel Kant. Insbesondere Kants Schriften waren herausfordernd, man musste sie erklimmen wie ein Felsmassiv. Ähnlich wie vor ihm Kopernikus besaß er die Kühnheit, den Menschen aus seiner anmaßenden Stellung im Mittelpunkt der Welt zu verstoßen. Er ließ ihn aber nicht als passiven Zuschauer zurück, sondern hat ihn mit der Aufforderung betraut, das Weltgeschehen als Mitgestalter, ja als Gesetzgeber zu begleiten, und hat ihm dafür ein Axiom zur Hand gegeben: «Sapere aude! – Habe Mut, dich deines eigenen Verstandes zu bedienen!»

Diese Kühnheit des Gedankens war augenöffnend für mich und in ihrer Klarheit wunderschön. Allerdings lag ich mit Kant über die Frage im Clinch, was zu tun sei, wenn der eigene Verstand in Widerspruch gerät zu den herrschenden Ansichten der Allgemeinheit, insbesondere in der täglichen Praxis; wenn beispielsweise der Geistliche an der Lehre seiner Kirche zweifelt oder der Beamte an der Redlichkeit seiner Regierung. – Solange die Macht nicht vernünftig wird, so der weltweise Philosoph, habe man sich zu fügen. Zwar könne, ja müsse man sich als öffentlicher Gelehrter mitteilen, als amtlicher Funktionär sollte man aber gehorchen. Diese Aufteilung zwischen öffentlicher und privater Sphäre schien mir geradewegs seelenspaltend zu sein. Kants grundstürzende Radikalität verkam in meinen Augen somit zum Ruhekissen für jedwede Unterwürfigkeit im realen Leben.

In der ersten Phase meiner Klosterzeit gab es zwei ältere Brüder, die eine Atmosphäre der Gastlichkeit und Freundschaft schufen und die mich mit theosophischen Strömungen vertraut machten, mit Hildegard von Bingen, Meister Eckhart und insbesondere mit Jacob Böhme, der mich lehrte, dass sich der Allmächtige in der Natur entäußere und deren Erscheinungen Zeichen und Spuren Gottes darstellen. Diese Denkungsart rieb sich zwar damals mit meinen deistischen Ansichten, aber gerade daraus entsprangen auch erkenntnisreiche Funken. Vielleicht, so hoffte ich, waren innerhalb der Kirche Nischen des eigenständigen Denkens möglich.

Wirkliche Gedanken- und Entfaltungsfreiheit begegneten mir allerdings erst im Orden der Illuminaten. Dort hatte ich gleich zu Beginn «The Common Sense» von Thomas Paine in die Finger bekommen, und die Schrift wurde zu einer Art Fanal für mich. Paines Stil war unverblümt, ansteckend und feurig. Er selbst war ein radikaler Verfechter der freien Meinungsäußerung, die er als einzige Voraussetzung für jeglichen Fortschritt ansah. Paine – ein Engländer, der später in seinem Leben nach Amerika ging – war fest davon überzeugt, dass jeder, der einem anderen dieses Recht entziehe, sich selbst zum Sklaven mache, denn wer nur eine Meinung dulde, beraube sich selbst des Rechts, seine eigene Meinung zu ändern. Dies sei der Boden, auf dem Despotismus gedeihe. Ein älterer Mitbruder meinte damals zu mir, als wir über den Text diskutierten, dass im Gegensatz dazu ein wahrhaft freier Mensch nie ganz sicher sein könne, ob das, was er erstrebe, auch wirklich ganz richtig sei. Wahrscheinlich ist dies das Treffendste, was ich bis heute über den Begriff der Freiheit gehört habe. Derartige Diskurse waren jedenfalls die süßeste Geistesnahrung für mich, es gab aber auch die sinnliche Welt, innerhalb der eine zwanglose Heiterkeit regierte. Man plauderte über Herzensangelegenheiten oder lauschte Hauskonzerten.

Die kirchlichen Dinge unterdessen, die klerikalen Autoritäten, monotonen Litaneien, überhaupt: die strenge Dogmatik des Katechismus, all dies vermochte ich in jenen Tagen beiseitezuschieben, und dies war überaus befreiend.

Die Hausabende bei meinen Brüdern wurden meist im Beisein kultivierter Frauen ausgerichtet. Einmal war die Tochter des Geheimen Rats Schirrmacher aus Ingolstadt zugegen. Die junge Dame hieß Sophia, hatte volles, kastanienbraunes Haar, einen schmalen Hals und aufgeweckte Augen. Ich fühlte mich unheimlich hingezogen zu ihr, doch in ihrer Gegenwart brachte ich kein Wort heraus, und als Mönch, so fürchtete ich, hätte ich mich ohnehin nur lächerlich gemacht. Doch eins wurde mir durch unsere Begegnung besonders klar, dass nämlich die mönchische Lebensart nicht mehr mit meinem Bewusstsein zu vereinbaren war. Ich empfand sie nicht nur als einen Anschlag auf meinen Verstand, sie verwehrte mir auch die Liebe zu den Frauen, die mir nun erstmals aufgegangen war.

Aber es half nichts, nach Beendigung des Studiums musste ich ins Klosterleben zurück. Die Priesterweihe stand bevor. Wortkarg hielt ich innere Einkehr. Tagsüber widmete ich mich den Vorbereitungen, abends schloss ich mich in meiner Zelle ein, las Erhellendes oder dichtete Robinsonaden. Was mich für mein kommendes Amt allein noch einzunehmen vermochte, waren die Lehren Jesu, insbesondere die Bergpredigt. Meine Zurückgezogenheit fiel indessen den Oberen auf, doch ich konnte ihnen glaubhaft vermitteln, ich würde mich innerlich auf die Weihe vorbereiten, auf dass mir das Joch des Herrn sanft und seine Bürde leicht empfänglich werden.

Endlich kam der Tag der Primiz in der prächtigen Kirche des Klosters. Meine Eltern erschienen, ebenso meine Geschwister, mein Taufpate und ein paar Illuminaten aus Eichstätt, die ich einfach nur als meine Freunde vorstellte. Unter jenen waren auch der Geheime Rat Dieter Schirrmacher sowie seine bildhübsche Tochter, die ich mitnichten erwartet hatte. War ich vorher schon recht aufgeregt gewesen, so stieg meine Nervosität nun ins Unermessliche. Wieso war ausgerechnet sie dabei, hatte ich doch bis dato nie ein Wort mit ihr gewechselt? Die hallende Musik und der Pomp betäubten mich bald. Maschinenartig trug ich die gelernten Formeln vor, vollzog gedankenlos die Rituale. Nicht weit vom Altar knieten in rot bezogenen Kirchenstühlen die Gäste – rechts die männlichen, links die weiblichen. Als ich meinen Eltern, denen Freudentränen über die Wangen liefen, das Abendmahl reichte, war ich durchaus gerührt. Gleichzeitig packte mich eine Verachtung, die in erster Instanz mir selbst galt, aber auch ihnen. Mir selbst, weil ich entgegen meiner Überzeugung nun als Pfarrer vor ihnen stand, ihnen, weil sie dieses Amt so überaus hoch schätzten. Sie glaubten, durch mich vor Gott erhöht zu werden und im Volke angesehener zu sein. Warum bloß, fragte ich mich oft, erkannten sie nicht, dass echte Würdenträger keine Weihen benötigen, um vor der Wahrheit zu bestehen? Wozu also die Tränen? Ich tat mich hart mit ihrer Einfalt. Stets glaubten sie, durch Opfer zu gefallen und durch zur Schau gestellte Tugendhaftigkeit an Wert zu gewinnen. Aber ich will mit meinen Eltern nicht zu hart ins Gericht gehen, ich hatte mehr Möglichkeiten, zu lernen und gewisse Dinge zu erkennen.

Als nun Sophia bei der Eucharistie vor mir stand – sie war die Letzte in der Reihe –, fing plötzlich meine Hand zu zittern an. Die Hostie vibrierte zwischen meinen Fingern, ich legte sie ihr dennoch sachte auf die Zunge und blickte ihr tief in die Augen, in der Hoffnung, sie möge meine Zuneigung spüren. Wie Sophia diesen Moment erlebt hat, ist mir allerdings verschlossen geblieben, denn zur feierlichen Tafel erschien sie nicht, und wir sahen uns nie mehr wieder.

Im folgenden Frühjahr starb überraschend meine Mutter. Man ließ mich rufen, aber da der Bote meinte, es stünde nicht so dramatisch um sie, zögerte ich einen Tag lang. Genau einen Tag zu lang. Denn als ich ankam, hatte sie bereits ausgeatmet. Untröstlich darüber, vergoss ich viele Tränen, überdies dauerten mich meine beiden Geschwister, deren Gesichter wie zugefrorene Teiche anmuteten. Auch mein Vater tat mir leid, gleichzeitig erfasste ich mit kühlem Instinkt, dass mir Mutters Tod die entscheidende Fessel gelöst hatte.

Endlich konnte ich mich gedanklich auf die Flucht aus dem Kloster einlassen, denn einer Toten vermag man nicht mehr das Herz zu brechen. Den zu erwartenden Tobsuchtsanfall meines Vaters würde ich in Kauf nehmen. Mein Vater war per se kein schlechter Mensch, er hatte mich aber oft genug geschlagen. Dies hatte ich ihm verziehen, doch niemals vergessen.

Hätte ich übrigens den rechtlichen Weg beschreiten wollen, um mich vom Ordensstand zu lösen, so hätte ich eine horrende Summe auftreiben müssen. Gebühren, Gönner und hilfreiche Federn konnte ich mir jedoch nicht leisten. Daneben gab es weitere Hürden, wie zum Beispiel, dass ich ein förmliches Zeugnis von meinem Vater hätte aufweisen müssen, wo er darlegen sollte, dass er mich unter schweren Drohungen ins Kloster gezwungen hatte.

Hinzu kam noch etwas anderes. Alsbald verbreitete sich das Gerücht, unser Konvent würde – wie auch andere Klöster – von Illuminaten unterwandert sein. Diese galten als die verdorbensten Menschen schlechthin, und es gingen Listen herum, auf denen Ordensbrüder verzeichnet waren. Unser Prior, der den putzigen Namen Tschiggerl trug, raunte sardonisch wie nie. Mir wurde angst und bange, ich ließ mir aber nichts anmerken, sondern ging geschäftig, gleich einem eifrigen Frettchen, meiner Arbeit nach. In dieser unseligen Zeit war guter Rat teuer.

Schließlich drang mir Fabian Goller wieder ins Gedächtnis. Den Gründer einer Zürcher Zeitung hatte ich in München kennengelernt, wo wir uns zwar nur kurz, aber dennoch vertraut unterhalten hatten. Bei der Verabschiedung hatte er mir – mehr im Spaß als im Ernst – angeboten, Redaktor seiner Zeitung zu werden. Die Schweiz schien mir ohnehin ideal zu sein, dort musste ich auch keine Konversion vornehmen, wie es im protestantischen Teil Deutschlands der Fall gewesen wäre, und dies hätte wiederum bedeutet, dass man mich leichter hätte aufspüren können. Ich entschloss mich aufzubrechen, ohne Goller vorher zu kontaktieren, da Briefe oft abgefangen wurden. Es galt, die Flucht sorgsam zu planen, nichts zu überstürzen und trotzdem zügig zu handeln. Ich fand einen Weg, einem Juristen meine verbotenen Bücher zu verkaufen, und da ich mir durch Feldgottesdienste einige Dukaten dazuverdienen konnte, hatte ich zusammen mit meinen Ersparnissen bald eine ausreichende Summe für die Reise beieinander. Ich heckte nun eine List aus, die darin bestand, dass ich meinen schweren Koffer mit dem Absender des erdichteten Namens Franz Neumann und unter falschen Gründen, welche aus einem beigelegten Brief hervorgingen, dem Postwagen nach Zürich überstellte, wo ich ihn Wochen später am Postamt abholen konnte. Ich besorgte mir einen blauen Reiserock, der mich wie einen gewöhnlichen Wandergesellen aussehen ließ. Außerdem – das war neben dem Geld das wichtigste Erfordernis – schrieb ich mir selbst ein Attestat, wie man es in Klöstern für Novizen auszufertigen pflegte, die ihre Ordenszeit beendet hatten. Darin nannte ich mich – wie schon erwähnt – Franz Neumann, Student aus dem Kanton Schwyz. Falls mich Wachleute bei Brücken oder Toren kontrollieren würden, konnte ich sagen, ich sei auf dem Weg zurück in die Heimat.

An einem frühen Augustmorgen des Jahres 1793 verließ ich für immer die Abtei Niederaltaich. Mit einem Gemisch aus Bitternis und Wehmut blickte ich noch einmal zurück. Vorher hatte ich dem Klosterdiener mitgeteilt, ich würde in der Donau schwimmen gehen, wo man den Platz kannte, an dem ich bevorzugt ins Wasser stieg. Dort legte ich einen meiner beiden Mönchshabite ab. Wenn ich später nicht zurückkäme, so mein Kalkül, ginge man mit Sicherheit davon aus, ich sei ertrunken. Nach diesem Täuschungsmanöver schlich ich mich über bewaldete Stellen davon. Meinen Hut hatte ich tief ins Gesicht gezogen, über meiner linken Schulter hing eine Tasche, in meiner rechten Hand führte ich einen Haselstock. Am Anfang meiner Flucht war ich noch recht froh, doch schnell wurde mir bewusst, dass ich nun jemand außerhalb des Gesetzes war, ein aus der Ordnung gefallener Vagabund. Ich wälzte ernstlich den Gedanken umzukehren, doch meine Beine waren hartnäckiger als mein Verstand. Ich spürte, wie sich mein Herz mehr und mehr zusammenklumpte. Was ich vorher wusste, wurde mir jetzt vollauf bewusst: Ich war vogelfrei. Ich hätte jederzeit von Soldatenbataillonen aufgegriffen oder von Landpiraten ausgenommen werden können, und keine weltliche Kraft hätte mir zur Seite gestanden.

Inmitten meiner Verunsicherung gewahrte ich, dass ich kaum um meine Mutter getrauert hatte, nun begriff ich, dass ich tatsächlich mutterseelenallein war und nie mehr wieder nach Hause kommen durfte. Durch die Flucht verschloss sich mir der Heimathafen meiner Kindheit für immer. Mein Vater würde mir meine Tat nie verzeihen, eher würde er mich totschlagen. Doch wäre ich im Kloster geblieben, ich wäre über kurz oder lang vor die Hunde gegangen. Dies war so sicher wie das Amen in der Kirche.

Nun war ich ganz und gar auf das wackelige Terrain meiner Eigenverantwortlichkeit versetzt, auf welchem sich meine Existenzberechtigung nur noch aus höheren Sphären ergab. Ich fing an zu beten, und es war das erste Mal, dass ich *wirklich* ein Gebet sprach, nicht eben nur mit den Lippen, ich ergab mich den Worten und führte einen aufrichtigen Austausch mit Gott. Was in Psalm 91 stand, wurde für mich zur lebensbejahenden Losung: «Du bist für mich Zuflucht und Burg, mein Gott, dem ich vertraue.» Was immer mir auch zustoßen möge, in seiner Obhut wäre ich nicht verloren. Meine Seele würde keinen Schaden nehmen, denn mein Herz würde keine faulen Kompromisse mehr eingehen. Durch diese tiefe Einsicht wurde ich zu dem, was die Kirche nicht aus mir zu machen vermocht hatte: ein Priester. Genauer: Ich wurde zu jemandem, dem erst jetzt die wahre Voraussetzung zum Priesteramt zuteilwurde. Wie ich es aber ausüben konnte, wusste ich zu diesem Zeitpunkt noch nicht.

Nach einer Woche auf Wanderschaft drückten mich die Stiefel so sehr, dass ich ging wie auf Glut. Ich hatte Glück, dass mich ein barmherziger Metzger auf seinem einspännigen Karren mitnahm. In Gesellschaft von Kälbern transportierte er mich ein gutes Stück bis in die nächste Stadt, nach Landsberg am Lech, wo er mich am erstbesten Wirtshaus absetzte. Dort war die Kellnerin die Tochter eines Schuhmachers, sie erkannte die Not des vermeintlichen Studenten und erbot sogleich ihren Vater, meine Schuhe über den Leisten zu spannen. Überglücklich darüber zeigte ich mich spendabel, worauf die junge Frau ebenso fröhlich wurde. Nach ihrem Dienst tranken wir Bier und schwatzten. Und da ich ohnehin eine Nacht bleiben musste, um meine wunden Füße einigermaßen auszuheilen, kam eins zum anderen, und wir verbrachten eine süße Weile miteinander. Am nächsten Morgen empfand ich kurzzeitig etwas Scham, da ich immer noch auf das katholische Keuschheitsgelübde geeicht war, im Laufe des Tages aber entfesselte sich in mir eine Freude, die ich so noch nie erfahren hatte. Obwohl mir die Füße immer noch wehtaten, hüpfte ich wie ein frohsinniges Kind. Ich fühlte mich so lebendig, als hätte ich eine Verbindung zur Ewigkeit aufgenommen. Meine Euphorie war aber nur von begrenzter Dauer, noch am selben Tag ernüchterte mich ein Regenguss, und dummerweise hatte ich mir vor lauter schwärmerischer Trunkenheit keinen Proviant eingepackt. Alles in allem war ich dennoch zuversichtlich, auch die zweite Hälfte meiner Route unversehrt und vor allem unentdeckt hinter mich zu bringen. Bis Zürich hatte ich dann noch eine brenzlige Situation mit einem Krämer zu überstehen, der mich des Diebstahls eines Federkiels bezichtigte, ansonsten gab es keine Kalamitäten mehr, im Gegenteil, ich tanzte am Ende der Erntezeit mit Allgäuer Bauern, durfte umsonst auf einem Kahn über den Bodensee setzen und nach der helvetischen Grenze der Reisekamerad eines Postkutschers sein, der mich an mein Ziel brachte. Wochen später erfuhr ich, dass man mich bereits drei Tage nach meiner Flucht steckbrieflich gesucht hatte. Gott sei Dank hatte ich davon nichts erfahren, das Wissen darum hätte mich arg nervös gemacht und mich bestimmt verdächtig erscheinen lassen.

In Zürich holte ich meinen Koffer vom Postamt ab und machte mich auf den Weg zur Zürcher Zeitung. Die frische Luft der Liberalität tat mir immens gut und blies mir die Erschöpfung aus den Knochen. Für den Fall, dass Fabian Goller keine Verwendung für mich hätte, überlegte ich mir, mich um eine Stelle als Kalendermacher, Sterndeuter oder Wetterprophet zu bewerben oder mich im ingenieurwissenschaftlichen Bereich umzuschauen. Einige fortschrittliche Fürsten waren damals schon versessen darauf, alles – selbst die menschlichen Handlungen – mit Logarithmentafeln zu ergründen. Doch so weit kam es gar nicht, Goller gab mir tatsächlich die Chance, bei ihm in Lohn und Brot zu stehen. Ab Herbst wurde das Artikelschreiben zu meinem Beruf, den ich über zwei Jahre ausüben sollte. Es war eine gute und lehrreiche Zeit, neue Freunde traten in mein Leben, mein politisches Wissen wurde umfänglicher.

Gegen Ende meines Aufenthalts reiste ich inkognito zu meinen Geschwistern, um ihnen Geld zu geben und mich wohl für immer von ihnen zu verabschieden. Denn da stand mein Entschluss, nach Amerika auszuwandern, schon fest. Auch wenn ich die Schweiz, wo mir die Freiheit alte Wunden heilte, sehr zu schätzen wusste, war ich auf der Suche nach einem Feld, das ich mit meinen Fähigkeiten ertragreicher bestellen konnte. Da trat Oliver Hancock in mein Leben und nahm mir die Entscheidung ab, es schien mir wie der Gewinn einer Lotterie zu sein.

Ich ging damals fest davon aus, dass der Mensch durch die Zivilisation sanfter, weniger blutrünstig und weniger kriegslüstern werden würde. Doch da niemand aus reiner Notdurft das Gute macht, müsse man die Menschen eben umerziehen. Ich verstand unter Aufklärung, die Fehlbeurteilung der Realität zu korrigieren. Und wo ginge dies leichter vonstatten als in einem neuen Staat, der sich qua Verfassung bereits dem Fortschritt verschrieben hatte? Nicht von ungefähr schufen die Amerikaner feudale Relikte wie Primogenitur und Fideikommiss ab, auch durften Adelstitel und -patente nicht verliehen werden. Und die Sklaverei würden sie in absehbarer Zeit bestimmt auch abschaffen. Insofern war ich von diesem Staat absolut überzeugt. An ihm würde sich die ganze Welt ein Beispiel nehmen, und ich wollte mein Scherflein dazu beitragen.

Vor meiner Abreise nach Amerika stieg in mir eine seltsame Angst empor, auf dem Ozean Schiffbruch zu erleiden. Doch in Le Havre, als ich dann zum ersten Mal in meinem Leben das Meer sah, wurde mir mit einem Mal ganz ruhig ums Herz. Die überschaubare, von Freiheit und Fernsucht durchatmete Stadt imponierte mir. Kaum war ich am Hafenbecken, tauchte ich meine Hand ins Wasser. Ich ließ es eine Zeit lang meine Knöchel umspülen, dann formte ich aus beiden Händen eine Schale und kostete vom eiskalten, salzigen Wasser. Einen Tag später, es war der 27. Januar 1796, bestieg ich das Schiff nach Amerika.

4. Aufbruch

Am Morgen des 18. März 1796 war es schließlich so weit. Der Tross war im Hof aufgereiht wie ein kleines Regiment. Die Wagen blitzten, die Felle der Rösser glänzten, unsere Uniformen waren Ausdruck von Stolz und Akkuratesse. Oliver bat mich, die Pferde sowie die beiden Wagen zu segnen. Auch wenn von den übrigen Männern niemand an die Kraft des Weihwassers zu glauben schien – sie taten gleichgültig oder machten abschätzige Bemerkungen –, so war es ihm offenbar wichtig, einen symbolischen Akt der Taufe zu vollziehen. Unmittelbar danach hielt unser Captain eine Ansprache. Oliver stellte sich zuoberst auf die Steintreppe der Villa und begann damit, den ruhmreichen Morgen zu würdigen. Er beschwor den Zauber des Aufbruchs, appellierte an den Zusammenhalt und prophezeite uns, entweder unterzugehen oder als Helden wiederzukehren. Der Blick in unsere entschlossenen Augen würde ihm jedoch verheißen, dass Gott uns keine andere Wahl lasse, als zu triumphieren. Sogleich entlud sich die Nervosität in einen langen Beifall, manche reckten die Faust in die Höhe, andere bekundeten lauthals ihre Zustimmung. Die Begeisterung war echt und ging unter die Haut. Denn es war kein hohles Pathos, was da in Olivers Rede zum Tragen gekommen war, es war leidenschaftlich und mitreißend. Selbst jetzt, nach so vielen Jahren, rührt es mich an, wenn ich ihre Gesichter sehe, erfüllt mit Optimismus und Glauben, aber auch mit Ungewissheit und Anspannung.

Oliver hatte die Expedition sorgfältig vorbereitet und geplant. Er war mit Gelehrten in Austausch getreten und hatte sich im Selbststudium mit vielerlei vertraut gemacht, von Landnavigation bis hin zu indianischen Gebräuchen. «Ich leide an Perfektionismus», hatte er mir am Abend vor unserem Aufbruch gestanden. Er sei, sagte er halb im Scherz, geisteskrank, da er stets versucht sei, alles so fehlerfrei wie möglich zu organisieren. Zu Beginn der Reise bereitete ihm am meisten Kopfzerbrechen, ob unsere Wagen schadlos über die Kammlinie der Allegheny Mountains gelangen würden, eingedenk des Umstandes, dass uns die Zeit stets im Nacken saß.

Die dichten Waldmassen, die sich ab dem dritten Tag vor uns erstreckten, waren in der Tat schwierig zu durchqueren und stellten uns vor große Herausforderungen. Doch es gab Handelswege, Indianerpfade sowie alte Büffeltrassen, die man nutzen konnte – sofern man sie fand und sie intakt waren. Eines unserer Ziele war, auf dem Rückweg mindestens wieder auf dem Staatsterritorium zu sein, um bei Einbruch des Winters, der schon im September eintreten konnte, ein Lager bei einer befestigten Handelsstation aufschlagen zu können. Während die Römer noch in Sandalen über die Alpen marschiert waren, war die Welt inzwischen kälter geworden. Am besten wäre es freilich, meinte Oliver, Ende September, spätestens Mitte Oktober wieder in Greenburgh zu sein. Doch niemand vermochte genau zu prognostizieren, wie lange wir zur Höhle unterwegs sein würden, wir hofften lediglich, sie bis Mitte Juli zu erreichen. Viel schwieriger noch war vorherzusehen, wie viel Zeit es uns vor Ort kosten würde, das Incognitum aufzuspüren.

Oliver kalkulierte mit einem gewissen materiellen Verschleiß, aber wie hoch er sein durfte, um die Unternehmung nicht zu gefährden, darüber konnte man nur spekulieren. Zwar hieß es, einen Wagen würde man entbehren können, doch Pferde konnten jederzeit krepieren, Vorräte verderben oder verlustig gehen. Die Folgen etwaiger Einbußen waren schwer abzuschätzen.

Von Anfang an schlugen wir eine direkte westliche Route ein, dazu gehörten allerdings einige Abweichungen nach Nord und Süd. Wir schlängelten uns gewissermaßen über das Gebirge hinweg, hinein in die Gegend des Nordwest-Territoriums, wo der Cuyahoga River in den Erie Lake mündet. Etwa fünf Wochen, so ließ sich unser französischer Expeditionsleiter Lucien Bodard vernehmen, würden wir dafür benötigen, um das überwiegend gebirgige Terrain zu durchmessen. Auch in Anbetracht des regnerischen Frühjahrs werde es wohl der kräftezehrendste Abschnitt der Reise. «Aber», fügte er trocken hinzu, «die Sonne reist jeden Tag nach Westen, also werden wir es auch schaffen.»

Neun Männer ritten zu Pferd, Sidney und Lawrence Wilkerson lenkten je einen Sechsspänner, wobei Kermit neben Sidney saß, während ich bei Lawrence mitfuhr. Oliver hatte beide Conestoga-Wagen so bauen lassen, dass sie zu relativ leichten und dennoch robusten Prärieschonern wurden, an denen vorne je eine gepolsterte Sitzbank angebracht war. Die Konstruktion zeichnete sich durch einen hohen Grad an Raffinesse aus. Die Wagen, deren Böden mit Pech abgedichtet waren, waren sehr hochrädrig, um Bäche oder seichte Flüsse durchfahren zu können, ohne dass dabei die Ladung nass wurde. Musste man ein tiefes Gewässer überwinden, konnte man die breiten Räder mit den eisernen Felgen leicht lösen, die schrägen Seiten umklappen und die Leinenabdeckung abnehmen, die über große Holzbögen gespannt war.

So ließ sich ein Wagen recht einfach zerlegen und sein Gewicht auf Flöße verteilen, die man fast überall aus Baumstämmen anfertigen konnte. Nichtsdestotrotz vermieden wir es, tiefe Ströme zu überqueren, sofern man passable Umwege nehmen konnte. Olivers Wagenkonstrukteure hatten die Achsen aus zähem Hickoryholz und die Naben aus Sauergummi hergestellt, um den Stößen unebener Wege standzuhalten. Dies war auch bitter nötig, denn schon nach wenigen Tagen wurden die Pfade immer unwegsamer. Tief ausgefahrene Wagenspuren wechselten mit Knüppeldämmen, auf vermoderte Baumstümpfe folgten reisiggefüllte Löcher. Bergauf wie bergab schwang sich die Schneise zwischen den nie enden wollenden Waldmauern entlang. Manchmal kam tiefer Morast hinzu, sodass unsere Zugpferde, allesamt schwarze Rappen, große Mühe hatten voranzukommen. Beide Fuhrwerke waren ständig mit Dreck vollgespritzt, und ständig schien irgendjemand vor einer Astgabel zu warnen, die in den Weg ragte.

Der Proviant befand sich in unserem, dem folglich so genannten Versorgungswagen, dort waren in Fässern und in abgedichteten Kisten große Mengen an Vorräten gelagert. Wir hatten Trinkwasser, Trockenobst, Kartoffeln, Salz und Zucker, Bohnen, Pemmikan, Honig, Zwieback und andere Verpflegung dabei. Den lagerfähigen Vorrat ergänzten unsere Jäger beständig mit frischem Wildbret, das ebenfalls in unserem Wagen aufbewahrt wurde. Ferner transportierten wir Seife, Bärenöl gegen Mücken sowie die Arzneien von Doktor Scheider. Der andere Wagen, Materialwagen geheißen, war mit allerlei Werkzeugen, darunter diversen Äxten und Sägen sowie dem Zubehör für fünf Zelte, beladen. Alle Zelte bestanden aus einem Gerüst aus Holzstangen, über die eine

Hanfabdeckung gelegt wurde, die imstande war, Regenwasser abzuweisen. Der Rand eines Zelts wurde mit Aufschüttungen aus Sand, Erde oder Steinen befestigt, Schnüre sicherten es gegen Wind und Sturm. Auch diese Konstruktion hatte Oliver eigens für die Expedition herstellen lassen.

Einen Teil der Fracht nahmen auch die Geschenke für die Ureinwohner ein, dazu zählten Glasperlen, Messingknöpfe, Kochkessel, Angelhaken, Nähnadeln und Textilien. Die Indianer, sagte Bodard, seien vor allem versessen auf Glas und Metall sowie auf Munition für ihre Gewehre, sofern sie welche besaßen. Unsere eigenen Musketen waren dank Olivers guter Beziehung zu einem Waffenfabrikanten von neuester Bauweise, mit ihnen konnte man bis zu dreimal in der Minute schießen. Zusätzlich war jeder mit einem Säbel ausgestattet, manche verfügten auch über eine Pistole. Ich war der Einzige ohne Waffe, was schlichtweg daran lag, dass ich nicht gelernt hatte, mit einer umzugehen. Zudem, befand Oliver, ziemte es sich nicht für einen Mann Gottes, eine Waffe zu tragen.

Ferner befanden sich im Materialwagen trockenes Feuerholz, einige Fackeln, zwei alte Linsenfernrohre, Ersatzkleidung, Wolldecken sowie Zweitschuhe. Oliver ließ vor Reisebeginn jedem von uns neue Kleider anmessen. Wir erhielten graue Strümpfe, braune Kniehosen aus strapazierfähigem Wolltuch sowie einen blauen Rock, eine blaue Weste, dazu einen blauen Mantel. Jeder bekam auch ein Paar Lederstiefel und einen soldatisch anmutenden Filzhut. Auch ich erhielt eine Anfertigung der Uniform, allerdings bat mich Oliver, meinen Ordenshabit anzulegen, die Leute, denen wir begegneten, sollten unbedingt erkennen, dass uns ein Geistlicher begleitete. Falls Einheimische das Gespräch mit uns suchten, musste ich mich als protestantischer Prediger ausgeben. Um keine Zweifel aufkommen zu lassen, bekam ich ein Beffchen um den Hals gelegt.

Olivers Rock und Weste waren rot-blau, Scheiders und Rickovers Oberteile weiß-blau. Nur Bodard bestand offenbar darauf, seine Garderobe nach eigenem Gutdünken zu tragen. Meistens hatte er eine tabakfarbige Drillichhose und ein dickes Leinenhemd an und war eingehüllt in einen schwarzen Wildledermantel, den er wie eine zweite Haut trug. Auf seinem Kopf saß ein breitkrempiger Filzhut, sodass seine Augen stets im Verborgenen lagen, wenn er ihn aufhatte. Wie beim Militär spiegelte auch unsere Kleidung die Hierarchie innerhalb der Gruppe wider. Oliver war gewissermaßen unser General, nach ihm hatten Scheider und Rickover das Sagen, sie standen auf gleicher Ebene und waren die Offiziere, während Jack Sullivan ihr Adjutant war und somit eine halbe Stufe über uns Fußsoldaten stand. Sullivan erteilte uns zwar nur selten Kommandos, dafür tat er sich als Spürhund hervor, der permanent schnüffelte oder irgendetwas beanstandete. Lucien Bodard hatte einen Sonderstatus inne, ihn tastete niemand an. Ihm erteilte auch niemand Befehle, so wenig wie er selbst welche verlautbarte.

Alle verstanden sich untereinander ohne nennenswerte Trübung, von kleinen Zwistigkeiten abgesehen und Sullivan außen vor gelassen, den niemand besonders mochte. Ich selbst wurde von den anderen gelitten, mehr aber auch nicht. Immerhin schlug mir keine Verachtung entgegen, wie ich es noch vor Reiseantritt befürchtet hatte.

Die Gründe für die Teilnahme der anderen an der Expedition waren wohl der gute Verdienst und bei einigen sicherlich das Kalkül, einem Mann wie Oliver Hancock zu dienen, auf dass dieser es später durch Patronage vergelten werde. Ob sie dem Incognitum eine tiefere oder gar mythische Bedeutung beimaßen, konnte ich nicht beurteilen, niemand redete darüber.

Olivers gute Aufbruchsstimmung war nach den ersten Tagen wie verflogen. Die herausfordernde Etappe über die Allegheny Mountains schien ihm unablässig Kopfzerbrechen zu bereiten. Er wirkte angespannt und zog meistens eine säuerliche Miene. Dies drückte auch meine Stimmung, denn vor Reisebeginn hatte ich mir ausgemalt, wie ich mit ihm am nächtlichen Lagerfeuer ungetrübte Gespräche führen würde, und das nicht nur über die offenen Themen, über die er noch mit mir reden wollte. Ich wähnte uns über Philosophie, Religion und Kunst zu debattieren, als geistige Nahrung gewissermaßen, von der man tagsüber still für sich würde zehren können. Stattdessen schlugen die Wogen des Waldes über uns zusammen, die Geister der Betäubung umhüllten uns mit Nebel, in dem alles seine Kontur verlor.

In der ersten Woche regnete es häufig, der Regen stieg auf und fiel, stieg wieder auf und fiel. Er trommelte auf uns hernieder wie unzählige kleine Finger. Und setzte der Regen einmal aus, so hing ein bewegungsloser nasser Dunst in der Luft. Ständig war alles klamm und feucht, was sehr zur allgemeinen Verdrießlichkeit beitrug. Und wenn es einmal nicht regnete, vermochte das Sonnenlicht den überdachten Bogengang kaum zu durchdringen. Es war, als führe man durch eine anhaltende Abenddämmerung oder hätte ein Tuch über dem Kopf. Auf den höheren Kämmen standen Birken und Fichten, Schierlings- und Balsamtannen. An anderen Stellen wuchsen Eichen, Ahorne und Buchen neben einigen Arten, die ich nicht kannte. Nirgends hatte man die geringste Fernsicht, es sei denn, dass man am Ufer eines Sees, auf der Spitze einer Klippe oder auf einem steinigen Bergvorsprung stand.

Wenn wir Händlern oder Siedlern begegneten und sie uns fragten, was wir vorhätten, so gaben wir uns als Landvermesser und Astronomen aus, beauftragt von der Regierung, die westliche Hemisphäre zu ergründen. Man nahm uns dies ohne Weiteres ab, zumal wir für Unkundige durchaus aussahen wie ein staatlich ausgestatteter Forschungstrupp. Im Laufe der Reise fiel mir auf, dass fast alle Siedler, welche meist einer strengen pietistischen Konfession angehörten, einen verhärmten, oft missmutigen Eindruck auf mich machten. Ihr Gefühlsleben, so schien mir, war von einer tief sitzenden Gottesangst geprägt, einer Angst, die eintritt, wenn man dem Glauben verfällt, dass der Allmächtige zu jeder Zeit über jeden Einzelnen wacht wie ein Gefängniswärter, der jede weltliche Freude verfolgt.

Sobald sie mich erblickten, senkten sie ihr Haupt oder falteten die Hände, manche bekreuzigten sich, zu einer Unterredung kam es jedoch nie.

Die Siedler oder Grenzer, wie man sie auch nannte, waren in der Regel Farmer. Diese verschreckten Gestalten fühlten sich am wohlsten in den weiten, unendlichen Wäldern, die ihre Heimat bildeten. Sie behaupteten ihr Gebiet mit Gewalt und lebten stets im Kriegszustand oder in Erwartung eines solchen. Infolgedessen siedelten sie sich zu ihrem gegenseitigen Schutz immer in Gruppen an, deren jede aus mehreren Familien bestand. Der Mais war die Feldfrucht, auf die sie sich besonders verließen. Sie pflanzten auch Obstgärten oder zogen Melonen, Kartoffeln und viele andere Gemüsearten. Gewöhnlich besaß ein Farmer auch ein oder zwei Pferde, ein paar Kühe und vielleicht auch Schweine und Schafe, wenn Wölfe und Bären das nicht unmöglich machten.

Nachts mussten stets zwei Männer von uns Wache halten, und bisweilen entzündeten wir zwei Feuerstellen, um Raubtiere abzuschrecken, die es auf unsere Pferde abgesehen hatten. Bis auf Oliver, Scheider, Rickover und Bodard kamen alle Mann der Reihe nach dran, wobei die Wagenfahrer, also Sidney und Kermit sowie Wilkerson und ich, häufiger Wachdienst schieben mussten. Den ganzen Tag auf der Kutschbank zu hocken, so die Begründung, sei weniger beschwerlich, als im Sattel zu sitzen. Lawrence und ich waren zwar anderer Ansicht, wir fügten uns aber dem Beschluss ohne Murren. Von den acht Fußsoldaten wurde pro Woche einer abgestellt, um am Ende des Tages ein Latrinenloch in der Nähe des Rastplatzes zu schaufeln.

Die meisten von uns hatten eine einfache, manche keine besonders respektable Herkunft, was man leicht an ihren Manieren überprüfen konnte. In den ersten Tagen beobachtete ich ihr Verhalten sehr genau und versuchte mir anhand aller Auskünfte, die ich erhaschen konnte, ein Bild jedes Einzelnen zu machen.

Lawrence Wilkerson sprach am Anfang nur das Nötigste mit mir, obwohl ich ständig neben ihm saß. Einmal forderte er mich auf, deutsch zu sprechen, weil er wissen wollte, wie die hessischen Söldner klangen, die im Unabhängigkeitskrieg aufseiten der Briten gekämpft hatten. Nach einigen Sätzen bat er mich aufzuhören, er habe genug gehört. Sein Vater, der damals umgekommen sei, und seine Brüder hätten gegen die Hessen gekämpft, er selbst sei leider noch zu jung dafür gewesen. Lawrence war genauso alt wie ich und stammte aus Vermont, die Männer seiner Familie seien allesamt Mitglieder der Green Mountaineers gewesen, bekundete er stolz. Als ich damit nichts anfangen konnte, verdrehte er nur die Augen und presste ein leidliches «Oh mein Gott» heraus. Ich erklärte ihm, dass ich keineswegs aus Hessen käme, aber das schien ihn schon nicht mehr zu interessieren. Im Brotberuf war Lawrence Zimmermann, und ich glaube, als solcher war er ziemlich begabt. Äußerlich war er ein recht unansehnlicher Kerl, denn zu seiner Hasenscharte und dem fransigen Bart gesellten sich noch schiefe Zähne und schütteres Haar, allerdings hatte Lawrence schalkhafte Äuglein und offenbarte bei näherem Kennenlernen einen hintersinnigen Mutterwitz.

Jack Sullivan war der willige Adlatus schlechthin. Der ehemalige Soldat hielt sich vor allem an Rickover, der schon zu Militärzeiten sein Vorgesetzter gewesen war. Sullivan war für die Einteilung der allgemeinen Aufgaben zuständig, wie die Nachtwache, die Brennholzbeschaffung und dergleichen. Er geriet schnell in Eifer, sodass schon nach kurzer Zeit Spötteleien hinter seinem Rücken kursierten. Sullivans Gesicht war grobschlächtig, er hatte eine schiefe Nase, und seine untere Lippe war meistens nach außen gewölbt, sodass er nicht nur einen brutalen, sondern auch dümmlichen Eindruck erweckte. Richtete ich das Wort an ihn, so beäugte er mich stets, als überlegte er, welche Gemeinheiten sich hinter dem Gesagten verbergen könnten. Mit seinen dunklen Augenringen und der geröteten Gesichtshaut kam er mir vor wie ein Saufbruder. Uns war das Trinken von Alkohol verboten, nur an den Rasttagen durfte Whiskey in Maßen genossen werden, ich hatte aber die Vermutung, dass er sich heimlich seine Rationen zuführte. Sein oft aufplusterndes Verhalten zeigte mir jedenfalls einen Sklaven der Unmäßigkeit.

Paul Rickover war ebenfalls ein ehemaliger Militär. Warum er und Sullivan nicht mehr in der Armee dienten, blieb mir verborgen. Altersgründe waren auszuschließen, ebenso eine abgeklungene Begeisterung für den Dienst an der Waffe, Rickover ließ nämlich selten eine Gelegenheit aus, um sich seiner früheren Taten zu rühmen. Noch vor zwei Jahren hatte der Mann mit der auffälligen Narbe im Gesicht in der Schlacht von Fallen Timbers gekämpft, wo man den Ureinwohnern eine vernichtende Niederlage zugefügt hatte, die zur Beendigung der Northwest Indian Wars führte. Der Friedensvertrag von Greenville kam für unsere Expedition wie gerufen, er war gleichsam ein Fanal für den Aufbruch, denn innerhalb der Staatsgrenze waren nun keine Scharmützel mehr mit Indianern zu befürchten.

Durch die siegreichen Kämpfe maß sich Rickover an, genau zu wissen, wie man mit aufsässigen Rothäuten umzugehen hätte. Seinem Verhalten haftete eine Bräsigkeit an, die in seiner bäurischen Knollennase eine physische Entsprechung fand. Oft hörte man sein Lachen schon von Weitem, und auf seiner runden Stirn klebten ständig drei Strähnen, die er vor fast jeder Wortergreifung erst einmal zur Seite strich. Man musste Paul Rickover allerdings zugutehalten, dass er nicht hochmütig war, er war sich nie zu schade, mit jedem ein Schwätzchen zu halten. Rickover hatte was von einem Volkstribun und war wesentlich nahbarer als Scheider. Dieser nämlich, unser Regimentsarzt mit dem Dreispitzbart, funkelte einen stets aus seinen tief sitzenden, argwöhnischen Augen an. Scheider faszinierte mich von Anfang an auf eine schaurige Art. Er strahlte die kalte Arroganz eines Gelehrten aus, der sich in allem, was er tat, überlegen wähnte, und doch trug er auch Züge eines Genius, der mit nur einer spitzen Bemerkung die Leute in seinen Bann zu ziehen vermochte. Joe Scheider ritt als Einziger ein gänzlich helles Pferd, einen Schimmel, dadurch stach er aus der reitenden Gruppe heraus. Was ihn im Innersten bewegte oder woran er glaubte, konnte ich lange nicht entschlüsseln. Sein morbider Geruch kam im Freien nicht mehr zur Geltung oder wurde vom allgemeinen Gestank aus Schweiß und Schmutz überdeckt. Scheider schien eine etwas engere Bindung zu Gustaf Billstrom zu haben, er war ihm zumindest wohlgesonnen.

Gustaf war schwedischer Abstammung und tatsächlich das mustergültige Ebenbild eines Normannen. Der blauäugige Blonde hatte steinerne Gesichtszüge und ein forsches Kinn, dazu eine kräftige Statur, breite Schultern sowie einen ausgeprägt sehnigen Hals. Der achtundzwanzigjährige Billstrom begriff sich selbst als Überland-Voyageur, in dem das Blut der alten Wikinger floss. In ihm wirkte etwas Großmannssüchtiges, das sich darin zeigte, dass er gerne die Aufmerksamkeit auf sich zog. Schon nach kurzer Zeit wurde Gustav, ein gelernter Holzfäller und ein treffsicherer Scharfschütze, von allen nur «der Schwede» genannt.

Der dreiundzwanzigjährige Tom Pueyo verstand es ebenfalls, geschickt mit dem Gewehr umzugehen, sein Familienname rührte von seinem spanischen Vater, während seine Mutter von britischen Einwanderern abstammte. Tom hatte das Müllerhandwerk erlernt, danach zwei Jahre in der Armee gedient, ehe er wieder ins Zivilleben zurücktrat und auf Olivers Farm zu arbeiten begann. Er war von eher kleinem Wuchs und hatte ein feines, ebenmäßiges Gesicht mit zwei wachen, braunen Augen. Man merkte ihm sofort an, dass auch er, ähnlich wie Gustav, nach Bedeutsamkeit strebte. Mit fester Überzeugung sprach Tom von Salzbergen und Goldminen, die im fernen Westen existierten und deren Entdecker er in naher Zukunft sein werde. Mir fiel auf, dass er jeden rasch nach seiner Brauchbarkeit einordnete und denjenigen um den Finger zu wickeln versuchte, von dem er sich gerade einen Vorteil versprach. Die Witze, die er über Sullivan riss, waren durchaus amüsant, zeugten aber auch von einer tückischen Boshaftigkeit. Er besaß zweifellos eine hohe

Auffassungsgabe, die ihn, gepaart mit seiner Gier nach Gold, meiner Ansicht nach für eine ansehnliche Laufbahn als Betrüger qualifizierten.

Steven Twitty war gewissermaßen Pueyos Schatten und sein verlässlichster Beifallsspender. Steven war erst einundzwanzig und somit der Jüngste unter uns. Er schien Tom für seine Gewitztheit zu bewundern und versuchte beständig, ihm im Zotenreißen nachzueifern, was aber sehr bemüht und unbeholfen wirkte. Steven entsprach der Erscheinung eines gängigen Dorfburschen, wie ich sie aus meiner Heimat kannte: strobelköpfig, ein bisschen tumb, aber nicht gänzlich dumm und von etwas untersetzter Statur. Er arbeitete ebenfalls auf der Farm von Oliver, hauptsächlich als Hufschmied. Twitty beschlug auch uns die Rösser und besserte die Eisen der Räder aus, wobei er sich die Aufgabe mit Sidney teilte, der wesentlich erfahrener darin war. Der dritte unter den Jungen war Kermit. Auf ihn konnte ich mir lange keinen Reim machen. Der sommersprossige Schlaks mit länglicher Nase und markantem Adamsapfel hatte etwas Vogelhaftes an sich. Oft summte er irgendeine Melodie vor sich hin, ungeachtet der anderen. Erst mit der Zeit dämmerte mir, dass mich Kermit an meinen Bruder Hans erinnerte, weshalb ich wohl eine unbewusste Fürsorge für ihn empfand. Er strahlte eine Unglückseligkeit aus, wie ich sie nur von Menschen gekannt hatte, deren Seele mit einem dunklen Geheimnis beladen war. Oliver hatte vor der Reise in einem Nebensatz erzählt, Kermits Eltern wären bei einem Indianerüberfall ums Leben gekommen, als dieser noch sehr klein war, weshalb er bei Zieheltern aufwuchs, die in Greenburgh in Lohn und Brot standen. Aus diesem Grund arbeitete der Junge schon seit Jahren auf der Farm. Mir schien, dass der Verlust seiner leiblichen Eltern sein Kinderherz fest umklammert hielt, denn zu seiner weltabgewandten Natur trat ein ausgeprägter Hang, sich über Kleinigkeiten zu erregen, in einer Mischung aus aufreizender Gehemmtheit und aufmüpfiger, sogar wütender Grobheit. Erstaunlich war, dass er dafür kaum zurechtgewiesen wurde. Es schien, als durfte nur Oliver ihn maßregeln, was er von Zeit zu Zeit auch tat. Für mich hatte es den Anschein, als hätte Oliver ein schlechtes Gewissen ihm gegenüber. Vielleicht hatte Olivers Nachsicht aber auch damit zu tun, dass er genauso wie Kermit seine Mutter im frühen Kindesalter verloren hatte. Mit Sidney hatte Kermit dagegen einen Vertrauten zur Seite, zumindest jemanden, der beruhigend auf ihn einwirken konnte. Der Sklave und die Waise hatten wahrscheinlich ähnliche seelische Verwundungen erlitten, und so war dem einen das Leid des anderen nicht fremd.

Sidney, seit seiner Geburt im Besitz der Familie Hancock, war schwarz wie ein Kaminfeger. Er hatte eine kantige Stirn und scharfe Kinnlinien, was seinem Gesicht harte Züge bescherte. Seine voluminöse, dunkle Stimme imponierte mir sehr. Sidney war ein hilfsbereiter, zupackender Mann, der leider nur selten lachte, doch wenn er es tat, öffnete sich das ganze Gesicht, und sein gütiger Charakter trat zum Vorschein. Hatte er nach meiner Ankunft mit seiner bedächtigen Art noch Ruhe in mein Herz gegossen, so strahlte auch er in diesen ersten Tagen eine fahrige Gehetztheit aus, als hätte er Angst, einen Fehler zu machen.

Lucien Bodard war von uns allen der Einzige, der durchweg souverän und unerschütterlich wirkte, oder genauer gesagt, er wirkte nicht nur so, er war es einfach. Dabei strahlte er auch keine Unnahbarkeit aus, so wie etwa Scheider. Lucien ging keinem von uns aus dem Weg, er fraternisierte aber auch mit niemandem. Er hatte einen glasklaren Verstand und war sich seiner Fähigkeiten vollends bewusst. Deren wohl wertvollste lag darin, dass er unsere jeweilige Position auf der Landkarte am besten zu bestimmen vermochte. Der bärtige Franzose hatte weit auseinanderliegende Augen, die braun erschienen, bis man ihn aus der Nähe sah; dann waren sie grün. In ihnen funkelte eine nicht zu verbergende Gerissenheit, und ich wusste lange nicht, wie ich dies zu deuten hatte. Lucien war nicht nur ein außergewöhnlich guter Jäger, er wusste auch alles über essbare Pflanzen. Außerdem war er der Zeichensprache mächtig und kannte die wichtigsten Worte in einigen indianischen Sprachen. Dass er als Einziger schon im Gebiet der legendenumwobenen Höhle gewesen war, verschaffte ihm eine Art legendären Status. Er war nichts weniger als die personifizierte Beglaubigung, dass es das Incognitum gab. Gelegentlich tauschte er sich auf Französisch mit Jerome Drouillard aus, einem Mestizen, der mehrere indianische Sprachen beherrschte und uns als Dolmetscher dienen sollte. Drouillard war der Sohn einer Mohawk und eines frankokanadischen Vaters. Seine Hautfarbe war etwas bräunlicher als die eines herkömmlichen Europäers, als würde ein Weißer im Schein eines Lagerfeuers stehen. Es ist ja so, und das erscheint mir an dieser Stelle angebracht zu erwähnen, dass Indianer keine rötliche Haut haben, wie gemeinhin behauptet wird, sondern einen braunen bis bronzefarbenen Hautton. Erst viel später stieß ich auf den Grund, weshalb sie oft abwertend als «Rothäute» bezeichnet werden. Es rührt wohl daher, dass sich vor allem die Apachen, aber auch andere Stämme für besondere Anlässe rot anmalen, meist für religiöse Bräuche oder wenn sie in den Krieg ziehen. Streng genommen ist auch die Bezeichnung «Indianer» unzureichend, weil es verallgemeinert, wo es doch so viele verschiedene Stämme und Völker unter den amerikanischen Ureinwohnern gibt. Unbenommen davon war Jerome für mich der vom Feuer Angehauchte. Das Bild gefiel mir umso mehr, da er sein feuriges Temperament, das manchmal aufschien, nur selten zeigte. Meist legte er eine Besonnenheit an den Tag, die an Gleichgültigkeit grenzte. Jerome wurde regelmäßig als Kundschafter vorausgeschickt, ferner war er ein ausgezeichneter Fischer. Da er beide Welten kannte, die indianische wie die weiße, überblickte er einen weiten Kenntnishorizont. Das Halbblut trug sein Haar meistens als geflochtenen Zopf. Beim Reden hatte er einen vertraulichen Ton, gleichwohl äußerte er sich mit am wenigsten in der Gruppe, lieber teilte er sich über Blicke mit oder über sein reiches Mienenspiel.

Über Oliver hatte ich mir bis zu diesem Zeitpunkt am meisten Gedanken gemacht. Doch sollte er sich – wie alle anderen auch, mich inbegriffen – im Laufe der Reise verändern. Jeder von uns offenbarte seinen wahren, unleugbaren Kern.

5. Freundschaft

Nach einer guten Woche fegte ein trockener Wind über das Gebiet und vertrieb sowohl den Regen als auch die Nebelschwaden. Trotz einiger Sonnenstrahlen war es immer noch recht kühl. Wenn man morgens atmete, stiegen kleine Wolken in die Luft, aus den Nüstern der Pferde strömte grauer Hauch. Wenn der Untergrund fest war und wir uns einigermaßen zügig vorwärtsbewegten, hörte man bloß die Steine unter den Rädern klacken und das Pferdegeschirr klirren. Dies, gepaart mit dem Ausblick auf die Höhenzüge, gab mir dann das vage Gefühl, auf einer Reise zu sein, die sich lohnte, egal, wohin sie uns führen mochte.

Es ging schon auf den Nachmittag zu, als wir gerade pausierten und vom Plateau einer Anhöhe eine Proviantkolonne beobachteten, welche die Furt eines Flusses durchquerte. Die aus dem Süden kommende Kolonne bestand aus drei Wagen. Rickover nannte den Namen eines Forts, welches sie wohl belieferten. Den ersten beiden Fuhrwerken gelang die Überquerung ohne Probleme, die Ochsen wurden erst bedächtig über den Abhang geleitet, anschließend mit ruhiger Hand durch den Fluss geführt. Das dritte Fuhrwerk indessen, das größte, welches von acht Ochsen gezogen wurde, geriet auf dem Uferabhang aus der Spur und sank auf einer Seite ab. Im Handumdrehen befand sich der Wagen in tückischer Schieflage, worauf erst einmal alles zum Stillstand kam. Es schien, als sei das Fuhrwerk in einen Sumpf geraten, vielleicht brach auch unter seinem Gewicht ein Stück des Untergrunds ein, so genau konnte man es nicht erkennen. Mehrere Knechte eilten herbei, manche stemmten sich gegen die abgekippte Seite, während andere an der Rückseite des Wagens ein Seil befestigten und es auf Spannung zogen, um bremsend einwirken zu können, sobald der Frachter wieder ins Rollen kam. Unter Brüllen und Peitschenknallen wurde auf die Ochsen eingeschlagen, die aber zunächst stur blieben und sich nicht von der Stelle rührten. Aus dem Geräuschgewitter ragte vor allem das antreibende Plärren des Fuhrmeisters hervor, der sich nun mit einem Ziemer in der Hand auf einen der Ochsen schwang und auf die Viecher herabprügelte.

Einigen von uns bereitete das Schauspiel ein köstliches Amüsement. Billstrom bot eine Wette an, ob sie es in der nächsten Viertelstunde schaffen würden, den Karren aus dem Dreck zu ziehen. Kaum hatte er dies ausgesprochen, legten sich die Zugtiere in die Stränge. Auf einmal setzte sich der Frachter wieder in Bewegung und nahm, da er sogleich auf das abfallende Terrain gelangte, gehörig an Fahrt auf. Die Ochsen rasten mit voller Wucht den Hügel hinunter, galoppierten ungehemmt auf den Fluss zu. Hinten hatte sich der Knoten gelöst – oder die Knechte konnten das Seil nicht festhalten –, und dem Ochsenreiter war es nicht möglich, die aufgepeitschten Tiere zu zügeln. Erst im Fluss bremsten die Ochsen, aber so abrupt, dass der taumelnde Fuhrmeister den Halt verlor und abgeworfen wurde. Dabei geriet er zwischen die Hufe der Ochsen, worauf die erhitzten Tiere in Panik verfielen und über den Erbarmungswürdigen hinwegstampften und ihn unter Wasser mitschleiften, fast als wollten ihm die Viecher seine Misshandlungen heimzahlen. Mit ausfallenden Schritten eilten die Knechte ihrem Anführer zu Hilfe, einige strängten die Ochsen ab, andere versuchten, den Mann so schnell wie möglich zu bergen. Schließlich trugen sie den blutüberströmten Körper ans Ufer.

«Wir müssen da runter», sagte Bodard und forderte Scheider auf, nach seiner Arzttasche zu greifen und mitzukommen. Oliver nickte zustimmend. Gleich darauf ritten die beiden los, und schon wenig später sahen wir sie unten aus dem Dickicht kommen. Inzwischen hatten die Männer den zerschundenen Fuhrmeister in eine kleine Hütte gelegt, die sich schräg unter unserer Anhöhe befand, nicht weiter entfernt als dreißig Meter, weswegen wir die Szenerie gut im Blick hatten. Scheider wurde sofort vorgelassen und verschwand umgehend in der Hütte. Wir warteten eine Weile, aber es tat sich nichts, außer dass die Ochsen wieder eingefangen wurden. Pueyo scherzte, dass er jetzt endlich wisse, was es bedeute, unter die Räder zu kommen. Damit erntete er einige Lacher, worauf sich Twitty hervortat, indem er eine Wette vorschlug, ob der Mann sterben oder überleben werde. Das ging Oliver nun zu weit, er maßregelte ihn scharf, ehe er sich aufs Pferd setzte und ebenfalls ans Ufer ritt. Vorher hatte er Drouillard den Auftrag erteilt, einen geeigneten Rastplatz für die Nacht auszukundschaften. Nach etwa einer halben Stunde kehrten die drei zurück.

«Der Arme wird die Nacht nicht überstehen», murmelte Oliver.

Bodard nahm seinen Hut ab und hielt ihn sich vor die Brust. «Sieht ganz so aus, ja.»

«Joe hat ihn bis oben vollgefüllt mit Laudanum», sagte Oliver.

«Weiter war nichts zu machen», ergänzte unser Arzt lapidar. «Der Kerl sah aus wie von einem Irokesen zerlegt.»

Daraufhin trat Oliver an mich heran. «Ich habe seinen Kameraden erzählt, dass wir einen Pfarrer dabeihaben ... Sie meinten, sie würden ihm von Herzen eine Letzte Ölung wünschen. Er ist Ire und Katholik. Würdest du das machen?»

Ich nickte und sagte Ja. Was sonst hätte ich auch sagen sollen? Auf Olivers Frage, wie lange so was dauern würde, gab ich zur Antwort, eine Stunde, obwohl ich keine Ahnung hatte, was mich unten erwartete. Ich konnte mich auch nicht mehr wirklich an den Ablauf des liturgischen Rituals erinnern, wie ich es einmal gelernt hatte.

«In Ordnung», meinte Oliver.

In dem Moment kam Drouillard zurück, er berichtete von einer windgeschützten Stelle, gut zwei Meilen entfernt. Unser Tross machte sich auf den Weg dorthin, während Lawrence und ich den Todgeweihten aufsuchten. Lawrence wäre wohl nicht freiwillig mitgekommen, doch Oliver hatte ihn dazu bestimmt, mich zu begleiten. Den Versorgungswagen lenkte Billstrom zum verabredeten Nachtlager, im Austausch ritten Lawrence und ich auf dessen Pferd zur Hütte. Zuvor holte ich noch meine englische Bibel, mein ebenhölzernes Handkreuz, etwas Weihwasser, ein kleines Aspergill sowie ein geringes Quantum Bärenöl. Ich spürte, wie die Nervosität in mir aufstieg. Meine Gedanken kreisten darum, welche Bibelstelle passen würde, um den Sterbenden angemessen auszutrösten. Mir fiel nichts ein, und ich wurde noch nervöser, doch plötzlich standen mir die Abschiedsreden Jesu aus dem Johannesevangelium vor Augen.

Die Hütte war eine zusammengenagelte Baracke, die Reisende als Schutz vor Unwetter in Anspruch nehmen konnten. Der Bau hatte nur ein Fenster und verfügte über keinerlei Einrichtung, er hatte nicht einmal einen Bretterboden, sondern lediglich einen festgestampften aus Lehm. Eingetreten, nahm ich sofort einen abstoßenden Geruch wahr, den Gestank von Blut, Schweiß und Kot. Die etwa zehn Fuhrknechte standen dicht gedrängt, wie in einem Stall. Diese an und für sich harten Knochen machten einen betretenen, gar hilflosen Eindruck im Angesicht des sich abzeichnenden Todes ihres Anführers. Einer von ihnen flüsterte mir dessen Namen zu: Charles Kean. Er lag auf einem Feldbett, daneben eine Kiste, auf der eine angezündete Kerze stand, in deren Schein sein Gesicht einigermaßen kenntlich war. Es war angeschwollen und wies eine tiefe Kerbe in der Stirn sowie einige verstreute Schnitte auf, ansonsten war es nicht verunstaltet. Er hatte rote, borstige Haare, die wie kleine Spieße abstanden, und sein Hinterkopf schien mir schwer beschädigt zu sein. Ich schätzte den Mann auf fünfundvierzig Jahre. Aus seinem Gesicht war alle Farbe gewichen, stattdessen glänzte es von dichten Schweißperlen. Seine Lider waren fast geschlossen, ab und zu entfuhr ihm ein qualvolles Seufzen. Die Kameraden hatten ihn bis ans Kinn mit Wolldecken zugedeckt. Anhand der Blutlachen konnte ich allerdings ermessen, wie massiv die Verwundungen am ganzen Körper sein mussten.

Ich stellte mich ihm als Geistlicher vor, den Gott offenbar dafür vorgesehen hatte, ihm Beistand zu leisten. Da ich nicht wusste, wie empfänglich er noch war, bat ich ihn, für den Fall, dass er mich vernahm, meine Hand zu drücken. Bald spürte ich, wie seine Fingerkuppen einen leichten Druck ausübten. Ich sagte ihm, er bräuchte keine Angst zu haben vor der Reise ins Jenseits, dann forderte ich alle auf, sich niederzuknien, was sie sogleich befolgten. Lawrence hielt die Utensilien und reichte sie mir, wenn ich nach ihnen verlangte. Ich besprengte den Versehrten mit Weihwasser, dabei las ich zwei Verse aus dem Psalm 51 vor. Als Nächstes las ich aus dem Hohepriesterlichen Gebet, welches mit Jesus beginnt, der zu seinem Vater spricht, dass seine Stunde gekommen sei. Während ich dies vortrug, spürte ich, wie eine sakrale Atmosphäre den Raum erfüllte und ihm seine Schäbigkeit austrieb. Nun kam ich zum Eigentlichen, zur Salbung. Ich erklärte dem Sterbenden, dass das Öl den Heiligen Geist symbolisiere, da Jesus durch ihn zum Gesalbten Gottes geweiht wurde. Dann kniete ich vor ihm nieder und trug ihm das Öl an verschiedenen Stellen auf, jeweils flüsternd: «Möge dir der Herr helfen und darauf schauen, dass das Licht in dir nicht Finsternis wird.»

Nachdem ich zum Schluss seine Augenlider gesalbt hatte, schlug er sie auf und blickte mich aus unendlich müden und gleichzeitig suchenden Augen an. Da durchfuhr es mich, und ich erstarrte, weil ich eine große Ähnlichkeit zwischen ihm und meinem Vater bemerkte. Bilder früherer Tage fluteten meine Erinnerung. Mir war, als hätte ich eben meinen Vater, den alten Donau-Flößer, mit der Letzten Ölung gesegnet. Vielleicht, so schwante mir, lag auch er gerade im Sterben, vielleicht genauso kalt erwischt vom Tod wie dieser zerschundene Mann und womöglich ganz allein. Ich nahm die Hand des Verunglückten in beide Hände und drückte sie, als sei sie die Hand meines Vaters, dem ich alles vergeben wollte. Tränen stiegen mir in die Augen, die schnell anfingen zu brennen.

Um für eine heitere Ablenkung zu sorgen, sagte ich zum Fuhrmeister in einer für alle gut verständlichen Lautstärke, dass ich statt des üblichen Pflanzenöls nur das Öl eines Schwarzbären zur Verfügung gehabt hätte. Zwar ginge ich davon aus, dass es im Jenseits keine Stechmücken gäbe, mit dieser Salbung sei er nun dennoch dafür gewappnet. Prompt schmunzelten manche – doch meinem eigentlichen Ansinnen war damit wenig Erfolg beschieden, im Gegenteil, mir war überhaupt nicht mehr möglich, meinen Gemütszustand zu verbergen, plötzlich liefen mir die Tränen in Bächen über die Wangen, und ich weinte um den Mann, als sei er mein störrischer, verlorener Vater. Statt eines Schlusswortes besprengte ich alle Anwesenden mit Weihwasser. Zum Sterbenden gewandt, sprach ich lediglich: «Charles Kean, bald bist du erlöst, es segne dich Gottvater, der Sohn und der Heilige Geist.»

Ich küsste ihm die Stirn, dann verließ ich die Hütte.

Es war schon fast dunkel, als wir zum Nachtlager ritten, nur am Horizont ein schmaler, roter Lichtstreifen. Eichkatzen sprangen von Ast zu Ast, ein lauer Wind strömte durch den Wald. Wir ritten gemächlich, Lawrence schwieg, ich sagte ebenfalls kein Wort. Es war mir unangenehm, dass er mich hatte weinen sehen. Welch dummes, unbeherrschtes Verhalten. Wahrscheinlich wird Lawrence den anderen davon berichten, ein Grund für sie, mich wieder gering zu schätzen. In dem Moment drehte er seinen Kopf zur Seite.

«Glaubst du, er hat so ein Ende verdient?» Ehe ich begriff, was er damit meinte, schob er hinterher, «von einer Ochsenherde zertrampelt zu werden … Wie kommt so was? Hat er schwer gesündigt?»

«Ich weiß es nicht, Lawrence.»

«Aber du bist ein Mann Gottes. Wen soll man sonst fragen?»

Meine Gedanken waren ganz woanders, ich war auf theologische Fragen nicht eingerichtet.

«Also für mich», sagte Lawrence, «war das wie eine Strafe.»

«Dann wäre auch jeder Krieg eine Strafe Gottes, wo Menschen nicht weniger grausam sterben. Kriege werden aber von Menschen gemacht.»

«Das stimmt», sagte er, «trotzdem, ich denke, man muss schon was angestellt haben, um so zu krepieren.»

«Dann glaubst du also, Unfälle widerfahren nur Sündern?»

«Ach, ich glaube gar nichts. Ich wollte nur wissen, was du glaubst.»

«Ich glaube, dass jedem alles passieren kann. Das ist die Freiheit, die uns Gott gewährt.»

«Oder die Freiheit der Ochsen», erwiderte er trocken, bevor er das Pferd antrieb, worauf unser Gespräch vorerst beendet war.

Auf dem Rastplatz waren bereits die Zelte aufgestellt, das Lagerfeuer knisterte. Unsere Anführer wollten wissen, wie es uns ergangen war. Ich erzählte alles und schloss meinen Bericht wahrheitsgemäß damit, dass mir die Fuhrleute am Ende ihre Dankbarkeit ausgesprochen hätten, unerwähnt ließ ich meine Tränen sowie die Flasche Brandy, die sie uns abgefüllt hatten und die Lawrence an sich genommen hatte. Da ich noch aufgewühlt und an Schlaf nicht zu denken war, bat ich Sullivan, die Nachtwache übernehmen zu dürfen. Lawrence schloss sich mir an, die dafür vorgesehenen Twitty und Pueyo waren alles andere als unglücklich darüber.

Wie üblich dauerte es noch eine Weile, bis sich alle der Nachtruhe hingaben und eingeschlafen waren. Und nachdem Lawrence eine Runde um das Lager gedreht und ich die Pferde überprüft hatte, setzten wir uns auf zwei Kisten ans Feuer. Lawrence hatte den Brandy in der kleinen Zinnflasche unter seinem Mantel und holte ihn nun hervor. Wir mussten vorsichtig sein, durften nicht zu laut sprechen. Aber wenn jemand aus dem Zelt schlüpfte, hörte man es zeitig genug, um den Alkohol verschwinden zu lassen.

«Meinst du, die Flasche hat dem Iren gehört? Mir war, als sagte das einer.»

«Kann schon sein», antwortete ich.

«Na dann, auf Charles Kean, Gott hab ihn selig.» Lawrence schnippte mit dem Fingernagel gegen die Metallflasche, bevor er einen kräftigen Schluck aus ihr nahm. Er lupfte die Augenbrauen. «Verdammt gutes Zeug», sagte er im Tonfall eines Kenners. Er reichte mir die Flasche weiter, ich hob sie an und murmelte ebenfalls: «Auf Charles Kean, Gott hab ihn selig.»

Der Branntwein wärmte sofort meine Kehle, dabei hatte er einen milden Geschmack. Dieses Destillat war in der Tat ausgesprochen köstlich.

«Das Fass ist bestimmt für irgendeinen Offizier oder so.»

«Wahrscheinlich», sagte ich.

«Und jetzt sag mir: Wer ist Gott?»

«Man sollte nicht fragen, *wer* Gott ist, weil Gott einfach kein Mensch ist.»

«Aber er hat doch einen Sohn, Jesus?»

«Ja, sicher.»

«Also muss Gott ein Mensch sein.»

«Nein, Jesus ist der menschgewordene Sohn Gottes. Und Jesus' Ziehvater auf Erden, also sein irdischer Vater, ist Josef von Nazareth. Ein Zimmermann übrigens, wie du.»

«Wie … dann ist Gott ein Zimmermann?»

Ich glotzte ihn mit tellergroßen Augen an, für einen Moment zweifelte ich an seinem Verstand, bis er schließlich die Mundwinkel in die Breite zog.

«John, lass dich nicht hochnehmen, das war ein Scherz. Ich wollte nur testen, für wie blöd du mich hältst.»

Jetzt musste ich selbst schmunzeln. «Das ist dir gelungen, ich habe dich wirklich für sehr blöd gehalten – meine Hochachtung. Man muss ziemlich klug sein, um sich so dumm stellen zu können.»

«Danke, John. Aber ich bin nicht besonders klug, ich bin mittelmäßig, eher schlau als klug.» Lawrence nahm einen glühenden Holzspan aus dem Feuer, mit dem er sich eine Zigarre anzündete. Er paffte sie ein paar Mal kräftig an, worauf eine dichte Rauchschwade seinen Kopf einhüllte. Dadurch bekam er etwas Umwölktes, fast Mystisches.

«Aber jetzt noch mal, John: Sag mir, was Gott ist.»

«Gott ist die Quelle der Liebe, die Schaffung von Liebe, wenn du so willst.»

Ich hatte mich damals so ausgedrückt, weil es gut klang und es sich richtig anhörte, dabei hatte ich zu dieser Zeit den Sinn meiner Worte noch gar nicht durchdrungen. In Wahrheit hielt ich sehr wohl noch an einer menschenähnlichen göttlichen Persönlichkeit fest, ohne mir darüber wirklich bewusst zu sein.

Lawrence nickte, zwischen seinen Fingern wippte die Zigarre, er richtete sich auf und paffte zwei-, dreimal.

«Ich denke mir immer, wenn dich jemand schlecht behandelt, dann läuft was bei dem falsch und nicht umgekehrt. Normale Menschen gehen nicht umher und zerstören die Seelen anderer Leute. Ich glaube nicht, dass man mit der Schaffung von Liebe die Seelenzerstörer aufhalten kann. Und dann frage ich mich schon, wozu es eigentlich Gott gibt, wenn er uns nicht vor Mord und Totschlag bewahrt. Weißt du, was ich meine?»

«Aber ist es nicht so, dass die Seelenzerstörer selbst zerstörte Seelen haben, die ihnen von anderen zerstört worden sind … Liegt es nicht an uns, diese unselige Kette der Zerstörungen zu trennen?»

Lawrence wiegte den Kopf hin und her. «Ich denke, es ist

einfach so: Der Mensch wird nackt geboren, und er hat keine Chance, nicht irgendwann sündhaft zu werden. Wäre eine wirklich gerechte Welt machbar, dann hätten wir sie schon längst.»

«Aber vielleicht gibt es auf der Welt Inseln der Gerechtigkeit. Und vielleicht wird Amerika die größte Insel sein, wo keine Seelenzerstörer mehr sein werden, wo die Macht von jedem Einzelnen ausgeht, anstatt dass die Mehrheit durch wenige Mächtige unterjocht wird …»

Lawrence stieß eine voluminöse Rauchwolke aus. «Wir haben die Briten zum Teufel gejagt. Zugegeben, ohne Frankreich, die Holländer und auch Spanien wäre uns das nicht gelungen. Aber scheiß drauf, es war hauptsächlich unserem Streben nach Unabhängigkeit geschuldet …»

«Sicher, sicher, das denke ich auch», fiel ich ihm ins Wort. «Aber wenn man die Machtausübung so regelt, dass sie für alle gleichermaßen Früchte trägt, dann ist das doch ein guter Weg, den man unbedingt weitergehen sollte.»

«Ich weiß nicht, was die Herren in Philadelphia alles besprechen. Ich persönlich möchte das Recht haben, vom Staat in Ruhe gelassen zu werden. Dann bin ich froh, ein freier Bürger zu sein. Es sind ohnehin nur ein paar Jahrzehnte, die man auf dieser Welt hat.»

Ich nickte ihm beipflichtend zu, dann tranken wir nacheinander vom Brandy. In mir rumorte es ein wenig, ich fühlte mich missverstanden, denn ich hatte den Eindruck, Lawrence hielt mich für einen einfältigen, weltfremden Pfarrer.

Wir schwiegen eine Weile, unsere Blicke folgten den Funken, die aus dem Feuer stiegen und in der Nachtschwärze verglühten.

«Warum habt ihr mich eigentlich nach meiner Ankunft so

schlecht behandelt?» Lawrence sah mich überrascht an. Die Frage war ihm unangenehm, aber es war mir gleichgültig, der Alkohol hatte mich forsch gemacht.

«Ihr habt mich verhört wie einen Verbrecher, und ich frage mich, warum?»

«Wir mussten das tun», sagte er kleinlaut. Dann erzählte er mir im Vertrauen: Scheider und Rickover hätten Einwände gegen meine Teilnahme erhoben. Um meine Eignung zu prüfen, hätten sie Mr Hancock das Versprechen abgenommen, mich in die Mangel nehmen zu dürfen. Hinterher zeigte sich Rickover beeindruckt, dass ich nicht die Nerven verloren hätte, Scheider monierte dagegen meine Klugscheißerei. Ob ich die Expedition körperlich durchstehen würde, wussten sie nicht zu beurteilen. Nur dass ein schwaches Glied nicht zulasten der anderen fallen dürfe. Wenn es hart auf hart käme, müsse man abwägen, was zu tun sei. Mr Hancock sei der Ansicht gewesen, ich sei zäh und würde es bestimmt schaffen. Er habe wohl mit Scheider eine Wette darüber am Laufen. Er, Lawrence, hatte allerdings seine Zweifel, ob das mit der Wette stimme, er hätte dies vom Schweden gehört, und der würde manchmal daherreden wie ein plappernder Vogelfänger.

«Es gibt aber einen Grund, auf den sich alle geeinigt haben, warum du dabei sein solltest.»

«Und der wäre?»

«Ganz einfach», sagte Lawrence, «hier draußen sollte man niemals über Religion diskutieren. Die Siedler sind tieffromme Hinterwäldler, die fürchten sich vor jeglicher Ungläubigkeit. Wenn wir denen sagen, dass wir Astronomen sind, kann es passieren, dass sie uns für Gottesleugner halten. Dann könnten sie auf uns schießen. Die machen keinen Unterschied, ob weiß oder rot. Die haben Büchsen, die sind noch auf eine Meile tödlich. Deswegen sollst du auch mit deiner Priesteruniform rumlaufen …»

«Ich bin also eine Art Schutzschild, und das auch noch für Leute, die mich nicht leiden können.»

«Ach, das kann man so nicht sagen. Ich habe doch auch nichts gegen dich gehabt, wir haben einfach getan, was man uns aufgetragen hat.»

Er drückte mir die Flasche in die Hand und bedeutete mir, sie auszutrinken. Der Brandy zeigte sogleich seine letzte Wirkung: Die Geräusche um uns herum wurden intensiver, das Rauschen des Nachtwindes verband sich mit dem Röhren eines Hirschs und wurde schließlich überlagert vom Geheul einiger Wölfe. Es klang wie ein Oratorium aus der Kathedrale der Wildnis. Bei dem Gedanken fiel es mir wie Schuppen von den Augen, dass seit Mitternacht Ostersonntag war. Ich blickte in die Weite des Sternenhimmels, unter dem sich die Erde zu ducken schien.

«Weißt du eigentlich, dass wir heute Ostern haben?»

«Keine Ahnung, wenn du es sagst, wird's schon stimmen. Dann sollten wir das zum Anlass nehmen, unser Feuer wiederzubeleben.» Er warf ein paar Hölzer in die Glut, worauf es knackte und zischte.

«Du hast mich übrigens sehr beeindruckt», sagte er, nachdem er sich wieder gesetzt hatte. «Du hast es fertiggebracht, dass Charles Kean nicht als verlorene Seele sterben musste.» Er legte einen Arm auf meine Schulter, seine Augen strahlten vor Freundschaft. Es dauerte nicht mehr allzu lange, bis die Sonne aufging, die Vögel hatten schon mit ihrem aufgeregten Gezwitscher begonnen, gleich darauf fingen die Pferde an zu schnauben. Die Natur nahm ihre tägliche Arbeit auf, hier draußen gab es keine Feiertage. Wir weckten die anderen, anschließend durften wir uns noch etwas ausruhen.

Bereits nach der Morgensuppe spürte ich eine ausgreifende Erschöpfung über mich hereinbrechen, die nicht nur von der durchwachten Nacht stammte. Erst hatte ich als Ursache die wassergekochte Gerste in Verdacht. Doch selbst nachdem ich mich entleert hatte, konnte ich mich vor Mattigkeit kaum auf den Beinen halten. Nach etwa einer Stunde Fahrt stieg ich in den Wagen, wo ich mir mit letzter Kraft einen Liegeplatz freiräumte. In zwei Decken eingewickelt, kauerte ich zwischen Körben von Bohnen und Kartoffeln und dämmerte vor mich hin.

«Du wirst bestimmt eine Magenkolik haben. Bis du heiratest, vergeht das wieder», scherzte Lawrence, der ob der aufkommenden Sonnenstrahlen prächtig gelaunt war. In meinen Eingeweiden begann es indessen zu wüten. Übelkeit befiel mich, meine Füße wurden kalt, die Sinne stumpf. Nun war ich wohl doch den Anstrengungen erlegen und hoffte inständig, mir keine schwere Krankheit eingefangen zu haben.

Lawrence nahm keine Notiz von meinen Beschwerden. Noch angeregt von unserem nächtlichen Gespräch, schwatzte er ohne Unterlass auf mich ein und wollte zu allem Möglichen meine Meinung hören. Das meiste davon ist mir nicht mehr erinnerlich, aufhorchen ließ mich trotz meines Zustandes aber eine Geschäftsidee. Lawrence beabsichtigte nämlich, einen Gutteil des mit der Expedition verdienten Geldes in den Kaufladen seines Schwagers zu stecken, den dieser im nächsten Jahr eröffnen wolle. Das Besondere an diesem Geschäft sei, dass man beim Einkauf nur die zur Herstellung der Ware aufgewandte Arbeitszeit sowie die verarbeiteten Naturstoffe zu bezahlen habe. Der Käufer könne sich durch Einsicht in die Buchführung von der Richtigkeit der Angaben überzeugen. Es gäbe daher niemanden, keine Bank und keinen Inhaber, der davon profitiere, ohne dafür gearbeitet zu haben. Somit könne alles viel günstiger angeboten werden, und dennoch würde jeder angemessen entlohnt. Sein Schwager habe sich den Namen «Time Store» dafür überlegt. New York liebe derartige Ideen, und er selbst wäre sehr überzeugt davon. Lawrence würde sich bei dem Unternehmen nicht nur als Geldgeber, sondern auch als Handwerker betätigen und Reparaturen vornehmen. Er wollte nun wissen, was ich von der ganzen Sache hielte. Mir aber schwirrte nur sirenenartig der Name des Ladens in meinem Kopf herum. «Die Idee klingt gut», wisperte ich.

«Genauso sehe ich es auch», sagte Lawrence, «man muss es einfach wagen.»

Er zitierte noch seinen Schwager, wonach Selbstzufriedenheit wie Zahnfäule sei. Ein Taubenschwarm verdunkelte den Ausschnitt des Himmels, den ich neben Lawrence' Rücken erhaschen konnte. Dann musste ich eingeschlafen sein.

Erst viel später fiel mir die Episode mit dem Laden wieder ein, und ich bedauerte zutiefst, dass ich sie bald vergessen hatte. Wie gern hätte ich mich bei Lawrence nach den Einzelheiten des «Time Store» erkundigt. Er selbst griff das Thema nicht mehr wieder auf.

Die Idee des «Time Store» rührt mich immer noch an, für mich ist sie ein Beleg der progressiven Kraft, wie sie nur aus dieser tatendurstigen Gesellschaft hervorgehen konnte. Sie spiegelt auch die Sehnsucht freidenkender Menschen wider. Natürlich gibt es nach wie vor gesellschaftliche Zustände, die mich empören, wie die immer noch existierende Sklaverei in weiten Teilen unseres Staates, und trotzdem ist mir um die Zukunft nicht bange. Denn dieses Land hat gute Samen, aus denen jederzeit ein neuer Baum der Freiheit erwachsen kann. Vorausgesetzt, dass es eine Republik bleibt und sich nicht verführen lässt, ein Imperium zu werden.

6. Fiebrige Träume

In der Mittagspause stand ich auf wackeligen Beinen vor Scheider und schilderte ihm meine Beschwerden. Die anderen machten derweil einen Bogen um mich, und unter manchen verächtlichen Blicken kam ich mir vor wie ein Aussätziger. «Vielleicht noch ein Residuum von Heimweh», sagte Scheider mit einer gewissen Vertraulichkeit in der Stimme, ehe er vorwurfsvoll hinterherschob: «Sieht mir ganz nach Ruhr aus. Wahrscheinlich hast du nicht aufgepasst und dich bei den Fuhrleuten angesteckt.»

Ich musste mich in einem nahe gelegenen Bach gründlich waschen, obwohl es mich vor Schüttelfrost hin und her warf. Scheider verabreichte mir eine Dosis Glaubersalz, worauf mein Darm zu tanzen anfing wie ein Knäuel balzender Nattern. Bei Appetit verordnete er mir gekochte Kartoffeln, zu trinken Salbeitee. Oliver machte eine sorgenvolle Miene, äußerte sich aber nicht weiter, wünschte mir nur rasche Genesung. Da Bedenken aufkamen, ich könnte die Vorräte verseuchen, musste der Proviant umgeschichtet und von mir abgesondert werden. Dies alles machte mir sehr zu schaffen, denn so wurde ich zu einer gemiedenen Person, vor allem Sullivan und die Jungen, aber auch Billstrom und Scheider gaben mir das Gefühl, eine Ballastexistenz zu sein. Bevor wir weiterzogen, verabreichte mir Scheider vierzig Tropfen Laudanum. Zunächst spürte ich nur ein betäubendes Kribbeln auf der Zunge, nachdem ich mich aber wieder hingelegt hatte, entfaltete sich die volle Wirkung der Arznei. Mir war, als würde rieselndes Feuer meinen Körper anzüngeln, sodann schoss mir eine Blutwelle in den Kopf, und der Herzschlag setzte kurz aus. Eine Körperhälfte gehorchte mir nicht mehr, mein Gleichgewichtssinn kam mir abhanden, kalter Schweiß und aufwallende Hitze wechselten sich ab, schließlich manövrierte mich die Opiumtinktur in einen betäubenden Schlaf. Menschen und Begebenheiten aus fast allen Zeiten meines Lebens traten vor mein inneres Auge und führten ein Traumspiel auf. Zwischen Halbschlaf und Versunkenheit stolperte ich durch frappierende Szenerien, die sich rasch voneinander ablösten, mitunter überlappend, wie ineinander verschachtelte Zwiebelschalen. Die Reihenfolge gestaltete sich ungefähr folgendermaßen …

Meine Mutter setzt mich unter Bäumen ins hohe Gras, von Zeit zu Zeit sieht sie nach mir und zeigt mir, wie man aus Löwenzahnröhrchen eine Kette macht. Ich raufe mit anderen Kindern, wir kämpfen wie Dachse. «Wenn du dich schlagen lässt und feige bist», sagt der Vater beim Abendessen, «so werd ich dich noch einmal schlagen, damit du lernst, dich zu wehren.» Ich stehe am Ende des Hohlweges vor dem Begräbnisplatz und staune über die vielen Gebeine aus einer früheren Schlacht, die zwischen lockerem Lehm hervorstechen. Ich versuche mir die Soldaten im Kampf vorzustellen, einer heißt Nepomuk Gottstein und ist mein Urgroßvater. Siedend heißer Kinderbrei dampft auf dem Tisch neben der Wiege meines Bruders. Durch eine ungeschickte Bewegung von mir kippt das Schüsselchen in die Wiege und verbrennt ihm den Oberschenkel. Meine Mutter schreit: «Das Kind wird lahm!» Mein Vater brüllt mich an: «Du bist schuld!» Ich werde in den Stall gesperrt, habe Striemen an den Waden. Unter Tränen bete ich für Hans, dass er wieder heil wird, ich beschwöre unsere Kuh, an Heiligabend ein gutes Wort beim Jesukind für mich einzulegen. Ich sitze zuoberst auf einem Heuwagen, der über einen Graben muss und dabei umschlägt. Ich falle in den Schlamm, das Heu fällt auf mich, fast ersticke ich darunter. Heiliger Schutzengel mein, lass mich dir befohlen sein. Meine Mutter holt einen Mönch ins Haus, der unsere kranke Henne mit Weihwasser besprengt und mit Weihrauch beräuchert. Danach sagt er: «Der Stall muss gereinigt und mit frischem Sand eingestreut werden.» Als Dank gibt sie ihm ein paar Kreuzer. Ich grabe mit anderen Knaben ein Loch in die Erde, das wir mit dem ausgestochenen Rasen wieder verschließen können. Wir fangen zwölf Frösche und stecken sie in das Loch, das ihr Kerker ist. Ringsherum richten wir aus Weidenstöcken zwölf Galgen auf, wir sprechen den Gefangenen das Urteil, brechen den Stab über sie und knüpfen alle nacheinander auf. Ich stehe unter dem Torbogen des Lyzeums in Regensburg, neben mir meine Mutter, die weinend zu mir spricht: «Schreib mir, wenn dir etwas fehlt.» Auf der Stube sind die Wände braun, Abfall in den Ritzen, in den Ecken vollgerotzte Schnupftücher. Ich bin der Neue, muss aufräumen und putzen. Ein Lehrer diktiert mir Distichen aus Ovids «Heroides» mit prosaisch versetzten Vokabeln, ich muss die Worte in ordentliche Verse reihen. Ich stehe im Kaiserzimmer, in dem eine wilde Zecherei im Gange ist, der vollgesaute Prior Adam Tschiggerl verkündet voller Inbrunst: «Ihr sollt die Wahrheit wissen, und die Wahrheit soll euch frei machen!» Untrüglich wird mir klar, dass *ihre* Wahrheit aus Lügen besteht, mit denen sie das Volk in ständige Angst versetzen, um es zu beherrschen, und sich erdreisten, dies Freiheit zu nennen. Man nimmt mich fest, gleich darauf wird im Klosterhof eine Anklageschrift gegen mich verlesen. Ich sehe Sophia und winke ihr zu, doch sie scheint mich nicht zu kennen. Schließlich wird alles dunkel, und ich kann mich der Fesseln entledigen, ich laufe weg, mitten hinein in die Schwärze der Nacht. Nach einer Weile glimmt aus der Erde Licht auf. Eine Treppe führt mich nach unten, Stufe um Stufe steige ich der Lichtquelle entgegen. Ich stehe in der Kammer meiner Mutter, sie liegt auf ihrem Bett, dieses Mal komme ich rechtzeitig, denn sie lebt noch. Sie richtet sich auf und winkt mich zu sich: «Warum bist du in der Stunde meines Todes nicht bei mir gewesen? Du hast mir so gefehlt.» Mein Blick weicht ihrem aus, die alten Gewissensbisse plagen mich. «Ich habe Angst gehabt, ich müsste dir am Totenbett versprechen, niemals das Kloster zu verlassen.» Ein sanftes Lächeln umspielt ihren Mund. «Du dummer Bub, ich hätte doch nichts von dir verlangt, was dich quält.» Ich fange an, ungehemmt zu weinen, meine Seele weint mit. Der Vater kommt, um mich abzuholen, dann liege ich auch schon bäuchlings auf seinem Floß, die Hand im Wasser, die Sonne im Nacken. Ich bin wieder ein Fünfjähriger. «Bist du schon gestorben?», frage ich ihn, worauf er nickt. «Und bist du mir in Amerika als sterbender Fuhrmann erschienen?» Meine Frage belustigt ihn, eine Antwort gibt er nicht. Mit seiner Stocherstange stößt er das Floß hinaus aufs offene Meer, das nach einer Weile ins «Wasser des Todes» übergeht. «Ich bringe dich zum Schwarzen Felsen, ins Zentrum der Erde.» Kurz darauf geraten wir in die Strömung eines gigantischen Wirbels, wo unfassbare Wassermengen ins Erdinnere stürzen. Wie durch ein Wunder gleiten wir unbeschadet und ohne überhaupt auch nur von einem einzigen Wassertropfen befeuchtet zu werden über den Schlund hinweg. Am Ufer der schwarzen Magnetinsel lässt mich der alte Fährmann aussteigen. Er nimmt meinen Kopf zwischen seine Hände. «Alles, was du hast, ist eine Seele. Bewahr sie dir», sagt er und küsst mich auf die Stirn. Sobald sich sein Floß entfernt, fange ich an zu wachsen, bis ich wieder die Gestalt meines dreißigjährigen Ichs annehme. Oliver begrüßt mich euphorisch, er beglückwünscht mich, es hierhergeschafft zu haben, denn kein Schiff der Welt habe es bislang vollbracht, den Strudel zu überwinden. Er führt mich auf den Gipfel des Schwarzen Felsens, wo Maiglöckchen in Blüte stehen. Er breitet seine Arme aus und zeigt mir alle Reiche der Welt. «Wir könnten uns die Erde untertan machen, John. – Du und ich. Halt du die Menschen ruhig, ich halt sie arm.» Oliver reicht mir die Hand, in seiner Handfläche erkenne ich ein aufgezeichnetes Staurogramm, das Symbol Christi. Ich zögere. «Was ist los? Schlag schon ein!» Ich schüttle den Kopf, worauf er ungehalten wird und anfängt, mich zu beschimpfen. Sein Antlitz wird brüchig, unter den Bruchstellen scheint sich ein anderes, ein zweites Gesicht zu verbergen. Nach einer kurzen Erstarrung weiche ich zurück, übersehe aber, dass es hinter mir in die Tiefe geht. Ich bin im freien Fall und stoße einen unaufhörlichen Schrei aus. Kurz vor dem Aufprall gewahre ich, dass in Träumen Verantwortungen liegen.

Als ich die Augen aufriss, blickte ich in Lawrence' Gesicht, der sich über mich gebeugt hatte. Er legte die Hand auf meine Stirn. «Schschsch … ruhig, Junge. Es ist alles in Ordnung.»

«Was ist los mit ihm?», ertönte eine verärgerte Stimme von irgendwo.

«Hat nur schlecht geträumt.»

«Kein Grund zu schreien. Andere Leute wollen sich ausruhen. Sag ihm das, verdammt noch mal.»

«Jaja», antwortete Lawrence. Er verdrehte die Augen und flüsterte: «Sullivan, der Idiot.»

Ich neigte meinen Kopf zur Seite, das Licht des Himmels

verriet mir, dass die Abenddämmerung bevorstand. Ich hatte keine Ahnung, wie lange ich weggedriftet war. Die Zeit erschien mir entweder eingefroren oder flüchtig gewesen zu sein, ich konnte beim besten Willen nicht ermessen, ob zwei Stunden oder zwei Tage vergangen waren.

«Du hast geschlafen wie ein Bär im Winter», brummte Lawrence. Er teilte mir mit, dass ich mich fast dreißig Stunden lang in einem Zustand der Umnachtung befunden hätte, nur ab und zu ein Zappeln sowie unverständliche Laute, zweimal hätte er mir Wasser eingeflößt, und ich hätte mich sogar dafür bedankt. Daran konnte ich mich allerdings nicht erinnern. Lawrence lachte, dies würde ihn nicht verwundern, denn weder das Poltern des Wagens noch die scheppernden Kisten hätten mich zu wecken vermocht.

Ich fühlte mich schwach, auch etwas benommen, hatte aber den Eindruck, die Beschwerden weitgehend überwunden zu haben. Ich raffte mich auf und stieg aus dem Wagen, um irgendwo meine Notdurft zu verrichten. Ich war nicht sonderlich versessen darauf, den anderen zu begegnen, also tapste ich ins Gebüsch mit steifen Gliedern wie ein flugunfähiger Vogel.

Als ich mich gerade wieder zurückschleichen wollte, bemerkte ich, wie Oliver, Rickover und Scheider in meine Nähe kamen. Ich duckte mich sofort weg. Die drei waren mit Trinkbechern bestückt und wollten sich offenbar ungestört besprechen. Plaudernd und gut gelaunt machten sie unter einer mächtigen Fichte halt, zwischen mir und ihnen lediglich dichtes Buschwerk. Ich verharrte in der Hocke und konnte sie nicht nur gut hören, sondern durch einen kleinen Spalt auch ihre Gesichter erkennen. Oliver sprach über Politik, er rühmte sich einer denkwürdigen Begegnung mit William Pitt, dem englischen Premierminister, den er für einen Genius hielt und dessen Staatsführung sich durch eine Politik auszeichne, die stets vorausschauend *und* nüchtern sei. Von Pitt könne Amerika noch viel lernen, dozierte Oliver, ehe er einen großen Schluck nahm.

«Nun, Gentlemen», sagte er in einem veränderten, schneidigen Tonfall, «wie wollen wir mit dem Patienten verfahren?»

«Meiner Meinung nach hat es keinen Sinn», äußerte sich Scheider, «die Anstrengungen steht er nicht durch, und wir sind immer noch am Anfang ...» Er zupfte an seinem Barthaar und setzte eine sorgenvolle Miene auf.

«So eine Erkrankung kann sich jeder einhandeln, das wird uns allen noch passieren», meinte Rickover. «Jetzt hat es ihn halt als Ersten erwischt, damit hat er es aber hinter sich. Da müssen wir ihn doch nicht gleich aussortieren.»

«So kann man das nicht sagen», versetzte Scheider mit der Autorität des Mediziners. «Ein schwächlicher Mensch wird stets anfälliger sein als eine robuste Natur.»

«Ich schätze ihn nicht als Schwächling ein. Er hat in Europa bewiesen, dass er sich durchsetzen kann. Ich weiß, was er geleistet hat, andere wären an seiner Stelle längst verzweifelt.» Olivers Plädoyer prallte allerdings an Scheider ab.

«Das mag wohl für die geistige Resistenz in der Studierstube zutreffen», spottete er. «Für die Wildnis erscheint er mir einfach zu gütig. Er hat etwas sehr ... Zartbesaitetes an sich, und ebendarin spiegelt sich seine schwächliche Konstitution.»

«So sind halt manche Pfaffen, sonst wären sie keine Seelsorger, sondern Seelenschmiede», sagte Rickover. «Wir haben das vorher gewusst. Er wird schon durchkommen. Und am Ende ist sowieso jeder auf eigene Gefahr dabei.»

Ich hatte große Lust, aus dem Gebüsch zu stürmen und

ihnen einen *ungütigen* Schrecken einzujagen, hielt mich aber vernünftigerweise zurück.

Im Weiteren gab Scheider zu bedenken, dass man mich durchfüttern und mich wohl regelmäßig pflegen müsse, und das bei begrenztem Medizinvorrat sowie bei sicherlich eintretenden Versorgungsengpässen. Als Rickover erwähnte, laut Sullivan würde niemand in der Gruppe einen Wert auf priesterlichen Beistand legen, führte auch Oliver kein Argument mehr für mich ins Feld. Mir schien ohnehin, dass er sich nur halbherzig für meinen Verbleib einsetzte. Entweder ich war ihm gleichgültig, oder er scheute sich davor, mit Scheider in einen Konflikt zu geraten, und überließ diesem, weitgehend den Stab über mich zu brechen.

Für den Fall, dass es geboten sei, den Siedlern einen Geistlichen zu präsentieren, stimmten alle drei darin überein, würde es ausreichen, einem anderen aus der Truppe meinen Mönchshabit überzuziehen, damit dieser den protestantischen Priester mimen konnte. Die Hinterwäldler seien sowieso zu dumm dafür, einen echten von einem falschen Pfaffen zu unterscheiden. Die drei gingen alle durch, feixten und kürten am Ende Billstrom zu ihrem Favoriten. Nun stand also fest, dass sie mich bei der nächsten Handelsstation zurücklassen würden, ganz gleich, ob ich bis dahin wieder genesen sei oder nicht. In den nächsten Tagen werde es so weit sein.

Inzwischen war es fast dunkel geworden. Das Triumvirat stolzierte zum Lager zurück, während ich mich mit zitternden Knochen langsam erhob.

Mit beklemmender Niedergeschlagenheit nickte ich ein und wachte mit demselben Gefühl wieder auf. Es schnürte mir die Kehle zu, sodass ich mich tagsüber weitgehend schlafend stellte, um nicht mit Lawrence sprechen zu müssen.

Wir hatten bereits einmal bei einer Handelsstation Rast gemacht, einer trostlosen Niederlassung, den einige ungehobelte Einsiedler bewohnten. Diese Orte glichen einander überall, hieß es. Wahrscheinlich musste man schon froh sein, wenn dieser Schlag von Leuten einen Aussortierten wie mich nicht misshandelte oder als Leibeigenen betrachtete. Angesichts einer solchen Perspektive fühlte ich mich nicht nur verlassen, sondern auch verraten. Und das ausgerechnet von Oliver, dem ich so vertraut hatte.

Während sich allmählich der Frühling ausbreitete, dämmerte ich in trübsinniger Trance vor mich hin, als wartete ich in dieser fahrenden Zelle auf die Auslieferung an meine Henker. Irgendwann fiel mein Blick auf einen goldgepanzerten Käfer, der auf der Decke über meinen Beinen krabbelte. Er strebte von mir weg, zur hellen, lichtdurchlässigen Plane, die ihm wahrscheinlich einen Ausweg ins Freie verhieß. Nach einer Weile erreichte der Käfer die Leinenabdeckung, kletterte schwerfällig nach oben, kam aber nicht weiter als bis zum Beginn der Wölbung. Ich stützte mich auf und rückte näher an ihn heran. Nun schaute ich zu, wie der Käfer starb, wie er sich bis zum letzten Zucken gegen den Tod wehrte. Es dauerte vielleicht eine Viertelstunde, dann regte er sich gar nicht mehr. Es hatte den Anschein, als sei er an der Plane festgewachsen. Der Tod musste den goldschimmernden Käfer allmählich überwältigt haben. Ich konnte nicht erkennen, woher dieser Tod gekommen war, ob aus der Luft oder aus dem Nichts oder gar von mir, der ich nun versuchte, das Geheimnis zu ergründen, was es heißt, in die Ewigkeit einzugehen – oder ins Nichts zu treten, wie die christliche Lehre es bei Tieren vermutet. Bei der ersten Erschütterung lösten sich seine Beinchen von der Plane, und er fiel herab. Ich betrachtete ihn und wünschte, er möge wieder anfangen zu leben.

Meine Hoffnung aber machte seinen Tod noch endgültiger. Mir kam die Einsicht, dass der Tod eines Käfers derselbe Tod ist, den jedes andere Lebewesen stirbt, vom kleinsten Insekt bis hinauf zum mächtigen Incognitum. Der Käfer hatte sich bis zum Schluss gegen das Gesetz der Endlichkeit gesträubt. Sein Abgleiten in den letzten Schlaf unterschied sich dabei in nichts von dem eines Menschen.

«Hey, bist du von den Toten auferstanden?!»

Lawrence' Stimme prallte wuchtig gegen meinen Kopf. «Was schaust du so blöde, ist was passiert?»

«Ein Käfer ist gestorben», sagte ich gefasst.

«Was?»

«Eben ist ein Käfer gestorben. Er liegt hier.»

Lawrence krampfte die Augenbrauen zusammen. Er schien sich uneins, was er von meiner Mitteilung halten sollte, ob ich ihn auf den Arm nehmen wollte oder dem Wahnsinn verfallen war.

«Leg dich am besten wieder hin», sagte er nach einem Moment, ehe er seine Aufmerksamkeit wieder den Rössern widmete.

Ich weinte ein paar Tränen um den Käfer und war ebenso traurig darüber, dass niemand hier meine Trauer würde verstehen können. Mir war sie ja selbst nicht verständlich. Nun musste ich wieder daran denken, dass man mich bald aussetzen würde, und ich haderte mit Gott, der mich verlassen hatte. «Wozu bin ich für dich da?», flüsterte ich mehrmals und: «Wer bin ich für dich …»

Ich sinnierte ziellos vor mich hin und stellte mir unter anderem vor, wie es wäre, heimlich vom Wagen zu springen, da spürte ich, wie unser Gefährt langsamer wurde und bald nur noch im Schritttempo fuhr. Ein schmaler Lichtstrahl drang herein, in dem der Staub tanzte. An der Abdeckung gewahrte ich das Schattenspiel der Äste, die der Wind hin und her wogte. Aus der Ferne klang das Trommeln von Eingeborenen. Die Paukenschläge wurden nicht lauter oder leiser, sondern erschütterten die Luft mit einem gleichmäßigen Wirbel. Schließlich ertönte der Wind wie ein schwingendes Weinglas, es dauerte nicht lange, und er verband sich mit den Trommeln zu einem rhythmischen Herzschlag. Mir war, als würde gleich etwas Entscheidendes geschehen, aber es passierte nichts, außer dass sich meine Fahrigkeit verflüchtigte. Jede Faser in mir war mit einem Male wieder auf ein Weiterleben ausgerichtet trotz meiner unverändert misslichen Lage. Die Klänge gemahnten mich an die große Erzählung der Welt, riefen in mir die Erinnerung wach an das ewige Werden und Vergehen im Strom des Lebens, der bei der Schöpfung der Welt seinen Ausgang genommen hat und von Generation zu Generation über uns hinwegzieht. Es war, als führte mir Gott die Essenz des Daseins vor Augen, diesen unbezähmbaren Fluss aus Leid, Trost und Zuversicht, aus Tod und Glück, Eros und Risiko. Dies verschaffte mir die unmittelbare Einsicht, dass das Sterben nur demjenigen leichtfallen wird, der sich aufs Leben eingelassen hat. Mit einem Mal fasste ich wieder Mut und war fest entschlossen, mich von niemandem mehr in die Einsamkeit meines Herzens zwingen zu lassen. Diese Leute hatten nicht das Recht, mich zu demütigen. Eher müssten sie mich umbringen. Die Klarheit meines Willens verhalf mir, mich den Begebenheiten zu stellen und meine Würde zurückzugewinnen, und der einzige Weg, mit dem Ausgestoßensein umzugehen, schien mir, war, so absolut frei zu werden, dass meine bloße Existenz zur Bedrohung für sie werden würde.

Am folgenden Morgen ging es mir bereits wesentlich besser. Die Benommenheit durch das Laudanum war ebenfalls abgeklungen, und so nahm ich auch wieder meinen Platz neben Lawrence ein.

Täglich gewann die Sonne an Kraft. Ein grüner Schleier überzog die Birken, Marschringelblumen mit ihren gelben Kelchen sprenkelten die Sumpfwiesen, an denen unser Weg vorbeiführte. In einiger Entfernung sahen wir indianische Kinder am Ufergebüsch eines Bachs, ausgestattet mit kegelförmigen Geflechten und einem Fischkorb. Als sie uns erblickten, versteckten sie sich. Lawrence meinte, das Trommeln vom Vortag galt uns und sollte eine Warnung sein, falls wir beabsichtigten, vom Pfad abzuweichen.

«Wenn von uns niemand die Nerven verliert, tun die uns auch nichts», sagte Lawrence im Gestus eines Sachkundigen, der damit, so schien es mir, vor allem sich selbst zu beruhigen suchte.

Unsere Route führte uns an den Allegheny River, wo wir an einer zugänglichen Stelle auf die andere Seite übersetzten. Die Breite betrug in etwa zweihundert Meter. Mir war bis dahin nicht bekannt gewesen, dass Oliver das Bauen von Flößen und ihre Anwendung im vergangenen Herbst am Hudson River hatte üben lassen. Auch die Pferde waren damals für den Gang ins Wasser vorbereitet worden.

Innerhalb von zwei Tagen bereiteten wir alles so vor, um mit drei zusammengezimmerten Flößen über den Strom zu setzen, von je zwei schwimmenden Pferden gezogen. Zusätzlich hatten wir Stocherstangen und Paddel im Einsatz. Jerome und Sidney gingen mit den restlichen Rössern ins Wasser, die beiden schwammen auf dem Rücken eines Pferdes voran. Sie schmiegten sich an die Tiere, als wären sie mit ihnen verwachsen.

Es war wirklich eindrücklich zu sehen, wie alles ineinandergriff. Die Kerle lachten und feixten, manche strahlten etwas schier Unbezwingbares aus.

Während noch gehämmert und gesägt wurde, suchte Oliver zum ersten Mal seit Langem meine Nähe. Er erkundigte sich nach meinem Wohl, verwies stolz auf das handwerkliche Geschick seiner Männer, ließ aber nicht durchblicken, was man demnächst mit mir vorhatte. Ich gab mir ebenfalls keine Blöße, stand ihm sogar in Sachen Scheinheiligkeit in nichts nach, indem ich hervorhob, wie sehr es mich ehrte, dabei sein zu dürfen, und dass ich es kaum erwarten könne, unseren Diskussionsfaden wieder aufzunehmen. Er pflichtete mir lächelnd bei, ehe er sich mit der Begründung einer bevorstehenden Besprechung entließ.

Am nächsten Tag ging es durch einen Wald, in dem über mehrere Meilen in tiefen Wagenspuren stinkendes, modriges Wasser dunkelte. Über eine brombeerübersäte Lichtung gelangten wir auf einen sehr engen Weg, der wie ein Tunnel anmutete, da die oberen Äste fast aneinanderstießen. Schließlich, nach ein paar Meilen auf abwärtsgehendem Geläuf, öffnete sich uns der Blick auf das nordöstliche Ohiogebiet, auf New Connecticut, wie es damals genannt wurde. Der Anblick war gigantisch, die Landschaft wunderschön. Hier schien ein besonders glückliches Zusammenwirken von Sonnenwärme und Erdfeuchte vorzuherrschen. Die Erde schwoll, und alles, was in ihr lebte, keimte, setzte Blätter an und trug hundertfache Frucht. Was für ein Schatz unerschlossener Reichtümer, dachte ich sogleich. Ich sah den Hauch der Fruchtbarkeit, wie er als warmer, blau schimmernder Dunst über jede zukünftige Furche und Scholle aufstieg. Die Wälder waren nicht mehr so dicht wie bisher, erhabene

Kastanienbäume säumten von nun an immer öfter unseren Weg, und ich erblickte zum ersten Mal in meinem Leben Büffel, die in einer kleinen Herde grasten.

Allerdings nahm auch der Wind zu, was unserem Vorrücken hinderlich war. Erst trieb er nur die Wolken vor sich her, schließlich begann er immer heftiger zu wehen.

7. Virginia Carlos letzter Auftritt

Ich vermied es, Lawrence über meine bevorstehende Aussortierung – und meine geheime Kenntnis darüber – einzuweihen. Es würde nichts ändern, das Urteil war gefällt, und wir Fußsoldaten hatten ohnehin nichts zu melden. Ich wollte ihn nicht in das Dilemma manövrieren, Partei für mich ergreifen zu müssen.

Ich wollte für mich alleine sprechen, und sobald mir Oliver oder wer auch immer den Entschluss mitteilen würde, war ich willens, meiner Meinung freien Lauf zu lassen. Dafür hatte ich mir ein paar scharfe Worte zurechtgelegt. Ich hatte keine Angst, dass sie mich als Strafe auf ihrer Rückreise nicht mehr mitnähmen oder sonstige Sanktionen über mich verhängten, mein Plan sah vor, mich zu gegebener Zeit nach Kanada abzusetzen und auf Gottes schützende Hand zu vertrauen. Vor dem Erreichen der Handelsstation hatten wir allerdings mit dem Wind zu kämpfen. In der Frühe begann er auf freier Flur so heftig zu blasen, dass wir vormittags gezwungen waren, in einem halbwegs windgeschützten Wäldchen zu kampieren. Oliver ging mit einigen anderen zu einem nahen See, wo sie Biber und Gänse schießen wollten. Inzwischen war ich wieder eingegliedert in die Gruppe, zumindest machte niemand mehr einen Bogen um mich. Pueyo riss zwar einen Witz auf meine Kosten, indem er mich vor allen fragte, ob der Dünnschiss eines Pfarrers ein Segen für die Erde sei, aber ich tat ihnen nicht den Gefallen, mich zu schämen, sondern schloss mich einfach dem ausbrechenden Gelächter an.

Neben Lawrence zeigten sich Jerome, Lucien und Sidney erfreut darüber, dass ich wieder genesen war. Jeromes Freundlichkeit war sogleich auch die Brücke für eine Unterhaltung zwischen uns beiden. Aus aufrichtiger Neugierde fragte ich ihn nach seiner indianischen Herkunft. Ich hatte keine Ahnung von den Naturvölkern Amerikas und wusste nichts über deren Unterschiede. Jerome reagierte sehr angetan. Wir setzten uns auf einen Felsblock, und er erzählte mir von seiner Familie und davon, dass seine Mutter die Tochter eines Mohawk-Häuptlings sei. Sie habe seinen französischen Vater kennengelernt, als dieser im siebenjährigen «Guerre de la Conquête» von den Mohawk gefangen genommen worden war, welche mit den Briten verbündet waren.

«Mein Vater war sehr jung, er war demütig und hatte ein gutes Herz, und deshalb haben sie ihn einfach adoptiert, auch um eigene Männer zu ersetzen, die im Krieg gefallen waren. Daraus ist eine schöne Geschichte geworden, und ich war das Ergebnis.» Jerome lachte herzhaft und gleich noch lauter, als er in mein erstauntes Gesicht blickte. Er berichtete, dass sein Stamm zum Bündnis der sechs irokesischen Stämme gehörte, den Haudenosaunee, was so viel bedeutete wie «Leute des Langhauses». Sie alle beriefen sich auf das «Große Gesetz des Friedens», das viele Hundert Jahre alt war. Und eigentlich, sagte er voller Stolz, aber mit gedämpfter Stimme, sei der Bund der Irokesen der wahre Ursprung der Demokratie – der echten Demokratie, wie er betonte. Bei ihnen wurden nämlich alle Fragen der Allgemeinheit gemeinschaftlich und ohne Gewalt geregelt. «Was mich dagegen bei den Weißen wundert, ist, dass immer nur ein paar Männer das Sagen haben. Und sie nennen es trotzdem Demokratie.»

Dann zählte er mir Beispiele auf, wie innerhalb der sechs Stämme die Eingrenzung von Herrschaft organisiert wurde. Ein wichtiges Prinzip war, dass Männer wie Frauen mit absolut gleichen Rechten ausgestattet waren. Ein Frauenrat teilte die Felder auf und regelte die gemeinsame Arbeit, im Männerrat wurden Pläne für Jagd und Handel gemacht. Und ging es darum, Feste und Zeremonien vorzubereiten, Streitigkeiten zwischen Clanmitgliedern zu schlichten oder Verhandlungen mit anderen Clans zu führen, arbeiteten alle zusammen. Das gesamte Land war Gemeineigentum, Machtzuwächse durch Bündnisehen waren ausgeschlossen, da jedes Stammesmitglied sein ganzes Leben lang ein und derselben Verwandtschaftsgruppe angehörte. «Die Zugehörigkeit zu einem Clan», sagte er, «fußt auf der Abstammung der Mutter und nicht der des Vaters.»

Ich war vollkommen verblüfft und schämte mich ob meiner Unwissenheit.

«Selbst die meisten Amerikaner wissen das nicht», erwiderte er unaufgeregt, «einige führende Köpfe haben aber sehr genaue Kenntnisse darüber. Sie wissen sehr wohl, dass wir eine bessere und viel gerechtere Demokratie hatten als die ihre, für die sie sich seit ein paar Jahren bei euch in Europa feiern lassen.» Er nickte seinen Worten hinterher, während ein milder Spott seine Lippen umspielte.

Steven Twitty schlich um uns herum, und zwar so ungeschickt, dass seine Absicht, uns zu belauschen, offenkundig war. Ich nahm ihn mit strengem Blick ins Visier, worauf er murmelte, ihm sei aufgetragen, uns zu holen, da wir bald wieder aufbrechen würden.

«Nicht einmal das einfache Lügen beherrscht dieser Wicht», tropfte es gallig aus Jerome heraus. Ich ging nicht darauf ein, sondern wollte vielmehr von ihm wissen, weshalb er über seinen Stamm in der Vergangenheitsform sprach.

«Weil sich der Irokesenbund vor zwanzig Jahren zerschlagen hat», er lächelte schmerzlich und präzisierte, dass es die einzelnen Stämme zwar noch gäbe, ihre Clans aber zersplittert und zerstritten seien oder in kanadischen Reservaten lebten. Die Irokesen hätten einen erheblichen Aufwand betrieben, um zwischen beiden Seiten der amerikanischen Revolution Frieden zu stiften – jedoch vergeblich. Als sich der Krieg anbahnte, waren sich die Irokesen unschlüssig, welche Seite sie unterstützen sollten oder ob es klüger sei, neutral zu bleiben. Die Mohawk, Onondaga, Cayuga und Seneca entschieden sich schließlich mehrheitlich für die Briten, während die Oneida sowie die Tuscarora die amerikanische Seite unterstützten.

«Aber warum hat man nicht geschlossen die Revolution unterstützt? Die Kolonien wollten doch Unabhängigkeit und Demokratie, selbst wenn sie noch nicht perfekt ist …»

Jerome sah mich schweigend an. Sein Blick war getränkt von Nachsicht und Zerrissenheit.

«Um es kurz zu machen, die Mohawk dachten, wenn sie sich auf die Seite der englischen Loyalisten schlagen, mit denen sie schon im Siebenjährigen Krieg verbündet waren, verhindern sie das Vordringen der Siedler. Sie haben aber auf die falsche Seite gesetzt. In der Unabhängigkeitserklärung wurden wir zu Feinden der Amerikaner erklärt. Mein Vater hatte sich dafür ausgesprochen, keine Partei zu ergreifen, also verließen wir unser Dorf, und so bin ich in beiden Welten aufgewachsen.»

Ich wollte schon weiter nachfragen, aber er machte eine abweisende Handbewegung. «Wir sollten nicht über Politik sprechen», sagte er mit stoischer Entschiedenheit, «ich könnte dir viel mehr erzählen, aber das würden einige hier nicht gerne hören, es würde für Unfrieden sorgen.»

Ich nickte verständig, genierte mich aber nach wie vor ob

meiner Ahnungslosigkeit in diesen Dingen. Jerome schien dies zu spüren und klopfte mir auf den Oberschenkel.

«Schau mich nicht so mitleidig an, ich hadere nicht mit der Geschichte, ich bin seit Langem unter den Weißen, jetzt stehe ich im Dienst von Mr Hancock, und ich werde alles zu seiner Zufriedenheit leisten. Er bezahlt mir gutes Geld, und ich habe die Möglichkeit, bei einem großen Abenteuer dabei zu sein. Aber von jetzt an ist es besser, darüber zu schweigen.»

Ich nickte, erkundigte mich aber noch nach den Lakota, in deren Gebiet wir reisten. Jerome neigte seinen Kopf, er wirkte unschlüssig. Man höre dieses und jenes, er könne nicht allzu viel über sie berichten, nur so viel: Die Lakota gehörten zur Volksgruppe der Sioux, sie seien mächtig und hielten das westliche Missouri-Gebiet im Griff. Es sei jedenfalls ratsam, einen guten Eindruck auf sie zu machen, sagte er mit einem vieldeutigen Lächeln. Dann stand er auf und ging davon, vor sich hin pfeifend, so als hätten wir gerade kein konspiratives Gespräch geführt, sondern uns vergnügt ausgetauscht.

Inzwischen hatte der Wind nachgelassen, sodass wir den Handelsposten in weniger als zwei Stunden erreichten. Dort war ein Ruhetag vorgesehen, um vor allem nötige Reparaturen vorzunehmen. Als wir eintrafen, war diese kleine Niederlassung, bestehend aus zwei Blockhütten sowie einem abseitigen, halb verwitterten Schuppen, wie ausgestorben. Ein Fenster der größeren Hütte stand offen, neben dem Brunnen lag ein umgekippter Eimer. Ein Bach plätscherte vor sich hin, die Kastanienbäume rauschten im Wind. Einige betraten die Hütten und bestätigten den Eindruck, dass niemand da war, kein Anzeichen von einem geregelten Abzug der Männer, auch deutete nichts auf eine überstürzte Flucht oder eine Entführung hin.

Nach dem Abschirren der Pferde machten sich Lawrence und ich daran, das verschlossene Tor des Schuppens aufzukriegen. Die anderen schenkten uns kaum Beachtung, da wohl niemand damit rechnete, irgendetwas Interessantes in dieser Remise mit ihrem löchrigen Dach zu finden, sie schien der Verrottung preisgegeben zu sein. Das Tor war vielleicht zwei Meter hoch und ebenso breit und erwies sich als von innen abgesperrt. Wir rüttelten daran, jemand musste von innen ein Brett oder eine Latte als Riegel angebracht haben.

Unsere Blicke kreuzten sich, Lawrence presste seinen Zeigefinger auf die Lippen. Es konnte nicht anders sein, als dass sich jemand im Schuppen befand, wie sonst wäre das Gebäude verriegelt? Auf einmal schwang ein Flügel auf und warf Lawrence um wie der Faustschlag eines Preiskämpfers.

«Wer stört hier meine Ruhe?!», teufelte uns eine krächzende Stimme entgegen. Ein aufgebrachter Mann trat aus dem Dunkel hervor und fuchtelte mit einem Stock. Er trug ein geschecktes Wams, darüber einen Mantel aus Kalbfell. Wutentbrannt rappelte sich Lawrence auf und packte den Zausel am Kragen, so schnell und vehement, dass der gar nicht dazu kam, sich zu wehren. Im Handumdrehen hatte Lawrence den kleinen Mann entwaffnet und hielt ihn mit ausgestrecktem Arm von sich. Der Kerl fluchte und beschimpfte Lawrence, der aber zeigte sich unbeeindruckt davon. Er drückte ihn einfach gegen die Bretterwand und drehte ihm die Luft ab, worauf dieser nur noch Keuchlaute herausbrachte.

«Bei dem läuft was massiv falsch», diagnostizierte Lawrence, «ein typischer Seelenzerstörer.» Er befahl dem Zausel, ruhig zu sein, sonst würde er richtig zudrücken. Der Mann sah aus wie eine männliche Kräuterhexe, er hatte ein zerfurchtes Gesicht, von einigen Warzen gesprenkelt, sein Zottelkopf bestand aus verfilztem grauem Haar, in dem sich Laub verfangen hatte, sodass man es für ein Vogelnest hätte halten können. Ich ging in den Schuppen, der nur an manchen Stellen mit einem Bretterboden verlegt war. Daneben lag Sand. Weiter hinten stand ein vierrädriges Fuhrwerk, vollgeladen mit allerlei Tand, daneben lag ein gelangweilt dreinschauendes Maultier und kaute auf trockenen Strünken herum. Eine kleine, eben gelöschte Feuerstelle verriet, dass der Mann hier Rast gemacht hatte.

Mittlerweile waren Oliver, Scheider, Rickover, Lucien und andere herbeigeeilt. Da der Zausel auf die einfachsten Fragen nicht reagierte oder ziemlich versponnene Antworten gab, riss Rickover nach einer Weile der Geduldsfaden. «Jemand, der hier draußen allein unterwegs ist und nach drei Tagen immer noch lebt, kann kein Idiot sein.» Er hielt dem Kerl sein Gewehr unter die Nase und forderte ihn auf, die Wahrheit zu sagen, andernfalls würde er ihm den Kopf wegblasen. Es war ziemlich eindrücklich, wie schnell der kleine Mann sein Wesen veränderte und nun in klarster Weise Rede und Antwort stand, erstaunlich war auch, wie unaufgeregt er angesichts der Bedrohung wirkte. Er stellte sich als Carl Detrick vor, die ganze Welt würde ihn jedoch unter dem Namen Virginia Carlo kennen! – Dabei linste er erwartungsvoll in die Runde, doch niemand reagierte. Er sei im Norden am Lake Erie gewesen, wo unter der Leitung des ehemaligen Generals Moses Cleaveland ein Hafen gebaut werde und riesige Siedlungen entstünden.

«Ich habe meine Geschäfte gemacht, hauptsächlich Stoffe verkauft und Salben … Außerdem habe ich ein paar Auftritte gegeben.»

Rickover, der die Waffe wieder gesenkt hatte, wollte wissen, von welcher Art Auftritten er spreche. Darauf fingen Carls Augen an zu funkeln.

«Früher, in Williamsburg, da hatte ich meine eigene Singhalle … Zerstört im Krieg, seitdem schubst mich das Leben durch die Lande. Ich erzähle italienische Fabeln … Meine Mutter stammte aus Venedig. Ich spiele aber auch auf meiner Glasharmonika oder verwandle die Löcher meiner Hosen in Palastfenster, durch die der Wind pfeift.» Er setzte ein breites Grinsen auf, wandte sich um und stolzierte in den Schuppen.

«Hiergeblieben!», herrschte ihn Oliver an. «Wo sind die drei Männer, die für gewöhnlich hier arbeiten? Der Handelsposten ist verlassen.»

Carl streckte seine Arme aus und rollte mit den Augen. «Ich weiß es nicht. Niemand war da, als ich gestern gekommen bin. Und ich habe auch keine Nachricht gefunden, wo sie sein könnten.»

«Und warum hast du dich vor uns versteckt?», blaffte ihn Oliver an.

«Genau aus dem Grund», antwortete der Zausel schnippisch, «euer Ingrimm ist zum Fürchten!»

Lucien musste lachen. «Der Kerl hat Witz. Ich würde vorschlagen, du gibst uns heute Abend eine Kostprobe. Ein besseres Theater als diesen Schuppen kann man sich nicht denken.»

Carl wedelte mit der Hand, das ginge nicht, sagte er hastig, denn er müsse heute noch weiterziehen. Er werde morgen im Bezirk Pittsburgh erwartet, er hätte vorgehabt, just in dem Augenblick aufzubrechen, als wir eintrafen.

«So ist das, aber genug über mich gesprochen», sagte er im Tonfall eines geschäftigen Kaufmanns, «noch schnell zu euch, was seid ihr eigentlich für welche? Wo kommt ihr her, wo geht ihr hin …»

«Wir sind Erkundungsfahrer», antwortete Oliver kühl, «Astronomen, die das Land vermessen.»

«Interessant, interessant … Ihr seid also Linsengucker. Wo habt ihr denn eure Landmesserinstrumente? Zu gerne würde ich einmal durch so ein Okular schauen.» Dann wandte er sich mir zu. «Aber du bist ein Gottesmann. Was denn für einer, ein Amischer, Presbyterianer, Katholik, Quäker oder ein Böhmischer Bruder oder was der Teufel …» Er grinste verächtlich. Ich war kurz geneigt, ihm die Wahrheit über unsere Mission zu offenbaren, zu sehr hätte es mich gereizt, die Reaktion aller zu sehen, doch da schmetterte Rickover aus dem Inneren des Schuppens schon ein lautstarkes «Ha!» nach draußen, als hätte er ein Welträtsel gelöst. Schlagartig wich Carl alle Farbe aus seinem Gesicht. Rickover kam mit einer messingbeschlagenen Geldkassette zurück, die er vor sich hertrug wie eine Trophäe.

«Diebesgut», proklamierte er aufgebracht. «Das war in einem Biberpelz eingewickelt. Der Zwerg ist ein Gauner!»

Auf dem Deckel des Holzkästchens befand sich eine eingravierte Inschrift, die zweifelsfrei belegte, dass sie der Handelsstation gehörte. Es war schwer, mit einem Blick zu fassen, wie viel Geld in der Kassette war, aber ein hübsches Sümmchen war es offenkundig, für einen wie Carl ein kleines Vermögen.

«Hört auf, in meinen Sachen zu wühlen», schrie der mutmaßliche Dieb. Er polterte mit seinen Stiefeln, mit den Absätzen stampfend, lief er in die Scheune. Dort richtete er ein paar klagende Worte an sein Maultier, dem er auf den Rücken patschte, damit es aufstand. Rickover berichtete, auf dem Wagen unter den Stoffen hätte er Biberfelle entdeckt, die der Zwerg mit Sicherheit aus der Blockhütte entwendet habe. Carl schimpfte unterdessen weiter vor sich hin und begann, seinen Muli anzuschirren. Wir schauten einander ratlos an. Glaubte der Kerl ernsthaft, sich ohne Erklärung aus dem Staub machen zu können? Es hatte wirklich den Anschein. Ein Moment der Stille zog ein. Am Himmel flog ein Vogel langsam im Kreis, die schlanken Bäume neigten ihre Häupter nach Westen.

Oliver nahm die Geldkassette in Gewahrsam, dann gab er Sullivan und Lawrence die Anweisung, das Kerlchen festzunehmen und zur großen Blockhütte abzuführen. Darin war ein kleines Zimmer, wo man Carl einsperrte, ehe unsere Anführer beratschlagten, wie es mit ihm weitergehen sollte. Währenddessen wurden drei Gänse über einem großen Feuer gebraten, jemand hatte einen Laib Brot im Vorratsraum der kleinen Hütte gefunden, der mit verspeist wurde, und zum ersten Mal gestattete Oliver, Whiskey auszuschenken, was die Stimmung erheblich steigerte. Derweil ließ ich mir die Verhältnisse an diesem Ort durch die Finger laufen wie einen Rosenkranz und kam zu dem Schluss, dass es höchst unwahrscheinlich sei, dass sie mich hier zurücklassen würden. Die Niederlassung war verwaist, sie konnten mich in niemandes Obhut geben. Hinzu kam, dass mir einige der Reisekameraden inzwischen recht zugewandt waren, sie würden sich wohl für mich einsetzen, falls man mich doch aussetzen wollte. Allein, es stellte sich nun mir selbst die Frage, ob ich überhaupt noch Teil der Unternehmung sein wollte.

Nach dem Abendschmaus wurde Carl aus seiner Zelle geholt und neben das Lagerfeuer gestellt, das wir zwischen dem Schuppen und der kleinen Blockhütte errichtet hatten. Wir saßen im Kreis um ihn herum, gespannt, was passieren würde. Der Prozess war nicht nur eine Abwechslung vom täglichen Trott, er versprach ein richtiges Spektakel, denn Carl hatte sich bislang als aufmüpfig und unberechenbar erwiesen. Jetzt war er allerdings still, seinen Kopf hielt er trübsinnig gesenkt. Scham und Schmach schienen schwer auf ihm zu lasten. Schließlich stand Oliver auf.

«Wir», sagte er und meinte damit Scheider, Rickover und sich selbst, «sind zu dem Ergebnis gekommen, dass es geboten ist, diesen Landstreicher, der sich Virginia Carlo nennt, zum Tode durch den Strang zu verurteilen. Er hat sich nicht nur des Diebstahls, sondern auch des dreifachen Mordes schuldig gemacht.»

Ein Raunen ging durch die Runde. Carl warf seinen Zottelkopf in den Nacken und keuchte wie ein Maultier, mehrmals rief er «Das ist eine Lüge» und «Das könnt ihr nicht machen, das stimmt nicht».

Oliver mahnte zur Ruhe. Der Angeklagte habe nun die Möglichkeit, das Gericht von seiner Unschuld zu überzeugen. Sollte er genügend Beweise hervorbringen, dass er nichts mit dem Verschwinden der Männer zu tun habe, würde er lediglich mit zwanzig Peitschenhieben bestraft werden.

«Für uns steht unwiderlegbar fest, dass der Landstreicher gestohlen hat. Er hat zweiundfünfzig Dollar aus der Handelskasse entwendet sowie zwei Biberfelle und ein Bisonfell. Das Strafmaß richtet sich nach unserem Strafkatalog.»

Mit einem Mal wurde es ganz ruhig, Oliver stemmte die Fäuste in die Seite und fixierte den Angeklagten: «Jetzt sag schon, was hast du gegen die Morde vorzubringen?»

Carl schnappte nach Luft. Sein Gesicht glich dem eines hilflosen Hundes, dem ein Befehl gegeben wurde, den er aber nicht auszuführen vermochte.

«Ich, ich … habe die Männer nicht umgebracht, und ich weiß auch nicht, wo sie sind», stammelte er mit verlorenem Blick. «Und die Felle», fügte er verzweifelt hinzu, «die habe ich nicht gestohlen, die habe ich zum Verkauf selbst mitgebracht. Ich habe sie im Norden bei Indianern eingetauscht gegen Kleider und Glasperlen. Ich wollte sie hier versetzen, aber es war niemand da …»

«Wie willst du das beweisen?», tat sich nun Rickover hervor. «Du hast schon bei der Geldkassette gelogen. Wieso sollten wir dir jetzt glauben?»

Carl verstummte, Rickover legte nach. «Man fährt nicht irgendwohin und raubt anständige amerikanische Bürger aus. Über fünfzig Dollar sind verdammt viel Geld. Einer wie du wird so was immer wieder tun, wenn sich ihm die Gelegenheit dazu bietet!» Ein paar aus der Runde klatschten Beifall.

Mit einem Mal erhob ich mich, als hätte mich eine unsichtbare Hand an den Schultern hochgezogen. Alle Blicke fielen mir zu, Oliver starrte mich besonders streng an.

«Ich möchte eine Sache richtigstellen. Der Angeklagte hat uns nicht angelogen, als Rickover ihn des Diebstahls überführte. Er hat die Tat nicht abgestritten, er hat lediglich gesagt, ‹Hört auf, in meinen Sachen zu wühlen›. Daraus kann man nicht ableiten, er wäre ein Lügner, weder in dieser Angelegenheit noch in anderen Dingen. Außerdem ist mir schleierhaft, wie jemand etwas beweisen soll, was er *nicht* getan hat. Es wäre ein Rückfall in die Zeit der Hexenprobe. Eine gerechte Justiz muss dem Angeklagten die Schuld nachweisen und nicht umgekehrt der Angeklagte einen Beweis seiner Unschuld erbringen. Wie sollte er das auch tun?»

«Willst du jetzt ein Unschuldslamm aus ihm machen?!», giftete Sullivan dazwischen, dem man die vom Whiskey befeuerte Streitlust anmerkte.

«Nein, aber wir müssen maßhalten. Vor allem in der Frage der Bestrafung.»

«Wie kommt eigentlich ein Geistlicher dazu, sich in ein weltliches Gericht einzumischen?», stichelte Scheider, «wer oder was befugt dich denn dazu?»

«Mein Verstand», gab ich kühl zurück.

«Dann müsstest du aber auch wissen, dass in der Bibel steht, dass es Menschen gibt, die verflucht sind – verkommene Gestalten, vom Heil ausgeschlossen. Diese Kreatur ist eine davon. Er würde auch uns ausrauben, wenn er könnte!»

Ich spürte, wie sich Lawrence innerlich wand, ich bemerkte die Unschlüssigkeit in Jeromes Augen, Sidney blickte die ganze Zeit nach unten, allein Lucien machte einen entspannten, fast vergnügten Eindruck, als wäre dies der Aufzug eines Schauspiels.

«Ich kenne die Stelle im Römerbrief», sagte ich. «‹Es gibt Gefäße des Zornes, hergerichtet zum Verderben›, heißt es da. Dann sind wir uns doch einig, dass dieser Mann, sei er denn wirklich verflucht, bereits auf der Flucht ist wie einst Kain, der seinen Bruder erschlagen hat. Aber selbst Gott fordert im 4. Kapitel im Buche Genesis: Keine Todesstrafe für den Mörder! Und machen wir uns nichts vor, wenn wir ihn nun auspeitschten, dann käme dies Strafmaß einem Todesurteil gleich. In seinem Alter, hier auf sich alleine gestellt, würde er den Verwundungen erliegen. Wem wäre damit gedient? Um Jesu willen, besinnt euch und seid barmherzig!»

«Wir haben hier aber ein weltliches Gericht mit militärischer Ausrichtung. Und hat uns nicht Gott die Vernunft gegeben, nach unserer eigenen Auffassung zu handeln – und zu richten? Es wäre ein Frevel, diesen windigen Gaukler ungestraft davonkommen zu lassen!», beharrte Scheider.

Mein Mund war ganz trocken geworden. Ich musste scharf nachdenken, wie ich am überzeugendsten antworten sollte, da meldete sich Lucien zu Wort.

«Wie kommen wir denn eigentlich darauf, unser Gesetz auf ihn anzuwenden? Er ist keiner *von uns*, aber der Strafkatalog gilt nur *für uns*. Wenn da draußen ein Bauer einen anderen Bauern bestiehlt, mischen wir uns doch auch nicht ein …»

Luciens Argument gab, so schien es, fast allen zu denken, nur Scheiders Blick hatte sich verfinstert. Dabei wunderte ich mich selbst, dass niemand, auch ich nicht, vorher auf diese simple Tatsache gekommen war.

«Ich bereue meine Tat zutiefst», schluchzte Carl mit einem Mal, «mir tut es tausendfach im Himmel leid, ich werde euch auch dienen, heute, morgen, übermorgen, solange ihr wollt, aber bitte verschont mein Leben.»

Alle schauten etwas pikiert, doch niemand reagierte auf sein Flehen. Daraufhin wechselte er plötzlich die Tonart.

«Meine Herren», gab das unheilvolle Kerlchen nun zu bedenken, «ich habe euch von der Sünde abgehalten. Dies solltet ihr mir hoch anrechnen, ihr hättet nämlich nicht anders gehandelt als ich. Niemand hätte das! Kein Mensch war hier, entweder sie sind abgereist, ohne ihre Wertstücke mitzunehmen, dann gehören sie wegen ihrer Dummheit bestraft, oder ihnen ist etwas zugestoßen, doch dann sind sie wahrscheinlich schon tot, und dann ist es auch egal, wem das Geld zufällt. Die Handelskompanie ist so reich, die braucht es doch gar nicht …»

«Was bildet sich dieser Nichtsnutz eigentlich ein!», schnaubte Sullivan, die Halsschlagader angeschwollen wie ein Weinschlauch. «Der hat in der Blockhütte nichts zu suchen, stapft aber rein, klaut das Geld und sagt, wir hätten es genauso gemacht. Was für eine Unterstellung!»

«Aber Jack, du warst der Erste von uns, der in die Hütte marschiert ist!», krakeelte Pueyo von der anderen Seite.

«Weil Paul es mir erlaubt hat, du Schwachkopf!»

«Ruhe!», brüllte Oliver. «Wir haben jetzt alle Argumente gehört. Unsere Haltung ändert sich nicht. Aber wir sind auch Demokraten, deshalb schlage ich vor, dass wir über den Gaukler abstimmen. Jeder hat eine Stimme, und jede Stimme zählt gleich viel. Ihr wisst, dass ich euch damit sehr viel Verantwortung übertrage.»

Dann stellte Oliver drei Möglichkeiten zur Wahl, Hinrichtung durch den Strang, Auspeitschen mit zwanzig Hieben – oder Freispruch. Bei gleicher Stimmenanzahl würde eine Stichwahl entscheiden.

«Ich habe eine andere Idee», meldete sich plötzlich Kermit zu Wort. Er gluckste ein wenig vor sich hin und kratzte sich aufgeregt am Hinterkopf. «Er könnte doch eine Darbietung für uns machen, in der Scheune. Und wenn sie uns gefällt, lassen wir ihn laufen, und wenn nicht, dann … ich weiß nicht, dann hängt es eben davon ab, wie es war …»

Viele nickten und befürworteten, wenn auch zurückhaltend, den Vorschlag. Oliver nahm dies augenfällig zur Kenntnis, sodann sagte er mit gönnerhaftem Gestus: «Damit kann ich gut leben, ein hübscher Vorschlag.»

Gleich darauf wurde im Schuppen alles für Virginia Carlos Auftritt hergerichtet. Während von uns Kerzen, Walrat-Lampen und Stühle herangeschafft wurden, baute Carlo seine Glasharmonika auf. Die Glasschalen sowie der Holzkasten mit seinen gedrechselten Beinen und dem fragilen Pedal waren in Wachstücher und Stoffe gehüllt und teils in Korkbehälter verpackt. Für mich war es unbegreiflich, wie diese heruntergekommene Figur zu so einer wertvollen Apparatur gekommen war, und noch unbegreiflicher, dass er mit dem Instrument auch noch was anzufangen wusste.

In Zürich hatte ich einmal einem Konzert beigewohnt, einer Kammermusik von Mozart, komponiert für Glasharmonika, Flöte, Violoncello, Viola und Oboe, von daher wusste ich, dass eine überdurchschnittliche Musikalität vonnöten war, um dieses Instrument spielen zu können. Wenn man es richtig gut beherrscht, vermag man damit Töne zu erzeugen, die wie wispernde Glocken oder rieselnde Trompeten klingen; hinsterbende Melodien, die ihre Seelen durch die Lüfte schweifen lassen.

Unter unseren Leuten meinte ich aufgeregte Vorfreude zu erspüren. Es stellte sich heraus, dass bis auf zwei oder drei – zu denen ich gehörte – noch nie jemand in einem Theater war. Unsere Lichtquellen machten aus der Remise einen geräumigen, schummrig beleuchteten Salon. Ich hoffte, die Atmosphäre würde Carl dienlich sein, um einen glänzenden Auftritt hinzulegen, der ihm zur Straffreiheit verhelfen würde. Er selbst hatte sich unterdessen erbeten, sich zur ungestörten Vorbereitung zurückziehen zu dürfen. Hierfür wurde er einfach wieder in das Zimmer der großen Blockhütte eingeschlossen.

Als etwas später Carlo von Sullivan und Lawrence hereingeführt wurde, hatten sich bereits alle eingefunden. Wir saßen auf Stühlen und Kisten, die in zwei Reihen aufgestellt waren. Carlo hatte nun einen zerschlissenen schwarzen Frackrock an, das Gesicht weiß gepudert, sodass man seine Warzen nicht mehr wahrnahm. Sein Zottelhaar war vollständig unter einem hohen, kegelförmigen Hut verborgen. An seinen Schultern waren zwei ausgebreitete, grün gefärbte Kranichflügel befestigt, mit sehr langen Federn an ihren Enden, die sich apart abspreizten wie die fünf Finger einer Hand.

Mit gravitätischen Schritten ging er an uns vorbei, in seiner linken Hand führte er eine Steinflasche mit sich. Alles in allem verbreitete er den Eindruck, als würde *er* nun über unser Leben befinden anstatt umgekehrt. Vorne angekommen, setzte sich Carlo an die Harmonika. Vielleicht, so dachte ich bei mir, hatte ihm sein Spiel in früheren Zeiten schon manche Liebesnacht beschert, vielleicht hatte es ihm Lob und Anerkennung eingehandelt, vielleicht auch gutes Geld – gleichviel, heute galt es für ihn, besser zu spielen als je zuvor. Er blickte ins Publikum und ließ ein schüchternes Lächeln aufblitzen. Schließlich stimmte er einen C-Dur-Akkord an, indem er die waagerecht angeordneten Glasschalen mittels eines Tretmechanismus durch einen kleinen Wassertrog in Rotation versetzte. Dies war nötig, um die Glasränder stetig feucht zu halten und dann jeden Rand im Vorüberziehen zu berühren, ganz so, wie man die Tasten einer Orgel betätigen würde. Das Instrument brachte zunächst sonderbar heisere Klänge hervor. Ich blickte in die Runde, manche kniffen skeptisch die Augen zusammen, für sie klang diese Musik wohl recht merkwürdig. Aus der unzugänglichen Tonfolge wurde jedoch bald ein warmes, eingängiges Adagio, und ich spürte, wie es die Zuhörer allmählich einfing. Entspannung breitete sich aus, statt zugekniffener Augen sah ich nun gelöste Gesichtszüge, sanft geschlossene Augenlider. Für einige Minuten wurde der halb verwitterte Schuppen zu einem Dom der Harmonien.

Auf einmal aber brach Carlo sein Spiel ab und schnellte von seinem Stuhl hoch. Er begrüßte alle zur Vorstellung seines Programms im «Teatro del Tetto bucato» von Ohio. Es sei ihm eine Ehre, an diesem wundervollen Ort vor solch erlesenem Publikum auftreten zu dürfen. Er machte eine Pause und wartete, bis es vollkommen still war.

«Damit keine Missverständnisse entstehen», sagte er betont nüchtern, «ich spiele immer um mein Leben, nicht nur heute.» Sogleich darauf wurde Virginia Carlo kreuzfidel. Er fragte in die Runde, welches Stück er geben solle, ob das vom

Hirtenjungen und dem Wolf, Geschichten vom Menschen, als er noch im Naturzustand war, oder die Legende von Grace Sherwood, bekannt als die Hexe von Pungo. Er trug dies schnatternd vor, ließ dabei die Zunge rollen und wirbelte mit den Händen in der Luft. Doch wartete er keine Antwort ab, sondern rief frech, da wir uns nicht entscheiden würden, müsse er eben seine Lieblingsgeschichte erzählen, welche da hieße: «L'augellino belverde – Der schöne grüne Vogel». Er drehte uns den Rücken zu und ließ nacheinander beide Hände unter seinen Hut gleiten, sehr flink und versiert, anschließend zog er die Hände sachte heraus und wandte sich uns wieder zu. Er tat gerade so, als berge er etwas Zerbrechliches zwischen seinen gekrümmten Handtellern. Er streckte die Arme aus, wartete einen Moment, dann öffnete er seine Hände, und siehe da – es hat sich wahrhaftig so zugetragen –: Ein Vöglein stieg auf und flatterte davon. Manchen, auch mir, stand der Mund offen, Kermit rief «Zauberei», Sullivan plärrte «Verfluchte Scheiße», und Twitty quäkte: «Wie hat er das bloß gemacht?»

Fast alle sprangen auf und sahen nach dem schon entschwundenen Vogel. Betont unbeeindruckt von unserem Staunen, winkte Carlo dem Vöglein hinterher.

«Beruhigt euch und setzt euch wieder», forderte er uns im Tonfall eines wohlmeinenden Onkels auf. Er würde jetzt ein Märchen erzählen, und zwar aus der Perspektive des grünen Vogels. Er streifte über seine Flügel und lächelte sardonisch: Eigentlich sei er, der grüne Vogel, zwar ein Prinz, doch ein Ungeheuer hätte ihn verzaubert, die Umstände werde er später noch genauer ausführen.

«Wie sieht denn das Ungeheuer aus?», rief Pueyo dazwischen, «hat es zufällig Stoßzähne, vier dicke Beine und ist so groß wie ein Haus?»

Carlo machte ein verwirrtes Gesicht, während wir in Gelächter ausbrachen.

«Am Ende werden wir auch alle in grüne Vögel verwandelt», feixte Oliver.

«Dann könnten wir wenigstens nach Hause fliegen», brummte Sidney, worauf noch mehr geflachst wurde. Es war das erste Mal auf dieser Reise, dass ich Oliver ausgelassen erlebte. Selbst Scheider ließ sich ein Lächeln entlocken. Carlo wartete aber geduldig ab, bis die Heiterkeit abebbte, dann legte er los.

Ich kann die Handlung nicht nacherzählen, das Märchen war sehr verschlungen und hielt viele Wendungen bereit. Manche Szenen fasste Carlo zusammen, andere spielte er dialogisch aus, indem er alle Figuren mimte. Dies machte er sehr virtuos, wechselte das Tempo, wurde mal laut, mal leise, mal gedankenvoll, mal flatterhaft, mal war er Derwisch, dann wieder ganz Liebreiz. Virginia Carlo zog wirklich alle Register seiner Schauspielkunst. Wenngleich ich der Geschichte kaum hinterherkam, war ich aufgrund seiner Darbietung trotzdem gebannt. Nach einigen Minuten offenbarte sich bereits, dass ihn der Auftritt sehr verausgabte, der Schweiß lief ihm in Bächen herunter und zog feine Striemen durch sein gepudertes Gesicht. Seines Hutes hatte er sich schon bald entledigt, sodass man nicht umhinkam, seinen wilden, wippenden Zottelkopf zu bestaunen. Immer wieder nahm Carlo einen kräftigen Schluck aus seiner Steinflasche, die neben seiner Glasharmonika stand.

Das Stück war verquast, aber es behandelte durchaus interessante Aspekte der Moralphilosophie, dass nämlich diejenigen, die Glauben und Moral negieren und sich nur auf Egoismus und Berechnung stützen, ihrer Prinzipienlosigkeit irgendwann selbst zum Opfer fallen.

Carlo mochte vielleicht eine Dreiviertelstunde gespielt haben, da begann er mit einem Mal zu taumeln, er machte einen Kreuzschritt, dann noch einen und schließlich einen dritten. Zunächst dachte jeder, dies sei eine Einlage, welche dazugehöre, doch dann fing er an zu röcheln und sackte zusammen. Nun war jedem klar, dass er einen Schwächeanfall erlitten hatte. Sein Gesicht lief blau an, und innerhalb weniger Sekunden brach er vollständig zusammen. Sein Atem rasselte, sein Körper wandte sich in Zuckungen, dann tat er einen tiefen, dumpfen Seufzer, bevor er reglos verharrte.

Scheider war gleich zur Stelle und bückte sich über ihn, ich eilte hinzu und kniete mich daneben. Carlos Augen barsten, für einen Moment war mir, als würden sich seine Augäpfel aufblähen und das Geäst seiner Adern vibrieren. Aber da waren sie auch schon erstarrt. Der sensenschwingende Schnitter hatte seinen Lebensfaden durchtrennt. Noch einmal zuckte sein Körper auf, die letzten Geister meldeten sich ab und entwichen dem kleinen Mann mit einem Todesfurz. Virginia Carlo lag nun vor uns wie ein gefallener Engel, seine Flügel mit Sand und Staub beschmutzt, aus seinem Gesicht war alle Widerspenstigkeit verschwunden.

Eine bedrückende Stille zog ein, alle machten einen ratlosen Eindruck, das Feld der Fraglichkeiten spannte sich über uns auf wie ein gottloser Himmel. Niemand wusste mit der Situation umzugehen oder etwas Passendes zu sagen, niemand wusste, wie dieser Tod geschehen war.

Da klatschte Kermit, der als Einziger sitzen geblieben war, in die Hände: «War richtig gut, war richtig, richtig gut. Schade um ihn.» Es klang aufrichtig und keineswegs pietätlos. «Nun bin ich aber müde», schob er hinterher. Er nahm sein Whiskeyglas, leckte die letzten Tropfen auf und torkelte hinaus.

«Jetzt brauchen wir wenigstens nicht abzustimmen», nuschelte Sullivan und wankte ebenfalls ins Freie. Nun leerte sich das Theater rasch, zurück blieben Jerome, Lucien und ich. Sobald der Franzose sicher war, dass niemand mehr zurückkehren würde, griff er nach Carlos Steinflasche und schnupperte an der Öffnung.

«Womit ist sie gefüllt?», fragte ich.

«Sie ist leer. Was drin war, ist schwer zu sagen.» Lucien reichte mir die Flasche, meine Nase fing ein süßliches Aroma ein, einen verdächtigen Geruch konnte ich nicht feststellen. Es hätte auch Limonade sein können.

«Das beste Gift ist immer geruchlos», meinte Jerome und wippte dabei gleichmütig mit dem Kopf.

«Egal, wie gut er gespielt hätte, er konnte nicht darauf vertrauen, dass die Mehrheit für ihn gestimmt hätte.» Nachdem Lucien dies gesagt hatte, holte er tief Atem und ging langsam um den inzwischen mit einem Tuch abgedeckten Leichnam herum. Dann blieb er stehen und atmete aus.

«Vielleicht war es Glück? Man sagt doch, für einen Schauspieler sei es das Schönste, auf der Bühne zu sterben.»

8. Fatale Ketzerei

Vormittags hatte ein kräftiger Regenguss auf uns niedergeprasselt, inzwischen aber strahlte die Mittagssonne wieder recht behaglich. Für Carls letzte Ruhestätte hatten wir einen schönen Flecken Erde ausgewählt, eine Stelle hinter der Remise, zu Fuße eines schwarzen Nussbaums. Nachdem wir das Loch zugeschüttet und das Erdreich angeebnet hatten, steckte ich ein aus zwei Ästen gefertigtes Kreuz ins Grab. Anschließend sprach ich in Anwesenheit von Jerome und Tom Pueyo ein paar segnende Worte. Pueyo hatte sich uns kurzfristig angeschlossen, worüber ich zunächst überrascht war, doch als ich eine gewisse, für ihn untypische Nachdenklichkeit in seinem Gesicht lesen konnte, schien es mir, als würde ihn Carls Ableben nachhaltig beschäftigen. Kermit dagegen bedauerte offen den jähen Tod des Schauspielers, er könne aber Gräber nicht ausstehen, weswegen er von der Bestattung Abstand nehmen wolle. Er, Lawrence und Twitty waren unterdessen damit zugange, mit einem Gemisch aus Harz und Talg die Räder und Bolzen unserer Wagen zu schmieren. Oliver, Rickover, Scheider, Sullivan, Billstrom, Lucien und Sidney waren mittags aufgebrochen, um etwas Wildbret zu erlegen.

Wir nahmen unsere Spaten und gingen langsam zu den verbliebenen dreien. Meine Gedanken waren noch bei Carl, ich überlegte, wie man es anstellen könnte, der Welt von seinem Tod zu künden. Der kleine Mann war wahrscheinlich nicht verheiratet, hatte aber mit Sicherheit Verwandte und Freunde und wohl auch ein getreues Publikum, jedenfalls

Menschen, die ihm gewiss gewogen waren und sich über sein Verschwinden grämten. Dass dieser nicht unbekannte Mann einfach verschwand, wäre jedenfalls ungewöhnlich. Sein möglicher Freitod ging mir ebenso durch den Kopf. So nachvollziehbar er auch war, es wäre eine nicht zu billigende Sünde gewesen.

«Kann ich kurz mit dir sprechen?», unterbrach Pueyo meine Überlegungen, der neben mir spazierte, während Jerome mit einigem Abstand vor uns herlief.

Tom lächelte gefällig und erinnerte mich darin an ein gefährliches Tier, das zur Tarnung das Aussehen eines harmlosen annimmt. Er fragte mich, ob ich ihm einige Bibelverse nennen könnte, die ich als besonders geistreich erachtete. Ich verstand nicht so recht, worauf er abzielte. Er verwies auf mein gestriges Zitat aus dem Römerbrief, als ich über die «Gefäße des Zornes» gesprochen hatte. Dies habe ihn schwer beeindruckt, überhaupt sei er seit Kindheitstagen von der Sprache der Bibel fasziniert, habe aber nie Zeit gefunden, die Heilige Schrift zu lesen.

«Ist es möglich, dass du mir … sagen wir mal … zehn markante Verse nennst, die Eindruck hinterlassen, wenn man sie irgendwo fallen lässt?»

Ich erwiderte nichts, merkte aber, wie sich meine Augen weiteten und aus meinem fragenden Blick ein fassungsloser wurde.

«Ich würde sie mir auch aufschreiben. In der Hütte gibt es Schreibzeug …»

«Du willst also mit der Heiligen Schrift Eindruck schinden, ohne auch nur zu verstehen, in welchem Zusammenhang und in welchem Geiste das jeweilige Wort verfasst worden ist?»

«Wenn ich den Vers kenne, dann weiß ich doch, was damit gemeint ist.»

«Und wieso willst du gefallen?»

«Wer will das nicht?», gab er arglos zurück.

«Man sollte aber wissen, was man sagt, und nicht Dinge von sich geben, nur weil sie gut klingen.»

«Du schlägst also meine Bitte aus?»

«Ich bin mir sicher, ich täte dir keinen Gefallen damit, deine Sünde zu nähren.»

Er zog die Augenbrauen hoch, sein Blick verriet mir Verunsicherung, offenbar wusste er nicht, dass ich von der Sünde der Hoffart sprach; genauso wenig, wie ich zu diesem Zeitpunkt wusste, dass ich mich später am Tage noch derselben schuldig machen würde. Ich legte meine Hand auf seine Schulter.

«In der Bergpredigt heißt es: ‹Selig die Armen im Geiste, denn ihrer ist das Himmelreich!› – Weißt du, was das heißt?»

«Dass die Dummen in den Himmel kommen.»

«Das denken die meisten, aber es ist falsch. Mit den ‹Armen im Geiste› sind nicht die Dummen gemeint, sondern die Bescheidenen, die Demütigen.» Ich ging davon aus, ich hätte ihm damit eine kleine, eingängige Lektion erteilt, aber Pueyo grinste nur, als hätte er eine lumpige Farce gehört.

«Ich pfeife auf den Himmel!»

«Aber du warst bei der Beerdigung. Du hast doch auch für seine Seele gebetet, damit sie zum Himmel auffahre …»

Ein heftiger Windstoß stieß in die Baumkronen und ließ die Blätter tosend rauschen, worauf wir gleichzeitig hochsahen.

«Ich glaube», sagte Tom nach der kurzen Unterbrechung, «der Scherzbold war ein Zauberer, nicht nur wegen dem Vogel, den er aus dem Hut gezaubert hat. Ich meine, wie ist es möglich, sich so viele Sätze zu merken? Er hat alles auswendig gesagt ... Das hat mir gefallen, deshalb stand ich am Grab. Und ich bin mir sicher, der Kerl hat nicht gelebt, um in den Himmel zu kommen.»

Für einen Moment war ich ziemlich verblüfft. Wusste der Junge von Carls Selbsttötung, die ihm den Himmel verwehren würde? Oder hatte Tom mehr Menschenkenntnis, als es schien? Ich unterließ es nachzufragen, stattdessen versprach ich ihm, ein paar Bibelpassagen auszuwählen, welche ich für geeignet hielt, um eine gewisse Lebenstüchtigkeit zu unterfüttern.

Lawrence, Kermit und Twitty waren gerade mit der Wartung der Wagenräder fertig geworden. Nun gab es nichts mehr zu tun. Wir hielten uns am Versorgungswagen auf, ich saß auf einer Decke mit dem Rücken ans Rad gelehnt, die anderen hatten es sich ebenfalls gemütlich gemacht. Ein sanfter Wind strich uns um die Nasen, wir lauschten dem Gezwitscher der Vögel, kein Wort mehr über Virginia Carlo, auch keine Spekulation darüber, was mit seinen Habseligkeiten geschehen sollte. Für eine Weile gab es nur mehr die Geräusche der Natur, alles lag in überirdischem Frieden.

Nach einer Weile schien sich Twitty zu langweilen und bat mich, etwas aus der Bibel vorzulesen: «Vielleicht eine Geschichte vom Teufel.» Auch die anderen fanden die Idee nicht schlecht, ich hatte aber keine Lust dazu, stattdessen fiel mir ein, was ich schon seit Längerem in Erfahrung bringen wollte.

«Was habt ihr eigentlich euren Familien erzählt, wohin die Reise geht?»

«Pelzjagd», brummte Lawrence. «Das mussten alle angeben.»

«Wir haben zu Hause gesagt, dass Mr Hancock in den Pelzhandel einsteigen will, das sollte aber geheim bleiben», berichtete Twitty.

Ich stutzte ein wenig. «Und warum behaupten wir unterwegs, wir wären Landvermesser?»

Lawrence grinste. «Manchmal bist du richtig einfältig. Na, überleg mal. Wenn wir hier draußen sagen, dass wir ins Pelzgeschäft einsteigen wollen, oder es sich rumspricht, dass unser Captain, der kein Unbekannter ist, einen Teil vom Kuchen haben will, was glaubst du, was dann passiert? – Die Handelskompanien würden uns einfach wegknallen.»

Ich schämte mich ob meiner Weltfremdheit, ließ mich aber nicht abhalten weiterzufragen.

«Aber warum habt ihr dann zu Hause nicht gesagt, dass wir Land vermessen?»

«Das hätte uns niemand geglaubt», sagte Tom. «Alle wissen, wenn Mr Hancock irgendwo Geld reinsteckt, dann will er auch Geld rausholen. Und warum sollte er auch Land vermessen, das ihm nicht gehört?» Tom lachte, als sei ich schwer von Begriff, und auch die anderen fielen ein.

«Aber seid ihr der Meinung, mit dem Incognitum wird er Geld verdienen?»

Die Frage wog offenbar schwer, denn sofort fiel eine Stille nieder, eine gewaltig atmende Stille, und jeder wich meinem Blick aus.

«Glaubt ihr denn überhaupt, dass es das Monster gibt?»

«Na, irgendwo müssen sie ja sein», sagte Kermit, «sie können ja nicht einfach vom Erdboden verschwunden sein. Die Frage ist doch nur, ob sie in diesen Pahá-Sápa-Bergen sind oder nicht.»

«Ich hoffe ehrlich gesagt, dass sie nicht dort sind», bekundete Twitty kleinlaut.

«Halt die Schnauze, Steven. Niemand hat dich gezwungen mitzukommen», faltete Tom ihn zusammen.

«Lass ihn doch seine Meinung kundtun.»

«Pfarrer John, benimm dich nicht wie ein Ketzer, der Zweifel unter seine Schäflein streut», mahnte mich Lawrence scherzhaft.

«Ich dachte, Zweifel gehören zur freien Meinungsäußerung. Und sind nicht Zweifel auch ein Dienst an der Demokratie?»

«Im Ernst, John, lass gut sein. Hör auf zu provozieren, du hast dich gestern schon weit aus dem Fenster gelehnt.»

«Das sehe ich genauso», sekundierte Jerome. «Spiel nicht mit dem Feuer.»

Ich sagte nichts weiter dazu, obwohl es mich gereizt hätte. Ihr Schweigen hatte nun etwas von einem selbst verordneten Gelübde. Die Geräusche der Natur drängten sich wieder in den Vordergrund, doch der Frieden von vorhin hatte Risse bekommen und knirschte im Stillen.

Schließlich bemerkte Kermit die Rückkehr der anderen. Und in der Tat, in der Ferne konnte man erkennen, wie sich die Jagdgesellschaft in einer Staub aufwirbelnden Wolke näherte. Mein Herz fing an zu klopfen, als hätte es eine Vorahnung.

Lucien war der Erste, der sich zu uns setzte. Schnell war ersichtlich, dass ihm irgendetwas sauer aufgestoßen war, er knautschte seinen Hut in den Händen, sein Blick flirrte. Jerome erkundigte sich, doch Lucien reagierte kaum darauf. Er sagte lediglich «Ach». Peu à peu gesellte sich der Rest zu uns. Nur Scheider war in der Blockhütte geblieben, es hieß, er ruhe sich aus. Die anderen hatten sämtlich eine gedrückte Stimmung mitgebracht, bis auf Oliver, der eine gezwungene Heiterkeit versprühte. Er schwärmte vom satten Wildbestand der Gegend und hob die gute Verfassung der Pferde hervor, die den bisherigen Belastungen hervorragend getrotzt hätten. Hierfür lobte er überschwänglich Twittys und Sidneys Schmiedearbeit. Plötzlich räusperte sich Lucien lautstark, wodurch er alle Aufmerksamkeit auf sich zog.

«Wir haben die drei gefunden oder vielmehr das, was von ihnen übrig ist.»

Ich linste zu Oliver und bemerkte, wie sich sein Blick verdüstert hatte. Lucien berichtete, dass sie die Leichname der drei Gehilfen etwa zwei Meilen von hier entdeckt hätten. Er würde den Hergang so einschätzen, dass die Männer bei einer Bärenjagd ums Leben gekommen waren. Einer war direkt vom Bären angegriffen worden, die anderen beiden stürzten wohl auf der Flucht einen Abhang hinunter und erlagen ihren Verletzungen.

«Wenn man einen Bären nicht tödlich trifft, endet es meist tödlich für einen selbst.»

Lucien datierte die Tragödie vor drei, vier Tagen. Ein greller Wapiti-Schrei kam über die Baumwipfel geflogen, worauf nicht nur ich vor Schreck zusammenzuckte, kurz darauf folgte ein zweiter. Die Nachricht vom Ableben der Männer rückte nun Carls Tod in ein gänzlich neues Licht. Er konnte somit nie und nimmer ihr Mörder gewesen sein, so abwegig der Vorwurf von Anfang an schon war. Jetzt war der Beweis erbracht. Und natürlich musste man auch in Rechnung stellen, dass die angedrohte Hinrichtung seinen plötzlichen Tod begünstigt hatte, ob er nun selbst gewählt war oder nicht. Virginia Carlo blieb nichts anderes übrig, als um sein Leben zu spielen – und er verspielte es. Ich schaute mich um, vermochte aber kein schlechtes Gewissen in den Mienen seiner Ankläger abzulesen, nicht einmal eine Pfütze Schuld in ihren

Augen, keine Spur von Betretenheit oder Bedauern. Rickover blickte grimmig und kratzte sich an seiner Narbe, Sullivan machte den Eindruck, als hätte er nichts damit zu tun, und Oliver, so schien mir, setzte ein besonders kühles Gesicht auf. Jetzt ahnte ich auch, weshalb Scheider nicht dabei war, wahrscheinlich wollte er sich gerade meiner Gegenwart nicht aussetzen. Für ihn war es nach unserem gestrigen Disput eine Blamage. Ich saß da mit gerunzelter Stirn, gefangen in meinem Groll. Ein Sperling landete auf einer Kiste neben mir, machte einen kleinen Sprung, breitete die Flügel aus, blieb aber doch sitzen und besah aufmerksam die Szenerie. Sofort kam mir in den Sinn, dies müsse Carlos Vöglein sein, mehr noch, ich vermeinte ihn selbst in dem Tierchen zu gewahren.

Ich wandte mich wieder den andern zu und fing mit einem Mal an, im Flüsterton zu sprechen, ich tat dies absichtslos, ohne es mir vorgenommen zu haben. Ich flüsterte ein und denselben Satz, immerzu, wie eine Litanei, und mit jedem Satz wurde ich stetig lauter, bis mich niemand mehr überhören konnte: «Ihr habt den Gaukler auf dem Gewissen … Ihr habt den Gaukler auf dem Gewissen … Ihr habt den Gaukler auf dem Gewissen …» Die anderen hatten aufgehört zu sprechen, keiner bewegte sich, alle glotzten mich an. Rickover befahl mir schließlich, still zu sein, ich solle mein Maul halten und was mir überhaupt einfiele, einen Dieb zu verteidigen. Ich hielt kurz inne, taxierte ihn mit eisigen Blicken.

Dann mischte sich Oliver ein. «John, ich bitte dich, dein Vorwurf ist lächerlich.» Er hatte die Hände auf den Rücken gefaltet und lächelte überaus gnädig. «Niemand hat ihn auf dem Gewissen. Wir haben alle gesehen, wie der arme Kerl gestorben ist. Außerdem hätten wir abgestimmt, was mit ihm passieren sollte.» Seine Brust schwoll an, während seine Stimme einen schmalzigen Beiklang bekam. «Ich habe jedem eine Stimme zugebilligt, so viel Gleichheit sieht nicht einmal das Gesetz vor. Ein Mann, eine Stimme – das gibt es nirgendwo in Amerika, nur bei uns!»

Der Captain hatte geschickt das Thema gewechselt, aber nicht nur deswegen war ich verdutzt, ich wusste damals einfach zu wenig über die Praxis der amerikanischen Präsidentschaftswahlen. Ich wusste nicht, dass zu der Zeit nur protestantische Männer mit Grundbesitz wählen durften. Frauen, arme Leute, einfache Bedienstete, Katholiken, Juden, Sklaven und Indianer – sie alle durften gar nicht wählen, geschweige denn gewählt werden. Von unserer Gruppe hatten nur Oliver, Scheider und Rickover das Recht zur Wahl, der Rest war nicht zugelassen. Gleichwohl: Oliver konnte sich hier als radikaler Verfechter der Demokratie in Szene setzen. Und seine Strategie löste sich ein, fast alle sahen ergeben zu ihm auf.

«Wir hätten trotzdem unser Gesetz nicht auf ihn anwenden sollen, das ist nach wie vor meine Ansicht», erinnerte Lucien, erhob sich aber sogleich und ging wortlos in die Blockhütte. Und mit ihm verschwand auch das Argument.

Der Sperling neben mir flatterte auf, doch er tat nur ein paar Flügelschläge, ehe er sich wieder hinsetzte. Vielleicht hätte ich mich unserem Expeditionsleiter anschließen sollen, es wäre klüger gewesen. Allein, es war mir nicht möglich, meine Gedanken zu unterdrücken. Meine angestaute Wut trachtete nach Vergeltung.

«Und ich bleibe auch bei meiner Ansicht!», rief ich. «Ihr habt dem Gaukler drei Morde unterstellt! Die angedrohte Hinrichtung hat ihn umgebracht!»

«So ein Schwachsinn, woher willst du das wissen?», grunzte Sullivan aus seiner Ecke.

«Weil ihr ihn umbringen wolltet. Die Abstimmung sollte eurem Willen nur einen demokratischen Anstrich verleihen.»

«Jetzt musst du aber einen Beweis für die Anschuldigung liefern!», schrie Pueyo entrüstet und warf beide Arme in die Höhe.

«Mein Beweis ist, dass unsere drei Anführer keinen Beweis hatten, um ihn zum Tode zu verurteilen!»

«Es war aber unsere Meinung», schnaubte Oliver gereizt. «Und wer zu einer anderen Ansicht gekommen wäre, hätte dagegen stimmen können! Man nennt das die Freiheit der Rede, du Narr!»

Nun geriet ich in Rage. «Nenn mich, wie du willst», tönte ich, «ich sehe die Dinge, wie sie sind. Eine echte Abstimmung hätte anonym ablaufen müssen, denn wer widerspricht schon seinem Herrn, wenn man von dessen Lohn und Laune abhängt. Die wenigsten hätten sich am Ende getraut, deinem Urteil zu widersprechen. Wie sollte Sidney zum Beispiel dies auch wagen? So verkommt freie Meinungsäußerung zur Farce. Und noch was: Es gibt keine Demokratie, wenn die Wirklichkeit nicht offen verhandelt wird. Ihr habt in eurer Autorität so getan, als sei alles eindeutig! Selbst die Felle habt ihr ihm als Diebesgut unterstellt, dabei hatte er sie mitgebracht!»

«Er war also kein Dieb?», schäumte Rickover.

«Doch, das war er, aber derjenige werfe den ersten Stein auf mich, der beim Antlitz seiner Mutter schwört, er hätte der Versuchung widerstanden und die Kassette nicht genommen!»

Niemand widersprach mir. Die Sonne stand inzwischen sehr niedrig. Aus dem Augenwinkel sah ich, wie der Sperling fiepend aufflog und sich über die Baumwipfel erhob. Ich wandte mich wieder Oliver zu, von dem ich nur noch eine dunkle Silhouette wahrnahm.

«Wo ist denn überhaupt die Geldkassette? Du hast sie

eingesteckt, rück sie wieder raus, sie steht dir nicht zu! Man sollte dich auspeitschen dafür. Ich schlage zwanzig Hiebe vor. Dein Sklave würde sicher gerne zuschlagen!»

Vielleicht hatte ich noch mehr gesagt, noch Ausfälligeres, aber daran habe ich keine Erinnerung mehr. Woran ich mich erinnere, ist ein dumpfer Knall, danach zerbröselte meine Wahrnehmung und löste sich in eine tiefe, tintige Schwärze auf.

Als ich meine Augen öffnete, schmerzte mein Schädel, als hätte ihn jemand in Stücke geschlagen und in falscher Anordnung wieder zusammengesetzt. Pferde schnaubten, ein Maultier wieherte in schrillen Ausschlägen. Ich lag bäuchlings auf dem Boden, bedeckt mit einem Leinentuch (oder war es ein Leichentuch?). Man hatte mir die Hände auf den Rücken geschnürt, auch die Beine an den Knöcheln zusammengebunden. Nach einer Weile erst dämmerte mir, dass man mich in die Scheune zu den Tieren verbannt hatte. Ein Blick durch die Ritzen der Bretterwand verriet, dass der Morgen gerade angebrochen war, über Nacht schien viel Regen gefallen zu sein, denn in der Luft waberten dichte Nebelschwaden. Ich sah hurtige Beine, hörte vereinzelte Stimmen, es schepperte wie immer, wenn ein Wagen beladen wurde. Die Gruppe rüstete sich zum Aufbruch. Ich war mir sicher, dass sie mich zurücklassen würden. Sie hatten nun allen Grund der Welt, dies zu tun, ganz gleich, ob der Ort verwaist war oder nicht. Lawrence' Wort fiel mir ein, seine Warnung, mich nicht wie ein Ketzer aufzuführen. Warum nur war ich so anmaßend stolz gewesen, warum konnte ich mir meine häretische Mindermeinung nicht verkneifen? Jetzt lag ich gefesselt beim Vieh, mein Kopf tobte, und meine Gelenke brannten. Mit einem lang gezogenen Quietschen ging das Tor auf. Ein nasskalter Windstoß flutete den Raum. Ich drehte mich um und richtete meinen Oberkörper auf, da ich nicht wie ein geschlagener Fisch daliegen wollte. Oliver, Rickover und Scheider betraten die Remise. Es stand außer Zweifel, dass sie allein zu dem Zweck gekommen waren, mir ihr Urteil zu verkünden. Oliver teilte mir mit, dass ich mich des aufrührerischen Redens schuldig gemacht habe. Sie würden von einer Auspeitschung absehen, stattdessen hätten sie als Strafmaß festgelegt, dass ich dem Tross zu Fuß folgen müsse, mit angebundenen Händen dem Versorgungswagen hinterherlaufend. Wenn ich stürzte oder zusammenbrach, dürfe mir niemand zu Hilfe eilen. Wasser und Verpflegung seien für mich bis zum nächsten Morgen gestrichen. Dabei war mein Durst jetzt schon so groß, dass ich einen Bergsee hätte austrinken können.

«War die Abstimmung wenigstens dieses Mal demokratisch?»

«Wir drei waren uns einig», antwortete Oliver mit eiserner Stirn.

«Wer hat mich eigentlich bewusstlos geschlagen?»

Der Captain blinzelte, ein Anflug von Genugtuung schien in seinem Lächeln auf. Ohne Antwort zu geben, ging er gemessenen Schrittes hinaus, Rickover und Scheider, die mich keines Blickes gewürdigt hatten, folgten ihm unverzüglich. Mein Rang war nun endgültig auf der Höhe eines Hundehaufens. Ich fühlte mich wie auf Eisschollen durch das All treibend, unter mir eine Welt, die sich von mir abgewandt hatte.

9. Die Offenbarung

Da viel von der Glaubwürdigkeit dessen abhängt, was auf den weiteren Seiten folgt, hoffe ich, dass skeptische Leser dem Impuls widerstehen werden, meine Schilderung als spintisierende Einbildung abzutun. Ich selbst kann nur beteuern, dass ich nach bestem Wissen und Gewissen Bericht ablege und meine Erinnerungen mit derselben Gründlichkeit geprüft habe, wie ein ehrlicher Winzer seine Weinlese verrichtet. Die Ereignisse verhielten sich geradezu mystisch, weshalb es eigentlich anstünde, jedes Wort in äußerster Demut niederzuschreiben, mit beiden Händen und auf den Knien, so wie einst Johannes auf Patmos.

Im unübersichtlichen Durcheinander, während die Rösser und das Maultier aus dem Schuppen geleitet und angeschirrt wurden, führte mir Lawrence heimlich eine Zinnflasche zu, und zwar jene von den Fuhrleuten, die er jetzt mit Wasser gefüllt hatte. Ich trank sie in einem Zug aus. Dann steckte er mir noch einen winzigen Kanten Brot zu, den ich in meiner Backe verwahrte, wie es Nagetiere mit ihren Vorräten tun. Ohne seine Zuwendung wäre ich wohl nach wenigen Meilen auf der Strecke geblieben, so aber hatte ich ein Mindestmaß an Stärkung erfahren, welche die Hoffnung in mir nährte, den Marsch zu überstehen. Lawrence flüsterte mir noch zu, dass mich Bodard in der Mittagspause mit Wasser versorgen würde, auch Jerome würde mir, sofern es die Situation zuließe, helfen. Ich solle nur tapfer durchhalten, Gott würde mir beistehen, und er selbst würde darauf achten, die Pferde nicht übermäßig anzutreiben. Angesichts meiner Lage stieg mir ein Wort von Jacob Böhme ins Gedächtnis, das ich früher durchaus mit Heiterkeit gelesen hatte: «Dem sie gedenken zu entfliehen, darein werden sie laufen.» Auf mich übertragen, entbehrte dies nicht einer galligen Komik, über die ich jetzt allerdings nicht lachen konnte: Nach der Flucht vor den katholischen Blutsaugern stand ich nun davor, vom Faustrecht der neuen Autorität zermalmt zu werden.

Ein Gedanke, der mir heute durch den Kopf geht, ist, dass die amerikanische Seele in ihrem Kern ähnlich hart, einzelgängerisch und mörderisch sein kann wie die deutsche, nur lässt sich die amerikanische nicht durch Narretei verzücken. Im Gegensatz zum monarchischen Europa besitzt man hier nämlich keinerlei Narrenfreiheit. Damals war ich offenkundig ein Narr gewesen, auch Oliver hatte mich ja so bezeichnet. Und durfte an Königshäusern nicht der Narr die unangenehmen Wahrheiten aussprechen, ohne dafür bestraft zu werden? Bei aller Brachialität der Alten Welt – der jungen Nation gebrach es an nichts mehr als an der Tugend der Gnade. Und dies ist auch heute noch oft der Fall. Doch wer die Wahrheit des Narren nicht als Weckruf begreift, sondern als Angriff auf seine Macht, bahnt sich den Weg in den Untergang.

In meinem Inneren beschimpfte ich Oliver und seine Vasallen als verächtliche, feige Hunde, die in ihrer eigenen Scheiße tot umfallen sollten. Ich war geladen mit rachedurstigem Eifer, der sich von der Selbstgerechtigkeit meiner Richter speiste. Je näher aber der Abmarsch rückte, desto mehr wich dieses Gefühl der Angst vor den Qualen, die mich schrittweise malträtieren würden bis zum nicht unwahrscheinlichen

Erschöpfungstod. Meine Stiefel waren nicht gemacht für einen Gewaltmarsch, und mein Kopf brummte immer noch wie verrückt. Mein Mund trocknete aus und füllte sich mit bitterem Geschmack. Kurz bevor man mich an den Wagen band, hatte ich Gott sei Dank noch eine spontane Eingebung, ich bat Lawrence, meinen Rosenkranz zu holen und ihn mir über die Hand zu legen, dergestalt, dass ich die Glieder mit dem Daumen nachschieben konnte. Wenn mich die Kirche in etwas wirklich Nützlichem unterwiesen hatte, so war es die Ausdauer, vorgegebene Gebetsformeln herunterzumurmeln. Auf diese Weise war es mir möglich, in eine Meditation zu gelangen und den leiblichen Schmerz zu verdrängen. Sobald es losging, sammelte ich mich, konzentrierte mich auf meinen Atem, während ich den Rosenkranz Gesätz um Gesätz zu beten begann.

Ich kann nicht recht Zeugnis ablegen, was alles um mich herum geschah, denn ich nahm meine Umwelt nur noch sehr eingeschränkt wahr. Mit jedem *Vaterunser*, mit jedem *Ave-Maria* geriet ich mehr und mehr in Trance. Mein Geist kam zur Ruhe und hielt mir alle schwirrenden Gedanken fern. Die einzige Sinnlichkeit, der ich mich ab und an vergegenwärtigte, war das langsame Zergehen der Brotkrume in meinem Mund. Nachdem die Sonne den Nebel vertrieben hatte, klarte es vormittags auf. Um die Mittagszeit herum fand eine kurze Rast statt. Ich legte mich im Schatten des Wagens mit angewinkelten Beinen auf den Boden. Ich betrachtete meine Haut, die trocken und schuppig war. Meine Füße fühlten sich geschwollen an, ich vermeinte aber, mir noch keine Wunden gelaufen zu haben. Sullivan und Twitty kamen herbei, der Junge erhielt den Auftrag, mich zu bewachen und darauf zu achten, dass mir niemand etwas zusteckte. Dann stapfte Sullivan davon. Ich blickte dem Jungen in die Augen, musterte die unterwürfige Leere in seinem Gesicht. Dies schien ihm unbehaglich zu sein, worauf er mir den Rücken zuwandte.

«Willst du vielleicht heute eine Geschichte vom Teufel hören?», sprach ich mit schwerer Zunge, aber er reagierte nicht. Wie aus dem Nichts tauchte schließlich Lucien auf und sagte in arglosem Tonfall, ihm wäre, als hätte Sullivan eben nach Twitty gerufen, es wäre wohl besser, er würde zu ihm gehen. Er, Lucien, würde solange auf mich aufpassen. Der Junge folgte aufs Wort, man sah ihm förmlich die Erleichterung an. Lucien trat an mich heran, zog die Zinnflasche aus seiner Manteltasche und flößte mir nahezu den gesamten Inhalt in den Mund. Dies ging so schnell vonstatten, dass ich mich fast verschluckt hätte. Kurz darauf kehrte Twitty zurück und meinte kleinlaut, Sullivan hätte gar nicht nach ihm verlangt. Lucien runzelte die Stirn.

«Dann muss ich mich verhört haben.» Er gab dem Jungen einen Klaps auf den Rücken und fügte hinzu: «Pass wieder gut auf ihn auf.»

Als sich der Trupp wieder in Bewegung setzte, hatte ich große Mühe aufzustehen, es war eine Dummheit gewesen, mich niederzulassen. Nach etwa einer Stunde forderten die Strapazen ihren Tribut, ich stürzte und wurde einige Meter mitgeschleift. Irgendwie war ich aber in der Lage, mich aufzurappeln. Zum Glück zog ich mir nur Schürfwunden zu, allerdings hatte ich Unmengen an Staub geschluckt, worauf ich einen Hustenanfall bekam. Die Gebetsverse entglitten mir, und ich spürte meine Füße brennen, als ginge ich über glühende Kohlen. Tränen liefen mir über die Wangen, aber es half nichts, ich war dazu verdammt weiterzulaufen. Die Schmerzen wurden immer stärker, ich schloss die Lider und flehte zu Gott, mein Leben möge geschwind vorbei sein. Doch weiter ging es.

Plötzlich fing die Sonne an zu glitzern, es wurde beißend hell, und der Himmel leuchtete im klaren Blau. Ich rechnete mit niederdrückender Hitze, die dazu beitragen würde, mein Lebenslicht schneller auszulöschen, aber die Temperaturen nahmen überhaupt nicht zu. Zwar kannte ich die Eigentümlichkeiten der Gegend nicht, dennoch schien mir diese Helligkeit sehr ungewöhnlich, und es wurde einfach nicht wärmer, es blendete nur, und das in einem zunehmend unerträglichen Maß. Das Licht war geradezu erstickend, und bald verlor der Wagen an Geschwindigkeit und kam zum Stillstand. Halb ohnmächtig brach ich zusammen. Die Luft war nun still, kein einziger Strauch mehr regte sich, und selbst die Vögel gaben keinen Laut mehr von sich. Es trat eine Ruhe ein, die so bestürzend unwirklich war, als sei dies nicht die bevölkerte Welt. Allmählich wurde es wieder erträglicher, um nicht zu sagen: schattig. Ich blickte nach oben und sah, dass sich zwischen Himmel und Erde eine gigantische Wolkendecke geschoben hatte. Abermals schloss ich die Augen, schon mit der Annahme, sie nie wieder zu öffnen und als Nächstes meinen Richter zu erblicken. Mit einem Mal spürte ich kühle Tupfer im Gesicht. Es war Schnee, feucht und kühl. Aus den vereinzelten Flocken wurde innerhalb kürzester Zeit ein haltloses Schneegestöber. Das eben noch grüne Gras wurde bestreut wie von Hobelspänen. Mir war, als bräuchte ich einen zweiten Kopf, um die Veränderungen zu fassen. Die Gesetze der Natur schienen außer Kraft zu treten, und ich war mir nicht sicher, ob ich tot war oder Gesichte empfing.

Neben und vor mir hörte ich Stimmen. Lawrence fluchte, er führte eine aufgeregte Unterredung mit anderen. Ich vernahm Billstrom und Sullivan, Rickover brüllte im Vorbeireiten wie ein verzweifelter Drillmeister. Ich zog die kalte Luft in meine Lungen, genoss die wohltuende Feuchtigkeit auf meiner Haut. Auf einmal erblickte ich Lawrence über mir, in seiner Hand ein Messer. «Ich weiß nicht, was los ist», gab er keuchend von sich, «aber wir können nicht weiterfahren.» Etwas unschlüssig wedelte er mit dem Messer. «Mir ist jetzt egal, ob ich das darf oder nicht …» Dann befreite er mich von den Fesseln, zog mich vorsichtig hoch und schulterte mich wie einen hinkenden alten Mann.

Nun sah ich, dass wir uns mehr oder weniger auf freier Flur befanden. Es gab Sträucher und Hecken, ein paar vereinzelte Bäume, aber keinen Wald, in dem man Zuflucht finden konnte. Und dann lag da noch dieser lang gezogene See vor uns, im Schneetreiben konnte ich sein Ausmaß nicht erkennen, aber sein Ufer war außerordentlich breit. Dahinter ragte ein stattliches Felsmassiv auf. Lawrence half mir auf den Kutschbock, er gab mir Wasser und eine Decke. Das stiebende Weiß tanzte in dichten Wirbeln, als hätte es Freude an unserer Verwirrung. Mein heimatliches Grundgefühl von der Stetigkeit der Natur war mir inzwischen gänzlich abhandengekommen. Lucien kam angeritten und wies uns an, zu einem Baumgrüppchen ans Seeufer zu fahren und uns dort zu versammeln. Die Pferde begannen zu wiehern, warfen die Köpfe hin und her und bewegten sich nur widerwillig voran. Unter ihren Hufen splitterte die zarte Eishülle, die sich über dem Boden ausgebreitet hatte. An den Zügeln perlte der matte Hauch des Frostes. Wir passierten einen von Raureif überzogenen Baum, an dem noch kleine Äpfel leuchteten. Sonderliche Welt, dachte ich und kam aus dem Wundern nicht mehr heraus.

Lucien hatte im Gebirge Erfahrungen mit Kälteeinbrüchen gemacht, also nahm er wie selbstverständlich die Führung in die Hand. Die beiden großen Wagen wurden so zusammengestellt, dass sie im spitzen Winkel aneinanderstießen. Carls Wagen, den wir mitgenommen hatten und den Kermit lenkte, schloss zu einer dreikantigen Wagenburg ab. Dahinein wurden nun alle Tiere getrieben. Decken und Mäntel, jedes vorhandene Textil wurde ausgeteilt und angezogen, die dicht stehenden Pferde mit Tüchern aus Carls Bestand bedeckt. Allein die Temperatur fiel unerbittlich. Beim Einatmen war mir, als stächen mich Nadeln. Ich blieb auf der Kutschbank hocken, gehüllt in ein dickes Lammfell.

Jetzt erst fiel mir auf, wie laut es ringsherum geworden war. Nicht nur unser Tross zeterte und plärrte, die Wasservögel schrillten aufgeregt, Kraniche trompeteten, als würden sie das Jüngste Gericht ankündigen. Manche von ihnen waren stehend im See festgefroren. Ich beobachtete, wie ein Adler mit weit gespannten Schwingen vom Himmel fiel und auf den gefrorenen See aufschlug. Ein anderer Raubvogel stürzte sich auf einen der im Eis gefangenen Kraniche und zerfleischte ihn auf eine Weise, als wollte er allein dessen warmes Blut aufsaugen, weitere taten es ihm gleich, woraus sich ein abscheuliches Gemetzel ergab. Die klirrende Kälte nahm nicht ab, Gottes eisiger Odem ließ einfach nicht nach. Die Kälte war ein stumpfer Säbel, der allen an den Muskeln sägte. Twitty schrie immer wieder vor Verzweiflung, auch Scheider, Sullivan, Billstrom, Rickover und Pueyo jaulten fürchterlich oder schickten Flehgebete gen Himmel. Oliver hatte sich in den Versorgungswagen begeben, wo sich auch Kermit und Sidney eingenistet hatten. In meinem Rücken hörte ich vor allem Olivers monotones Stöhnen; es ließ mich buchstäblich kalt. Die anderen neun hatten sich in den geräumigeren Materialwagen verzogen. Nur ich saß alleine draußen, ich war der Einzige, der an diesem Tag bereits gestorben war, weshalb ich keine Angst mehr vor dem Tod hatte. Langsam wurde es ruhig, allenfalls waren noch wimmernde Laute zu hören, schwer einzuschätzen, ob es an der Entkräftung lag oder ob einige schon erfroren waren. Die Tiere hatten sich sämtlich hingelegt, ihre dicht aneinandergepressten Körper sahen aus wie ein unförmiger, dampfender Riesenleib. Die Sonne war eine bleierne Kugel geworden, ihr Licht schimmerte unheilvoll hinter den Bergen hervor.

Was sich hier zutrug, nahm die Züge dessen an, wovon Johannes in seiner Apokalypse berichtet, nämlich von der finsteren Sonne und dem blutigen Mond, den Sternen, die auf die Erde fallen wie Feigen, dem Himmel, der sich zusammenrollt, und den Bergen, die sich wegbewegen von ihrem Ort. All dies geschehe, notiert Johannes, wenn der große Tag des Zornes komme.

Der böige Wind trieb mir den stacheligen Schnee ins Gesicht. Im Gefühl absoluter Hoffnungslosigkeit richtete ich mich auf. Mit einer unbändigen Wut schrie ich gen Himmel. «Warum hast du mich einbestellt? Wozu das ganze Leid? Fällt dir nichts Besseres ein, du gottloser Gott?»

Ich stellte mich auf die Sitzbank, umklammerte mit letzter Kraft den Holzbogen. Meine Zähne schlugen hart aufeinander, und ich fror wie noch nie in meinem Leben. Fiebrige Bilder stiegen in mir auf, die Erde wimmerte, mein Kopf dröhnte. Ich schöpfte Atem für einen verzweifelten Schrei, doch stattdessen drang ein bebender Gesang aus meiner Kehle.

Dies irae, dies illa
Solvet saeclum in favilla
Teste David cum Sibylla.

Die Melodie war die Mozarts, des wohl größten musikalischen Genius meiner Zeit. Ich bot dem Zorn Gottes die Stirn, indem ich ihm seinen Zorn aus meinem Mund entgegenschleuderte, entschlossen und unversöhnlich. Mir war, als hätte ich mit dem ersten Ton die Beeren einer Holunderstaude zerdrückt. Der Griff nach jedem weiteren Ton ließ den blauroten Saft wie in Strömen über meine Hand den Arm entlang hinunterrinnen.

Quantus tremor est futurus
Quando iudex est venturus
Cuncta stricte discussurus

Es ließ nicht lange auf sich warten, da hörte der Wind auf zu wehen, und es wurde gänzlich still, der Himmel streute keinen Schnee mehr herab, und mit jedem Vers wurde es etwas wärmer.

«Nicht aufhören, sing weiter!», vernahm ich hinter mir Olivers Stimme. «Sing weiter …», flehte er. Ich meinte auch seine Hand am Schaft meiner Stiefel zu spüren.

Das Grau der Sonne bekam Flecken wie von poliertem Kupfer. Die gefrorene Eisplatte vor uns krachte, als müssten unermessliche Kräfte am Werk sein, es knackte und knirschte so lange, bis sie in brüchigen Inseln im Wasser schwamm. Der Schnee schmolz rasch und bildete Pfützen, Rinnsale breiteten sich aus wie ein Netz aus Wasseradern. Die Pferde erhoben sich schwer schnaubend auf staksigen Beinen, wie neugeborene Fohlen. Die Wasservögel tirilierten aus Leibeskräften, unermüdlich hallte das Klopfen der Spechte, die Krähen auf den Bäumen krächzten ohne Unterlass. Die Sonne funkelte auf einmal, wie es sich eigentlich gehörte, in einem behaglichen Abendrot. Das Himmelsband war dunkelblau geworden, und feine Schatten kletterten an den dünnen Baumstämmen herunter. Nachdem ich nun den letzten Ton von mir gegeben hatte, wähnte ich meinen Arm über und über mit Hollersaft besudelt, doch er war unbefleckt. Dann erst bemerkte ich die anderen zu meinen Füßen. Alle zwölf standen versammelt da. Mit aufgesperrten Mündern schauten sie zu mir hoch, beäugten mich mit ungläubigen, teils entrückten Blicken. Ich weiß nicht, wie lange ich gesungen und wie oft ich manche Strophe wiederholt habe, das Lied war aus mir hervorgedrungen, als wäre es aus der Erde herausgewachsen wie ein wilder Strauch. Wie die Verwandlung oder, besser gesagt, die Rückverwandlung zustande gekommen war, spielte in diesem Moment keine Rolle für mich. Ich fühlte mich allenfalls darin bestätigt, dass Metaphysik keine Erkenntnis ist, sondern das Konzept einer Wirklichkeit mit realen Folgen. Gleichwohl, das Herz von allem schlug wieder, allein das zählte. Seltsamerweise war ich nicht mehr zu Tode erschöpft wie zuvor, sondern spürte lediglich eine schwere Müdigkeit in den Knochen. Auch mein Atem ging ruhig. Ich gewährte den Männern ein knappes Nicken als Zeichen, dass ich sie wahrgenommen hatte, dann stieg ich in den Wagen und legte mich hin.

Als ich die Augen aufschlug, schliefen die anderen tief. Der Mond warf eine Lichtstraße auf den dunklen See, ein Sternenmeer funkelte am Firmament. Die Tiere gaben nur mehr noch leise Schlaflaute von sich. Ich dachte zurück und fragte mich, ob ich alles nur geträumt hatte, dann aber betrachtete ich meine zerschundenen Füße, tastete nach meinen Schürfwunden, befühlte die Striemen an den Handgelenken. Auch die Schmerzen, die mich nun beim Aufrappeln ereilten, waren real. Ich griff nach einem Apfel und bemerkte beim Hineinbeißen, dass er ungewöhnlich kalt war und somit Zeugnis ablegte vom unerbittlichen Frost.

Anschließend zwängte ich mich so geräuschlos wie möglich aus dem Wagen. Ich humpelte zum Ufer, wo ich hinter Büschen einen abgeflachten Felsbrocken vorfand. Der Stein bot mir so viel Platz, dass ich mich im Schneidersitz darauf niederlassen konnte. Allmählich kündigte sich der Morgen an, er kam ganz unscheinbar, als kaum wahrnehmbare rosige Tönung des Horizonts, die schleichend überging in ein Lichtspiel von betörender Schönheit. Das ins zarte Licht gesetzte Steinmassiv funkelte unter einem farbenflirrenden Himmel. Einen derart zauberhaften Sonnenaufgang hatte ich vorher noch nie gesehen.

Ich hielt die Luft an und horchte, und ich hörte Geräusche in Geräuschen, die wiederum verwoben waren mit anderen Tönen, ein einziges Rascheln und Surren, Zirpen und Säuseln. Mir war, als bräuchte ich bloß eine Weile zu lauschen, um alles zu verstehen. Schließlich begann ich selbst, vor mich hin zu summen. Eine Biene stieg aus den Sträuchern, sank kurz und verschwand im Grün. Ich blickte ihr hinterher und fragte mich, wie dieses Tierchen es fertiggebracht hatte, den gewaltigen Kälteeinbruch zu überleben. Vieles war mir rätselhaft, auch heute noch, vierzig Jahre danach, kann ich nicht erklären, was passiert war.

Es gibt Ereignisse, bei denen kein Mensch eine Ursache angeben kann. Geschehnisse, die nur mit Gottes Eingreifen zu begründen sind. Angesichts meiner Ratlosigkeit und der eben noch gewahrten Schönheit seiner Schöpfung begann ich, mich vor Gott zu schämen. Was war nur in mich gefahren, dass ich ihm seine Göttlichkeit abgesprochen, ihn als gottlos beschimpft hatte? Oder hatte er vielleicht gerade meinen Zorn heraufbeschwören wollen? Denn erst als ich Gott verflucht hatte, hatte er mich erhört und zog seine strafende Hand zurück. Warum, um Himmels willen, aber gebärdete er sich als vergeltender Gott, der uns alle fast vernichtet hätte? Wollte er unseren Trupp in einen irdischen Limbus schicken, wo man wie die Ungetauften in der jenseitigen Vorhölle zehnmal hunderttausend Jahre in einer Eiseskälte zum Frieren verdammt ist, bis der Herr einem vergibt? Ich grübelte und grübelte. Vielleicht war es ja auch so, dass Lucifer selbst den Kälteschock über uns ausgestreut hatte? Vielleicht war der Kronprinz der Hölle, der in antiken Schriften als «Bringer der Morgenröte» bezeichnet wird, in der Neuen Welt erneut in den Abgrund gestürzt worden, damit sich die Geschichte auch hier würde ereignen können? Hatten wir vielleicht den Teufel ganz im Sinne des Lukasevangeliums als Satan wie einen Blitz vom Himmel fallen sehen, ehe die Erde erkaltete …? Der Gedanke schien mir dann doch zu sehr an den Haaren herbeigezogen zu sein. Schließlich kam ich auf eine andere Vermutung. Konnte es nicht so sein, dass Gott die Katastrophe eigens geschickt hatte, um mich aus der Gefangenschaft zu befreien? Somit wäre es einleuchtend, warum er gerade mich dazu befähigt hatte, den Ausweg aus ihr zu finden. Allein mir verlieh der Herr diese rettende Rage. Und hatte er nicht damit den anderen unmissverständlich zu verstehen gegeben, dass er mit mir im Bunde ist? Ja, sagte ich mir, so könnte es gewesen sein, so könnte es wirklich sein. In mir breitete sich eine Gelöstheit aus, wie ich sie seit langer Zeit nicht mehr gespürt hatte. Ich nahm mir vor, nicht mehr hochfahrend zu sein. Halte in Zukunft deine Zunge im Zaum, und alles wird sich fügen.

Guten Mutes stand ich auf und drehte mich um – da blickte ich in die Augen eines Indianers. Er stand etwa fünf Meter hinter mir. Ich hatte ihn weder gehört, noch war mir begreiflich, aus welchem Unterschlupf er gekommen sein mochte, war es doch hier um den See herum kaum bewaldet. Der

Mann war ein Hüne. Er sah mich weder freundlich noch grimmig an, seine Mimik wirkte geradezu versteinert. Auf seinem Hinterkopf ragte ein buschiger, scharlachroter Pinsel empor. In seinen Ohren glänzten silberne Ringe. Seine mächtigen Glieder waren von einer tiefblauen Decke umhüllt. In seiner Linken hielt er einen Gürtel, der mit zahllosen Muschelröhrchen besetzt war, während er mit seiner Rechten ein Beil gegen seine Brust drückte.

Der Mann richtete ein paar Worte an mich, ruhig und mit tiefer Stimme, dann drehte er den Gürtel um, auf dessen Rückseite kleine schwarze Figuren zu sehen waren. Ich wusste nicht, was die Geste bedeutete, war aber nicht beunruhigt, da er mir den Eindruck vermittelte, voll friedlicher Absicht zu sein. Ich war gerade gewillt, mich auf ihn zuzubewegen, um den Gürtel in Augenschein zu nehmen, als eine Stimme nach mir rief. Ich wandte mich nach rechts und erblickte Kermit, er winkte auch und gestikulierte eifrig. In einiger Entfernung stand Pueyo, der aber im selben Moment kehrtmachte. Gerade wollte ich mich wieder dem Indianer widmen, da fehlte plötzlich jede Spur von ihm. Es war ausgeschlossen, dass er sich hinter den Büschen verbarg, dafür war er zu groß, und seine blaue Decke hätte hindurchgeschimmert, er war einfach verschwunden, wie in Luft aufgegangen. Ich stutzte, rieb mir die Augen, blickte in alle Richtungen um mich. Unterdessen kam Kermit auf mich zu, schleuderte mir eine Kaskade von Wörtern entgegen, von denen ich allerdings keins verstand. Ich ahnte, dass mein soeben getätigter Vorsatz nicht lange halten würde. Dann stand er vor mir. Sie hätten mich schon überall gesucht, Bodard und Drouillard würden weiter oben Ausschau nach mir halten; man hätte sich Sorgen gemacht, dass mir etwas zugestoßen sei. Alle wollten mir Dank aussprechen, da alle ohne mich krepiert wären. Die Sätze stürzten aus ihm heraus und überschlugen sich, gleichzeitig zog er mich mit resoluter Bestimmtheit am Arm, als wollte er mich davon abhalten, ins Wasser zu gehen. Zu alldem äußerte ich mich nicht, ich bat ihn lediglich, mich loszulassen und ruhig zu sein, nur dann würde ich ihm folgen. Ich drehte mich noch zweimal um, doch vom Indianer war nichts mehr zu sehen.

Die Fuhrwerke standen immer noch als Dreieck. Beim Näherkommen sah ich zwei, drei Männer, die sich aber schnell verzogen. Ich war mir unschlüssig, wohin ich gehen sollte, also stellte ich mich einfach in die Mitte der Wagenburg, wo nun keine Pferde mehr lagen, und wartete ab. Aber es geschah nichts. Bis auf Kermit, der neben mir stand, verbargen sich alle hinter den Wagen und lugten verschüchtert hervor. Ihre Blicke tasteten mich ehrfurchtsvoll ab, wenn ich jedoch versuchte, einem in die Augen zu sehen, so wich derjenige zurück oder duckte sich weg.

«Was habt ihr denn?», rief Kermit. «Vorhin habt ihr noch gejammert, dass er weg ist, jetzt ist er da!»

Gleich darauf klapperte es hinter mir, Oliver stieg etwas umständlich über eine Deichsel und trat auf mich zu. Je näher er kam, desto schmächtiger erschien er mir. Als er mich erreichte, öffnete er seine Arme und fiel mir um den Hals. Sodann begann er ungehemmt zu schluchzen, flüsterte mir seinen Dank ins Ohr, während er Rotz und Wasser vergoss. In diese Situation hinein kamen Lucien und Jerome angeritten. Etwas verblüfft schauten sie sich um. Oliver löste sich von mir und erklärte, dass Kermit mich gefunden hätte. Wie aufs Stichwort fing dieser nun an, auf Oliver einzureden. Mit dem Feuer, welches nur die Brust eines Jungspunds zu beleben pflegt, forderte er ihn auf, dass sich jeder bei mir zu entschuldigen habe, zuvorderst Oliver selbst.

«Wir wären alle umgekommen», schrie der Junge aufgebracht, «wir wären alle erfroren, wenn uns John nicht dem Satan der Kälte entrissen hätte!» Er fuchtelte wild mit den Händen, riss sich gar ein Haarbüschel aus. «Wir stehen in seiner Schuld, verdammt noch mal, in seiner tiefen Schuld!»

Kermit ließ sich nicht beruhigen, und Oliver besaß gerade nicht die nötige Autorität, um ihm Einhalt zu gebieten. Schließlich eilte Sidney heran, legte behutsam seinen Arm um den Jungen und führte ihn weg. Ich kündigte lediglich an, dass ich geneigt sei, vor der Weiterfahrt einen Gottesdienst abzuhalten.

Danach machte man sich daran, die Verluste aufzunehmen. Carls Maultier hatte den Frost nicht überlebt, vielleicht lag es aber auch an etwas anderem, denn das Tier war mit aufgeblähtem Bauch liegen geblieben. Kermit, Twitty, Pueyo und Sidney wurden dazu bestimmt, es auf die Wiese zu ziehen, wo der Kadaver verfaulen sollte.

Als Nächstes entdeckte man, dass Billstroms Pferd hinkte, es hatte eine Blessur am linken Hinterlauf, konnte nicht mehr schmerzfrei auftreten und war nicht mehr in der Lage zu galoppieren. Eine Heilung schien aussichtslos.

Mir tat das Tier sehr leid. Zu Hause hatten wir selbst keine Pferde gehabt, aber als Kinder spielten wir regelmäßig Ritterspiele. Mit den Zungen imitierten wir schnalzend die Hufe, und wenn die Pferde schnaubten, ließen wir die Lippen flattern. Wann immer ich welchen begegnete, streichelte ich sie, auch auf unserer Expedition mochte ich den Geruch ihres Fells, den warmen Schimmer ihrer Augen.

Der Schwede führte das Tier fort und versetzte ihm hinter Sträuchern einen Gnadenschuss. Er kam zurück mit geröteten, tränenverschleierten Augen. Von nun an lenkte Billstrom unseren Wagen, das ergab sich auch durch den Umstand, dass Lawrence als Einziger einen größeren Schaden genommen hatte. Nach dem Aufstehen konnte er nichts Festes mehr greifen, seine Hände versagten den Dienst. Insofern musste man ihn als Fuhrmann ablösen. Lawrence war sehr betrübt, schöpfte allerdings Hoffnung, dass seine Kraft irgendwann vollständig zurückkehren würde.

Während ich mich im Versorgungswagen auf die Predigt vorbereitete, stattete mir Scheider einen Besuch ab. Er stieg über die Kutschbank in den Wagen und setzte sich mir gegenüber auf eine Kiste. Zunächst wirkte er etwas verlegen und zupfte an seinem Dreispitzbart. Er wollte wissen, wie es mir gesundheitlich gehe und ob er etwas zu meinem Wohlergehen beitragen könne. Ich antwortete, dass ich gegen eine Salbe für meine Füße nichts einzuwenden hätte. Der Arzt nickte und sicherte mir mit äußerster Ergebenheit eine Harzsalbe zu. Scheider ließ seinen Blick auf die Bibel schweifen, welche aufgeschlagen auf meinem Schoß lag, und fragte, welche Passage ich aus der Heiligen Schrift auszuwählen gedenke.

«Wahrscheinlich Auszüge aus dem Buch Kohelet.»

«Altes Testament.» Ich vernahm einen anerkennenden Unterton.

«Wieso bist du gekommen?», fragte ich kühl.

Scheider senkte sein Haupt, murmelte etwas von Vorverurteilung und seiner Untröstlichkeit darüber. «Leider leben wir in einer Welt», stammelte er, «die viel zu oft urteilt, bevor sie etwas weiß.»

Ich stimmte ihm zu. «Aber was wusstest du nicht über mich, das du jetzt zu wissen glaubst?»

Er presste seine Lippen aufeinander, seine tief sitzenden Augen waren ganz klein geworden. «Deine Stimme … war wundervoll. Mir war, als würde sie nie vergehen. Und wenn alles erfroren wäre, diese Stimme wäre geblieben und würde noch weiterklingen im Weltall … unsterblich. … Wie hast du das bloß gemacht?» Seine Mundwinkel zuckten, während er mich aus fiebrigen Augen anstarrte.

«Menschsein», sagte ich schließlich ohne jedwede Gemütsregung, «das heißt für mich, die Stimme zu erheben, und das habe ich gestern getan. Nicht anders als sonst.»

Er nickte langsam. Ich vermochte nicht zu ermessen, ob er mich verstanden hatte, dennoch meinte ich neben der ausgestellten Bewunderung eine dezente Dankbarkeit in seinem Gesicht zu lesen. Eigentlich hatte er nichts übrig für mich, und zu dem damaligen Zeitpunkt war mir bereits bewusst, dass er alle Menschen kategorisch ablehnte, die ihm nicht ähnelten, und umso andersartiger sie waren, desto mehr verachtete er sie. Ich hatte nicht vergessen, dass er die treibende Kraft dafür gewesen war, mich in der Handelsstation zurückzulassen. Ich erschien ihm zu gütig und zu zartbesaitet, wie er es gegenüber Oliver und Rickover ausgedrückt hatte.

In der Ferne ertönte ein Schuss, Scheider zuckte zusammen. Es war ihm etwas unangenehm, aber ich tat so, als hätte ich keine Notiz davon genommen. Nun bat ich ihn, mich wieder allein zu lassen, er folgte der Aufforderung umgehend, sagte nur kleinlaut, bevor er ging, dass er sich auf den Gottesdienst sehr freuen würde.

Anstatt eine Läuterung bei den Männern hervorzurufen, führte mein Gesang dazu, dass sie mich verherrlichten – mit Ausnahme von Lawrence, Lucien und Jerome. Das Verhalten der anderen kollidierte allerdings mit meiner Aversion gegen jegliche kriecherische Schmeichelei. Zu den Grundgesetzen meines Lebens gehörte damals bereits die Selbstbeschränkung, nie lag mir daran, andere zu befehlen oder Macht auszuüben. Jetzt aber spürte ich, dass die Mehrheit der Gruppe mich zu ihrem religiösen Anführer machen wollte. Sie versprach sich von mir Orientierung, womöglich Erlösung. Ihre Blicke glichen denen der Gläubigen in meiner Heimat, wenn sie den Bischof aus halb sinnbetäubten, halb verängstigten Augen angeglotzt hatten. Zudem meinte ich noch etwas anderes zu verspüren, nämlich ein Verlangen nach Bestrafung. Niemand sprach es aus, aber ich merkte eindeutig, dass sie sich eine rigorose Behandlung von mir wünschten, als Sühne für ihre Vergehen gegen mich. Zwar hätte ich ihnen vergeben, aber darum baten sie mich einfach nicht. Sie benahmen sich vielmehr wie eine besiegte Rotte räuberischer Schurken, die nun nach Züchtigung lechzte, um nicht in der Hölle schmoren zu müssen. Vielleicht hatte Luther doch recht, als er notierte, dass der Pöbel mit Gewalt regiert sein *will*. Ich konnte mich nie für dieses Menschenbild erwärmen, nun aber stand ich da wie der Ochs vorm Berg, ratlos und von meinen eigenen Skrupeln bedrängt. Die Frage war auch: Wie würden sie reagieren, sollte ich ihrem Verlangen nicht nachgeben? Würden sie mich erneut drangsalieren, wenn ich ihnen die Knute verwehrte? Es war nicht auszuschließen. Ich kam zu dem Schluss, ich könnte ihnen als Seelsorger durchaus mit römisch-katholischer Strenge begegnen, zumindest eine Zeit lang … Sie bräuchten ja nicht gleich zu prosternieren oder sich ein Büßerhemd überzuziehen, ich würde nur die Zügel etwas anziehen.

Ich beschloss, beim Gottesdienst doch nichts aus dem Buch Kohelet vorzutragen. Im Alten Testament wird es zu den Büchern der Weisheit gezählt, und gerade mit weisen Sprüchen wollte ich ihnen jetzt nicht begegnen. Es galt, ihnen Angst einzujagen und Gehorsamkeit beizubringen, also verlegte ich mich auf «Das Lied des Mose» aus dem Deuteronomium. Von ihm inspiriert, hielt ich eine prägnante Predigt, als Kanzel diente mir der Kutschbock. Und so wie ich tags zuvor stehend gegen die apokalyptische Kälte angesungen hatte, so richtete ich nun in ähnlich geharnischter Weise meine Worte an die vollzählig versammelte Gruppe. Der Himmel war inzwischen wolkenverhangen, das fahle Licht zeichnete die Felsen auf der anderen Seeseite unscharf. Das Wetter passte zur gedrückten Stimmung. Erwartungsvoll blickten alle zu mir hoch. Ich breitete die Arme aus und intonierte einen spröden Psalmengesang in lateinischer Sprache. Gleich darauf begann ich mit der Predigt.

«Nur Gott allein hat die Macht, alle unbekehrten Menschen in die Hölle zu stoßen», tönte ich wie von einer eisernen Kanzel herab sprechend. «Nichts und niemand vermag die Sünder vor der Verdammnis zu bewahren als sein Wille. Mögen sich seine Feinde noch so sehr die Hände reichen, mögen sie sich zahlreich verbünden, es wird ihnen nichts nützen, da er sie mit einem Schlag zerstört. Sie gleichen leichter Spreu vor einem Wirbelwind, keine Festung bietet ihnen Schutz. Einem Menschen erscheint es leicht, einen Wurm zu zertreten oder einen Faden zu durchtrennen; ebenso leicht fällt es Gott, seine Feinde in die Hölle zu werfen. Nun frage ich an seiner statt: Wer seid ihr, dass ihr meint, ihr könntet gänzlich unschuldig vor ihm stehen, vor dessen Zürnen die Erde zittert und die gewaltigsten Felsen fallen? Geht in euch und seid euch gewahr: Das Schwert der göttlichen Gerechtigkeit kann jeden Moment über euren Häuptern schwingen, nur Gottes Gnade und sein erhabener Wille halten es vor dem vernichtenden Schlag zurück. Gott ist nicht durch die geringste Verpflichtung gebunden, die sündigen Menschen auch nur einen Moment lang in Schutz zu nehmen. Auf sie wartet der Teufel, entweder mit lodernden Flammen – oder mit beißender Kälte! Nur gelegentlich schickt der Schöpfer einen Mittler, der ihnen den rechten Weg weist und sie von ihren Sünden reinzuwaschen vermag. Amen.»

Ich setzte eine kurze Pause, ehe ich in meinem normalen Tonfall hinzufügte:

«Wir haben noch viel vor uns, und nur wenn wir Gott nicht enttäuschen, haben wir eine Chance, das Incognitum zu finden.»

Alsdann erteilte ich ihnen den Segen und entließ sie mit «Gehet hin in Frieden». Sie aber gingen nicht, sondern blieben stehen, geduldig wie Schafe, die meisten in einer ungelenken Haltung, mit ehrfürchtigen Augen. Ich würde lügen, wenn ich im Nachhinein behaupten würde, dass es nicht lustvoll war, mich an ihrer Angst zu laben und meine moralische Überlegenheit auszukosten. Um ehrlich zu sein, genoss ich diesen Moment sehr.

Zweiter Teil

1. Das Geld der Freiheit

Um nicht zu viel Aufsehen zu erregen, hielt es Lucien für ratsam, die neuen Ansiedlungen des General Cleaveland, von denen Carl gesprochen hatte, zu meiden. Da wir mit unseren Vorräten noch ausreichend bestückt waren, konnten wir es uns erlauben, den Handelsstützpunkt am Eriesee auszusparen. Stattdessen zogen wir innerhalb des Nordwestterritoriums weiter nach Westen, quer durchs südliche Oberland. Als nächstes großes Etappenziel setzten wir uns den Michigansee, der etwa dreihundertdreißig Meilen entfernt lag. An dessen südwestlicher Mündung peilten wir die Handelssiedlung Chicago an, in deren Nähe sich auch ein Militärposten befand.

Gustaf Billstrom war nun der Fuhrmann des Versorgungswagens. Da es Lawrence' Händen nach wie vor an Kraft mangelte, wurde er zum anderen Wagen beordert, zu Sidney und Kermit. Oliver hätte auch mich zu den beiden schicken können, aber er wolle, sagte er, mir nicht zumuten, für den Rest der Reise in allzu beengter Haltung zu sitzen. Zu dritt auf der schmalen Bank würde es auf die Dauer unkommod werden. Er hatte wohl recht damit, dennoch war es für mich ein zweifelhaftes Privileg. Mit Billstrom hatte ich nämlich bislang keine einzig gute Erfahrung gemacht. Von Anfang an stieß mir sein geltungsbedürftiges Gehabe auf, ebenso sein unterwürfiges Verhalten Scheider gegenüber. Für mich war der hünenhafte Holzfäller ein ausgemachter Opportunist, ein Jasager erster Güte. Selbst Sullivan und Pueyo sprach ich mehr eigenständige Urteilskraft zu als ihm. Doch dann fiel mir ein, dass er um sein Pferd geweint hatte, das er erschießen musste. Insofern schien er einen weichen, mitfühlenden Kern zu haben. Und vielleicht, so meine Überlegung, könnte es in irgendeiner Weise aufschlussreich sein, den Schweden näher kennenzulernen.

Am Anfang brachte der Schwede kaum ein Wort heraus, wagte mir nicht einmal in die Augen zu blicken. Er hockte da wie ein eingeschüchterter Knecht, steif und verkrampft, beinahe in Erstarrung, wodurch seine ohnehin steinernen Gesichtszüge noch lebloser wirkten. Erst nach einer Weile begriff ich, dass ich ihm nicht geheuer war. Ich hatte meine neue Autorität noch nicht vergegenwärtigt, beziehungsweise: Ich hatte ihre Wirkung auf andere völlig unterschätzt. Billstroms Körpersprache verriet mir jedenfalls, dass er sich vor mir ängstigte. Um die stickige Stille aufzulösen und sein Zutrauen zu gewinnen, erkundigte ich mich, was ihn dazu bewogen hatte, mit auf die Expedition zu gehen. Ein so geschickter und tüchtiger Mann wie er, schmeichelte ich ihm, würde bestimmt im ganzen Land eine einträgliche Stellung finden. Schlagartig weichte sein Blick auf.

«Für einen Nachfahren der Wikinger», sagte er gänzlich unbescheiden, «ist keine Gefahr zu groß, auch keine Entfernung zu weit. Du musst nämlich wissen, dass ich einem Geschlecht von Helden entstamme.»

«Behauptet das nicht jedes Volk von sich?», lachte ich. «Demnach wäre die ganze Welt von Helden bevölkert.»

«Das stimmt. Manche Wikinger waren gewiss auch Piraten und Mordbrenner, doch man kann sie alle mit Fug und Recht die tapfersten Seefahrer aller Zeiten nennen.»

Dies klang interessant, und ich bat ihn, mir von ihren Heldentaten zu berichten. Daraufhin erzählte er, wie Erik der Rote nach Grönland gesegelt war und wie sein Sohn Leif Erikson die Küste Kanadas entdeckt hatte, und das bereits vor achthundert Jahren.

«Aus diesem Grund müssten wir Wikinger als die Entdecker Amerikas gelten. Einzig die Nordmänner haben damals so weite Reisen unternommen. Sie ruderten durch die Nordsee und die Biskaya, eroberten Sizilien und drangen bis zum Kaiser von Byzanz vor. Mit tausend kleinen Schiffen segelten sie von der Normandie nach England und gründeten dort ein riesiges normannisches Reich.»

«Darauf kannst du sehr stolz sein», konzedierte ich und gestand, dass ich manches davon gar nicht wusste.

«Oliver redet manchmal von den Römern als seinen Vorbildern, aber die mutigen Wikinger hatten einen viel größeren Radius!»

«Bist du eigentlich wegen Oliver mitgekommen, hat er dich rekrutiert?»

«Nein», raunte er mir zu, als müsste es unter uns bleiben. «Joe hat mich aufgegabelt.»

«Wie ist das denn zustande gekommen?»

«Ach, das war weit im Süden, in Chapel Hill, in North Carolina. Die Bauarbeiten der Universität gingen zu Ende, ich hatte mitgearbeitet, und auf einmal gab es nichts mehr zu tun. Joe machte dort seine Forschungen, und ich hab bei ihm ein bisschen Geld verdient ... Irgendwann hat er mich gefragt, ob ich dabei sein will. Und ich habe Ja gesagt, so ein Abenteuer lass ich mir doch nicht entgehen. Die Normannen haben schließlich Amerika entdeckt, also sollte auch dieses Mal einer dabei sein, wenn das größte Tier der Welt entdeckt wird ...»

Ich lächelte ihm bekräftigend zu. «Und woran hat Doktor Scheider dort an der Universität geforscht?»

Gustaf bekam ein paar zögerliche Falten. «Ich glaube, ich darf das nicht sagen.»

«Mir kannst du's ruhig anvertrauen, sonst frage ich Joe direkt. In der Hinsicht haben wir keine Geheimnisse.»

Billstrom brüllte die Pferde an, gleichzeitig schwang er schnalzend die Peitsche, obwohl dafür kein Anlass bestand. Ich betrachtete ihn ungerührt, während ich innerlich über sein Ablenkungsmanöver schmunzeln musste.

«Wofür hast du denn damals Geld erhalten?»

«Ehrlich gesagt weiß ich das nicht, weil ich kein Mediziner bin.»

«Aber was hat er denn gemacht?»

Gustaf schürzte die Lippen, ich spürte, wie er mit sich rang.

«Du brauchst es mir nicht zu sagen, ich kann ihn wirklich selber fragen. Ich finde es nur schade, dass du mir nicht vertraust.»

«Na ja, er hat bei mir und auch bei anderen von Zeit zu Zeit einen Aderlass vorgenommen. Und dann hat er uns das Blut später wieder zugeführt.»

«Ach, aber das ist doch nichts Ungewöhnliches. Das wird eigentlich immer gemacht bei medizinischen Forschungen ... Ich kenne Joes Laboratorium auf Olivers Landsitz in Greenburgh, insofern weiß ich Bescheid.»

Er zwinkerte mir konspirativ zu. «Sag das doch gleich, ich dachte, außer mir und Oliver weiß das sonst niemand von uns.»

«Ich weiß es nur», log ich – und der Herr möge mir verzeihen –, «da ich meinen Segen dazu gab, als Joe mich darum bat. Über das, was dort passiert, schweige ich natürlich wie ein Grab.»

Gustaf nickte ehrfürchtig, ehe wir eine Weile schwiegen.

Ich überlegte, wie ich ihm weitere Details entlocken könnte, ohne mich als Schwindler zu entlarven, doch plötzlich begann er von selbst zu plaudern.

«Einmal wurde ich krank, aber das verging wieder ... Andere hat's ärger erwischt. Wenn ich da an die Kinder denke ... Aber manchmal müssen eben Opfer gebracht werden, nicht wahr, Pfarrer John?»

«Ja, so ist es», sagte ich, «um die nächste Stufe der Entwicklung zu erreichen, muss der Mensch stets Opfer in Kauf nehmen.»

«So sehe ich es auch.»

«Warum hat Joe eigentlich dich für seine Experimente herangezogen?»

«Na, weil ich ein waschechter Normanne bin, schau mich mal an. Die Rasse gibt es hier nicht so oft. Das hat ihn sehr interessiert. Er hat das ja auch bei anderen Völkergruppen versucht, bei Indianern, Negern, sonstigen Europäern.»

Meine Neugier wuchs sprunghaft an, ich musste mich jedoch bedeckt halten.

«Ach ja, stimmt, die Rassen ... Das habe ich schon fast wieder vergessen, weißt du, was da rausgekommen ist?»

Billstrom zuckte mit den Schultern. «Bei der Behandlung mit dem eigenen Blut weiß ich es nicht, aber bei der Inoko... Wie heißt das gleich noch mal?»

«Bei der Inokulation?»

«Genau, da gab es Unterschiede und eben auch größere Schäden, deswegen musste er ja weg aus North Carolina.»

Ich wippte bedächtig mit dem Kopf, dabei spitzte ich die Lippen wie ein unerschütterlicher Gerichtsdiener, dem kein Verbrechen der Welt fremd ist – und ließ die Angelegenheit auf sich beruhen. Ohnehin wurde der Untergrund steiniger, Schlaglöcher häufiger, der Wagen knarzte, an den Achsen knirschte es, sodass eine Fortführung der Unterhaltung schwierig geworden wäre. Aber auch in den folgenden Tagen wechselte ich wenige Worte mit ihm, ich ging wieder auf Distanz, und wir sprachen nur das Nötigste.

An den Abenden gab es fast immer eine dicke Suppe, die zwar nahrhaft war, aber eher nach Krankenkost schmeckte. Meist aßen wir sehr schweigsam, niemand machte Radau, niemand tratschte, man hörte lediglich unsere Löffel in den Tellern schaben. Oliver, Scheider und Rickover suchten bei den Mahlzeiten öfter meine Nähe, auch Sullivan pirschte sich an mich heran. Einmal beobachtete ich, wie er Lawrence verscheuchte, um in meiner Gegenwart speisen zu können. Sie gewährten mir kleine Vorzüge oder Annehmlichkeiten, bemühten sich in vielen Gesten um meine Gunst. Ich brauchte etwa kein Latrinenloch mehr auszuheben oder die Nachtwache zu bestreiten, und bei der Essensausgabe tat man mir mehr auf als den anderen.

Ich ließ all das geschehen, verhielt mich freundlich, sprach aber kaum mit ihnen, während sie selbst nur Belangloses von sich gaben, wenn sie mit mir redeten. Nachts schlief ich nach wie vor im Versorgungswagen, es hatte sich so manifestiert. Beabsichtigte man mich noch vor Tagen auf diese Weise zu isolieren, damit ich niemanden ansteckte, so empfand ich die separate Schlafstatt inzwischen als Segen, mein nächtliches Refugium gewährte mir eine Art territorialer Unabhängigkeit.

Ich hatte mir vorgenommen, eine neutrale Erhabenheit auszustrahlen, gedachte, mit allen gleich umzugehen. Ich war weder zur Unversöhnlichkeit noch zur Verbrüderung gewillt, und dafür schien mir ein distanziertes Auftreten angemessen. Leider zogen sich daraufhin auch Jerome und Lucien, insbesondere aber Lawrence von mir zurück. Zwar spürte ich, wie ihre Vertrautheit schwand, aber ich wollte mein Prinzip nicht ändern, es schien mir einfach sinnvoll zu sein. Wahrscheinlich fühlten die drei sich für ihre aufopfernde Hilfe nicht wertgeschätzt von mir, vielleicht taten sie sich auch hart mit den strengen Worten meiner Predigt. Sie erkannten mich wohl ob meiner Unnahbarkeit nicht wieder. Und auch wenn es meiner Absicht entsprach, akkurat und egalitär zu handeln, so muss ich mir rückblickend doch eingestehen, dass ich mich sehr ungeschickt benommen hatte.

Entlang der Wegstrecke stießen wir auf etliche Tulpenbäume, die größten erreichten bestimmt eine Höhe von vierzig Metern. Es war gerade die Zeit, wo sich die Bäume in ihrer Blüte zeigten. Ihre gelben, becherförmigen Blumen glichen kleinen Gestirnen, die so intensiv strahlten, als würden sie auch in der Nacht noch leuchten. Allmählich wurde der gesamte Tross langsamer, bis wir schließlich anhielten und uns andächtig der Pracht hingaben.

Auf dem restlichen Weg zum Handelsposten Chicago, den wir eine Woche später erreichten, passierte nichts Nennenswertes. In Chicago konnten wir endlich unsere Vorräte auffüllen. Wir hatten nun ungefähr die Hälfte der Reise zurückgelegt und lagen auch gut in der Zeit, weshalb Oliver beschloss, zwei Rasttage einzulegen. Jedem saßen die Anstrengungen in den Knochen, alle waren erschöpft, wenngleich weitgehend bei Gesundheit. Nur Lawrence machte einen besorgniserregenden Eindruck. Um seinen Mund bildeten sich grämliche Falten, seine Gesichtsfarbe hatte einen gräulichen Ton angenommen. Einmal kam er auf mich zu, gerade nachdem sich Oliver von mir entfernt hatte. Er nannte mich spöttisch Weltenretter und fragte, ob ich mich nicht herablassen könne, seine Pranken wieder in Ordnung zu bringen, dies müsste doch ein Leichtes für mich sein. Um ihn zu besänftigen, griff ich nach seinen Händen, er aber lächelte nur: «Du kannst fester zudrücken, ich spüre nichts.» Daraufhin zog er sie zurück. «Wenn ich nicht mehr arbeiten kann, bin ich ein nutzloser Mann, ein Mensch ohne Wert. Ich schaffe es kaum, mir eine Zigarre anzuzünden. Wäre besser für mich gewesen, gleich zu erfrieren …»

Ich bat ihn, nicht der Schwarzmalerei anheimzufallen, er müsse auf Gott vertrauen und Geduld haben. Lawrence bog sich von mir weg und schaute mir in die Augen, es war ein langer, gnadenloser Blick, dann stapfte er davon. Ich konnte seine verzweifelte Wut durchaus nachvollziehen, allerdings hörte mein Mitgefühl da auf, wo er anfing, mich in Haftung für sein Leid zu nehmen. Ich war nun mal kein Mediziner oder Wunderheiler. Scheider konnte ihm offenbar auch nicht helfen, er war der Meinung, die Nerven seien abgestorben. Lawrence' Betragen machte mich wütend, insgeheim hoffte ich aber, dass er wieder zur Räson käme und sich bei mir entschuldigte.

Von der Handelsstation erwarben wir ausreichend Kartoffeln, Äpfel und Bohnen sowie Brot und Speck. Da das Zwischenziel gewürdigt werden sollte, kaufte Oliver noch extra Gänsefleisch und ein Fässchen Rotwein für einen horrenden Preis hinzu. Mit einem Becher Wein in der Hand hielt unser Captain eine schwungvolle Ansprache, in der er vor allem unsere Zähigkeit sowie den neuen Zusammenhalt innerhalb der Gruppe hervorhob. Anschließend bat er mich, das Festessen zu segnen, was ich ohne zu zögern tat. Aus einem spontanen Impuls heraus wandte ich mich der Gruppe zu und sprach ein paar Verse aus dem Psalm 91, hierfür schlug ich einen weihevoll-milden Ton an:

«Möge uns Gott vor den Fallen der Täuscher schützen und uns mit seinen Fittichen bedecken. Und dass ihr nicht erschrecken müsst vor dem Grauen der Nacht, vor den Pfeilen, die des Tages fliegen, vor der Pestilenz, die im Finstern schleicht, und vor der Seuche, die im Mittage verderbt. – Dies wünsche ich uns allen. Amen.»

Ich bemerkte, wie den meisten das Herz leichter wurde, als hätte ich ihnen eine Last abgenommen. Ich sah, wie ihre Blicke weicher wurden und sich ihre Gesichtszüge lösten. Es war erstaunlich, ich war zu einem Priester aufgestiegen, der die Stimmung einer kleinen Gemeinde mit Leichtigkeit zu lenken vermochte. Ich brauchte lediglich die entsprechenden Worte über sie auszustreuen, und siehe da, sie richteten sich nach meinem Gutdünken.

Jerome hatte die Gänsestücke mit Kräutern gewürzt und mit Öl eingerieben, ehe sie über glühenden Kohlen an einem Spieß gedreht wurden. Alle schmatzten und mampften, als hätten sie nie etwas Köstlicheres gegessen. Nach einer allgemeinen Trägheit infolge der Völlerei wurde die Gruppe langsam leutselig, der Rotwein zeigte seine Wirkung. Es wurde gescherzt und gelacht, Lieder wurden angestimmt, dazwischen flammten stolze Reden über das bereits Vollbrachte auf.

Ich blickte über unsere Lichtung hinaus in die Ferne, wo man einen kleinen, silbernen Ausschnitt des riesigen Michigansees funkeln sah. Ein sanfter Wind berührte meine Stirn, es war mitten am Nachmittag, und wenn uns auch noch kein funkelnder Himmel bedeckte, so hatte ich zum ersten Mal das Gefühl, wir stünden unter einem guten Stern.

Billstrom war besonders fidel, lauthals bedankte er sich bei Oliver für den Schmaus, mit hochgeworfenen Armen posaunte er: «Genauso stelle ich mir ein üppiges römisches Gelage vor, Captain!»

Die anderen stimmten mit ein, riefen: «Auf unseren Captain!»

Pueyo ließ ein schmetterndes «Auf die Römer!» folgen. Auch dieser Toast wurde nachgebrüllt und mit aneinanderstoßenden Bechern begossen.

«Ihr seid ja lustig», lachte Rickover, «zu einem großen Reich gehört schon ein bisschen mehr als ausschweifendes Fressen. In erster Linie Münze, Macht und Militär!»

Oliver saß neben mir, und ich bemerkte, wie er sich die Hände rieb, ehe er sich einbrachte. «Wahrscheinlich werden wir es nicht mehr erleben», gab er gravitätisch von sich, «aber ich bin mir sicher, dass New York irgendwann zum Rom der neuen Zeit aufsteigen wird, und möge es noch hundert Jahre dauern.»

Sullivan räusperte sich geräuschvoll.

«Wisst ihr eigentlich, warum das Römische Reich untergegangen ist?»

Er grinste rattenfrech in die Runde. «Aus dem gleichen Grund sind auch die Griechen untergegangen. Weil sie sich nämlich gegenseitig in den Arsch gerammelt haben.»

«Und woher weißt du das?», fragte ich.

«Weil er selber ein Arschrammler ist!», rief Pueyo und zog damit einige Lacher auf sich.

Sullivan sprang auf und wollte dem Jungen an den Kragen, der aber nahm Reißaus. Billstrom und Lucien hielten Sullivan von der Verfolgung ab, worauf sich der Adjutant wieder hinsetzte und von Rickover angeschnauzt wurde.

«Ich wollte dem kleinen Scheißer nur ein bisschen Angst einjagen», verteidigte sich Sullivan.

«Aber nun sag schon, wo hast du das her? Das macht mich

neugierig.» Scheider zupfte an seinem Bart, in seinen Augen flackerte ein spitzbübisches Lächeln.

«Es ist doch so», antwortete Sullivan, «Aristoteles war ein warmer Bruder, und bei allem, was man weiß, war Sokrates auch einer. Und die letzten sechs römischen Kaiser waren auch alle schwul … Ich hab's irgendwo gelesen, weiß nicht mehr, wo, ist aber auch egal. Prost.»

«Danke für deinen geistreichen Beitrag, Jack», höhnte Oliver. «Dann wissen wir jetzt also, worauf wir achten müssen, wenn wir irgendwann ein Weltreich werden. Sobald wir zurück sind, werde ich dich bei der Philosophical Society als neues Mitglied vorschlagen.»

Einige gluckten schadenfreudig, manche guckten verlegen zu Boden. Oliver erhob sich. Er wolle sich etwas die Beine vertreten, es wäre ihm eine Freude, wenn ich ihn begleiten würde. Ich stimmte zu, nach einigen Metern drehte sich Oliver nach den anderen um und verlautbarte, dass sie ruhig weiterfeiern sollten, wir würden ein wenig spazieren gehen. Dann fügte er noch hinzu, dass er sich von mir die Beichte abnehmen lasse.

Wir strebten auf die Handelssiedlung zu, wo wir vormittags unsere Besorgungen gemacht hatten. Nach etwas Geplänkel und nach ein paar schweigsamen Minuten ergriff Oliver schließlich das Wort. Die Sache mit der Beichte, begann er, habe er nur im Scherz gesagt, gleichwohl wäre es nun endlich an der Zeit, sich aufrichtig bei mir zu entschuldigen. Hiermit bitte er mich also um Vergebung für all das Leid, welches er mir zugefügt habe. Im Sog der Ereignisse und unter enormem Druck habe er eine rasche Entscheidung treffen müssen – und damit kolossal falschgelegen. Zudem sei er schlecht beraten gewesen. Nur so könne er sich sein hartes wie ungerechtes Urteil erklären. Sogleich fügte er aber hinzu, dass er sich damit nicht rechtfertigen wolle. Ihm sei es unbegreiflich, wie alles so weit kommen konnte, dabei hätte ich mit meinen magischen Kräften allen das Leben gerettet. Er sei einfach untröstlich über das Geschehene und hoffe nun inständig, dass ich ihm verzeihte. Seine Worte strömten ohne Punkt und Beistrich mit großer Dringlichkeit aus ihm heraus.

Ich hörte ihm aufmerksam zu. Ob er allerdings mit dem Herzen bereute, wagte ich zu bezweifeln. Zwar waren seine Augen von einem glasigen Schleier überzogen, doch seine Beredtheit erweckte in mir den Anschein, dass er es nicht ernst meinen konnte. Als Beichtvater war ich eben geschult, Aufrichtigkeit von Heuchelei zu unterscheiden.

Oliver schaute mich erwartungsvoll an. In seinem Blick lag nun eine Bedürftigkeit, die mich richtiggehend abstieß. Daraufhin durchfuhr mich ein trotziger und zugleich boshafter Schub. Ich räusperte mich und meinte in einer geradezu nonchalanten Art, er brauche sich überhaupt nicht zu entschuldigen, denn schließlich hätte *ich* ja etwas Verbotenes getan.

«Es war richtig, mich zu bestrafen», sagte ich, um Glaubhaftigkeit bemüht, «denn mein Betragen dir gegenüber war unverschämt. Eigentlich hätte man mich auspeitschen müssen und *danach* an den Wagen fesseln. Ich kann von Glück reden, dass ihr mich damit verschont habt. Den Regeln nach hast du gerecht gehandelt – und ich habe für mein Vergehen gebüßt. Auf so einer Expedition gibt es kein Recht auf Widerspruch, alle haben an einem Strang zu ziehen. Lass uns einfach die Hände reichen und die Angelegenheit vergessen.»

Oliver blickte völlig verdutzt auf meine ausgestreckte Hand, wahrscheinlich glaubte er, sich verhört zu haben. Nach einigen Sekunden aber hellte sein Gesicht auf. Freudestrahlend umarmte er mich, als hätte ich ihn gerade aus Ketten geschlagen. Er frohlockte, wie gern er mich habe und wie unglaublich ehrbar ich doch sei. Dann trat er einen Schritt zurück und schaute mir fest in die Augen.

«Du warst mir also nie böse?»

«Es gab keinen Grund dafür», antwortete ich.

«Mein Gott, bin ich froh», wisperte er, «so froh, das kannst du dir gar nicht vorstellen.»

Oliver fing nun an, darüber zu dozieren, dass jede tiefe Freundschaft eine Talsohle zu durchwandern habe, um als solche überhaupt reifen zu können. Eine gemeisterte Krise sei tausend Mal mehr wert als alle Treueschwüre der Welt zusammen. Der Weg bis hierher sei unsere Prüfung gewesen, eine verdammt harte Prüfung, die wir jedoch mit Bravour bestanden hätten.

«Doch jetzt sag mir, Freund, wie hast du es vollbracht, unseren Untergang abzuwenden? Woher kam die Kraft in deiner Stimme …»

Seine Augen trieften vor Neugierde, und mir war, als hätte er alles Vorhergehende nur gesagt, um elegant zu dieser Frage überleiten zu können.

«Mir ist es selbst nicht erklärlich … Gott hat mir die Befugnis erteilt, und allein er weiß, wie es geschah. Ich war nur sein Diener, ein Mittler seiner Güte.»

Oliver zog die Augenbrauen hoch, zeigte Züge von Erstaunen, aber auch von Enttäuschung. Wahrscheinlich hatte er sich die Enthüllung eines magischen Geheimnisses versprochen, gleichwohl: Meine Antwort erschien ihm schlüssig. Zwar nuschelte er zunächst etwas Unverständliches daher, sagte aber dann: «Ja, ja … Wunder kann man nicht erklären, sonst wären sie ja keine, und das entspricht wiederum den Gesetzen der Logik. Das ist einleuchtend.» Er verstummte einen Atemzug lang, ehe er mich im Flüsterton fragte: «Meinst du, Gott wird auch mich eines Tages zu seinem Diener machen …?»

«Das weiß nur Gott allein», sagte ich bedächtig.

Plötzlich hörten wir den jämmerlichen Schrei eines Pferdes sowie ein gleichzeitiges Hämmern, beide Geräusche wie miteinander verbunden. Sie kamen eindeutig von der Handelsstation, die vielleicht noch eine Viertelmeile vor uns lag. Auch nahmen wir eine Verdüsterung über den Dächern wahr, weshalb wir beschlossen, eine andere Route einzuschlagen, eine, die uns in einem weiten Bogen wieder zum Rastplatz zurückführen würde.

Wenig später gelangten wir an einen Waldrand, wo drei Männer Holzarbeit verrichteten. Die vorderste Linie der Bäume war bereits hüfthoch über dem Boden angehackt. Die Holzhauer waren gerade dabei – und wahrscheinlich schon seit Stunden damit beschäftigt –, den Sturzbaum zu fällen, eine mächtige Buche, die drei Mann nicht umspannen konnten. Die Äxte der Arbeiter sausten in regelmäßiger Taktung in den Stamm, klopfend und schallend. Das Geschick bei dieser Arbeit besteht darin, den Sturzbaum so umzuhauen, dass er alle anderen mitreißt. Oliver und ich verfolgten die Darbietung aus sicherer Distanz. Gleich sollte sich zeigen, ob die Buche im richtigen Winkel umfiel oder ob die Mühen der Holzknechte verfehlt waren. Und in der Tat, nach einigen Minuten gab der Stamm ein markerschütterndes Knacken von sich, unmittelbar darauf neigte sich der Baum und sank dröhnend in die Krone des nächsten. Das Dröhnen pflanzte sich durch die ganze Reihe fort, die Buchen hakten ineinander und rissen sich gegenseitig, eine nach der anderen, zu Boden.

Oliver klatschte begeistert in die Hände und rief mehrmals «Bravo!», seine tagblauen Augen weiteten sich. «Ist das nicht wunderbar?!», raunte er mir zu.

Jetzt erst nahmen uns die drei Männer wahr, einer von ihnen hob die Hand zum Gruß, ein anderer schwenkte seinen Hut. Dann nahmen sie ihre Arbeit wieder auf, worauf wir unseren Gang fortsetzten.

Nun kam Oliver in eine angeregte Plauderlaune. Schon länger, behauptete er, wollte er mit mir über die großen Umwälzungen der Zeit sprechen. Er liebe es nämlich, Effekten beizuwohnen, wo ein einziges Ereignis eine Kaskade von anderen in Kraft treten lasse. Er fragte mich, ob ich mich je schon mit der Konzeption von Papiergeld beschäftigt habe. Ich wusste, dass es etliche Auffassungen darüber gab, hatte mich aber bislang nie eingehend damit befasst.

«Ich muss noch auf etwas anderes zurückkommen, obwohl ich eigentlich nicht mehr über unseren Konflikt sprechen wollte», sagte er hastig, ohne meine Antwort abzuwarten.

«Nur zu, es herrscht schließlich das Recht der freien Rede.»

Er hatte meine Spitze nicht verstanden oder schob sie beiseite.

«Ich glaube», hob er an, «dass du mit einem sehr schwärmerischen Bild von Demokratie nach Amerika gekommen bist. In Wirklichkeit ist es aber so, dass ein so großes Land nur mit einer Verknüpfung von demokratischen *und* aristokratischen Elementen geführt werden kann. Der Volkswille muss gesiebt werden, sonst begehen wir staatlichen Selbstmord.»

«Ist das so?», fragte ich skeptisch.

Er nickte schwungvoll. «Stell dir vor, ein Schwachkopf wie Jack Sullivan würde für ein hohes Amt kandidieren, und er würde eine Mehrheit in Schankwirtschaften oder auf Jahrmärkten finden … Wahrscheinlich würde er finstere Leidenschaften und abstruse Anschauungen einfordern … Oder wenn sich zum Beispiel Enteignungen und Schuldenerlässe durchsetzen würden, weil das irgendwelche Vogelscheuchen für gerecht halten … Unsere Eliten würden zusammenbrechen, Chaos würde toben und das Land bald wieder an die Briten fallen. Deshalb müssen Verantwortlichkeiten und wichtige Entscheidungen in den Händen weniger liegen. Ich fürchte, dir ist diese politische Lektion nicht ganz bewusst, aber es ist einfach so: Nur aufgeklärte Staatsmänner sind in der Lage, Interessen auszugleichen und sie dem Gemeinwohl dienstbar zu machen. Die meisten Menschen bedürfen einfach der lebenslangen Vormundschaft.»

«Das scheint mir ein unsterbliches Gerücht zu sein», widersprach ich ihm. «Gott hat jeden Menschen zu einem wahrheitsfähigen Wesen geschaffen.»

Oliver spitzte die Lippen. «Vielleicht hat er ihn dazu geschaffen, aber was aus Menschen unter Menschen wird, ist oft schauderhaft.»

Hinter unseren Rücken verklangen die letzten Geräusche der Holzknechte, der Geruch von wild wachsendem Knoblauch lag in der Luft. Vor uns erstreckte sich eine Heide, an deren Ende sich ein bewaldeter Hang anschloss. Gemäß unserer Orientierung musste dahinter unsere Raststätte liegen.

Ich entschloss mich, Olivers Einlassungen nicht weiter zu kommentieren, sondern gab lediglich zu bedenken, dass die Idee der Demokratie zu allen Zeiten einzig den Zweck verfolgt habe, die Schwachen vor den Mächtigen zu schützen, andernfalls würde die Pleonexie, die unersättliche Gier, langsam, aber sicher um sich greifen und Unterdrückung und Elend hervorbringen.

«Das ist alles richtig», erwiderte er in bedächtigem Ton, «nur sind wir noch nicht so weit, die Pforten der Mitbestimmung ganz aufzureißen. Die Gründe habe ich dir genannt. Ich selbst halte die Vollendung einer Demokratie übrigens nicht entscheidend für eine freie und glückliche Gesellschaft, wesentlich ist der Wohlstand einer Nation, also auch der Wohlstand eines jeden einzelnen Bürgers. Und deswegen möchte ich wieder auf das Papiergeld zu sprechen kommen, als Lösung gewissermaßen. Mit ihm nämlich wird die Freiheit voranschreiten.»

Prompt dachte ich an das *Tier der Freiheit*, wie er mir Wochen zuvor das Incognitum vorgestellt hatte. Nun also das *Geld der Freiheit*, wenn man so will. Mein Interesse war jedenfalls geweckt, auch deshalb, weil Oliver nicht sprach, als predigte er etwas gedankenlos nach. Er klang restlos von dem überzeugt, was er von sich gegeben hatte.

Er breitete die Arme aus und blickte nach oben, wo satte Wolken über uns hinwegzogen. «Es ist ganz einfach, wir ändern die Natur und bringen Gottes Geschenke schneller zur Reifung.»

«Mit Papiergeld?», fragte ich erheitert.

Er lächelte beflissen. «Es geht darum, die Produktion von Waren zu erhöhen, wie in einem grenzenlosen Schöpfungsprozess.»

«Und wie soll das gehen?»

«Indem man Papiergeld ausgibt, das durch die im Boden liegenden Goldschätze gedeckt ist. Und wenn man die Zettel als Geld akzeptiert, dann ist die Geldschöpfung perfekt. Damit spart man viel Zeit. Man nutzt den Schatz, bevor er gehoben ist! Verstehst du?»

Ich stutzte zunächst, ehe ich umso empörter rief: «Aber das ist Betrug! – Man kann nicht einfach behaupten, das Papier in den Händen entspricht dem Gold in der Erde, das ist absurd.»

«Ist es nicht! Man kürzt nur den Weg ab.»

«Und woher weiß man, wo Gold, Silber und Kupfer liegen, all die Zutaten, aus denen Münzen gemacht sind?»

«Das wird sich schon finden», sagte er lapidar. «Wir gehen davon aus, dass im fernen Westen riesige Goldadern existieren. Das Land ist so groß und so reich an Schätzen, und irgendwann wird es uns ganz gehören. Um die Ökonomie anzuschieben, geht es darum, das Gold, das im Boden liegt, ohne Arbeit zu heben und in Umlauf zu bringen, es als Papier *flüssig* zu machen. Papier ist leicht, Metall ist schwer, so kommt der Zahlungsverkehr erst richtig in Fahrt.»

«Und was hat das mit Freiheit zu tun?»

Oliver hielt inne und klopfte mir wohlwollend auf die Schulter.

«Alles würde enorm beschleunigt werden. Selbst Ideen würden schneller Gestalt annehmen, die ganze Welt würde zum Marktplatz werden.»

Wir schwiegen eine Weile und marschierten dabei einen licht bewaldeten Hang hinauf. Die Erhebung war nicht sonderlich hoch, jedoch genug, um eine gute Übersicht auf das vor uns liegende flache Land zu haben. Oliver deutete in die Richtung der Holzknechte, die aus der Distanz wie kleine, emsige Zinnfiguren aussahen. «Jetzt stell dir vor, wenn der Waldeigentümer mehr Geld hätte, so könnte er drei- oder viermal so viele Holzfäller anwerben, statt drei Mann würden dann zwölf Männer Geld verdienen, die ihrerseits wieder Geld ausgeben könnten oder Ersparnisse anhäufen, um sich vielleicht selbst ein Stück Wald zu kaufen. Das Holz wäre schneller geschlagen, Häuser und Brücken viel rascher gebaut … Alles, wirklich alles würde sich unglaublich dynamisch entwickeln, schneller, wirkungsvoller … Durch das neue Geld schafft man für jeden einen Anreiz, sich in den Kreislauf der Wirtschaft einzubringen. Das Geld rieselt von oben nach unten und breitet sich aus. Die Trägheit der Massen würde so überwunden werden.»

Ich nickte zustimmend, obwohl mir der Kopf schwirrte. Halb konnte ich ihm folgen, aber mir fehlte ein logisches Verbindungsglied, weshalb ich misstrauisch blieb. «Die Geldzettel wären also eine Art Pfand für das noch vergrabene Gold, richtig? Aber was passiert, wenn es nie gefunden wird?»

Oliver setzte ein argloses Gesicht auf. «Wäre das so schlimm? In erster Linie geht es nur um die *Vorstellung*, dass das Papier gedeckt ist. Es ist eine reine Glaubenssache, deine Domäne.»

Die untergehende Sonne strahlte auf unsere Hinterköpfe. Ich machte Anstalten zu gehen, doch Oliver blieb stehen.

«Warte», sagte er mit fester Stimme, «hör mir zu. Ich erzähle keinen Unsinn. Selbst Adam Smith sagt, dass umlaufende Gold- und Silbermünzen totes Kapital sind. Er sagt, man muss sie mit einer Straße vergleichen, die Gras und Getreide zum Markt transportieren hilft, ohne aber selbst etwas zu produzieren. Die Ausgabe von Papiergeld schafft dagegen so etwas wie einen Luftfrachtweg, der es einem Land ermöglicht, seine Straßen weitgehend in gute Weiden und Getreidefelder zu verwandeln …»

«Er spricht von Luftfrachtweg?», unterbrach ich ihn.

«Ja, als Metapher. Das ganze Land kann auf diese Weise schneller in Parzellen eingeteilt und nach Qualität umgemünzt werden. Danach kann man viel rascher Menschen ansiedeln, Handelsunternehmen gründen, Manufakturen bauen, Feuermaschinen entwickeln. In der Zwischenzeit wird man viele Edelmetalle gefunden haben, dann ist man auch in der Lage, das Papiergeld rückwirkend zu decken, sodass es zu keiner Inflation kommt. Die Regierung und ihre Banken müssen natürlich die Geldausgabe regulieren. Der Staat muss ohnehin die letzte Entscheidung über diese Geschicke haben, damit es zu keiner kommerziellen Anarchie kommt.»

«Kann sein», erwiderte ich, «aber solange die Zettel nicht mit einem massiven Gegenwert gedeckt sind, habe ich Bedenken. Es werden doch Schulden aufgetürmt, und irgendwann könnte alles unter ihnen zusammenbrechen.»

«Aber John, bei dem Prozess entstehen permanent neue Werte. Die Heide da unten ist nichts wert, erst wenn sie zum Feld wird, wirft sie Früchte ab und so weiter und so fort. ‹Wo Geld vorangeht, sind alle Wege offen›, steht bei Shakespeare.»

Oliver lächelte triumphierend, dabei zog er keck die Augenbrauen hoch. Ich konnte mich allerdings zu keiner Begeisterung hinreißen lassen. Mir kam es vor, als würden damit die Samen der Maßlosigkeit in die Welt gesät, und daraus konnte nichts Gutes erwachsen. «Wenn es der Wohlstandsmehrung dient, soll es mir recht sein», bekundete ich sachlich, «aber in einer endlichen, begrenzten Welt steht einem Plus immer auch ein Minus gegenüber.»

«Wer sagt denn, dass die Welt begrenzt ist?», hielt er mir entgegen.

«Gott, der Allmächtige», gab ich entschieden zur Antwort.

«Das mag für himmlische Dinge gelten, John. Hier auf Erden sehe ich keine Grenzen, und jene, die bestehen, werden stets überwunden.»

«Nun», sagte ich diplomatisch, «das wird sich zeigen. Ich glaube nur, dass es bei dieser Sache einen Haken gibt.»

«Sei nicht so pessimistisch, John. Ich bin mir sicher, dass jeder, der gewillt ist, hart zu arbeiten, in diesem Land vorankommen wird. Im Übrigen ist Rom nicht von einem auf den anderen Tag zugrunde gegangen. Es ist an den Kosten seiner Kriege, an Aufständen und an Korruption gescheitert, aber auch am Niedergang seiner Währung. Das wird uns nicht widerfahren.»

Wir gingen die andere Seite des Hügels hinab, der tief stehenden, roten Sonne entgegen.

Seit diesem Spaziergang beschäftigt mich das Wesen des Geldes in steter Regelmäßigkeit, wenngleich ich zugeben muss, dass ich es nie ganz durchdrungen habe. In der deutschen Sprache kommt das Wort Geld von gelten, es soll also Verlässlichkeit im Austausch gewährleisten. Doch leider verkommt es viel zu oft zu einem Vehikel für Habgier.

Wenn ich über Geld nachdenke, so gelange ich ständig zu neuen, manchmal auch widersprüchlichen Erkenntnissen. Eine Einsicht bleibt jedoch bestehen, dass nämlich alle Menschen, die kein eigenes Kapital besitzen, verpflichtet sind, für fremdes Eigentum zu arbeiten. Also führen immer nur die Reichen das Kommando, denn sie fürchten sich davor, von den Armen ausgeplündert zu werden. Deshalb werden die Reichen nie eine echte Demokratie zulassen. Die *repräsentative Demokratie*, wie sie von Alexander Hamilton 1777 eingeführt worden war und wie wir sie immer noch haben, ist nicht viel mehr als eine Augenwischerei. Inzwischen ist mir das sehr klar. Dem Volk wird Selbstherrschaft versprochen, derweil diese Regierungsform nur ein Mittel ist, um die große Menge von der Politik fernzuhalten und eine wohlhabende Schicht mit genau ihrer Unterstützung über Wahlen an der Macht zu halten. Es ist eine einfache Wahrheit, aber gerade weil sie so einfach ist, vermag sie jeden Tag aufs Vortrefflichste verschleiert zu werden.

Es war zwar noch ein wenig hell, aber wir waren durchaus dankbar, dass uns das flackernde Lagerfeuer den Weg zu unserem Rastplatz wies. Recht viel länger als die drei Stunden, die wir weg waren, hätten wir nicht ausbleiben dürfen, sonst wären wir wohl in Schwierigkeiten geraten.

Jetzt, so sagte ich mir, ist der richtige Zeitpunkt gekommen. Ich stellte mich vor Oliver und sagte: «Bevor wir auf die anderen stoßen, muss ich dir noch eine Sache mitteilen.»

«Was ist los?»

«Du hattest mir vorher von den raschen Entscheidungen erzählt, die du treffen musstest, und weshalb du im Sog der Ereignisse *kolossal* falschgelegen hättest.»

Oliver blickte mich irritiert an. «Ja», sagte er, «das war leider so, ich verstehe jetzt nur nicht, weswegen du noch mal darauf zu sprechen kommst …»

«Weil ich weiß, dass es beispielsweise keine rasche Entscheidung war, mich am Handelsposten in Ohio zurückzulassen … Ich weiß, dass ihr das in aller Ruhe besprochen hattet und mich nur nicht dort ausgesetzt habt, weil die Männer tot waren. Ihr hattet sogar schon beschlossen, Gustaf Billstrom in meinen Mönchshabit zu stecken und ihn als Pfarrer auszugeben.»

Auch wenn ich es nicht mehr genau sehen konnte, so spürte ich regelrecht, wie sein Gesicht erbleichte. «Woher weißt du das?», fragte er schmallippig.

«Es ist egal, wer mir das mitgeteilt hat. Du sollst nur wissen, dass mir nichts verborgen bleibt.»

Oliver schwieg, aber mir war, als könnte ich hören, wie seine Gedanken aufgescheucht um die Frage kreisten, wer wohl der Maulwurf sei, Scheider oder Rickover, welcher war ihm in den Rücken gefallen? Der Arme wusste nicht mehr, wem er in Zukunft noch vertrauen konnte. Und er musste wohl spekulieren, was ich noch alles wissen mochte. Spätestens jetzt merkte ich, dass Oliver bei Weitem nicht so robust war, wie er sich selbst gerne gesehen hätte. Er ließ sich viel schneller verunsichern, als ich dachte.

«Aber es bleibt natürlich dabei», unterstrich ich am Ende, «ich habe dir vergeben, und es war meine Schuld, mich so unverschämt benommen zu haben.»

Ich zog ihn am Arm, und kurz darauf waren wir bei den anderen.

2. Ein Tag mit zwei Beichten

In der folgenden Nacht war es ungewöhnlich still, und selbst als ich endlich eingeschlafen war, hörte ich noch die Stille und träumte irgendwelche luziden, epischen Träume. Ich ruhte tief und fest, sodass die Morgenstunden schon vorangeschritten waren, als ich meinen Kopf aus dem Wagen steckte. In der Ferne ergoss sich ein weißes Licht über dem See. Die dünne, reine Luft glänzte dermaßen, dass es meine schläfrigen Augen blendete. Und als hätte die Nacht die Stille in den Tag getragen, vernahm ich weder Stimmen, noch erblickte ich jemanden.

«Pfarrer John.»

Erschrocken drehte ich meinen Kopf weit nach rechts. Sidney stand vielleicht zehn Meter entfernt und hob die Hand.

«Darf ich näher kommen?»

«Sicher.»

Mit ein paar großen Schritten war er bei mir, er lehnte sein Gewehr an das Wagenrad. Nun sah ich auch, dass er in seiner Linken ein Büschel Kräuter hielt. Mr Hancock habe sich über Nacht eine Erkältung samt Halsentzündung eingefangen. Daraufhin habe er, Sidney, heute Morgen die Umgebung erkundet und kehre nun mit Kresse und Zungenkraut zurück; zwei Heilpflanzen, die den Captain wieder gesund machen würden.

«Du kennst dich gut aus», sagte ich anerkennend.

Sidney ging auf das Kompliment nicht ein, stattdessen berichtete er, dass alle zum See geritten seien, um dort Fische zu fangen. Nur Kermit und Lawrence und eben der Captain seien hiergeblieben. Er werde nun Mr Hancock einen Tee zubereiten, danach, so sagte er plötzlich in einem veränderten, ehrfürchtigen Tonfall, würde er gerne bei mir beichten. Ich brachte meine Verwunderung zum Ausdruck, doch auch hier folgte er wohl seinem Herrn nach.

Sidney fuhr sich über seine kantige Stirn und senkte den Blick. «Ich habe so was noch nie gemacht. Darf ich das überhaupt? Ich bin nicht katholisch, nicht einmal wirklich christlich.»

Ich warf ihm ein aufmunterndes Lächeln zu. «Man muss keiner Konfession angehören, um sich das Herz zu erleichtern.»

Etwa eine Stunde später folgte ich Sidney zu einem Ort, den er beim Kräutersuchen entdeckt hatte. Ein schmaler Pfad führte an Kreuzdornstauden vorbei in ein Wäldchen, wo an einer lichten Stelle ein vom Sturm umgeworfener Baum lag. Sein riesiges flaches Wurzelwerk ragte aus dem Erdreich empor wie eine Wand. Wir setzten uns auf den Stamm und schwiegen zunächst. Bis auf das Zwitschern einiger Vögel war es auch hier ausgesprochen ruhig. Die Sonne drang nur hie und da durch die Baumwipfel, wodurch sich eine andächtige Stimmung einstellte. Es brauchte nicht viel Einbildungsgabe, um sich im Schiff einer Kathedrale zu wähnen.

Sidney schloss die Augen und schwieg, auf seinen schwarzen Wangen hob sich das fahle Licht in einer eigentümlichen Schönheit ab. Er brauchte wohl etwas Zeit, um sich der Gewissenserforschung hinzugeben.

Obwohl Sidney versklavt war, war er uns Fußsoldaten während der Expedition gleichgestellt, seine Stimme zählte gleich viel, er durfte sogar ein Gewehr benutzen, was Sklaven normalerweise nicht gestattet war. Sidney war kräftig und ausdauernd, er war auch des Schwimmens mächtig, anders als viele in der Truppe. Für ihn gab es auch keine der sonst üblichen Bewegungseinschränkungen.

«Dauert es noch lange, bis die Beichte anfängt?»

«Oh, ich wusste nicht, dass du auf mich wartest», schmunzelte ich angesichts des Missverständnisses. «Dann lass uns anfangen. Ich mache kein Brimborium. Bekenne einfach deine Vergehen, sprich alles aus, was dein Gewissen belastet. Sei dabei direkt und klar in deinem Gedankengang.»

Während ich ihn anwies, überfielen mich Bilder aus meiner Zeit im Lyzeum; Erinnerungen an die Generalbeichten, wo man seine Sünden, die großen wie die kleinen, mit allen wichtigen Umständen aufzuschreiben hatte. Diese musste man dann vor dem Beichtvater ablesen, ehe man am Ende um die Lossprechung bat. Erst Jahre später war mir bewusst geworden, dass man dabei die Jungen von Grund auf aushorchte. Der Anreiz einer Generalbeichte hatte im Vergleich zu einer normalen Beichte darin bestanden, garantiert sündenfrei zu werden.

Ich versicherte Sidney, dass er keine Angst zu haben brauche, dass ich seine Geheimnisse an andere verraten würde. «Und egal, was du mir anvertraust, *ich* werde nicht mit dir ins Gericht gehen. Wenn du wirklich bereust, so erteilt dir Gott die Absolution, nicht ich.»

Er nickte bedächtig, allerdings war ich mir nicht sicher, ob er mich verstanden hatte, denn plötzlich rutschte er vom Baumstamm und fiel vor mir auf die Knie, worauf ein paar Vögel im Geäst aufflatterten.

«Ich bitte dich um Vergebung. Beim Andenken meines Vaters: Es tut mir von Herzen leid, dass ich dich bewusstlos geschlagen habe.»

Sodann umfasste er meine Stiefel. «Bitte verzeih mir …»

Peinlich berührt, bat ich ihn aufzustehen und sich wieder neben mich zu setzen, was er, etwas schleppend, auch tat. Ich griff seine Hände und beteuerte, dass ich ihm vergeben würde. Ich war der Frage nach dem Täter gar nicht mehr nachgegangen, wahrscheinlich wollte ich sie einfach vergessen.

«Womit hast du mich eigentlich ohnmächtig geschlagen?»

Sidney blickte nach unten. «Mit dem Kolben meines Gewehrs.»

Nun war meine Neugierde doch entfacht. «Hat dich Oliver oder ein anderer mit Blick oder Geste angewiesen, das zu tun?»

Er schüttelte den Kopf.

«Was hat dich dann veranlasst?»

Sidney zuckte zusammen. Zwei-, dreimal setzte er zu einer Antwort an, brach aber wieder ab.

«Mr Hancock war sehr wütend … und ich wollte ihm helfen.»

«Hat er dich danach gelobt?»

Sidney nickte.

«Und jetzt findest du es nicht mehr gut, oder warum beichtest du?»

«Weil es mir leidtut und weil es ein Fehler war.»

«Hör zu, Sidney, ich habe dir verziehen. Ich möchte aber wissen, was dich dazu verleitet hat, mich halb totzuschlagen. Gott kann dir nicht vergeben, wenn du nicht wirklich bekennst, warum du es getan hast. Man muss die Sünde an der Wurzel packen, also sei ehrlich! Es genügt nicht zu sagen, es tut mir leid … Warum war es denn ein Fehler?»

«Weil ich dich schwer verletzt habe!», gab er hilflos von sich.

«Aber das wusstest du doch vorher, ein Gewehrkolben ist kein Gänseblümchen, also warum hast du es getan?»

Sidneys Blick verdunkelte sich. «Hör auf, in mir zu bohren. Ich habe es getan, damit er mich irgendwann freilässt. Bist du jetzt zufrieden?»

Ich nickte und schwieg.

«Ist es für euch Geistliche eine Sünde, ein Sklave zu sein?»

«Nein, natürlich nicht.»

«Als freier Mann hätte ich dir wahrscheinlich nichts getan. Und trotzdem war es Unrecht.» Er presste seine Hand gegen das Kinn. Ich sah, wie die Gedanken in ihm arbeiteten. Schließlich löste er die Hand, senkte langsam den Arm und erhob sich. Er entfernte sich einige Schritte, ehe er sich mir wieder zuwandte.

«Ich würde gerne an Gott glauben, aber Gott hält uns Sklaven in Gefangenschaft. Er hat uns auf seinen Richtblock gefesselt und lässt jeden Tag seine Peitsche auf uns niederfahren. Wie soll ich also an seine Gerechtigkeit glauben, wie an eine Belohnung nach dem Tod ... Ich würde gerne an ein Paradies glauben, an ein tröstliches Land voller Liebe und Frieden, aber es geht einfach nicht.»

«Sidney», wandte ich ein, «Gott ist nicht für die Verbrechen der Menschen verantwortlich. Der Richtblock, von dem du sprichst, ist von Menschenhand gemacht.»

«Ihr Gelehrten sagt doch ständig, dass Gott die Menschen mit Vernunft begabt hat. Wenn aber die Vernunft von Gott stammt, dann sind die Menschen sein Werkzeug auf Erden. Er hat sie doch *nach seinem Ebenbild* erschaffen. Demnach muss Gott auch der Schöpfer der Sklaverei sein, und der Mensch ist nur sein Vollstrecker!»

Ich war erstaunt über seine scharfe Argumentationsführung, war aber nicht versessen darauf, ein theologisches

Streitgespräch zu führen, zumal er mit dem Eifer eines Mannes sprach, dessen Nahrung der Schmerz war. Im Grunde genommen gab es auch keinen Streit zwischen uns. Denn seine Kernfrage drehte sich meiner Ansicht nach nicht um Gott, sondern um die Menschen, und zwar um jene, die sich als Christen bezeichnen, aber der Sklaverei zustimmen.

«Es obliegt jedem Einzelnen», erklärte ich unaufgeregt, «ob er der Botschaft Jesu folgt oder nicht. Gott hat den Menschen so geschaffen, dass die Freiheit zentral ist in seinem Wesen, von daher kann Gott keine Sklaverei wollen. Außerdem hat er alle Menschen erschaffen: die Schwarzen, die Roten, die Gelben, die Weißen …»

«Dann sag mir eins als Gottesmann: Meint die Bibel uns Sklaven, wenn sie von Verfluchten spricht? Mr Scheider und du, ihr hattet Streit darüber …»

Ich erinnerte mich sofort. «Joe Scheider», schnaubte ich, «hat keine Ahnung. Gott hat keine bestimmten Menschen erhoben oder verdammt. Jesus Christus ist für *alle* Menschen am Kreuz gestorben, selbst für Nichtchristen! Merk dir das, auch wenn man dir was anderes weismachen will. Wäre ich nicht davon überzeugt, mein Leben hätte keinen Sinn!»

Kaum dass meine Entrüstung verklang, war sie mir bereits etwas unangenehm. Wir verstummten beide für einen Moment. Schließlich schöpfte Sidney tief Atem, seine Nasenflügel spannten sich weit auf. «Ich glaube dir. Du bist ein guter Mann, und du bist auch mutig. Du musst eine übersinnliche, vielleicht auch göttliche Gabe haben, sonst hättest du uns nicht retten können. Aber würde Mr Hancock mir befehlen, dich auszupeitschen oder meinen Gewehrkolben wieder gegen deinen Kopf zu schlagen, dann würde ich es tun, auch wenn du nichts verbrochen hättest.»

Sein Blick ging zu Boden, und ich sah, dass er sich der

Tragik seiner Worte, seiner ganzen Situation bewusst war. Ich hätte ihn umarmen sollen, doch war ich in dem Moment wie gelähmt.

Erst Jahre später kam mir die schmerzliche Erkenntnis, dass die Trennung zwischen einem freien Menschen und einem Sklaven zu groß ist, als dass sie je überwunden werden könnte. Beide können nie wirklich befreundet sein, denn ihr Rang ist niemals gleichauf. Ein Sklave ist niemals ganz er selbst, da er stets an den Willen eines anderen gebunden ist, ganz gleich, ob dieser ihn gut oder schlecht behandelt. Wobei ein Sklave nicht zwingend nur einer ist, der gegen seinen Willen versklavt wird; auch einen Menschen, der sich gedankenlos der Macht unterwirft, der sich der selbst verschuldeten Unmündigkeit ausliefert, nenne ich inzwischen unverhohlen Sklave. Denn dadurch verwandelt er sich in das, was Aristoteles als Sklaven definiert: in ein manipulierbares, *belebtes Instrument*.

Wir hörten Laute vom Lager her, Pferdewiehern, Stimmen, ein paar rumpelnde Geräusche. Offenbar waren die anderen vom See zurückgekehrt. Sidney wurde unruhig und machte Anstalten zu gehen.

«Sie werden schimpfen, wenn ich nicht da bin.»

«Wer wird schimpfen?»

«Mr Rickover und Mr Scheider.»

«Aber du hast dich bei Oliver abgemeldet, und Kermit und Lawrence sind als Wachen vor Ort …»

Er wiegte seinen Kopf hin und her. «Das stimmt, aber …»

«Du bist an meiner Seite», fiel ich ihm ins Wort, «und ich werde Sorge dafür tragen, dass niemand schimpft. Außerdem ist die Beichte noch nicht zu Ende.» Dann forderte ich ihn auf, sich wieder neben mich zu setzen. Ich wollte wissen, ob er sich tatsächlich Chancen ausrechne, dass Oliver ihn irgendwann freilassen würde.

«Mr Hancock hat mir in Aussicht gestellt, dass er das nach der Expedition tun würde. Vorausgesetzt, alles geht gut.»

Darauf wusste ich erst mal nichts zu erwidern, stattdessen bat ich ihn, mir aus seinem Leben zu erzählen. Ich hatte keine genaue Vorstellung davon, welche Arten von Entwürdigungen ihm tagtäglich widerfuhren, zumal er hier, innerhalb der Gruppe, mehr oder weniger gleichwertig behandelt wurde. Mein Anliegen erheiterte ihn. Noch nie, seit er denken könne, habe sich ein Weißer für sein Leben interessiert. Dafür musste erst ein deutscher Pfarrer kommen. Er lachte.

Sidney war vor fünfunddreißig Jahren in Greenburgh zur Welt gekommen, als Sohn seiner Eltern und als Eigentum der Familie Hancock. Sein Vater ließ sich zu Beginn des Unabhängigkeitskrieges von der britischen Armee anwerben. Die Briten hatten nämlich verkündet, dass alle Sklaven, die zu ihnen überlaufen würden, die Freiheit erhielten. Als einziger Sklave aus Greenburgh zog er gegen seinen Herrn ins Feld, den alten Hancock, Olivers Vater, Patriot und selbst Kriegsteilnehmer. Sidney war damals fünfzehn Jahre alt. Für das Vergehen seines Vaters wurde seine Mutter schwer misshandelt, er sollte ebenfalls gefoltert werden, als Abschreckung für andere, die dem Beispiel seines Vaters zu folgen trachteten. Sidney hatte es Oliver zu verdanken, dass sich das glühende Eisen nur zweimal in sein Fleisch einbrannte. Der um zwei Jahre jüngere Oliver konnte die Folter nicht mit ansehen, er flehte seinen Vater an, den Jungen zu verschonen. Zwar hielt der Alte das Gezeter seines Sohnes für weibisch, nichtsdestotrotz befahl er den Abbruch der Tortur. Er überließ Sidney Oliver als seinen persönlichen Diener, für den er jedoch nun die volle Verantwortung übernehmen müsse. Würde sich der Sklave irgendetwas zuschulden kommen lassen, habe Oliver dafür zu haften. Seither war Sidney zu Olivers ständigem Begleiter geworden. Der junge Sklave schlief in Hörweite zu seinem neuen Herrn, trug dessen abgelegte Kleidungsstücke und lernte mit der Zeit die Gepflogenheiten und Ausdrucksweisen der Oberschicht kennen. Doch trotz ihrer großen Nähe war es Sidney nie gestattet, den jungen Master mit Vornamen anzusprechen. Sidney erlernte in all den Jahren diverse Fertigkeiten wie das Schmiedehandwerk, das Lenken eines Mehrspänners oder die Kunst der Jägerei. Für Oliver wurde er zu einem unentbehrlichen Faktotum, nur auf Überseereisen nahm er ihn nicht mit. Das Lesen- und Schreibenlernen war ihm per Gesetz verboten, als er Oliver einmal darum bat, es ihm trotzdem beizubringen, wurde dieser wütend und verprügelte ihn mit dem Rohrstock. Auch untersagte Oliver ihm den intimen Umgang mit Frauen, was Sidney allerdings zu hintergehen wusste. Seinen Vater, «Old Sidney», hatte Sidney nie wiedergesehen, der war höchstwahrscheinlich im Gefecht umgekommen und in einem Massengrab verscharrt worden.

«Wir haben ihm längst verziehen», meinte Sidney. «Sein Leitspruch war: ‹Werde frei, oder stirb beim Versuch›. Er wollte auch unsere Freiheit, dafür hat er gekämpft.» Beim letzten Satz versagte ihm kurz die Stimme.

Sidney erzählte mir etwa eine Stunde lang, er sprach sehr anschaulich, dabei verfiel er weder in einen bitteren noch in einen selbstmitleidigen Ton. Er berichtete vielmehr wie ein Geschichtsschreiber, dessen eigene Geschichte noch nicht auserzählt war und schon gar nicht vorgezeichnet. Und er klang, als würde das Leben noch eine andere, bessere Wendung für ihn bereithalten als diejenige, die ihm als Fünfzehnjährigem widerfahren war. Sidney schien nur auf seine Chance zu warten, um irgendwann im rechten Moment zuzugreifen.

«Glaubst du wirklich, dass Oliver dich freilässt?»

«Seit zwanzig Jahren leiste ich ihm treue Dienste, und nach dieser Reise wäre ein guter Zeitpunkt dafür. Er selbst hat sich so ähnlich ausgedrückt.»

«Und was würdest du dann tun?»

«Ich würde wahrscheinlich ein Fuhrunternehmen aufmachen, ich beherrsche alles, was man dafür braucht, und ich weiß, dass der Warenverkehr in Zukunft zunehmen wird.»

«Und willst du auch eine Familie gründen?»

Er hob sein Kinn. «Ja, das will ich», sagte er entschlossen. «Ich bitte dich aber, es nicht Mr Hancock zu verraten, dergleichen überhaupt nur zu erwähnen.»

«Warum?»

«Er kann Frauen nicht ausstehen. Er ist nicht grob zu ihnen wie manch anderer, aber er hat keine Achtung vor ihnen. Ich denke, es hat mit seiner Mutter zu tun, die früh die Familie verlassen hat. Und ich glaube, er hat ihr nie verziehen.»

Ich bedankte mich bei ihm für seine Offenheit und versprach ihm abermals mein Stillschweigen, danach gingen wir leichten Schrittes zum Lager zurück.

Die anderen zeigten sich begeistert vom Fischreichtum des Sees, der ob seiner riesigen Schwärme den Eindruck erweckte, das Wasser würde brodeln. Sie hatten sich bei der Handelsstation zwei Boote und Netze geborgt und einen einträglichen Fang getätigt. Nun kamen sie mit allerlei Barschen und Forellen zurück, entsprechend prächtig war auch ihre Stimmung. Oliver dagegen war übellaunig, kraftlos und gereizt, und die Halsentzündung hatte ihm die Stimme lädiert. Mit indigniertem Blick signalisierte er allen, dass er sich Fragen nach seinem Befinden verbat. Andererseits gab er zu verstehen, dass er ohne jeden Zweifel morgen weiterziehen wollte. Lucien informierte uns über die nächste Etappe. Auf seiner Karte erläuterte er die Besonderheiten und vor allem die Schwierigkeiten der noch ausstehenden hundertsiebzig Meilen bis zum Mississippi. Westlich davon begänne dann spanisches Verwaltungsgebiet. Bis dahin aber mussten wir noch einen Nebenfluss überqueren, den die Ureinwohner Sinnissippi nennen, was so viel bedeutet wie felsiges Gewässer. Für die Wegstrecke veranschlagte unser Expeditionsleiter zehn Tage.

Nach seinen Ausführungen sprach mich auch Kermit mit der Bitte an, die Beichte ablegen zu dürfen. Wieder war ich verwundert, stimmte aber gleich zu. Bis zum Abendessen dauerte es noch eine Weile, so blieb uns genügend Zeit für ein Gespräch. Kermit sah bei näherer Betrachtung wie verwunschen aus. Er hatte geholfen, die Fische zu putzen, wobei einige Schuppen an ihm hängen geblieben, manche in seinem Haar gelandet waren, so als hätte man ihn mit Eiskristallen bestreut. Darüber hinaus wirkte er nervös und zappelig.

Ich ging mit ihm in das Wäldchen, zur selben Stelle, wo ich vorher mit Sidney gewesen war. Nach einigen verdruckstsen Worten offenbarte er mir schließlich, dass er Angst vor dem Sterben habe. Kaum ausgesprochen, verlor er alle Farbe im Gesicht. Sein Blick war leer, er sah aus wie ein Vogel, der sich verflogen hatte.

«Guter Junge, wir müssen alle einmal sterben, nur der Zeitpunkt ist uns nicht bekannt. Willst du bis zum Ende deines Lebens in Angst verharren …»

«Deswegen wollte ich ja bei dir beichten, du hast keine Angst, weder vor dem Tod noch vor dem Teufel. Sidney hat mir geraten, mit dir zu sprechen.»

«Aber man beichtet nur, wenn man gesündigt hat …»

«Ich glaube, die Angst ist meine Sünde.»

«Wenn du meinst. Ich kann versuchen, sie dir zu nehmen. Du musst mir aber erzählen, wann und wie es angefangen hat.»

Kermit schirmte mit seinen Händen die Augen ab, dann berichtete er, dass er schon als kleines Kind höllische Angst hatte vor schweren Gewittern. Dies habe sich allerdings gelegt, als er erfuhr, dass man ins Freie gehen und sich unter eine Buche stellen sollte. Während unserer Reise würde er deshalb an den Rastplätzen stets nach Buchen Ausschau halten, falls mal ein Unwetter hereinbräche. Ich runzelte die Stirn. Mit einem Mal stieg mir der grauenvolle Jammer meiner Mitreisenden während der Überfahrt nach Amerika in die Ohren, als wir zwei Tage und Nächte einen Sturm auszustehen hatten und alle glaubten, mitsamt dem Schiff zu versinken … Das unendliche Meer konnte so rasend wild sein und dann auch wieder tagelang so unheimlich still.

Ich schüttelte mich, um die unwillkommene Erinnerung abzuwerfen, worauf mich Kermit verdutzt anglotzte. «Inzwischen», sagte er, «habe ich aber nicht mehr so viel Angst vor Gewittern. Auch weil ihr alle dabei seid …»

«Dann ist doch alles in bester Ordnung.»

Kermit senkte seinen Blick. «Später kam etwas anderes hinzu, als ich schon älter war. In der Kirche wurde ein Choral gesungen, und da war mir klar geworden, dass ich eines Tages sterben werde. Bei dem Gedanken wurde mir ganz schlecht.»

Ich nickte verständnisvoll, als hätte ich sein Problem erfasst.

«Mir machen auch donnernde Stimmen Angst. Und wenn vom Ende der Welt die Rede ist, dann hallt das in mir nach … Und letzte Woche ist ja die Welt wirklich fast untergegangen.»

«Aber es hat sich doch alles zum Guten gewendet. Im Übrigen glaube ich, die Erde lag nur im Fieber. Sie wird nicht einfach so untergehen.»

«Ohne dich wären wir alle erfroren, du hast uns vor der Hölle bewahrt!»

«Meine Rolle war nicht entscheidend.»

«Das stimmt nicht!», fuhr er mich an. «Du hast die Macht, den Menschen Angst einzujagen, und die Macht, sie ihnen zu nehmen. Ich bitte dich, nimm mir meine Angst, hilf mir … Heute Morgen war ich so ängstlich, dass ich außerstande war, zum See mitzukommen. Ich sagte zu den anderen, ich passe mit Lawrence auf das Lager auf. In Wirklichkeit habe ich mich aber wieder hingelegt. Lawrence dachte, ich hätte Kopfschmerzen vom Rotwein. Hätte jemand das Lager angegriffen, ich hätte nichts zur Verteidigung beitragen können. Und deswegen ist die Angst auch eine Sünde!»

Er kam mir etwas wirr vor, ich fragte ihn dennoch zugewandt, was heute Morgen passiert sei, ob es einen Auslöser gegeben habe. Kermit verneinte, seine gegenwärtige Angst rührte seiner Meinung nach vom beinahe eingetretenen Erfrierungstod her sowie von meinen zürnenden Worten in der Predigt danach.

Ich nahm dies zur Kenntnis, hielt es aber nicht ursächlich für seine Angst. Diese, sagte ich mir, müsse tiefere Gründe haben, also befragte ich ihn zu seinen verstorbenen Eltern, über die ich bereits wusste, dass sie von Indianern umgebracht worden waren.

Kermit weigerte sich zunächst, darüber zu sprechen. Als

ich aber darauf beharrte – denn dies sei ein unerlässlicher Teil der Beichte –, begann er schließlich doch zu erzählen. Erst zögerlich, dann stetig vertrauensvoller.

Seine Eltern stammten aus dem Norden Irlands und waren sogenannte «Scotch-Irish», die im Jahr seiner Geburt als junge, noch kinderlose Eheleute nach Amerika auswanderten. Um die Atlantikpassage finanzieren zu können, verdingten sich die beiden – wie die meisten Emigranten – als Redemptioners. Das bedeutet, dass die Passagiere sich nach der Ankunft verpflichteten, einige Jahre ohne Lohn für einen Dienstherrn zu schuften. Im Gegenzug bezahlte dieser die Überfahrt (ganz ähnlich wie mein Handel mit Oliver). Kermits Eltern waren auf einer Farm im Wyoming Valley in Pennsylvania untergekommen. Unter ihrem Dienstherrn waren sie zwar bessergestellt als die Sklaven, doch viel mehr Rechte als diese besaßen sie auch nicht, solange sie ihre Schulden nicht getilgt hatten. Die beiden träumten davon, später selbst Farmer zu werden, weiter westlich in der Frontierregion. Dort wollten sie unabhängig sein, ein gottgefälliges Leben führen und Wurzeln schlagen für Generationen. In Pennsylvania zeugten sie mit Kermit einen Nachkommen, all ihre anderen Pläne blieben indessen unverwirklicht, da beide bei einem Indianerüberfall während des Krieges ums Leben kamen.

«Die Farm wurde von den Rothäuten völlig verwüstet», rief Kermit. «Es war ein unglaubliches Massaker. Sie haben auch Kinder und Frauen geschlachtet und sie vorher gefoltert!»

«Das haben sie wirklich getan?»

«Ja, sicher. So stand es sogar in der Zeitung!»

Ich musste mir auf die Lippen beißen. Als ehemaliger Redaktor wusste ich nur zu gut, wie oft die Zeitungswelt – die stets dem gehorcht, dem sie gehört – für Feldzüge aller Art eingespannt wird, anstatt der Wahrheitsfindung zu dienen. Vor allem in Kriegszeiten, in denen die Presse posaunenstark zu Werke geht, wird Hass geschürt und Parteilichkeit erzwungen.

«Wie kam es», fragte ich in ruhigem Tonfall, «dass du den Überfall überlebt hast?»

Kermit sprach von einem großen Glück, bemühte gar das Wort «Wunder», um sein Überleben zu erklären. Auf meine Nachfrage hin, woran er sich erinnern könne, zuckte er mit den Schultern. «Ich war vier oder fünf, in meinem Kopf ist nur noch Feuer, Rauch und Geschrei … Ich bin dann zu Verwandten nach Greenburgh gekommen, zum Cousin meines Vaters und dessen Frau.»

«Haben sie dich gut behandelt?»

Er zuckte abermals mit den Schultern. «Sie hatten halt eigene Kinder, deshalb musste ich mich hinten anstellen … Dafür hat sich Sidney früh um mich gekümmert, später war auch Mr Hancock immer sehr nett zu mir.»

«Denkst du oft an deine Eltern?»

«Eigentlich jeden Tag, vor allem an meine Mutter.» Er schluckte trocken, sein milchbleiches Gesicht verfinsterte sich. «Ich schwöre, irgendwann werde ich meine Eltern rächen, so wahr mir Gott helfe.»

«Du willst also Indianer töten, habe ich das richtig verstanden?»

«Keine Angst, hier draußen werde ich das nicht tun, sonst sind wir erledigt.»

«Glaubst du wirklich, deinen Eltern ist damit geholfen, wenn du Unschuldige umbringst? Nur um ein paar Ruchlose zu bestrafen … Jesus will nicht, dass wir Gleiches mit Gleichem vergelten. Weil wir das, was wir bekämpfen, in unser eigenes Herz aufnehmen, es macht uns selbst ruchlos. – Die Indianer sind nicht einfach böse, nur weil sie Indianer sind. Sie haben Gründe für ihre Taten.»

Kermit neigte den Kopf und lächelte sarkastisch, ein paar Fischschuppen schimmerten in seinem Haar. «Man merkt, dass du aus Europa kommst, du hast keine Ahnung von den Wilden.»

«Doch», entgegnete ich, «ich kenne sie sehr gut, ich bin aus Europa weg, gerade weil es dort zu viele *Wilde* gibt. Nur sehen sie drüben anders aus, sie sprechen und kleiden sich auch anders, die schlimmsten unter ihnen tragen sogar die angesehensten Kleider: Roben, Talare und Uniformen. Diese machen sich meist selbst nicht die Hände blutig. Mit einem Dekret oder einer Unterschrift lassen sie seit vielen Hundert Jahren plündern, rauben und morden. In einem Ausmaß, das dir unvorstellbar ist.»

«Was hat das mit den Indianern zu tun?», fragte er irritiert.

«An deiner Frage erkennt man deine ganze Dummheit. Du hast noch nie was von den Verwüstungen in den Westindischen Ländern gehört, du weißt überhaupt nichts vom Getriebe der Welt, weil du selbst ein Getriebener bist; getrieben vom Verlangen nach Bestrafung, und zugleich fürchtest du dich selbst vor Strafe! Du bist wie ein Kind! Ab einem gewissen Alter ist aber jeder selbst für seine Gefühle verantwortlich!»

Mein Tadel hatte Kermit mehr getroffen, als ich dachte. Er kaute auf seinen Fingernägeln und begann angestrengt zu überlegen.

Der Junge ließ nur wenige Menschen an sich heran, die meiste Zeit war er wie auf sich selbst verwiesen. Er glich einem launenhaften Balg; einerseits brauchte er vertraute Menschen um sich, da er alleine nicht gut zurande kam, andererseits konnte er Zuneigung kaum zulassen. Doch mit einem Mal kam mir ein anderes Bild von ihm in den Sinn: Zu Beginn der Expedition, als ich noch im Zelt geschlafen hatte, war mir aufgefallen, dass Kermit stets bäuchlings lag, vom Himmel abgewandt, den Kopf in die sehnigen Hände gelegt, wie ein Geschlagener, dem aber auch etwas Anmutiges anhaftete. Prompt tat er mir leid, und es reute mich, dass ich ihn so angefahren hatte.

«Hör zu, Kermit. Du bist kein Verlierer, du bist ein Sieger, weil du deine Kindheit überlebt hast. Du hast Stärke bewiesen und Mut. Gott hat ein Auge auf dich, du musst ihm nur vertrauen.»

Schließlich folgte ich einer Eingabe. «Lass mich mal nachsehen, wir prüfen es einfach. Gib mir deine linke Hand …»

Kermit blickte mich verwundert an. Ich behauptete, dass ich die Kunst des Handlesens beherrschen würde. Ich hatte dieser Spielerei einmal auf einem Jahrmarkt beigewohnt, aber das sollte ausreichen, um kenntnisreich zu wirken.

Kermit reichte mir seine Linke – ich erklärte, dies sei wichtig, da es die Herzseite sei, und begann über seine Handfläche zu wischen, als würde ich sie reinigen. Anschließend musterte ich sie mit einem kundigen Blick, ehe ich ihm mit einer ebensolchen Stimme eröffnete, dass ich mich nicht getäuscht hätte.

Kermit spitzte die Ohren. «Was siehst du denn alles?»

«Als Erstes sehe ich ein Mädchen, deren Herz du bezwingen wirst.»

«Ist es Lizzy Hepburn?»

«Das weiß ich nicht.»

«Aber wie sieht sie aus …»

«Ich erkenne sie nur unscharf. Aber ich sehe, dass du für sie sorgen wirst, ihr werdet glücklich sein und schnell ein Kind bekommen, und dann werden noch weitere folgen, Töchter und Söhne. Und hier … diese Linie verheißt Land … ihr werdet eine eigene Farm bewirtschaften – und du wirst keine Angst mehr haben, weil du begriffen hast, dass man nicht tiefer fallen kann als in Gottes Hand.»

Ich ließ seine Linke los, seine Augen blieben unterdessen auf ihr haften. «Und das hast du wirklich alles in meiner Hand gesehen?»

«Ich habe darin *gelesen*, und zwar, dass du die Fähigkeit besitzt, all das zu erlangen, was ich dir eben prophezeit habe. Ergreifen musst du es selbst.»

Kermit lächelte zuversichtlich, kam aber doch etwas ins Grübeln.

«Und die Expedition … werden wir sie überleben?»

«Du hast noch ein langes Leben vor dir, also gehe ich davon aus, dass zumindest du sie überleben wirst.»

«Ha, was für ein Glück!», rief er wie befreit und sprang mit einer Leichtigkeit auf, als sei ihm alle Gedrücktheit aus dem Leib gewichen. Gleich darauf eilte er davon.

Ich blickte ihm hinterher, und sofort packten mich Skrupel. Ich hatte ihn vorsätzlich hinters Licht geführt, und dies widersprach meinen Prinzipien. Nach einigem Innehalten aber empfand ich meine Prognosen nicht wirklich als Lüge oder als Betrug, nicht einmal als Schwindelei. Denn in dem Moment, wo ich sie ausgesprochen hatte, glaubte ich selbst an all das, was ich ihm auftischte. Es war ja alles nicht unwahrscheinlich. Und solange Kermit es auch glaubte, war ihm geholfen.

3. Das Eisen der Einheit

Am übernächsten Tag – wir waren gerade mit dem Einrichten des Nachtlagers fertig – standen plötzlich Steven Twitty und Tom Pueyo vor mir. Beide machten einen schüchternen Eindruck auf mich.

«Wir würden auch gerne wissen, was aus uns wird», murmelte Pueyo und streckte mir zaghaft seine linke Hand entgegen. Twitty, einen Meter hinter ihm, lächelte verlegen und wandte mir ebenfalls seinen linken Handteller zu. Ich verfluchte mich, dass ich Kermit nicht eingeschärft hatte, das Handlesen für sich zu behalten. Ich konnte die beiden Glücksfischer schlecht abweisen mit der Begründung, dass ich der Handlesekunst gar nicht mächtig sei, ich hatte auch kein Argument parat, ihnen den Blick in die Zukunft zu verwehren, den ich Kermit gewährt hatte. Also musste ich versuchen, der Situation etwas Positives abzugewinnen. Vielleicht würde es ja gelingen, sie mit etwas Finesse zum Guten zu bewegen, sie besser zu machen, als sie waren. Dies würde schließlich der ganzen Truppe zugutekommen.

Die abendliche Maisonne spendete noch Wärme, und so schlug ich vor, einige Schritte zu gehen. Die Landschaft wirkte zugänglich, und nachdem ich Rickover Bescheid gegeben hatte, dass die beiden ein seelsorgerisches Gespräch ersuchten, wie ich es nannte, stapften wir los.

Zunächst nahm ich den Jungspunden das Versprechen ab, nichts von dem weiterzugeben, was wir gleich besprechen würden. Ferner erklärte ich ihnen, dass das Handlesen nur bei jungen Menschen bis etwa zum vierundzwanzigsten Lebensjahr gut ginge, da die Lebenslinien später in aller Regel *verbraucht* wären. Die beiden nahmen dies hin und hinterfragten es nicht, dabei hatte ich dies nur für den Fall behauptet, dass sie ihren Mund doch nicht würden halten können. Die Altersbegrenzung, so mein Kalkül, würde die anderen wohl davon abhalten, mich mit demselben Anliegen aufzusuchen. Kermit musste ich ohnehin noch zur Verschwiegenheit mahnen.

Wir erreichten einen Hügel, der eine seltsam konische Form hatte. An dessen Fuße ließen wir uns unter einer Schwarzpappel nieder. Bevor ich meine Scheinkunst zur Anwendung brachte, wies ich die beiden darauf hin, dass ich ihnen lediglich über ihre Fähigkeiten Auskunft geben könne. «Ich kann nur sagen, was *möglich* ist, nicht, was geschehen wird.»

Als Erster wollte sich Twitty seiner Lebensprognose unterziehen. Ich bat Pueyo, etwas abseits zu warten, damit ich mich besser konzentrieren könne und damit auch Steven in der Lage sei, sich ohne Ablenkung auf mich einzulassen. Dann nahm ich Twittys gedrungene Pratze in Augenschein. Noch bevor ich etwas äußerte, wollte er von mir erfahren, ob Lizzy Hepburn Empfindungen für ihn habe?

Ich taxierte ihn mit einem strengen Blick.

«Habe ich eine falsche Frage gestellt?»

«Nein», erwiderte ich, «deine Neugierde hat bestimmt hehre Gründe, und wie ein deutscher Dichter schon sagt: ‹Es eifre jeder seiner unbestochnen, / Von Vorurteilen freien Liebe nach!› – Ich verstehe deinen Eifer durchaus, sie ist hübsch, aber du stellst ab jetzt keine Fragen mehr, hast du mich verstanden?»

Twitty nickte willfährig.

«Du hast ein gutes Herz, Steven. Lizzy Hepburn macht aber jedem jungen Mann in Greenburgh schöne Augen. Sie täte dir nicht gut. Wenn du eine Frau wirklich willst, weil du sie liebst, dann wirst du sie auch kriegen.»

«Das stimmt», sagte er verblüfft, «Lizzy macht wirklich jedem schöne Augen. Woher weißt du das?»

«Ich weiß es nicht, ich lese es nur aus deiner Hand», sagte ich betont nüchtern, während ich mich heimlich freute, die richtige Schlussfolgerung gezogen zu haben, nachdem auch Kermit bereits dasselbe Mädchen erwähnt hatte. Danach erzählte ich ihm einige vielversprechende Allerweltsdinge, wie etwa, dass er in den nächsten Jahren ein ausgezeichneter Schmied werden würde, der das Zeug habe, eine eigene Werkstatt zu betreiben, und dass er ein gerechtes Familienoberhaupt werden würde. Ich teilte ihm aber auch mit, dass er sich von Tom lösen müsse, um ein angesehener Mann zu werden. Er müsse insgesamt mehr seinem eigenen Urteil vertrauen, dann erst würde er seine fatale Unterwürfigkeit ablegen können. Twitty verzog die Mundwinkel, seine Stirn legte sich in Falten.

«Darf ich was fragen?»

«Ja, gewiss.»

«Was heißt fatale Unterwürfigkeit?»

«Dass man unter die Räder kommt, wenn man nicht selber nachdenkt.»

Er blickte hinüber zu seinem Kumpanen, der versonnen im Gras hockte und Däumchen drehte. «Und das passiert mir, wenn ich mich nicht von Tom *löse*?»

«Nein, das passiert nicht zwangsläufig. Ich gebe dir nur den Rat, ihm nicht blind in allem nachzueifern, verstehst du?»

«Aber ich eifere ihm nicht nach.»

«Dann wäre ja alles in bester Ordnung. Wir sind jetzt fertig.»

Twitty machte ein enttäuschtes, fast verzweifeltes Gesicht, blickte auf seine Hand, dann auf mich.

«Aber ich weiß immer noch nicht, ob wir das Incognitum finden und als ruhmvolle Entdecker heimkehren – oder ob wir alle vor die Hunde gehen?»

«Herr im Himmel, was habe ich gesagt? Ich sehe nur die Dinge, die bezogen auf dein Leben in deiner Hand stehen!» Bei dem Wort schlug ich auf seine Handfläche, dass es klatschte. «Das Monster finden wir nur, wenn Gott uns beisteht, aber das steht da nicht, du Tölpel!»

Twittys Wangen wurden rot, er wackelte mit seinem Strobelkopf, ehe er ein paar Entschuldigungsformeln hervorstammelte.

«Ist gut», fiel ich ihm ins Wort, «freu dich einfach, dass du die Reise überleben wirst, und für danach sieht es auch gut aus – falls du dich auf deine fünf Sinne besinnst. Und jetzt hol deinen Freund her.»

Ein leiser Zweifel befiel mich, ob es rechtens war, ihr Bewusstsein zu lenken, widersprach es doch dem mir teuren Prinzip der Selbstbestimmtheit, das naturgemäß für jeden Menschen zu gelten hat. Andererseits: Würde es den beiden wirklich schaden? Ich war ja kein Teufel, sondern meinte es wahrlich gut mit ihnen.

Pueyo freute sich augenscheinlich dranzukommen. Bevor ich etwas von mir gab, strich ich auch ihm einige Male über die linke Handfläche.

«Sapperlot, das ist ja bemerkenswert!»

«Was siehst du?»

«So einiges», raunte ich. «Du hast wirklich das Zeug, ein großer Entdecker zu werden. Du bist schlau *und* furchtlos, eine vielversprechende Kombination.»

«Heißt das, dass ich irgendwann Goldminen entdecke?»

«Wenn es diese gibt, so wirst du sie wahrscheinlich finden.»

Tom strahlte über beide Ohren, seine braunen Augen blitzten vor Stolz.

«Es gibt sie, ganz bestimmt. Siehst du auch, wann es so weit ist?»

«Ich kann dir versichern, dass du die Expedition gut überstehen wirst. Was danach kommt und wann dies sein wird, das hast allein du in der Hand.»

Dabei drückte ich seine Hand und schenkte ihm ein gütiges Lächeln.

«Aber ich sehe auch», fuhr ich mahnend fort, «dass du demütig bleiben musst, um deine Ziele zu erreichen. Irdischer Reichtum ist nicht nur vergänglich, sondern macht auch gierig. Halte dich an Gottes Gebote und hüte dich vor Überheblichkeit.»

«In jedem Fall, das verspreche ich hoch und heilig», beteuerte er.

Nun fiel mir ein, dass ich ihm vor einiger Zeit versprochen hatte, Zitate aus der Bibel auszuwählen, die seine Lebenstüchtigkeit unterfüttern sollten. Dazu war ich bislang nicht gekommen, und statt eines wegweisenden Bibelworts kam mir jetzt nur ein chinesisches Sprichwort in den Sinn, das mir einst bei den Illuminaten zugefallen war.

«Tom», sagte ich, «halte dich an folgende Weise: ‹Verstecke deine Stärken und warte, bis deine Zeit gekommen ist.› – Du brauchst nicht ständig zu beweisen, welch gewitzter Kerl du bist. Sieh öfter von dir ab und halte dich zurück.»

Pueyo zog eine nachdenkliche Miene, doch mit einem Mal lächelte er wieder und wirkte fidel wie eine Meise, die gerade dem Käfig entkommen war.

In dem Moment stieß Twitty einen kreischenden Schrei aus. Ich blickte zu ihm und sah, wie er auf die Knie fiel, instinktiv drehte ich meinen Kopf in die entgegengesetzte Richtung und erhaschte gerade noch die Gestalt eines weglaufenden Indianers, mit Pfeil und Bogen bewaffnet. Ein Kerl mit breitem Rücken und kurzem, gedrungenem Nacken.

Pueyo und ich eilten zu Twitty, der wie erstarrt im Gras kniete, sein kraushaariger Kopf war zerzauster als sonst, von seiner Stirn lief ein Blutrinnsal und teilte sein Gesicht in zwei Hälften. Die Wunde, aus der das Blut trat, war bei genauer Betrachtung eher eine Schramme. Der Junge wimmerte und war nicht in der Lage, etwas Verständliches zu äußern, das Antlitz schreckensbleich. Offensichtlich hatte der Indianer einen Pfeil auf Twitty abgeschossen, der durch seine dichten Locken gesaust war. Ich sprach ihm Mut zu und betonte, dass ich ihm doch prophezeit hätte, er würde die Reise überleben. Wir halfen ihm auf seine wackeligen Beine, hakten ihn links und rechts unter und eilten zum Lager.

Dort zeigte man sich besorgt über den Vorfall. Da Oliver noch angeschlagen war – er hatte sich nach dem Tagesritt frühzeitig schlafen gelegt –, lag das Kommando bei Rickover. Dieser ließ sich im Beisein von Scheider, Lucien und Jerome alles detailliert von mir schildern.

Lucien vermutete, dass es sich bei dem Erdhügel um einen heiligen Ort des Winnebago-Volkes handle. Denn meiner Beschreibung nach ähnle der Hügel jenem in der Gegend des mittleren Missouri. Für die dort ansässigen Sioux sei er die Heimstätte von Teufeln und Geistern, welche eine kleinwüchsige menschliche Gestalt hätten und mit scharfen Pfeilen bewaffnet seien.

«Es heißt», sagte Lucien, «die Teufel töten alle, die sich dem Hügel nähern, weshalb die Indianer einen großen Bogen um ihn machen.»

Rickover rümpfte die Nase. «Das ist ja ein schönes Märchen, aber damit können wir uns nicht aufhalten.»

«Das sind keine Märchen», widersprach Jerome. «Wir müssen uns ernsthaft fragen, ob der Winnebagokrieger die drei für eine Ansammlung von Teufeln gehalten hat oder ob da ein Teufel am Werk war und versucht hat, Steven Twitty zu töten.»

Eine beklemmende Stille hielt Einzug. Ratlose Blicke kreisten – bis ich mich schließlich zu Wort meldete. «Das Erste mag ja durchaus zutreffen, aber warum sollte ein Teufel Reißaus nehmen vor uns? Das scheint mir eher unwahrscheinlich.»

«Eben», sekundierte mir Rickover, «das sind Hirngespinste. Wir müssen überlegen, ob wir einen weiteren Angriff zu befürchten haben und etwas dagegen unternehmen wollen, indem wir zu ihrem Dorf reiten und sie mit Geschenken gnädig stimmen, oder ob wir uns unauffällig verhalten und morgen in aller Früh weiterziehen.»

«Wenn ihr über das Gebaren von Teufeln und Geistern hier so gut Bescheid wisst, dann gehe ich jetzt beruhigt schlafen», gab Jerome spöttisch von sich.

«Aber was sollten wir deiner Meinung nach tun, wenn es tatsächlich ein Teufel war?»

«Man bittet die Geister, deren Wohnstätte man gestört hat, um Vergebung.»

«Das werde ich tun», beteuerte ich, «verlass dich darauf.»

Er sah mich prüfend an, ehe er knapp nickte und sich zurückzog.

Mittlerweile war es dunkel geworden, die ersten Sterne funkelten auf uns herab, während wir immer noch nicht zu einem Entschluss gekommen waren.

«Ich hoffe nur», sagte Scheider, der bislang geschwiegen hatte, «dass die Wilden trotz ihres beschränkten Verstandes wissen, was ihnen blüht, wenn sie das Friedensabkommen brechen.»

«Das hoffe ich auch», brummte Rickover.

«Ich bin mir sicher», mischte sich Lucien wieder ein, «dass euch der Winnebago nur von ihrem heiligen Gebiet vertreiben wollte. Diese Kerle sind exzellente Schützen. Es war eine Warnung, und sie hat gefruchtet: Ihr seid weggelaufen – voilà.»

Joe Scheider schloss sich mit ein paar dürren Worten Luciens Urteil an und ging ebenfalls schlafen. Die Einschätzung des Franzosen schien auch für Rickover überzeugend, dennoch müsse man auf der Hut sein. Der Indianer an sich, wusste er mit kundiger Miene zu berichten, sei nämlich ein unberechenbares Wesen, hinterhältig veranlagt, ein Täuscher vor dem Herrn.

Man müsse jetzt der Situation ins Auge sehen, ohne Wenn und Aber. Seine Aufgabe bestehe in erster Linie darin, die Unversehrtheit der Expeditionsteilnehmer zu gewährleisten. Und genau deswegen werde er heute selbst die Nachtwache abhalten. Aus einer spontanen Laune heraus erklärte ich mich bereit, den Dienst gemeinsam mit ihm zu verrichten. Rickover zeigte sich hocherfreut, er versetzte mir einen Klaps und meinte, mit mir an der Seite würden wir ohnehin alle Gefahren abwenden. Dann schickte er Billstrom und Sullivan, die eigentlich vorgesehen waren, ins Bett.

Nachdem wir alles um unseren Rastplatz herum geprüft hatten, stellten wir an vier Punkten Fackeln auf, als Zeichen unserer Wachsamkeit.

Danach setzten wir uns ans Lagerfeuer. Ich hatte eine Flasche Wasser und etwas Zwieback bei mir, und ich verspürte durchaus das Bedürfnis, mich einmal länger mit Paul Rickover auszutauschen. Zwar hatte auch er mir übel mitgespielt, jedoch musste man ihm zugutehalten, dass er nicht hochmütig war, außerdem war er es gewesen, der sich an meinem Ankunftstag nach dem Tribunal als Erster mit mir unterhalten hatte. Laut Lawrence war er ziemlich beeindruckt gewesen, da ich nicht die Nerven verloren hätte. Dies waren also nicht die schlechtesten Voraussetzungen für ein respektvolles Gespräch. Und nach Augustinus gilt es schließlich, die Sünde zu hassen, aber den Sünder zu lieben.

Ein milder Wind strömte durch die Luft, der ein leises, kaum wahrnehmbares Rauschen in die Bäume der Umgebung trug. Rickover glotzte mit starrem Blick ins Feuer, ab und zu zupfte er an seiner Knollennase, als versuchte er, einen guten Gedanken zu fassen.

Ich betrachtete die Narbe auf seiner linken Wange, die mit etwas Einbildungskraft aussah wie ein roter Fluss inmitten einer zerklüfteten Landschaft. Dieser Haudegen hatte zweifellos ein bewegtes Leben hinter sich, über sein Gesicht war wahrscheinlich mehr Blut als Tränen geflossen.

«Woher hast du eigentlich die Narbe?»

Er drehte sich langsam zu mir, ehe er mit seinen Fingern über die Stelle fuhr. «Ich glaube, es war ein Shawnee, ich konnte ihn nicht mehr fragen, weil er vorher mit meinem Bajonett Bekanntschaft gemacht hat.»

Rickover, über dessen militärischen Rang ich nie Kenntnis

erlangte, holte tief Schleim aus dem Rachen und jagte ihn ins Feuer.

«Hätte ich meinen Kopf nicht rechtzeitig zurückgezogen, der Kerl hätte ihn mit seinem Beil gespalten wie einen Kürbis.»

«Aber haben die Ureinwohner nicht das Recht, sich und ihr Land zu verteidigen?»

«Sicher, aber mit demselben Recht nehmen wir uns, was für uns bestimmt ist.»

«Und wo sollen dann die Indianer hin ...?»

Rickover strich sich mit einer besonders ausladenden Bewegung seine immerwährenden drei Strähnen aus der breiten Stirn. Dann richtete er seinen Oberkörper auf – und wurde prinzipiell.

«Es ist doch so, John: Die Geschichte der Menschheit ist die Frucht der Macht. Und wer am Ende siegt, macht die Gesetze. – Niemand hat den Indianern aufgetragen zu kämpfen. Sie können sich ergeben und unterwerfen, so wie sie es in diesem Territorium getan haben. Dann werden ihnen Parzellen mit einigen Jagdgründen zugewiesen. Auf Dauer werden sie aber nicht so weiterleben können.»

«Warum nicht?»

«Es werden noch viel mehr Menschen aus Europa kommen oder weiß Gott woher ... Menschen, die hart arbeiten und einen eisernen Willen mitbringen, etwas aufzubauen. Schau an die Ostküste, schau dir die Plantagen in Georgia und Virginia an. Da haben Europäer aus der Wildnis einen blühenden Garten gemacht. Vorher war da unfruchtbare Steppe oder sumpfiges Gebiet, die Ureinwohner kennen keinen Ackerbau. Sicher, da gibt es solche und solche, aber die Mehrheit besteht aus versprengten Stämmen von kraftlosen Barbaren. Sie betreiben keinen Handel, haben nicht einmal eine Schrift, und ein bedeutendes Bauwerk haben sie auch noch nie errichtet. Entweder sie gehen unter, oder sie gleichen sich an, so wie unser Jerome.»

Er bekräftigte seine Überzeugungen mit einer Aufzählung von indianischen Untaten, pedantisch in einer Art Schuldstützungslitanei gereiht, wie ein unanfechtbares Urteil.

Ich ließ Rickover reden. Mir lag daran herauszufinden, wes Geistes Kind er war, was ihn antrieb und wovon er wirklich überzeugt war. Während er sprach, erinnerte ich mich an die vier betrunkenen Indianer, die ich am Hafen von Manhattan gesehen hatte, jene von Gott verlassenen, verwahrlosten Säufer. Vielleicht hatte Rickover recht mit seiner Einschätzung, vielleicht waren die meisten Ureinwohner tatsächlich Barbaren. Und vielleicht, so erwog ich, waren sie unverbesserliche Wilde, die man missionieren und zu rational denkenden Mitbürgern umerziehen müsste. Doch dann fielen mir Jeromes Ausführungen ein über die Irokesen und deren kluges Demokratiekonzept, und ich war mir uneins, was ich denken sollte.

«Ich muss allerdings zugeben», betonte der ehemalige Soldat schließlich, «dass die Rothäute bei all ihrer Primitivität auch schlau sind, sehr schlau sogar. In vielen Gefechten waren sie eigentlich besser als wir.»

Ich glaubte erst, mich verhört zu haben. Er billigte ihnen tatsächlich Anerkennung zu, und zwar insofern eine beachtliche, da es um seine Domäne ging: den Krieg.

«Es liegt auch daran, dass sie verdammt mutig sind, als hätten sie keine Angst vor dem Tod.»

Rickover machte ein beklommenes Gesicht, als wäre er von seinem eigenen Befund kalt erwischt worden. Er beugte sich nach vorne, sodass ich sein Gesicht nicht mehr sehen konnte.

«Vergiss, was ich gesagt habe, natürlich haben auch sie Angst … Nein, ihre Stärke besteht darin, dass der Kampf für sie etwas Heiliges ist. Ich glaube, das ist es … Dafür haben wir die besseren Waffen – und viel mehr Munition.» Rickover stieß ein schnaubendes Lachen aus. Er sprang auf und rieb sich die Hände. «Langsam wird es frisch. Was hältst du von einem Schluck Whiskey?», flüsterte er. «Ich könnte ein bisschen was vom Vorrat abzwacken, heute bin ich der Captain …»

Ich stimmte, wenn auch etwas gleichgültig, zu, worauf er flugs einen Holzspan anzündete und davonstapfte. Nach Minuten, in denen ich Brennholz nachgelegt hatte, kam er mit zwei gut gefüllten Bechern zurück, den brennenden Holzspan zwischen die Zähne geklemmt. Der Kriegsveteran setzte sich wieder und nahm einen großzügigen Schluck.

«Der Geschmack von Whiskey und der Geruch von Gewehrrauch – für einen Soldaten gibt es nichts Besseres.»

Er lächelte genießerisch, bevor er sich die Intonation eines Wanderpredigers überhalf.

«Was ich dir gleich sage, wird wahrscheinlich dein Weltbild erschüttern, aber es ist die Wahrheit, nichts als die Wahrheit.»

«Ich bitte sehr darum.»

Rickover sah mich verschwörerisch an. «Nach den Briten und ihren Vasallen sind die Indianer das nützlichste Volk für uns. Verstehst du, was ich meine?»

«Nicht ganz.»

«Wären sie nicht unsere Feinde, würden wir uns permanent selbst das Leben zur Hölle machen. Wir würden alles infrage stellen, alle Werte, alle moralischen Gewissheiten. Ständig gäbe es Streit: über die Sklavenfrage, über Religionsfragen, über Ackerland und Geld. Die Menschen sind nun mal selbstsüchtig.»

Er machte eine Pause, in der er mir einen erwartungsvollen Blick zuwarf, ich aber schwieg einfach dazu.

«Ich schwöre dir, wir brauchen die Indianer, um eine echte Nation zu werden. Nur ein gemeinsamer Feind schmiedet das Eisen der Einheit.»

«Aber gibt es keine anderen, keine positiven Dinge, die die Gesellschaft zusammenhalten?»

Rickover spuckte einen Schleimklumpen ins Feuer. «Ich halte den Kampf gegen das Barbarentum für etwas sehr Positives.»

Ich wandte ein, dass Krieg ein blutiges Geschäft sei, der die abscheulichsten Triebe schüre. Mitunter sei dies der Fall, entgegnete Rickover, doch am Ende habe er einen heilsamen Effekt. «Ich sehe es an unserem Unabhängigkeitskrieg, solche Kriege stiften Zusammenhalt und Frieden.»

«Kriege, die Frieden stiften? Gibt es so was?»

«Oh ja, so was gibt es, Pfarrer John.»

«Und wann wird das Eisen der Einheit einmal geschmiedet sein?»

«Das ist eine gute Frage.»

Er trank vom Whiskey und hielt einen Augenblick inne.

«Ich glaube, wenn die Bevölkerung das Eisen ist, dann müssen wir auch die nachfolgenden Generationen schmieden, immer und immer wieder. Außerdem glaube ich, dass es unser Schicksal ist, gegen das Böse in der Welt zu kämpfen. Deswegen überzeugen mich auch Olivers Ansichten. Und sollten wir diese Biester finden, dann wäre das ein ebenso bedeutender Beitrag für unsere Nation.»

«Das glaube ich auch», sagte ich, ohne jedoch zu offenbaren, ob ich es für einen bedeutend guten oder bedeutend schlechten Beitrag hielt. Ich erhob mich zum Wasserlassen. Es war aufschlussreich zu hören, was Rickover zu sagen hatte. Über Frieden durch Krieg, über den Kampf gegen das Böse.

Alles war so ziemlich das Gegenteil von dem, was Immanuel Kant ein Jahr zuvor in seiner Schrift «Zum ewigen Frieden» veröffentlicht hatte. Der Philosoph aus Königsberg spricht sich gegen jegliche Kriegshandlungen aus und benennt praktikable Anleitungen für einen dauerhaften Frieden auf Erden, wie zum Beispiel, dass kein Staat aufgrund von Verschuldung von einem anderen abhängig sein dürfe. Seine Hoffnung besteht darin, dass die aufgeklärten Bürger in demokratischen Staaten nicht mehr bereit wären, ihr eigenes Leben sowie das anderer Menschen zu opfern. Der Mensch habe, so Kants grundlegende Idee, keinen *Wert*, sondern eine *Würde*, die anders als der Wert nicht verrechenbar sei. Für Leute wie Rickover, von denen es stets zu viele gibt, ist der Krieg dagegen eine lohnende Verrechnung: Nur ein toter Indianer ist ein guter Indianer und trägt noch dazu bei, die amerikanische Bevölkerung zu einen. So rechtfertigt man aber auch sämtliche Gräueltaten, welche ein Krieg zeitigt, und zwar auf allen Seiten.

Als ich zurückkehrte, blickte mich Rickover aus angriffslustigen Augen an.

«John, sei ehrlich, du denkst, ich bin ein Idiot, oder?»

«Wieso denkst du, dass ich das denke?»

«Weil du mich die ganze Zeit so misstrauisch anschaust.»

«Ach, ich werde schnell müde, wenn ich ständig etwas glauben soll. Und deshalb bin ich hin und wieder skeptisch. Daran wird's wohl liegen.»

«Gewiefter Kerl», lachte Rickover, «kein Wunder, dass Gott dich zu seinem Soldaten gemacht hat!»

Er leckte die letzten Tropfen Whiskey aus seinem Becher. Da mir selbst nicht der Sinn nach Alkohol stand, bot ich ihm meine fast unangetastete Portion an, welche er dankend annahm.

«Manchmal schmerzt die Narbe, dann tut etwas Betäubung gut.»

Er lupfte die Augenbrauen, ehe er ein ansehnliches Quantum Whiskey hinunterkippte.

«Es gefällt dir nicht, wie ich über die Rothäute spreche, richtig? Aber was soll ich tun, ich kann nicht aus meiner Haut, ich bin Soldat. Das heißt aber auch, dass ich den Anstand besitze, ehrlich zu kämpfen, natürlich mit allen Raffinessen, aber stets Auge um Auge, Zahn um Zahn. So steht es doch in der Bibel, oder?»

«Ja, im Alten Testament. Aber Jesus sagt fast im selben Atemzug: ‹Leistet dem, der euch etwas Böses antut, keinen Widerstand, sondern wenn dich einer auf die rechte Wange schlägt, dann halte ihm auch die andere hin› …»

«Na, zum Glück hat mich der Shawnee nicht auf die rechte Wange geschlagen, sondern auf die linke, sonst hätte ich mich nicht revanchieren dürfen.»

Er grinste schlitzohrig. Auf einmal rückte er mit seiner Kiste ganz nah an mich heran.

«Ich muss dir was sagen», begann er vertraulich: «Joe, unser Doktor, der hasst die Wilden wirklich, für den sind sie Ungeziefer, der will sie zerquetschen oder austrocknen wie Heu. Ich selbst mag sie nicht, das gebe ich zu, ich halte sie für Heiden, aber ich respektiere sie, sonst würde ich auch nicht gegen sie kämpfen.» Der Whiskey schlug nun merklich bei ihm an. Er sprach schwerzüngig und verschleifte die Endsilben der Worte.

«Und, was ist jetzt mit Joe?», fragte ich betont arglos.

«Das muss aber unter uns bleiben.»

«Selbstverständlich.»

«Also, pass auf, ich kenne Joe schon seit vielen Jahren. Damals war er noch chirurgischer Assistent bei der Armee. Zu der Zeit gingen die Pocken um, und die Seuche hat unzähligen Ureinwohnern den Garaus gemacht. Einige Stämme waren aber verschont geblieben. Da kam der junge Joe auf die Idee, infizierte Decken aus einem Pockenhospital zu sammeln und an indianische Unterhändler zu verteilen. Ein teuflisches Geschenk. Oder wie sagt man, ein trojanisches Pferd …»

«Und, was ist passiert?»

«Es sollte die Indianer dahinraffen, aber das hat nicht geklappt. Sein Hauptmann kam später dahinter und erteilte Joe eine Abmahnung, weil er damit auch die eigenen Kameraden gefährdet hat. Zu seiner Verteidigung sagte Joe, dass er der Wissenschaft einen Dienst erweisen wollte. Und hätte das Experiment funktioniert, wäre man die Indianerplage mit einem Schlag losgeworden. Er wollte die Seuche als Waffe einsetzen. – Du weißt, was Pocken anrichten … Der ganze Körper wird bis zur Unkenntlichkeit entstellt, es ist ekelhaft!»

Rickover beugte sich zurück und trank. Zwar traute ich ihm zu, schamlos zu lügen wie ein Zahnausreißer auf dem Jahrmarkt, hier aber glaubte ich ihm jedes Wort. Mir war trotzdem nicht sofort ersichtlich, warum er mir das gerade jetzt mitteilte. Dann kam mir der Gedanke, dass er sich damit moralisch zu entlasten suchte, indem er Scheider als verwerflichen Übeltäter anprangerte.

«Versteh mich nicht falsch, ich habe nichts gegen Joe, ich bin froh, dass er dabei ist, als Medizinmann kann er uns den Arsch retten, aber im Herzen ist er ein eiskalter Dreckskerl.»

«Na ja», sagte ich nach einiger Überlegung, «offenbar kann

man mit verseuchten Decken niemanden anstecken, und das Ganze ist auch schon lange her. Man sollte diesen Dingen nicht zu viel Bedeutung beimessen.»

Rickover machte ein überraschtes Gesicht, er schob die Kiste auf den alten Abstand und legte bei der Gelegenheit etwas Holz nach.

«Ich finde es bedenklich, dass du über einen Kameraden so rufschädigend sprichst. Es hat einen Hauch von Niedertracht, wenn ich ehrlich bin. Würden wir uns nicht so gut verstehen und hätte ich dir nicht versprochen, dass es unter uns bleibt, wäre es eigentlich meine Pflicht, Oliver und Joe darüber in Kenntnis zu setzen.»

Rickover sah auf, sein Blick war verwirrt und ängstlich zugleich. Ich zog meine Mundwinkel hoch, worauf er verlegen zurücklächelte. Ich hatte nicht drohend, sondern beiläufig gesprochen, wie man eine Nebensächlichkeit sagt, und gerade deshalb, meine ich, hatte es ihn besonders hart getroffen. Paul Rickover wusste jetzt jedenfalls, dass ich einen Trumpf gegen ihn in der Hinterhand hatte, und ihm musste klar sein, dass ich diesen für den Fall, da er mir schaden wollte, ausspielen würde.

Ich lenkte das Gespräch auf harmlose Dinge, wie etwa die Einflüsse der Einwanderer auf die Speisen in Amerika, und im Handumdrehen plauderten wir über Bohnengerichte.

Nach einiger Zeit raschelte es aus der Richtung der Zelte, und gleich darauf kam Lawrence aus der Dunkelheit zum Vorschein. Er war eingehüllt in ein Fell, das sich um seinen Nacken sträubte wie etwas Lebendes. Er selbst machte einen entrückten Eindruck, als wäre er uns aus einer jenseitigen Welt zugelaufen. Seine Augen kreisten wie Mücken über einer Pfütze, sein dünnes Haar klebte schweißnass auf der Stirn.

«Ich bin aufgewacht und kann nicht mehr einschlafen.»

Rickover stand auf, schwankte leicht, brachte aber gerade noch die nötige Haltung auf, die ihm sein Rang abverlangte. «Du kommst wie gerufen, Wilkerson. Nimm Platz, ich gehe jetzt schlafen, und ich befehle dir hiermit, mich abzulösen.» Er hob beide Arme zur Verabschiedung, dann griff er sein Gewehr und tapste in das Zelt, welches er mit Scheider teilte.

Nachdem ich Lawrence von meinem Wasser zu trinken gegeben hatte, schaute er noch ein paar Minuten lang drein wie ein entgeisterter Schlafwandler. Ich hatte schon damit gerechnet, dass er für den Rest der Nacht nichts mehr von sich geben würde, als er sich plötzlich räusperte und kaum vernehmbar sagte: «Ich hatte einen Traum.»

«Und was hast du geträumt?»

«Ich habe meinen Tod geträumt … Wir waren auf einem Boot, ein Sturm tobte, alle schrien und hatten Angst. Dann meinte jemand, der Sturm würde erst aufhören, wenn man mich über Bord wirft.»

Er hielt inne, schob die Unterlippe über seine Hasenscharte und richtete seinen Blick in die Ferne.

«Ich nehme an, sie haben dich ins Wasser geworfen?»

Er nickte schleppend. «Sie haben mich gepackt und an die Reling gezerrt. Ich habe mich mit Händen und Füßen gewehrt, aber es hat nichts genutzt … Sie haben mich über Bord geworfen, und weil ich nicht schwimmen kann, bin ich sofort untergegangen. Ich strampelte und schrie, und es war, als zöge mich eine unsichtbare Hand nach unten. Ich dachte, dass ich tot sein müsste, und nachdem ich das akzeptiert hatte, konnte ich auf einmal schwimmen. Ich wollte an die Oberfläche, um den anderen zu zeigen, dass sie mich nicht untergekriegt haben. Aber da bemerkte ich meine Dummheit. Denn ich konnte ja nur schwimmen, *weil* ich tot war.»

Lawrence stieß ein unterdrücktes, galliges Lachen aus, seine schalkhaften, kleinen Augen blitzten auf, ehe er erneut eine Pause machte, in der sich sein Blick wieder trübte.

«Was ist dann geschehen?»

«Ich bin aufgewacht. Aber ich wusste, dass ich bald sterben werde.»

Die Bäume um uns herum bekamen mit einem Mal ein unheimliches Leben. Lawrence schloss die Augen, faltete die Hände über dem Bauch und zog den Kopf ein, sodass er aussah wie ein Dachs im Winterschlaf. Ich sah ihn eine Weile so an, dann fing ich einfach an zu erzählen.

«In meinem Dorf in Deutschland kam zweimal im Jahr der alte Wurzelgräber Wenzel aus dem Böhmerwald vorbei, der seine Kräuter an den Apotheker verkaufte. Wenzel erzählte uns Kindern meistens Geistergeschichten, aber nicht nur, einmal – ich war schon älter, und es war das letzte Mal, dass ich ihn getroffen habe –, da erzählte er sinngemäß Folgendes: Bevor wir in den Bauch unserer Mutter kommen, putzen wir die Sterne, wenn wir dann in ihrem Bauch sind, werden wir selber zu Licht, zu einem kleinen Licht in einem dunklen Raum. Jeder leuchtet gleich hell, ganz egal, ob später Bettelmann oder Königin. Es ist still, und es gibt keine Zeit. Und dann wachsen wir langsam heran. Wir beginnen zu fühlen und zu tasten, wir klopfen gegen die Wände unserer geschützten Welt. Wir beginnen Töne zu hören, und wir spüren Erschütterungen von außen. Je größer wir werden, desto kleiner wird die Welt im Bauch, und langsam wird es uns zu eng. Bald darauf werden wir geboren. – Der alte Wenzel sagte, eine Geburt ist so monströs und gewaltig, dass jedes Kindlein im Moment seiner Geburt denkt, das war's, das ist das Ende. Aber es ist erst der Anfang. Und da sind wir sehr klein, und die Welt erscheint uns unendlich groß und die Zeit unendlich lang. Und wir lernen ein weiteres Mal, Dinge zu ertasten …»

«Hör bitte auf, ich ertrag das nicht», unterbrach mich Lawrence.

Ich fragte, ob etwas nicht stimme, aber er verzog nur den Mund. Sein Atem ging schnell und flach, als sei seine Lunge zwischen zwei Buchdeckel gepresst.

«Ich werde sterben», blaffte er mich an.

«Es ist eine schöne Erzählung, glaub mir. Eine, die dir die Angst vor dem Tod nehmen wird.»

«Du erzählst mir irgendein Märchen, um mich zu trösten, hör auf damit! Ich kann nichts mehr tasten, ich habe keine Kraft mehr in den Händen, ich werde langsam krepieren!»

«Guter Lawrence», erwiderte ich, «ein Traum kann vieles bedeuten. Ich bin mir sicher, du wirst noch ein langes Leben haben. Du bist ein schlauer Kerl, dein Kopf wird dich überleben lassen. Vielleicht wirst du Buchhalter oder Kaufmann.»

Lawrence drückte seine Lider fest zusammen.

«John, du hast heute den beiden Jungen, Twitty und Pueyo, erzählt, dass sie nicht sterben werden auf dieser Reise. Sie glauben es und fühlen sich unverwundbar. Ich bin zu alt für solche Gauklereien. In meiner Heimat sagt man, es gibt viele Möglichkeiten, einen schlafenden Bären zu wecken, aber nicht eine einzige, ihn zurück in die Höhle zu treiben. Ich habe die Höhle verlassen und sehe die Tatsachen.»

Er öffnete die Augen und schaute mich ungerührt an. Ich versuchte, mein Missbehagen über die beiden Idioten, die ihre Schnauze offensichtlich doch nicht halten konnten, zu verbergen, und sagte nur: «Wenn du nichts ändern willst, kann dir auch Gott nicht helfen. Wir müssen versuchen, aus unserem Leid zu lernen, statt im Groll zu verharren.»

«Hör endlich auf, wie ein Pfaffe zu reden … Ich bin für alle eine Last, auch wenn es niemand ausspricht. Ich merke es bei der Essensausgabe, wenn in den Blicken der anderen steht: ‹Du hast es nicht verdient›, ich spüre es, wenn ich nicht mithelfen kann, außer ein wenig Brennholz sammeln … Aber ich will kein Bettler sein! Und Gott wird mir nicht helfen, denn *er* hat so entschieden, nicht ich … Warum hat er mir die Hände absterben lassen, warum ausgerechnet mir?»

Für einen Moment überlegte ich, ob ich ihm nicht die Geschichte Hiobs erzählen sollte. Dann aber legte ich vorsichtig meine Hand auf die Schulter des Verzweifelten.

«Wer weiß, was Gott mit dir vorhat. Schau mich an, ich war oft genauso niedergeschlagen wie du. Aber das Schicksal hat mir stets neue Wege eröffnet. Auch durch Freunde wie dich. Hättest du mir kein Brot gegeben und hättest du nicht den Wagen so umsichtig gelenkt, wahrscheinlich wäre ich gestorben …»

Um Lawrence' Mund formte sich ein scheues Lächeln. Er griff nach meiner Hand, und ich spürte, dass er gewillt war, sie fest zu drücken, es ihm aber nicht gelang. Ich war mir dennoch sicher, dass mit ihm alles wieder ins Lot kommen würde.

4. Über den Mississippi

Die gut hundertzwanzig verbliebenen Meilen bis zum Mississippi legten wir in neun Tagen zurück. Bevor wir den mächtigen Strom erreichten, mussten wir noch den felsigen Sinnissippi überqueren, was uns glücklicherweise ohne nennenswerte Schwierigkeiten gelang. Ferner ergab sich die unverhoffte Möglichkeit, unsere geschundensten Rappen an der letzten Handelsstation auf dem Territorium der Vereinigten Staaten gegen unverbrauchte Zugpferde einzutauschen. Auch konnten wir dort in Ruhe die an beiden Wagen dringenden Reparaturen vornehmen. Die Pause tat uns gut. Einige plagten sich mit Furunkeln herum, andere mit Hals- und Kopfweh, aber bei jedem klangen die Beschwerden innerhalb von ein paar Tagen wieder ab.

Eine Sache galt es nun zu bedenken: Mit dem Übersetzen ans andere Mississippi-Ufer betraten wir das Louisiana-Gebiet, welches damals unter spanischer Schutzherrschaft stand. Für seine Durchquerung hätte es eigentlich einer Genehmigung bedurft, aber Oliver hatte davon abgesehen, Pässe zu beantragen, dies hätte wohl hartnäckige Fragen oder gar Prüfungen nach sich gezogen. Andererseits gab es keinen ernsthaften Grund, sich zu sorgen, der spanische Intendant saß tausend Meilen südlich in New Orleans, und hätte uns tatsächlich eine Militäreinheit aufgespürt – sehr unwahrscheinlich in diesem Gebietsabschnitt –, so hätten wir uns als unbedarfte, selbstfinanzierte Astronomen ausgegeben, die gewillt waren, den Transit mit ein paar Dollar zu begleichen.

Oliver vertrat in der Frage der Landverteilung ohnehin eine Position der unabwendbaren Vorsehung. «Das Land», sagte er, «ist uns von Gott versprochen, früher oder später werden wir es sowieso bis zum Pazifik haben.»

Als er dies in seiner unnachahmlichen Selbstsicherheit von sich gab, stand ich zufällig neben Lucien. Unsere Blicke verbündeten sich sogleich im Missfallen. Wir entfernten uns einige Schritte vom Rastplatz. Über uns lag ein durchlässiger Himmel, klare Luft strömte uns entgegen. Zuweilen wunderte es mich, warum ich mit Lucien bis dato nie wirklich ins Gespräch gekommen war. Gewiss, er hatte eine einzelgängerische Natur, und nach der apokalyptischen Kälte ging er mir regelrecht aus dem Weg, während die meisten anderen meine Nähe suchten. Im Laufe der Zeit jedoch pendelte sich alles wieder ein. Zwar spürte ich nach wie vor einen ausgreifenden Respekt mir gegenüber, ich hatte aber den Eindruck, dass ich nicht mehr als verlängerter Arm eines richtenden Gottes, sondern allmählich wieder als seelsorgerischer Begleiter angesehen wurde. Mir selbst war es nur recht, denn auf die Dauer war mir ihre Ehrfurcht unbehaglich geworden.

Lucien schien nichts aus dem inneren Gleichgewicht zu bringen. Alles an ihm nährte seine Unnahbarkeit. Seine ruhige Stimme ließ oftmals die Gespräche ringsherum ersterben, denn jeder wollte erfahren, wie er die Lage einschätzte. Über sich selbst verlor er kaum Worte, was mich wiederum nicht überraschte, da diejenigen, die etwas leisten, sich selbst zumeist nicht der Rede wert sind.

Jetzt aber wurde Lucien ungehalten – Olivers Aussage hatte ihn mehr verstimmt, als ich angenommen hatte. «Seine Arroganz wird ihn noch zu Fall bringen», schimpfte er. «Gott hat keine Lieblinge unter den Völkern. Sagt nicht Jesus Christus selbst, dass alle Menschen gleich sind vor Gott?»

«So ist es», stimmte ich zu.

«Und ist es nicht auch so, dass das Glück immer aufseiten der Bataillone ist, wie man in Frankreich zu sagen pflegt?»

Ich pflichtete ihm abermals bei und war gleichzeitig erstaunt darüber, mit welcher Freimütigkeit er plötzlich sein patriotisches Temperament hervorkehrte.

«Das Land», fuhr er fort, «ist den Amerikanern nicht von Gott versprochen, und ihre Unabhängigkeit ist mit unseren Waffen und Blut erkämpft worden. Ohne uns wären sie immer noch eine englische Baumwollkolonie.»

Er zwinkerte mich mit seinen weit auseinanderliegenden Augen an, wodurch er aussah wie eine schelmische Eule.

Als ich nichts erwiderte, erkundigte er sich bei mir nach den Deutschen, über ihre Gemütslage, auf die er sich nie einen Reim zu machen wusste. Ich sagte, darüber schieden sich die Geister. Ich hielte es mit den Dichtern und Philosophen, die meinten, die Deutschen seien eigentlich ein sehr gutmütiges, aber auch ein äußerst leichtgläubiges Volk. Man müsse nur ein Netz ausspannen, dann liefen die Deutschen hinein wie Wild. Ihre wahre Tragik bestehe aber darin, dass sie unfähig seien, einander die Seele zu berühren, dies lasse sie hart und bitter werden. Alle schuften wie Jochochsen und halten das Geld zusammen. Untereinander haben sie sich schon oft massakriert und meinten, damit ihre Pflicht zu tun. Ein seltsamer Schlag Mensch, der glaube, durch Gehorsam stets alles richtig zu machen. Dadurch sei er aber wie ein Bauer, der sein Pferd suche, während er darauf reite.

Mein letzter Befund erheiterte Lucien. Allerdings wären andere Völker im Gehorchen und Massakrieren gewiss nicht weniger begabt als die Deutschen.

«Und vergiss nicht, wer dich hier beinahe zur Strecke gebracht hat, das waren keine deiner Landsleute.»

Ich versicherte ihm, dass ich nichts vergessen hätte. Auch nicht seine Wasserreichung, die mir geholfen habe, die Strapazen entscheidend länger durchzustehen.

«Es tut mir leid, dass ich mich nie bei dir bedankt habe», gestand ich betreten.

«Nicht nötig. Ich tat es aus eigenem Interesse. Du hast uns allen später das Leben gerettet, auch mir. Außerdem wäre es schade um dich gewesen. Ein Deutscher, der die Seele zu berühren vermag, ist selten.»

Lucien blieb stehen und starrte auf die flache, sinkende Sonne. Nach einigen Sekunden trotteten wir schweigend zu unserer Raststätte zurück, wo uns der Duft gerösteter Hirschrippen empfing.

Am nächsten Tag erreichten wir den oberen Mississippi. Lucien kannte eine günstige Stelle mit flachem Uferverlauf, wo die Breite dieses mächtigen Stroms etwa eine halbe Meile betrug. Der Fluss war hier somit mehr als doppelt so breit wie der Allegheny, den wir Wochen zuvor überquert hatten.

Lucien war mit der Gegend vertraut, da er einen französischen Kanadier seinen Freund nannte, der auf der Westseite des Flusses gesiedelt hatte, um dort Bleivorkommen abzubauen. Für Unkundige war es nicht einfach, unbeschadet ans Ufer vorzudringen, denn überall gab es verdeckte sumpfige Stellen, in die man tief einsinken konnte. Als ich den Strom zum ersten Mal sah, kam er mir vor, als würde er nicht fließen, sondern als bewegte sich eine gleichförmige, unaufhaltsame Wassermasse vor mir, wie ein wandernder See, der sich auf den Weg zum Meer machen würde. Nur an manchen Stellen bildeten sich kleine Wirbel, wo sich die Oberfläche des Flusses leicht emporwölbte.

Unsere Truppe war inzwischen gut eingeübt im Bauen und Flottmachen von Flößen bei gleichzeitigem Zerlegen der Wagen. Zwar fehlte Lawrence als Arbeitskraft, aber auch ohne ihn benötigten wir nur zwei Tage für alle Vorbereitungen. Jeder tat mit, selbst Oliver legte Hand an. Während der Arbeit erblickten wir ein spanisches Frachtschiff, das südwärts, in Richtung New Orleans, fuhr, beladen mit Fellen und Bodenschätzen. Einige von uns winkten der Besatzung zu, was Oliver umgehend wütend machte. Sie sollten es gefälligst unterlassen, irgendjemandes Aufmerksamkeit auf uns zu lenken. Dies wiederum veranlasste Lucien, Olivers Gehabe zu kritisieren. Er solle sich nicht so aufregen. Als ob es die versoffenen Flussmatrosen interessieren würde, ob ein paar Verrückte am Rande der Prärie den Mississippi überquerten oder nicht. Die Kerle hätten Besseres zu tun, als in New Orleans zur Gendarmerie zu laufen und uns zu verpfeifen. Das leuchtete jedem ein, es war schlüssig und gab Olivers überreizte Mahnung der Lächerlichkeit preis. Oliver selbst sagte nichts dazu, er machte lediglich ein gekränktes Gesicht und verzog sich. Gleichwohl bekam jeder den Disput mit, und es war interessant zu beobachten, wer sich zu freuen schien und wer sich nichts anmerken ließ. Es war das erste Mal, dass sich Lucien offen gegen Oliver stellte.

Am darauffolgenden Vormittag, es war der 21. Mai, machten wir uns daran, mit drei schweren Flößen, die wir hauptsächlich aus Ulmen angefertigt hatten, überzusetzen. Das Wetter hatte sich über Nacht gewendet, nun war es kühl und windig, weshalb aus dem trägen Strom ein wellenschlagender Fluss geworden war. Ehe es losging, bekam ich die Weisung, noch einige lange Weidengerten abzuschneiden und sie von Blättern und Ästchen zu glätten. Sie waren nützlich, um mit ihnen die Pferde zu lenken, die den Flößen vorgespannt waren. Als ich damit fertig war und zu den anderen ans Ufer stieß, gerieten Lucien und Oliver gerade erneut aneinander. Der Franzose hielt es für zu riskant, den Fluss unter diesen Bedingungen zu überqueren. Er sorgte sich hauptsächlich um die Pferde. Wenn den Tieren zu viel Wasser ins Maul oder in die Nüstern schwappte, verfielen sie leicht in Panik. Vor allem für die neuen Gäule, die einen Wassergang nicht gewohnt seien, könnte es bei der starken Strömung und den hohen Wellen übel ausgehen. Und auch für uns wäre es heikel, da der Fluss an vielen Stellen zu tief sei, als dass man mit Stocherstangen Grund fassen könne. Mit Paddeln allein werde es in jedem Fall anstrengend, denn die Zugpferde dürfe man nicht überlasten.

Oliver hörte sich die Ausführungen mit mühsam beherrschter Ungeduld an. Sein Blick war die ganze Zeit über finster, seine Halsschlagader schwoll dick an. «Das sind Argumente, aber keine Hindernisse», wischte er schließlich Luciens Bedenken beiseite. Dann verwies er im Tonfall eines Feldherrn auf die Vorbereitungen am Hudson River, wo er, Lucien, nicht dabei gewesen sei. Die Distanz sei damals größer gewesen, die Strömung im Herbst genauso stark. Und für die meisten Pferde sei es seinerzeit ebenfalls das erste Mal gewesen, so weit zu schwimmen, und dennoch hätten sie es geschafft. «Männer», appellierte er nun lautstark an alle, «ihr seid die besten Kerle, die ich mir für diese Expedition wünschen konnte, ich will keine anderen haben, weil ihr zäh und mutig seid und keine Klagen kennt. Der Mississippi ist zu jeder Zeit eine immense Herausforderung, er ist unser Rubikon, wenn wir ihn überwinden, kann uns nichts mehr aufhalten!»

«Der Captain hat recht!», sprang ihm Rickover zur Seite.

Daraufhin schlossen sich ihm Sullivan, Billstrom und die drei Jungen an und gaben kernige Schlachtrufe von sich. Auch Scheider stimmte zu. «Was kann uns schon passieren?», fragte er in meine Richtung. «Wir haben Mut, wir haben Gottes Segen und einen Pfarrer, der uns in der Not zu lehren weiß, wie man übers Wasser geht.»

Es klang ernst gemeint, ich war mir aber nicht sicher, ob er mich verklären oder provozieren wollte. Manche glotzten mich jedenfalls so an, als würden sie meine Gleichsetzung mit Jesus für bare Münze nehmen. Bevor ich reagieren konnte, hob Oliver beide Hände und konstatierte knapp, aber umso stolzer: «Die Mehrheit hat entschieden. Wir setzen noch vor Mittag über!»

Diese Mehrheit klatschte daraufhin begeistert in die Hände.

«Gut, dann machen wir es so», fügte sich Lucien, ohne sich dabei nachtragend oder gekränkt zu zeigen, und setzte knochentrocken hinzu: «Ich kann gut schwimmen und mein Pferd auch.»

Die Aufteilung, wer auf welchem Floß mitfuhr, ergab sich in der Eile mehr oder weniger zufällig; ausschlaggebend war nur, dass Lucien, Sullivan und Rickover auf je einem Vehikel die Lenkung übernahmen, da sie die Steuerung der Flöße am besten beherrschten.

Zunächst stiegen Sidney und Jerome mit vierzehn Pferden in die Wellen, danach brachten wir die Flöße aufs Wasser. Auf dem ersten befanden sich Oliver, Rickover, Twitty und Pueyo, auf dem zweiten Lucien, Kermit und ich, und auf dem dritten waren Scheider, Lawrence, Sullivan und Billstrom.

Die Wellen ließen die Flöße schwanken, dass einem speiübel werden konnte. Dazu gesellte sich ein tückischer Nieselregen, der die Oberfläche der Baumstämme glitschig machte. Man musste arg aufpassen, beim Paddeln nicht das Gleichgewicht zu verlieren und ins Wasser zu stürzen. Unsere beiden vorgespannten Pferde keuchten schon nach wenigen Metern wie ausgemergelte Bergarbeiter. Je weiter wir in die Mitte des Flusses vorstießen, desto mehr Kräfte mussten wir aufbringen, um gegen die Strömung anzukommen. Einmal abgedriftet, wären wir der Gewalt des Wassers ausgeliefert gewesen, und der Strom hätte uns hinfortgerissen. Doch darüber wollte ich erst gar nicht nachdenken, ich paddelte wie um mein Leben. Das Klatschen der Wellen, die Klagen der Pferde sowie Luciens Flüche vereinten sich in meinem Kopf zu einem drohenden Klanggewitter. Erst wenn die Tiere wieder Boden unter ihren Hufen haben, dachte ich, erst dann wird der Lärm aufhören, also strengte ich mich an. Ab und zu blickte ich auf und schaute zum ersten Floß, das vielleicht fünfzig Meter vor uns lag. Wenn denen nichts zustieß, sollte uns auch nichts passieren, sagte ich mir, obwohl die einen Mann mehr hatten. Schließlich meinte ich zu erkennen, dass Sidney und Jerome mit ihren Pferden angekommen waren, und das stimmte mich zuversichtlich.

Plötzlich hörte ich von hinten einen lauten Schrei. Es war eindeutig Lawrence' Stimme. Mein Blut stockte. Ich drehte den Kopf zur Seite, doch es reichte nicht, um zu sehen, was in meinem Rücken vor sich ging. Aus dem Schreien wurde ein herzzerreißendes Jaulen. Dann hörte ich weiteres Geschrei, das nicht von Lawrence stammte. Ich wagte nicht, mich umzudrehen, sonst hätte ich das Paddeln einstellen müssen, und das hätte wiederum verheerend sein können. Man musste ja vorwärtskommen und gegen die Strömung ankämpfen. Ich schickte Stoßgebete zum Himmel. Und dann, dann hörte es auf einmal auf, das klägliche Jaulen. Vielleicht hatten sie ihn wieder aufs Floß gezogen? Vielleicht hatte ich mir alles nur eingebildet, denn die Geräusche galoppierten chaotisch durcheinander und trübten einem die Sinne? Tief in mir drin aber wusste ich, dass dem nicht so war. Ich stach das Paddelblatt heftiger ins Wasser, als wollte ich den Fluss, ja die ganze Welt umgraben. Diese abstoßende, unheilvolle Welt.

Ich kniff die Augen zu zwei schmalen Schlitzen zusammen, sodass ich nur noch das Nötigste wahrnahm. Ich weiß nicht, wie lange ich mich in diesem abgekapselten Zustand befand, auf einmal aber ruckelte es, gleich darauf packte mich Lucien am Arm. «Hör endlich auf», blaffte er mich an. «Wir haben es geschafft.» Er sprang ins Wasser und löste die Leinen von den Pferden. Kermit sprang ebenfalls ins Wasser, rief, ich solle ihm helfen, das Floß an Land zu schieben. Inzwischen hatte es aufgehört zu regnen. Die schon Angekommenen jubelten uns zu. Ich war wie benommen, meine Hände blutig gescheuert.

Es dauerte nicht lange, bis das dritte Floß eintraf. Darauf nur drei der Männer: Scheider, Sullivan und Billstrom. Es war also keine Einbildung gewesen – Lawrence war ertrunken. Wie, das konnte keiner der drei umfassend beschreiben. Von weggerutscht, gestolpert und den Halt verloren ging die Rede. Ihre Blicke waren wie versteinert, ihre Gesten schwerfällig und beklommen. Niemand, so Scheider, habe alles genau gesehen, man hatte alle Hände voll zu tun, das Floß auf Kurs zu halten. Keiner hatte ein Auge auf Lawrence, der – unfähig zu paddeln – in der Mitte des Floßes auf die Ladung zu achten gehabt hatte. Wie er aber von der Mitte an den Rand gestolpert oder gerutscht war, erschloss sich mir nicht. Zugleich klangen Scheiders Erklärungen nicht unglaubhaft, was mochte auf dem glitschigen Holz nicht alles passieren? Trauer um den Verunglückten war dagegen nicht zu spüren. Aber unser Arzt ist halt so, wie er ist, sagte ich mir. Er litt an einem Mangel an Herz, und den Straftatbestand der Mitleidlosigkeit gibt es nun mal nicht.

Der Schwede und Sullivan machten dagegen einen bestürzten Eindruck, bei Letzterem meinte ich eine Art Schuldbewusstsein zu erkennen. Ob einer der beiden in der Lage gewesen wäre, Lawrence zu retten? Ich verkniff mir die Frage, ob sie schwimmen konnten. Und selbst wenn, es wäre überriskant gewesen, ich selbst hatte mich ja nicht einmal getraut, mich umzudrehen.

Ich sagte stattdessen, dass ich später einen Gottesdienst für den Ertrunkenen abhalten würde. Oliver machte eine Handbewegung, die Bedauern ausdrückte. Sodann sprach er von einer Tragödie und dass der Tote in Frieden ruhen möge. Fast im selben Atemzug gab er aber zu bedenken, dass Lawrence mit seinen tauben Händen ständig der Gefahr ausgesetzt war, hier draußen auf die eine oder andere Weise umzukommen. Ich blickte zu Lucien und sah in seinen Augen Verachtung, doch hatte er sich ein eisernes Schweigen auferlegt. Nur Kermit schluchzte, und Sidney liefen Tränen über die Wangen, die anderen blickten betroffen zu Boden. Es war offensichtlich, dass Lawrence bei einem ruhigeren Seegang wohl nicht verunglückt wäre.

Alle waren nass und froren, die ermatteten Pferde mussten getrocknet und versorgt, die Wagen wieder zusammengestellt werden. Die Männer schleppten die Fracht an Land und machten sich daran, in den Kisten nach Decken und Ersatzkleidern zu suchen. Ich blieb als einziger am Ufer zurück und tat ein paar Schritte ins Wasser, sodass ich mit beiden Beinen in Lawrence' Grab stand. Denn irgendwo unter dieser gigantischen Wasserdecke lag er begraben. Ich dachte an seinen gespenstischen Traum und meine falsche Zuversicht, und ein

Schauer überkam mich. Ich schaute hinüber zum östlichen Ufer, wo ich ihn zuletzt gesehen hatte. Das Firmament war ein Stück weit aufgerissen, und mir war, als schienen Lawrence' kleine, unbestechliche Augen darin auf, schließlich sein ganzes Gesicht. Der Zimmermann aus Vermont schaute mich mit einer durchdringenden Klarheit an, seine Mimik regungslos, in seinem Blick eine luzide Gegenwärtigkeit, als ob nichts vor oder hinter ihm läge. Nach einigen Sekunden führte er seine Zigarre an seinen Mund, nahm einen Zug und stieß eine Rauchwolke aus, hinter der sein Antlitz gänzlich verschwand. Die Wolke bewegte sich nach Süden, worauf ich meine Hand hob und ihr hinterherwinkte. Ich winkte, bis sie am Horizont verschwunden war, und weinte so lange, bis mir die Tränen ausgegangen waren. In meinem Rücken war das bleierne Schweigen der anderen einem gedrückten Getuschel gewichen. Es war mir gleichgültig, was sie über mich dachten.

Etwa zwei Stunden später meinte Oliver, dass wir die Totenandacht auf den nächsten Tag verlegen müssten. Unser Standort für die Nacht war noch unklar und somit nicht abzusehen, wann und wo wir unser Lager einrichten konnten.

Auch Twittys Pferd hatte die Überquerung nicht überstanden. Es kam zwar ans Ufer, hatte sich dort aber hingelegt, sich wie eine Sichel gekrümmt und war in dieser Haltung verendet. Wahrscheinlich war es den Strapazen erlegen, vielleicht hatte es Wasser in der Lunge. Ganz wie Billstroms Pferd tat mir auch dieses sehr leid. Von nun an nahm Twitty Lawrence' Platz auf der Kutschbank des Materialwagens ein.

Von der Ladung war Gott sei Dank nichts verlustig gegangen, allerdings waren einige Vorräte, Zwieback und Brot nass und unbrauchbar geworden. Die Atmosphäre war insgesamt angespannt, was in erster Linie an Lawrence' Tod lag. Aber auch, wie mir schien, an dem zunehmend offensichtlich brüchigen Verhältnis zwischen Oliver, Scheider und Rickover, das sich auf die anderen übertrug und für Verunsicherung sorgte. Ich hatte seit einiger Zeit bemerkt, dass das Band zwischen unseren drei Oberen nicht mehr so straff war wie in den ersten Wochen. Ich vermutete, dass dies auf meine Bemerkung Oliver gegenüber zurückzuführen war, die Misstrauen in ihm säte. Ab dem Moment, da ich ihm eröffnet hatte, über die geheime Absprache Bescheid zu wissen, wirkte er dünnhäutig und argwöhnisch. Er konnte ja nur von einem Verrat eines seiner beiden Offiziere ausgehen. Zwar wusste er sich meist hinter einer großsprecherischen Fassade zu verbergen, doch wenn er sich unbeobachtet wähnte, machte er bisweilen den Eindruck auf mich, als würde der Zweifel an ihm nagen, hin und wieder schien ein abgründiger Impuls durch sein Gehirn zu gehen, dann blinzelte er und verzog den Mund zu einer Fratze. Auf Vorschläge von Scheider oder Rickover reagierte er zuweilen unwirsch oder fauchte, das sei das Dümmste, was er je gehört habe. Die beiden wurden kleinlaut und mühten sich, Olivers Vertrauen zurückzugewinnen. Manchmal buhlten sie auch um seine Gunst und beharkten sich gegenseitig.

Dies bereitete mir ein klandestines Vergnügen, denn solange sich die drei uneins waren und ich noch genügend brisante Informationen in der Hinterhand hatte, um bei Bedarf Zwietracht zu säen, so lange brauchte ich mir keine Gedanken zu machen, dass sie sich erneut gegen mich verbünden würden. Als nun aber Lucien anfing, an Olivers Autorität zu kratzen, drohte die Hierarchie zu wanken. Ich hoffte nur, dass sich keine größeren Konflikte entluden, welche die Expedition gefährdeten.

In der folgenden Nacht fielen unaufhörlich Sternschnuppen. Ich dachte an Lawrence. Vielleicht war er ja zu einem Schutzengel geworden, der uns für den Rest der Reise begleitete. Ich hätte wetten mögen, dass mir Lawrence im Traum begegnete. Ich träumte dann allerdings nicht von ihm, sondern von Scheider, eigentlich nur von seiner Stimme. Seiner hellen, schneidenden Stimme, die klang, als würde sie in meinem Inneren etwas zersägen.

Am nächsten Morgen brachen wir zeitig auf und begaben uns in eine waldreiche, schwer zu durchdringende Auenlandschaft. Mit Äxten, Säbeln und Sicheln mussten wir uns durchs Dickicht kämpfen, um mit den beiden Wagen vorwärtszukommen, für weniger als eine halbe Meile benötigten wir drei Stunden. Zwar wussten wir, dass die Spanier in der näheren Umgebung eine Schneise durch den Wald gerodet hatten, uns blieb aber erst einmal nichts anderes übrig, als darauf zu vertrauen, irgendwann auf diese zu stoßen. Es war duster und die Sonne nicht zu sehen, die Bäume, so schien es, verhöhnten uns schweigend, und die Vögel kreischten spöttisch über uns. Kein Kompass funktionierte, wie er sollte. Immer wieder zeigte sich unser Expeditionsleiter zögerlich, welche Richtung wir einschlagen sollten. Oliver machte Lucien bald scharfe Vorwürfe. Ein kapitaler Streit lag in der Luft, der wahrscheinlich nur nicht ausbrach, da Jerome rechtzeitig von seinem Erkundungsritt wiederkehrte mit der erlösenden Nachricht, die spanische Schneise gefunden zu haben. Danach dauerte es nochmals zwei Stunden, bis wir auf dem richtigen Weg waren.

Am frühen Nachmittag machten wir schließlich Rast an einer lichten Waldnarbe. Dort floss auch ein Bach, aus dem wir Trinkwasser schöpfen konnten. Nach außerordentlich anstrengenden Tagen waren alle ausgezehrt. Da unser Proviant zur Neige ging, durchschweiften einige den umliegenden Wald, um frisches Fleisch zu schießen. Twitty und Kermit fingen derweil Krebse im Bach, ich suchte mit Sidney nach essbaren Kräutern. Der Jagdtrupp kam recht bald wieder zurück, bepackt mit einer Beute von fünf Waldhühnern und vier Wapitis. Das Wild, berichtete Billstrom euphorisch, war ihnen fast auf die Füße getreten, einen solchen Reichtum habe er noch nie gesehen. Dies schien mir ein Beleg dafür zu sein, dass dieses Gebiet tatsächlich noch unangetastet war von weißen Siedlern. Aufgrund dieser guten Bedingungen und der allgemeinen Erschöpfung riet ich Oliver dazu, einen Ruhetag einzulegen. Er folgte meinem Rat, und schnell war zu spüren, wie die gedrückte Stimmung anhob.

Noch vor der Dämmerung bat ich die Männer zur Andacht. Das Wetter war wie gemacht für eine Predigt, der Himmel hatte die letzten Sonnenstrahlen des Tages aufgeboten und eine sanfte Brise geschickt. Ich wollte den Gottesdienst dafür nutzen, um untereinander für Einigkeit und Vertrauen zu werben. So hatte ich mir vorgenommen, nicht nur über Lawrence' aufrichtigen Charakter zu sprechen, sondern in erster Linie über die Nächstenliebe, ausgehend vom Matthäusevangelium. Im Altgriechischen, sagte ich einführend, heiße es nicht: «Liebe deinen Nächsten wie dich selbst, sondern liebe deinen Nächsten, er ist wie du.»

Gerade war ich dabei, diesen Unterschied zu erläutern, da erschrak ich. Ich sah, wie fünf indianische Männer aus dem Gebüsch stiegen und sich auf uns zubewegten. Dies fand im Rücken der anderen statt, weshalb sie sich über mein Innehalten zunächst wunderten. Es dauerte einige Sekunden, ehe sie sich umdrehten. Schließlich sprangen alle überstürzt auf. Unbenommen davon stapften die Ureinwohner mit erdfesten Schritten an ihnen vorbei, direkt zu mir, wo sie im Halbkreis stehen blieben. Wie selbstverständlich gingen sie davon aus, ich sei der Anführer. Es waren Angehörige des Meskwaki-Stammes, auch Fox-Indianer genannt, wie ich später erfuhr. Ihr Erscheinungsbild war durchaus furchteinflößend, weswegen der Schreck nur langsam von mir wich.

Alle fünf hatten den Kopf vorne wie seitlich kahl geschoren, zwei von ihnen trugen einen schmalen Haarbusch am Hinterkopf, der zu einer Bürste geschnitten war, bei den anderen dreien glich das Haupthaar einem Hahnenkamm, und bei allen waren Strähnen rot gefärbt. Ihre Wangen hatten sie mit kunstvollen Verzierungen bemalt, Hälse und Brustkörbe mit Ketten und Schmuck behängt. Bekleidet waren sie mit farbigen Umhängen, einer Art weit geschnittener Tunika. Ihr Anführer sah am prächtigsten aus, unterschied sich aber von den anderen hauptsächlich durch ein rot-blaues Stirnband, das mit matt funkelnden Steinchen besetzt war. Vier von ihnen waren bewaffnet, entweder mit einem Beil oder mit einem Spieß. Gleich darauf raschelte es im Gebüsch, und ihm entstiegen weitere Männer, nun mit Pfeil und Bogen ausgestattet. Auch abseits bei den Pferden standen auf einmal ebenfalls welche, mit Waffen in ihren Händen. Wir waren also umzingelt und hätten bei einem Konflikt keine Überlebenschance gehabt. Der Häuptling machte nun einen Schritt auf mich zu und begann zu sprechen. Ich verstand kein Wort, doch da begann schon ein anderer, der Jüngste (und als Einziger unbewaffnet), ins Spanische zu übersetzen. Ich gab zu verstehen, dass ich auch des Spanischen nicht mächtig sei. Nun eilte endlich Jerome nach vorne und begann eine Unterredung mit dem Häuptling. Nach einigen Wortwechseln verlautbarte Jerome, dass er manches nicht verstanden hatte, nur so viel, dass die Fox von der spanischen Regierung beauftragt waren, jeden, der ihr Territorium betrete, zu kontrollieren.

Nebst manch fiebrigem Verhalten meiner Kameraden beobachtete ich, wie Lucien Oliver aufforderte, nach vorne zu gehen, der nahm jedoch davon keine Notiz, denn im selben Moment flüsterte Pueyo Oliver etwas ins Ohr, dieser nickte knapp, woraufhin Pueyo zu den Indianern ging. Tom sprach wegen seines Vaters fließend Spanisch. Mit einer tiefen Verneigung trat er vor den Häuptling. Alsdann wandte er sich an den Übersetzer und begann mit liebreizender Mimik zu sprechen, begleitet von ausschweifenden Gesten, als wäre er in höfischen Umgangsformen bewandert; fast sah es so aus, als würde er nun eine Parodie darauf machen. Ich hatte nur eine grobe Ahnung, was Pueyo da sagte, doch je länger es ging, desto unsicherer wurde er. Dies lag wohl daran, dass die Eingeborenen ziemlich unbeeindruckt auf sein Gerede reagierten. Der Häuptling machte ein durchgehend gleichgültiges Gesicht, die anderen wiegten ab und zu den Kopf oder neigten ihn, vermutlich aber nur, um den Übersetzer besser zu verstehen. Ich begann mich zu sorgen, da ich bezweifelte, Pueyo würde die Wahrheit sagen, und ich befürchtete, dies würde bald ans Licht kommen. Mir war auch nicht ersichtlich, warum Oliver nicht selbst nach vorne kam und mit Pueyos Hilfe für Klarheit sorgte.

Die Meskwaki waren uns eindeutig überlegen, sie strahlten aber keine Bedrohlichkeit aus. Nach der anfänglichen Furcht stellte sich bei mir das Gefühl ein, man müsste ihnen einfach nur ehrlich begegnen, in aufrichtiger Rede – so wie es die alten Griechen mit ihrer Parrhesia gehandhabt hatten –, dann würde sich alles gedeihlich fügen, zumal es uns fernlag, ihren Grund zu besetzen oder ihre Bodenschätze zu rauben.

Auf einmal zitierte Pueyo Kermit und Twitty zu sich, als wären sie seine Untergebenen. Oliver gab ein verdecktes Handzeichen, dem Folge zu leisten. Im Klammergriff der mulmigen Situation hasteten die beiden nach vorne, dort raunte ihnen Pueyo zu, sie dürften ihm bloß nicht widersprechen, da er den Indianern erzählt hätte, er sei unser Captain.

Die drei gingen mit den Ureinwohnern zum Materialwagen, wo Tom seine Handlanger anwies, einige der für solche Begegnungen vorgesehenen Geschenke herauszuholen. Kermit und Twitty mussten sich erst einmal einen Zugang zu den Kisten verschaffen, und bis sie die richtigen gefunden hatten, verging eine Weile. Die Indianer blieben währenddessen so stumm wie zuvor, weshalb sich Pueyo genötigt sah, die Stille zu überspielen. Er redete auf den Übersetzer ein, der dem Häuptling die Dinge geduldig übersetzte. Doch dieser beendete mit einem Mal seinen Dienst und verharrte in Schweigen. Pueyo war so nervös, dass ihm dies nicht sofort auffiel, weshalb sein Gefasel den Charakter eines verzweifelten Selbstgesprächs annahm – bis endlich die Kisten mit den Gaben vor ihm lagen. Nun stand Pueyo ins Gesicht geschrieben, dass er schwer überlegen musste, wie viele und welche Gegenstände er an die Meskwaki entrichten sollte. Er konnte auch niemanden um Rat fragen, denn dies hätte seiner Rolle die letzte Glaubwürdigkeit genommen. Schließlich übergab er dem Anführer Glasperlen, Messingknöpfe, eine Axt, zwei Kochkessel sowie einige Tücher. Der Häuptling entbot keine Geste des Dankes, noch schien er sich zu freuen, er maß die Geschenke lediglich mit prüfenden Blicken, bevor er sie wegschaffen ließ. Auf mich machte der Häuptling den Eindruck, als hätte er uns längst durchschaut oder vielmehr das Schauspiel, das hier aufgeführt wurde. Es schien ihm wohl müßig, der Wahrheit auf den Grund zu gehen, er hatte seinen Tribut erhalten und zeigte keine Bestrebung, sich länger mit uns abzugeben. Er ließ Pueyo eine Verabschiedungsformel ausrichten, anschließend wandte er sich noch einmal an Jerome und teilte dem Mestizen einige hart klingende Worte mit, erst dann verließ er mit seinen Leuten unseren Rastplatz.

Obwohl jeder todmüde war, saßen wir alle noch lange am Lagerfeuer, bis auf Sullivan, der über Magenschmerzen klagte und sich frühzeitig hingelegt hatte. Das bizarre Erlebnis hatte dazu beigetragen, die Truppe wieder einigermaßen zusammenzubinden. Man war erleichtert, es wurde gelacht und gescherzt, auch etwas Whiskey wurde ausgeschenkt. Der ein oder andere blieb zwar skeptisch, ob die Meskwaki nicht doch wieder auftauchen und uns überfallen würden, aber Jerome und auch Lucien waren der einhelligen Meinung, dass derlei Hinterhältigkeiten bei Eingeborenen nicht vorkämen, es sei denn, man befände sich im offenen Krieg mit ihnen. Jerome meinte: «Wenn sie sagen, sie gehen, dann gehen sie. Das ist der Unterschied zum weißen Mann, Indianer täuschen nichts vor.» Was der Häuptling am Ende zu ihm gesagt habe, damit wollte er nicht rausrücken, er behauptete, es nicht verstanden zu haben. Ich sah ihm aber an, dass er nicht die Wahrheit sprach, und war mir sicher, dass er zumindest die Essenz der Botschaft verstanden hatte. Tom war dagegen sehr auskunftsfreudig und brüstete sich damit, uns als spanischer Adeliger, als der er sich ausgegeben hatte, den Kopf gerettet zu haben. Er habe dem Häuptling unterbreitet, seine Familie würde gute Beziehungen zum Botschafter in New Orleans pflegen. «Und dann habe ich diesem Gockel noch gesagt, dass wir Astronomen sind, und zwar welche aus der ganzen Welt, vom spanischen Hof beauftragt, das hat ihn schwer beeindruckt, deshalb hat er auch einfach die Klappe gehalten.» Er rülpste whiskeybeseelt in den Nachthimmel. Ich musste leider feststellen, dass meine Bestrebung, ihm etwas Bescheidenheit beizubringen, auf ganzer Linie gescheitert war. Manche in der Runde nahmen Tom das jedoch nicht ab, Kermit und Twitty johlten, er hätte sich vor dem Häuptling fast in die Hosen geschissen, doch als Oliver Pueyo für seine Kühnheit lobte, verbat sich quasi jeder Spott. Ich wandte mich an Lucien und fragte ihn, was es mit dem Abkommen zwischen den Spaniern und den Fox auf sich habe. Der meinte, die Spanier wollten einfach nur verhindern, dass andere Weiße in ihr Gebiet eindrängen und nach Gold oder Silber schürften, und deshalb hätten sie mit diesem Stamm bestimmt irgendetwas für beide Seiten Vorteilhaftes ausgehandelt.

«Als die Indianer dann gesehen haben, dass wir keine Werkzeuge für Schürfungen dabeihaben, sind sie einfach gegangen.» Er richtete seinen Blick auf Pueyo. «Man kann nur froh sein, dass uns der Idiot nicht in die Scheiße geritten hat. Sie mögen es nicht, wenn man mit gespaltener Zunge spricht. Eine solche Überheblichkeit würde uns bei den Lakota den Kopf kosten.» Er drehte den Kopf in Olivers Richtung. «Es hat sich heute wieder gezeigt, dass er ein schwacher Anführer ist. So was kann gefährlich sein.»

Als hätte Oliver dies vernommen (was unmöglich war, denn Lucien redete im Flüsterton), erhob er sich und bat um Aufmerksamkeit. Er möchte die Gelegenheit ergreifen, noch mal sein Bedauern über Lawrence' Tod kundzutun. Lawrence Wilkerson, sagte er, habe uns zu allen Zeiten seine Standhaftigkeit und seine resolute Entschlossenheit bewiesen. Sollte die Expedition erfolgreich enden, werde er ihm zu Hause ein Denkmal setzen. Dann fügte er an, dass er begeistert sei von unserer Schläue und Zähigkeit, deren Zeuge er heute wieder einmal sein durfte. Er wolle sich nun aber explizit bei Lucien entschuldigen, den er heute früh im Wald, in einer scheinbar aussichtslosen Lage angeschnauzt und ihm Dinge vorgeworfen habe, für die er, Lucien, keine Schuld trage. Daraufhin klatschten alle, und Lucien hob seine Hand als Zeichen, dass er die Entschuldigung angenommen hatte. Als Nächstes verkündete Oliver mit wichtiger Miene, dass wir mit der Überquerung des Mississippi bereits Historisches geleistet hätten. Thomas Jefferson habe schon in den frühen Achtzigerjahren den Plan verfolgt, eine privatfinanzierte Forschungsexpedition in den Westen zu schicken, ebenso britische Kapitalisten. Diese Pläne hätten sich jedoch zerschlagen. Oliver berichtete von Jeffersons zweitem Anlauf, tief in den Westen vorzudringen. Der spätere Präsident versuchte demnach, John Ledyard, einen Entdecker von Rang, den er in Paris kennengelernt hatte, auf die Reise zu schicken. Der berühmte Abenteurer, so Oliver süffisant, habe Jefferson vorgeschlagen, von Moskau aus über Sibirien entlang der russischen Trapper-Route durch Nordamerika zu reisen, um dann später in Washington über den Westen des Kontinents zu künden. Jefferson sei von der Idee begeistert gewesen, allerdings habe Ledyard noch nicht einmal seinen eigentlichen Startpunkt erreicht, da ihn russische Agenten der Zarin Katharina der Großen in Sibirien abgefangen und zurückgeschickt hätten. Vor vier Jahren habe es Jefferson erneut versucht, nun mit dem Botaniker André Michaux, aber der habe sich als französischer Agent herausgestellt. Oliver setzte eine Pause.

«Gentlemen, anhand dieser Geschehnisse kann man ermessen, wie einzigartig unsere Leistung ist, es bis hierher geschafft zu haben, ohne dass uns andere Mächte auf die Schliche gekommen sind. Ich habe lange auf diese Ansprache gewartet, und ich wollte sie erst aus gutem Grund nach der Überquerung des Mississippi halten.» Im Anschluss forderte er alle auf, sich zu erheben und auf das Erreichte anzustoßen, was wir sogleich auch taten.

5. Scheider und die Unsterblichkeit

Anderntags entschieden wir uns dafür, den Rastplatz an der Lichtung aufzugeben. In der Nacht hatten Wölfe versucht, sich über unsere Pferde herzumachen, sie kamen aus dem Unterholz, doch die Rösser schlugen lautstark an, sodass Sidney und Kermit die Angreifer rechtzeitig mit Gewehrschüssen vertreiben konnten. Dieser Vorfall führte uns vor Augen, dass hier draußen nicht nur Beutetiere wenig Angst vor uns hatten, sondern auch die Raubtiere.

Wir kampierten nun außerhalb des Waldes, ein paar Meilen westwärts, wo sich der Bach dicht unter einem Felsabsturz drängte. Im Schatten des Felsens erschien es uns sicherer und auch behaglicher.

Hier draußen duftete es nach Weißdorn und Magnolie. Und am linken Bachufer dehnte sich ein hügeliger Wiesenteppich aus, der sich in der Ferne im Wald verlor. Hier wollten wir den nächsten Tag verbringen, etwas Erholung tat uns gut, zudem mussten Reparaturen vorgenommen sowie Vorräte aufgefrischt werden.

Um die Mittagszeit herum holte ich die Andacht für Lawrence nach. Ich hatte den Eindruck, dass die meisten nachdenklich gestimmt waren, denn es kehrte eine Ruhe ein, wie ich sie schon lange nicht mehr erlebt hatte. Die anschließende Zubereitung der Mahlzeit wurde mit schweigendem Fleiß verrichtet, und auch drum herum gab es keine hektischen oder polternden Tätigkeiten, wie es sonst so oft der Fall war.

Jerome hatte die Wildhühner gekocht, das Fleisch löste sich leicht von den Knochen und schmeckte wie eine heilsame und dennoch delikate Krankenkost.

Ich kaute noch die letzten Bissen, als Sullivan auf einmal auftauchte. Er wirkte verstört, seine Augenhöhlen wie schwarze Gruben, aus denen er mich seltsam lange anstierte. Dann sagte er plötzlich in einem Tonfall, der mir für die Frage viel zu bedeutsam erschien: «Können wir bitte miteinander sprechen?»

Merkwürdig, dass er «bitte» sagte, denn Höflichkeit war seine Sache nicht. Noch ehe ich bejahte, fügte er hastig hinzu, er müsse mir etwas beichten. Erstaunlich, dachte ich, dass ausgerechnet er eine Beichte ablegen wollte.

Wenig später spazierten wir am Bachufer. Sobald wir außerhalb der Sichtweite der anderen waren, kam Sullivan ohne Umschweife auf seine seelischen Turbulenzen, wie er es nannte, zu sprechen.

«Ich weiß nicht, wie es genau passiert ist», sagte er mit leicht zugekniffenen Augen, «Wilkerson hockte die ganze Zeit über in der Mitte vom Floß, aber dann ist eins der beiden Holzfässer umgekippt. Ich habe nicht alles sehen können. Er wollte wahrscheinlich verhindern, dass das Fass ins Wasser rollt.»

Der Wind warf uns einen Schwall warmer Luft entgegen. Sullivan hielt inne und schöpfte tief Atem.

«Was ist dann passiert?»

«Er muss ausgerutscht sein. Oder hat das Gleichgewicht verloren. Ich habe es nur platschen gehört, und dann lag er auch schon im Wasser.»

«Hätte ihn niemand von euch retten können?»

«Genau aus dem Grund spreche ich mit dir.» Er setzte ein staubiges Lächeln auf, ehe er wieder stockernst wurde.

«Wilkerson hatte erst noch eine Hand am Floß. Joe Scheider stand keine zwei Meter entfernt. Ich weiß nicht, aber hätte er schnell reagiert, er hätte Wilkerson rausziehen oder ihm das Seil zuwerfen können. Wilkerson hätte schon irgendwie zugepackt, ganz kraftlos waren seine Pranken ja nicht.» Sullivan hielt abermals inne, blinzelte zwei-, dreimal gegen die Sonne. «Doktor Scheider hat nichts unternommen, aber dann ist man doch kein Arzt, oder? Als geht ihn der Ertrinkende gar nichts an, er hat sein Paddel einfach nicht aus der Hand gegeben, als ob Wilkerson ein Holzfass wäre. Ich habe Scheider zugerufen, dass er was machen soll, aber der hat nicht reagiert …»

Auf meine Frage, weshalb er selbst keinen Rettungsversuch unternommen habe, beteuerte Sullivan, dass der Weg zu weit gewesen wäre. Er hätte um die Fracht herumlaufen müssen, und während er dies noch erwogen habe, sei Lawrence schon außer Reichweite gewesen. Er hätte natürlich auch hineinspringen können, aber er sei kein guter Schwimmer. Und angesichts der Situation hätte er nicht einmal gewagt, seine Unterhose darauf zu verwetten, dass Scheider ihnen geholfen hätte.

«Und Billstrom?»

Der Schwede sei genauso weit vom Geschehen weg gewesen wie er, nur weiter hinten. Im Nachhinein habe Billstrom behauptet, kaum etwas mitgekriegt zu haben, er wollte seine Augen einzig und allein auf das Floß gerichtet haben, um es auf Kurs zu halten.

«Das kann schon sein, es war extrem schwierig …», gab ich zu bedenken.

«Unsinn, der Schwede ist einfach feige.»

Sullivan warf den Kopf zur Seite und schnaubte ächzend durch seine schiefe Nase. «Ich war im Krieg, ich habe viele

Grausamkeiten miterlebt, aber einem Kameraden nicht zu helfen, der am Absaufen ist ...»

Er schluchzte auf, dann schloss er die Augen und weinte stumm. Mir schien, dass er weniger um Lawrence als um sich selbst weinte. Er ahnte, dass auch ihn niemand retten, dass sich seinetwegen niemand in Gefahr begeben würde. Allerdings wohl, weil niemand ihn wirklich leiden konnte.

Wir gingen schweigend nebeneinanderher. Als er sich wieder gefangen hatte, fragte ich ihn, ob er Scheider zur Rede gestellt habe.

«Nein», antwortete er mit militärischer Bestimmtheit, «Scheider ist mein Vorgesetzter, ich habe ihn nicht zu maßregeln.»

«Und was versprichst du dir davon, dass du es mir erzählst?»

«Nichts, ich musste es einfach loswerden. Und bei wem besser als bei einem Priester?»

Ich konnte Sullivan aus verschiedenen Gründen nicht ausstehen, die Liste würde mehrere Seiten füllen. Aber dieses Geständnis hätte ich ihm nicht zugetraut, es verlieh seiner Schlichtheit eine Tiefe und seiner Schlechtigkeit die Würde eines Zweifelnden. Sullivan fuhr sich mit der Hand über die schiefe Nase. «Wir müssen uns nichts vormachen, Wilkerson war hier draußen nur noch ein unnützer Mitesser. In Scheiders Augen war er keinen Eimer warmer Pisse mehr wert. Und im entscheidenden Moment hat Scheider einfach gehandelt, indem er eben nicht gehandelt hat ... Vielleicht hätte er ihn auch gar nicht retten können, aber er hat es noch nicht einmal versucht!»

Ich gab mich ungerührt, um eine Art Neutralität zu wahren, gleichzeitig spürte ich, wie mir das Blut in die Schläfen stieg. Eiskalter Dreckskerl, dachte ich. Rickovers Bezeichnung für Scheider war wirklich treffend.

«Das Verstörendste an der Sache ist, dass er nichts versucht hat, *obwohl* wir dabei waren. Er hat Wilkerson vor unseren Augen untergehen lassen. Er hat darauf gesetzt, dass wir mitspielen. So viel Dreistigkeit muss man erst mal besitzen.» Es klang nun, als hege Sullivan auch eine heimliche Faszination über Scheider trotz seines Schocks. Es war bestimmt nicht einfach für ihn gewesen, darüber zu sprechen, musste es doch einem Verrat gleichkommen, den er an seinem Vorgesetzten begangen hatte.

Ich dankte ihm für sein Vertrauen und sagte, dass ich ihm den Mut hoch anrechnen würde, offen über den Vorfall zu sprechen. Sullivan sah mich aus glasigen Augen an. Da er alles in allem so desperat wirkte, fügte ich aufmunternd hinzu: «Du bist jetzt frei von Sünden, das Himmelreich steht dir offen.» Ich erteilte ihm einen Segen, und wir gingen auf getrennten Wegen zurück.

Mit grübelndem Kopf marschierte ich zum Lager. Ich fand keine Antwort auf die Frage, wie ich mit den neuen Kenntnissen umgehen sollte. Einerseits drängte es mich, Scheider direkt darauf anzusprechen, andererseits wären die Aussichten auf Ertrag gering gewesen. Scheider würde mit Sicherheit jedes Fehlverhalten von sich weisen, und Billstrom würde sich enthalten, sich wohl eher auf Scheiders Seite schlagen. Eher würde Sullivan am Ende noch wegen Verleumdung abgestraft werden. Abgesehen davon galt das Beichtgeheimnis, und Sullivan hatte mir keine Erlaubnis erteilt, irgendetwas weiterzutragen. Gleichwohl brodelte es in mir. Scheider hatte einen Mitmenschen, noch dazu meinen Freund, skrupellos ertrinken lassen. Das passte nur zu gut zu seinen früheren Schandtaten, von denen mir Billstrom und Rickover berichtet hatten. Ich fühlte mich verpflichtet, irgendetwas zu tun.

Dafür fehlte es mir nicht an Mut – aber an der Herangehensweise. Selbst wenn ich Oliver einweihte und er mir glaubte – dann würde ihn das selbst in Bedrängnis bringen. Scheider war unser Arzt, ein unersetzliches Amt. Gesetzt den Fall, dass Oliver ihn zur Rede stellte, Scheider würde auch ihm gegenüber alles abstreiten … Und nun drehte ich mich wieder im Kreis, denn schließlich gab es keinen Beweis, nur die Aussage Sullivans, den Oliver ohnehin für einen Schwachkopf hielt. Und wenn ich ehrlich zu mir selbst war, so war ich mir nicht sicher, wie belastbar Sullivans Beobachtungen am Ende waren, er neigte ja zu Diffamierungen, und mit etwas Abstand betrachtet, fand ich, dass sein Bericht entscheidende Lücken aufwies. Und vielleicht hatte Scheider tatsächlich nichts ausrichten können.

Noch in diesen Gedanken und kurz vor unserem Rastplatz traf ich – just auf Scheider.

Bei meinem Anblick zeigte sich dieser hocherfreut. Er sei auf der Suche nach mir gewesen, in dem Bedürfnis, mit mir zu sprechen. Woher die plötzliche Sehnsucht rühren würde, fragte ich halb im Spaß. Es gäbe keinen konkreten Anlass, antwortete Scheider, manchmal, so wie jetzt, sei er eben dieser Rüpelgesellschaft mit ihren Spelunkensprüchen überdrüssig, er wolle schlicht wieder einmal ein geistreiches Gespräch mit mir führen. Für diesen Zweck schlug er vor, auf den Felsen zu steigen, zu dessen Fuß wir uns befanden. Ich hatte keine Ausrede parat, also willigte ich ein. Und bei Lichte besehen, warum sollte ich ihm auch aus dem Wege gehen? Seit ich die Gruppe vor dem Erfrieren errettet hatte, stand ich mit ihm im guten Einvernehmen, auf seine spröde Art schien er mich gar zu bewundern.

Der Felsen ließ sich von seiner rückwärtigen Seite gut besteigen, ohne klettern zu müssen. Nach einer Viertelstunde waren wir auf einem kleinen Plateau, das nur von einigen Sträuchern und ein paar dunklen Tannen bewachsen war. Wir traten an die Felskante, wo der Stein mit knisterndem Moos überzogen war.

«Schau nur, wie sich in der Ferne das Land zu verändern beginnt, wie fruchtbar der Boden hier ist, voller Wiesen, Bäche und Seen, so reich an Fischgründen und Wild … Die Kolonisten erwartet eine prosperierende Zukunft.»

Ich pflichtete ihm bei. Wahrscheinlich sei dies der Grund, meinte ich scherzhaft, weshalb sich auch das Incognitum so weit in den Westen zurückgezogen habe. Scheider presste ein heiseres Lachen aus seiner Kehle. Ja, das sei nicht auszuschließen, sagte er, ehe er schlagartig wieder ernst wurde. Es freue ihn sehr, mich heiter zu sehen. Gemeinhin würde ich ja, ähnlich wie er selbst, eher zu Verschlossenheit und Grübelei neigen, als ob ich in Gedanken die großen Aufgaben lösen müsste, welche die ganze Menschheit beträfen.

Für einen Moment verunsicherte mich seine Aussage. «Ja, ich mache mir in der Tat viele Gedanken», sagte ich nach einigem Zögern und fügte mit fester Stimme hinzu: «Gott hat mich wohl dafür bestimmt, große Aufgaben anzugehen, lösen müssen wir sie gemeinsam.»

«Gott hat dich also auserwählt?»

«Ach, ich bin kein Auserwählter …»

«Aber John, du hast uns alle gerettet! Wer, wenn nicht ein Auserwählter, wäre dazu in der Lage gewesen?»

«Gut», sagte ich, «angenommen, es wäre so, was würde es denn ändern zwischen mir und der Welt?»

«So einiges. Ich denke, ein Auserwählter durchschaut die Dinge, wie sie wirklich sind. Er kennt die Wahrheit.»

«Die Wahrheit liegt bei Gott», widersprach ich. «Wir Menschen können sie nur in Ansätzen erfahren und auch nur auf dem Wege der Vernunft und mit der Reinheit des Herzens.»

Scheider verzog das Gesicht, und ich spürte, dass ich aus seiner Sicht irgendetwas Lächerliches oder gänzlich Abseitiges gesagt haben musste. Er fasste sich aber, hob sein Kinn an und sah mir in die Augen. «Ich denke, Gott hat uns mit der Wissenschaft ein Werkzeug zur Hand gegeben, um die Wahrheit zu ergründen. Noch vor wenigen Jahren dachten wir, dieses oder jenes sei unmöglich, doch der Fortschritt schreitet unaufhaltsam voran.»

«Oh ja, das sehe ich auch so», sagte ich, «nur zweifle ich daran, dass wir allein mit der Vermehrung von Wissen die Lebensrätsel lösen.»

«Ich rede nicht von abstraktem Wissen. Ich gehe davon aus, dass alles, was denkbar ist, auch umgesetzt werden kann. Du solltest dazu einmal ‹New Atlantis› von Francis Bacon lesen, wo Erfindungen keine Grenzen gesetzt sind. Ich persönlich sehe auch keine Grenzen. Selbst die letzte Wahrheit bleibt für mich nicht unantastbar.»

«Die letzte Wahrheit ist der Tod», stellte ich klar.

«Genauso ist es. Nur was, wenn der Tod ein Irrtum ist?»

Mein Atem stockte, es war mir rätselhaft, was unser Arzt hier plötzlich infrage stellte.

«Ich bin überzeugt davon», fuhr er fort, «dass Gott nicht in unser Leben eingreift. Alles geschieht nach den Gesetzen der Natur, die er am Anbeginn der Welt erlassen hat. Selbst dein Ansingen gegen den Frost war auf irgendeine Weise von den Gesetzen gedeckt. Es war zwar göttlich, aber Gott selbst hatte damit nichts mehr zu tun. Statt seiner gibt es aber einige Menschen mit außergewöhnlichen Fähigkeiten, diese hat

Gott mit den großen Aufgaben betraut. Sie sind auserwählt, um die Menschheit zu führen!»

Scheider blitzte mich aus seinen tief sitzenden Augen an, während ich nichts zu alledem sagte.

«Weißt du eigentlich, warum wir das Incognitum wirklich suchen?»

«Offenbar nicht, sonst würdest du nicht fragen …»

«Die Wahrheit ist: Wir sind nicht dazu verdammt, sterben zu müssen. Und ich weiß: Nur wer das Incognitum findet, dem wird Unsterblichkeit zuteil.»

Ich starrte ihn an und dachte, was redet der nur für einen Unfug? Stattdessen aber sagte ich: «Aber Joe, wie stellst du dir das vor, wie soll das gehen? Und warum sollte Gott überhaupt wollen, dass wir ewig leben?»

«Weil wir dazu in der Lage sind», kam es schneidig wie ein Fallbeil.

«Hör auf, das ist Frevel.»

«Mitnichten. Gott will, dass wir uns aus den Fesseln der Sterblichkeit befreien, das ist unsere Aufgabe. So wie wir die Erde reinigen müssen von Schmutz und Niedertracht. Für mich ist der Tod eine Beleidigung, eine Beleidigung für meine Intelligenz. Leiden und Siechen sind unter meiner Würde.»

«Man kann aber nicht Gott und Gläubiger zugleich sein. Das ist eine Sünde!», rief ich nun aufgebracht.

Scheider wich augenblicklich zurück. Meine Widerrede war ganz und gar nicht nach seinem Geschmack, und ich spürte, je mehr Misstrauen ich ihm entgegenhielt, desto weniger würde er preisgeben. Dabei wollte ich unbedingt erfahren, wie er sich das vorstellte – den Tod mithilfe des Incognitums auszulöschen.

«Versteh mich nicht falsch», lenkte ich versöhnlich ein, «ich zweifle nicht an deinen klugen Überlegungen. Aber angenommen, Gott fordert uns tatsächlich dazu auf, den Tod abzuschaffen: Wie sollte das vonstattengehen, und welche Rolle spielt dabei das Monster …?»

Scheider schien mein Entgegenkommen zu akzeptieren, auf seinen Lippen zeigte sich eine kurze, lächelnde Genugtuung. Sodann erzählte er mir von seinem umfänglichen Medizinstudium in Theorie und Praxis. Mit den erworbenen Kenntnissen habe er sich allerdings nie zufriedengegeben, sie schienen ihm viel zu begrenzt, weshalb er sich ausgiebig mit Physiologie und Naturphilosophie beschäftigte und bald eigenständige Laborforschungen anstellte. Hierfür habe ihn Oliver nach Kräften unterstützt und ausgestattet, weshalb er noch intensiver zu experimentieren imstande war. Am meisten habe er vom Wissen der altägyptischen Alchemisten gelernt, die über die Herstellung eines flüssigen *Aurum Potabile* berichten, eines Allheilmittels, das sämtliche Krankheiten verhindere und ewige Jugend garantiere.

Ich war sehr erstaunt und im selben Maße auch enttäuscht darüber, dass Scheider ausgerechnet auf das totgerittene Pferd der Alchemie setzte. Die Verfahren der historischen Alchemisten waren längst widerlegt worden oder galten zumindest als weit überholt. Ich kannte auch die Saga vom Trinkgold und seinem Versprechen auf wiedererlangte Jugend und Manneskraft. In den Legenden und Büchern um Doktor Faustus war mir dieses Motiv ebenfalls begegnet. Darin geht es stets um den Alchemisten Faust, der mit dem Teufel paktiert, ihm seine Seele verkauft und dafür mit ewiger Jugend und sonstigen Annehmlichkeiten bedacht wird. In keiner Fassung der Fabel lohnt sich der Handel für den Gelehrten, der das gottgesetzte Maß zu überschreiten suchte. Faust will auf Erden sein, was Gott im Himmel ist, doch scheitert er damit glorios.

«Aber ist es nicht so, dass sich die Alchemisten geirrt haben?», fragte ich vorsichtig.

Der Arzt verneinte dies energisch, ehe er mir erklärte, dass in den alten Rezepturen eine Goldtinktur beschrieben werde, für deren Herstellung freilich Geheimwissen vonnöten sei. Denn Gold sei nur ein Symbol gewesen, das Symbol des Dauerhaften, Ewigen – in Wahrheit handele es sich um was anderes: «Und zwar um Gallensaft», sagte er mit apodiktischer Entschiedenheit, «um destillierten Gallensaft.»

«Wie kommst du darauf?»

«Weil es auf der Hand liegt, dass sie es so chiffriert haben, und nur ein paar Adepten kannten die wirkliche Rezeptur. Ich habe schon vor einiger Zeit die alten Schriften mit indianischen Überlieferungen abgeglichen. Die Indianer geben für die Mischung eines Allheilmittels einen gelben, dicken Gallensaft an. Es ist der Gallensaft des Incognitums …»

Ich nickte, als würde ich ihm in einer völlig unbestreitbaren Angelegenheit zustimmen, in Wirklichkeit war ich bestürzt darüber, wie er sich die Dinge zusammenreimte.

«Du glaubst mir nicht?», sagte er in einem gereizten Tonfall.

«Doch, doch, ich muss nur erst diese unglaubliche Nachricht verdauen. Das würde ja alles auf den Kopf stellen …»

«Wir gehen fest davon aus, dass das Incognitum in der Alten Welt nicht mehr existiert, weil es die Sintflut nicht überlebt hat. Zur Zeit der alten Ägypter dürfte es im Nildelta noch gelebt haben.»

Ich machte eine zustimmende Geste, driftete aber in Gedanken ab. Wie konnte es möglich sein, dass Scheider und wohl auch Oliver nicht wussten, weshalb Gott die Sintflut über die Menschheit gebracht hatte? Die beiden hantierten mit der Bibel, hatten jedoch keine Ahnung, worum es im

Kern geht. Allein im Ersten Buch Mose heißt es: «Der Herr sah, dass auf der Erde die Bosheit des Menschen zunahm und dass alles Sinnen und Trachten seines Herzens immer nur böse war.» Und etwas weiter: «Die Erde aber war vor Gott verdorben, die Erde war voller Gewalttat.» Und jetzt wollte ausgerechnet einer wie Joe Scheider den Größenwahn der Unsterblichkeit ausleben? Und das im Land der amerikanischen Ureinwohner, das gemäß der Heiligen Schrift wohl nicht voller Gewalttat war, sonst wäre es nicht von der Sintflut verschont geblieben …

«Oliver hat mich darüber aufgeklärt», sagte ich mechanisch, «seine These über die Arche Noah hat mir eingeleuchtet … Und er meinte auch, dass es in der Neuen Welt keine Sintflut gegeben hat.»

«Richtig, und deshalb denken wir, dass die Ungeheuer noch leben, und zwar in dem Gebirge, das die Lakota Pahá Sápa nennen: ‹Das Herz von allem, was existiert›. Für mich ein eindeutiger Hinweis auf ewiges Leben.»

«Das Gebirge heißt übersetzt: ‹Das Herz von allem, was existiert›?»

«Ja», sagte er tonlos, «in der Sprache der Lakota. Wusstest du das nicht?»

Ich schüttelte den Kopf und kam mir ein wenig beschämt vor, da ich dies nun zum ersten Mal hörte.

Schlagartig wurde es etwas dunkler, wir blickten nach oben, eine Wolke hatte sich vor die Sonne geschoben. Im selben Moment ging mir die Frage durch den Kopf, warum mir Oliver nie vom *Tier der Unsterblichkeit* erzählt hatte. Zwar hatte er einmal eine Anspielung gemacht, aber diese umgehend als Scherz deklariert. Kurz war ich enttäuscht, auch etwas gekränkt, doch dann vermutete ich, Scheider habe ihm untersagt, darüber zu sprechen. Die Thematik war schließlich grundstürzend und so weitreichend, dass sie innerhalb der Truppe zu Unruhe führen würde. Und vielleicht hatte Oliver auch geahnt, dass dieses Vorhaben, irdische Unsterblichkeit zu erlangen, nicht gerade auf Anklang bei mir stoßen würde.

Scheider räusperte sich. «Ich habe mich auch viel mit Menschenkunde beschäftigt», sagte er nun mit sonorer Stimme, «mit der Besonderheit der kaukasischen Rasse, die übrigens durch Noah verbreitet wurde ... Wie ist es mit dir, glaubst du nicht auch an die Vorbestimmung unserer Rasse, an ihre gottgewollte Überlegenheit?»

Ich stellte mich unwissend, obgleich ich schon davon gehört hatte, dass einige Klüglinge behaupten, Noah sei nach der Sintflut im Kaukasus gelandet, und von dort habe sich dann die neue Menschheit verbreitet. Ich bekundete lediglich, für mich seien alle Menschen Kinder Gottes und von dem her gleich an Würde. Der Umgang miteinander gedeihe am besten bei wechselseitigem Respekt.

«Sicher», sagte Scheider, «aber ist es nicht so, dass es missratene und gelungene Kinder gibt, und ihre Erziehung muss man auch unterschiedlich handhaben ... Die Frage nach dem Menschentypus ist ein sehr interessantes Forschungsgebiet.»

Ich erwiderte darauf nur ein knappes «Aha», worauf sich Scheider wohl veranlasst sah, schulmeisterlich zu werden. Es habe sich im Laufe der Geschichte gezeigt, dozierte er mit erhobenem Zeigefinger, dass manche Völker in ihrem Anspruch auf die Zukunft anderen Völkern unterlegen seien. Innerhalb der höheren Völker gäbe es zwar ebenfalls Abstufungen, aber dies sei ein anderes Thema. Den unterlegenen Menschen dürfe man jedenfalls keine Macht zugestehen. Das Problem sei, dass die – ganz offenkundigen – charakterlichen Schwächen der unterlegenen Rassen ansteckend und dem zivilisatorischen Gefüge abträglich seien, die Palette ihrer Impotenzen würde die Starken verführen und demoralisieren. Den Minderen Gleichheit zu gewähren bedeute, sich auf ihr Niveau hinabzubegeben, und sie zu schützen und zu pflegen hieße demnach, von ihrer ungezügelten Fruchtbarkeit übervölkert zu werden.

«Bevor du etwas dazu sagst», schloss er seine Rede, «bitte ich dich, darüber nachzudenken, was ein führender Jesuit einst gesagt hat, dessen Name mir gerade nicht einfällt. Er hat gesagt: ‹Wenn der Zweck erlaubt ist, sind auch die Mittel erlaubt.› – Deine Meinung zu alldem ist mir wichtig, denn du bist ein Auserwählter.»

Ich versicherte ihm, gewissenhaft und gründlich über die Dinge nachzudenken. Ich trat ein paar Schritte an die Felskante heran, an der es bestimmt dreißig Meter steil nach unten ging. Von hier oben hatte ich eine gute Sicht auf unser Lager, sah aber merkwürdigerweise keinen einzigen Kameraden. Ich ließ meinen Blick in die Weite schweifen und dachte nach, allerdings weniger über Scheiders Ausführungen als über ihn selbst.

Bislang war ich der Auffassung gewesen, Scheider wäre von Natur aus herz- und mitleidlos und im selben Maße auch opportunistisch, einer, der um seines Vorteils willen mitten im Satz umschwenken würde, einer, der keine tiefe Überzeugung hätte. Doch nun war ich mir sicher, dass er eine Überzeugung hatte, und zwar offensichtlich die, dass die Schöpfung dem Menschen zu unterwerfen sei. Seine Religion hieß Kontrolle, und die übte er aus wie ein geistloser Gelehrter, der sich einbildet, eine vorher nie erreichte Stufe des Menschseins erstiegen zu haben. Sein Überlegenheitsgefasel widerte mich an, sein Verlangen, die Sterblichkeit zu überwinden, befremdete mich.

Das knisternde Moos riss mich plötzlich aus den Gedanken. Scheider stand in meinem Rücken, ich drehte mich nicht um, sondern wandte lediglich den Kopf zur Seite. Er fragte, ob ich schon zu einem Ergebnis gekommen sei?

Ich bejahte und sagte unbedacht, aber umso ehrlicher, mit der ganzen Aufrichtigkeit meines Herzens: «Ich bete für dich, Joe.»

Ich hörte, wie er die Luft mit tiefen, lang gezogenen Atemzügen ausstieß, und gewahrte sogleich, dass er dicht hinter mir stand. Für eine Sekunde war ich wie gelähmt, Sullivans Beichte schoss mir durch den Kopf: Wer jemanden absaufen lässt, schreckt auch nicht davor zurück, jemanden in den Abgrund zu stoßen. Mit einem Schubser oder Fußtritt wäre es vollbracht …

Ich weiß nicht, was im nächsten Moment geschehen wäre, wenn nicht auf einmal Jeromes Stimme ertönt wäre. Scheider und ich drehten uns zugleich um. Gleich darauf stürzte Jerome zwischen zwei Tannen hervor. Sein rascher Auftritt erschien mir irgendwie unnatürlich, als hätte er wie ein Deus ex Machina nur darauf gewartet, im richtigen Zeitpunkt einzugreifen. Mag sein, dass uns Jerome tatsächlich folgte und mir das Leben gerettet hat, mag sein – und das halte ich für wahrscheinlicher –, dass überhaupt nichts passiert wäre. Ich habe Jerome nie danach gefragt, wie es zu seinem unmittelbaren Erscheinen gekommen war.

Er habe uns gesucht, sagte er außer Atem. Wir sollen mitkommen, etwas Tragisches sei passiert. Sullivan habe sich aufgehängt.

6. Zwischen den großen Strömen

In der folgenden Nacht hüllte mich der Schlaf ein wie dichter Nebel. Vorher hatte ich sowohl für Sullivan als auch für Scheider gebetet.

Sullivans selbst gewählter Tod erschütterte mich sehr, er war mir unerklärlich, aber wahrscheinlich gibt es nie nur die *eine* Erklärung. Vor allem hier draußen in der Peripherie erteilte mir Gott mehr als einmal die Lektion, dass sich das Leben nicht auf rationale Weise verstehen lässt, ebenso wie sich die Entscheidungen eines jeden einzelnen Menschen aus mannigfaltigen Gründen zusammensetzen. Gleichwohl sah ich den Freitod nach meinem damaligen Dafürhalten als schwere Sünde an, und der eine zwingende Grund, der ihn so verwerflich machte, war die Tatsache, dass Gott über dem Menschen steht und nur er über sein Ende zu befinden hat. Diese Tatsache sah ich durch den Selbstmord geleugnet. Ich bat Gott, er möge Nachsicht mit dieser Seele haben, die gewiss nur aus Verzweiflung dem Leben ein Ende gesetzt hatte. Ich selbst machte mir Vorwürfe, dass ich Sullivans Verlorenheit übersehen hatte oder sie nicht wahrhaben wollte. Ich fürchtete gar, mein leicht dahingesagter Spruch vom Himmelreich, das ihm jetzt offen stehen würde, hätte womöglich seine Tat begünstigt.

Meiner Rekonstruktion nach hatte er sich etwa eine Stunde nach unserer Trennung erhängt, ob er dies schon vor der Beichte geplant hatte oder ob er einem spontanen Impuls gefolgt war, muss im Dunkeln bleiben.

Ich schloss aber auch Scheider in mein Gebet ein, wie ich es ihm angekündigt hatte. Sullivan und er rebellierten gleichermaßen gegen den göttlichen Schöpfungsplan, nur mit dem Unterschied, dass die Stoßrichtungen ihrer Aggressionen in verschiedene Richtungen verliefen. Der eine befand sein Leben als überflüssig und legte Hand an sich an, der andere überhöhte sein Leben und deklarierte ganze Völker für überflüssig.

Gesetzt den Fall, man eröffnete Scheider weitreichende Möglichkeiten, seine Denkungsart in die Tat umzusetzen, er würde wohl nicht zögern, den Tod mit vollen Händen auszuteilen, überzeugt davon, der Welt einen guten Dienst damit zu erweisen, sie von Schmutz und Niedertracht zu reinigen, sie zu retten. Scheider sah sich als ein Homo ex Machina, und er war fest davon überzeugt, die sittliche Wahrheit zu kennen. Daher musste ihm jeder Kompromiss ein Verrat an der Wahrheit sein, gar eine verwerfliche Sünde.

Das vollkommen Gute auf Erden verwirklichen zu wollen, führt jedoch ins Unmenschliche, und wer meint, die endgültige Lösung zu haben, wird zu einem Fundamentalisten. Er wird sich früher oder später berechtigt wähnen, die Pforten der Grausamkeit weit aufzustoßen. Und so gründet das Barbarische ausgerechnet im kalten Hochmut derer, die sich selbst für die Guten halten. Ganz ähnlich verhält es sich, wenn die Kirche darauf besteht, die Heilige Schrift so zu lesen, als verkünde sie die absolute Wahrheit. Denn damit werden die darin enthaltenen Hoffnungen und Versprechen samt und sonders zu Staub. Eine nicht als menschliche Erzählung gelesene, sondern als definitive Wahrheit missverstandene Heilige Schrift kann nur zu Inquisition, Vertreibung und Krieg führen.

Scheider war in meinen Augen ein Inquisitor der Wissenschaft. Einer, der alles Menschliche mechanisieren wollte, als sollten auf Erden nur diejenigen existieren, denen er persönlich einen Platz zuwies. Und dies zeugte wiederum von einer gespenstischen inneren Leere. Ich betete inständig, ihm möge eine Liebeserfahrung zuteilwerden, auf dass sich sein Innerstes mit Zuneigung fülle und ihm die Angst vor dem Nichts nähme.

Letzten Endes – und vielleicht ist dies die wichtigste Erkenntnis aus meinem langen Leben – geht es im Leben um die Liebe. Um die Liebe, die jeder in sich erfahren kann. Sie ist die gefühlte Macht des Lebendigen und die Kraft des lebendigen Zusammenhangs. Diese Liebe bewährt sich nur im befristeten Leben, sie trägt ihre Belohnung in sich, sie ist es selbst. Sie braucht nicht auf eine Entschädigung im Jenseits zu warten. Der Wunsch nach persönlicher Unsterblichkeit nährt indessen nur den Egoismus. Die liebende Seele aber will nicht den ewigen Fortbestand eines überhöhten Ich, sondern den Fortgang des Lebens selbst. Nicht der einzelne Mensch, sondern die Liebe solle nimmermehr aufhören, wie es im 1. Korintherbrief folglich heißt.

Die Trauer um Jack Sullivan war nicht allzu groß, stattdessen stellte ich eine beunruhigende Irritation unter den Männern fest, denn niemand hätte bei Sullivan, diesem harten Knochen, damit gerechnet, dass er freiwillig aus dem Leben scheiden würde. Nur Rickover, sein alter Weggefährte aus Armeezeiten, zeigte sich traurig. Wahrscheinlich verbarg sich hinter Sullivans ruppiger Art doch eine empfindliche Seele, resümierte er, als wir an dessen Grab standen. Einen eindeutigen Grund vermochte auch er nicht zu benennen. Uns fehlte durch Sullivans Tod aber nun eine wichtige, vielleicht sogar unersetzliche Stütze. Er konnte sehr gut mit dem Gewehr umgehen und verstand sich auf etliche handwerkliche Fertigkeiten. Nach Lawrence war das in dieser Hinsicht der zweite schmerzliche Verlust. Vor uns lagen noch gut dreihundert Meilen bis zum Missouri River, der das nächste große Etappenziel war.

In den folgenden Tagen kamen wir verhältnismäßig zügig voran, obwohl es oft regnete und wir immer wieder kleine Flüsse zu durchqueren hatten, für die wir allerdings keine Flöße anfertigen mussten. Das waldreiche Gebiet ging schleichend über in eine sanft gewellte Landschaft, deren Boden stellenweise sehr fein war, sodass es sich anfühlte, als würden wir über mehlige Dünen fahren.

Innerhalb der Gruppe verfestigte sich eine bedächtige Stimmung, und jeder gab sich Mühe, rücksichtsvoll zu sein. Alle erledigten ihre Aufgaben gewissenhaft, niemand murrte oder kam mit Ausreden daher.

Mit Scheider redete ich nach unserem Gespräch auf dem Fels vorerst nur noch das Nötigste. Wir begegneten uns respektvoll, doch keiner von uns beiden wagte es, den Gesprächsfaden wieder aufzunehmen. Fast kam es mir vor, als hätte unsere Unterhaltung nie stattgefunden oder wir hätten uns unabgesprochen zum Schweigen vergattert.

Die tägliche Jagd, die Sullivan meist mit Billstrom übernommen hatte, wurde nun von mehreren geschultert. Rickover marschierte einmal alleine los und erlegte prompt eine prächtige Büffelkuh. Daraufhin verspürte Oliver den Wunsch, zartes Kalbfleisch zu essen, und machte sich in Begleitung von Sidney daran, aus derselben Herde ein Büffelkalb zu schießen. Sidney selbst hatte bei dem Ausflug einen Wolf erlegt, dessen Fell so weiß war wie das Vlies eines Schafs. Der Sklave weichte es ein und schabte kundig das Fleisch ab, sodass er es wie einen Umhang zu tragen vermochte. Er konnte auch, wenn ihm danach war, den halben Wolfskopf über seinen Schädel ziehen wie eine Kapuze.

An einem Nachmittag entdeckten Twitty und Pueyo einen großen braunen Bären, in der offenen Landschaft liegend, ungefähr dreihundert Meter von unserem Lager entfernt. Dies berichteten sie Oliver, worauf der verfügte, das Tier zu schießen, auch als Übung für die Konfrontation mit dem Incognitum. Ich wollte dabei sein. Zur Verteidigung gab Oliver mir Sullivans Pistole, die ich von nun mein Eigen nennen durfte. Billstrom führte mich noch schnell in den Gebrauch ein, ehe wir zu siebt aufbrachen. Wir machten uns eine kleine Anhöhe zunutze und kamen bis auf fünfzig Schritte an das schlafende Ungetüm heran, ohne dass es uns bemerkte. Twitty, Pueyo und ich hielten unsere Kugeln in Reserve, die anderen – Oliver, Rickover, Lucien und Billstrom – schossen beinahe gleichzeitig jeder eine Kugel auf den Bären. Im nächsten Augenblick jedoch sprang das Tier auf und raste brüllend auf uns zu. Sowie es näher kam, feuerten Twitty und Pueyo ihre Ladungen auf ihn ab, ich zitterte zu sehr, also nahm mir Lucien kurzerhand die Pistole aus der Hand und zielte selbst damit auf den herankommenden Bären. Wir trafen ihn nicht oder nicht richtig, jedenfalls stürmte er ungehindert weiter, sodass uns nichts anderes übrig blieb, als die Flucht zu ergreifen. Wir rannten zu einem Fluss, was uns am besten erschien, auch weil man dort auf Bäume klettern konnte. Der Bär setzte uns nach, ich bangte ernsthaft um mein Leben. Oliver und Billstrom waren voraus, sie fanden Zuflucht unter einem Weidenbaum, wo sie endlich nachladen und auf den Bären schießen konnten. Wahrscheinlich erwischten sie ihn auch, doch es hatte hauptsächlich den Effekt, dass das zornige Tier auf sie aufmerksam wurde und die beiden verfolgte, während wir fünf eine andere Richtung einschlugen. Die Verfolgten waren nun gezwungen, in den flachen Fluss zu springen, obwohl das Ufer an der Stelle drei Meter tief abfiel. Das Tier war so von Sinnen, dass es hinterherstürzte. Noch im Wasser schlug es mit seiner Pranke nach Oliver und fügte ihm Kratzer an der Wade zu. Zu mehr kam es Gott sei Dank nicht, da Lucien dem Bären einen Kopfschuss verpasste.

Wenig später schleppten wir das Tier an Land, und nachdem es geschlachtet worden war, stellten wir fest, dass neben Luciens Schuss schon sieben Kugeln in dem Ungetüm steckten. Der Bär war schon alt, sein Fleisch nicht mehr wirklich schmackhaft, also verwerteten wir nur sein Fell und das Fett, welches uns immerhin drei Gallonen Öl abwarf. Dass aber dieses Tier so schwer totzukriegen war, schüchterte die anderen im Hinblick auf das weit größere Incognitum gehörig ein.

«Man muss es ins Hirn treffen», meinte Lucien, «insofern sollten nur die besten Schützen auf das Monster zielen – wenn es überhaupt nötig ist zu schießen.»

Trotz der sieben Kugeln haftete Luciens Treffer die Aura einer Lebensrettung an. Sein Geschick und seine Ruhe waren für Oliver der Beweis, dass er sich auf Lucien verlassen konnte, was er ihm hoch anrechnete. Von nun an wirkte Oliver wieder gefestigter, auch zuversichtlicher.

Das Bisonfleisch, von dem wir einige Tage zehrten, schmeckte besser als das beste Rindfleisch, das ich je gegessen hatte. Es war zart und würzig mit einer süßen Note. Ich selbst hatte Ehrfurcht vor diesem seltsamen Tier, seine würdevolle Erscheinung rührte mich an, seine großen dunklen Augen ergriffen mich.

Jerome entging meine Bewunderung für das Bison nicht. Daraufhin erklärte er mir, für die Stämme hier draußen sei der Büffel ein unentbehrliches Tier. Alles, was sie besäßen, verdankten sie den Bisons. «Aus ihrer Haut fertigen sie Planen für die Tipis. Wenn man die Häute über einen Rahmen aus Weidenzweigen spannt, entsteht ein Boot. Die Blase des Bisons wird zum Wasserbehälter, sein Schulterblatt zu einem Grabwerkzeug, sein Horn schnitzen sie zu Bechern oder Pfeilspitzen. Mit den Sehnen spannen sie die Bögen, aus den Zähnen wird Schmuck, Frauen reiben ihr Gesicht mit Bisonfett ein, um die Haut vor der Sonne zu schützen, sie bürsten ihr Haar mit der rauen Seite einer Zunge. Selbst getrockneter Bisondung wird als Brennstoff verwendet. Nichts wird vergeudet.»

Ich wollte wissen, weshalb wir östlich vom Mississippi kaum Herden gesehen hatten. Jerome lachte gallig. «Na, weil für den weißen Mann das Bison entweder eine Ware ist oder ein Konkurrent um Weidegründe und Ackerflächen.»

Ich war auch zuvor nicht naiv, aber der Gedanke an die früher oder später einsetzende Besiedlung der westlichen Gebiete machte mich in dem Moment beklommen.

Und wenn ich sehe, wie es heute ist, so hat sich meine Befürchtung bewahrheitet. Die Lebensräume des Bisons werden stetig kleiner.

«Für die Ureinwohner ist das Bison ein heiliges Tier», fuhr Jerome mit gedämpfter Stimme fort. «Du bist ein Mann Gottes, einer mit magischen Kräften, du könntest verstehen, was ich meine.» Das Bison habe nämlich in erster Linie mit Spiritualität zu tun. Die Kiowa verwendeten Teile des Bisons in Gebets- und Heilungsritualen, wenn sie im Gesang die Himmelsmächte anriefen. Das Bison sei ihr Leben, zum Dank verehrten sie es wie eine Gottheit und achteten es wie einen Verwandten. Jerome nannte mir zwei, drei weitere Beispiele von anderen Stämmen, die das Bison ähnlich kultisch verehrten, bis mich schließlich das Folgende besonders aufhorchen ließ:

«Manchmal verschwindet das Bison, und der Mensch muss es suchen. Die Überlieferungen geben der menschlichen Überheblichkeit die Schuld am Ausbleiben der Herden. Die Tiere kommen nur zurück, wenn eine spirituelle Zeremonie durchgeführt wird. Die Zeremonie muss dann die Tiere und ihren Schöpfer davon überzeugen, dass die Menschen wieder bereit sind, Seite an Seite mit dem Bison durch die Zeit zu gehen. Nicht getrennt oder über sie gestellt, sondern als Teil der Heimat aller Lebewesen.»

Prompt ging mir die Sintflut durch den Kopf, jene Strafe Gottes, aber auch das Abhandenkommen des Mammuts, und überhaupt: Wieso hatte ich mich bislang nie damit befasst, was *genau* in den von Oliver und Scheider angeführten indianischen Überlieferungen berichtet wird? Dies wollte ich nun nachholen, und ich fragte Jerome, was er darüber wisse.

Er hob zögerlich die Hände. Die meisten der alten Legenden, die er kenne, stammten aus dem Munde anderer Ureinwohner. Es gäbe nur sehr wenige schriftliche Überlieferungen. Manche Stämme führten einen Kalender für jedes vergangene Jahr. Auf Bisonhäuten stellten sie die Ereignisse dar, welche für sie prägend gewesen waren, sei es eine Schlacht gegen ihre Feinde, eine erfolgreiche Jagd oder der Ausbruch einer Krankheit.

Ich merkte, wie sich Jerome um eine klare Antwort drückte, also fragte ich ihn noch einmal direkt: «Welche Überlieferungen kennst du, in denen das American Incognitum vorkommt?»

Jerome sah sich um, ob jemand mithören könnte, was nicht der Fall war.

«Ich kenne nur eine Legende, von den Shawnee. Da ist von Riesenungeheuern die Rede, die in der Steppe gelebt haben und von Riesenmenschen gejagt wurden. Und es heißt, der Schöpfer hat die Riesenmenschen mit Blitzen vernichtet, damit die Shawnee leben können, die großen Tiere hat er dagegen nicht getötet. Ihre Beschreibung gleicht den Mammuts.»

«Das ist alles?», fragte ich ungläubig.

«Das ist alles, was *ich* kenne. Es gibt noch einige Mythen der Cheyenne und Lakota, in deren Gebiet wir fahren, aber die kenne ich nicht.»

«Aber ist es wahr, dass Pahá Sápa übersetzt heißt: ‹Das Herz von allem, was existiert›?»

Jerome nickte. «‹Das Herz von allem, was ist›. Es ist ein abgeschiedenes Gebirge mit vielen heiligen Bergen und Tälern. Die Menschen dort glauben, alles Leben kommt aus dem Gebirge. Mehr weiß ich auch nicht, ich war noch nie in den Black Hills. Lucien war mehrmals dort, er kennt das Gebiet.»

«Und woher kennt Oliver die Überlieferungen?»

Darauf konnte mir Jerome keine Antwort geben, Mr Hancock dürfte sich aber gut informiert haben, er habe schließlich lange geforscht und Berichte gesammelt. Außerdem stehe es ihm, Jerome, nicht zu, seinem Auftraggeber auf den Zahn zu fühlen. Für ihn selbst sei es so oder so ein Abenteuer, das bestbezahlte seines Lebens, und sollten wir am Ende das Incognitum finden – umso schöner.

«Und glaubst du überhaupt daran, dass es diese Tiere dort gibt?»

Jerome lächelte sibyllinisch. «Ich halte nichts für ausgeschlossen und alles für möglich.»

«Dann glaubst du also daran, dass sie in den Black Hills existieren?», versuchte ich ihn festzunageln.

«John, jede Expedition lebt vom unerschütterlichen Glauben, das solltest du doch am besten wissen. Und ist nicht das ganze Leben eine Expedition ins Ungewisse …» Er hob die Augenbrauen und empfahl sich.

Jeromes Herangehensweise leuchtete mir ein, auch wenn ich das Halbblut nicht für einen ausgemachten Pragmatiker hielt. Was mich weit mehr beschäftigte, war die Frage, ob wir nicht alle einem riesigen Irrtum aufsaßen. Die Quellenlage war wohl dünner als angenommen, die Beweisführung irrationaler als vermutet. Womöglich war allein *der Wunsch* am Werk, das Monster zu finden. Das Nichtauffinden hätte aber auch Vorteile, dachte ich. Die Hybris unserer Anführer würde nicht weiter genährt. Es würde ihnen versagt sein, sich wie die Herren der Welt aufzuspielen, ihre vermeintlich noblen, eher hochmütigen Ideen dürften einem schmerzvollen, lehrsamen Scheitern weichen.

Insofern konnte ich mit beiden Möglichkeiten gut leben. Ich betrachtete die Reise von nun an als unschätzbare Gelegenheit, diesen wundersamen Westen kennenlernen zu dürfen. Und solange Lucien und Jerome dabei waren, würde mir nicht bange werden.

Wir kamen nun in eine Gegend von unfassbarer Weite. Vor uns ein nicht enden wollender Ozean aus Gras, gesäumt von bewaldeten Hügelketten und weiten Abhängen. Ich gewahrte Landschaften in ungeahnten Dimensionen, bei denen man als Betrachter nicht mehr im Zentrum stand.

Es erinnerte mich an die Zeit während meines Studiums der Astronomie, als ich beim Blick durch das Teleskop überzeugt war, dass der Herr das Universum als eine glückliche

Sphäre erschaffen hatte, denn im All herrscht vollkommene Harmonie. Hier draußen wurde nun die Unendlichkeit des Universums für mich greifbar. Und es kam mir wenig anderes in den Sinn, als dass der gestorbene Mensch selbst irgendwann zu Landschaft werden würde, zu Asche, Erde, Sand.

Je weiter wir vordrangen, desto öfter sahen wir Tiere, welche die meisten von uns noch nie vorher zu Gesicht bekommen hatten: Maultierhirsche, Kojoten, Präriehunde oder Antilopen. Auch die Bisonherden wurden immer größer, geradezu gigantisch. Die Tiere näherten sich uns oftmals, als wollten sie wissen, wer wir sind, manchmal begleiteten sie uns sogar über längere Strecken hinweg. Ich hoffte inniglich, der weiße Mann möge nie auf die Idee kommen, diese friedlichen Nomaden einzusperren wie Rinder oder Schweine. Das Leben hinter einem Zaun würde sie ihres Wesens berauben. Zu diesen Geschöpfen gehört die Flucht genauso wie Wagemut und Freiheit. Ihr Anblick auf tausend Hügeln erfüllte mein Herz mit Freude über Gottes wundervollen Schöpfungsreichtum.

Als ich in diesen Tagen mit Lucien die Nachtwache hielt, schilderte ich ihm meine Eindrücke über die unberührte Landschaft. Daraufhin erzählte er mir, dass die Indianer das Grasland durchaus pflegten, indem sie es regelmäßig in Brand setzten. Da ich davon überhaupt nichts wusste, holte er einigermaßen weit aus.

«Es zeugt von einem großen, jahrhundertealten Missverständnis», hob er leidenschaftlich an, «dass die ersten Europäer dachten, sie hätten eine unberührte Wildnis vorgefunden. Das stimmt aber nicht, sie haben ein kultiviertes Land übernommen, nur haben die Dummköpfe die Bewirtschaftung der Ureinwohner nicht verstanden, sie verstehen sie bis heute nicht.»

Er berichtete, wie einst die Waldbewohner im Osten herausgefunden hätten, dass Früchte in Feuerlichtungen besonders gut gedeihen. Das lockte wiederum mehr Bären an, deren Fleisch und Pelze den Indianern zugutekamen. Biber wurden beispielsweise von jungen Espen angezogen, die nach Waldbränden aufschossen. Dies hatte zur Folge, dass die Nagetiere – deren Schwänze eine Delikatesse seien – mit den jungen Bäumen Dämme bauten, in deren Stauseen Fische gediehen.

Ich zeigte mich tief beeindruckt von der Ausgereiftheit des Vorgehens sowie von der Klugheit der Ureinwohner.

«Also sind sie doch keine kraftlosen Barbaren, wie manche von uns meinen.»

«Natürlich nicht, sie sind nicht klüger oder dümmer als wir, sie denken nur anders.»

Hier in der Prärie, fuhr er fort, könne man manchmal endloses versengtes Land sehen. Das Feuer entstehe durch Blitzeinschläge oder durch die Hand der Indianer. Aus der Asche sprieße dann frisches Gras, an dem sich Büffel- und Antilopenherden weideten. Die Brände glichen einer Reinigung und machten die Landschaft fruchtbarer. Die Feuersbrünste tobten mitunter viele Meilen weit, besonders dort, wo das Gras zwei bis drei Meter hoch sei, wie in den Niederungen des Missouri. Die Ureinwohner legten aber auch Feuer, um Büffel in Abgründe zu stürzen oder feindliche Stämme in die Flucht zu schlagen. Manche Feuer gerieten auch außer Kontrolle und richteten schwere Schäden an.

«Einmal habe ich so was gesehen», sagte er kopfschüttelnd. «Das Feuer rast, vom Wind angetrieben, wie ein Pferd in vollem Galopp. Überall regnet es Flammen herunter, die tausend neue Feuer anzünden. Eine Flammenhölle, die, in dichten Rauch gehüllt, wie eine schwarze Wetterwand dahinrollt.»

Er hielt inne und spuckte ins Lagerfeuer.

«Möge uns Gott davor bewahren», sagte ich.

«Falls er es nicht tut, musst du eben gegen das Feuer ansingen.»

«Ich bin mir nicht sicher, ob ich dafür ein passendes Lied habe.»

Er lachte schallend. «Keine Angst, John. Solche Katastrophen sind selten, und die Indianer zünden auch nicht jedes Jahr die Prärie an. Die Burschen sind planvoll.»

Ich lehnte mich zurück gegen das Wagenrad. Lucien aber hakte nun nach.

«Und jetzt sag mir, wie hast du das damals gemacht, wie hast du es geschafft, die Kälte zu vertreiben?»

Er funkelte mich neugierig an. Ich war überrascht über die Frage und darüber, dass er sie mir erst jetzt, so viele Wochen nach dem Ereignis, stellte.

«Ich habe nichts gemacht», sagte ich wahrheitsgemäß. «Etwas in mir hat es gemacht. Ich kann dir nicht sagen, wie, es ist einfach passiert.»

Lucien schien sich mit der schlichten Antwort zufriedenzugeben. «Genauso», erwiderte er, «beschreiben es auch die Medizinmänner und Medizinfrauen in den Stämmen. Nicht sie selbst wirken, sondern eine göttliche Kraft wirkt durch sie, wenn sie in die Geisterwelt gehen und Hilfe erbitten.»

Diese Gleichsetzung empfand ich damals nicht unbedingt als schmeichelhaft. Denn es waren nun mal Wilde, die gewiss nicht weniger Verstand besaßen, aber eben nicht den *richtigen* Glauben. Dann kam mir plötzlich wieder der Indianer in den Sinn, der mir am Morgen nach dem Frost am See erschienen war. Vielleicht war er ja ein Medizinmann, und womöglich bestand wirklich eine Gemeinsamkeit zwischen mir und ihm. Ich schob den Gedanken beiseite und zog es vor, über andere Dinge nachzudenken. Gegenüber Lucien hüllte ich mich für den Rest der Nacht in Schweigen.

Einen Tag bevor wir den Missouri erreichten, begegneten wir zwei Dutzend Yankton auf der Prärie. Die berittenen Männer befanden sich gerade auf dem Weg zu einer Bisonjagd und waren dafür lediglich mit kurzen Hemden, Lendenschürzen und Mokassins bekleidet. Jeder war mit einer Lanze oder mit Pfeil und Bogen bewaffnet. Sie traten uns äußerst unerschrocken entgegen. Ihr Anführer sprach mit Lucien, Jerome und Oliver. Es stellte sich heraus, dass sie Handel mit uns treiben wollten, doch wir hatten kein Interesse, zumindest nicht im herkömmlichen Sinne. Lucien schlug ihnen vor, dass wir ihnen Waren abtreten würden, wenn sie uns im Gegenzug halfen, über den Missouri zu setzen. Dazu waren sie bereit, und wir trafen uns mit ihnen am nächsten Tag zur Mittagszeit an einer verabredeten Stelle, unweit des Ufers.

Jerome berichtete mir am Abend, dass die Yankton wie die Lakota zum Volk der Sioux gehörten. Ursprünglich seien es Ackerbauern gewesen, die nur gelegentlich Bisons jagten. Erst als sie gut hundert Jahre zuvor (was inzwischen ungefähr hundertfünfzig Jahre zurückliegt) die von den Spaniern eingeführten Pferde übernommen hätten, seien sie zu nomadischen Bisonjägern geworden. Der Name Missouri, wusste Jerome noch, entstamme der Sprache der Sioux und bedeute so viel wie «Ort der großen Kanus».

Am nächsten Tag kamen etwa zwanzig Yanktonmänner zum vereinbarten Ort, ich konnte nicht erkennen, wer von ihnen am Vortag dabei gewesen war. Sie waren alle kräftig gebaute, wacker aussehende Kerle, vor allem aber waren sie nun auffällig geschmückt, mit Farbe im Gesicht wie auch mit Stachelschweinborsten und Federn auf dem Kopf. Sie trugen weite Leggins und dunkle Büffelüberwürfe in verschiedenen Farben. Wahrscheinlich wollten sie dadurch ihre Stärke zeigen. Es waren auch sieben oder acht Frauen gekommen, offensichtlich nur, um uns zu sehen. Sie trugen Unterröcke und helle Büffelüberwürfe, ihr schwarzes Haar nach hinten über den Nacken und die Schultern geworfen. Manche von ihnen waren sehr ansehnlich und von durchaus eleganter Erscheinung. Es erheiterte mich zutiefst (was ich nicht offen zeigen konnte), wie sich einige von uns mühten, einen stattlichen Eindruck auf die Frauen zu machen und jede Ruppigkeit oder Nachlässigkeit sogleich verschwand. Doch ziemlich schnell wurde ersichtlich, dass deren Interesse nur einem von uns galt, und zwar Sidney. Diese Ureinwohner hatten noch nie zuvor einen schwarzen Mann gesehen und musterten ihn aufmerksam von Kopf bis Fuß. Bei den Yanktonfrauen aber war die Neugier wesentlich größer als bei den Männern, wohl auch, weil diese zu tun hatten. Einmal wurde Sidney von einem Indianer gefragt, ob die Frauen ihn anfassen dürften, worin Sidney einstimmte und die Berührungen derart gewähren ließ, dass er sich mehrfach um die eigene Achse drehte. Sie kicherten und sprachen ihm ihre Verehrung aus. Er wäre gewiss stark wie ein Bär und furchtlos wie ein Wolf. Mit seinem weißen Wolfsfell war Sidney obendrein imposant gekleidet, und er ließ ihnen durch Lucien ausrichten, er habe den weißen Wolf mit seinen bloßen Händen erlegt. Die Frauen lachten noch mehr und griffen nun nach seinen Händen, bis schließlich Oliver der Bewunderung ein Ende setzte, indem er Sidney an seine Seite zitierte.

Mithilfe der Yankton war es um ein Vielfaches leichter, den Missouri zu bezwingen. Zum einen zeigten sie uns eine schmale Stelle, zum anderen halfen sie uns mit ihren drei großen mitgebrachten Kanus beim Übersetzen, sodass wir keine Flöße bauen mussten. Sie fuhren einfach mehrmals hin und her, transportieren mit erheblichem Geschick alles nacheinander, wodurch unsere zerlegten Wagen sowie die gesamte Ladung bis zum frühen Abend auf dem Westufer angelangt waren. Als Gegenleistung erhielten sie Glasperlen, Messingknöpfe und einige Tücher. Darüber waren die Indianer allerdings etwas missgestimmt, sie hatten sich wohl mehr Waren versprochen.

Wir standen nun vor dem Dilemma, entweder den Yankton mehr Geschenke zuzubilligen und sie damit zu befriedigen oder womöglich zu wenige Mitbringsel für die Lakota zu haben, deren Hilfe wir höchstwahrscheinlich in Anspruch nehmen mussten, damit sie uns zur Höhle und zum Tal der Incognitums führten. Es wurde klar, dass Pueyo den Fox zu viele Geschenke ausgehändigt hatte – die uns jetzt fehlten. Bevor es aber zu einem ernsthaften Konflikt kam, hatte Lucien den Einfall, Sullivans Pferd zu verschenken, das uns als Lastentier dienlich gewesen war, aber entbehrlich erschien. Und in der Tat, es war eine zum Wohlgefallen aller sehr gute Idee, mit der wir die Yankton schlussendlich zufriedenstellen konnten.

Das Pferd musste nun wieder auf die andere Seite gelangen, und die Indianer führten es einfach in eins der großen Kanus und ruderten mit ihm davon. Das Tier blickte in unsere Richtung, sichtlich verdutzt und nicht weniger dümmlich, als Sullivan manchmal dreingeschaut hatte. Manche hoben die Hand und winkten dem Pferd zum Abschied. Es wirkte wie eine nachgeholte Verabschiedung von Sullivan selbst. Und ich glaube, sie hatten es auch tatsächlich so gemeint.

7. Das Pockendorf

Die Tage wurden rapide wärmer, täglich stach die Sonne vom Himmel herab und trocknete die Erde aus. Jedes Atemholen kostete jetzt Mühe. Hier, im weiten Regenschatten der Rocky Mountains, mussten wir das Trinkwasser streng rationieren, denn zuweilen kamen wir zwei Tage lang an keiner Wasserstelle vorbei, was in erster Linie den Pferden arg zusetzte. Abends saß ich oft allein im Gras, hörte den Wind durch die Halme streifen und tastete den endlosen Himmel mit Blicken ab. In der Ferne zeigten sich ab und an Blitze, denen dumpfes Donnergrollen nachfolgte. Dabei kamen mir Luciens Worte vom meilenweit brennenden Gras, das durch Blitzschläge oder Brandlegung entstehen konnte, in den Sinn. Bei dem Gedanken daran schauderte es mich, und doch keimte ein seltsames Verlangen in mir auf, diesem Inferno einmal beizuwohnen.

Die andauernde Hitze zwang uns, die Route zu ändern. Dafür mussten wir einen mühsamen Umweg nehmen, aber noch einen Tag länger ohne ausreichend Wasser wäre den Pferden nicht zumutbar gewesen, wahrscheinlich wären manche krepiert. Wir nahmen nun Kurs gen Norden, zu einem Zufluss des Missouri, von dem Lucien wusste und der auch als feine Ader auf seiner Landkarte verzeichnet war. Wir warteten aber auch auf den Regen, einen lang anhaltenden Regen, der die staubige Luft reinigen und uns die Trägheit aus den Gliedern spülen würde.

Als wir den Fluss erreichten, prüften wir als Erstes die Bekömmlichkeit des Wassers. Zwar sah es unverdächtig und rein aus, aber ein eigentümlicher Geruch in der Luft machte uns skeptisch, eine Mischung aus Verwesungsgestank und verbranntem Holz. Die Gegend war felsig und zerklüftet, machte aber sonst keinen ungewöhnlichen Eindruck. Das Wasser selbst erwies sich schließlich als köstlich, worauf wir ausgiebig unseren Durst stillten und die Reserven auffüllten. Nach etwa zwei Meilen in westlicher Richtung sahen wir die Umrisse eines Indianerdorfs. Dünne Rauchfahnen wehten uns entgegen, und je näher wir kamen, desto grässlicher wurde der Gestank.

Billstrom, neben dem ich nach wie vor auf dem Kutschbock saß, wurde zunehmend nervöser, er vermutete eine Schlacht «zwischen stinkenden Indianerhorden». Er drückte mir die Zügel in die Hand, während er sein Gewehr nach vorne holte und es schussbereit machte. Ich blieb gelassen. Für einen Kriegsschauplatz erschien mir die Szenerie viel zu ruhig, über dem Dorf lag eine Totenstille. Wir zogen einen Bogen um die Ansiedelung und machten unterhalb eines Steilabhangs, der vielleicht dreihundert Meter vom Dorf entfernt lag, halt. Über und um uns herum ragten mehrere Sandsteinfelsen, voller Klüfte und Löcher im Gestein, allem Anschein nach Höhleneingänge. Hier war es einigermaßen schattig, und wir befanden uns auch nicht mehr im Luftkorridor dieses scheußlichen Geruchs.

Bis auf Kermit, Twitty und dem Schweden, die auf die Wagen und Pferde aufpassten, gingen alle ins Dorf. Uns schwante nichts Gutes. Jerome vermutete, dass es sich um ein von Pocken befallenes Dorf der Omaha handeln könnte. Dies schien plausibel, erklärte aber nicht den Gestank. Um ihn erträglicher zu machen, banden wir uns Stofffetzen um Nase und Mund. Das Dorf bestand aus ungefähr dreißig Erdhütten, kreisförmig angeordnet und mit einer Öffnung zum Osten hin, durch die wir die Siedlung betraten. Hier lebte kein Mensch mehr, alles lag wie ausgestorben, völlig verlassen. Der Platz zwischen den Hütten war ein rauchendes Feld, wo noch Glutnester eines ehemals großen Feuers glommen. An einigen Stellen in der Mitte meinte ich die Reste eines katafalkartigen Gerüsts zu erkennen. Der Gestank war unerträglich, hier hatte Menschenfleisch gebrannt und kohlte immer noch vor sich hin. Manche von uns drehten angewidert ab und klagten über die Abscheulichkeit. Ich hielt die Luft an und wagte mich von einer Seite an die Brandstelle heran, an der kein Rauch mehr aufstieg. Die versengte Fläche war nahezu quadratisch, meiner Schätzung nach betrug sie zwanzig mal zwanzig Meter. Was ich nun sah, schnürte mir die Kehle zu. Vor mir lagen zwei Leichen, deren Gesichter weggeflossen waren wie Wachs. Bei beiden war der Schädel skelettiert, das Gesicht hing herunter wie ein Bart. Der Mann und die Frau waren mit feierlichen Gewändern gekleidet, die erstaunlicherweise kaum gebrannt hatten. Tränen stiegen mir in die Augen. Mein Blick schweifte umher, ich sah Aschehaufen, aus denen angebrannte Knochen herausragten, daneben verkohltes Holz und ineinandergekeilte Skelette, wohl von Menschen, die sich in der Stunde des Todes umarmt hatten. Ich kam mir vor wie Ezechiel, der die Gebeine des Volkes Israel auf einem dunklen Brachfeld verstreut sieht und von Gott angewiesen wird, ihnen das Leben zurückzugeben. Wie gern hätte ich jetzt, an Ort und Stelle, ein Wunder vollbracht, ein wahres Wunder nach biblischem Vorbild. Aber Gott blieb stumm, er sprach nicht durch mich hindurch, obgleich er hätte sagen können: «Menschensohn, diese Gebeine sind das Haus *Amerikas.* Ich gebe meinen

Atem in euch und setze euch wieder auf euren Ackerboden. Dann werdet ihr erkennen, dass ich der Herr bin.» Doch nichts dergleichen geschah. Die Toten blieben tot und ihre Verwesung unabwendbar.

Ich fragte mich, von wem und weshalb dieser riesige Scheiterhaufen errichtet worden war. Und als hätte Jerome meine Gedanken gelesen, trat er an meine Seite und zog mich zu einem der Erdhäuser. «Das waren die Pocken», sagte er mit bedrückter Stimme.

«Aber das sind verbrannte Leiber!», entgegnete ich erbittert.

Der Mestize schloss die Augen und wischte sich mit beiden Händen über die Lider.

«Diese Menschen haben sich selbst umgebracht, wahrscheinlich mit Gift. Und danach hat man die Toten angezündet.»

«Das glaube ich nicht.»

«Es sieht aber so aus. Ich kenne Berichte von anderen Omaha-Stämmen, die während der Seuche alle Erkrankten getötet haben, auch Frauen und Kinder, um gemeinsam in ein besseres Land zu ziehen …»

Ich konnte es nicht fassen, schüttelte nur den Kopf.

«Es gab zu viele Tote durch die Pocken», sagte Jerome ruhig. «Sie haben sie außerhalb vom Dorf beerdigt. Und sie selbst wollten nicht mehr weiterleben ohne die anderen. Sie treffen sich wieder im Totenreich.»

Dies entzog sich meiner Vorstellungskraft, oder besser gesagt: Ich vermochte diese wahnsinnige Tat nicht einzuordnen, alle meine Wertvorstellungen wurden durcheinandergewirbelt. Selbst Kinder … wie verzweifelt oder gottverlassen mussten diese Menschen sein, um so eine Ungeheuerlichkeit zu begehen?

«Aber irgendwer muss doch das Feuer gelegt haben, und warum haben sie sich überhaupt verbrannt?»

«Wer das getan hat, weiß ich auch nicht. Aber sie wollten es so, wahrscheinlich damit sich über die unbestatteten Leichen keine streunenden Hunde und Ratten hermachen und ihre Überreste in alle Himmelsrichtungen verstreuen. So bleiben sie zusammen.»

Jerome nickte seinen Worten hinterher. Schließlich sagte er noch: «Die Pocken haben schon ganz andere Tollheiten ausgelöst. In meinem Volk gab es die Trauerkriege. Die Irokesen haben ihre Toten durch Gefangene ersetzt und Tausende Indianer anderer Stämme nach Westen vertrieben. Schon vor langer, langer Zeit.»

Erst Jahre später hatte ich mich mit den Pocken und ihren Folgen für die Ureinwohner beschäftigt. Die heimtückische Seuche war aus Europa nach Amerika gekommen, weshalb die meisten Indianer keine Resistenz gegen sie hatten. Einmal in ein Dorf eingeschleppt, waren dessen Bewohner der Krankheit schutzlos ausgeliefert, die oft erst zwei Wochen nach der Ansteckung ausbrach. Traditionelle Heilrituale, bei der die Dorfbewohner in Schwitzhütten, Erdhäusern oder Zelten gedrängt beieinandersaßen, führten dazu, dass sich die Seuche umso schneller immer neue Opfer holte. Unendliche Verzweiflung machte sich breit. Neben dem oft tödlichen Ausgang war für die Indianer entsetzlich, wie die Kranken durch eitrige Pusteln, die bald den ganzen Körper bedeckten, bis zur Unkenntlichkeit entstellt wurden, wie sie sich in unansehnliche, übel riechende Wesen verwandelten. Etliche Eingeborene, die in kurzer Zeit ihre gesamte Verwandtschaft verloren, ertrugen den Schmerz nicht und verübten Selbstmord. Die Seuche stürzte ganze Dörfer in Agonie, die krank

Daniederliegenden konnten ihre Felder nicht mehr bestellen, nicht ernten und auch nicht auf die Jagd gehen. Hunger und Elend waren die Folge und noch mehr Tote. Dies war eine Tragödie, deren Ausmaß mir damals, während der Expedition, nicht bewusst war.

Jerome drängte mich, zu unserem Rastplatz zurückzukehren, wo es im Schatten des Abhangs einigermaßen erträglich war. Ich aber wollte noch einen Blick in eine der Erdhütten werfen. Es war mein erstes Indianerdorf, meine Neugierde war groß. Jerome hatte Verständnis, lehnte jedoch eine Besichtigung für sich ab. Es sei ihm nicht erlaubt, meinte er. Er selbst würde nur ein Haus betreten, wenn man ihn eingeladen hätte. Nun zögerte ich, doch der Wissensdrang überwog, und ich sagte: «Du hast recht, ich werde aber nicht nur mit offenen Augen hineingehen, ich werde auch ein Gebet für die Toten sprechen und die Hütte segnen.» Jerome akzeptierte dies und machte sich schließlich auf den Weg zu den anderen.

Die Erdhütte war von interessanter Bauart. Außen war sie von einer dicken Erdschicht umhüllt und mit Grassoden bedeckt. Ihr Eingang war nach Osten ausgerichtet. Der Hütte war ein kleiner Raum vorgelagert, der mit Häuten verhängt war. Im Innern des Hauptraumes war der Boden so ausgeschachtet, dass an der Wand entlang eine Bank verlief. Es war seltsam. Obgleich niemand da war, vermeinte ich die alltägliche Lebendigkeit zu gewahren, all die Stimmen und Betriebsamkeiten, die bis vor Kurzem noch hier herrschten. Der Grundriss war rund und hatte einen Durchmesser von etwa vier Metern, den Rand der Behausung bildeten Baumstämme. In der Mitte war ein Kamin mit Rauchabzug, auf dem die Dachkonstruktion auflag. Von da oben fiel auch das meiste Licht ein. Der Raum selbst war mit Wandgestellen aus Ästen und Häuten geteilt. Vom Boden bis zur Decke maß man vielleicht drei Meter. Hier drinnen war es angenehm kühl, das Licht schummrig wie in einer Dorfkirche ohne Kerzenschein, sodass sich fast wie von selbst eine andächtige Stimmung einstellte. Ich segnete den Raum, ehe ich mich hinkniete, um für die Toten ein Gebet zu sprechen. Ich betete in erster Linie dafür, dass ihre verirrten Seelen Gnade vor Gott finden mochten. Der Gruppenselbstmord erschien mir noch frevelhafter als Sullivans Tat, denn gesetzt den Fall, dass ihm wirklich alle aus innerster Überzeugung zugestimmt hatten, bedeutete dies, dass diese Wilden in einem grundlegenden Irrglauben gelebt hatten. Dass sie keinerlei Respekt vor der Schöpfung Gottes hatten. Insofern mischte sich auch Wut in meine Gebetsformeln. Doch je länger meine Andacht währte, desto zweifelnder wurde ich selbst. Auf dem Boden der Behausung kniend dämmerte mir allmählich meine Kleinherzigkeit, denn ich erkannte, wie rein und friedlich es hier war. Die schlichte und bescheidene Einrichtung der Hütte ging mir seltsam ans Herz. Mit einem Mal rührte mich die Tat der Indianer zutiefst an, und dies konnte nur ein Zeichen dafür sein, dass sie im Eigentlichen nichts verbrochen hatten. Sie wollten einfach zusammenbleiben, über das Leben hinaus. Was sollte daran verwerflich sein? Wer bin ich, darüber zu richten, ob sie Sünder waren oder nicht? Ich begann mich zu schämen, da ich sie verurteilt hatte, ohne auch nur das Geringste über ihren Glauben zu wissen. Vielleicht war ihr Entschluss genau das Gegenteil einer sündhaften Tat. Vielleicht war er die Essenz einer wohlüberlegten, ja einer wesentlichen menschlichen Entscheidung.

Auf einmal hörte ich Regen auf das Dach trommeln. Ich hätte die Luke schließen können, aber ich war froh, frische Luft zu atmen. Schließlich blitzte es, gleich darauf krachte der Donner, und zwar mehrmals innerhalb weniger Minuten, während der Regen aus den Wolken platzte und sich kübelweise über das Land ergoss. Ich erhob mich und wartete ab. Ich fürchtete mich nicht, dass hier ein Blitz einschlagen könnte, aber ich machte mir Sorgen um die anderen, die dem Unwetter ausgesetzt waren, insbesondere dachte ich an Kermit und an seine Angst vor Gewittern.

Als der Regen nachgelassen hatte und die Donnerschläge verhallt waren, wagte ich mich hinaus und eilte über den dampfenden Boden zu meinen Leuten.

Einige hatten sich in die beiden Wagen gezwängt. Billstrom, Lucien, Sidney und Jerome dagegen hatten unweit eine Nische zwischen den Sandsteinfelsen entdeckt, wo sie mit den Rössern warteten. Doch weder in einem der Wagen noch bei ihnen war Kermit aufzufinden. Ich fragte nach ihm, aber keiner wusste etwas. Es schien sie auch nicht wirklich zu beschäftigen, nur Sidney überlegte und zog die Brauen zusammen: Er habe ihn nicht gesehen, wahrscheinlich habe er sich irgendwo verkrochen. Dies schien mir plausibel, dennoch sorgte ich mich, Kermit sei irgendetwas zugestoßen. Der Regen war immer noch stark genug, und ich war etwas ratlos, wo ich anfangen sollte, nach ihm zu suchen. Schließlich blickte ich nach oben und war mir schlagartig sicher, dass er sich in einer der größeren Höhlen versteckt hielt. Um sie zu erreichen, musste man etwas klettern, ehe man auf einem schmalen Pfad zu ihr gelangte. Ich zog meine Schuhe aus, dann kraxelte ich barfuß den vier Meter hohen Hang hinauf. Als ich auf dem kleinen Vorsprung vor der Höhle ankam, schaute ich in das schwarze Loch, konnte aber nichts und niemanden erkennen. Meine Augen mussten sich erst an die Dunkelheit gewöhnen. Ich rief dreimal nach ihm. Nach dem dritten Mal hörte ich tatsächlich seine Stimme, die sich mit einem schwachen, aber verständlichen «Ja» vernehmen ließ. Mir fiel ein Stein vom Herzen. Der Junge kam aber nicht zum Vorschein, also ging ich vorsichtig und in gebückter Haltung hinein. Plötzlich, nach einigen Schritten, sah ich rechts vor mir an der Wand den gekrümmten Körper eines zweiköpfigen Wesens. Erschrocken trat ich einen Schritt zurück, gleich darauf schärfte sich mein Blick, und zwei Schatten hoben sich aus der Dunkelheit ab. Neben Kermit nahm ich die Silhouette einer jungen Frau wahr. Sie lag hinter ihm und irgendwie auch über ihm. Kermit lag mit angezogenen Beinen, als hätte er sich in ihr eingenistet. Ihre Arme umschlossen seine Brust, sein Kopf ruhte an ihrer Schulter. Und sie waren beide nackt, wie Gott sie geschaffen hatte.

Der Junge blickte mich an, machte aber keine Anstalten aufzustehen.

«Kermit», flüsterte ich, «wer ist das?»

Ein leicht entrücktes Lächeln breitete sich über seinem Gesicht aus. «Stell dir vor», sagte er, «ich habe keine Angst mehr vor dem Gewitter!»

Die beiden lagen auf ihren Kleidern. «Zieht euch an», verfügte ich schnell und gewiss auch etwas verschämt. Ich drehte mich um und ging hinaus. Es hatte aufgehört zu regnen, von hier oben hatte man nun einen guten Ausblick auf das Dorf, die Brandstelle glich einem großen schwarzen Loch.

Als Kermit herauskam, knöpfte ich ihn mir vor, wollte wissen, was hier um alles in der Welt passiert war. Kermit wirkte nicht mehr ganz so verwirrt wie vorhin, aber auch noch nicht wirklich bei sich.

Er habe das Mädchen von unten gesehen, als sie sich kurz auf dem Vorsprung gezeigt habe. Und weil sonst niemand in seiner Nähe war, nahm er kurzerhand einen Apfel aus dem

Versorgungswagen und kletterte zu ihr hoch. Danach zog der Sturm auf.

«Was ist dann geschehen?»

Kermit zuckte mit den Achseln, sein Blick schweifte ab. «Es hat geblitzt und gedonnert, und ich war einfach nur froh, dass sie da war …»

«Ist sie vom Dorf?»

«Wir haben nicht gesprochen.»

«Du hast kein Wort mit ihr gewechselt?»

«Ich glaube nicht.»

«Wie kommst du nur dazu, dich mit ihr einzulassen? Was ist, wenn sie krank ist und dich angesteckt hat …»

Kermit starrte mich verständnislos an. «Sie hat mich geheilt, ich habe keine Angst mehr … Sonst ist nichts passiert, ich schwöre es.»

Plötzlich drang ihre Stimme an mein Ohr. Sie klang hölzern, aber nicht zersplittert, sondern fest und entschlossen. Was sie sagte, verstand ich allerdings nicht. Ich drehte mich um, und just in dem Moment trat sie aus der Dunkelheit hervor. Die junge Frau war schmal und drahtig, eher klein, und hatte ihr glattes, tintenschwarzes Haar zu zwei straffen Zöpfen geflochten. Sie trug ein langes Kleid mit weiten Ärmeln aus Hirschleder. Von einem Ärmel zum anderen zog sich über ihre Brust hinweg eine geschwungene, hellblaue Linie, die an eine Wasserwelle erinnerte.

Mir war sofort klar, dass diese Frau – sie mochte nicht älter als im zwanzigsten Lebensjahr gewesen sein – zwangsläufig in den weiteren Verlauf unserer Geschichte eingreifen würde. Sie stellte sich mit dem Namen Nanawu vor und sprach zu meiner Verwunderung einige Brocken Englisch. Sie gehöre nicht zum Stamm der Omaha, sondern sei eine Shoshone und käme von weit her, dabei streckte sie ihren Arm nach Nordwesten aus. Nanawu machte einen ausgezehrten Eindruck, schien aber ansonsten in einer guten körperlichen Verfassung zu sein. Sie erkundigte sich, in welche Himmelsrichtung wir fahren würden, und als ich ebenfalls nach Nordwesten deutete, erklärte sie sofort, sich uns anschließen zu wollen. Somit war erst einmal beschlossen, dass wir sie mit nach unten nehmen würden.

Ich schärfte den zweien noch ein, unseren Männern bloß nichts von ihrer geteilten Intimität kundzutun, sonst wäre der Teufel los. Die Indianerin verstand nicht so recht, was ich meinte, aber Kermit war die Brisanz durchaus bewusst. Wir einigten uns darauf, dass Kermit das Mädchen auf der Suche nach einem Unterschlupf vor dem Gewitter gefunden hätte, und ich sei kurz darauf hinzugestoßen.

Ehe wir hinabstiegen, hielt Nanawu inne, sie trat sehr nah an Kermit heran und betrachtete seine Nase. Sie legte den Kopf schräg und beäugte ihn, auf einmal fing sie an zu lachen. Eine derartig lange, spitze Nase, erklärte sie, habe sie noch nie gesehen, Kermit würde sie an einen großen Vogel erinnern, und sie fragte ihn, ob sein Name dies nahelegen würde. Kermit zeigte sich etwas beschämt, auch weil er keine Antwort hatte, was sein Name bedeute, gleich darauf aber fiel er in ihr Lachen ein, das nicht spöttisch war, sondern reine, unschuldige Freude. Gleich darauf erklärte sie uns, dass Nanawu so viel bedeute wie kleines gestreiftes Eichhörnchen.

Nanawus plötzliches Auftauchen war eine Sensation, der sich niemand entziehen konnte. Das Mädchen mit den klaren, dunklen Augen und dem wohlproportionierten Gesicht war nicht nur ein Blickfang, sie schien auch völlig furchtlos. Die Gegenwart von elf ausgewachsenen Männern schüchterte sie jedenfalls nicht ein. Nur Sidney war ihr zunächst nicht ganz geheuer, um ihn machte sie lieber einen Bogen, offenbar hatte auch sie – wie die Indianer am Missouri – noch nie einen schwarzhäutigen Menschen gesehen.

Oliver, Scheider, Rickover, Lucien, Jerome und ich separierten uns von den anderen, um Nanawu einige Fragen zu stellen. Es stellte sich heraus, dass sie siebzehn Jahre alt war und in ihren jungen Jahren bereits eine bemerkenswerte wie leidvolle Odyssee hinter sich hatte. Wie der Präriewind eine Blume Gott weiß wohin weht, so hatte das Leben Nanawu in die verschiedensten Gegenden verschlagen. Aufgewachsen in den Rocky Mountains, wurde sie mit etwa elf Jahren, zusammen mit anderen Kindern und ihrer Tante, von Hidatsa-Indianern entführt. Nanawu und die anderen wurden Hunderte von Meilen nach Osten verschleppt und danach als Arbeitssklaven gehalten. Vor vier Jahren hatte ein schottischer Pelzhändler namens James MacKay, der Geschäfte mit den Hidatsa machte, sie und ihre Tante diesen abgekauft, die Tante hatte er als Frau genommen, Nanawu als Dienstbotin. Der Schotte brachte ihr auch die englische Sprache bei, die sie zumindest so weit beherrschte, dass sie sich verständlich machen konnte. MacKay sollte für eine Kompanie – es konnte nur die North West oder die Hudsons Bay Company sein – einen Handelsposten am Missouri aufbauen. Hierbei ging wohl irgendetwas schief, denn der Schotte kam ums Leben, wie auch Nanawus Tante. Genaueres war nicht klar aus dem Mädchen herauszukriegen, sie deutete Streitigkeiten zwischen den Pelzjägern, den Kompanien und manchen Stämmen an, die alle am Pelzhandel mitverdienen wollten. Dies ließ darauf schließen, dass man MacKay und die Tante umgebracht hatte, während Nanawu mit dem Leben davongekommen war. Das Mädchen lief davon und gelangte vor ungefähr einem halben Jahr ins Dorf der Omaha. Dort hatten wohl kurz davor oder danach französische Fallensteller die Seuche eingeschleppt. Nanawu bestätigte auch den Gruppenselbstmord der Dorfbewohner. Auf Wunsch des Omaha-Anführers war sie selbst es gewesen, die die Leichen angezündet und in den vergangenen beiden Tagen neues Feuer gelegt habe. Sie habe sich in der Höhle eingerichtet, die ihr den besten Schutz vor Tieren und Plünderern gab. Als Nächstes habe sie vorgehabt, sich allein auf den Weg nach Hause zu den Shoshone zu machen. Sie bekräftigte nun abermals den Wunsch, mit uns mitzufahren, so weit es eben ginge.

Daraufhin beratschlagten wir die Angelegenheit ohne Nanawu und auch ohne Jerome. Oliver war kategorisch dagegen, sie mitzunehmen, eine Squaw würde nur Unruhe in die Truppe tragen, womöglich auch Krankheiten. Rickover war das Mädchen ebenfalls nicht geheuer. Er billigte ihr zwar eine urwüchsige Zähigkeit zu, meinte aber, man könne nicht wissen, was gerade so ein von Naturkraft strotzendes Weib mit den Männern anstelle. Pockenbefall schloss er dagegen aus, die hätten längst ausbrechen müssen gemäß ihrem Bericht. Den stellte Scheider allerdings infrage. Wir wüssten doch nicht, ob sie die Wahrheit spreche, viele Rothäute seien sittlich verkommen. Er hielt es daher nicht für unwahrscheinlich, dass die Squaw die Seuche in sich habe und es verschweigen würde, um im passenden Moment die Krankheit an uns zu übertragen.

Lucien brach darüber in schallendes Gelächter aus. Demnach würde er, Scheider, der Indianerin hellseherische Kräfte angedeihen lassen. Diese kräftige junge Frau würde also die Krankheit in sich spüren, und obendrein hätte sie uns also divinatorisch vorausgesehen und nur auf uns gewartet, um uns zu schaden? Ob das sein Ernst sei? Und danach würden ihr wohl Flügel wachsen, und sie flöge zurück in die Rocky Mountains?

Scheiders Gesicht gefror zu einem Gletscher. Er räumte ein, dass er leichtfertig geredet und nicht zu Ende gedacht habe, beharrte aber darauf, dass uns diese Frau gefährlich werden könne. Schließlich würden viele Indianer uns Weißen nach dem Leben trachten, da wir ihnen überlegen seien. Kaum hatte Scheider dies ausgesprochen, ergriff Oliver wieder das Wort. «Gut», sagte er, «somit hätten wir die Sache geklärt. Wir brauchen nicht mehr weiter zu debattieren, drei von fünf haben sich bereits gegen die Mitnahme der Squaw ausgesprochen.»

«Wir haben aber noch nicht alle Argumente gehört», hielt ihm Lucien entgegen. «Und ich bin mir sicher, das eine oder andere Argument könnte eure Meinung ändern.» Ich sprang ihm bei, aber auch Rickover zeigte sich interessiert. Lucien setzte ein selbstsicheres Lächeln auf, ehe er mit energischer Stimme forderte, Nanawu mitzunehmen: «Wir wären dumm, wenn wir es nicht täten, denn diese Frau kommt wie gerufen!»

«Wie meinst du das?», fragte Oliver nun verunsichert.

«Weil Indianer unter keinen Umständen Frauen oder Kinder auf Kriegszüge mitnehmen. Eine Frau ist ein Symbol des Friedens. Und durch das Mädchen sehen die Indianer sofort, dass wir keine kriegerischen oder räuberischen Absichten haben – und das ist Gold wert für uns!»

«Das stimmt», sagte Rickover, «da hat Bodard recht.»

Damit kippte die Mehrheit, und auch Oliver und Scheider mussten sich dem unschlagbaren Argument beugen. Wir befanden uns noch über dreihundert Meilen vom verborgenen Tal entfernt. Bis dorthin dürfe Nanawu bei uns bleiben, so der Beschluss. Danach müsse sie alleine weiterziehen. Den

Übrigen wurde unmissverständlich kommuniziert, dass jede unsittliche Vergehung an dem Mädchen mit einer harten Strafe geahndet würde.

8. Vertrauensbrüche

Wir schlugen wieder den Weg zum Lakotagebiet ein. Hierfür mussten wir unsere Route nach Südwesten ausrichten, ehe wir zwei Tage später nach Norden ziehen würden. Eine Woche lang quälten wir uns durch eine endlos erscheinende Senke entlang eines schmalen Flusslaufs. Dabei passierten wir kaum schattige Abschnitte, jedem von uns lief das Wasser in Strömen herunter. Zwar gab es ab und zu kurze, heftige Niederschläge, aber die Erfrischung hielt nicht lange vor. Es war der heißeste Sommer, den ich je erlebt habe. Die Blätter der Pflanzen hatten braune Ränder, die Panzer der Käfer ähnelten glanzlosen Steinen. Gegen Mücken rieben wir uns mit Bärenöl ein, gegen sonnenverbrannte Haut half der eigene Harn. Wenn es um die Mittagsstunde herum am heißesten war, erschienen mir die Ebenen senkrecht, als würde ein Steilhang vor uns aufragen. Der Ritt durch die Steppe glich manchmal dem Versinken in eine Trance, wie vor dem Einschlafen, wenn das Bewusstsein seine bleibende Kraft zusammennimmt, in dem es den Moment der eigenen Auflösung gewahrt. Tagsüber stand die Luft meist still, erst am Abend kam etwas Wind auf, der dann bitteren Blütenstaub und den schwachen Duft von brennenden Gräsern ins Tal trug. Diese Mischung, durchsetzt mit dem Geruch von Wagenschmiere und schweißdurchtränktem Pferdegeschirr, machte einen ganz benommen.

Die Jagdmöglichkeiten waren hier begrenzt, während unsere Vorräte langsam, aber sicher schwanden. In Anbetracht dieser Mangelsituation erwies sich Nanawu als Glücksfall. Sie hatte gute Kenntnisse von vielen Pflanzen und Kräutern, die sie zusammen mit Jerome sammelte und mit deren Zubereitung sie vertraut war. Jeder von uns hatte vor Trockenheit und Staub aufgesprungene Lippen, und auch dagegen wusste das Indianermädchen ein Mittel. Sie kannte ein Kraut, dessen Stängel dickflüssigen Saft enthielt, der die spröde Haut zu heilen vermochte. Nanawu wurde auch für die Nachtwache eingesetzt sowie für das Sammeln von Brennholz, sie half aber genauso verlässlich bei der Pflege der Rösser wie beim Aufbau der Zelte. Durch ihre Tatkraft erfreute sie sich zusehends großer Beliebtheit. Bis auf Oliver und Scheider lobten sie alle, aber die beiden kritisierten sie immerhin nicht, was man durchaus als Anerkennung deuten konnte.

Nach einigen Tagen fühlte es sich so an, als hätte uns Nanawu schon die ganze Zeit über begleitet. Vielleicht kam sie auch deshalb so gut an, da sie mitunter männliche Charakterzüge an den Tag legte. Manchmal hatte sie etwas Ungeschliffenes, sogar Grobes an sich. Ihre Bewegungen waren sehr sicher, und sie ging stets so gelöst, als hätte sie einen weiten, freien Raum vor sich. Nanawu achtete jeden gleich viel und folgte allen Anweisungen geflissentlich, doch senkte sie nie den Kopf vor irgendwem. Die Shoshone konnte aber auch ausgelassen sein wie ein Kind. Wenn sie lachte, blitzten ihre dunklen, mandelförmigen Augen, und wenn sie nachdachte, schimmerte ein ganz unerschütterlicher Glanz in ihrem Blick.

Es wurde entschieden, dass Nanawu im Materialwagen schlief, wo genug Raum war, sobald man die Zelte herausgenommen hatte. Ihr Platz auf der Reise war die Kutschbank des Versorgungswagens, also neben dem Schweden und mir. Sie saß ganz außen und verhielt sich meist ruhig, wobei wir unter der prallen Sonne ohnehin nicht viel sprachen. Einmal bedachte Billstrom sie mit einem Kompliment: Er hätte niemals gedacht, dass sie derart bewandert sei in Pflanzenkunde, noch hätte er sich vorstellen können, dass sie all diese Aufgaben so patent auszuführen vermöge. Ich schämte mich etwas vor ihr, denn es klang, als hätte er mit großer Verwunderung festgestellt, dass sie des Denkens fähig sei. Nanawu reagierte mit einem gütigen Lächeln und sprach ihm große Könnerschaft im Lenken der Pferde zu, was Billstrom wiederum mit Stolz erfüllte.

Ich konnte oft meine Augen nicht von ihr lassen, immer wieder streifte ich sie mit einem flüchtigen Blick. Ich stellte mir vor allem die Frage, woran sie wohl glaubte, welche Vorstellungen von Gott oder göttlichen Wesen sie haben mochte? Und ganz gleich, was sie mir antworten würde, ich zweifelte, ob es in irgendeiner Weise sinnvoll wäre, dieses Mädchen zum christlichen Glauben zu bekehren. Die Vorstellung, dass ihr ein frömmelnder Missionar Schuldgefühle einredete, um sie zu beherrschen, ließ mich frösteln. Woher sollte auch irgendjemand wissen, was in der Seele dieser jungen Shoshone vor sich ging?

Abends hockte Nanawu manchmal reglos da, die Arme um die Knie geschlungen, und blickte ins Abendrot, als hätte sie alles um sich herum vergessen. Ihr Blick richtete sich auf die Berge, jenseits derer ihre Heimat war, dort glühte noch die müde Julisonne wie die runde Öffnung eines Backofens und versank am Horizont. Soviel ich wusste, hatte sie sich nie erkundigt, welches Ziel unsere Expedition verfolgte. Für sie waren wir wahrscheinlich ein Haufen vagabundierender Kerle, Glücksritter und Abenteurer, und Kermit ihr persönlicher Retter. Ich bemerkte, dass sich die beiden nacheinander sehnten, obgleich sie es nicht zeigen durften. Ihr Verhalten rührte und erheiterte mich zugleich, da sie nach außen hin das Gegenteil dessen vertraten, was sie in Wirklichkeit empfanden: Wenn Kermit in Nanawus Nähe kam, presste er seine Lippen zusammen und behandelte sie vor den anderen möglichst schroff – während in seinem Blick ein flackerndes Entzücken tobte. Wenn sie ihn ansah, tat sie, als sei er Luft für sie, während sie allen anderen ihre Aufmerksamkeit schenkte. Zu Sidney hatte sie mittlerweile Vertrauen gefasst und scherzte mit ihm, wenn er ihr beispielsweise weismachen wollte, dass er den weißen Wolf eigenhändig erwürgt hätte.

Eines Abends, nachdem das Mädchen schon sechs Tage bei uns war, suchte Kermit mich auf. Er habe sich in der Nacht zuvor, als er mit Sidney Wache gehalten hatte, heimlich mit Nanawu getroffen. Sidney sei eingeweiht, ansonsten wisse und ahne niemand etwas. Nanawu und er, berichtete Kermit, hätten sich am Bach getroffen – dann unterbrach sich Kermit selbst und senkte seinen Blick.

«Was ist los?», fragte ich.

«Ich kann nicht mehr leben ohne sie», stammelte er. «Die Wärme zwischen uns, ihre Augen … Im Dunkeln ahne ich ihr Gesicht, ich erkenne sie, ich spüre ihren Blick, wir atmen zugleich … Und wenn sie mit den Fingern über meine Augenbrauen streicht, über meine Lippen, dann bin ich verloren.»

Ich nahm ihn in den Arm. «Kermit», flüsterte ich, «wer liebt, ist nie verloren.»

Er drückte sich fest an mich, und das Wasser rann ungehalten aus seinen Augen. «Meine Eltern …», schluchzte er, «sie würden mich dafür hassen.»

Sein ganzer Körper begann zu zittern.

«Junge», sagte ich, «warum sollten sie das tun? Sie sind im Himmel und freuen sich, dass du verliebt bist.»

«Aber sie sind von Indianern umgebracht worden, das habe ich dir doch erzählt!»

Ich schob ihn auf eine Armlänge von mir und umfasste mit beiden Händen seine Schultern. «Und was, wenn sie von Weißen getötet worden wären? Von Banditen – dürftest du dann niemals ein weißes Mädchen lieben? Denk nach!»

Er wischte sich die Tränen aus den Augen. «Ja, du hast recht.»

«Das ist im Krieg geschehen», schärfte ich ihm ein. «Der Krieg war schuld, nicht die Indianer. Und was sollte auch Nanawu mit den Kriegern im Wyoming Valley zu tun haben? Nichts! Sie ist ein anderer Mensch und nicht die Mörderin deiner Eltern.»

Er neigte seinen Kopf und kniff die Augen zusammen. «Ich weiß, und trotzdem … Ich habe keine Ahnung, wie es weitergehen soll …»

«Liebe macht wahrheitsfähig, Kermit. Der richtige Weg wird sich schon weisen. Ich rate dir aber eins: Hört auf damit, euch zu treffen, solange wir unterwegs sind. Das endet sonst noch böse!»

Kermit nickte verschämt, er wusste nur zu gut, dass ich recht hatte.

Ich konnte es nicht genau greifen, was die beiden verband, es war jedoch mehr als die geläufige gegenseitige Attraktion zweier junger Menschen. Rückblickend meine ich, dass sie einander halfen, einer entseelten Welt zu entkommen und ihr Gefangensein zwischen Untertanentum und Unordnung aufzuheben. Zusammen schienen sie es tatsächlich fertigzubringen, ihr hartes Leben in ein liebevolles Miteinander zu wandeln.

Die Sonne war nun fast schon untergegangen, ihr letzter Widerschein fiel auf die Erde, während schon das blaue Dunkel der frühen Nacht über dem Tal lag.

Am nächsten Abend nach unserer Tagesetappe machten wir halt am Rande der Steppe. Wir kampierten auf einer Ebene zwischen dem Flusslauf und einem bewaldeten Hügel. Hier war der Boden knochentrocken, und es gab nur spärlichen Gebüsch- und Graswuchs, gerade noch ausreichend, um die Pferde zu sättigen.

Tom Pueyo war für das Ausheben der Latrinengrube zuständig. Da er sich schwer damit tat, den Spaten in die harte Erde zu stoßen, versuchte er sein Glück im Wald. Dabei stieß er allerdings auf ein Vipernnest und wurde von einer Klapperschlange gebissen. Schreiend kam Tom zum Lager gerannt, die Schlange hatte ihre Zähne in seinen Unterschenkel geschlagen. Scheider nahm sich des Jungen sofort an, der über ein zunehmendes Taubheitsgefühl in seinen Gliedern klagte. Pueyo musste sich auf eine Decke legen und sich ruhig verhalten, was ihm nicht leichtfiel, er zappelte und japste nach Luft. Ich nahm seine Hand, um ihn zu beruhigen, doch er redete mit weit aufgerissenen Augen auf mich ein – dass ich ihm doch prophezeit habe, er würde auf der Expedition nicht sterben. Ich sprach ihm Zuversicht zu, hoffte nun aber umso mehr, dass der Junge überlebte. Scheider waren Pueyos Worte nicht entgangen, worauf er mich mit einem abschätzigen Blick bedachte. Der Arzt wurde nun streng und mahnte den Patienten, die Zappelei einzustellen, dies würde nur sein Ableben begünstigen. Schlagartig hielt Pueyo den Mund, und Scheider konnte mit der Behandlung anfangen. Erst reinigte er die Wunde, dann brachte er peruanische Rinde zur Anwendung, die er mit Salpeter gemischt hatte. Dies tat er mit einer ausgeprägten Akribie, und er kam mir dabei tatsächlich vor wie ein altertümlicher Alchemist. Anschließend bekam Pueyo schmerzlinderndes Laudanum verabreicht. Mir fiel auf, dass Scheider ihm wesentlich weniger Tropfen davon gab als mir seinerzeit, und mir schwante, dass er mich damals absichtlich in einen heftigen Fiebertraum gejagt hatte. Gleichwohl leistete Scheider bei Pueyo ganze Arbeit, denn der Junge erholte sich in den nächsten Tagen vollständig.

Pueyo wurde für eine Nacht in den Materialwagen gebettet, wo er sich, abgeschieden von den anderen, auskurieren konnte. Nanawu wurde für jene Nacht zur Nachtwache bestellt. Prompt meldete sich Kermit freiwillig für die Wache, es sei für ihn selbstverständlich, sagte er mit heroischem Unterton, in einer Notlage einzuspringen. Dies war freilich nur die halbe Wahrheit, nichtsdestotrotz setzte ich auf die Vernunft der beiden heimlich Verliebten.

Da für den nächsten Tag eine Pause anberaumt war, hockten wir sämtlich – bis auf Pueyo – weit in die Nacht hinein zusammen. Für manche gab es noch eine letzte Ration Whiskey, ehe das Fass aufgebraucht war. Die Stimmung war von einer gediegenen Heiterkeit getragen, dazu trug auch der stabile Zustand von Pueyo bei. Nun aber machte man sich lustig über ihn und seine pathetischen Todesängste, denn Tom selbst war ein Spötter vor dem Herrn. Joe Scheider genoss indessen den Nimbus des Lebensretters. Der Mann mit dem verwachsenen Dreispitzbart hockte da wie ein selbstzufriedener Pharao und lächelte ob der Anerkennung, die ihm vor allem von Oliver und Rickover zuteilwurde.

Irgendwann im Laufe des Abends erwähnte Billstrom, dass er Nanawu schon ein paar Mal beobachtet hätte, wie sie gesungen habe, weshalb er sie bat, uns etwas vorzutragen. Der Vorschlag war sehr willkommen, selbst Oliver zeigte sich offen. «Mal sehen, was sie kann», schmunzelte er, wohl in der Annahme, sie würde sich blamieren.

Nanawu genierte sich zunächst, doch dann fing sie an zu singen, erst zaghaft, allmählich aber gewann ihre Stimme an Kraft. Sie sang ein englisches Lied, aus Schottland, wie sich später herausstellte, mit dem Titel «Joy to the Person of my Love». Der schottische Pelzhändler hatte es ihr beigebracht. Ab der zweiten Strophe füllte ihr Gesang das ganze Tal. Es war nicht die Leidenschaft oder die glühende Melodie, die so eindrücklich waren, Nanawu traf auch nicht jeden Ton und erfasste womöglich auch nicht den Sinn jedes Wortes, nein, es war etwas Größeres, etwas, das tief aus ihr drang und bei allen die verborgensten Gedanken zu erwecken vermochte.

Jetzt dämmerte mir, warum Nanawus Augen manchmal aufleuchteten und ihre Brauen zuckten. Sie war ein zutiefst verliebter Mensch, aber es war eine andere, eine alles umfassende Liebe, eine Liebe zum Leben und zur Erde. Diese Liebe erfüllte Nanawu ganz und gar, und diese war es, die erklang, als riefe sie der ganzen Welt zu: «Alles, was ihr tut, geschehe in Liebe», ohne dass sie je vom Ersten Korintherbrief gehört hatte. Ein gleichgültiger Mensch hätte niemals so singen können, nicht mit einer noch so geschulten Stimme.

Als Nanawu nach einer kurzen Zäsur von Neuem anfing, wurde sie mit einem Mal von Oliver unterbrochen. «Aufhören!», schrie er.

Alle Blicke gingen auf ihn, und als fühlte er sich davon bedrängt, stammelte er: «Das geht nicht … Wir ziehen die Aufmerksamkeit der Indianer auf uns. Und dann greifen sie uns an …»

Niemand erwiderte etwas. Das Schweigen schien ihn allerdings noch mehr zu verunsichern. «Hab ich nicht recht?», wandte er sich an Scheider.

«Ja», sagte dieser, «es ist wahrscheinlich höchst vernünftig.» Jeder merkte an der gestelzten Äußerung, dass er Olivers Sorge nicht ernst nahm, doch der selbst hielt sich daran wie an einem Krückstock. «Eben, es muss aufhören. Der Gesang ist gefährlich!»

Damit sprach Oliver wohl die Wahrheit aus, ohne sich dessen bewusst zu sein. Für ihn nämlich und nur für ihn war der Gesang gefährlich. Wahrscheinlich rührte er an etwas, was ihn inständig quälte. Nanawus Stimme, so meine heutige Vermutung, berührte einen Bereich in Olivers Innerstem, den er selbst für unzugänglich hielt oder über dessen Existenz er schlichtweg nichts wusste: Es war dies die Seele, seine verkrüppelte, vernarbte, geschundene Seele, die auf jede Art von Berührung mit Schmerz reagierte. Bei Scheider dagegen, schätze ich, war das anders, bei ihm gab es gar keinen Zugang mehr zur Seele. An ihm schmetterte alles ab, was Empfindsamkeit hätte auslösen können. Für ihn mochte der Gesang aufschlussreich gewesen sein, ein Zeugnis dafür, dass manche Wilde wie das Mädchen durchaus lernfähig sind, mehr aber wohl nicht.

Die barsche Unterbrechung schien Nanawu nichts anzuhaben. Sie neigte nur den Kopf auf die Schulter, als lauschte sie ihren verhallten Tönen hinterher.

Oliver verabschiedete sich kurz darauf zur Nachtruhe, und nach ihm löste sich die Runde zügig auf. Als Lucien an mir vorbeiging, scherzte er: «Die singt besser als du», worauf ich erwiderte, dies würde ich neidlos anerkennen.

Mitten in der Nacht wurde ich jäh aus dem Schlaf gerissen. Olivers Stimme überschlug sich, er schien außer sich zu sein, es war eine Aneinanderreihung von Flüchen und Schimpftiraden. Schließlich schnalzte seine Peitsche gegen die Plane. «John», brüllte er, «wach auf und komm raus!»

Als ich aus dem Wagen stieg, stand er bebend vor mir. Sein Gesicht war vom Widerschein der Fackel erleuchtet, die er in seiner Linken hielt. «Ich war dagegen, die Squaw mitzunehmen, und du hättest es auch erkennen müssen, dass sie eine Hure ist!»

Obwohl mir so ziemlich klar war, was passiert sein mochte, gab ich mich arglos und fragte ihn, was geschehen sei.

Oliver behauptete, Kermit und das Mädchen hätten Unzucht getrieben, er habe sie dabei erwischt, als er zum Wasserlassen gegangen war. Mit der Peitsche wies er in die Richtung des Waldes, sein ausgestreckter Arm zitterte, die Peitschenschnur kräuselte sich wie eine Natter im Wind. Ich nahm ihm nicht ab, dass er die beiden zufällig entdeckt hatte, denn in seiner Stimme lag ein seltsamer Triumph, der mich stutzig machte.

«Sei es, wie es ist», sagte ich leise zu Oliver, «überstürze jetzt nichts, lass uns die Dinge morgen bewerten.»

Ohne eine Entgegnung abzuwarten, wandte ich ihm den Rücken zu und stieg wieder in den Wagen. Er versuchte nicht, mich zurückzuhalten, äußerte auch nichts weiter, wahrscheinlich stand ihm der Mund offen vor Verblüffung. Gut so, sagte ich mir, dann wäre immerhin etwas Zeit gewonnen, in der er zur Räson kommen könne. Das hoffte ich jedenfalls sehr; gleichzeitig haderte ich mit mir, denn eigentlich hätte ich es wissen müssen, dass die zwei nicht voneinander lassen würden. Vielleicht begann Oliver etwas zu ahnen, nachdem sich Kermit zur Nachtwache gemeldet hatte. Er kannte den Jungen wahrscheinlich zu gut, als dass er ihm den freiwilligen Dienst als reine Selbstlosigkeit ausgelegt hätte.

Ich fand lange keinen Schlaf, und als ich dann am Morgen nach draußen stieg, herrschte bereits eine rege Betriebsamkeit. Der Materialwagen stand gegenüber meinem Wagen, ich wusste nicht, warum. Die Sonne schwamm formlos in salzgrauem Dunst. Vielleicht mochte es schon nach neun Uhr sein, dachte ich gerade, als ich Oliver auf mich zustaksen sah. Er begrüßte mich freundlich, aber auch reserviert und nahm mich zur Seite. Er hätte schon geglaubt, ich würde gar nicht mehr aufwachen, dann kam er umgehend zur Sache: Scheider, Rickover und er hätten bereits ein Urteil gefällt, und dieses sei auch schon allen mitgeteilt. Er setzte eine kurze Pause und sagte schneidig: «Zwanzig Peitschenhiebe.»

Meine Lippen brannten, die Zunge klebte mir am Gaumen. Ehe ich mein Entsetzen in Worte fassen konnte, schob er trocken hinterher: «Nur für Kermit. Er kannte die Regel, im Gegensatz zur Squaw.» Dann ließ mich Oliver genauso verdutzt stehen wie ich ihn in der Nacht zuvor. Ich blickte mich um. Billstrom, Twitty, Sidney und Rickover hatten aus Zeltplanen ein Sonnendach geschnürt, welches sie jetzt zwischen die beiden Wagen spannten. Dann entdeckte ich, dass Kermit an der anderen Seite des Materialwagens lehnte, seine Arme waren hinter seinem Rücken an das Rad gefesselt. Von den restlichen Leuten fehlte jede Spur. Da stieg Scheider aus dem Materialwagen, die Arzttasche unter dem Arm. «Tom geht es schon viel besser», sagte er beiläufig, ehe er um den Wagen herum zu Kermit ging.

Damit kam er mir zuvor, denn eigentlich wollte ich zu dem Jungen und ihn zur letzten Nacht befragen. In Scheiders Beisein unterließ ich dies, stellte mich aber dennoch zu den beiden. Scheider kniete sich neben Kermit und entnahm seiner Tasche ein Fläschchen, in dem eine dicke, trübe Flüssigkeit waberte. Der Arzt entkorkte sie und hielt sie Kermit vors Gesicht. Er solle einen Schluck daraus nehmen. Kermit, bislang apathisch, drehte – kaum hatte er davon gerochen – seinen Kopf weg.

«Bäääh … Das trink ich nicht!»

«Was ist das?», wollte ich wissen.

«Das ist Copaivabalsam, hilft gegen Geschlechtskrankheiten.»

«Hat er eine?»

«Noch merkt er nichts», Scheider lächelte, «es wäre aber ein Wunder, wenn er sich nichts eingefangen hätte.»

«Ich hab mir nichts eingefangen!», protestierte Kermit. «Wir haben überhaupt nichts Schlimmes gemacht …»

Kaum hatte er das gesagt, wurde unsere Aufmerksamkeit auf das Schnauben der Rösser gelenkt, die vom Wasser herkamen. Lucien, Nanawu und Jerome führten die Pferde auf das Lager zu. Es ist mir immer noch ein einprägsames Bild, welches aufgrund des Hitzeflimmerns erst unscharf war, doch stetig klarer wurde, je näher sie heranrückten. Die drei gingen nebeneinander, hinter ihnen die Pferde in drei Reihen. Die beiden Männer hatten die ausgemachte Sünderin in ihrer Mitte, als wäre sie ihre Schutzbefohlene. Gemächlich wanderten sie die Steigung herauf, sicher im Gang, in sich ruhend wie ein Prozessionszug.

Scheider packte das Fläschchen wieder weg. «Beschwer dich nicht, wenn es dir später zwischen den Beinen brennt, als hätte dein kleines Gemächt Feuer gefangen.»

«Scher dich zum Teufel», murmelte Kermit, doch da war Scheider bereits weggestapft.

«Was habt ihr gemacht?»

Kermit sah mich aus müden Augen an. «Nicht das, was alle denken. So weit ist es überhaupt nicht gekommen.»

Neben uns führten Lucien, Nanawu und Jerome die Rösser vorbei. Sie beachteten uns nicht, sondern geleiteten die Pferde weiter zur Baumgrenze, wo sie die Tiere an Stämme anbanden.

Eine Stunde später standen alle in einem Kreis unter dem Sonnendach. Auch der blasse Pueyo war dabei, der als Einziger auf einer Kiste saß. Oliver ergriff schließlich das Wort. Es sei klar und deutlich verkündet worden, dass jede unsittliche Vergehung an dem Mädchen mit einer abschreckenden Strafe geahndet werde. Er selbst sei am betrübtesten, dass sich Kermit nicht an die Regel gehalten habe, so wie er auch maßlos enttäuscht sei, dass er so kurz vor dem Ziel eine derartige Disziplinlosigkeit bestrafen müsse. Sodann forderte er Kermit auf, sich in die Mitte zu stellen, was dieser unverzüglich tat.

«Du kannst dich jetzt äußern oder irgendwas zu deiner Verteidigung kundtun», sagte Oliver. Kermit aber verzog keine Miene, er legte keine Absicht an den Tag, sich zu rechtfertigen oder die Vorwürfe abzustreiten. Er schwieg einfach und begegnete Oliver mit einem harten, klirrenden Blick. Eine Grabesstille zog ein. Hier fand etwas statt, was nur zwischen den beiden ausgetragen wurde: ein stummer, verschworener Kampf, dessen Ursprung mit Sicherheit ganz woanders lag als in den Vorkommnissen dieser Nacht.

Ich bin nie dahintergekommen, was die beiden in den Untiefen ihrer Herzen ausfochten. Oliver hob das Kinn an. Mit einem Mal suchte ihn ein heftiger Schweißausbruch heim. Hastig befahl er Sidney, die Bestrafung auszuführen: zwanzig Peitschenhiebe auf den entkleideten, nackten Rücken. Der Sklave stand am äußersten Rand. Er spuckte durch die Zähne auf den staubigen Boden, dann ging er, die Peitsche nachschleifend und sich würdevoll in den Schultern wiegend, auf Kermit zu, der inzwischen sein Hemd ausgezogen hatte. Mir schien, als wollte Sidney partout keine Nervosität zeigen, doch auf seiner nassen, kantigen Stirn traten Adern hervor, seine blutunterlaufenen Augen funkelten zornig. Jeder wusste, dass er und Kermit sehr eng miteinander waren. Dass Oliver nun ausgerechnet Sidney dazu bestimmte, Kermit auszupeitschen, war eine perfide Grausamkeit. Ich versuchte mich zusammenzunehmen, fühlte aber, wie meine Ohren zu glühen begannen und wie mir vor Wut die Tränen in die Augen traten. Nanawu stand wie eingerahmt zwischen Lucien und Jerome. Ihr Gesicht war schneeweiß, ihre Lippen zitterten, und unter ihren Augen lagen dunkle Schatten. Sie hatte gewiss keine Sekunde geschlafen.

Ich sah weiter in die Runde, niemand bis auf Lucien wagte die Augen zu heben, schließlich trafen sich unsere Blicke. Er nickte mir zu, ganz leicht und unscheinbar. Es hatte einen konspirativen Charakter, mir war allerdings nicht klar, wofür er mich gewinnen oder wozu er mich eingemeinden wollte.

Sidney brachte sich mit einem Spreizschritt in Stellung und atmete einige Male tief durch, während er den Knauf der Peitsche in seiner Hand drehte. Er blickte nach oben, wahrscheinlich um abzuschätzen, ob die Schnur beim Zuschlagen das Dach treffen würde. Dann holte er aus. Ich krampfte meine Hände, schloss die Augen und beschwor Gott, dass dem Jungen keine allzu großen Qualen widerfahren mochten.

«Stopp!», ertönte plötzlich Olivers Stimme. «Aufhören, keine Auspeitschung.» Alle starrten den Captain an. Für einen Moment schien Oliver selbst erschrocken über seinen Befehl. «Es ist gut so», schob er mit dünner Stimme hinterher. «Mir reicht es zu sehen, dass die Bestrafung ausgeführt worden wäre. Ihr könnt jetzt alle gehen.»

Sidney spuckte auf den Boden und ging als Erster davon. Danach löste sich die Gruppe rasch auf, ohne dass jemand ein Wort verlor.

Kurz darauf spazierten manche zum Flusslauf hinab, um sich im Wasser abzukühlen. Twitty weilte mit Nanawu bei den Pferden. Ich lehnte mich ans Rad des Versorgungswagens, wo es unter dem Sonnendach schattig war, ich wähnte mich allein am Rastplatz (mit Ausnahme von Pueyo, der sich wieder hingelegt hatte) und war ganz froh darüber. Auf einmal tauchte Scheider auf. Er trat von der Seite an mich heran, ich weiß nicht, woher er kam, aber plötzlich stand er neben mir und grinste mich an. Er warf einen Apfel in die Luft und ließ ihn in seine Hand fallen. «Was für ein aufregender Vormittag», sagte er mit einem leichten Singsang in der Stimme. Ich gab keine Antwort, sondern drehte meinen Kopf von ihm weg. Über dem Horizont ballten sich Wolken zusammen, die dunklen Felder begannen sich langsam in der stillen Weite aufzulösen.

«Was hältst du davon, wenn wir unser Gespräch fortsetzen?»

Ich spürte eine pulsierende Erregung in meiner Brust, denn ich hatte absolut kein Verlangen danach, mich mit ihm zu unterhalten.

Er warf mir den Apfel zu. «Unten am Wasser gibt es wilde Äpfel, sehr schmackhaft. Wir könnten einen Spaziergang dorthin unternehmen.»

«Wenn wir gehen, ist niemand da, der auf die Wagen aufpasst.»

«Da hast du recht», sagte Scheider. Er schirmte beide Hände über die Augen und ließ seinen Blick schweifen. Mir fiel auf, dass er welke, eingefallene Wangen hatte, doch nach ein paar Sekunden hellte sich sein Gesicht auf. Lucien und Jerome marschierten mit gesetzten Schritten zum Lager, augenscheinlich kamen sie unten vom Wasser. Der Franzose hatte seine Tasche mit Äpfeln gefüllt, der Mestize hatte Wurzeln ausgegraben, und beide hatten sich Wasser abgefüllt. Die zwei versicherten Scheider, die Stellung zu halten, wir könnten deshalb in aller Ruhe einen Spaziergang machen. Es sei, meinte Lucien, bei Weitem nicht mehr so heiß, und weiter östlich am Ufer gäbe es nicht nur Apfelbäume, sondern auch Himbeersträucher, auch existierten hier keine Indianerdörfer, vor denen wir uns hüten müssten. Eine große Lakotasiedlung käme erst hinter dem Tal, zwei, drei Tagesreisen entfernt. Dabei deutete Lucien in die nordwestliche Richtung. So wie er sprach, klang es beinahe, als wollte er uns loswerden. Ich konnte gar nicht anders, als mich Scheider anzuschließen, obwohl meine Lust darauf um kein Jota gestiegen war.

Als ich mich schon einige Schritte entfernt hatte, rief Lucien meinen Namen. Ich drehte mich um und sah, wie Jerome ihm irgendetwas zuraunte.

«Was ist?», fragte ich.

«Nichts», antwortete Lucien und winkte ab, «ein Missverständnis.» Er hob die Hand und sagte abschließend: «Pass auf dich auf.» Auch Jerome hob die Hand. Ihr Betragen war merkwürdig, aber ich dachte mir nichts weiter dabei.

Es war in der Tat nicht mehr so heiß wie noch um die Mittagsstunde. Ein frischer Wind wehte, aber ehe in dieser Gegend Regen fiel, zogen die Wolken für gewöhnlich weiter. Wir trotteten eine Weile wortlos über die trockne Erde, die im Lichte weißgrau schimmerte wie Salz.

Trotz meiner Unlust, mit Scheider spazieren zu gehen, war ich guter Dinge. Ich erfreute mich vor allem des Umstandes, dass Kermit nicht ausgepeitscht worden war, und ich dankte Gott dafür, dass er mein Gebet erhört hatte. Ein Strom von Einverständnis durchzog mich, doch mit einem Mal, wie aus heiterem Himmel, fing Scheider an zu zetern. «Ich habe es von Anfang an gesagt, und letzte Nacht hat man es deutlich gehört!»

«Von wem sprichst du?», fragte ich verdutzt.

«Von unserm Indianermädchen, von wem sonst. Ihr Gesang war für mich der letzte Beweis!»

«Ein Beweis wofür?»

«Dass sie unsere Männer wollüstig macht! Ein unbescholtener Junge wie Kermit MacGowan, dessen Eltern von Rothäuten niedergemetzelt wurden, wäre doch nie im Leben auf die Idee gekommen, diese Squaw anzufassen!»

Ich wiegte sachte meinen Kopf, stimmte ihm weder zu, noch widersprach ich ihm, aber meine Zurückhaltung vermochte seine Rage nicht zu zügeln. Im Gegenteil: Sein Blick wurde grimmiger, sein Körper bebte vor Zorn.

«Ihr Gesang hat alle verrückt gemacht! Sie will uns krank machen, und das habe ich von Anfang an gesagt, aber auf mich hat keiner gehört!»

«Ich weiß nicht», sagte ich ruhig, «ich finde, sie hat sehr schön gesungen. Mir kommt sie nicht gerade vor wie eine Sirene aus der *Odyssee* … Also, weder mich noch dich hat ihr Gesang betört oder verführt und andere auch nicht.»

«Entscheidend ist doch, dass sie versucht hat, die Männer mit ihrem Gesang wollüstig zu machen. Bei Kermit hat sie es geschafft, und so streut sie Krankheit und Verderben über uns aus!»

«Joe, das Mädchen wurde doch aufgefordert zu singen, ich kann beim besten Willen keine Absicht erkennen.»

«Nur weil sie vorher schon ständig geträllert hat. Sie hat

es heraufbeschworen, dass man sie auffordert. Darin besteht ihre bösartige List!»

Ich hatte Scheider noch nie so feurig erlebt, ich hatte aber auch keine Idee, wozu er mich drängen wollte. Denn er war jemand, der nie etwas ohne ein dahinterstehendes Kalkül äußerte. Mir fiel wieder ein, was Rickover über ihn erzählt hatte, nämlich dass er, Scheider, es war, der die Pockenkrankheit als Waffe gegen die Indianer einzusetzen gedachte. Als junger Militärarzt hatte er mit verseuchten Decken versucht, scharenweise Ureinwohner zu beseitigen. Und ein ähnlich hinterlistiges Vorgehen warf er nun ausgerechnet Nanawu vor. Mir war schleierhaft, wie man so gebildet und gleichzeitig so blind sein konnte. Ich überlegte, ob ich ihn damit konfrontieren sollte. Aber dann dachte ich, es wäre unklug, ausgerechnet jetzt, so kurz vor dem Ziel der Expedition, Unfrieden zu stiften, zudem hätte ich Rickover verraten müssen. Mittlerweile waren wir am Ufer angekommen, wo es tatsächlich einige Himbeersträucher und Apfelbäume gab. Ich besah einen Baum genauer, blickte an seinem dünnen Stamm empor und nahm seine dichte, verzweigte Krone in Augenschein. Dann pflückte ich einen Apfel und biss hinein, er war in der Tat sehr wohlschmeckend.

«Hast du nichts weiter dazu zu sagen?», ereiferte sich Scheider.

«Was soll ich sagen … Ich halte das Mädchen nicht für listig oder bösartig, ich konnte mich sogar davon überzeugen, dass sie ein reines Herz hat.»

«Ein reines Herz, dass ich nicht lache! John, wir müssen sie zurücklassen. In ihr steckt der Teufel, der sich in Unschuld kleidet!»

Ich antwortete, dass ich seine Einschätzung nicht teilen würde, Nanawu sei wohlgelitten und habe zupackende Hände. Und vielleicht liebe Kermit das Mädchen inniglich und sie ihn. Und gegen die Liebe sei nun mal kein Kraut gewachsen. Alsdann gab ich Scheider zu bedenken, dass wir dem Gebot der Nächstenliebe verpflichtet seien. Meine Predigten seien keine weltabgewandten Frömmigkeiten, sondern Aufforderungen zu tätiger Mitmenschlichkeit. «Wenn wir das Mädchen zurücklassen, dann liefern wir sie der Wildnis aus. Vielleicht wird sie dann verhungern oder von wilden Tieren zerfetzt. Irgendwann ist auch ihr Glück aufgebraucht ...»

Das heisere Krächzen einer Krähe schallte über unsere Köpfe hinweg. Scheider zupfte an seinem Barthaar, während er mich eindringlich beäugte.

«Ich habe mich in dir getäuscht, du bist kein Auserwählter, du bist nur ein kleiner Pfarrer aus der Provinz. Ein moralisierender Dilettant.»

Ehe ich auf seinen Angriff zu reagieren vermochte, galoppierte er schon weiter:

«In der einen Predigt, am Tag nach dem Frost, da hast du mir gefallen, da habe ich gesehen, was für ein kraftvoller Kerl in dir steckt! Ich habe gesehen, in welche Höhen du dich aufzuschwingen vermagst. Du hast vom Gott des Alten Testaments gepredigt, von einem Gott, der, um Recht zu schaffen, nicht selbst recht zu haben braucht, der seine Feinde in die Hölle wirft und das Schwert der Gerechtigkeit schwingt! Und genau das ist die Wahrheit Gottes, sie ist älter als die Heuchelei der Nächstenliebe. Man muss die Massen mit dornigen Ruten ins Paradies treiben, das weißt du wohl, also schwafle nicht von der Reinheit des Herzens!»

Seine Tirade kam mir vor wie ein geplanter Anschlag, allerdings war mir schleierhaft, was seine Angriffslust veranlasst hatte. Natürlich hatte ich am Tag nach dem Kälteeinbruch mit dem Deuteronomium Angst geschürt und Unterwerfung gepredigt, ich hatte aber damals meine Gründe gehabt, die ihm jetzt zu erklären müßig gewesen wären. Ich sagte nichts zu alledem, sah ihn lediglich verwundert an.

«Glotz mich nicht so einfältig an. Dein Gerede über Nächstenliebe und Freiheit ist unerträglich menschenfremd. Ohne Sklaverei wären die sieben Weltwunder nie entstanden, ohne die großen Feldzüge hätte es kein einziges Imperium gegeben, und ohne den Betrug des Heilsversprechens hätten die Christen keinen Gehorsam erlernt, ohne den es keinen Fortschritt gibt!»

In seinem Eifer spuckte er beim Reden, seine sägende Stimme schmerzte mir in den Ohren, mir schwirrte der Kopf, meine Sinne taumelten. Um Halt zu finden, richtete ich meinen Blick aufs Wasser. «Ich bitte dich, hör auf, wir sollten unsere Kräfte schonen und uns nicht gegenseitig zermürben.»

Auf einmal fing er haltlos an zu lachen.

«Warum lachst du?»

«Weil ich mir nie gedacht hätte, dass es möglich wäre, dich zu überfordern. Dabei habe ich dich doch nur ein bisschen getriezt, mir scheint aber, du hast verlernt, wie man sich wehrt.»

«Wie du meinst», sagte ich erschöpft und machte Anstalten zu gehen.

«Bleib stehen! Eine Frage habe ich noch.» Er hielt einen Moment inne, in dem er mich herausfordernd anfunkelte. «Sag mir nur noch eins: Was geschah wirklich am See, als der Frost kam und du ihn vertrieben hast – hatte Gott seine Hand im Spiel oder nicht?»

«Ich weiß nicht mehr als du», sagte ich achselzuckend.

«Hat Gott durch dich eingegriffen oder nicht?»

«Ich sagte bereits, dass ich es nicht weiß.»

Scheider setzte ein breites Grinsen auf, sodass seine Vorderzähne zum Vorschein kamen.

«Ich will dich nicht verhören, John, mich interessiert nur, was geschehen ist. War es ein Wunder oder eine Wundereinlage? Vielleicht war es ja ein katholisches Mysterienspiel, von denen es in Europa unzählige gibt … Möglicherweise hätte in diesem Moment jeder von uns die Kälte wegzusingen vermocht, weil sie ohnehin am Schwinden war? Vielleicht hast du einfach deine Chance gewittert, uns in die Irre zu führen? Man hört, es gibt Schauspieler, die durch ihre Empfindsamkeit die Passion Christi so tief erleben, dass ihre Hände blutige Wunden aufweisen, dass sie blutige Tränen weinen …»

Ich spürte, wie ich vor Empörung zu zittern begann. «Ich bin kein Blender», fiel ich ihm ungehalten ins Wort, «und jetzt lass mich in Ruhe!»

«Ich habe nur meine Gedanken schweifen lassen», sagte er. «Und ich frage mich, was geschah am See, was du am Fluss nicht verhindern konntest? Warum konntest du erst unser aller Leben retten und warst später nicht in der Lage, Lawrence Wilkerson zu retten?»

Das war mir nun zu viel. Ich verlor die Beherrschung und sprang ihm an die Gurgel. «Du Teufel», schrie ich, «*du* hast ihn auf dem Gewissen!»

Ich drückte mit aller Kraft zu, während er ächzend und taumelnd zurückwich, immer weiter, bis wir beide in das Gewässer fielen, wo der Zweikampf weiterging. Scheider war meinem Zorn nicht gewachsen, er konnte mir kaum was entgegensetzen. Ich tauchte ihn unter und geriet selbst unter Wasser, meine Hände griffen wieder und wieder nach seiner Kehle. Scheider schlug um sich, er japste und keuchte, aber ich hatte seinen Hals im Griff, wie ein Jagdhund, der sich in eine Wildsau verbissen hat. Ich war außer mir, mein Verstand war wie betäubt. Dieser Teufel hatte den Teufel in mich fahren lassen, und der wollte nichts weniger als seinen Tod. Der Wille, ihn umzubringen – und ginge ich selbst darüber zugrunde –, nahm vollkommen Besitz von mir.

Ich kann nicht sagen, wie lange wir letztendlich gekämpft haben, aber mit einem Mal ließ ich ihn los, oder besser gesagt: Meine Hände ließen ihn los. Irgendwo in meinem Inneren musste sich ein Fünkchen Vernunft zurückgemeldet haben.

Als Nächstes krabbelten wir ans Ufer, wo wir eine Zeit lang nebeneinanderlagen. Scheider krümmte sich, er würgte Wasser und schnappte nach Luft. Ich hatte kaum Wasser verschluckt, war aber nicht weniger ermattet als er, seine Schläge hatten mir durchaus zugesetzt.

«Du verdammte Ratte» waren die ersten Worte, die ich wieder aus seinem Mund vernahm. Nach einigen schleppenden Atemzügen wiederholte er die Beleidigung, über die ich aber recht froh war, da sie mir versicherte, dass er keine gravierenden Schäden davongetragen hatte. Gleich darauf rappelte sich Scheider auf. Er betastete seinen Hals, der mit reichlich roten und blauen Würgemalen befleckt war. Ich stand nun ebenfalls auf. Meine Ausartung war mir höchst unangenehm, und ich bat ihn kleinlaut um Verzeihung.

«Wir sollten es vergessen», sagte Scheider ähnlich beschämt mit lädierter Stimme. Ich selbst hatte blutige Lippen, einige Kratzer und ein paar blaue Flecken. Wir beschlossen zu behaupten, von einem Apfelbaum gefallen zu sein, den wir leichtsinnigerweise bestiegen hätten. Der Ast sei unter unserem Gewicht abgebrochen, worauf wir beide ins Wasser gestürzt wären. Nach dieser Vereinbarung gingen wir genauso schweigend zurück, wie wir gekommen waren. Über den Kampf verloren wir nie wieder ein Wort. Es hätte tatsächlich nicht viel gefehlt, und ich wäre zum Mörder geworden.

Auf dem Weg zurück zitterte ich anfänglich am ganzen Leib. Doch mit jedem Schritt wurde ich ruhiger und bewegte mich trittfester. Scheider stapfte neben mir her, schwer atmend und buchstäblich niedergeschlagen. Ich spürte, dass er mich wieder achtete, merkte es an seinen flüchtigen, unsicheren Blicken. Jemand wie er, dachte ich, musste beständig die Rute im Nacken spüren, damit er einen respektierte. Also sagte ich freiweg zu ihm, kurz bevor wir das Lager erreichten: «Beim nächsten Mal bringe ich dich um.» Darauf weitete er für einen Moment die Augen und nickte knapp, als hätte er einen gottgegebenen Erlass vernommen. Ich zog das Tempo an, bis ich ihm einige Schritte voraus war. «Beim nächsten Mal bringe ich dich um.» Diese leicht gesagten Worte ließ ich noch zwei-, dreimal über meine Lippen gleiten. Sie schmeckten süß. Und ich würde es auch tun, sagte ich mir, ich würde diesen Dreckskerl wirklich umbringen.

Als ich am Rastplatz eintraf, fand ich alle außer Lucien und Jerome unterm Sonnendach versammelt vor. Sie blickten mich aus ratlosen, ja betroffenen Augen an, während ich mich fühlte, als käme ich von einer siegreichen Feldschlacht zurück. Noch ehe ich den Mund öffnete, um zu fragen, was geschehen sei, sagte Rickover: «Bodard und Drouillard sind abgehauen.»

Er stand neben Oliver, der mit verschränkten Armen und leerem Blick auf einer Kiste hockte. Er wirkte wie ein Geschlagener, der keine Erklärung dafür hatte, warum man ausgerechnet ihn verprügelt hatte. Schließlich kam Scheider, dem die seltsame Stimmung sofort auffiel. Er sah mich an, als fürchtete er, ich hätte den anderen etwas von unserem Kampf erzählt. Daraufhin sagte ich zu Scheider und für alle gut vernehmbar: «Schau nicht so blöd, der Franzose und das Halbblut sind weg!»

Ich weiß nicht mehr, ob ich meine harschen Worte absichtlich oder unbedacht sprach, meine rotznäsige, selbstbewusste Art machte jedenfalls Eindruck bei den anderen. Niemand, außer vielleicht Oliver, hätte sich das getraut, und Scheider selbst erwiderte nichts darauf.

Rickover erklärte uns beiden, dass Lucien und Jerome vor ungefähr zwei Stunden ihre Pferde bestiegen und sich aus dem Staub gemacht hätten. Twitty und Nanawu konnten dies als Einzige bezeugen. Dass sich die zwei zu einer Jagd aufgemacht hätten oder zur Auskundschaftung der Gegend, sei ausgeschlossen, von ihren Sachen fehle jede Spur, auch alle Landkarten hätten sie eingesteckt. Zudem reichlich Proviant. Twitty berichtete daraufhin, dass Lucien beim Wegreiten «Lebe wohl» zu Nanawu gesagt habe. «Und das sagt ja wohl alles», fügte er hinzu.

«Verdammt noch mal!», fing Oliver an zu brüllen und schnellte hoch. «Sind die denn völlig verrückt geworden! Wer die Expedition ohne meine Zustimmung verlässt, wird hingerichtet. Das wissen die doch, das muss ihnen doch klar sein!»

Olivers Empörung wirkte seltsam lächerlich. Jeder wusste, dass auch nur die Androhung der Todesstrafe an die beiden einer Selbsthinrichtung gleichgekommen wäre. Vor allem ohne Lucien war die Expedition kaum zu meistern. Seine vielfältigen Kenntnisse des Landes waren unersetzlich, allen voran seine Befähigung, unsere jeweilige Position auf der Landkarte zu bestimmen. Jetzt aber fehlte nicht nur der beste Kartenleser, sondern auch die Karten selbst. Außerdem war der Franzose der Einzige, der jemals schon im Gebiet der legendenumwobenen Höhle gewesen war, er war die personifizierte Beglaubigung gewesen, dass es die Mammuts dort gab.

«Die haben nicht daran geglaubt», murmelte Pueyo plötzlich mit irrlichternden Augen. «Ich habe sie gehört, die haben uns an der Nase herumgeführt. Es gibt kein Incognitum …»

«Was hast du gehört?», ging Oliver ihn scharf an.

Pueyo blickte erschrocken auf, als wäre er aus einem Selbstgespräch gerissen worden. «Ich war die ganze Zeit über im Wagen, und die zwei sind draußen herumgelaufen, die haben vergessen, dass ich da bin und alles höre …» Er stockte und schnappte nach Luft, was Olivers Geduld nicht aushielt.

«Was haben sie gesagt?», schrie er.

«Sie haben gesagt, dass es die Viecher dort nicht gibt. Jerome hat davon gesprochen, ganz sicher.»

Eine Windböe fegte über die Steppe und fuhr rauschend durch die Bäume auf dem Hügel. Einige schlossen die Augen, bei anderen verlosch der Blick, sie senkten den Kopf, und alle verharrten wie versteinert. Vom einen auf den anderen Moment schien es, als wäre die Expedition explodiert, ohne Knall, aber nicht weniger brachial. Sie zerstob in alle Himmelsrichtungen wie Asche im Wind.

«Was ist passiert?», fragte Nanawu mit verständnislosen Augen. Ihre arglose Stimme kreiste durch die Luft. Niemand gab ihr Antwort. Schließlich trat ich einen Schritt nach vorne und bat um Aufmerksamkeit. Dann sagte ich, dass meiner Meinung nach vieles unschlüssig sei von dem, was wir jetzt annehmen würden. Warum hätten sich Bodard und Drouillard uns überhaupt anschließen sollen, wenn sie von vornherein nicht an die Existenz des Incognitums im Tal geglaubt hätten? Und im Laufe der Reise gab es auch keine neuen Hinweise, die irgendwelche Zweifel hätten aufkommen lassen. «Es muss also anders sein», schloss ich emphatisch. «Ich bin mir sicher, dass Lucien Bodard ein französischer Agent ist, der sich uns allein zu dem Zweck angeschlossen hat, um eine Überlandexpedition mitmachen zu können. Er hat sich von uns aushalten und verpflegen lassen, um sich dann abzusetzen mit dem Ziel, das Monster allein zu finden. Wie eine Zecke, die sich festsaugt an ihren Wirt und sich später fallen lässt. Und gleichzeitig wollen die zwei uns weismachen, dass sie selbst nicht an das Incognitum in den Black Hills glauben …» Ich drehte mich zu Pueyo: «Die beiden haben gewusst, dass du zuhörst, sie haben dich absichtlich auf die falsche Fährte gesetzt. Damit wollten sie aber nur erreichen, dass wir aufgeben und umdrehen.» Ich spannte die Arme wie ein Erweckungsprediger. «Männer», gelobte ich mit fester Stimme an, «für mich ist das Verschwinden der zwei Verräter und die Art und Weise, wie sie es gemacht haben, ein gutes Zeichen: Es ist der größte Beweis, dass wir auf dem richtigen Weg sind. Sie werden uns nicht davon abhalten, ruhmvolle Entdecker zu werden!»

Nach dem letzten Satz schnaufte ich energisch aus und stampfte auf den Boden. Ihre Gesichter erhellten sich sogleich, selbst Scheider, mit dem ich kurz zuvor noch auf Leben und Tod gekämpft hatte, strahlte mich an. Oliver trat taumelnd an mich heran. «Du hast recht, du hast so recht … Diese Schurken haben uns benutzt …» Er schlang seine Arme um meine Schultern und lehnte sich mit seinem ganzen Gewicht gegen mich, so schwer und gleichsam so erleichtert, als wäre ihm ein gewaltiger Stein vom Herzen gefallen.

Dritter Teil

1. Bei den Lakota

Eine gemeinsame Erzählung ist notwendig, um den Glauben an eine Mission aufrechtzuerhalten, ganz gleich, ob die Geschichte stimmt oder nicht. Wenn das Ruder gebrochen ist und es keinen entschlossenen Captain gibt, braucht es einen, der sagt: «Wir halten den Kurs!»

In Wahrheit ging es mir vor allem um *meinen Kurs*. Natürlich war ich neugierig herauszufinden, ob die Incognitums wirklich in diesem Tal existierten, was mich aber genauso interessierte, war, eine gewisse Zeit bei den Lakota zu verbringen. Irgendeine verborgene Kraft zog mich in ihr Land, die ich nicht greifen und auch nicht rational zu erklären vermochte.

Die Agentengeschichte erschien mir jedenfalls geeignet, alle davor zu bewahren, nicht auf den letzten Meilen einzubrechen. Ich selbst glaubte mitnichten daran, dass Lucien ein Spion der französischen Regierung war. Dies würde bedeuten, Lucien hätte alles von langer Hand geplant, und das brachte ich mit meiner Menschenkenntnis partout nicht in Einklang. Nach meinem Dafürhalten war er ein freier Geist, der sich nicht vereinnahmen ließ. Für mich gab es daher nur zwei Möglichkeiten: Der eigenwillige Franzose hatte uns den Rücken gekehrt, weil er verhindern wollte, dass Oliver des Monsters habhaft würde, oder er hatte nie wirklich, so wie es auch Jeromes Äußerungen vermuten ließen, an das Incognitum geglaubt und wollte Oliver trotzdem eine Lektion erteilen. Beide Motive hatten aber Oliver oder vielmehr dessen

Verhalten als Ursache. Mein Verdacht erhärtete sich, als mir Oliver gestand, dass er und Lucien einen Streit wegen Kermit gehabt hatten. Dieser hatte sich früh am Morgen ereignet, Lucien war gegen die Bestrafung gewesen, Oliver hatte sie indessen, wie auch Scheider und Rickover, für unerlässlich gehalten. Mir erschien es wie ein Machtkampf auf der Zielgeraden, ein Wort gab wohl das andere, ein Tropfen zu viel des Gifts, das das Fass zum Überlaufen gebracht hatte. Am Ende ihres Disputs habe Lucien zu Oliver gesagt, das Glück bliebe nur bei dem, der seine Ehre und sein Gewissen rein hielte. Es habe wie eine Drohung geklungen, meinte Oliver, und dies sei der Grund gewesen, weshalb er die Strafe letztlich doch nicht exekutiert habe. Er erzählte mir davon nicht ohne Beklommenheit, zeigte aber auch keine Einsicht im Umgang mit Lucien. Im Gegenteil: Er glaubte die Agentengeschichte nur allzu gern und wähnte sich nun als Opfer eines geplanten Coups der Franzosen. Oliver nahm dies sogar zum Anlass, unserer Unternehmung etwas verklärt Heroisches angedeihen zu lassen. «Neun Männer für Amerika – und zu neunt gegen Frankreich!», tönte er mit pulsierenden Schläfen. Ich nahm ihm ab, dass er diesen Unfug tatsächlich glaubte.

Immerhin war es mir gelungen, Olivers Zuversicht wiederzubeleben. Zusätzlich wusste ich zu berichten, dass mir der Franzose in einem wohl unbedachten Moment, wie ich anmerkte, eröffnet hatte, dass eine große Lakotasiedlung hinter dem Tal liege, drei Tagesreisen von uns in nordwestlicher Richtung.

Im Zuge dessen führte ich auch Jerome an und schwindelte, er habe mir vor nicht allzu langer Zeit erzählt, dass es bei den Lakota als ehrbar gelte, wenn ein spiritueller Führer an der Spitze eines Trosses steht. Ihr Respekt Amerikanern gegenüber wäre demnach wesentlich größer, eine Kooperation mit uns entsprechend wahrscheinlicher. Insofern, legte ich Oliver nahe, wäre es klug, wenn ich für die Zeit bei den Indianern die Leitung der Expedition übernehmen würde. Er erklärte sich einverstanden, und ich hatte den Eindruck, mein Vorschlag befreie ihn von der Last der Verantwortung. Wahrscheinlich hätte ich den Schwindel nicht nötig gehabt, nichtsdestotrotz war er nützlich. Er war eine Art vornehmer Puder, mit dem Oliver sein Zurücktreten gesichtswahrend vor sich wie vor den anderen rechtfertigen konnte. In Wirklichkeit schien er froh zu sein, die Leitung vorübergehend abgeben zu können. Mir selbst kam es dagegen vernünftig vor, die Führung zu übernehmen, denn ich wusste, dass ich mit Abstand der beste Diplomat unter uns Verbliebenen war. Die anderen waren dafür entweder zu unbeherrscht oder zu überheblich.

Wenig später trat Oliver vor die Mannschaft, um ihr die neue Strategie mitzuteilen, dabei wirkte er seltsam hölzern und fahrig. «Ich hoffe, das hat jetzt jeder kapiert», schloss er seine Ansprache. «Nur im Beisein der Indianer ist John der Captain. Wenn er euch Anweisungen gibt, habt ihr sie zu befolgen. Unter uns ändert sich natürlich nichts.»

Alle nahmen dies einmütig entgegen, es gab keinen Einwand, weder von Scheider noch von Rickover, schließlich wirkte die Argumentation schlüssig. Und niemand kam auf den Gedanken, Jeromes vermeintliche Aussagen anzuzweifeln oder Nanawu dazu zu befragen.

Am übernächsten Tag, als Pueyo wieder belastbar war, reisten wir weiter in die von mir vorgegebene Richtung. Schon morgens begann ein scharfer Wind über die Steppe zu fegen. Er ließ die Mäuler der Pferde schäumen, warf ihre Mähnen zurück und fuhr rauschend durch die Baumkronen.

Wir beobachteten einen Steinadler, der in Sekundenschnelle einen Fuchs erlegte, indem er ihm den Kopf einhackte und ihn dann in seinen Krallen davontrug. Auch sah man immer mehr Wölfe am helllichten Tag herumtraben.

Kaum hatten wir das Tal durchquert, wurde aus der geborstenen, ausgedorrten Erde wieder eine Graslandschaft. Zwar war die Sonne wie gewohnt stechend, doch die pochende Hitze hatte nachgelassen. Ich meinte eine veränderte Luft zu spüren und hatte das Gefühl, eine belebende Kraft durchströmte mich, meine Neugierde, ins *Herz von allem* vorzudringen, nährte sich mit jedem Atemzug. Einmal bemerkte ich einen Kreis von Pfählen um einen einzelnen Baum herum, um welche wiederum eine Menge Bisonschädel aufgehäuft waren. Nanawu meinte, es handle sich um ein beschwörendes Ritual, womit man Büffelherden anlockte.

Oliver absolvierte mit mir zusammen eine Nachtwache. Es war das erste Mal, dass er sich dazu bereit erklärte, und nach Luciens und Jeromes Abgang war dies auch geboten. Umhüllt vom magischen Licht des Mondes, plauderte er offenherzig wie schon lange nicht mehr. Die großen Pläne waren in sein Bewusstsein zurückgekehrt, und er zählte die Möglichkeiten auf, die uns durch das Incognitum eröffnet würden. Er sprach von Wehrhaftigkeit und Produktivität, aber auch von Freiheit und Demokratie. Oliver redete, als hätte er die letzten vier Monate in Abgeschiedenheit verbracht, als hätte es auch zwischen uns nie einen Dissens gegeben. Schließlich begann er, den Bogen zur Weltpolitik zu spannen. Die Vereinigten Staaten, referierte er, seien territorial inzwischen das viertgrößte Land der Welt hinter Russland, China und dem Osmanischen Reich. Mit dem Incognitum würden wir den entscheidenden Schritt nach vorne machen. Gesetzt den Fall, wir würden das Monster finden, hielt er es für aussichtsreich, in einigen Jahren Präsident zu werden. Sodann würde er sich mit den schlauen Briten verbünden und sich gleichzeitig die Erfindungskraft der Chinesen aneignen, um irgendwann später beide Länder abzuhängen. China, dozierte er, sei heute die größte Macht der Welt, ein Drittel aller Menschen seien Chinesen. Dieses Volk hätte das Papiergeld erfunden, den Kompass, selbst das Schießpulver. Noch sei China wirtschaftlich und militärisch führend, infolge der niedrigen Löhne und der geringen Geldzirkulation werde es mit dem Land aber bald bergab gehen.

Ich staunte nicht schlecht über seine Kenntnisse. Und doch entbehrte es nicht einer gewissen Komik. Zwei Tage nachdem er am Boden zerstört war und mir bereitwillig die Führung übertragen hatte (wenn auch nur vor den Indianern), skizzierte er mir seine Regierungspläne, als wäre die Wahl zum Präsidenten nur eine Frage der Zeit. Ich horchte ihm noch eine Weile zu, während der riesige Mond weiße Flecken in die Lichtungen streute. Irgendwann aber unterbrach ich ihn.

«Glaubst du wirklich an Unsterblichkeit?», fragte ich unvermittelt.

Oliver sah mich verwundert an, ehe er leichthin sagte: «Wenn wir das Incognitum finden, werden wir alle unsterblich. Dann gehen wir in die Geschichte ein, das ist unabweisbar.»

«Nein, nein. Ich meine im leiblichen Sinne.»

Auf seiner Stirn kräuselten sich die Falten bis unter den Haaransatz.

«Wie meinst du das?»

«Ich will wissen», sagte ich, «ob du wie Joe daran glaubst, dass die Mammuts ein Elixier in sich haben, einen Gallensaft, mit dem die Menschheit in der Lage ist, sich aus den Fesseln der Sterblichkeit zu befreien.»

Für einen langen Augenblick versteinerte sein Gesicht.

«Hat Joe mit dir darüber gesprochen?»

«Offenkundig», lächelte ich. «Ich halte das allerdings für ausgemachten Unfug. Mir kommt es vor wie der Glaube an einen mittelalterlichen Zaubertrunk oder als würde man andere glauben machen, allein durch die Aufnahme einer Hostie würde man ewiges Leben in der Obhut Christi erlangen. Wegen solchem Hokuspokus bin ich aus der Kirche geflohen! Und ihr wollt Unsterblichkeit mit Mammutsaft erlangen …»

Olivers Ohren röteten sich vor Scham. Mit meiner Rüge hatte ich ihn mitten ins Herz getroffen. Und ich muss zugeben, dass ich große Lust verspürte, seine Überheblichkeit niederzureißen. Ich wusste, es gab nur wenig, was einem selbst ernannten Vernunftmenschen peinlicher war als der Vorwurf von Obskurantismus und Scharlatanerie.

«Ich glaube ja auch nicht wirklich daran», sagte er schließlich kleinlaut mit hängenden Schultern. «Aber ich wollte Joe nicht daran hindern, an dem zu forschen, woran *er* glaubt. Er ist ein exzellenter Arzt. Vor fünf Jahren wäre die Tochter meines Bruders fast an Keuchhusten gestorben, und er hat sie gerettet.»

«Das will ich nicht bestreiten. Nur frage ich mich, warum er gegen Gott rebelliert, anstatt seine Fähigkeiten viel öfter für die Menschen einzusetzen …»

Oliver lächelte zaghaft, um Einvernehmen bemüht. «Wahrscheinlich hast du recht, und die Mammuts sind einfach nur gewaltige Tiere, und ihr Gallensaft unterscheidet sich nicht von dem einer Maus … Aber ist es so falsch zu glauben, dass es Unsterblichkeit geben könnte? Jede Medizin ist doch im Kern immer auch ein Mittel gegen den Tod. Und vielleicht gibt es auch ein Mittel gegen das Altern, und sei es nur, dass es den Tod um Jahre hinauszögert.» Für einen Moment verflüchtigten sich die Furchen aus seinem Gesicht.

«Würde dieses Mittel», sagte er traulich, «nur dem Hinauszögern einer verstreichenden, um keine Kostbarkeit der Welt zu vermehrenden Zeit dienen, wäre es unnütz. Aber wenn man einfach mehr Lebenszeit hätte, sich den wichtigen Dingen zuzuwenden, dem Wahren, dem Schönen und dem Guten, dann wäre der Menschheit mehr geholfen denn je.»

Er nickte seinen Worten hinterher und schaute mich Hilfe suchend an. Oliver war in der Lage, sehr schnell und auch sehr glaubhaft zwischen Arroganz und Opferrolle zu wechseln. Andererseits, dies muss ich rückblickend sagen, trug er tatsächlich eine Sehnsucht nach Wahrhaftigkeit in sich, die ab und zu aufbrandete und eine euphorische Energie zu entfesseln vermochte.

Ich lächelte ihn wohlwollend an. «Ja, das klingt nach einem schönen Traum», pflichtete ich ihm bei, während ich mich wunderte, wie man nur auf die Torheit kommen konnte, dass das platonische Ideal eine Frage der Lebensdauer sei und nicht eine der Lebensweise. Weiter wollte ich nicht darauf eingehen. Ich empfahl mich und vertrat mir kurz die Beine, um nicht einzuschlafen. Die Nacht war schon weit vorangeschritten, ich lehnte mich an eine Pappel und blickte nach Osten, in das fahle Licht der aufkommenden Morgenröte.

Mit einem Mal erklangen von den Hängen herab die Trommeln der Indianer. Die Paukenschläge erschütterten die Luft mit einem gleichmäßigen Wirbel. Der Wind vibrierte sachte, und es dauerte nicht lange, und er verband sich mit den Trommeln zu einem aufpeitschenden rhythmischen Schwingen. Ich legte meine Hand auf die Brust und spürte deutlich, wie mein Herz in derselben Taktung pochte. Mein ganzer Körper wurde schließlich davon erfasst. Wirre Bilder umgaukelten mich, meine Gedanken waren wie ausgeschaltet.

Nach wenigen Minuten verklangen die Trommeln, und an ihre Stelle trat aufgeregtes Vogelgezwitscher. Jetzt erst geriet ich ins Wanken. Um nicht das Gleichgewicht zu verlieren, umklammerte ich den Baumstamm. Schlagartig erinnerte ich mich, dass mir Ähnliches schon einmal widerfahren war, irgendwo in den Wäldern von Pennsylvania, als ich im Wagen vor Fieber flachgelegen hatte. Bis eben war ich festen Glaubens gewesen, dass die rauschhafte Benommenheit von damals mit der Überdosis Laudanum zu tun hatte, jetzt aber war mir bewusst, dass die Klänge etwas in mir entfachten, was sich meiner Kontrolle entzog. Ich kann es nicht anders beschreiben als die Kraft einer tiefgreifenden Unbändigkeit, die jedes Gefäß in mir zum Schwingen brachte.

Ich eilte zu Oliver, um zu erfahren, wie er die Trommeln wahrgenommen hatte, doch er lag zusammengekauert auf dem Boden und schnarchte vor sich hin. Ich wunderte mich, dass er nichts mitgekriegt hatte. Wie konnte er nur in einen so tiefen Schlaf fallen? Und wie war es möglich, dass ihn die vibrierenden Laute nicht aus dem Schlummer gerissen hatten? Für einen Moment zog ich in Betracht, ich hätte mir alles eingebildet. Doch dies erschien mir unmöglich, denn ich spürte noch das Nachbeben in mir. Gleich darauf vertrieb das Morgenrot die letzten Schleier der Nacht.

Sobald alle wach waren, drängte ich darauf, Vorkehrungen zu treffen für die Begegnung mit den Lakota. Ich war mir sicher, dass uns die Indianer beobachteten, ihre Siedlung musste wohl hinter dem steilen Hügel liegen, von wo ich die Pauken vernommen hatte.

Bevor wir uns auf den Weg machten, schärfte ich allen Demut ein sowie freundliches Betragen, ansonsten dürften wir mit keinerlei Hilfe rechnen. Um einen guten Eindruck zu machen, hielt ich alle an, saubere Kleidung anzuziehen, sich gründlich zu waschen und ihre Stoppelbärte abzurasieren. Wir sollten vermeiden, sagte ich, wie ein stinkender Sack Wanzen anzukommen. Dann würde man uns auf keinen Fall Zutritt zu heiligen Stätten gewähren. Offenbar waren meine Worte so eindringlich, dass selbst die Indianerhasser unter uns, welche die Ureinwohner gerne als diebisch und stinkend bezeichneten, keine Einsprüche erhoben.

Sodann erteilte ich Nanawu das Wort und bat sie, uns darzulegen, worauf wir im Umgang mit dem Stamm besonders achtgeben sollten, um keine Verstimmungen aufkommen zu lassen. Das Mädchen wusste mit der Frage zunächst wenig anzufangen, meinte aber dem Sinn nach, ein gutes Herz würde alle Barrieren überwinden; dann fiel ihr ein, dass die Weißen oft sehr ungestüm und allzu forsch aufträten, Indianer würden darin ein aggressives Verhalten sehen. Und im Unterschied zu den Weißen schauten sich Indianer bei einem Gespräch so gut wie nicht in die Augen, dies wäre ein Ausdruck von Respekt. Erst nach und nach würde man direkten Blickkontakt aufnehmen. Beide Hinweise erschienen mir dienlich, worauf ich ihr dankte. Oft ist es das Wissen um kleine Dinge, welches großes Ungemach abzuwenden vermag.

Während sich die Männer wuschen und ihre Uniformen mit Seife säuberten, erschien es mir höchste Zeit, Nanawu über unsere Expedition aufzuklären.

Dies tat ich nicht nur um der Aufrichtigkeit willen, sondern weil Nanawu der Schlüssel zur Verständigung war. Das Mädchen vom Volke der Shoshone, so viel hatte ich vorher bereits herausgefunden, war zwar nicht der Sprache der Lakota mächtig, aber sie sprach einigermaßen die der Hidatsa, des Stamms, der sie als kleines Mädchen entführt hatte, und die Hidatsa gehörten wiederum zur Sprachfamilie der Sioux, zu der auch die Lakota zählten. Außerdem beherrschte Nanawu die Zeichensprache, eine Art Lingua franca innerhalb des riesigen Territoriums. Es gab ein Vokabular aus mehreren Hundert Zeichen, was eine erstaunlich nuancenreiche Kommunikation ermöglichte, wie ich später feststellen durfte.

Als ich Nanawu über den Grund unserer Reise einweihte, konnte sie nichts damit anfangen. Dies änderte sich auch nicht, nachdem ich das Incognitum mit einem Stock in den Staub gezeichnete hatte – sie blickte mich aus ahnungslosen und gleichsam mitfühlenden Augen an. Kermit habe ihr schon davon erzählt, gestand sie mir nun, allein, sie habe noch nie von so einem Tier gehört, weder in den Erzählungen ihres Stammes noch bei den Hidatsa oder den Omaha, bei denen sie zuletzt gelebt hatte. Aber vielleicht, räumte sie ein, hieße das alles nichts. Die Lakota seien ein großes Volk, es könne durchaus sein, dass sie ein ebenso großes Geheimnis hüteten, von dem selbst umliegende Stämme nichts ahnten. Ich stimmte ihr zu, obgleich wir beide ahnten, dass dies unwahrscheinlich war. Daraufhin bat ich sie, den anderen nichts vom Inhalt unseres Gesprächs preiszugeben. Bevor wir auseinandergingen, fragte sie mich noch, wozu wir dieses Tier finden wollten. Ich antwortete, Gott habe uns den Auftrag gegeben, es sei gewissermaßen eine himmlische Mission. Damit gab sie sich zufrieden. Die Lüge war schmerzlich, aber sie fiel mir wesentlich leichter, als ihr die Wahrheit mitzuteilen, die mir hier draußen, unter dem endlosen Himmel, geradezu jämmerlich vorkam.

Dies brachte mich plötzlich schwer ins Grübeln, und ein grummelndes Unbehagen wandelte mich an. Unser Erscheinungsbild war das eine, aber was sollte ich denn den Lakota außer Worten der Ergebenheit und des Respekts erzählen? Wir konnten unmöglich bei ihnen kampieren und Forderungen stellen, auch konnte ich ihnen nicht ohne Weiteres unterbreiten, dass wir ihr heiliges Tier suchten, welches sie womöglich vor dem Rest der Menschheit versteckt hielten.

Ich schalt mich einen Idioten, da ich mir bis jetzt keine Gedanken darüber gemacht hatte, mit welchem Anliegen ich bei ihnen vorstellig werden sollte. Lucien und Jerome hatten kein Wort darüber verloren. Und in der Tat: Oliver, Scheider und Rickover bestätigten mir anhand ihres verschämten Schweigens, dass sie sich nie danach erkundigt hatten, wie der Franzose und der Mestize die Lakotaanführer dazu bewegen wollten, uns ins verborgene Tal der Incognitums zu führen. Jeder hatte sich auf die beiden verlassen. Nun standen wir da wie Staubköpfe ohne Ahnung und Strategie. Ich zog mich zum Nachdenken in den Versorgungswagen zurück; auch die anderen wollten sich Gedanken machen. Ich stellte mir vor, wie Lucien vorgegangen wäre, und fragte mich, ob er aufrichtig gewesen wäre oder eine List angewandt hätte. Ich kam zu keinem klaren Ergebnis außer zu dem Verdacht, dass die beiden womöglich doch nie beabsichtigt hatten, das Incognitum zu finden … Ich wischte den Gedanken beiseite und fragte mich ernsthaft, was man jemandem auftischen soll, dessen Heiligstes man rauben will, was man freilich nicht zugeben kann. Ich kam mir ziemlich räudig vor und war kurz davor, alles hinzuschmeißen, da hörte ich plötzlich galoppierende Pferde. Die Erde bebte unter ihrem Getrampel, die Plane des Wagens zitterte, als käme ein ganzes Dragonerregiment auf uns zu. Eine fiebernde Angst erfasste mich, doch nach wenigen Augenblicken spürte ich auch eine gewisse Lust an dieser Angst.

Ich wusste, der Ausgang dieser Expedition hing hauptsächlich von mir ab. Würde ich versagen, indem ich unüberlegte Worte wählte oder falsche Entscheidungen traf, konnte dies sogar zu unserem Tod führen.

Ich hörte aufgeregte Stimmen, vernahm geschäftige Geräusche, wartete aber ganz bewusst darauf, dass jemand nach mir verlangte. Schließlich rief Oliver nach mir. «Captain John», brüllte er, «bitte kommen Sie!»

Jetzt gilt es, dachte ich und bekreuzigte mich dreimal, ehe ich aus dem Wagen kletterte. Prompt stockte mir der Atem – wir waren umzingelt von einer Reiterschar, bestehend aus bestimmt dreißig Männern zu Pferd. Ihre Bogen waren gespannt, ebenso die Hähne ihrer Gewehre. Meine Leute standen zusammengedrängt an der Seite des Materialwagens und warfen mir Hilfe suchende Blicke zu. Drei Indianer stiegen von ihren Pferden ab und gingen langsam auf mich zu, bis sie zwei Meter vor mir haltmachten. Sie waren rot bemalt im Gesicht, jeder trug eine Federhaube auf dem Kopf. Eine knisternde Stille durchzog die Luft, niemand sagte ein Wort. Ich winkte Nanawu herbei, die sich gleich aus der Gruppe löste und sich neben mich postierte. Als die Lakota sie sahen, wurden ihre Mienen schlagartig freundlicher. Einer der drei, derjenige mit dem größten Federschmuck, offensichtlich ihr Anführer, gab die Anweisung, die Waffen zu senken, dann sprach er zu Nanawu, die einige Worte erwiderte, welche sie mir aber nicht übersetzte. Die beiden konnten sich anscheinend verständigen. Ich breitete die Hände aus und senkte demonstrativ meinen Blick, ehe ich die Größe sowie Geltung der Lakota rühmte: Ihr respektabler Ruf sei bis weit in den Osten, bis in die große Stadt New York vorgedrungen, wo wir vor über hundert Tagen aufgebrochen seien.

Ich setzte eine kurze Redepause, in der mir schließlich der Gedanke kam, mit der Wahrheit zu lügen. Ich sagte, wir seien alle Amerikaner und ich sei mit meinen Männern in friedlicher Absicht gekommen, um das Leben der Lakota zu erkunden. Wir hätten ihnen Geschenke mitgebracht, um einen Einblick in ihr Stammesleben erhalten zu dürfen. Erst dann stellte ich mich mit meinem Namen vor und sagte, dass ich Pfarrer, Sterndeuter und Diplomat sei. Nanawu übersetzte alles, so gut sie konnte, bei einigen Begriffen fragte sie nach, aber es schien, dass sie meine Rede weitgehend verständlich übermittelte. Die Indianer bedachten mich mit erstaunten Blicken. Ihr Anführer wollte nun wissen, ob ich einen Herrn hätte, in dessen Auftrag ich unterwegs sei. Ich verneinte. Der einzige Herr, beteuerte ich, dem ich unterstellt sei, sei mein Gott, und ich betonte, dass wir nicht gekommen seien, um das Volk der Lakota zu missionieren. Daraufhin entgegnete der Anführer, dies sei ein weiser Entschluss, denn allein der Versuch würde schlimme Folgen für uns haben.

Die drei steckten die Köpfe zusammen und wechselten einige Worte untereinander. Es war schwer zu erkennen, ob sie sich einig waren oder einen Disput hatten. Nach weniger als zwei Minuten Beratung teilte mir der Häuptling mit, uns den Zutritt zu ihrem Dorf zu gewähren. Für die Zeit unseres Aufenthalts müssten wir allerdings all unsere Feuerwaffen abgeben.

Als ich dies meinen Kameraden mitteilte, hielt sich ihre Begeisterung in Grenzen. Insbesondere Rickover und Billstrom grollten, sie weigerten sich, ihre Schießeisen abzutreten. Waffenlos fühlten sie sich den Ureinwohnern völlig ausgeliefert. Sie schlugen deshalb vor, umzudrehen und über einen Umweg zu den Black Hills zu gelangen, vielleicht würden uns andere Lakota-Stämme besser behandeln. Dieser

Vorschlag wurde schnell verworfen, erstens wusste niemand, wie andere reagieren würden, zweitens hatten wir keine Zeit zu vergeuden, und drittens machte ich ihnen klar, dass wir mit oder ohne Waffen keine Chance hätten. Die Indianer, so schien es mir, wollten einfach sichergehen, dass wir kein Unheil anzurichten in der Lage waren. Sie hatten schließlich keine Garantie, ob wir nicht doch feindlich gesinnt waren. Rickover sträubte sich bis aufs Blut, meinte, dass er lieber mit der Waffe in der Hand sterben und sich zur Not auch selbst richten würde, als von den Wilden hingerichtet zu werden. Die Situation schien schon unauflösbar verfahren, doch dann kam ich auf die Idee, dass ich den Indianern glaubhaft unterbreiten könnte, dass jeder von uns – ausgenommen Nanawu – im Besitz einer Muskete wäre. Das wären neun Stück, und diese Anzahl an Gewehren würden wir ihnen aushändigen. Die Indianer konnten ja nicht wissen, dass wir noch Lawrence' und Sullivans Waffen hatten. Zusätzlich waren da die Pistolen: Wir hatten noch die von Sullivan, die ich verwahrte, ebenso besaßen Oliver, Scheider und Rickover eine. Diese Waffen, versprach ich meinen Männern – eine Muskete und vier Pistolen –, würden wir nicht abgeben, wir müssten sie allerdings gut verstecken und dürften sie nur im alleräußersten Notfall anwenden. Mit dieser Lösung vermochte ich Rickover und Billstrom zu beruhigen, auch wenn damit nicht viel gewonnen war, denn die Schusswaffen konnten sie ja ohnehin nicht bei sich tragen (dafür führten sie von da an permanent ihre Säbel mit).

Gleichwohl hoffte ich inständig, dass unsere Trickserei nicht auffliegen würde. Den Indianern war unterdessen alles nachvollziehbar: neun Männer, neun Gewehre – und die, so ihr Versprechen, würden sie so lange verwahren, bis wir wieder abreisten. Dass sie wirklich nur daran interessiert waren, eine gewisse Sicherheit zu erhalten, und sich nicht selbst zu bereichern beabsichtigten, erschloss sich mir darin, dass sie keine Munition einsammelten. Das teilte ich meinen Leuten mit, ebenso mein Vorhaben, dass ich die Lakota sachte auszuforschen suchte, sobald ich ihr Vertrauen gewonnen hätte.

Keine zwei Stunden später, beim Passieren der Kammlinie, eröffnete sich uns ein imposanter Ausblick auf *Das Herz von allem*. Die Witterung war so klar, dass man weite Teile des Gebirges sehen konnte. Es war viel schöner als in meiner Vorstellung, eine majestätische Erhebung im flachen Grasland mit unendlich vielen Kiefern, deren Nadeln in der Sonne schwarzgrün glänzten wie von Efeu umrankt, mit Wipfeln bis zum Horizont, Granitblöcken, die sich weit in den Himmel erhoben. All dies strahlte eine natürliche Erhabenheit aus, und ich spürte, wie mein Herzschlag ruhiger wurde. Trotz der Ergriffenheit schärfte ich meine Augen, und ich fragte mich, ob es tatsächlich sein mochte, dass irgendwo zwischen diesen Bergen eine Herde von Incognitums lebte.

Vor uns im Tal lag das Dorf der Lakota. Es hatte die Form eines nach Osten offenen Kreises und bestand aus etwa dreihundert Tipis. Das Dorf war umgeben von satten Wiesen und einem Leben spendenden Fluss, an dessen Ufer eine riesige Herde frei laufender Pferde graste.

Der Häuptling kam nun zu unserem Wagen geritten und blieb stehen, worauf der ganze Tross anhielt. Seine Augen strahlten vor Stolz, er hob sein Kinn und streckte dem Tal seine Arme entgegen, sein Blick weidete sich an der Schönheit seiner Heimat. Er sagte etwas zu Nanawu, was sie aber nicht verstand, dann gab er seinem Pferd einen Tritt in die Seite, ritt in vollem Galopp den Hügel hinab und stieß lang gezogene, schrille Freudenschreie aus.

Nach einer weiteren Stunde kamen wir im Dorf an. Die Indianer wiesen uns einen Platz außerhalb der Siedlung zu, in der Nähe des Flusses. Wir bargen unsere Geschenke, zu denen ich noch eines der zwei alten Linsenfernrohre dazupackte, die wir ursprünglich als Tarnapparate dabeihatten, um uns als Astronomen ausweisen zu können. Sodann geleiteten uns die beiden Vizeanführer zum Zelt des Großen Rates, das in der Mitte des Lagerkreises stand. Hier würde der Häuptling, der den Titel Wicasa Itancan führte, auf uns warten. Der eine der beiden Vizeanführer hieß Lone Horn (in der Sprache der Lakota: Hewáŋžiča), der andere stellte sich als Red Fish (Hoǧáŋ Lúta) vor, und nun offenbarte es sich auch, dass Letzterer der englischen Sprache einigermaßen mächtig war. Beide waren die auserwählten Stellvertreter und Berater des Häuptlings, die Wakiconza geheißen wurden.

Auf dem Weg zum Zelt erhaschten wir die ersten Einblicke in das Dorfleben, wir sahen Kinder, die Maiskolben körnten, ein paar Jungen trugen Wasser in großen Büffelblasen, andere flochten Seile. An manchen Zelten gerbten Frauen Felle, sie schabten die Haut mit einem Bimsstein ab, andere zerrten ein Fell auf einer schief aufgehängten Leine in alle Richtungen hin und her. Jetzt erst fiel mir auf, dass alle Tipis aus gegerbten Bisonfellen bestanden. Zwischen einigen Tipis trocknete auf Seilen und Lederschnüren aufgehängtes Fleisch.

Es gab auch viele Hunde, welche die Zelte umlagerten, diese hatten häufig Junge, mit welchen die Kinder spielten und herumtollten. Sobald uns die Menschen bemerkten, hielten sie inne und starrten uns mit großen Augen an, wahrscheinlich glotzten wir nicht minder erstaunt. Mir kam es vor, als wären wir auf einer Sandbank der Zeit gestrandet. Die größte Attraktion war auch bei diesen Eingeborenen Sidney, dergestalt, dass manchen bei seinem Anblick der Mund offen stand und einige Kinder vor Schreck davonliefen.

Die Lakota selbst hatten eine dunklere Haut als die Indianer, denen ich bisher begegnet war, sie hatten dunkle Augen und schwarzes, glattes Haar. Ihre Körper waren frei von Behaarung, und den Männern wuchs nur spärlich der Bart. In den folgenden Tagen schaute ich sie mir oft genug an, ich fand, es waren schöne, ansehnliche Menschen. Sie hatten längliche Gesichter mit stark hervortretenden Backenknochen, dazu sanft gewölbte, meist etwas gebogene Nasen, auch die Augen waren im Tränenwinkel häufig etwas herabgezogen. Die Männer waren in der Regel muskulöse Kerle von mittlerer Größe, die ihr Haar kunstvoll zu einem Zopf geflochten hatten, die Frauen dagegen trugen die Haare herabhängend und in der Mitte gescheitelt.

Bevor wir das Zelt betraten, welches mit Abstand das größte war und einen Durchmesser von bestimmt zwölf Metern hatte, wurde ich von Red Fish gefragt, wer meine Wakiconza wären, denn nur die dürften mitkommen, alle anderen müssten draußen warten. Ich sagte mir, wenn die Lakota zwei Berater haben, wähle ich ebenfalls zwei, und zeigte auf Oliver und Scheider, und natürlich musste Nanawu als Übersetzerin dabei sein. Da Red Fish und auch Lone Horn derart beeindruckt waren von Sidney, baten sie mich, ihn hinzuzunehmen. Ich hatte nichts dagegen, sondern erfreute mich heimlich daran, dass dem Sklaven derselbe Rang wie seinem Herrn zugebilligt wurde, wenngleich die Indianer nichts über Sidneys Sklavenexistenz wussten.

Im Zelt waren vielleicht zehn Frauen und noch mal so viele Männer versammelt. Ihre Hälse und Oberkörper waren mit farbigen Mustern verziert. Männer wie Frauen hatten verschiedene Lederroben an, zudem waren alle geschmückt. Sie trugen aus Borsten gefertigte Ohrringe, Ketten aus Muscheln, die knopfähnlich geschnitzt waren, oder auch mit Perlen bestickte Halsbänder. Die Zeltdecke war mit zahlreichen Symbolen dekoriert. In der Mitte des Tipis befand sich eine Mulde für eine Feuerstelle, und rundherum war der Boden mit Häuten und Fellen ausgelegt. Nun stellte sich uns auch der Häuptling mit seinem Namen vor, er hieß Standing Bull (Tatanka Nazhin) und stand neben der Feuerstelle, wo er uns seine Aufwartung machte, als würde er uns zum ersten Mal sehen. Er war durchaus freundlich, gerierte sich aber gebieterisch. Standing Bull war ein schlanker Mann von mittlerem Wuchs, seine Beine waren krumm wie die Spanten eines Boots, was davon zeugte, dass er in einen Pferdesattel hineingeboren war.

Zu einem Lakotahäuptling, so ließ ich mir später sagen, wurde ein Mann bestimmt, der aufgrund seiner Lebensführung zu Ansehen gelangt war. Ein solcher Wicasa Itancan war für sämtliche Angelegenheiten zuständig, ausgenommen die religiösen Zeremonien. Er war aber kein unumschränkter weltlicher Führer, sein Rang und die Dauer seiner Regentschaft hingen von der Zustimmung derer ab, für die er die Verantwortung trug. In den folgenden Tagen erfuhr ich auch, dass die Lakota – wie viele andere indianische Völker – über ausgeklügelte Entscheidungssysteme verfügten, in deren Zentrum regelmäßige Ratsversammlungen standen: Die meisten Stämme trafen einvernehmliche Entscheidungen, und oft waren Frauen wie Männer an den Verhandlungen beteiligt. Dies führte nicht selten zum Ergebnis, dass die Ureinwohner ihren Feinden als geschlossene Front gegenübertreten konnten.

Direkt neben Standing Bull stand ein alter Mann mit schlohweißem Haar. Er hieß Old Smoke (Šóta) und war der Heilige des Stammes, ein Medizinmann, der den Titel Wicasa Wakan trug. Noch ehe er ein Wort von sich gab, beeindruckte mich seine ruhige Autorität. Sein Gesicht war von Narben und Falten gezeichnet, seine Hände waren von den vielen Wechseln der Jahreszeiten verbrannt und frostgeplagt, doch trotz dieser Versehrtheiten wirkte er nicht abgekämpft, in seinen Augen flackerte eine wissbegierige Aufmerksamkeit.

Als Nächstes übergaben wir Standing Bull unsere Geschenke: Kochkessel, Angelhaken, Nähnadeln, einige Tücher sowie Schwarzpulver und Bleikugeln für ihre Gewehre. Und eben ein Linsenfernrohr, dessen Funktion ich ihnen erläuterte. Nach kurzer Begutachtung reichte er die Geschenke seinen beiden Beratern weiter, welche die Waren wiederum an die Frauen und Männer aushändigten. Am Ende der Übergabe nickte der Häuptling wohlwollend, sprach aber nicht auch nur ein Wort des Dankes aus.

Sodann besah Standing Bull Sidney, er griff nach seinen Händen und fasste in sein krauses Haar. Der Häuptling zeigte sich beeindruckt von seiner Statur und wollte wissen, ob Sidney gar von einem Bären abstamme. Ich verneinte dies, bekundete jedoch, er sei sehr stark und Gott hätte ihn mit vielen Begabungen ausgestattet, worauf Sidney seine Mundwinkel zu einem unscheinbaren Lächeln formte und nickte. Ich erklärte dem Häuptling, dass Sidneys Vorfahren aus Afrika stammten, einem großen Land hinter dem großen Ozean, weit im Südosten, wo alle Menschen eine schwarze Hautfarbe hätten. Standing Bull zeigte wenig Interesse dafür, stattdessen drückte er die Hoffnung aus, seine Kraft möge sich auf die Männer seines Dorfes übertragen.

Wir setzten uns um die Feuerstelle, das hieß: wir fünf und

die vier Lakota. Die restlichen etwa dreißig Männer und Frauen wahrten um uns herum einen gewissen Abstand und verharrten größtenteils im Stehen. Nun wandte sich Red Fish an mich. Er habe schon einmal einen schwarzfarbigen Menschen gesehen, sagte er. Er selbst komme ursprünglich von einem Lakota-Stamm weiter nördlich und sei früher beständig am oberen Verlauf des Missouri in den Siedlungen der Mandan gewesen, wo immer noch Tausende Angehörige anderer Stämme zusammentreffen, um Handel zu treiben. Dort seien auch regelmäßig Händler aus Kanada und St. Louis aufgetaucht, bei denen einmal ein schwarzer Mann dabei gewesen sei. Es gäbe, ergänzte er, in allen Dörfern auf dieser Seite des Missouri Leute, die weiße Männer aus Handelsbeziehungen kennen würden. Seitdem sei er mit der englischen und französischen Sprache etwas vertraut. Wobei er Englisch zu sprechen in Kanada gelernt habe. Prompt gab er mir eine Kostprobe und fragte mich, wie es mir gehe, worauf alle lachten. Ich war beeindruckt von seiner Gewandtheit und merkte, dass er ein umgänglicher, gutwilliger Mann war.

Nun ergriff Lone Horn das Wort. Sein Volk sei darauf bedacht, die weißen Kaufleute aus dem Territorium der Lakota herauszuhalten. Sie wollen selbst die Kontrolle über die Geschäfte haben. Entlang des Missouri gäbe es ein dichtes Handelsnetz, wo Gewehre, Äxte, Messer, Kessel und Keramik, aber auch Tabak, Häute und Feldfrüchte umgeschlagen würden. Die Waren seien wichtig für sein Volk, aber der Einfluss der Händler und die Macht anderer Stämme dürften nicht überhandnehmen.

Ich blickte zu Oliver und Scheider, die bislang kein Wort gesagt hatten. Sie glotzten mich mit beklommenen Mienen an. Mit den Einlassungen von Red Fish und Lone Horn war offenkundig, dass wir weiß Gott nicht zu den ersten Weißen gehörten, die in dieses Gebiet vordrangen. Auf einmal gab Standing Bull ein Zeichen, worauf die Männer und Frauen zur Seite traten. Sogleich bekamen wir einige Symbole der indianischen Überlegenheit zu Gesicht: eine britische Flagge, eine französische sowie eine spanische hingen an Schnüren von der Wand, auf gegabelten Stöcken standen kunstvolle Kalumet-Pfeifen, daneben Medizinbeutel und aufgespannte weiße Bisonfelle. Und einigermaßen unscheinbar, aber keineswegs nicht unübersehbar: Hinten auf dem Boden kauerten vier gefangene Männer eines anderen Stammes (es waren Arikara aus dem Norden, mit denen sie eine Fehde hatten, wie ich anderntags erfuhr).

Standing Bull kommentierte dies nicht. Ich selbst verlor auch kein Wort über diese wohl sorgsam geplante Demonstration politischer Macht. Ich blickte zu Scheider, der vorher schon ängstlich wirkte. Nun war er ganz bleich geworden, seine Stirn von Schweißperlen übersät. Zum ersten Mal seit unserer Abreise stieg mir wieder sein seltsamer Maiglöckchenduft in die Nase.

Standing Bull forderte mich auf, noch einmal den Grund unseres Kommens vorzutragen. Alle Augen richteten sich nun auf mich, ich spürte, wie mir nun ebenfalls Schweißperlen auf die Stirn traten. Mein Herz begann zu pochen, gleichwohl blieb ich ruhig und sagte als Erstes, wir seien eine amerikanische Erkundungsmission und kämen in Frieden. Unser großer Häuptling George Washington habe keine Kenntnis von unserer Reise. Ich sei in der christlichen Religion ein heiliger Mann, ebenso Diplomat und Sterndeuter. Wir beabsichtigten weder Handel mit den Lakota zu treiben noch ihre Jagdgründe zu plündern, wir seien allein zu dem Zweck gekommen, um mehr über das Leben und den Glauben der Lakota zu erfahren. Nachdem Nanawu auch dies übersetzt hatte, machte Old Smoke seinen Mund auf. Ich erwartete eine brüchige Altmännerstimme, aber er sprach mit einer festen, klaren Intonation.

«Lakota heißt Verbündete, Freunde», sagte er und fügte hinzu: «Wir selbst nennen uns Ikce Wicasa – die natürlichen Menschen, die freien, ungezähmten Menschen.»

Ich nickte und beteuerte, dass ich dies hochachtend zur Kenntnis nehmen würde. Daraufhin sagte er, die vier Haupttugenden der Lakota seien Tapferkeit, Seelenstärke, Großzügigkeit und Weisheit. Nur die wenigsten Weißen besäßen eine der drei ersten Tugenden. Nach Weisheit habe bislang noch niemand gesucht, der in ihr Land gekommen war. Die Weißen wollten stets nur die Schätze der Lakota rauben oder Geschäfte machen.

Ich gab zur Antwort, dass ich mir darüber bewusst sei, und bat ihn für die sündhaften Absichten dieser Christenmenschen um Vergebung. Schließlich merkte ich noch an, es müsse immer jemand der Erste sein, der von weit her komme, um nach Weisheit zu suchen. Ich versprach ihm, wir würden das heilige Land der Lakota so respektieren, als sei es unser eigener heiliger Boden, genauso wie wir ihre Sitten und Gebräuche achten würden. Ich sprach mit ernst gemeinter Aufrichtigkeit, obgleich mir bewusst war, dass ich mich in ein Dilemma manövrierte, denn die Suche nach dem Incognitum würde wohl mit dem Bruch meines Versprechens einhergehen. Gleichviel, wenn wir uns nicht an ihre Gesetze hielten, stand zu befürchten, dass wir so endeten wie die vier Gefangenen, die zu Frondiensten bestimmt waren.

Im Anschluss an meine Rede äußerte sich Oliver. Er sprach von unseren hehren Werten und hohen Idealen, die von christlicher Nächstenliebe geprägt seien und denen wir uns verpflichtet fühlten. Dabei setzte er ein wachsweiches

Lächeln auf und stellte eine Freundlichkeit zur Schau, als trüge er eine Monstranz vor sich her. In seinem Verhalten erkannte ich das heuchlerische Getue der oberen Katholiken, wenn sie mit ihrem Landesfürsten konversierten.

Nachdem Oliver ausgeredet hatte, wurde entsetzlich lange geschwiegen. Mir kam es vor, als würden sie ein stummes Gericht über uns halten.

Schließlich drehte mir der Medizinmann den Kopf zu und betrachtete mich aufmerksam. Er sah mir mitten in die Augen, was mich verwunderte, denn bisher war es so gewesen, wie Nanawu es angekündigt hatte, nämlich dass die Indianer den direkten Blickkontakt gemieden hatten. Nach mir blickte der Medizinmann Oliver, Scheider und Sidney der Reihe nach in die Augen, dann murmelte er etwas zu Standing Bull, sehr leise, da es von Nanawu wohl nicht übersetzt werden sollte.

Kurz darauf beschloss Standing Bull, die Friedenspfeife mit uns zu rauchen, was ich für ein gutes Zeichen hielt. Der Ablauf des Rituals sah vor, dass während des Pfeifenstopfens Süßgras und Salbei verbrannt wurden. Sodann wurde die Pfeife von Norden nach Süden und von Osten nach Westen durch den Rauch gezogen und dann im Uhrzeigersinn in die sechs Himmelsrichtungen gehalten.

Erst jetzt zündete Standing Bull die heilige Pfeife an, mit der er zunächst vier Züge für die Ahnen rauchte. Anschließend wurde sie durch den Kreis gereicht. Der Tabakrauch schmeckte angenehm würzig in meiner Mundhöhle. Ein bläulicher Dunst umfing uns und machte mich wohlig benommen.

Es ist vielleicht Zufall, aber ich möchte es an dieser Stelle trotzdem nicht unerwähnt lassen, dass bezeichnenderweise die Farbe Blau für das Utopische steht, für das der Macht

Abgewandte, für die Sehnsucht nach dem anderen sowie für das Vernebelte, das sich dem Verständnis entzieht …

Die Indianer verbinden mit dem aufsteigenden Rauch Hoffnungen, die damit in den Himmel geschickt werden. Zudem eröffnet es den Menschen die Möglichkeit, auf seelischer Ebene miteinander in Kontakt zu treten.

Nach dem Ritual verließen die meisten Männer und Frauen das Zelt des Großen Rates, auch die Gefangenen wurden abgeführt. Wir blieben und speisten zusammen mit zehn Indianern Büffelpemmikan und gemahlene Kartoffeln. Das Essen wurde ebenso unseren Kameraden vor dem Zelt dargereicht. Die Stimmung während der Mahlzeit war recht ausgelassen. Ich war erleichtert darüber, auch wenn es sich etwas befremdlich anfühlte, da wir nun nicht mehr eingebunden wurden in die lebhafte Konversation. Nur Red Fish warf mir hin und wieder warme Blicke zu. Wie nebenbei sagte Standing Bull plötzlich zu mir, dass sie uns gestatten würden, für heute Nacht zu bleiben. Bald würden sie eine Ratsversammlung abhalten, in der sie dann abstimmen würden, für wie lange wir verweilen dürften. Ich nickte ergeben – was blieb mir auch anderes übrig.

Nachdem wir uns im Lager eingefunden und unsere Zelte aufgebaut hatten, beratschlagte ich mich mit Oliver, Scheider und Rickover. Die Geister schieden sich. Scheider und Rickover hegten großes Misstrauen gegenüber den Ureinwohnern, vor allem geißelten sie deren herrisches Verhalten. Scheider echauffierte sich darüber, dass sie unsere Geschenke so achtlos entgegengenommen hatten, ohne sich dafür zu bedanken. Ich wies noch einmal darauf hin, dass es eine Fehleinschätzung war zu glauben, wir müssten den Lakota nur ein paar Geschenke machen, worauf sie uns die Füße küssen und den Weg zum Incognitum offenbaren würden. Oliver stimmte mir zu. Man habe die Gegebenheiten falsch beurteilt, in Bodards Erzählungen klang es stets so, dass man mit den Ureinwohnern mühelos kooperieren könne. Er, Oliver, hätte dies nie hinterfragt, schließlich war der Franzose über jeden Zweifel erhaben gewesen. Gleichwohl zollte Oliver den Lakota Respekt für ihre Herrschaftspolitik gegenüber weißen Händlern, auch wenn sich dies über kurz oder lang nicht aufrechterhalten ließe, da sie gegen eine Kavallerie keine Chance hätten. Ferner zeigte er sich beeindruckt davon, dass sie ein nicht geringes Maß an Kultur besäßen, was Kleidung, Verpflegung und Wohnungen betraf. Ihre Roben seien kunstvoll angefertigt, das Essen schmeckte ihm, und er gab zu, dass er stets davon ausgegangen war, dass es in solchen Tipis entweder heiß und stickig oder kalt und feucht sein müsse.

Wir mussten nun abwarten, was die Indianer beschließen würden, verständigten uns aber darauf, dass wir meinen Vorschlag, die Lakota sachte auszuforschen, beibehielten. Für den Fall, dass sie uns wegschickten, hatten wir keine Strategie. Wir hingen also von der verdammten Willkür der Wilden ab, wie es Rickover ausdrückte. Er und Scheider gingen daraufhin schlafen, während ich noch, obwohl todmüde, eine grundlegende Sache mit Oliver bereden wollte. Meine Frage war: Wie sollte ich Old Smoke oder jemand anderen zum Reden bringen? Meiner Ansicht nach brauchte ich dafür mehr Anhaltspunkte als nur *die Höhle*, *das Tal* oder die Beschreibung des Incognitums. Ich wollte von Oliver wissen, auf welche Mythen er sich berief, also bat ich ihn, mir stichhaltig mitzuteilen, was die Legenden genau besagten und woher er seine Kenntnisse bezogen hatte.

Oliver räusperte sich zweimal, ehe er sagte, er hätte darüber in einer Sammlung von indianischen Mythen gelesen.

Darin existierten einige Erwähnungen von Landungeheuern, beispielsweise gäbe es einen Mythos aus dieser Gegend, in dem es um den Ursprung eines Berges ginge. Ein Monster hätte gegen einen großen Bären gekämpft, und aus dem toten Bären sei der Hügel entstanden. Darüber hinaus hätte er natürlich auch über die Höhle in den Black Hills gelesen. Diese sei nach dem Glauben der Lakota die Geburtsstätte aller Lebewesen. Lucien habe ihm versichert, dass er schon einmal in der Nähe der Höhle gewesen sei, wenngleich nicht darin, und dass er Indianern begegnet sei, die ihm, Lucien, geschworen hätten, dass diese Höhle zu einem großen Tal führe, wo monströse Tiere lebten. Und so wie sich die Lakota heute benommen hätten, sagte er voller Überzeugung, sehe es ganz danach aus, dass sie etwas verbergen würden. Ich hatte geduldig zugehört und stimmte ihm in diesem letzten Punkt entgegen meiner eigenen Einschätzung zu. Doch dann fiel mir ein, dass er in Greenburgh zu mir gesagt hatte, er selbst würde Indianer kennen, die das Incognitum schon einmal gesehen hätten.

Dies stritt Oliver nun entschieden ab, nicht er, Lucien habe mit diesen Zeugen gesprochen. «Es gibt wahrscheinlich keinen einzigen Lakota auf dem Boden der Vereinigten Staaten, wie sollte ich also je mit einem von ihnen zu tun gehabt haben? – Ich kann das gar nicht gesagt haben.»

Zwar war ich mir sicher, dass er es anders formuliert hatte, aber es wäre müßig gewesen, darüber zu streiten.

«Ich glaube nicht, dass die Indianer Bodard angelogen haben, so wie es auch keinen Sinn ergibt, dass er mich angelogen hat. Warum sollte er das tun, warum sollte man überhaupt in der Angelegenheit lügen …?»

Ich gab ihm recht, verkniff mir aber anzumerken, dass die Unwahrheit oft keine Sache der bösen Absicht sei. Sodann wollte ich noch wissen, wie er, Oliver, darauf gekommen war, dass die Ureinwohner nach der Ankunft der Europäer das Incognitum mit Feuer von der Ostküste hierhergetrieben hätten.

Oliver sah mich an, als wäre ich unfähig, die einfachste Rechenübung zu lösen.

«Na, weil sie verhindern wollten, dass die Weißen der Tiere habhaft werden. Deswegen haben sie sie in ein Tal getrieben.»

«Das ist aber *deine* Annahme, oder hast du das von jemandem gehört?»

«Das habe ich mir selbst erschlossen. Und mir scheint das immer noch plausibel», sagte er trotzig. «Schließlich gab es mehrere große Wanderungen von indianischen Völkern vom Osten nach Westen.»

«Oh, das wusste ich nicht, das ist natürlich aufschlussreich.» Ich gab mich betont einsichtig, um meine Bedenken zu verschleiern. Dann bedankte ich mich für seine Auskünfte und versprach ihm herauszufinden, wo sich die Höhle befinde, in der die Indianer den Ursprung aller Lebewesen wähnten. Die Frage war nun schlichtweg die, ob die Lakota den Eingang zur Unterwelt für geheimhaltungsbedürftig hielten oder nicht.

Mit einem tauben Gefühl der Fassungslosigkeit legte ich mich wenig später in den Wagen. Wie konnte es passieren, grübelte ich, dass Oliver so dürftig informiert war, obgleich er behauptete, ein Perfektionist zu sein? Wie war es um seine geistige Verfasstheit bestellt, wenn der Wunsch, das Tier zu finden, so groß war, dass er sich selbst seines Verstandes beraubte? Bei Licht betrachtet, hatte er sich damit auch seiner Freiheit beraubt, denn sie ist nach Spinoza nur in Verbindung mit der *Macht des Verstandes* möglich. Auch jetzt noch: Nicht eine kritische Frage, so schien es, vermochte den leisesten Wellenschlag auf seinem bergseetiefen Glauben hervorzurufen. Und wie war es nur möglich, dass im Vorfeld niemandem aufgefallen war, insbesondere unseren Anführern, dass all unsere Annahmen auf zusammengereimten Vermutungen bauten? Damit hatten sie das Leben aller aufs Spiel gesetzt, zwei Männer waren schon umgekommen, und die Rückreise stand uns erst noch bevor. Andererseits war es auch faszinierend zu sehen, wie durch Leerstellen, Ungenauigkeiten und kleine Verrückungen aufs Ganze gesehen eine große Schieflage entstanden war, die niemand mehr anzusprechen wagte. Man stellte nichts infrage und tat so, als sei alles in bester Ordnung, als sei die Wahrheit nur das, was ihrer Mission von Nutzen war.

In der Nacht regnete es noch wie aus Kübeln. Und obwohl unser Lager nicht unmittelbar am Ufer stand, hatte ich die Empfindung, als sei das rauschende Wasser ganz nahe, und ich dachte erschrocken: Hoffentlich reißt es nicht die Zelte fort und spült sie weg. Danach fiel ich in einen bleiernen Schlaf.

2. Ein verhängnisvoller Tritt

Als ich mittags meinen Kopf aus dem Wagen streckte, trocknete die Sonne bereits das feuchte Gras, die Vögel am Himmel markierten lautstark ihr Revier, und ich sah in einiger Entfernung Twitty, der mit Sidneys Hilfe die Hufe unserer Pferde neu beschlug. Von den anderen fehlte jede Spur. Wenig später entdeckte ich, dass im Schatten unter einer Ulme eine Art Anrichte aufgebaut war, gefertigt aus Baumrinde und Ästen. Darauf standen drei große Schüsseln. In einer befanden sich gekochte Bohnen, in der zweiten ein Gericht aus Kürbis und Mais und in der dritten Schüssel klein geschnittene Fleischbrocken.

Offenbar war das Essen für uns bereitgestellt worden. Und so wie sich mir die Sache darstellte, hatten die anderen schon reichlich gespeist. Ich nahm mir einen Blechteller und tat mir gerade aus allen drei Schüsseln etwas auf, als ich Nanawus Stimme hörte. Sie kam vom Ufer und rief mir händewedelnd irgendetwas zu. Erst als sie bei mir war, kapierte ich, dass sie mich vom Essen abzuhalten gedachte. Sie warnte mich davor, vom Fleisch zu essen, denn es habe bei den anderen zu Durchfall geführt. Auf meine Frage, wo sich die Männer befänden, kicherte sie ein wenig. Sie seien alle am Ufer, würden sich waschen und ihre Kleidung reinigen. Alle bis auf Steven und Sidney hätten vom Fleisch gegessen, doch es sei ihnen nicht bekommen. Sie selbst habe auch nicht davon gekostet, denn sie konnte gekochtem Hund noch nie viel abgewinnen. Jetzt erst begriff ich, was in der dritten Schüssel war.

Erst nachdem Nanawu den anderen mitgeteilt habe, dass es sich um Hundefleisch handele, sei es den Kerlen bewusst geworden … Manche hätten sich geekelt, es schien aber unzweifelhaft zu sein, dass nicht die Bohnen, sondern die ungewohnte Kost ihre Mägen überstrapaziert habe. Und auch ihre Hosen.

Ich dankte Nanawu für die Warnung und schob das Hundefleisch zurück in die Schüssel. Das Gemüse schmeckte jedenfalls gut. Gekochter Hund, ließ ich mich von Nanawu unterrichten, werde bei ihnen als delikates Essen angesehen und nicht selten hochstehenden Gästen serviert. Wahrscheinlich hätten sie den Hund extra für uns geschlachtet. Das hielt ich für eine gute Nachricht, denn unliebsamen Gästen würde man wohl kaum eine Delikatesse anbieten.

Da ich nicht auf die anderen warten wollte, entschloss ich mich, auf eigene Faust ins Dorf zu gehen. Dies teilte ich Nanawu mit. Ich verzichtete auf ihre Unterstützung, schließlich sprach Red Fish Englisch und würde mir Auskunft geben können.

Ich schlug den Weg ein zum Zelt des Großen Rates, in der Hoffnung, dort etwas über unseren Verbleib rauszukriegen. Vor einigen Tipis sah ich an eingepflanzten Pfählen mehrere bunt bemalte Pergamenttaschen, die mit irgendwelchen Gegenständen gefüllt waren. Ich traute mich aber nicht anzuhalten, um alles in Augenschein zu nehmen. Zwar zog ich noch immer sämtliche Blicke auf mich, allerdings hatte ich nicht mehr den Eindruck, als Attraktion wahrgenommen zu werden. Ich nahm die Aufmerksamkeit mit einem freundlichen Kopfnicken in Empfang und blickte in wohlwollende Mienen. Dann sah ich Kinder und Erwachsene mit einem Holzreif spielen, dabei musste man Stöcke durch einen gerollten Reif werfen. Jetzt blieb ich stehen, um mir das Treiben genauer anzusehen und auch die Regeln zu verstehen. Plötzlich trat eine junge Frau an mich heran. Das Spiel wurde mit einem Male unterbrochen, und alle Indianer richteten ihre Blicke auf uns. Die junge Lakota wirkte entschieden in ihrem Gebaren, sie sprach eifrig, und immer wieder zeigte sie auf meine Stiefel. Ich bedeutete ihr, dass ich kein Wort verstehe, worauf sie mich am Arm packte und mit sich führte. Widerstand zu leisten, erschien mir zwecklos, also ließ ich es gewähren. Ich kann nicht verhehlen, dass mir mulmig zumute war, womöglich, so schwante mir, hätte ich das Dorf nicht ohne die Zustimmung des Großen Rates betreten dürfen. Oder handelte es sich vielleicht bei dem Reifenspiel um einen Ritus, dem Uneingeweihte nicht beiwohnen durften?

Ehe ich mir den Kopf darüber zermarterte, was ich falsch gemacht haben könnte und welche Konsequenzen dies haben mochte, standen wir auch schon vor ihrem Zelt. Sie wies mich an, mich auf den Boden zu setzen und meine Stiefel auszuziehen. Ich verstand nicht, worauf sie abzielte, doch dann bemerkte ich einen Korb, der mit ramponierten Mokassins gefüllt war. Jetzt erst begriff ich, dass sie eine Art Schuster war und meine aufgeschlitzten Stiefel reparieren wollte.

Ich fügte mich und reichte ihr mein Schuhwerk, worauf sie ob des Gestanks erst einmal ihr Gesicht verzog – und gleich darauf zu lachen begann. Sie holte ihr Werkzeug aus dem Zelt sowie verschiedene Lederfetzen, sie brachte mir sogar Tee, den sie in einem Büffelhorn darreichte. Dann fing sie an zu arbeiten und brauchte bestimmt eine Stunde, in der sie kein Wort an mich richtete, sondern sich ganz ihrer Tätigkeit hingab. Ich fragte sie lediglich, wie sie heiße, worauf sie mir den Namen Wiwila Winyan nannte. Sie schien sich überhaupt keine Gedanken zu machen, ob ich irgendetwas vorgehabt hatte oder Verpflichtungen nachgehen musste. Da ich keine Eile hatte, blieb ich bereitwillig sitzen. Die Frau war schön anzusehen in ihrer Versunkenheit, und während sie ihr Handwerk verrichtete, konnte ich darüber hinaus viele Eindrücke sammeln. Das ganze Dorf schien auf den Beinen, doch alle Tätigkeiten gingen ohne Hast vonstatten. In einiger Entfernung beobachtete ich Männer auf ihren Pferden herumsprengen, offenbar ließen sie ihre Rösser um die Wette laufen, aber selbst das ging in ruhigen Bahnen. Es wurde kaum geschrien oder gar gebrüllt, ich hörte auch keine weinenden Kinder und keine schimpfenden Eltern. Die Menschen arbeiteten irgendwas, widmeten sich der Verfertigung von Waffen oder vertrieben sich ihre Zeit mit Spielen. Manche aßen einfach nur oder rauchten und redeten miteinander. Ihre anmutige Ruhe verlieh dem Augenblick Dauer, und ich hätte ihnen stundenlang zusehen können, ohne dass mir langweilig geworden wäre. Ich gewann den Eindruck, dass *die Welt von gestern* eine lebendige Realität war. Das Unzeitgemäße dieses nomadischen Reitervolkes hatte in meinen Augen nichts Bedauernswertes. Ich sah weder hasserfüllte Barbaren noch klägliche Kreaturen.

Diesen Menschen, so denke ich heute, ist der historische Sinn *unserer* Welt fremd. Für sie gab es scheinbar zu keinem Zeitpunkt eine Veranlassung, ein Imperium zu gründen oder Reichtümer anzuhäufen. In meinen Augen schienen sie genügsam zu sein und alle Zeit der Welt zu haben. Warum sollten sie auch die Gegenwart der Zukunft opfern, in der Hoffnung, dass das Glück einkehre, wenn die Felder reich bestellt, die Straßen befestigt und die Städte dicht bevölkert seien? Diese Menschen brauchen keine Prachtbauten, kein Versailles, auch keinen Petersdom, um unter der Sonne glücklich zu sein. Wahrscheinlich haben sie nie von einer Nachwelt geträumt, die ihnen rühmende Kränze flicht oder huldigende Denkmäler baut.

Mit einem blechernen «How are you?» riss mich Red Fish aus meinen Beobachtungen. Ich schnellte hoch und grüßte ihn ebenfalls, während er zugleich in die Knie ging, um sich zu mir zu setzen. Dies brachte uns beide zum Lachen, und wir verständigten uns darauf, im Sitzen auf meine Stiefel zu warten.

Die Schusterfrau schickte sich nicht an, emsiger zu arbeiten oder sich in der Gegenwart von Red Fish, immerhin der Berater des Häuptlings, anders zu verhalten, sie sah lediglich einmal auf und murmelte etwas.

Red Fish teilte mir mit, es habe sich herumgesprochen, dass ich mich bei Wiwila Winyan aufhalte. Sodann wollte er wissen, wie uns das Essen geschmeckt habe. Ich bedankte mich dafür und versicherte ihm, dass es sehr schmackhaft war. Nur der gekochte Hund, sagte ich zaghaft, habe bei den Männern Durchfall verursacht. Um ihm dies verständlich zu machen, half ich gestisch und mimisch nach, und als er verstand, was ich meinte, fing er schallend an zu lachen. Nun wisse er auch, sagte er, weshalb man die Männer am Wasser bei der Reinigung gesichtet habe. Daraus erschloss ich wiederum, dass jeder Schritt von uns unter Beobachtung stand. Red Fish versprach mir, uns kein Hundefleisch mehr zu kredenzen. Dann erkundigte er sich nach unserem Schmied – er meinte wohl Twitty – und wollte wissen, ob dieser wohl einige Waffen- und Werkzeugreparaturen für sie ausführen könne. Ich bejahte und freute mich, dass wir ihnen damit wenigstens die Verpflegung vergüten konnten.

Wir schwiegen eine Weile, und ich wunderte mich, dass

er nichts über die Ratsversammlung verlautbarte. Ich wartete ab, ehe ich mich entschloss, ihn darauf anzusprechen, in der vagen Sorge, er könnte meinen Vorstoß als respektlos auffassen. Doch nichts dergleichen, Red Fish antwortete nur, es gäbe nichts Neues zu verkünden. Sie würden auf einige Männer warten, die noch auf einer Jagd seien, nach deren Rückkehr würden sie abstimmen. Wann das sei, hinge vom Jagdglück ab, von der Gunst des Großen Geistes.

Ich fragte ihn, ob die Männer auf Büffeljagd seien. Dies verneinte er, denn die großen Büffeljagden wären erst kürzlich gewesen. Ich zeitigte Interesse und erkundigte mich weiter. Daraufhin berichtete er, dass sich ihr Dorf für die großen Jagden mit anderen Lakota-Stämmen zusammentun würde, immer dann im Jahreskreis, wenn sich die Bisons in der Paarungszeit befänden und die Herden so riesig seien wie ein himmelweiter See. Danach gäbe es tagelange Tänze sowie Zeremonien des Dankes und der Demut, um die Harmonie zwischen den Sternen und der Erde wiederherzustellen.

Ich beteuerte, wie gern ich einmal bei einer solchen Jagd dabei sein würde, ebenso bei einer Zeremonie, die das Gleichgewicht im Universum anstrebe. Ich lobte den friedvollen Geist eines solchen Rituals, während mir gleichzeitig der Gedanke kam, ich sollte die aufkommende Vertrautheit als Gelegenheit nutzen, um ihn nach der Höhle zu fragen. Doch ehe ich den Mund aufmachte, fragte er mich, wonach wir suchen würden. Ich fühlte mich ertappt und sagte, ich wisse nicht, was er meinen würde. Red Fish blieb freundlich, sagte aber mit unbeirrbarer Stimme, dass die Weißen ständig nach etwas suchten. Er kenne uns recht gut. Und triebe die Weißen etwas um, seien sie immer unruhig und rastlos. Sie, die Sioux, würden nicht verstehen, was die Weißen wollten. Sie hielten uns schlicht für verrückt. Mir verschlug es die Sprache, und ich kam mir vollkommen überführt vor. Schließlich aber sagte ich, mehr aus dem Bauch heraus (und wahrscheinlich kam mir das 6. Kapitel des Matthäusevangeliums in den Sinn): «Wir sind hier, um von den Lakota zu lernen, wie man sorgenvolle Gedanken verliert. Die meisten Weißen suchen unerlässlich nach etwas, weil sie kleingläubig sind und inwendige Angst vor dem Tod haben.»

Red Fish sah mich erstaunt an, gleichwohl schien er meine Antwort zu respektieren, denn er nickte verständnisvoll. Bei ihnen, sagte er, sei es anders. Zwar erstrebe niemand den Tod, aber sie lebten in der Überzeugung, dass ihr Sterben immer auch ein Geschenk für andere sei. So wie der Tod eines Bisons ein Geschenk für das Überleben der Menschen sei, so würde auch ihr eigener Tod ein Geschenk für jemand anders sein: für Tiere, für Pflanzen, für die ganze Erde …

Erst jetzt bei der Niederschrift dieser Zeilen geht mir auf, dass Red Fish nichts weniger als das eucharistische Gesetz des Universums formuliert hatte: dass wir stets essen und gegessen werden. Daher meint das Wort Eucharistie in seiner eigentlichen Bedeutung Dank und Lob.

Red Fish breitete seine Arme aus und ließ den Blick schweifen. In diesem Moment machte sich Wiwila Winyan bemerkbar. Mit einem stolzen Lächeln zeigte sie mir die Stiefel. Ich traute meinen Augen kaum, mein Schuhwerk war nun eine Art Mokassins mit Absätzen. Die Indianerin hatte die Sohle gegen hartes Leder ausgetauscht und das Obermaterial teils durch weiches Wildleder ersetzt. Ich war begeistert und versicherte ihr, mich bald erkenntlich zu zeigen. Wiwila Winyan stieß ein kehliges Lachen aus, sie erwarte nichts, schließlich wäre auch ihr etwas von unseren Geschenken zuteilgeworden – sie würde sich aber freuen, wenn «Schwarzer

Bär» sie besuchen käme. Mir war sofort klar, dass sie Sidney meinte und sich von seinem Besuch einen Liebesakt versprach. Ich war verblüfft über ihr unverhohlen vorgetragenes Begehren und sagte ihr, dass ich es Sidney ausrichten würde. In Wirklichkeit war mir die Sache zu heikel, da ich befürchtete, dies würde zu Unfrieden zwischen den Lakotamännern und uns führen. Später erklärte mir Red Fish, dass es bei den Sioux zur Gewohnheit gehöre, dass Männer anderen Männern ihre Frauen anbieten würden. Durch die geschlechtliche Vereinigung ihrer Frauen mit bedeutungsvollen Stammesmitgliedern sowie ausgewählten Fremden erhoffen sie sich, etwas von deren Weisheit oder Kraft zu erwerben.

Nachdem ich meine Stiefel wieder angezogen hatte, teilte mir Red Fish mit, dass mich Old Smoke, der Medizinmann, in seinem Zelt erwarte. Er solle mich zu ihm führen. Dies überraschte mich, denn Red Fish hatte bislang nichts davon erwähnt.

Bevor wir zu Old Smoke gingen, bat ich Red Fish mir zu schildern, was einen Wicasa Wakan auszeichne. Old Smoke, erfuhr ich, war ein spiritueller Führer, der die Fähigkeit besaß, zwischen der natürlichen Welt und der Geisterwelt zu wechseln, eine Art Heiliger. Er könne in Visionen Einblick in die Zukunft nehmen, dies sei besonders im Krieg oder in anderen Notlagen von Nutzen. Auch helfe die Kraft eines Heiligen bei der Erkennung und Heilung von Krankheiten. Darüber hinaus vermöge Old Smoke mit Tieren zu sprechen, was aber auch andere Indianer könnten, die keine Heiligen seien.

Das Zelt von Old Smoke war größer als die meisten anderen Zelte, jedoch deutlich kleiner als das Zelt des Großen Rates. Der Wicasa Wakan begrüßte mich mit einem knappen Nicken und bot mir einen Platz ihm gegenüber an. Red Fish setzte sich neben Old Smoke. Am Rand des Zeltes sah ich aufgeschichtete Gerätschaften, deren Verwendung mir unklar war. Eine Frau etwa meines Alters, die ich nicht gleich bemerkt hatte, brachte uns eine Schale Schwarzkirschen. Sie hatte sehr angenehme Züge und strahlte große Herzensgüte aus. Ich bedauerte es, dass sie sich nicht zu uns gesellte, sondern das Zelt verließ. Old Smoke erkundigte sich nach unserem Befinden und fragte, ob es uns an etwas fehlte. Ich bedankte mich und sagte, alles sei zu unserem Besten. Dann fragte er, wie lange wir vorgesehen hätten, bei den Lakota zu bleiben. Ich überlegte kurz und sagte, etwa zwei Wochen, da wir vor Wintereinbruch wieder auf dem Territorium unseres Staates sein wollten. Daraufhin beredete der Alte etwas mit Red Fish, was mir nicht übersetzt wurde. Schließlich wollte Old Smoke wissen, was ich mir denn in einer solch kurzen Zeit verspreche, von den Lakota zu erfahren. Die Zeit, schob er nach, sei viel zu kurz, um auch nur das Geringste der Lakota-Lebensweise zu verstehen. Dies sei, wie auf einen See zu schauen, um die Fische kennenzulernen – dafür aber müsse man unter Wasser tauchen und für lange Zeit die Luft anhalten. Ich hingegen sei nicht einmal bereit, nass zu werden. Insofern wäre es vergebens, mich in irgendetwas zu unterweisen.

Seine Worte waren zwar nicht harsch gesprochen, aber seine Aussage beutelte mich, als hätte mich ein Gendarm durchgeschüttelt. Ich versuchte, mir nichts anmerken zu lassen, und erklärte, unsere Reise sei mit etlichen Hindernissen verbunden gewesen, wir hätten große Opfer auf uns genommen, zwei Männer seien gestorben. Und all die Mühsale wären nicht nur tränenreich gewesen, sondern hätten uns auch viel Zeit gekostet, die nun fehlte. Ursprünglich wollten wir wesentlich länger bleiben.

Ich strebte zudem keine umfassende Belehrung über ihre

Lebensweise an, sondern zöge es vor, mich mit ihm über Gott und die Kräfte des Universums auszutauschen. Dann sagte ich noch, dass mich das Pahá-Sápa-Gebirge aus mir unerklärlichen Gründen anziehen würde, und ich berichtete ihm von den Klängen, welche ich zwei Nächte zuvor gehört hatte. Ich beschrieb ihm meinen Herzschlag und wie die Trommeln meinen Leib in Ekstase versetzt hätten.

Die beiden sahen mich verwundert an. Es habe vor zwei Nächten kein Trommeln gegeben, sagte Red Fish. Die Klänge seien vom Hügel gekommen, erwiderte ich und wies in die Richtung, doch auch damit konnten die beiden nichts verbinden. Wir einigten uns darauf, dass ich das Trommeln wohl geträumt haben musste. Mir war dies unangenehm, auch unerklärlich, aber ich nahm es hin und befasste mich nicht länger damit.

Old Smoke schwieg eine Weile und aß von den kleinen Kirschen, die er mehr lutschte, als dass er sie kaute. Er nahm einen Kern zwischen die Finger und sagte, in zwei Wochen könne daraus kein Strauch werden, der neue Früchte trüge, aber er wolle versuchen, dass er wenigstens in fruchtbarer Erde liege und später gedeihen könne. Ich war sehr erleichtert über seine Zustimmung und versprach abermals, dass wir uns an die Gesetze der Lakota halten würden.

Old Smokes Wort hatte Gewicht, und ich war guten Mutes, dass er sich in der Ratsversammlung für unseren Verbleib verwenden würde. Schließlich sagte er noch, er habe von Anfang an gesehen, dass ich ein starkes Herz hätte, das Herz einer Schildkröte, die bei ihnen Khéya hieße. Der Geist der Khéya stehe für die Hüterin des Lebens, für Langlebigkeit und Standhaftigkeit. Noch geraume Zeit nachdem eine Schildkröte gestorben sei, schlüge ihr Herz weiter wie von selbst, wie das Herz der Lakota.

Seine Worte erfüllten mich mit Stolz, und in einem Anflug von rührseliger Unbeholfenheit griff ich nach seiner Hand. Old Smoke aber sah mich ungerührt an und gab einen räuspernden Laut von sich, bevor er seine Hand unter meiner zurückzog. Umso weniger, bekundete er nun, könne er verstehen, wie ich zur Auswahl meiner Berater gekommen sei. Insbesondere der Mann mit dem spitzen Bart und den misstrauischen Augen, den sie «Bleiches Stachelschwein» nennen würden, sei ein gefährlicher Mensch. Dieser lasse sich nicht auf die Gegenwart ein, er könne sich dem unmittelbaren Dasein nicht hingeben. Er wirke, als würde er ständig nur an seinen Vorteil denken, wie einer, der etwas zu verbergen habe und deshalb keinen Frieden in sich trage. Der Mann sei von einer Krankheit befallen, die ihn zu einem Vernichter allen Lebens mache. Old Smoke hielt kurz inne, ehe er mich mit nachdrücklicher Stimme fragte, was mich dazu bewogen habe, diesen Mann zu meinem Vertrauten zu machen. Die Wahl würde ein schlechtes Licht auf mich werfen. Für einen langen Moment war ich sprachlos darüber, mit welch messerscharfer Urteilskraft er Scheider erfasst hatte, obwohl er ihn nur für drei Stunden zu Gesicht bekommen hatte, in denen Scheider weitgehend stumm geblieben war.

Sodann sagte Old Smoke, der andere Mann – Oliver – sei einfältig, aber nicht gefährlich. Allerdings sei auch dieser ein schlechter Berater.

Nun war ich wieder mit der Lüge konfrontiert, die schon an mir nagte, und ich war kurz davor, alle Karten auf den Tisch zu legen. Stattdessen fasste ich mich und antwortete, ich sei mir im Klaren darüber, dass die beiden ihre Schwächen hätten. Dies sei mir aber erst im Laufe der Reise aufgefallen, da wir uns vorher kaum gekannt hätten. Joe Scheider sei ein guter Arzt, und das allein sei der Grund, weshalb er eine beratende Stellung einnehme. Mit ihm würde ich nur über die Gesundheit der Männer sprechen, nicht aber über andere Dinge. Ich hätte aber bereits, gestand ich, arge Streitereien mit ihm gehabt.

Nun wollte Red Fish von mir wissen, warum wir keine weißen Frauen auf unsere Reise mitgenommen hätten.

Ich gab an, die Strapazen seien zu groß und die Gefahren unüberschaubar gewesen. Er verwies auf Nanawu – ob sie denn den Anstrengungen nicht gewachsen gewesen sei? Ich sagte, sie sei uns eine enorme Hilfe, aber eben deshalb, weil sie die Landschaft kenne und mit den Gefahren der Natur vertraut war. Dann erklärte ich noch, dass Oliver Hancock die Wagen und Pferde bezahlt habe, weswegen ich ihn zu meinem Berater machen musste, er sei kein schlechter Mensch und habe in manchen Situationen großen Mut bewiesen.

Old Smoke erwiderte nichts auf meine Verteidigungsrede. Mochte sein, er hielt mich für einen Lügner oder Dummkopf oder einfach nur für einen bedauerlichen Sklaven ihm unverständlicher Konventionen – ich vermochte es nicht aus seinen Gesichtszügen abzulesen. Mir schwante nur, er dachte nichts Gutes über mich.

Red Fish sprach nun einige Worte zu ihm, auf die Old Smoke mit einem kaum verständlichen Murmeln reagierte. Daraufhin erhob sich mein Übersetzer und verließ das Zelt, doch schon nach wenigen Minuten kam er mit Standing Bull und dessen anderem Berater, Lone Horn, zurück. Erst ging ich davon aus, ich würde nochmals befragt werden, doch sollten die beiden offenbar nur Old Smokes Einschätzung vernehmen. Der heilige Mann schilderte ihnen wohl alles, was er von mir erfahren hatte.

Die vier diskutierten nun eine Weile, ehe mir der Häuptling mitteilte, er habe nicht gewusst, dass wir höchstens zwei Wochen bleiben wollten. Sie alle seien davon ausgegangen, dass wir ein Lager über den Winter beziehen. Für diesen kurzen Zeitraum, beschied er, bräuchte es keine Ratsversammlung. Die Geschenke seien ausreichend, und wenn unser Schmied ihnen noch einige Dienste erweisen würde, wären sie vollends zufrieden. Wir dürften auch im Fluss fischen, Beeren und Wurzeln sammeln. Die Feuerwaffen könnten sie uns noch nicht aushändigen, dafür würden sie uns aber einmal am Tag verpflegen.

Ich dankte ihm zutiefst und versprach, dass wir mit Sicherheit nicht länger bleiben würden. Kaum aber hatte ich ausgeredet, gab mir Standing Bull die Anweisung, dass unser Arzt das Dorf nicht betreten dürfe. Dieser trüge eine teuflische Bosheit in sich, die ansteckend sei wie eine Krankheit. Einen solchen Menschen duldeten sie nicht in ihrem Dorf. Die anderen dagegen dürften die Siedlung betreten, allerdings ohne Waffen.

Wieder war ich überrascht ob ihrer intuitiven Klarheit, aber auch erstaunt darüber, welche Konsequenzen sie daraus zogen. Zwar hielt ich es für ausgeschlossen, dass Scheider irgendeinem Lakota hier etwas antun würde, schließlich war er nicht lebensmüde und zeigte sich noch dazu ängstlich vor ihnen, nichtsdestotrotz hatten diese Männer seinen Wesenskern erkannt. Verblüffend blieb, dass sie mit Scheider genau denjenigen als ihren Feind ausmachten, der, ohne mit der Wimper zu zucken, ihresgleichen von der Erdoberfläche tilgen würde.

Ich versicherte dem Häuptling, dass ich Joe Scheider die Anordnung mitteilen würde, und verbürgte mich dafür, dass dieser sie einhalten werde. Darauf reichte mir Standing Bull die Hand, und ich bedankte mich abermals bei ihm für ihre

Gastfreundschaft. Anschließend verließen der Häuptling und Lone Horn das Zelt.

Im Grunde genommen wäre es auch für mich an der Zeit gewesen, zu gehen und den anderen die Neuigkeiten mitzuteilen. Allerdings, sagte ich mir, weshalb sollte ich nicht kurzerhand jetzt schon die Möglichkeit ergreifen, den heiligen Mann einige Dinge zu fragen, die mich interessierten, wie etwa seine Fähigkeit, mit Tieren zu sprechen. Old Smoke zeigte sich bereit, mir Grundlegendes zu erläutern – und ich hatte durchaus den Eindruck, er war von meiner Wissbegierde angetan. So erfuhr ich, dass es in der Sprache der Lakota gar kein Wort für *Tier* gäbe. Alle Lebewesen würden als Verwandte aufgefasst werden, denn zwischen Mensch und Tier bestehe keine feste Grenze. Die Lakota unterteilten die Tiere lediglich in vier Gruppen, in die geflügelten, die vierbeinigen, die kriechenden und in die im Wasser lebenden. Anstelle von Tierarten existierten in ihrem Denken Tiervölker, und sie selbst, die Lakota, stammten nach einer Überlieferung vom Bisonvolk ab.

Ich war so erstaunt wie fasziniert. Ein Volk, das von einem Tier abstammt und sich darin als ebenbürtigen Teil der Natur sieht, während wir uns als Ebenbild Gottes begreifen – was uns geradezu auffordert, über die Natur zu herrschen. Dieser Unterschied in der Selbstwahrnehmung, denke ich heute, ist wahrscheinlich der größte Unterschied zwischen den Weißen und den Indianern.

Schließlich erkundigte ich mich noch danach, wie es den Lakota möglich sei, mit Tieren zu sprechen.

Tiergeister, aber auch Tiere, antwortete Old Smoke, überbringen ihnen Botschaften aus der Geisterwelt, weshalb einige Menschen, so wie er, mit manchen Tieren sprechen könnten.

Darüber wollte ich eigentlich noch viel mehr wissen und war natürlich begierig herauszufinden, ob ihnen das Mammut als Tiervolk bekannt sei, doch ehe ich weiterfragen konnte, wurde der heilige Mann von der Frau aufgesucht, die uns am Anfang die Kirschen gebracht hatte. Sie war, wie sich herausstellte, seine Tochter und hieß Ulala. Sie teilte ihm etwas mit, worauf der Alte gleichmütig nickte. Dann erhob er sich, ging zu seinen Utensilien und zog etwas aus einem Lederbeutel. Derweil erklärte mir Red Fish, dass Old Smoke zu einer Geburt bestellt wurde, bei der es Schwierigkeiten gebe, weswegen er als Medizinmann gebraucht würde. Als der heilige Mann alles beieinanderhatte, forderte er mich auf mitzukommen.

Es war schon später Nachmittag, als ich das Schreien des Kindes vernahm. Ich war etwa eine halbe Stunde allein vor dem Tipi der niederkommenden Frau gesessen, während Old Smoke in dem Zelt war.

Red Fish hatte sich für einige Zeit von mir verabschiedet. Immerhin wurde ich von Ulala mit Bisonfleisch und Mais verköstigt, gleichwohl war mir nicht ganz ersichtlich, weshalb ich mitkommen und vor dem Zelt warten sollte. Nun aber, in einer raschen zeitlichen Abfolge, nachdem das neugeborene Kindlein den ersten lebenskündenden Schrei getan hatte, tauchte Red Fish wieder auf und erklärte, dass dies das erste Kind sei, welches die junge Mutter eben geboren habe, und wie in solchen Fällen nicht unüblich, seien ihre Wehen langwierig gewesen. Der Wicasa Wakan habe ihr ein Stückchen von der Schwanzrassel einer Klapperschlange verordnet, das sie mit Wasser eingenommen habe, was die Geburt beschleunigt habe.

Nun, dachte ich lakonisch, so hat wohl jedes Volk seine

eigenen Rezepturen, und plötzlich fiel mir der böhmische Wurzelgräber Wenzel ein, der seine Kräuter in meinem Heimatdorf feilgeboten hatte, und mit einem Mal war ich mir sicher, dass auch er mit Tieren sprechen konnte und ebenfalls einen Zugang zur anderen Welt hatte. Ich erinnerte mich wieder an seine Geschichte, deren Anfang ich Lawrence erzählt hatte und die davon kündet, wie wir von den Sternen in den Bauch der Mutter kommen und wie wir geboren werden, leben und wieder sterben, worauf der Zyklus von Neuem beginnt.

Auf einmal spürte ich eine Hand auf meiner Schulter. Es war Old Smoke, er eröffnete uns, das neugeborene Mädchen sei gesund und die Mutter habe alles gut überstanden. Schließlich kam der junge Vater, er war offenkundig nicht bei der Geburt dabei gewesen. Old Smoke sprach ein paar Worte zu ihm, der einen aufgeregten, aber freudigen Eindruck auf mich machte und sich in seinem Verhalten auch sonst nicht von frischgebackenen Vätern aus dem mir bekannten Kulturkreis unterschied. Plötzlich fragte mich Old Smoke, ob ich bereit wäre, das Kind zu segnen. Die Eltern wünschten es, und da ich das Herz einer Schildkröte hätte, würde er es begrüßen, wenn ich dem Kind einen Segen spenden würde. Soviel er wisse, würde bei den Christen die Geburt eines göttlichen Kindes eine wichtige Rolle spielen. Dies bestätigte ich, erfreut über sein Wissen. Gleich darauf gratulierte ich dem Vater, ehe ich mit ihm und Old Smoke das Zelt betrat.

Die junge Mutter, sie war gewiss nicht älter als Nanawu, hatte das Kind an ihrer Brust, eingehüllt mit einem Tuch. Sodann sagte ich: «Der Herr segne dich und behüte dich, er lasse sein Angesicht leuchten über dir und sei dir gnädig, er erhebe sein Angesicht zu dir und gebe dir Frieden.» Ich sprach die Verse in meiner Muttersprache. Seit Langem benutzte ich wieder die deutsche Sprache, und irgendwie war ich angefasst davon, so wie ich ohnehin gerührt war über den Vertrauensbeweis, der mir zuteilgeworden war.

Ich drückte die Hand der Mutter, reichte den helfenden Frauen sowie dem Vater die Hand und umarmte schließlich Old Smoke. Als ich über dessen Schulter blickte, stach mir der Stoßzahn eines Incognitums ins Auge. Er war ein bisschen kürzer als der auf Olivers Gut, und er war deshalb nicht ganz so arg gebogen, aber es war dieselbe geschwungene Form, er stammte eindeutig von einem Mammut. Der Stoßzahn war auf einem Holzpflock befestigt und diente dazu, Amulette und Köcher an ihm aufzuhängen. Ich hatte kaum Zeit, das Elfenbein länger in Augenschein zu nehmen, denn Old Smoke gab mir ein Zeichen, mit ihm hinauszugehen.

Mir war natürlich klar, dass der Zahn an sich keinen Beweis erbrachte, dass es in der Nähe lebende Incognitums gab, ich sah ihn aber als Beleg dafür an, dass in der Gegend zumindest welche existiert haben mussten. Die Entdeckung trug noch mehr zu meiner guten Stimmung bei, und eigentlich war es jetzt an der Zeit, zum Lager zurückzukehren, doch Old Smoke lud mich noch mal zu sich ein, und auch Red Fish wollte noch bleiben. Wir rauchten die Pfeife und aßen anschließend ein Maisgericht mit Kaninchenfleisch, zubereitet von Ulala. Sie machte den Haushalt ihres Vaters, lebte aber mit ihren Kindern in einem anderen Tipi. Ihr Mann, erfuhr ich nebenher, war bei einem Feldzug ums Leben gekommen. Bei ihr merkte ich besonders, wie sie die Augen achtungsvoll senkte und nur sporadisch Blickkontakt mit mir aufnahm.

Ich beschloss, mich anderntags nach dem Stoßzahn zu erkundigen. Dafür entspann sich nun, ausgehend von der Geburt des Mädchens, ein Gespräch über die Bedeutung von Kindern bei den Lakota. Nach ihrem Glauben, so Old Smoke, sehe ein Kind, bevor es geboren werde, aus der Geisterwelt hinab, um seine Eltern und seine Familie auszuwählen. Ein Säugling verfüge über Allwissenheit, wenn er in die irdische Welt komme, deshalb würde man Kleinkinder Wakanyeja nennen, was in etwa so viel bedeute wie kleine, heilige Wesen. Red Fish sagte, Kinder seien ein Geschenk des Himmels und würden von ihren Eltern und Verwandten unentwegt liebkost werden. Während er mir dies unterbreitete, dachte ich an Jesu Worte aus dem Matthäusevangelium: «Lasset die Kinder zu mir kommen, denn Menschen wie ihnen gehört das Himmelreich.»

Bei den Lakota indessen weist alles darauf hin, dass sie bereits auf Erden höchst willkommen sind. Vater und Mutter danken dem Kinde, dass es sie auserwählt hat, wogegen man bei uns den Eltern ein Leben lang zu Dank verpflichtet ist, weil sie einen in die Welt gesetzt haben. Bilder meiner eigenen Kindheit schwirrten mir durch den Kopf: die Stockhiebe der Lehrer, die Schläge des Vaters sowie all die Methoden des Schreckens, die einem Kinde in die Seele gesenkt werden, damit es gehorchen lernt.

Gleichwohl interessierte mich, wie es denn dann möglich sei, ein Kind zur Folgsamkeit zu erziehen, wenn nicht durch Strenge oder gelegentliche Züchtigung. Red Fish sah mich bestürzt an, ehe er sagte, ein Kind dürfe niemals gezüchtigt werden, nur milde diszipliniert, und dies nur auf indirekte Weise und nie vor den Augen anderer.

Old Smoke ergänzte, dass dem Kind gleich nach der Geburt die wichtigste Lektion des Lebens erteilt würde, nämlich dass das Wohl des ganzen Volkes stets vor den Wünschen eines jeden Einzelnen stehe. So lerne es, Erschwernisse ohne zu wimmern zu ertragen, dadurch würde aber auch sein Herz stark … «So wie die Schildkröte», fügte Red Fish lächelnd hinzu.

Ich nahm das als Schlusswort und bedankte mich für ihre äußerst erhellenden Einblicke.

Auf meinem Weg zum Lager entfaltete sich das Abendrot in einer gigantischen Pracht, als hätte Gott den ganzen westlichen Horizont in Feuer getaucht. Ich verharrte und schaute ehrfürchtig in die Weite, instinktiv faltete ich die Hände. Was wäre aus mir wohl geworden, wenn ich hier aufgewachsen wäre? Wie hätte ich das Leben erkundet, wie hätte es mich geformt, wenn man mich als Säugling bei diesen Indianern ausgesetzt hätte …? Hierauf konnte es natürlich keine ernst zu nehmende Antwort geben, aber mein Herz, so war ich mir sicher, würde wahrscheinlich genauso lebendig schlagen, mein Atem genauso warm wehen, so wie sich meine Lider in jeder wachen Sekunde senken und heben würden, um die Erscheinungen der Natur staunend zu betrachten. Und wahrscheinlich würde ich in der Überzeugung leben, an einen gerechten Gott zu glauben, und aus mir wäre gewiss kein schlechterer Mensch geworden.

Kurz bevor ich das Lager erreichte, kamen mir drei Frauen entgegen, um sie eine fünfköpfige Kinderschar. Jede der Frauen trug eine der Schüsseln, in denen unser Essen gewesen war. Ich grüßte sie lächelnd mit erhobener Hand, doch sie wirkten seltsam verstört, ihre Mienen waren dunkel, umflort mit großem Ärger. Auch die Kinder machten einen unglücklichen Eindruck, stapften schweren Schrittes und sahen nicht einmal auf. Am Ohr eines Buben meinte ich eine Blutspur zu erkennen. Mein erster Gedanke war, es habe wohl Streit wegen des Hundegerichts gegeben. Aber dies wäre seltsam gewesen, da es nicht in der Absicht der Indianer lag, uns Schaden zuzufügen, außerdem hätte Nanawu alle Missverständnisse auszuräumen vermocht.

Als ich ankam, hockten einige um das Lagerfeuer. Alle schwiegen, nur Kermit sagte: «Da bist du endlich.» Oliver, Scheider und Rickover standen etwas entfernt von ihnen neben dem Materialwagen. Als sie mich bemerkten, warfen sie mir verdrießliche Blicke zu. Es stellte sich heraus, dass die Kinder, die den Frauen vorausliefen, im Lager herumgetollt und überall ihre Köpfe hineingesteckt hatten. Dabei waren sie auch in beide Wagen gestiegen und hatten sämtliche Gegenstände inspiziert. Der größte, ein etwa achtjähriger Bub, habe sich über Scheiders Arzttasche hergemacht, worauf ihn Scheider mit einem Fußtritt hinausbefördert habe. Das Gezeter sei groß gewesen, denn der Junge hatte sich eine Platzwunde am Kopf zugezogen. Nur mit Mühe war es der herbeigeeilten Nanawu gelungen, einen Tumult zu verhindern.

«Joe hat das getan, was jeder in so einem Fall tun würde», verteidigte Rickover Scheiders rabiates Vorgehen, zumal sich in der Tasche auch dessen Pistole befunden habe.

«Ich habe diesem Indianerlümmel Benehmen beigebracht, nicht mehr und nicht weniger!», polterte Scheider.

Auch Oliver stimmte ihm zu, während er dem Betragen der Kinder sowie der nachfolgenden Empörung der Frauen mit völligem Unverständnis begegnete. Ich bezog keine Stellung, sondern sagte lediglich, ich hätte erfahren, dass es bei den Lakota ein schweres Vergehen sei, Kinder zu schlagen. Aus dieser Warte sei die aufgebrachte Reaktion der Frauen zu erklären. Die drei verstummten und zogen lange Gesichter.

Ich bat nun alle zusammenzukommen. Ohne Scheider oder irgendwem eine Schuld zuzuweisen, erzählte ich noch einmal, was ich über die Züchtigung von Kindern erfahren hatte. Nanawu klagte, sie habe dies ebenfalls schon geäußert, doch niemand habe ihr zugehört, und sie fürchte, der Vorfall könnte unpässliche Konsequenzen für uns haben.

Ich teilte ihre Sorge und sagte, wir sollten uns auf eine merkliche Verstimmung der Lakota einstellen, gleichzeitig äußerte ich die Hoffnung auf ihre Nachsicht, da wir ihre Gebräuche nicht gekannt haben. Dabei hätte ich eigentlich positive Nachrichten aus dem Dorf mitgebracht, nämlich dass wir die Erlaubnis hätten, noch zwei Wochen lang zu bleiben, dass die Indianer uns weiterhin verpflegen würden und dass wir im Fluss fischen dürften. Die Gewehre würden sie uns allerdings erst bei der Abreise zurückgeben. Schließlich wandte ich mich an Scheider. In gebotener Sachlichkeit teilte ich ihm mit, dass die Indianer entschieden hätten, ihm den Zutritt zum Dorf zu verwehren.

Die Kunde sorgte umgehend für Irritation, bei manchen für Empörung. Scheider selbst zog die Augenbrauen hoch und funkelte mich an, als hätte er mir das Verbot zu verdanken. Ich beteuerte, nicht zu wissen, woher das Misstrauen der Eingeborenen rühre, man habe mir die Weisung verkündet ohne irgendwelche Hintergründe. Meine persönliche Meinung sei jedoch, dass sie wohl Angst hätten vor den magischen Fähigkeiten eines fremden Medizinmannes. Dies leuchtete jedem irgendwie ein – selbst Scheider, der sich dadurch eher geschmeichelt fühlte, wie mir schien –, und so konnte ich den Eklat wieder einigermaßen einfangen. Anschließend verlautbarte ich, es sei dem Rest der Truppe gestattet, die Siedlung zu betreten – allerdings ohne jegliche Bewaffnung. Nun zürnten vor allem Billstrom und Rickover, man diskutierte hitzig, und schlussendlich wollten die beiden darauf verzichten, jemals wieder ins Dorf zu gehen. Ich nahm dies stoisch zur Kenntnis und bat alle, besonnen und friedlich zu bleiben, die Lakota seien eigenwillig, aber mit Sicherheit nicht bösartig. Ferner unterrichtete ich Twitty, dass seine Dienste als Schmied erwünscht seien. Der Junge zeigte sich nicht gerade euphorisch darüber und erinnerte daran, schon einmal Bekanntschaft mit einem Indianerpfeil gemacht zu haben. Ich versicherte ihm, dass er keine Angst zu haben brauche, ich würde mich kümmern und Sidney würde ihm gewiss zur Hand gehen, was dieser umgehend bekräftigte. Sidney war auch der einzige unter den Männern, dem die Freude ins Gesicht geschrieben stand, ins Dorf gehen zu dürfen.

Nach dieser Kundgebung nahm ich Oliver zur Seite und teilte ihm vertraulich mit, dass ich in einem Zelt einen Mammutstoßzahn gesehen hätte. Dies würde noch nichts beweisen, aber ich sei zuversichtlich, und ich versprach, der Sache morgen auf den Grund zu gehen. Olivers Augen begannen matt zu glänzen. Ohne mich, sagte er, hätte er schon längst die Nerven verloren. Er umarmte mich, ehe er schweren Schrittes in sein Zelt ging.

Ein dröhnendes Klopfen katapultierte mich aus dem Schlaf. Twitty hämmerte mit seinen Fingerknöchelchen gegen die Holzverkleidung des Wagens. Ich hätte Besuch, wisperte der Junge, der mit Nanawu die Nachtwache hielt. Als ich hinausstieg, sah ich aber keinen Besucher, und die beiden saßen ruhig am Lagerfeuer. Ich blickte gen Himmel, der bläulich schimmerte und übersät war mit Sternen. Es war eine der ersten Perseidennächte, in denen am nächtlichen Firmament besonders viele Sternschnuppen aufglühen und wieder vergehen. In den Zweigen kein Windhauch. Ich wunderte mich, niemanden zu sehen, vermutete gar einen Streich der beiden und wollte mich schon wieder hinlegen, da trat Red Fish aus dem Schatten des Wagens hervor. Ich erschrak mich fast zu Tode, während er den Finger auf die Lippen legte.

Er sei gekommen, um mir zu sagen, dass sie den Beschluss gefällt hätten, meinen Berater, «Bleiches Stachelschwein», morgen gefangen zu nehmen und hinzurichten. Sie seien davon überzeugt, dass der böse Geist in diesem Mann noch weiteres Unheil anrichten würde, einmal hätte es sich ja nun schon erwiesen.

Ich musste erst meine Sinne zusammenkriegen, um mir zu vergegenwärtigen, welche Ungeheuerlichkeit er mir eben unterbreitete. Red Fish fügte hinzu, er sei heimlich gekommen, er dürfe mir dies eigentlich nicht mitteilen, aber seine Skrupel waren größer.

Ich war völlig schockiert, wusste zunächst nicht, was ich erwidern sollte, dann aber fasste ich mich und fragte, ob ich irgendetwas tun könne, um das Todesurteil abzuwenden. Nein, antwortete er abschlägig, ich könne lediglich das Urteil selbst vollstrecken und den Arzt töten. Dies würde ihm wahrscheinlich viele Qualen ersparen. Ich raufte mir die Haare, schlug mir mit der flachen Hand auf den Kopf in der verzweifelten Hoffnung, ich befände mich in einem Albtraum und würde gleich daraus erwachen – doch alles war real und zugleich unfassbar bizarr. Noch bis vor Kurzem hätte ich wohl keine Sekunde gezögert, Scheider zu beseitigen oder ihm auf welche Weise auch immer das Handwerk zu legen, doch was mir Red Fish nun antrug, stellte mich vor eine unmenschliche Prüfung. Weder hatte ich vor, ihn umzubringen, noch wollte ich ihn gemartert sehen. Anhand der Entschiedenheit, mit der Red Fish alles vortrug, schien mir eine Schlichtung, wie zum Beispiel in einer Art Gerichtsverfahren, vollkommen aussichtslos. Die Lakota waren ein Naturvolk und überzeugt: Wenn sie den Tod nicht töteten, wird er sie töten. Für sie war Scheider von Anfang an die Verkörperung eines todbringenden Geistes, die Fleischwerdung des Bösen, und dies hatte er mit der Züchtigung des Jungen mustergültig unter Beweis gestellt.

Ich verfluchte Scheider für seine dumme Unbeherrschtheit.

In meiner Verzweiflung hob ich hervor, ich sei Pfarrer, einen Menschen zu töten, sei mir von Gott untersagt. Außerdem hätten wir keine Schusswaffen, und niemand von uns würde Joe Scheider mit einem Säbel oder einem Messer exekutieren. Eine Eule rief durch die Nacht, von der anderen Seite des Flusses heulte ein Wolf. Am westlichen Himmel zuckte ein weißer Punkt auf, gefolgt von einem bläulichen, sehr kurzen Lichtschweif. Für einen Moment hielten wir beide inne.

«Wir können ihn nicht umbringen», sagte ich mit aller mir zur Verfügung stehenden Klarheit, «er ist unser Arzt, er hat sogar einem der Männer das Leben gerettet.»

Ich blickte Red Fish in die Augen, trotz der Dunkelheit sah ich ihm deutlich an, dass er Verständnis für mein Dilemma hatte. Schließlich äußerte er folgende Möglichkeit: Er gäbe mir den Rat, Scheider zu verbannen. Dies würden die Lakota als Strafe akzeptieren, denn ohne eine Feuerwaffe würde der Mann früher oder später verhungern oder sterben wie ein Hase, wenn die hungrigen Wölfe ihn jagten. Außerdem riet er mir, Standing Bull unaufgefordert um Verzeihung zu bitten für das hässliche Vergehen unseres Arztes, und ich dürfe nicht vergessen zu erwähnen, dass es mir von Gott untersagt sei, einen Menschen eigenhändig umzubringen. Als Wiedergutmachung sollte ich mir noch ein stattliches Geschenk überlegen, dies würde dazu beitragen, den Frieden schnellstmöglich wiederherzustellen. Zum Schluss schärfte er mir noch mal ein, dass niemand erfahren dürfe, dass er hier gewesen sei. Ich müsse so tun, als sei mir selbst all dies völlig klar.

Sodann verschwand er wieder in der Finsternis.

Ich atmete dreimal tief durch. Wenigstens, so sagte ich mir, wussten die Indianer nicht, dass wir noch ein Gewehr und vier Pistolen hatten. Insofern musste ich Scheider nicht unbewaffnet in die Wildnis entlassen, was tatsächlich einem Todesurteil gleichgekommen wäre.

Ehe ich ihn weckte, packte mich ein garstiger Gedanke: Vielleicht sollte ich Scheider doch krepieren lassen. Für eine Sekunde war dies durchaus verführerisch, denn Scheider war ein Dreckskerl, und ich war mir ziemlich sicher, was er tun würde, wenn er in ähnlicher Weise über mich zu entscheiden hätte. Gleichwohl kam ich schnell zur Einsicht, dass es keine Alternative gab, als um sein Leben zu kämpfen. Und wer weiß, vielleicht würde Scheider ja überleben, und vielleicht änderte er sich und würde fortan die Welt durch die Augen der Gnade betrachten …

Die Zeit bis zum Morgengrauen war voller Konfusion, Hektik und Aufregung. Wären Twitty und Nanawu nicht Zeugen von Red Fishs Anwesenheit gewesen, wahrscheinlich hätte mir niemand geglaubt. Es war aber auch so schwer genug, allen verständlich zu machen, was die Stunde geschlagen hatte.

Scheider selbst stellte das Urteil nicht infrage, er wirkte schockiert und äußerte sich kaum, die Notwendigkeit der Flucht schnürte ihm die Kehle zu. Es entbrannte ein Streit, ob wir nicht alle die Zelte abbrechen und abhauen sollten.

Rickover plädierte vehement auf Rückzug, als sähe er sich in einem aussichtslosen Gefecht.

Ich wandte ein, dass die Indianer dies als schuldbewusste Flucht auffassen würden, sie würden uns wahrscheinlich nachreiten und uns womöglich alle bestrafen.

Oliver schien gänzlich überfordert. Er machte einen konfusen Eindruck, und wenn er etwas sagte, klang es unentschlossen. Einerseits wollte er wohl die Suche nach dem Incognitum auf keinen Fall abbrechen, andererseits konnte er Scheider nicht offen aufgeben. Irgendwann meldete sich Kermit zu Wort: Scheider habe das Kind geschlagen, also müsse er dafür geradestehen. Er solle das Gewehr nehmen, ein Zelt, Proviant und einen Kompass einpacken und so schnell wie möglich aus dem Lakotagebiet verschwinden. Billstrom und Rickover befanden dies als einen Affront, doch das Schweigen der anderen war als Einvernehmen zu werten.

Nach einigem Hin und Her verständigten wir uns schließlich darauf, dass sich Scheider zusammen mit Billstrom und Rickover von uns trennten. Den Lakota würde ich sagen, dass ich mit der Zustimmung der Mehrheit den Arzt sowie zwei seiner Getreuen verbannt hätte. Dies schien die plausibelste Strategie. Mit den dreien, die ein zusätzliches Pferd als Tragtier erhielten, vereinbarten wir unterdessen, dass sie sich bis zu jener nächsten amerikanischen Handelsstation durchschlagen sollten, an der wir vor der Mississippiüberquerung neue Pferde erworben hatten. Dorthin wollten dann auch wir bis Mitte September gelangen. Oliver holte die Geldkassette, die er Carl abgeknöpft hatte, entnahm ihr einige Dollar und steckte sie Scheider zu. Ansonsten hatten sie ein Gewehr und zwei Pistolen.

Der Abschied fiel nüchtern aus. Man wünschte sich gegenseitig viel Glück und beteuerte, sich bald wiederzusehen, in Wahrheit fürchtete aber jeder um sein eigenes Wohlergehen, auch konnte niemand wissen, ob ihnen die Indianer nicht hinterherreiten würden. Kurz vor der Morgendämmerung machten sich Scheider, der Schwede und Rickover aus dem Staub. Ich kam nicht umhin, in Scheiders Verbannung die Verstoßung Satans zu sehen. Nur war es nicht Gott, der ihn verstieß, sondern ein kleiner Stamm von Naturmenschen. Mit seinem aschfahlen Pferd blieb Scheider in der ausklingenden Perseidennacht am längsten sichtbar, nachdem sich die beiden anderen Reiter schon nach Sekunden in der Dunkelheit aufgelöst hatten.

3. Die Pracht der Sterne

Ich ließ noch zwei Stunden verstreichen, dann ging ich mit Oliver, Sidney und Twitty sowie mit Nanawu zum Zelt des Großen Rates. Sidney gab ich als meinen neuen Berater aus, und Twitty sollte sich als zu Diensten stehender Schmied vorstellen, während Nanawu wieder als Übersetzerin vorgesehen war. Wir hatten abgesprochen, den Indianern den Materialwagen als Geschenk zu vermachen (samt zweier Pferde), sobald wir die Rückreise antreten würden.

Es dauerte gewiss eine weitere Stunde, ehe wir mit Standing Bull und seinen Beratern sowie anderen Mitgliedern des Großen Rates sprechen konnten, jetzt um die Jagdgesellschaft ergänzt, die am Abend zuvor gekommen war, womit der Große Rat wieder vollständig war.

Ich trug die Dinge genauso vor, wie sie mir Red Fish angewiesen hatte. Und siehe da, die Indianer machten nicht viel Federlesens um den ganzen Vorfall. Sie nahmen die Entschuldigung an, zeigten sich sogar beeindruckt von unserer selbsttätigen Sanktionierung, und wie es den Anschein hatte, waren sie nicht darauf erpicht, irgendwelche Anstrengungen auf sich zu nehmen, um die Verbannten zu verfolgen. Sie kontrollierten auch nicht nach, wie viele Männer und Pferde von uns tatsächlich fehlten, sie trauten meinem Wort – und die Sache hatte sich erledigt.

Am meisten erfreute sie unser großzügiges Geschenk. So einen stattlichen Wagen besaßen sie noch nicht, für ein Nomadenvolk war er von beträchtlichem Nutzen. Uns selbst war er entbehrlich, da wir ohnehin beschlossen hatten, die Rückreise nicht mehr mit zwei Wagen zu bestreiten, durch den Schwund unserer Besatzung brauchten wir ja auch weniger Proviant und Material.

Während meiner Rede machte Red Fish einen völlig gelassenen Eindruck. Als ich von der Verbannung der drei berichtete, zog er ein so überraschtes Gesicht, dass ich kurz versucht war zu glauben, ich hätte mir seinen Besuch nur eingebildet.

Im Nachgang denke ich, er wollte wirklich mithelfen, dass Scheider nicht getötet werden musste. Und wenn ich mir die ganze Situation noch mal vor Augen führe, insbesondere mein Zu-Kreuze-Kriechen vor dem Großen Rat, dann beschleicht mich das Gefühl, dass Standing Bull über Red Fishs Besuch im Bilde war. Nach Ansicht der meisten Lakota wäre es angemessen sowie gerechtfertigt gewesen, Scheider umzubringen, aber einige von ihnen wussten nur allzu gut, dass wir ganz anders dazu empfanden. Und ich schätze, um des Friedens willen und um ihr Gesicht zu wahren, verständigten sich Red Fish und der Häuptling auf diese Art von geheimer Diplomatie. Ich vermute, dass Red Fish den Vorschlag der Verbannung von Anfang an im Kopf hatte, auch wenn er ihn mir erst als zweite Option unterbreitet hatte. Der ganze Ablauf wäre nicht nur weise gewesen, sondern auch schlau, denn damit vermochten uns die Indianer – im Anschein der Nachsicht – weitere Geschenke aus den Rippen zu schneiden. Und dies gelang ihnen schließlich auch, sodass am Ende alle zufrieden waren.

Nachdem wir das Zelt verlassen hatten und uns zum Lager zurückbegaben, ereiferte sich Twitty über die Gnadenlosigkeit der Lakota. Würde man alle Menschen hinrichten, die ihm als Kind eins übergebraten hätten, wäre der Friedhof in Greenburgh mit einem Mal doppelt so groß. Die meisten Schläge seien sogar angemessen gewesen, und es hätte ihm nicht geschadet!

Oliver gab einen missbilligenden Kommentar ab über die grausamen Sitten der Lakota, worauf ich erwiderte, wer einmal die Deuteronomische Gesetzessammlung gelesen habe – auf der *unsere* abendländische Kultur beruhe –, in der Moses den Israeliten neben den Zehn Geboten noch weitere Anweisungen Gottes verkündet, darunter die zum Umgang mit besiegten Feinden, sollte sich nicht über die blutigen Gesetze anderer Völker empören. Wir können von Glück reden, dass uns die Lakota nicht versklavten oder töteten. Niemand in New York würde Notiz davon nehmen, kein Mensch außerhalb des Dorfes würde je davon erfahren. Sie könnten mit uns machen, was sie wollten.

Niemand erhob einen Einwand oder äußerte auch nur irgendetwas, nur Sidney stimmte mir mit einem leisen, aber vernehmbaren «So ist es» zu. Ich hatte den Eindruck, seine Zustimmung war ein erster Vorbote einer Rebellion gegenüber seinem Besitzer.

Ich selbst fühlte mich an Oliver nur noch formal gebunden. Als Anführer konnte ich ihn nicht mehr ernst nehmen. Inzwischen kam er mir vor wie ein König, dessen Hofstaat sich von Tag zu Tag mehr lichtete. Mit dem Abgang der drei hatte er nun den letzten gewichtigen Rückhalt verloren. Keiner der Übriggebliebenen zeigte noch besondere Ehrfurcht vor ihm. Selbst Twitty schnatterte plötzlich in seiner Gegenwart, wie ihm der Schnabel gewachsen war. Oliver verstummte zusehends, er wirkte schwermütig, niedergeschlagen. Zudem brauchte er jeden Mann, um wieder heil nach Hause zu kommen, insofern durfte er es sich mit niemandem verscherzen.

Ich war mir uneins, wie ich über ihn befinden sollte, ich war vor allem enttäuscht, dass sein Stolz nicht seinem Mut entsprach. Und ich war verwundert darüber, dass ich seinen Schmerz nicht greifen konnte. Sein Rückzug vollzog sich derart klang- und klaglos, dass es mir vorkam wie eine Selbstverleumdung. Es passte einfach nicht zu ihm, wie ich ihn kennengelernt und lange wahrgenommen hatte.

Dachte ich aber genauer nach, so schätzte ich die Dinge damals folgendermaßen ein: Als Erstes kamen mir die Dämonen wieder in den Sinn, die ihn Mrs Hunter zufolge gelegentlich heimsuchten und die jetzt wohl ein Leichtes hatten, ihn zu plagen. Denn nichts, dachte ich, schien ihm mehr zuzusetzen, als nicht mehr Herr des Geschehens zu sein. Für jemanden, der mit einem solchen Ehrgeiz die Reise angetreten war und nun keine große Verfügungsgewalt mehr hatte, musste die Lage frustrierend sein. Die jahrelange Arbeit, die Oliver in diese Expedition gesteckt hatte, schien sich womöglich nicht auszuzahlen. Ein Scheitern wäre fatal. Aus seiner Sicht wäre es, als würde sich Gott von ihm abwenden. Auch konnte ich mir lebhaft vorstellen, dass er sich der Lächerlichkeit preisgegeben wähnte, wenn er als Gescheiterter zurückkehren würde. Für Oliver musste all dies unerträglich demütigend sein. Doch noch war es nicht so weit. Zwar war vieles schiefgegangen, die Möglichkeit, das Incognitum zu finden, bestand jedoch nach wie vor.

Ich machte mir jedenfalls keine Sorgen, wie wir zurückkommen sollten. Zur Not würde ich es auch alleine schaffen. Schließlich war es auch möglich, hatte ich von Red Fish erfahren, über den Wasserweg nach dem Süden zu gelangen. Am Missouri verkehrten spanische und französische Händler, die mit Booten nach St. Louis fuhren. Mit einigen Dollars oder Tauschwaren ließen die sich die Mitnahme vergüten, und war man einmal in St. Louis, musste es auch möglich sein, mit anderen Händlern den Ohio River flussaufwärts bis nach Pittsburgh zu gelangen oder über den Mississippi nach New Orleans. Diese Option hatte ich im Hinterkopf, und nach all dem, was bisher passiert war, vertraute ich darauf, dass ich geschickt genug sein würde, um nicht zu verhungern oder sonst wie vor die Hunde zu gehen.

Nun war ich aber erst einmal froh, hier sein zu dürfen. Und ich dankte Gott, dass mir die Indianer Scheider, Rickover und Billstrom vom Hals geschafft hatten. Ohne den kaltblütigen Arzt, den bräsigen Militär und den hünenhaften Holzfäller fühlte ich mich mit jedem Schritt unbeschwerter, selbstbestimmter, freier.

Nach der allzu kurzen Nacht und den aufwühlenden Morgenstunden sehnte sich jeder von uns nach einem Mittagsschlaf. Als wir am Lager eintrafen, mussten wir die erhoffte Erholung zunächst einmal verschieben.

Kermit und Pueyo hockten mit drei Gestalten am Lagerfeuer und speisten mit ihnen. Im ersten Moment und aus der Entfernung ereilte mich ein gewaltiger Schreck, da ich fürchtete, die drei Verbannten wären zurückgekehrt. Dem war aber nicht so. Die Fremden kamen aus dem neuspanischen Städtchen Santa Fe und befanden sich auf dem Weg nach Norden, um dort Handel mit Fellen zu betreiben. Zwei von ihnen waren klein und gedrungen, der dritte, der Englisch sprach und wohl das Sagen hatte, stellte sich mit dem Namen Antonio Walker vor – Vater Waliser, Mutter Spanierin, wie er nebenbei angab. Er war relativ groß und von muskulöser Statur, dabei wirkte er hartleibig und hatte etwas Grobschlächtiges in seinen Zügen, vor allem aber fiel er durch einen merkwürdigen Schmuck auf, der um seinen Hals hing: ein klimpernder Brustpanzer aus Münzen unterschiedlicher Größe. Die drei baten uns, ihr Lager neben unserem aufschlagen zu dürfen, morgen früh würden sie weiterziehen. Die Bitte gewährten wir ihnen selbstverständlich, verwiesen aber auf die Lakota, auf deren Land wir uns befänden. Über die Gepflogenheit der Rothäute seien sie im Bilde, sagte Antonio Walker und zeigte auf ihren Wagen, auf dem sie Transitgaben für die Indianer mitführen würden. Das Fuhrwerk erinnerte mich an Carls vierrädrigen Wagen, er war nur etwas größer, mit zwei Maultieren vorgespannt. Nach dem Essen, kündigte er an, würden sie zum Häuptling gehen und ihm Geschenke aushändigen, er selbst sei schon einmal durch das Gebiet gezogen und wisse, wie die Dinge laufen. Der Kerl stieß einen Fluch gegen die Lakota aus, der ihm jedoch fast in der Kehle stecken blieb, als er Nanawu erblickte. Es schien ihn zu verwirren, dass wir eine Indianerin in unserer Mitte hatten, stellte aber keine Frage danach.

Alle drei trugen struppige Bärte, dazu das Haar am Hinterkopf zu einem Knoten gebunden. Wir setzten uns zu ihnen, worauf sie uns von ihren Bohnen anboten. Diese Kerle waren mir nicht geheuer, zwar schwatzten sie die meiste Zeit mit Pueyo auf Spanisch, der ab und zu etwas für uns übersetzte, aber mir wurde schnell klar, dass ihnen jeder Gedanke uninteressant war, der sich nicht unmittelbar in Bisonfelle umsetzen ließ. Zudem sagte eine Stimme in mir, dass es diese Kerle nicht nur auf Felle abgesehen hatten. In ihren Augen blitzte eine andere, weit größere Gier auf, ihre Geschäfte schienen mir so dunkel zu sein wie ein Kellerloch ohne Laterne. Ich war jedenfalls froh, dass sie anderntags weiterziehen würden. Bevor ich mich schlafen legte, vereinbarte ich mit Oliver, dass ich am Nachmittag wieder ins Dorf gehen würde, um mehr über den Stoßzahn herauszufinden. Ich schlief dann aber so tief, dass ich erst am Abend aufwachte und mich alleine am Lagerplatz fand. Offenbar waren wieder die Lakotafrauen da gewesen, denn ich entdeckte angefüllte Schüsseln auf der Anrichte. Trotz der vorgerückten Zeit entschied ich mich, ins Dorf zu gehen.

Gleich am Rande der Siedlung kam ich an zwei Indianerinnen vorüber, die mit scharfen Steinkanten das Haar von frisch abgezogenen Wapitihäuten schnitten. Sie kratzten das Fleisch von der Innenseite und massierten die Hirnmasse des Tieres ein, um das Leder geschmeidiger zu machen. Sie schienen nicht überrascht, mich zu sehen, und luden mich in ihr Tipi ein. Im Zelt gaben sie mir geröstete Rippchen zu essen, die an einem Seil über einer kleinen Flamme hingen. Dort drinnen war es ziemlich duster, ich erfasste jedoch, dass ein Teil des Raumes mit gegerbten Häuten abgetrennt war, hinter denen sich wohl der Schlafplatz befand. Die Frauen setzten sich schweigend und sahen mir beim Essen zu. Als das Feuer zu schwinden begann, warf eine Frau etwas Fett auf die Kohlen. Die Flammen loderten im Nu auf und ließen jeden Gegenstand im Zelt erstrahlen. Ich schaute mich um in der Hoffnung, wieder einen Stoßzahn zu erblicken, aber ich sah bloß Pfeile und Bögen, eine hölzerne Reibschüssel, verzierte Schilde sowie einige Angelhaken. Doch plötzlich – ich traute meinen Augen kaum – erhaschte ich Sidneys Gesicht, das hinter einem Vorhang hervorlugte. Sidney trug seinen weißen Wolfsumhang, den Schädel hatte er weit über seinen Kopf gezogen wie eine Kapuze. Ohne ein Wort huschte er hinaus. Nur wenig später folgte ihm Wiwila Winyan, die Frau, welche meine Stiefel repariert hatte. Meine beiden Gastgeberinnen zeigten sich wenig verwundert, lächelten nur verschmitzt, als sie meine Überraschung bemerkten.

Es war schon fast dunkel, als ich vor Old Smokes Zelt ankam. Ich wagte nicht hineinzugehen, also verweilte ich vor dem Tipi. Nach wenigen Minuten eilte seine Tochter herbei, die ihren Vater aus dem Zelt holte, gleich darauf kam auch Red Fish. Ich fand es abermals erstaunlich, wie schnell meine Anwesenheit die Runde gemacht hatte. Den Männern schien mein spätes Erscheinen nichts auszumachen, sie freuten sich, mich zu sehen. Mir war auch, als ob den beiden leichter ums Herz war als in den Tagen zuvor.

Angesichts der anbrechenden Nacht schlug Old Smoke vor, das Linsenfernrohr auszuprobieren, welches ich den Lakota geschenkt hatte und das er verwahrte. Wir ließen noch zwei, drei Stunden verstreichen, bis der Himmel mit Sternen übersät war. In der Zwischenzeit sprachen wir buchstäblich über Gott und die Welt. Über Scheider oder die Verbannung der Männer fiel kein Wort, weder jetzt noch in den darauffolgenden Tagen.

Wir rauchten die Pfeife, und nach einigem Schweigen begannen die beiden von Wakan Tanka zu erzählen, dem *Großen Geist* (oder: *Großen Mysterium*). Rasch stellte ich fest, dass die Gottgläubigkeit der Indianer eine ganz andere ist als bei den Christen, den Juden oder den Muselmanen. Unter Wakan Tanka stellen sich die Lakota keinen Gott in Gestalt einer Person vor, auch gibt es keine Vielgötterei wie in der griechischen und römischen Antike oder bei den alten Germanen. Der Große Geist der Lakota ist eher ein Seelenfeld, das sich den Indianern überall in der Natur offenbart, weshalb Red Fish anmerkte: «Wir müssen mit allen lebenden Dingen auf gutem Fuße stehen.»

Wakan Tanka könne im Ritus durch bestimmte Gegenstände oder in Träumen und Visionen durch mythische Tiere auf den Menschen übergehen.

Als nun wieder von Tieren die Rede war, horchte ich besonders auf, aber auch jetzt versäumte ich es, das Gespräch auf den Mammutzahn respektive auf das Incognitum zu lenken. Ich horchte einfach staunend und gebannt zu. Schließlich fragte ich – denn jenes Wort von Red Fish hatte mich nicht mehr losgelassen –, warum die Indianer das unentwegte Suchen der Weißen für verrückt hielten. Old Smoke schwieg eine Weile, ehe er sagte, die Weißen würden meistens nur mit dem Kopf und nicht wie sie mit dem Herzen denken. Das Leben könne aber nicht mit dem Kopf verstanden werden. Und wenn der Mensch mit dem Herzen zu denken vergisst, würde er zu einem Ungeheuer und wolle *alles* beherrschen oder töten. Just dieser Wille würde ihn, den weißen Mann, verrückt machen. Ich fragte nach, ob ich ihn richtig verstanden hätte – aber ja, Old Smoke sagte tatsächlich *Ungeheuer*. Ich machte ein beklommenes Gesicht, tausend Gedanken eilten mir durch den Kopf. *Wir* sind also das Ungeheuer, dachte ich, wir selbst, die wir uns seit Monaten abmühen, es zu finden … Wir brauchen es nicht zu suchen, denn es ist in uns. Mit einem Mal erkannte ich klar, was ich immer nur gespürt hatte: Der Suchende hängt mit dem zusammen, was er sucht. Das, wonach man Ausschau hält, und die Art und Weise, wie man dies tut, hat Einfluss auf das, was man findet.

Red Fish klopfte mir sachte auf die Schulter, was mich aus meinen Gedanken riss. Ich sagte, dass ich gerade zu viel mit dem Kopf nachgedacht hätte, worauf die beiden in Lachen ausbrachen.

Für den Blick durchs Fernrohr marschierten wir auf eine kleine Erhebung, die sich etwas außerhalb im Norden der Siedlung befand. Am blauschwarzen Firmament funkelten die Sterne tausendfach. Die beiden Indianer hatten noch nie durch ein Fernrohr geschaut, weshalb ich sehr gespannt war, wie sie darauf ansprechen würden. Wir knieten uns nebeneinander, und ich sah als Erster durch die Linse. Die Auflösung des Geräts war mäßig, das Objektiv zerkratzt, gleichwohl vermochte es die Gestirne näher zu rücken, sie um das Vielfache zu vergrößern. Ich entschloss mich, ihnen den Jupiter mitsamt seinen Monden zu zeigen – ein stets beeindruckendes Bildnis, weshalb ich mit einem großen Staunen der beiden rechnete. Als nun aber Red Fish durch das Rohr blickte, gab er einen erschrockenen Laut von sich, ehe er ruckartig das Gerät von seinem Auge riss. Old Smoke reagierte ähnlich. Ich beruhigte die beiden, ihre Befremdung sei normal, und man müsse sich erst an die neue Perspektive gewöhnen. Ich erklärte ihnen den Wirkmechanismus des Rohrs, der die optische Distanz zu den Sternen zu überwinden vermag. Sodann forderte ich sie auf, einen weiteren Blick zu wagen, doch beide lehnten höflich ab. Keine Zeigerumdrehung später trotteten wir schweigend zum Dorf zurück, wo wir uns sogleich zur Nachtruhe verabschiedeten. Old Smoke wies mich noch in einem mürrischen Tonfall an, das Fernrohr wieder mitzunehmen, da sie keinen Bedarf dafür hätten.

Erst am übernächsten Tag berichteten sie mir über ihre Empfindungen. Beide, so erklärte mir Red Fish, hätten sich beim Blick durch das Rohr vor den Gestirnen geängstigt. Es dauerte, bis ich begriff, wie die beiden Lakota das Erlebnis wahrgenommen hatten. Red Fish umschrieb mir, wie er für gewöhnlich die Sterne am Himmel sehe, nämlich im Einklang mit den unzähligen übrigen Gestirnen, sie stünden quasi im richtigen, harmonischen Verhältnis zueinander, beim Blick durch die Linse jedoch traten der Planet und seine Monde übermäßig hervor und wirkten dadurch unheimlich. Er spreizte seine Finger und formte beide Hände so, als umfasste er einen großen Stein. Die ins Riesenhafte vergrößerten Sterne, sagte er, hätten ihn bedrohlich angeschaut. Was solle es denn bringen, das Weltall so nah heranzuziehen? Ich vermochte ihm darauf keine vernünftige Antwort zu geben, stattdessen nickte ich nachdenklich.

Erst vor zwei Jahren stieß ich bei einem Gedicht von Goethe auf zwei Verszeilen, die meiner Ansicht nach auch von Old Smoke hätten stammen können: «Die Sterne, die begehrt man nicht / Man erfreut sich ihrer Pracht». Der Gebrauch des Fernrohrs erschien den Indianern gewissermaßen wie ein unkeuscher Blick, als hätte man die Sterne in ihrer Würde herabgesetzt oder ihr Geheimnis preisgegeben.

Im weiteren Verlauf meines Aufenthalts erzählten mir die beiden einige Mythen. Eine dieser Geschichten hatte zum Inhalt, wie die Sterne jedem Lakota bei der Geburt einen Geist einhauchen. Wenn nun jemand stirbt, kehrt dieser Geist in den Himmel zurück und fliegt durch die Milchstraße. Daraus schließen sie, dass alle Lakota auch mit den Sternen verwandt sind, nicht nur mit den Wesen auf der Erde. Manche ihrer Legenden widersprechen sich zum Teil mit anderen, ich hatte jedoch nicht das Gefühl, dass sie sich darüber den Kopf zerbrachen. Meinem Empfinden nach gingen sie eher poetisch damit um, in dem Sinne, dass jede Dichtung ihre Berechtigung habe.

Um aber auf die Sterne zurückzukommen: Im Weltbild der Lakota stehen einige Sternbilder in einer magischen Verbindung mit den Steinformationen der Black Hills. Dies ist auch einer der Gründe, warum das Pahá Sápa ihr spirituelles Herz ist. Für die Lakota ist das Gebirge keine Gegend zur Besiedelung, es ist ein Ort für Zeremonien und Bestattungen, eine heilige Stätte, wo nur Tiere leben dürfen, nicht aber Menschen.

Diese Menschen haben sich dem mächtigen Wirken der Einbildungskraft verschrieben. Sie verstehen es nicht, abstrakt zu denken, streng schematisch zu kategorisieren oder mathematische Formeln zu entwerfen. Denn sie gehen nicht von der Annahme aus, die Welt sei berechenbar und determiniert. Die Lakota streben nicht danach – wie etwa die Wissenschaftler unserer Zeit –, das Lebendige auf das Tote zurückzuführen, um so den Urstand der Welt zu ergründen. Im Wissen um die immerwährende Beseeltheit der Natur haben sie keine Angst vor der Sterblichkeit.

Natürlich gibt es sowohl gierige als auch machttrunkene Lakota, die sich bei jeder Gelegenheit um des materiellen Vorteils willen dem weißen Manne andienen würden. Doch meiner Beobachtung nach und allem, was ich in den Jahren über sie noch in Erfahrung bringen konnte, ist dieser Charakterzug bei ihnen eher selten. Falsch wäre es aber, die Lakota als durch und durch friedliebende Naturmenschen zu beschreiben. Sie wissen genau: Nur wer an der Krippe sitzt, wird essen. Ihre Ziele im Kampf sowie im Leben sind jedoch immer auf langfristige Stabilität ausgerichtet. Sie begrenzen sich in ihren Taten, schon im Interesse ihres eigenen Bestands. Die Verpflichtung ihrer Anführer dient vornehmlich dem Erhalt des inneren Friedens. Das bedeutet, dass Macht weniger von ihnen ausgeht als vielmehr durch sie hindurch. Die Lakota-Gesellschaft ist ein Gemeinwesen, dem sich jeder wohlmeinende Mensch durch seine Gedanken und Taten anschließen kann, sofern er zum Teilen seiner Besitztümer bereit ist. Denn ein Wesenskern ihrer Kultur besteht in der tiefen Hingabe des Teilens.

Und darin liegt wohl die Tragödie dieses Volkes: Die Lakota werden wohl über kurz oder lang vom weißen Mann verdrängt werden, nicht nur, weil dieser bessere Waffen schmiedet, sondern auch, weil die Lakota nicht in der Lage sind, ihre Denkweise zu ändern. Dafür müssten sie mehr mit dem Kopf als mit dem Herzen denken. Die Weltanschauungen der Lakota und der Weißen sind unvereinbar, ihre Auffassungen der Wirklichkeit grundverschieden. Das allein wäre nicht schlimm, nur denkt der eroberungstüchtige weiße Mann wie der Dieb im Sprichwort: Alle sind wie ich. Daraus kann aber kein Vertrauen gedeihen.

Als ich am Morgen nach der Sternenschau aus dem Wagen stieg, erblickte ich als Erstes Oliver und Twitty, die in eine aufgeregte Unterhaltung vertieft waren. Ich trat zu ihnen, worauf beide für einen Moment lang verstummten und mich mit schambehafteten Augen ansahen.

«Tom ist weg», nuschelte Twitty. Oliver senkte seinen Blick, die Schmach hinter der Nachricht war ihm deutlich anzusehen. Ich erfuhr, dass sich Pueyo in aller Früh den drei neuspanischen Händlern angeschlossen hatte und mit ihnen verschwunden war, ohne sich zu verabschieden oder auch nur eine Andeutung gemacht zu haben.

«Nicht mal mir hat er was gesagt», meinte Twitty sichtlich enttäuscht.

Ich erkundigte mich nach dem möglichen Grund, denn ich konnte mir kaum vorstellen, dass Tom Pueyo dermaßen verzückt war von der Idee, in den Fellhandel einzusteigen, um uns Hals über Kopf dafür zu verlassen.

«Das waren keine Händler», sagte Oliver zerknirscht, «das waren Goldgräber, die sich als Pelzhändler ausgeben.» Das Wort «oro» sei öfter gefallen, als die drei Halunken am Lagerfeuer saßen, und jeder wisse, dass das Gold bedeute. Ihm sei schnell klar geworden, dass sie riesige Goldvorkommen in den Black Hills vermuteten. Er wollte sich aber nicht in die Angelegenheiten der Männer einmischen, Fragen hätten Gegenfragen heraufbeschworen, es sei ihm ganz recht gewesen, dass sich die Kerle nicht wirklich für unsere Expedition interessiert hätten. Er hätte allerdings nie damit gerechnet, dass Tom so ruchlos abhauen würde.

Ich stimmte Oliver zu. Sicher, Pueyo hatte einen Hang zur Prahlsucht, so wie er ernsthaft entschlossen war, eines Tages reich zu werden, jeder wusste das; ich hätte ihm dennoch nicht zugetraut, dass er sich so leichtfertig diesen dahergelaufenen Hasardeuren anschließen würde.

«Wahrscheinlich denkt er, ihm passiert nichts», schnaubte Twitty. Dabei warf er mir einen kurzen, vorwurfsvollen Blick zu. Ich verstand sofort, worauf er anspielte, und entgegnete scharf, dass ich Tom prophezeit habe, er würde *die Expedition* gut überstehen. Nun sei er aber nicht mehr Teil der Expedition, und das müsse ihm wohl klar sein.

«Er wird es trotzdem so verstanden haben», erwiderte Twitty trotzig.

«Schluss damit!», zischte Oliver, sogleich aber wandelte sich sein grimmiger Blick in einen Ausdruck von Wehleidigkeit. Pueyos Abgang musste ihm schmerzlich vor Augen geführt haben, wie weit seine Autorität gesunken und wie desolat unsere Gesamtlage war. Ich erkundigte mich nach Sidney, Kermit und Nanawu, doch kaum dass ich gefragt hatte, sah ich die drei auf das Lager zukommen. Sie hätten im Fluss ein paar Krebse gefangen, ließ uns Kermit wissen, dabei schwenkte er eine mit Scherentieren gefüllte Tasche.

Da wir nun alle beisammen waren, schwang ich mich noch einmal auf, eine beschwörende Rede zu halten. Mit eingängigen Worten warb ich dafür, dass wir von nun an noch viel mehr zusammenhalten müssten, die Rückreise könne nur mit vereinten Kräften gelingen. Im Geiste eines Stoikers pochte ich darauf, uns allein auf das zu konzentrieren, worauf wir Einfluss nehmen könnten. Ansonsten gerieten wir in ein ewiges Lamento über die Umstände und würden nur Hindernisse wahrnehmen. Dabei seien wir immer noch stark genug, um alle Herausforderungen zu meistern.

Nachdem ich geendet hatte, starrten mich alle wortlos an, nur Oliver klatschte in die Hände und äußerte ein paar zustimmende Worte.

«Aber wie sieht das jetzt aus mit dem Incognitum, wissen die Indianer, wo es ist, oder nicht?» Kermit spannte seinen Oberkörper nach hinten und spitzte erwartungsvoll die Lippen.

«In den nächsten Tagen wissen wir mehr, man braucht Geduld», gab ich zu bedenken und fügte hinzu, ich sei insgesamt optimistisch gestimmt, dass sie uns den Zutritt zur Höhle und somit zum Tal gewähren würden.

«Na, dann», sagte Kermit, «dann bin ich mal gespannt.» Er schlug mit seiner Hand gegen die Tasche, worauf ein seltsam rieselndes Geräusch erklang. Sodann signalisierte er Nanawu und Sidney mit einer Kopfbewegung zu gehen. Als sich Sidney in Bewegung setzte, befahl ihm Oliver lautstark zu bleiben. Prompt erstarrte der Sklave.

«So ist es recht.» Oliver wartete einen Moment. «Jetzt erlaube ich dir, mit Kermit mitzugehen und die Flusskrebse zu säubern.»

Oliver lächelte selbstzufrieden, er reckte sein Kinn hoch als Zeichen, dass die drei nun abtreten dürften, was sie auch umgehend taten. Es sollte wohl Stärke demonstrieren. Auf mich wirkte es vielmehr wie das klägliche Aufbäumen gegen seinen bereits besiegelten Niedergang.

Nach der Mahlzeit machte sich Twitty zusammen mit Sidney und Nanawu auf ins Dorf, wo die beiden Männer ihren Schmiededienst antraten, während sich Kermit um die Pferde kümmerte. Ich überlegte, ihn zu fragen, ob er inzwischen einen Plan gefasst habe, wie es mit ihm und Nanawu weitergehen sollte, unterließ es aber. Zwar tauschten die beiden keine Zuneigungen vor uns aus, gleichwohl war offensichtlich, dass sie nach wie vor tiefe Gefühle füreinander empfanden.

Ich entschloss mich, an diesem Tag nicht ins Dorf zu gehen, ich benötigte Zeit zum Nachdenken, und dafür musste ich ungestört sein. Also unternahm ich einen Spaziergang entlang des Flussufers. In den letzten Tagen, eigentlich seit wir hier gestrandet waren, war so unglaublich viel passiert, dass mir ohnehin alles wie ein ununterbrochener Traum vorkam. Die Fülle an Ereignissen und Eindrücken ließ meine Gedanken kaum zur Ruhe kommen. Dabei brauchte ich dringend ein klares Gemüt, ich musste die anfälligen Dinge neu sortieren, und ich musste mir eine Strategie zurechtlegen, um endlich Auskünfte über das Incognitum zu erhalten.

Schon nach einer Stunde fühlte ich, wie sich meine Seele weitete und mit ihr mein Blick, der dadurch aufmerksamer wurde für die Umgebung. Überall um mich herum gewahrte ich plötzlich natürliche Muster, ich sah Formen und Wellen von Regelmäßigkeit. In Blättern, an Bäumen, auf Fischschuppen, auf Schalen von Flussschnecken, selbst auf toten Granitsteinen erkannte ich Strukturen. Mir wurde eine nicht von Menschenhand gefertigte Ordnung bewusst, eine auf Harmonie und Periodizität beruhende Formgebung. Überall meinte ich ein beseeltes Prinzip am Werk zu sehen. Passend dazu sollte mich Old Smoke zwei Tage später darauf hinweisen, dass auch Bäume einen Herzschlag besäßen. Man erkenne ihn daran, dass sie in der Nacht ihre Blätter sinken ließen und sie mit Anbruch des Tages wieder aufrichteten.

Für die Lakota – wie wohl für alle natürlichen Völker – ist die Natur eine Nahrung spendende Mutter. Allerdings hat die Natur von jeher auch eine zerstörerische Seite, die von Zeit zu Zeit in Stürmen, Fluten, Dürren oder Erdbeben hervorbricht. Aus diesem Grund streben alle Völker danach, die Natur zu bändigen oder sie zumindest zu besänftigen. Gelingt das mit Rechenkunst und Ingenieursgeschick, so verführt dies dazu, die Demut vor der Natur abzulegen und das Universum zu einer großen, unbeseelten Maschine umzudeuten, die leicht zu beherrschen sei, wie uns so viele Gelehrte unserer Zeit glauben machen wollen. In Wahrheit aber erwachsen daraus nur Illusionen der Beherrschung sowie die Hybris, dass man über allen anderen Geschöpfen des Universums zu stehen meint. Und nicht nur das, die Deterministen haben allesamt einen misanthropischen Zug an sich, selbst wenn sie noch so hehre Ziele verfolgen und das Gute erreichen wollen. Für sie ist der Mensch selbst in seiner unbändigen Art ein Ärgernis, weshalb sie gewalttätig oder auch listenreich versuchen, alle Menschen in vorhersehbare Automaten zu verwandeln.

Schließlich dachte ich über Pueyo nach. Ich machte mir Vorwürfe, dass ich ihm nicht stark genug eingeschärft hatte, wie töricht die Gier nach Gold ist, wie sie das Herz zu einem Gefängnis des Selbst macht und einen dazu verdammt, in ständiger Angst zu leben, alles zu verlieren, was man angehäuft hat.

Oliver hatte uns beim Essen mitgeteilt (während dem er sich im Übrigen wieder als recht umgänglich zeigte), dass Tom die Geldkassette gestohlen hatte. Darin hätten sich noch gut dreißig Dollar befunden, eine immer noch stattliche Summe, die uns gewiss hilfreich gewesen wäre für die Rückreise. Fest stand, dass er damit endgültig die Verbliebenen gegen sich aufgebracht hatte, selbst Twitty, der noch kurz zuvor in einer wirren Spekulation aus Entführungs- und Erpressungsszenario darüber sinniert hatte, ob Tom nicht vielleicht gezwungen worden war mitzukommen ... Der Diebstahl entlarvte Pueyo nun als abgebrühten Ganoven. Schlimmer noch, als Verräter. Betrübt, dass uns Tom Pueyo so schäbig verlassen hatte, schlug ich den Weg zurück zum Lager ein. Was meine Forschung nach dem Incognitum anbelangte, so nahm ich mir vor, mich nach den einschlägigen Mythen der Lakota zu erkundigen. Ich würde meine beiden hiesigen Freunde einfach fragen, ob es eine Höhle in den Pahá Sápa gäbe, in der sie den Ursprung aller Lebewesen wähnten. Sollten sie dies verneinen oder uns den Zugang verwehren, würde ich es eben als gottgegeben hinnehmen.

Es war schon dämmrig, als ich in die Nähe des Dorfes gelangte. Der Himmel hatte sich in ein tiefdunkles Blau getaucht. Eigentlich wollte ich einen Bogen um die Siedlung machen, doch plötzlich ertönten Trommellaute, die mich erst aufrüttelten und dann anzogen. Und ich wurde natürlich neugierig, was im Dorf vor sich ging. Ich schlich mich an den Rand der äußersten Tipi-Reihen, wo ich zwischen die Zelte hindurchsehen und einen Blick auf die Geschehnisse erhaschen konnte. Neben dem Zelt des Großen Rates loderte ein kräftiges Feuer himmelwärts. Es gab noch kleinere Feuer daneben, über denen in großen Kesseln Essen brodelte. Ich erblickte viele Lakota, die in mehreren Reihen auf dem Boden hockten und einem Tanz beiwohnten. In ihrer Mitte bewegten sich vielleicht zwanzig junge Männer, alle mit nackten

Oberkörpern, wiewohl mit Federmützen auf dem Kopf und Ketten um den Hals, zum dumpfen Takt der Trommeln. Ihr Tanz war ruckartig, schaukelnd, mitunter ekstatisch, als lenkte die Trommel ihre Körper. Nun umkreisten sie mit langsamen Schritten das große Feuer und begannen zu singen. Dies dauerte keine Minute, danach wurde gleich wieder getanzt, jetzt anmutiger. Die Männer machten schnelle Schrittfolgen und stießen zum Takt sanfte Laute aus. Eine wellenförmige Bewegung schwang sich durch den Ring der Tanzenden, Fröhlichkeit und Freude strahlte von ihnen aus. Die Zuschauer feuerten die Tänzer immer wieder an, und Begeisterung erfasste die Menge. Standing Bull erhob sich nun und richtete ein paar Worte an die Gemeinschaft, offenbar eine Aufforderung, denn sogleich standen viele der Sitzenden auf, begannen mitzutanzen und ebenfalls Laute von sich zu geben. Ich spürte mein Herz klopfen, mein Körper drängte zu den Tanzenden, aber mein Verstand riet mir davon ab. Ich war einfach keiner von ihnen und würde nie einer von ihnen werden. Vielleicht wäre ich auch ein unwillkommener Gast, wer weiß, wie sie reagiert hätten, welche Zeremonie das war. Ich wandte mich ab und ging zu unserem Lager. Die Pracht der Sterne in dieser Nacht war überwältigend.

4. Abschiede

Am nächsten Morgen litt Oliver an schwerem Fieber. Er war bleich und klagte über Gliederschmerzen. Auf seiner Stirn standen Dutzende kleiner Schweißperlen, und er war derart wackelig auf den Beinen, sodass Sidney ihn stützen musste. Twitty und Kermit suchten nach Erklärungen für die Krankheit, denn in der Tat war es seltsam – es war immer noch sommerlich warm, und keiner von uns plagte sich mit ähnlichen Beschwerden. Alle waren – abgesehen vom kurzzeitigen Durchfall – seit Tagen gesund und gut genährt. Ich beteiligte mich nicht an der Ursachenforschung, war mir aber sicher, dass Oliver die bange Situation sehr zu schaffen machte und die Krankheit nur ein Ausdruck davon war.

Da Scheider nicht mehr da war, fragten wir die Lakota, ob sie Medizin für unseren Kranken hätten. Sie zeigten sich umgehend hilfsbereit, einige Frauen kochten Suppe und versorgten ihn mit Obst. Um die Mittagsstunde herum kam ein Mann hinzu, den ich vorher noch nie gesehen hatte, er war wohl neben Old Smoke ein weiterer Medizinmann. Dieser wies Oliver an, sein Zelt zu räumen, das er mit einem weihrauchähnlichen Gewächs ausräucherte. Danach schlief er fast vierundzwanzig Stunden, in denen er immer wieder von Schüttelfrost und Albträumen heimgesucht wurde.

Nach der Mittagszeit ging ich ins Dorf, um Red Fish und Old Smoke zu treffen.

Ich hatte mir vorgenommen, nun endlich gezielte Erkundungen über das Incognitum einzuholen. Zunächst aber sprachen wir über die gemeinsame Sternenschau, wobei sich mir wertvolle Erkenntnisse über die Denkungsart der Lakota offenbarten. Alsdann teilte ich ihnen mit, dass sich einer von uns den drei Händlern angeschlossen habe, weshalb wir nur noch zu sechst seien. Für Red Fish war dies keine Neuigkeit, wie er mir ungerührt mitteilte, ohne einen Kommentar oder Fragen an mich zu richten. Überraschend aber eröffnete er mir, dass Old Smoke bald sterben werde, dies sei sein letzter Sommer. Ich war sprachlos, er kam mir nicht gebrechlich oder gar moribund vor, er machte allenfalls einen müden Eindruck auf mich. Alsdann sagte ich in einem Ton aufrichtigen Bedauerns, dass mich die Nachricht sehr treffen würde. Der Medizinmann antwortete nichts darauf, er hob lediglich beide Hände an, um zu verdeutlichen, dass es keinen Grund für Trübsal gäbe. Er würde sich stattdessen wünschen, dass ich die Weisheit der Lakota weitertrage. Es liege ihm am Herzen, dass ich ein schriftliches Zeugnis anfertigen und es den Anführern der Weißen überbringen würde, damit diese erfahren, dass die Lakota ein würdevolles Volk seien. Auch Red Fish bat mich darum. Da ich die Lakota und ihre Lebensweise respektieren würde, hielten sie mich geeignet dafür, den amerikanischen Präsidenten über ihre Art zu leben zu unterrichten. Sie trugen beide Sorge, dass die Weißen dereinst in Scharen kommen würden, um ihr Land zu erobern und die Lakota zu töten. Mit besserem Wissen und Verständnis über ihr Volk könne dies vielleicht abgewendet werden und dazu beitragen, dass man friedlich miteinander auskomme.

Ich war erstaunt über ihren realistischen Weitblick, auch wenn ich ihr Anliegen für ein naives Unterfangen hielt. Doch darum ging es jetzt nicht. Ich blickte zu Old Smoke, er sah mir in die Augen und nickte. Rührung ergriff mich, gleichzeitig fühlte ich mich unfassbar geehrt. Ich konnte ihnen allerdings nicht reinen Wein einschenken: dass ich nämlich nur ein kleiner, unbedeutender Pfarrer war, der noch nicht einmal die amerikanische Staatsbürgerschaft besaß. Mein öffentliches Einflussvermögen war nichtig.

Gleichwohl gab ich mein Versprechen, nach unserer Rückkehr einen Bericht über das ehrwürdige Volk der Lakota zu verfassen, den ich dem Präsidenten übermitteln würde. Und ich hielt mein Wort, ich schrieb sowohl George Washington als auch John Adams – erwartungsgemäß kamen keine Antworten. Ich verfasste später auch Artikel, erreichte jedoch nur eine geringe Leserschaft, und einige wenige Vorträge verhallten weitgehend ungehört. Die Menschen schenkten anderen Themen mehr Beachtung, etwa Ungeheuern, Kannibalen oder Bodenschätzen. Den Völkern westlich des Missouri brachten sie genauso wenig Interesse entgegen wie den verbliebenen Ureinwohnern in ihren eigenen Landstrichen. Dieses Buch zu schreiben war auch dem Impuls geschuldet, den Lakota Tribut zu zollen, aber nicht nur. Sie sind jetzt eingebettet in eine größere Erzählung, in der sie wie ein Stern zu anderen Gestirnen stehen – und zwar im richtigen Verhältnis. So wie sie es selbst wohl für angebracht halten würden.

Nachdem ich den beiden versprochen hatte, über ihr Volk zu schreiben, rauchten wir zunächst die Pfeife. Anschließend fragte ich sie nach etwaigen Entstehungsmythen der Lakota, insbesondere nach einer, von der ich bereits etwas gehört hätte und in der es heiße, alles Leben habe den Ursprung in der Unterwelt des Pahá-Sápa-Gebirges. Die zwei Männer zeigten sich erstaunt darüber, dass ich Kenntnis von einer ihrer Legenden hatte, und schienen durchaus geschmeichelt. Allerdings korrigierten sie mich, denn die Höhle sei nicht der

Ursprung allen Lebens, sondern lediglich der Ausgangspunkt des menschlichen Lebens sowie des Bisons.

Old Smoke schloss die Augen, um sich zu sammeln, nach einer Minute machte er sie wieder auf und begann zu erzählen.

Der legendenhafte Hergang trug sich zu einer Zeit zu, als die Welt nur von Pflanzen und Tieren besiedelt war. Menschen lebten noch nicht auf der Erde, sie existierten aber schon und lebten unter ihrer Oberfläche, in einer Art Geisterwelt. Um dorthin zu kommen, so der Medizinmann, müsse man einen Höhleneingang in den Pahá Sápa nehmen, wo die Erde ‹ins Innere verschwindet›.

Die Lakota nennen die Öffnung auch ‹Atmende Erde›. Nach dem Gang durch einen langen Stollen, der viele Abzweigungen habe, gelange man schließlich zur Pforte der Geisterwelt. Dort unten jedenfalls lebten die Menschen und warteten, bis die Erde ein lebenswerter Ort für sie wäre. Erst wenn der Große Geist sie anwies, durften sie die Unterwelt verlassen. Es folgte eine verschlungene Geschichte von Täuschung und Verrat, die ich nur in einer Zusammenfassung wiedergeben will. Es ging um zwei böse Geister, welche einen Teil der Menschen verführten, an die Erdoberfläche zu treten. Ein Wolf, der in ihrem Auftrag handelte, machte den Menschen weis, dass sie oben ein besseres und genussreicheres Leben führen könnten. Er gab ihnen köstliches Fleisch zu essen und beschenkte sie mit prächtigen Kleidern. Daraufhin nahmen sie einen gefährlichen Marsch auf sich, bis sie schließlich durch das Höhlenloch an die Erdoberfläche gelangten. Das Erste, was die Menschen sahen, war ein riesiger blauer Himmel über ihnen. Es war Sommer, und die Welt war hell, alle Pflanzen standen in Blüte und Frucht. Die Menschen glaubten deshalb, die Erdoberfläche sei der schönste Ort, an dem sie je gewesen waren. Als aber die Zeit voranschritt, schwand die Nahrung, und die Menschen wussten nicht, wie man jagt oder der Winterkälte trotzt. Sie wussten ja noch nicht einmal, dass es Jahreszeiten gab. Verfroren und ausgehungert flehten sie die beiden Geister um Hilfe an, doch sie ernteten Gelächter, darüber hinaus wurde ihnen der Weg zurück in die Unterwelt versperrt. In ihrer Verzweiflung setzten sich die Menschen auf den Boden und begannen zu weinen. Dies hörte der Große Geist, er erschien ihnen und rügte sie, da sie ohne seine Erlaubnis die Geisterwelt verlassen hätten. Zur Strafe verwandelte er sie in Bisons, und so entstand die erste Bisonherde überhaupt. Als viel später die Erde endlich fertig war, kam der andere, der größere Teil der Menschen an die Oberfläche. Sie lernten zu jagen und sich den Jahreszeiten anzupassen, und sie hatten die Bisons als beständige Nahrungsquelle.

Die Geschichte bezeugte von Neuem ihre geradezu symbiotische Verbindung zu den Bisons. Es kommt nicht von ungefähr, dass die Bisonjagd für die Lakota ein heiliger Akt ist, eine Art Opferritual. Ich war allerdings überrascht, dass es in diesem Mythos einen strafenden Gott gab. Freilich kam in der Geschichte kein Mammut oder ein ungeheuerähnliches Tier vor, nicht einmal ein Tal wurde erwähnt, wobei Old Smoke nicht beschrieben hatte, wie die Geisterwelt aussah, vielleicht handelte es sich ja um ein unterirdisches Tal. Gleichwohl, das entscheidende Element fehlte: das Incognitum.

Ohne Umschweife fragte ich nun, ob ihnen ein großes Tier bekannt sei, welches in den Pahá Sápa lebe? Beide stutzten, verwiesen auf Bären und Bisons, aber ich erwiderte, dass ich diese Tiere nicht meinen würde, und sprach von dem Mammutstoßzahn, den ich im Zelt des neugeborenen Kindes gesehen hatte – ich wollte wissen, ob es ein lebendes Tier dazu geben würde. Abermals schlug mir ein irritiertes Schweigen entgegen.

Schließlich äußerte sich Red Fish. Das Horn, wie er es nannte, sei am Rande des Gebirges entdeckt worden, in einer Grube, worin sie einige solcher Hörner aufgefunden hätten. Äußerst brauchbare Funde, um daraus Werkzeuge zu schnitzen.

«Aber habt ihr je ein lebendiges Tier gesehen, welches so ein Horn trägt?»

Beide verneinten, räumten jedoch ein, sie hätten sich nie Gedanken darüber gemacht. Mir schien, dass sie jetzt Überlegungen anstellten, welches Tier wohl ein solches Horn tragen mochte. Es könne gut sein, gab Old Smoke nach einigem Grübeln von sich, dass diese Tiere (für die sie keinen Namen hatten) vor Gezeiten weitergezogen seien, irgendwohin, wo der Große Geist bessere Lebensbedingungen für sie bereitgestellt habe.

Ich nickte verständig, hakte aber nach, ob es denn vorstellbar sei, dass dieses Tier in einem verborgenen Tal lebe, welches man nur über die Höhle erreichen könne, wo die Erde *ins Innere verschwindet* …

Beide weiteten verblüfft ihre Augen. Doch anstatt mir eine Antwort zu geben, begannen sie plötzlich zu disputieren, und das dauerte bestimmt einige Minuten, ohne dass sie mir irgendetwas davon übersetzten. Dies verlief nicht unbedingt aufgeregt, aber doch aufgeladen. Nach ihrer Besprechung nahmen wir zunächst eine kleine Mahlzeit ein, ehe Red Fish den Gesprächsfaden wieder mit mir aufnahm. Zunächst wollte er wissen, was es mit diesem großen Tier auf sich habe und wie ich darauf komme, dass es ausgerechnet in den Pahá Sápa auffindbar sei.

Ich offenbarte ihnen nun, dass wir ein Tier suchen würden, welches wir Incognitum nannten. Vor langen Zeiten habe das Incognitum noch im Osten des Landes gelebt, von wo es verschwunden sei, und es gäbe Stimmen, die es in den Pahá Sápa wähnten. Dann bat ich darum, das Incognitum mit Pflanzenfarbe auf ein Stück Bisonhaut aufmalen zu dürfen. Nachdem ich die Umrisse des Tieres skizziert hatte, wussten die beiden immer noch nichts damit anzufangen, außer dass sie ihm ein interessantes Erscheinungsbild zusprachen.

Old Smoke wollte wissen, weshalb wir das Incognitum suchen würden, obwohl der weiße Mann es wohl kaum als Nahrung bräuchte, ebenso nicht als Spender für Leder und Felle.

Genau das war die Gewissensfrage schlechthin. Ich war jedoch vorbereitet und entschied mich dafür, nicht zu lügen, also sagte ich, das Tier sei mächtig, und einige von uns glaubten, es würde ihnen Stärke verleihen. Der alte Medizinmann fragte sofort: Ob dies der wahre Grund für unser Kommen gewesen sei?

Ich schüttelte den Kopf. Für mich, betonte ich, sei es nicht der wichtigste Grund gewesen. Ich war vielmehr interessiert, die Menschen kennenzulernen, in deren Land sich das Incognitum niedergelassen habe. Ich fügte hinzu, dass ich nie an die außergewöhnliche Kraft dieser Tiere geglaubt hätte, nichtsdestotrotz sei ich neugierig, ob diese Wesen irgendwo in diesem Territorium existierten – oder ob sie, die Lakota, es gar für möglich hielten, dass Tierarten von der Erdoberfläche wieder verschwinden könnten. Vielleicht hätten sie sich ja ins Erdinnere zurückgezogen, dorthin, wo einst die Menschen herkamen …

Die beiden respektierten meine Darlegung und nahmen mir durchaus ab, dass sich meine Weltanschauung von manch anderen in unserer Gruppe grundlegend unterschied. Betreffs der Existenz der Tiere und ihres möglichen Verschwindens zeigte sich Red Fish jedoch ziemlich gleichgültig. Er legte die Hände ineinander und machte ein desinteressiertes Gesicht. Dies seien Angelegenheiten, sagte er, welche sie nicht zu verantworten hätten. Solche Entscheidungen würde allein der Große Geist fällen. Weit mehr interessiere ihn, woher ich von dem Tal wisse, welches nur durch die Höhle zugänglich sei.

Nun war ich mit einem Male sehr verblüfft, denn mit der Frage bestätigte er, dass es das verborgene Tal tatsächlich gab, womit ich wahrlich nicht mehr gerechnet hatte. Ich antwortete wahrheitsgemäß, dass wir dieses Wissen von einem französischen Fallensteller hätten, der schon einige Male in ihrem Gebiet gewesen sei, dieser hätte uns ebenfalls versichert, dass dort noch eine Herde von Incognitums leben würde.

Red Fish setzte eine grübelnde Miene auf. Von der Existenz der Tiere in dem Tal habe er keine Kenntnis. Er halte das für eine Lüge oder Täuschung, der der Fallensteller aufgesessen sei, und er wollte wissen, wie der Franzose heiße, worauf ich ihm zögerlich den Namen Lucien Bodard nannte.

Red Fish nickte bedächtig, während ein kaum merkliches Lächeln in seinen Augen aufblitzte. Offenbar kannte er ihn, ich wollte es allerdings vermeiden, weiter über Lucien zu sprechen, da ich sonst womöglich in die Verlegenheit geraten wäre zu gestehen, dass der Franzose Teil unserer Expedition war und sich erst kürzlich aus dem Staub gemacht habe. Schnell lenkte ich unsere Konversation wieder auf das Tal und bat ihn, mehr darüber zu erzählen. Red Fish sagte, es sei von außen nahezu unzugänglich, nur über die Höhle könne man Zutritt erlangen und es läge zwei Tagesreisen entfernt.

«Wir nennen es das *unbetretene Tal*», sagte er. «Es ist immer noch in dem Zustand, als die Erde noch nicht von Menschen bewohnt war.»

Einer Überlieferung zufolge habe der Große Geist das Tal für die Menschen der Sieben Ratsfeuer geschaffen, also für alle Angehörigen der Sioux-Stämme. Wenn eine äußere Gefahr so groß werde, dass kein Widerstand mehr nütze und keine Rettung in Sicht sei, dann würden sich alle Sioux in dieses Tal zurückziehen, bis die Erde ringsherum wieder bewohnbar würde.

Mir kam der biblische Garten Eden in den Sinn, wo der Mensch mit den Tieren in Eintracht lebte, bis er vom Baum der Erkenntnis naschte und aus dem Paradies vertrieben wurde. Bei den Sioux war es gewissermaßen umgekehrt, hier existierte ein leerer Garten, der auf menschliche Besiedlung wartete.

Ich schwieg eine Weile, dann erst erkundigte ich mich vorsichtig, ob es mir gestattet sei, das Tal zu sehen, und schob hinterher, dass dieser Einblick mir sehr wichtig wäre, um die Lakota besser verstehen zu lernen.

Red Fish zögerte einen Augenblick und hielt Rücksprache mit Old Smoke, ehe er mir mitteilte, der Ort dürfe von niemandem betreten werden, solange keine Not herrsche. Man könne das Tal aber vom Rande aus betrachten, so wie man vom Ufer auf einen See hinausschauen würde. Es müsse jedoch vom Großen Rat gebilligt werden, ob ein Weißer dies dürfe.

Die Antwort erfreute mich und ich dankte ihnen sehr dafür, dass sie überhaupt gewillt seien, über die Angelegenheit abzustimmen.

Auf dem Weg zum Rastplatz hatte ich das gute Gefühl, dass sie mir den Einblick ins Tal gewähren würden. Wohl kaum hätte mir Old Smoke sonst von der Abstimmung erzählt, was mir Hoffnungen machen musste. Dann fiel mir wieder Lucien ein. Dieser ausgebuffte Fallensteller. Er musste bewusst gelogen haben, denn ich konnte mir beim besten Willen nicht vorstellen, dass irgendwelche Indianer auf die abstruse Idee gekommen wären, so etwas zu erfinden. Wozu auch? Alles deutete darauf hin, dass er es war, der raffiniert die Legende von der Höhle mit dem verborgenen Tal und dem Incognitum zu einer glaubhaften Mär zusammengeschnürt und dies Oliver als geheimen Hinweis verkauft hatte. Der Franzose war auf seine Weise unberechenbar. Zwar hatte ich ihn oft als charakterfest und großherzig erlebt, aber er konnte offenbar genauso gut mit resoluter Rücksichtslosigkeit agieren. Wahrscheinlich ließ er sich gut bezahlen und konnte gleichzeitig, ohne dass ihm irgendwelche Kosten dafür entstanden, tief in den Westen gelangen, um dann in die Rocky Mountains weiterzuziehen. Und Oliver glaubte Lucien, weil er ihm glauben wollte, zutiefst überzeugt, mit dessen Hinweisen das Incognitum vor allen anderen zu finden.

Nichtsdestotrotz erschien mir die Geschichte geradezu irrwitzig, insbesondere wenn ich meine eigene dazu in Beziehung setzte. Denn es entbehrt nicht einer gewissen Ironie, dass ich dieses große Abenteuer, in dem ich mich noch mittendrin befand, einem trivialen Schwindel zu verdanken hatte. Ich stieß ein lautes Lachen aus, ehe ich mich auf den Weg ins Lager machte.

Sidney, Kermit, Nanawu und Twitty saßen am Feuer und schwatzten. Der junge Schmied erzählte mir sogleich von seinen Erlebnissen im Dorf, er berichtete lebhaft über die Dankbarkeit und die Begeisterung, die er entfacht hatte. Es freute mich zu hören, dass ihm nur Positives widerfahren war.

Auf Kermits Frage, ob ich etwas Neues herausgefunden hätte, gab ich eine abschlägige Antwort. Der Medizinmann, log ich, habe heute keine Zeit für mich gehabt, stattdessen hätte ich von Red Fish viel über Sitten und Gebräuche der Lakota erfahren.

Ich wollte die Angelegenheit erst mit Oliver besprechen, bevor ich sie der Gruppe mitteilen würde. Trotz allem, was passiert war – es war immer noch Olivers Expedition, er war der Captain, ohne seine Investitionen wären wir nicht hierhergekommen. Insofern hatte er meines Erachtens das Anrecht darauf, vor den anderen zu erfahren, dass es keine Incognitums in den Black Hills gab und dass wahrscheinlich alles auf einer Lüge von Lucien Bodard fußte.

Ich erzählte den vieren stattdessen von meinem Erlebnis, als ich mit den beiden Lakota durchs Fernrohr die Gestirne betrachtet hatte. Dies brachte Twitty auf die Idee, die beiden Fernrohre herauszuholen, um später die Sterne zu betrachten. Der Vorschlag wurde begeistert aufgenommen, und alle fragten sich, warum niemand viel früher darauf gekommen war – keiner von ihnen hatte je zuvor durch ein Sternenfernrohr geblickt.

Ich kann vorwegnehmen, dass die vier gebannt waren und sich nicht sattsehen konnten, selbst Nanawu wirkte beeindruckt, sie ängstigte oder verstörte es nicht, die Gestirne heranzuziehen und als mächtiges Gegenüber wahrzunehmen. Ich erklärte ihnen noch die Sternbilder sowie ihre Bedeutungen für die Schiffsnavigation, aber auch ihre Funktion für Tierkreiszeichen und Horoskope.

Bevor es aber zur Sternenschau kommen sollte, hatte ich eine Unterredung mit Sidney. Er war zwischendurch einfach aufgestanden und Richtung Fluss geschlendert, wortlos und ohne Andeutung, etwas mit mir unter vier Augen besprechen zu wollen; dennoch spürte ich, dass er genau das vorhatte. Also wartete ich eine Weile, ehe ich ihm folgte.

Sidney schien auf das Rauschen des Flusses zu lauschen, das in den Abendstunden besonders deutlich zu hören war. Vielleicht horchte er auch auf andere Geräusche, die mir nicht vernehmlich waren. Ich trat zu ihm und legte meine Hand auf seine Schulter. Da ich ihn nicht in Verlegenheit bringen wollte, hatte ich mich entschieden, ihn nicht auf Wiwila Winyan anzusprechen. Wir schwiegen eine Weile. Schließlich sagte er ansatzlos, ihm sei gestern von Nanawu vorhergesagt worden, dass er bei ihrem Stamm, den Shoshone, den Rang eines Anführers einnehmen könne. Sidney sah mich aus glasigen Augen an. Er fuhr sich über seine Stirn und rang nach Worten.

«Bei den Weißen stelle ich mir immer die Frage, wie viel weniger ich wert bin, weniger schlau bin ... Hier ist es anders, die Indianer lieben mich für das, was ich bin. Sie lieben alles an mir ... Es ist überwältigend.»

Ich nickte nur.

«Welchen Grund sollte ich haben, dorthin zurückzugehen, wo man mich wie Dreck behandelt?»

Das Wort Dreck schleuderte er mit inbrünstigem Zorn in die anbrechende Dunkelheit. Doch trotz seiner Entschiedenheit spürte ich auch den Konflikt, den er mit sich austrug. Ich fragte ihn, ob er sich immer noch Chancen ausrechne, dass Oliver ihn nach der Expedition freilassen würde?

Sidney lächelte gallig und schüttelte den Kopf.

«Mr Hancock hat irgendwann einmal gesagt, er würde mich *vielleicht* freilassen, wenn alles gut geht auf der Reise. Wir wissen aber, dass es diese Viecher hier nirgendwo gibt, nur Mr Hancock weiß es noch nicht, und Twitty hat ohnehin keine Ahnung. Aber Kermit und ich wissen Bescheid.»

«Woher wisst ihr das?»

«Ganz einfach, weil wir danach gefragt haben. Nanawu

hat mehrere Indianer im Dorf angesprochen, Kermit und ich waren dabei. Niemand hat jemals ein Incognitum gesehen.»

Sidney blickte in die Ferne, ein roter Streifen glühte am Horizont.

«Wie lange weißt *du* es schon, Pfarrer John?»

«Seit heute», antwortete ich.

Er nickte knapp, ehe er mir langsam den Kopf zuwandte.

«Wann sagst du es dem Captain?»

Ich zuckte mit den Schultern. Oliver solle zunächst wieder auf die Beine kommen, dann hätte er genug Kraft für die Wahrheit. Schließlich teilte ich Sidney noch mit, dass es immerhin die Höhle und das verborgene Tal tatsächlich gäbe und mit etwas Glück würden uns die Lakota erlauben, beides zu sehen. Vielleicht sollte sich Oliver einfach selbst überzeugen, dass dort keine Incognitums existierten. «Ich denke einfach, es ist besser, wenn er den Tatsachen ins Auge sieht. Den Indianern würde er nicht glauben. Er ist überzeugt, dass die Tiere irgendwo da draußen sind.»

Sidney stimmte mir zu, und wir vereinbarten, dass vorerst niemand Oliver oder Twitty in Kenntnis setzen werde. Für den Fall, dass die Lakota uns das Tal zeigen wollten, würde ich mit Oliver dorthin reiten.

Ich wollte schon zum Feuer zurück, als Sidney mich anhielt, noch einen Augenblick zu verweilen. Er müsse mir etwas anvertrauen, sagte er mit bebender Stimme. Er habe gestern mit Kermit entschieden, dass sie beide Nanawu in ihre Heimat zurückbringen würden. Bald schon, in zwei, drei Tagen.

Zunächst war ich wie vom Schlag getroffen, doch schon nach Sekunden verwunderte es mich ganz und gar nicht. So vieles lag schließlich auf der Hand. Beide, Sidney wie Kermit, hielt nichts in Greenburgh, niemand wartete auf sie. Warum sollten sie sich kein anderes Leben suchen, in dem der eine frei sein und der andere seiner Liebe nachgehen konnte? Ich beglückwünschte ihn zu diesem Entschluss und bestärkte ihn darin, seinem Herzen zu folgen. Wir unsererseits würden schon wieder nach New York zurückfinden; da wäre etwa der Wasserweg über St. Louis und New Orleans. Sidney zeigte sich erleichtert, und zu guter Letzt schlug er vor: Sollten Oliver und ich mit den Indianern zum Tal reiten, würden sie währenddessen aufbrechen, so müssten sie nicht heimlich das Weite suchen. Er würde es nicht fertigbringen, Mr Hancock unter die Augen zu treten und Abschied von ihm zu nehmen. Sidney ging sogar davon aus, dass Oliver ihn eher erschießen würde, als ihn ziehen zu lassen. Und Kermit würde er wahrscheinlich gleich mit abknallen.

Zwei Tage später benachrichtigte mich Red Fish, dass mir der Große Rat gestattet habe, einen Blick auf das *unbetretene Tal* zu werfen. Ich freute mich ungemein darüber, handelte aber umgehend mit ihm aus, einen meiner beiden Berater mitnehmen zu dürfen. Dies gewährte er ohne Umstände, da sie ohnehin davon ausgegangen waren. Er selbst würde uns mit vier Männern begleiten. Übermorgen früh würden wir aufbrechen. Wir sollten uns auf zwei Übernachtungen einstellen, um Verpflegung bräuchten wir uns nicht zu kümmern. Die Unterredung dauerte keine fünf Minuten, sie war sachlich gehalten, und eigentlich gab es auch nicht mehr zu besprechen. Ich war dennoch verwundert, wie schnell nun Fakten geschaffen wurden. Andererseits, woher sollte Red Fish auch wissen, welche Gefühlsregungen dieser Ritt ins *Herz von allem* in mir auslöste. Die Unternehmung war der Schlussstein unserer Expedition und glich nach all der irrsinnigen Zeit einer unverhofften Krönung. Gleichzeitig war sie das Fanal für die anderen drei, zu einer gewagten Reise aufzubrechen, mit der Konsequenz, dass wir uns wohl nie mehr wiedersehen würden. Und was die Höhle und das Tal angingen: Irgendwie war meine Hoffnung nicht totzukriegen, dass sich dort womöglich doch ein paar versprengte Exemplare des Incognitums zeigen würden. Denn wenn das Tal, so meine Überlegung, noch nie von einem Menschen betreten worden war, so konnte doch kein Mensch mit letzter Gewissheit sagen, welche Tierarten dort lebten.

Jedenfalls ging ich davon aus, dass meine Bereitschaft, über die Weisheit der Lakota zu schreiben, ausschlaggebend für die Erlaubnis war. Nichtsdestotrotz fühlte ich mich außerordentlich erhoben. Sie zeigten uns ihren Rückzugsort, und das war wesentlich mehr als eine Gefälligkeit oder ein unausgesprochener Handel, es war echtes Vertrauen – und dem wollte ich mich unbedingt würdig erweisen.

Etwa eine Stunde später ging ich zu Oliver. Ich stützte meine Hände am Zelteingang auf und lugte ins Innere. Seine Augen waren noch fiebrig, sein Körper noch kraftlos. Mein erster Gedanke war, dass er in dem Zustand noch nicht reisefähig sei und ich Red Fish um eine Verschiebung des Ausflugs bitten müsste. Doch als ich Oliver die Dinge auseinandersetzte, wollte er den veranschlagten Aufbruch unbedingt einhalten.

Ich erzählte ihm, was ich über die Höhle und das Tal herausgefunden hatte, verschwieg nur die Einschätzung der Lakota, dass es dort keine Incognitums gab. Ich hatte kurz überlegt, ob ich ihm die Nachricht nicht doch zumuten sollte, aber er sah mich an wie ein hoffendes Kind, sodass ich es nicht übers Herz brachte. In meinen Augen war es tatsächlich auch der richtige Weg zur Wahrheit; nämlich sich ihr durch die Erfahrung zu stellen. Ich räumte allerdings ein, die

Indianer hätten kein gesichertes Wissen darüber, ob das Tal von Mammuts besiedelt sei, da sie es ja nie betreten hätten. Oliver machte ein bedächtiges Gesicht, seine Stirn glänzte.

«Wir werden sehen», sagte er gefasst. «Man darf den Mut nie verlieren.»

Ich pflichtete ihm bei. Dann wies ich ihn darauf hin, dass den Lakota ein großer Dank gebühre. Es sei nicht selbstverständlich, dass sie uns ihre heilige Stätte zeigen würden, dies sei nichts weniger als ein Akt der Gnade. Daher hielt ich es für angeraten, sich während des Ausflugs wie demütige Pilger zu verhalten. «Man muss sich das Tal wie eine riesige Kathedrale vorstellen und die Höhlengänge wie unterirdische Katakomben. Der Ritt dorthin ist vergleichbar mit einer Wallfahrt. Wir sollten also schweigen und staunen und alles so annehmen, wie Gott es für uns angerichtet hat …»

Oliver sah mich aus leutseligen kleinen Augen an, dann griff er nach meinem Handgelenk und umschloss es sanft.

«Ich weiß, dass du jemand bist, dem ich vertrauen kann. Du bist ein unbestechlicher Mann, Johannes. Ich habe dich vom ersten Moment an bewundert und habe alles in Bewegung gesetzt, dich dabeizuhaben trotz so vieler Widerstände. Es tut mir leid, wie sie dich am Anfang behandelt haben. Ich hatte nicht die Kraft, dich zu schützen. Ich musste mich um die Expedition kümmern … Ich will dir vor allem sagen, dass ich mir mein ganzes Leben lang einen Freund wie dich gewünscht habe. Ich hatte mir vorgestellt, wie wir eine aufregende Zeit miteinander verbringen unter dem weiten Himmeln der Prärie … Dem war nicht so, nur einmal, als wir spazieren gingen und ich dir von meinen Plänen erzählt habe, das war schön … Aber es ist nicht vorbei, wir sind nicht am Ende. Ich glaube daran, dass wir Behemoth finden, das biblische Tier, John. Wir sind geborene Entdecker, du und ich.

Wir folgen unserem Schicksal, ohne Furcht und ohne Kompromisse. Wir sind beide Außenseiter, wir gehören zu den unangepassten Exemplaren unserer Spezies. Der Griff nach dem Unmöglichen ist nur Menschen wie uns vorbehalten. – Und dann werden wir mit Fanfaren und Trompeten nach New York einziehen, du und ich, und sie werden uns zujubeln, die ganze Wall Street wird mit Menschen gesäumt sein, und sie werden applaudieren, weil wir nie aufgegeben haben, weil wir den Glauben nie fallen gelassen haben, weil wir ...»

Er brach mitten im Satz ab. Seine Stimme war bereits schwer verständlich geworden, seine Lippen waren ganz trocken, seine Zunge schien am Boden seines Mundes festzukleben. Er ließ mein Handgelenk los, das er die ganze Zeit über umfasst hatte. Ich reichte ihm eine Flasche mit Wasser. Oliver nahm sie dankend und trank sie halb leer.

Ich gab ihm einen wohlgesinnten Klaps und wünschte ihm gute Besserung, dann verabschiedete ich mich. Ich war einfach nicht imstande dazu, seine Zuneigung zu erwidern.

Olivers Wehmütigkeit ging mir vor allem im Nachhinein nahe. Wahrscheinlich hatte er in seinem Leben nie einen echten Freund gehabt. Wahrscheinlich kannte er nur Geschäftspartner und Untergebene. Und wahrscheinlich war er zu einer echten Freundschaft gar nicht fähig, weil er sich ständig selbst an die erste Stelle setzen musste. Oliver vermochte jedenfalls keine Liebe auszudrücken, die nicht in Dominanzgebaren umschlug. Erst nach Jahren kam mir die Figur des Narziss in den Sinn, die Geschichte eines Knaben, der sich weigerte, das Begehren der Nymphen und Männer zu befriedigen. Als Strafe dafür sollte auch er, was er liebt, nicht bekommen, sodass er nur noch sich selber als Gegenüber hat und an seinem inneren Feuer zugrunde geht.

Warum auch immer er so wurde – auf seine Weise war

Oliver ein Geschlagener, selbst wenn er es in materieller Hinsicht um ein Vielfaches besser hatte als so viele andere.

Anderntags machte Oliver schon einen besseren Eindruck, und ich war zuversichtlich, dass er auch wirklich würde mitreiten können.

Da es mit meinen Reitkünsten nicht weit her war, ging ich mit Nanawu zu den Indianern und bat darum, einer der Lakotamänner solle mein Pferd mit einem Seil lenken, sodass das Tier nicht durchgehen würde oder zu bocken anfinge. Die Indianer erheiterte dies, denn für sie war es unvorstellbar, als Mann, zumal als Anführer, des Reitens nicht mächtig zu sein. Des Weiteren erbat ich von Standing Bull, er möge Sidney und Kermit mit drei von unseren Gewehren ausstatten, da sie aufbrechen würden, um Nanawu in ihr Shoshone-Dorf in den Rocky Mountains zurückzubringen. Auch das gewährte er mir, obgleich er sich verwundert darüber zeigte, dass ich zwei Männer, darunter den starken «Schwarzen Bär» ziehen ließe. Die Männer, antwortete ich, hätten sich sehr verdient gemacht, weshalb ich sie in die Freiheit entlassen würde.

Zurück im Lager, kam Kermit auf mich zu und sagte, er müsse mir dringend etwas mitteilen. Dabei hatten wir schon tags zuvor über alles Wesentliche gesprochen, und der Junge hatte für seine Verhältnisse sehr aufgeräumt gewirkt. Er war willens, Nanawu nach Hause zu begleiten, und nichts und niemand vermochte ihn davon abzuhalten.

Nun steckte er mir sogleich, dass er vorhin eine merkwürdige Entdeckung gemacht habe. Er habe nämlich inmitten der frei laufenden Pferde der Lakota Jeromes gescheckten Wallach entdeckt, dessen braun-weiße Tupfer ihn unverwechselbar machten. Ich war etwas ratlos, was ich mit der Neuigkeit anfangen sollte, und sagte einfach nur: «Vergiss die Sache, es hat keinen Sinn, sich den Kopf darüber zu zerbrechen.»

«Aber vielleicht waren die zwei hier, vielleicht stecken sie mit den Lakota unter einer Decke …»

«Und wenn schon», fiel ich ihm ins Wort, «dann wäre es ihre Entscheidung gewesen, so wie es eure Entscheidung ist, die Expedition zu verlassen, ohne es Oliver zu sagen!»

Kermit verstummte. Sein Blick wurde hart, sein Adamsapfel pulsierte, ehe er mit starren Augen flüsterte: «Ich will aber weg von ihm, ich will ihn nie mehr wiedersehen …»

Ich legte meinen Arm um ihn. «Brauchst du auch nicht, Kermit, brauchst du auch nicht.»

In dem Moment kam Sidney angelaufen. Ein Indianer sei gekommen, der mich sprechen wolle. Es war Lone Horn, der neben Red Fish zweite Berater des Häuptlings. Er saß auf seinem Pferd und sprach bereits mit der bekümmert dreinblickenden Nanawu. Lone Horn reichte mir wortlos eine Geldkassette – die von Pueyo entwendete Schatulle. Ich klappte sie auf: leer, kein einziger Cent war mehr darin.

Lone Horn sprach, dass die Auskundschafter einen Leichnam gefunden hätten, einen Tagesritt weit entfernt. Schüsse in den Kopf und in die Brust hätten den Mann getötet, in der Nähe der Leiche lag das Behältnis. Ich bestätigte knapp, dass das Holzkästchen unserem Expeditionsmitglied gehört habe. Lone Horn drückte sein Beileid aus, indem er seine Hand aufs Herz legte und seinen Kopf senkte. Sodann ritt er ins Dorf zurück.

Noch vor der Dämmerung hielt ich eine Trauerpredigt. Ich sprach von Schuld, Reue und Vergebung, aber auch von Abschied und Trennung sowie von der Verbundenheit der Seele. Die Wut auf Pueyo, die noch vor Tagen alle ergriffen hatte, war nun Betroffenheit gewichen. Wahrscheinlich hätte jeder von uns dem vorlauten Kerl eine Abreibung zugemessen, keineswegs aber die Todesstrafe, selbst wenn auf «unerlaubte Entfernung» gemäß unserem Strafkatalog ebendiese stand.

Ich eröffnete damit, dass jeder Mensch von Natur aus weder gut noch böse sei, da er beide Seiten in sich trage. Man könne aber im Vertrauen auf Gott seine schändliche Seite überwinden, in jeder Handlung seines Lebens. Vielleicht habe Tom Gewissensbisse bekommen und wollte zu uns zurückkehren wie der verlorene Sohn im Lukasevangelium, und nur deshalb, vielleicht, hätten diese Schurken ihn umgebracht. Ich sei mir jedenfalls sicher, dass wir Tom verziehen hätten, wenn er aufrichtig bereuend zurückgekehrt wäre.

Twitty weinte Rotz und Wasser, worauf ihn Nanawu tröstend in den Arm nahm. Oliver hockte da wie eine steife, schwere Bleifigur, nur ab und zu wischte er sich den Schweiß von der Stirn, mag sein, dass Pueyo ihm leidtat, aber er war augenscheinlich viel mehr mit sich selbst beschäftigt. Kermit, Sidney und Nanawu vergossen echte Tränen, der Tod ihres Kameraden schien sie wirklich zu bewegen, sie wussten aber ebenso wie ich, dass dies unser letzter gemeinsamer Abend war. Und Pueyos Schicksal führte ihnen sicherlich noch mal vor Augen, wie dünn der Faden des Lebens gesponnen ist.

Danach saßen wir um das Lagerfeuer herum, sahen in die Flammen und schwiegen. Wir vier Eingeweihte hofften insgeheim darauf, dass Oliver und Twitty zeitig schlafen gehen würden, damit wir ein letztes, offenes Wort sprechen und uns unbeobachtet verabschieden könnten. Doch die beiden gingen nicht. Vielleicht wollten sie nicht allein sein, vielleicht ahnten sie etwas. Plötzlich aber, nach vielen schweigsamen Minuten, räusperte sich Oliver, es klang wie der Auftakt zu einer gewichtigen Ansprache.

«Ich habe gerade gesehen, dass wir das Incognitum finden werden, ich habe es richtiggehend vor mir gesehen.» Alle Augen richteten sich auf ihn. Oliver begann nun, das Mammut detailreich zu beschreiben, so lebhaft und plastisch, als hätte er es wirklich zu Gesicht bekommen. Er beschrieb es als Ungeheuer mit grimmigen Augen und gewaltigen, aufspießenden Stoßzähnen, das jeden Gegner zermalmen könne.

«Ich weiß aber auch, dass wir es dieses Mal nicht fangen werden. Wir müssen also zurückkehren mit einer stärkeren, einer besseren Mannschaft. Und dann holen wir uns das Biest!» Oliver strotzte vor Selbstsicherheit. Er klang wie zu früheren Zeiten, nur dass jetzt eine Entrücktheit in seinen Augen aufblitzte, die mich erschaudern ließ. Nacheinander blickte er allen in die Augen, selbst Nanawu und Sidney. «Wer von euch», fragte er in die Runde, «ist beim nächsten Mal dabei?» Niemand gab ein Wort von sich, keiner wusste so recht, ob die Frage ernst gemeint war. Auf einmal sagte Kermit mit einer kaum zu überbietenden Unbekümmertheit: «Wenn ihr die Monster findet, bin ich auf alle Fälle wieder dabei.» Alle stimmten nun ähnlich zu, sogar ich. Oliver lächelte zufrieden. «Gut», sagte er, «sehr gut, das wollte ich hören!» Er stand auf und empfahl sich zur Nachtruhe.

Unser Abschied am Morgen unterlag einer drängenden Aufbruchseile, und da wir keinen Verdacht erregen wollten, umarmten wir uns hastig, ohne Empfindungen zu zeigen. Es war gut so, die Verabschiedungen kurz und schmerzlos zu vollziehen. Das Unaufschiebbare lässt sich nun mal nicht aufhalten, so wie es keinen Sinn hat, sich an Sentimentalitäten zu laben. «In drei Tagen sind wir zurück!», rief ich vom Pferd herab, ehe es sich ruckartig bewegte und mich fast abgeworfen hätte.

5. Der Gang ins Unbetretene

Am Ausflug waren sieben Mann beteiligt: Oliver und ich sowie Red Fish und vier junge Lakota. Laut Red Fish hätten sich drei der vier Kerle bei verschiedenen Gelegenheiten durch große Tapferkeit ausgezeichnet. Der vierte war noch sehr jung, wahrscheinlich nicht älter als sechzehn Jahre, und trug den schönen Namen Touch the Clouds (Maȟpíya Ičáȟtagya). Er sollte auf die Pferde und unseren Proviant aufpassen, während wir das Tal besichtigen würden. Red Fish war selbst erst zweimal dort gewesen, zuletzt vor fünf Jahren. Die Entfernung betrug knapp fünfzig Meilen in nordwestlicher Richtung, morgen Mittag würden wir ankommen.

Olivers wahnhafte Züge waren am Morgen wieder verschwunden. Er erweckte den Eindruck eines in sich ruhenden Mannes, und er hielt sich auch an meinen Rat, den Indianern gegenüber zurückhaltend und demütig zu sein.

Die Landschaft glich anfänglich einer Prärie von kurzen Gräsern, dazwischen Bartgewächse und graugrüne Stauden. Nach ein paar Stunden wurde die Gegend schroffer, die Pfade allmählich steiler. Felskrusten bedeckten das Land, sodass man hätte meinen können, eine kosmische Kraft hätte es durcheinandergeworfen und anschließend versucht, alles wieder notdürftig glatt zu streichen. Das Gebiet wirkte wie vernarbt, hatte etwas Zerklüftetes, auch etwas Verwunschenes, als könnte hinter jedem Strauch oder aus jedem Spalt ein Fabelwesen auftauchen. Tatsächlich begegneten wir vielen

Bisons, immer wieder Hirschen und mit jeder zurückgelegten Meile mehr und mehr Dickhornschafen. In den Pausen sprachen wir nur das Nötigste, und ich spürte einen allseitigen Respekt voreinander, der keine Worte brauchte, um sich seiner zu versichern.

Da ich das Reiten nicht gewohnt war, schmerzte mein Rücken bald, und ich war froh um jede Unterbrechung. Der gutmütige Klepper, auf dem ich saß, hatte wenig Fleisch an den Rippen, weshalb ich mir vorkam wie auf einem Holzpferd und wohl umso heftiger durchgerüttelt wurde.

Abends kampierten wir in der Nähe eines Flusses, den die Lakota Biberbach nannten. Wir nächtigten ohne Zelte unter freiem Himmel. Oliver und drei der jungen Lakota hatten sich früh hingelegt, mir war ebenfalls danach, doch Red Fish war von einem redseligen Anflug erfasst und wollte mir einige Dinge mitteilen. Einer der vier Burschen, der den Namen Spotted Tail trug (Siŋté Gleškáa) und die Nachtwache hielt, wohnte unserem Gespräch schweigend bei, weshalb ihm Red Fish das Gesprochene ab und zu übersetzte.

Red Fish erzählte mir, dass er vor zwanzig Jahren als ganz junger Kerl für einen Engländer in Kanada gearbeitet habe, nachdem er von Mandan-Indianern verschleppt und an diesen Engländer, Mr Crooke, verkauft wurde. Der Mann sei bei der Hudson's Bay Company gewesen, und er, Red Fish, habe drei Jahre bei ihm verbracht, ehe es ihm glückte davonzulaufen und er neun Monate brauchte, um sich in seine Heimat durchzuschlagen.

Ich war überrascht, dass er mir nicht schon früher davon erzählt hatte, zumal seine Geschichte der von Nanawu sehr ähnlich war. Red Fish wollte nun aber nicht über seine Erlebnisse sprechen, ihn beschäftigte etwas anderes. «Warum», fragte er, «sprechen die Weißen immer wieder von der christlichen Nächstenliebe? Wenn sie doch genauso brandschatzen, morden und versklaven wie andere Völker auch? Sie sind sogar noch schlimmer, weil sie sich oft nicht an Abmachungen halten und sich fortdauernd ausbreiten. War Jesus Christus, den ihr anbetet, ein so großer Trickser? Ist er deshalb hingerichtet worden?»

Ich atmete tief durch, was sollte ich nur darauf erwidern? Ich war erschöpft, hatte Rückenschmerzen, und ich wusste nicht, wie ich ihm diesen Klumpen aus Religion, Geschichte, Machtbestrebungen und Doppelmoral auseinandersetzen sollte, ohne dafür Stunden aufzuwenden. Außerdem war auch Oliver wach geworden, er hatte sich gerührt, und sein Atem ging anders als zuvor. Er würde uns belauschen, und es gab zu viele Dinge, die ich vor ihm verheimlichen musste.

Schließlich antwortete ich nur: «Jesus war kein Trickser, er wollte eine Gemeinschaft des Teilens anstatt eine Gemeinschaft der Gier.»

Red Fish zog beide Augenbrauen hoch. «Aber warum handeln dann so viele von euch genau andersherum?»

«Ich weiß es nicht», sagte ich resigniert, «vielleicht weil wir Meister darin sind, uns selbst auszutricksen …» Dann bekundete ich, dass ich müde sei, bot ihm aber an, ein anderes Mal darüber zu sprechen. Red Fish nickte, eine Frage wollte er jedoch noch beantwortet wissen, und zwar, was der wirkliche Grund sei, weshalb gerade der «Schwarze Bär» und Kermit Nanawu zurückbringen würden? Ich merkte, wie sich mein Kopf rötete und mein Herz schneller schlug. Geistesgegenwärtig drückte ich einen Zeigefinger gegen die Lippen, mit dem anderen deutete ich auf Oliver. Betont gelassen sagte ich, dass die beiden im Dorf warten und mit uns wieder zurückreisen würden, dies sei ein Missverständnis gewesen, ein Scherz, den Kermit in die Welt gesetzt habe. Red

Fish erwiderte schlagfertig, dass er sich genau so was gedacht habe. Anschließend wünschten wir einander eine geruhsame Nacht.

Anderntags verhielt sich Oliver mir gegenüber wesentlich zurückhaltender, um nicht zu sagen, misstrauisch. Für mich ein untrügliches Zeichen, dass er Red Fishs Frage vernommen hatte und meiner Antwort keinen Glauben schenkte. Trotz mancher Verblendungen war Oliver nicht einfältig, sondern hochempfindsam, gerade in Bezug auf seinen Status. Mir schien, dass er ein Komplott witterte, und es rumorte sichtlich in ihm. Er musste es sich versagen, aus der Haut zu fahren, konnte mich aber auch nicht zur Rede stellen oder sich Luft verschaffen, stattdessen musste er alles hinunterschlucken und die Form wahren.

Noch vor Mittag erreichten wir den Südostzipfel des Gebirges. Die Landschaft bestand aus Grashügeln und Fichtenwäldern, dazwischen ragten kantige Granitfelsen empor. Red Fish wies uns an abzusteigen, dann führten wir die Pferde durch ein Wacholdergebüsch zu einem kleinen Wasserbecken. Es war eine herrlich abgelegene Stelle im Schatten einer Felswand. Das Sonnenlicht drang nur in leicht schimmernden Streifen durch den Baumgürtel, der uns umgab.

Von hier aus, sagte Red Fish, würden wir uns später zu Fuß auf den Weg machen. Bevor wir zur Höhle aufbrachen, setzten wir uns in einen Kreis und rauchten die Pfeife. Red Fish beging das Ritual, wie es mir inzwischen vertraut war, zusätzlich sprach er einige gebetsartige Worte, die offensichtlich dem Gang ins unbetretene Tal geschuldet waren. Erst danach machte die Pfeife drei-, viermal die Runde. Dieses Mal war der Tabak anders, bitter und süßlich zugleich, auch stärker. Nach einer kurzen Benommenheit fühlte ich mich zuversichtlich und hellwach. Auch spürte ich meine Rückenschmerzen nicht mehr.

Während zwei Männer Feuer machten, um nachher ihre Fackeln daran zu entzünden, eröffnete Red Fish Oliver und mir, dass es unerlässlich sei, uns beiden die Augen zu verbinden, bis wir das Tal erreicht hätten. Bei allem Vertrauen habe der Große Rat dennoch beschlossen, den Eingang der Höhle sowie den Weg durch die Gänge keinem Weißen preiszugeben. Ich bezeugte sofort Verständnis, Oliver reagierte dagegen widerwillig, grummelte und strafte mich mit einem finsteren Blick, als hätte ich dies zu verantworten. Als Red Fish ihn daraufhin fragte, ob es ein Problem gäbe, verneinte Oliver und ließ sich anstandslos die lederne Binde um die Augen legen.

Wir marschierten schätzungsweise eine Viertelstunde, ehe wir einen seltsam pfeifenden Klang vernahmen. Dies war unzweifelhaft der Eingang der Höhle. Je näher wir an die Öffnung herantraten, desto unheimlichere Laute hörten wir, die ganz offenbar vom hindurchsausenden Wind erzeugt wurden. Das Loch hatte einen Durchmesser von etwa einem Meter und befand sich auf Kniehöhe. Kaum war man drin, rutschte man auf einer steinernen Rinne einige Meter hinab, worauf uns Red Fish aber vorbereitet hatte. Er war unser Anführer, ihm tapsten wir hinterher. Oliver und ich wurden von je einem Burschen am Arm geführt.

Zunächst war es feucht und windig, ständig musste man den Kopf einziehen, um sich nicht zu stoßen, doch nach einer Windung konnte man aufrecht gehen. Ich spürte auch, wie die Gänge zu Kammern wurden. Die Indianer wechselten nun ein paar Worte, sie hallten durch weitläufige Räume. Dann ging es wieder abwärts, und Red Fish mahnte uns, vorsichtig zu sein, da es neben dem Weg weit in die Tiefe hinabginge.

Unser Marsch dauerte etliche Minuten und beinhaltete mehrere Kehren.

Schließlich ging es stetig aufwärts, wie an einer lang gezogenen Rampe, die nur einmal eine Kurve machte. Hier wehte uns ein betäubend warmer Wind entgegen, gleich darauf hörte ich Vogelgezwitscher in der Ferne. Die Lakota fingen an, sich aufgeregt zu unterhalten, und wir legten an Tempo zu.

«Jetzt sind wir da», gab Red Fish kurzatmig von sich. Keine Minute später wurden Oliver und mir die Augenbinden abgenommen. Es dauerte eine Weile, bis sich meine Augen an das Sonnenlicht gewöhnt hatten, zunächst vermochte ich nur auf den Boden zu blicken. Das Erste, was ich wahrnahm, war eine mir unbekannte blau blühende Blume, die aus einer Felsritze ragte. Es roch angenehm nach Kräutern, vor allem nach Salbei und Hamamelis. Ich schirmte meine Augen und ließ meinen Blick über das Tal schweifen. Es hatte die Form einer ovalen Wanne, war vielleicht eine Meile lang und eine halbe Meile breit. Drum herum zog sich eine abgeschlossene, nackte Felswand, sodass sich mir der Eindruck eines riesigen Kraters aufdrängte. Vielleicht war hier einst ein Himmelskörper auf die Erde gefallen und hatte ein Loch geschlagen. Das Erdreich bestand aus einer grün funkelnden Wiese, durchsetzt von einigen Sträuchern, und in der Mitte, am tiefsten Punkt, lag ein kleiner, runder See. Wir standen am Rand dieser eigenartigen Landschaft, direkt unter der Höhlenöffnung, die einem halbrunden Portal glich. Über uns prangte ein wolkenlos blauer Himmel. Die vier Lakota schauten andächtig in die Weite, niemand sagte etwas. Oliver blinzelte unentwegt, während sich seine Augen an die Helligkeit gewöhnten. Am Ärmel seines Mantels entdeckte ich einige Grashüpfer, auch auf mir hopsten welche herum.

Dann entdeckte ich auf einmal jede Menge der grünen Insekten im Gras. Und kaum dass ich auf sie aufmerksam geworden war, hörte ich auch ihr Zirpen. Schließlich besann ich mich, weshalb wir eigentlich gekommen waren, und hielt Ausschau nach dem Incognitum. Das Tal war vollkommen überschaubar. Außer den Grashüpfern sah ich drei Iltisse, die ein Sonnenbad nahmen, und einige Murmeltiere, die aus ihren Löchern lugten und uns wunderlich anstierten. Von einem Mammut oder gar von einer Herde keine Spur. Meine Enttäuschung hielt sich sehr in Grenzen. Zwar hatte ich eine winzige Hoffnung gehegt, auf welche zu stoßen, aber doch nicht wirklich damit gerechnet.

Ich setzte mich auf den Boden, strich mit meinen Fingern über das weiche Gras und sog den Duft der Pflanzen ein. Schließlich trat Red Fish an mich heran und entbot mir ein stolzes Lächeln. Er stellte sich hinter mich, streckte seinen Arm über mir aus und schwenkte ihn von links nach rechts, als wollte er mir ihr gelobtes Land präsentieren. Während ich seiner Bewegung folgte, wellte sich auf einmal der Himmel, als sei er aus Wasser. Sogleich vermeinte ich alle Geräusche wesentlich intensiver zu hören. Das Zirpen der Grashüpfer klang wie ein alternierender Chorgesang, dessen Artikulationen in unterschiedlichen Lautstärken ertönten. Meine Pupillen weiteten sich, und mein Herz schlug hart gegen meine Rippen, was mich aber nicht beunruhigte, ganz im Gegenteil, eine tiefe Gelassenheit erfasste mich. Mich plagten weder Drangsale noch Sorgen, auch war ich frei von Hoffnungen oder Wünschen, ich war einfach nur im Jetzt beheimatet ohne die Last der Vergangenheit, ohne Erwartungen an die Zukunft.

Ich zog meine Stiefel aus, dann stand ich auf und ging zwei Schritte nach vorne. Unter meinen nackten Füßen vibrierte es, als schien die Erde zu atmen, und ich hätte nicht sagen können, wo die Haut meiner Fußsohlen aufhörte und der Boden anfing. Ich trat vorsichtig auf der Stelle, zwei-, dreimal, und blieb wieder stehen. Jetzt schien mir, als ob der Boden, von dem ich geglaubt hatte, dass er meinem Gewicht nachgäbe, meinen Füßen entgegenkäme, sie sogar mit einer saugenden Bewegung anzöge. Ich lachte lautlos, weil ich mich mit der Erde verwachsen wähnte, wie ein Baum. Aber ich fühlte mich nicht nur mit dem Boden verbunden, ich spürte *zu allem, was ist*, eine natürliche, gegebene Verbindung. Mein Ich löste sich auf, und ich fühlte mich nicht mehr wie losgelöst von den Dingen. Es war eine Geborgenheit, als sei ich eingebettet ins Universum, als sei ich in allem und alles sei gleichermaßen in mir. Ich merkte, wie sich das Leben an mir vollzog, in jedem Augenblick, in jeder atmenden Sekunde. Allmählich begriff ich, dass ich eine Transzendenzerfahrung machte, ähnlich wie es mir einmal als Kind auf dem Floß meines Vaters widerfahren war, als ich meine Hand in die Donau getaucht hatte. Wie damals nahm ich auch jetzt die Welt als ein System von Beziehungen und Strukturen wahr, die sich permanent *im Fluss* befinden. Nun kam aber die Einsicht hinzu, dass das Bewusstsein schon vor der Geburt bestehen *muss* und nach dem Tode fortbestehen wird. Es hat keinen Anfang, und es wird auch nie ein Ende haben, denn im Tod verlischt nichts. Und in ebensolcher Klarheit sah ich, dass man die Dinge nicht einzeln betrachten kann, ohne sie ihrer Lebendigkeit zu berauben, und ich erkannte, mit Jacob Böhme gesprochen: «Wie nun Gott in der Welt wohnet und alles erfüllet und doch nichts besitzet.» Alles, was ich als geistiger Mensch in meinem bisherigen Leben als wahr befunden oder besser: als nah an der Wahrheit angesiedelt hatte, bewahrheitete sich nun auf der seelischen Ebene.

Plötzlich vernahm ich Olivers aufbrausende Stimme, und mit einem Male fand ich mich wieder in der gegenständlichen, immanenten Wirklichkeit. Der Übergang ging ebenso schnell und fließend vonstatten, wie er gekommen war. Ich war weder überrascht noch spürte ich ein Gefühl des Bedauerns, ich blickte kurz nach oben und stellte fest, dass sich einige Wolken über dem Talkessel versammelt hatten. Jetzt drehte ich mich nach Oliver um und sah, wie er auf die Grashüpfer einschlug, die an ihm herumsprangen. Er erinnerte mich an einen Nichtschwimmer, der ins Wasser gefallen war und panisch herumfuchtelte, mit dem Unterschied, dass er nicht um Hilfe rief, sondern fluchte wie ein Kesselflicker. Mir war sofort ersichtlich, dass seine Aufgebrachtheit Ausdruck seiner Enttäuschung war. Vielleicht – so dachte ich später – sah er in den Grashüpfern gar den Spott eines ihn gängelnden Gottes, denn statt Unsterblichkeit schenkender Incognitums fand er nur lästige Zikaden; jene Tierchen freilich, die im alten Griechenland als Symbol für Unsterblichkeit gegolten hatten.

Red Fish knuffte ihn in die Seite und ermahnte ihn, still zu sein. Ich suchte Olivers Blick, doch er beachtete mich nicht. Er stand steif wie eine Kerze und starrte gefroren in die Landschaft. Das Tal war unleugbar leer, und somit hatte sich auch sein eigener Mythos entleert. Nun musste er den Preis dafür bezahlen, dass er die Wahrheit auf dem Altar seines Wunschdenkens geopfert hatte. Die Aushöhlung seiner Selbsterzählung schritt gnadenlos voran, und im selben Maße begann die Realität, Gericht über ihn zu halten. Ich sah ihm deutlich an, wie Schuld und Scham an ihm sägten, wie Erbitterung und Resignation über ihn hereinbrachen. Seine Augen hatten sich verfinstert, sein Gesicht war vor Verzweiflung verzerrt.

Schließlich gab er ächzende Geräusche von sich, eine Mischung aus Husten und Japsen. «Das kann nicht sein», murmelte er mehrfach, während er sich mir langsam näherte. Er fasste mich am Ärmel. «Sie haben uns reingelegt, John», flüsterte er mir zu, «es ist das falsche Tal.» Mir kam es vor wie ein letztes Aufbäumen gegen die Wirklichkeit, eine kindliche Verweigerung des Offensichtlichen, als setzte er noch einmal alles daran, dem Unausweichlichen auszuweichen.

«Es gibt kein anderes Tal», erwiderte ich in einem strengen Tonfall, worauf er sich umdrehte und aus meinem Gesichtsfeld verschwand.

Ich sah an ihm vorbei in die Ferne, überzeugt, dass es nun an ihm lag, in die Wahrheit hineinzuleiden, so schmerzhaft sie auch sein mochte. Ich ging zu den Männern, die inzwischen einige Meter entfernt zusammenstanden. Sie blickten mich aus verärgerten Augen an, wiesen auf Oliver, dem ihr ganzer Unmut galt. Der saß mit hängendem Kopf am Höhleneingang und starrte zu Boden. Ich warb flüsternd dafür, nachsichtig mit ihm umzugehen. Oliver habe einem fatalen Irrtum aufgesessen und sei nun sehr niedergeschlagen. Red Fish übersetzte es den anderen, worauf Spotted Tail wissen wollte, um welchen Irrtum es sich gehandelt habe. Ich erzählte also von Olivers Wunsch, in diesem Tal ein riesiges Tier zu finden, welches wir Incognitum nennen würden. Er habe davon, sagte ich vereinfacht, in einer Prophezeiung gehört, nun sei er traurig, dass dieses Tier doch nicht hier sei. Für Red Fish war dies keine Neuigkeit, für die anderen klang es dagegen absonderlich. Sie sahen mich nun eher belustigt an und schüttelten ungläubig den Kopf.

Dann bemerkte jemand, dass Oliver nicht mehr da war. Und tatsächlich, er war verschwunden. Schwer zu sagen, wie lange er unbeobachtet war, aber bestimmt nicht länger als eine Minute. Die Indianer griffen ihre Fackeln, welche sie in die Erde gesteckt hatten, und leuchteten damit in die Höhle.

In der Aufregung wurde nicht mehr darauf geachtet, mir die Augen zu verbinden, außerdem brauchte man mich für die Suche. In der Höhle war es nicht überall stockfinster, durch Ritzen und kleine Löcher im Stein drang das Sonnenlicht hindurch. Ging man den breiten Weg hinunter, gab es nach der Kurve zwei Gänge, die nach wenigen Metern wiederum zwei Optionen bereithielten, in einen weiteren Tunnel oder Raum abzubiegen – und so weiter und so fort, sodass sich ein weitverzweigtes Kammersystem offenbarte. Hier zu suchen war unmöglich, auch liefen wir selbst Gefahr, uns zu verlaufen.

Ich rief viele Male nach Oliver, aber er antwortete nicht. Die Frage war bald, ob er sich irgendwo versteckt hielt oder ob ihm etwas zugestoßen war. Wenn er Richtung Höhlenausgang gelaufen war, wäre es nicht verwunderlich, wenn er irrlichternd in die Tiefe gestürzt war. In seinem Zustand traute ich ihm aber auch zu, den Freitod gewählt zu haben. Und je länger wir nach ihm fahndeten, desto wahrscheinlicher erschien mir diese Variante. Nach einer Weile des Suchens unterbreitete ich Red Fish meine Vermutung. «Ich fürchte», sagte ich in gebotener Deutlichkeit, «dass er abgestürzt ist.» Red Fish trieb die Sorge um, dass sich ein Weißer allein in den Höhlen aufhalten könnte und nach unserem Abzug das Tal betreten würde. Dies dürfe er nicht zulassen, es wäre eine nicht wiedergutzumachende Entehrung der heiligen Stätte. Er schnaubte vor Wut, verlor aber nicht die Fassung. Schließlich ballte er beide Fäuste und haderte, dass es ein grober Fehler gewesen war, uns hierherzubringen. Ich entschuldigte mich für Olivers Verhalten, das mir in der Tat sehr unangenehm war, erst dann bekräftigte ich meine Annahme der Selbsttötung, auch weil ich keinen Sinn darin sah, weshalb er sich verstecken sollte. Allein und ohne Waffe würde er im Pahá-Sápa-Gebirge nicht lange überleben, und dies müsse ihm vollauf bewusst sein. Meine Argumentation leuchtete Red Fish ein, auch die anderen schienen davon überzeugt. Jeder hatte Olivers Niedergeschlagenheit gesehen, er hatte uns nichts vorgemacht. Er sah aus wie ein Schatten seiner selbst und vermittelte den glaubhaften Anschein, nicht mehr am Leben bleiben zu wollen.

Keine zwei Stunden später saßen wir wieder auf den Pferden. Als wir bereits eine Weile unterwegs waren, fragte mich Red Fish, ob ich gewillt wäre, einen kleinen Umweg zu machen, und zwar in das Gebiet, wo sie die Hörner gefunden haben. Ich war sehr in Gedanken vertieft und wusste erst gar nicht, wovon er sprach. Schließlich erinnerte ich mich an den Stoßzahn. Red Fish verströmte eine Vertrautheit, als wäre er bestrebt, seinen Groll vergessen zu machen. Sein Bemühen rührte mich, also willigte ich ein, obwohl ich kein Interesse hatte, alte Knochen zu begutachten. Mir war nach Ruhe und Rückzug zumute. Doch als hätte er meine Gedanken vernommen, erklärte er mir, dass man dort auch heiße Quellen vorfinde, deren Wasser heilende Kräfte habe und der Seele Ruhe verschaffen würde.

Wir wichen also von unserer Route ab (nur etwa zehn Meilen westwärts) und kamen dadurch in eine Gegend, wo grüne Pinien die Landschaft zierten und die Erde eine tiefrote Farbe hatte. Zunächst ritten wir zu der Senke, die sich in der Nähe eines Sees befand. Ich ging ungefähr bis auf einen Meter heran, soweit mir eben der Boden fest und betretbar erschien. Das Loch hatte einen Umfang von zwanzig Metern und war in etwa zehn Meter Tiefe mit heißem, dampfendem

Wasser gefüllt. Die Öffnung vermittelte den Anschein, als sei die Erdoberfläche hier eingebrochen, und beim längeren Blick in diesen Abgrund sah ich, dass die tieferen Schichten nicht mehr rot waren, sondern aus weißgrauen Kalksedimenten bestanden, dazwischen ragten verstreut Knochen und auch Stoßzähne heraus. Dies schien eine Art Mammutruhestätte zu sein, ein Massengrab gewissermaßen. Red Fish und die vier jungen Lakota blickten eher gelangweilt in die Grube, für sie schien sie eine unter vielen wunderlichen Naturerscheinungen zu sein, worüber sie sich nicht den Kopf zerbrechen wollten.

Wir zogen nun eine Meile weiter und schlugen unser Nachtlager auf. Im Schutz von Stauden und Pinien kampierten wir direkt neben einem kleinen, dampfenden Quellsee. Hier richteten wir alles an, machten Feuer und aßen uns mit Bisonpemmikan und Nüssen satt. Danach legten wir unsere Kleider ab und stiegen in das warme Wasser. Es war eminent wohltuend, genauso musste es in einer Therme der Römer gewesen sein. Die Indianer waren im Wasser ganz mit sich selbst beschäftigt, sie wuschen ihr Haar, tauchten auf und unter.

Ich schloss einfach die Augen und ließ mich treiben. Langsam spürte ich, wie alles von mir abfiel und die Trauer aus mir herausfloss. Dass Oliver keinen anderen Ausweg gesehen hatte als den Sturz in einen Abgrund, schmerzte mich so sehr, dass es mir das Herz zerriss. Die Vorstellung, dass er als verlassene, sich selbst verachtende Kreatur aus dem Leben geschieden war, bewegte mich über alle Maßen.

Auch wenn ich den Freitod inzwischen nicht mehr als verwerfliche Sünde ansah, betete ich trotzdem zu Gott, er möge Nachsicht mit der verzweifelten Seele haben. Trotz seiner Hybris, so ein Ende hatte Oliver nicht verdient, denn im Grunde seines Herzens war er ein guter, vernunftbegabter Kerl, voller Sehnsucht nach Zuneigung. Er hatte einfach den falschen Weg eingeschlagen und sich verlaufen – aber wer könnte schon von sich behaupten, sich im Labyrinth des Lebens noch nie verirrt zu haben …

Die Abendsonne überstreute den See mit orangefarbenen Lichtern. Meine Tränen glitten ins Wasser und stiegen als Dampf in den Äther, der Schmerz des Herzens blieb dagegen vorerst bei mir. Da ich ohnehin nicht würde schlafen können, erklärte ich mich bereit, die Nachtwache zu halten. Red Fish verstand meine Trauer und stellte keine Fragen, sprach auch sonst nichts und legte sich mit den anderen hin. Im Mantel der Nacht sowie im Prasseln des Feuers kamen mir sodann ganz andere Gedanken. Während ich mich im See ausgeweint hatte, schaute ich nun mit unverschleiertem Blick auf Olivers Tod. Ich führte mir die Situation noch einmal vor Augen und kam zu dem schonungslosen Ergebnis, dass ich womöglich imstande gewesen wäre, Oliver zu retten, es aber unterlassen hatte. Er hatte meiner Zuwendung bedurft, ich hätte ihm Trost spenden und Beistand leisten können, doch es hatte mir schlicht an der Bereitschaft gemangelt. Ich musste mir eingestehen, dass eine Kraft in mir gewaltet hatte, die sehen wollte, wie ihn der Schock der Erkenntnis trifft. Und vielleicht hatte ich insgeheim genau das herbeigesehnt: Olivers Zusammenbruch; wohl als Heimzahlung für seine mir angetanen Gemeinheiten, auch als Genugtuung für seine Arroganz. – Wahrscheinlich ist dies die Wahrheit über mein Wesen, schlussfolgerte ich, dass es mir entgegen allen Beteuerungen christlicher Nächstenliebe schwerfällt, anderen wirklich zu vergeben.

An diesem Abend entschloss ich mich, nie wieder als Priester zu wirken. Mir fehlte dafür einfach der Abstand zu den Dingen. Ich hatte mich auf dieser Reise viel zu sehr eingemischt in die Belange der anderen, hatte zu oft intrigiert und *Politik gemacht*.

Natürlich war ich mir im Klaren darüber, dass jeder Mensch fleischlich und niemand unfehlbar ist. Und seit Paulus war es auch nichts Neues, sich dabei zu überführen, das Gute zu wollen und doch das Böse zu tun. Gleichwohl, gemäß meinem Ethos musste ich streng sein gegen mich, und es war keine Kleinigkeit, Oliver die Hilfe versagt zu haben.

Über diese Reflexionen brütend, dämmerte ich weg – bis ein raspelndes Kreischen mich hochschrecken ließ. Es klang wie eine Schreieule, die irgendwo auf einem der Bäume hocken musste. Doch gleich darauf ertönte ein tiefes Fauchen an einer anderen Stelle, und plötzlich schallte das lang gezogene heisere Geheul eines Wolfsrudels. Es klang nicht, als wäre es sehr weit weg. Zu meiner Verwunderung wurden die fünf Lakota nicht wach davon, sie schliefen tief und fest. Ich entschloss mich, eine Fackel zu entzünden und damit um das Lager herumzugehen, um die Wölfe abzuschrecken. Es war seltsam, einerseits wusste ich, dass ich mich in einem Traum befand, andererseits kam mir alles sehr wirklich und wie selbstverständlich vor.

Der Mond war eine weiße Kugel und warf einen schmalen Lichtstreifen auf das Wasser. Die Schatten der Bäume bedeckten das umliegende Gras. Und siehe da, kurz nachdem ich meinen Rundgang angetreten hatte, herrschte wieder Ruhe. Wie doch das Feuer seine einschüchternde Wirkung entfacht, dachte ich und freute mich über meine richtige Entscheidung.

Auf einmal spürte ich, dass der Boden zu beben begann, zugleich wehte mir stoßweise ein warmer Wind entgegen, der einen strengen Geruch mit sich trug. Ich ging vorsichtig weiter, schwenkte die Fackel, während das Beben zunahm. Gleichzeitig stellte ich fest, dass ich die Orientierung verloren hatte, da ich die Feuerstelle nicht mehr sah. Ich zitterte am ganzen Leib, mein Blut geriet in Wallung. Plötzlich brach vor mir, einige schattenhafte Stauden niedertrampelnd, eine dunkle Masse hervor. Ich schloss die Augen und erwartete mein Ende – doch nichts geschah. Als ich sie wieder aufschlug, stand vor mir ein riesiges Rüsseltier mit gewaltigen Stoßzähnen: das American Incognitum. Seine Schulterhöhe maß an die drei Meter, lang war es gute fünf. Das Tier schien genauso überrascht zu sein wie ich, es verharrte auf der Stelle und blickte mich an. Außer seiner tief brummenden Atmung gab es keinen Laut von sich, es sah mich einfach aus verwunderten Augen an.

Langsam fasste ich Zuversicht, denn ich spürte, dass dieser Riese nicht beabsichtigte, mir etwas anzutun. Das Tier hatte ein braunes Fellkleid, einen zotteligen Pelz mit langen Haaren ohne jede Anmut – und es roch beißend wie ein ungewaschener Lumpensammler. Ein Unterschied zu dem Skelett in Greenburgh bestand darin, dass seine Stoßzähne mit den Spitzen nach oben geschwungen waren, wie beim Elefanten. Sein Rüssel hing fast bis zum Boden und schaukelte leicht. Ich zog die Fackel vorsichtig zurück, sodass sie nicht mehr zwischen mir und dem Tier stand. Ich erinnerte mich, dass ich ein paar Eicheln in meiner Manteltasche hatte, und warf sie dem Mammut hin. Umgehend nahm das Tier die kleinen Früchte mit einer fegenden Bewegung auf und steckte sie sich ins Maul. Nun war ich so gut wie sicher, dass das Incognitum kein Fleischfresser war, geschweige denn blutrünstig. Es war das schiere Gegenteil des Monsters, wie es uns Oliver noch zwei Nächte zuvor ausgemalt hatte, nicht unbedingt seiner Erscheinung nach, aber in seinem Verhalten. Vor mir stand ein gutmütiges Wesen, das selbst nicht zu wissen schien, was es auf dieser Welt verloren hat. Das Mammut hatte traurige Augen, die in tiefen Höhlen wie wässrige Krater schwach glimmten. In seinem Angesicht kam mir die Einsicht, dass das Incognitum von Anfang an eine Illusion gewesen war – ganz egal, ob wir es gefunden hätten oder nicht. Zu meinen, ein Monster sei der Schlüssel, um die Welt aufzuschließen und den Menschen allerorts die Fackel der Freiheit zu bringen, ihnen wohlklingende Werte überzuhelfen, war reine Fantastik, die nichts als Ungeheuerlichkeiten in die Welt entlassen hätte.

Ich hob die Hand zum Abschiedsgruß, dann stapfte ich davon. Ich besann mich auf meinen inneren Kompass und war sogleich wieder am Lagerplatz.

Touch the Clouds weckte mich im Morgengrauen, auch die anderen waren wach. Niemand war mir gram, dass ich eingeschlafen war, sie zeigten Verständnis für meine Erschöpfung. Red Fish meinte zudem, keine Gefahr hätte sie überrumpeln können, da sie wie die Hasen den leichten Schlaf beherrschten.

Am frühen Abend kehrten wir ins Dorf zurück. An unserem Rastplatz fand ich Twitty vor, der allein am Feuer saß und in der Glut herumstocherte. Er war heilfroh, mich zu sehen, und berichtete sogleich in aufgeregter Pflichtschuldigkeit, dass Kermit, Sidney und Nanawu mit drei Pferden abgehauen seien. Ich kommentierte dies nicht, sondern unterrichtete ihn knapp über Olivers Unfalltod, nachdem wir kein Incognitum im Tal vorgefunden hätten. Der Junge wurde kreidebleich und barg sein Gesicht in den Händen. Schließlich fing er an zu weinen, allerdings galten seine Tränen weniger Olivers Tod oder dem verfehlten Expeditionsziel als vielmehr der Furcht, dass wir zu zweit keine Chance hätten, lebend nach Hause zu kommen. Ich tröstete ihn damit, dass ich ihm prophezeit habe, er würde die Expedition lebendig überstehen. «Das gilt auch für die Rückreise», fügte ich hinzu.

Drei Tage später wurden wir beide von einigen Lakota an eine Handelsstation gebracht, die etwa dreihundert Meilen östlich am Westufer des Missouri lag.

6. Rückkehr und Neuanfang

Die Reise zur Handelsstation ging ohne die wuchtigen Wagen viel schneller vonstatten, als ich dachte. Unter den uns begleitenden Männern befanden sich Spotted Tail sowie der junge Touch the Clouds, sodass sich schnell ein inniges Vertrauen zwischen uns und den Indianern herstellte. Red Fish konnte leider nicht mitkommen, er unterstützte uns aber nach Kräften, er gab uns gute Ratschläge und sogar spanisches Kolonialgeld mit, damit wir die Mitnahme auf dem ersten Frachtboot bezahlen konnten.

Am Abend vor unserer Abreise sprach ich ihn dann doch auf Lucien an. Und ich erwähnte auch, dass einer von uns geglaubt habe, Jeromes geflecktes Pferd in einer Herde entdeckt zu haben. Ja, die beiden seien im Dorf gewesen, gab Red Fish freimütig zu, zwei Tage vor uns. Sie wären für eine Nacht geblieben, der Mestize habe sein erschöpftes Pferd gegen ein anderes getauscht. Lucien Bodard, erfuhr ich, sei innerhalb der Sioux-Stämme bekannt und gut beleumundet. Er stehe einigen Dörfern als eine Art Berater zur Seite, insbesondere im Umgang mit weißen Eindringlingen. Sie hatten auch gewusst, dass Lucien uns den Weg gewiesen hatte. Die Entzweiung schien Red Fish nicht zu interessieren, und vielleicht wusste er ohnehin alles über unsere Expedition. Es war mir egal, sie hatten uns fair behandelt und insbesondere mich mit ihrer Weisheit beglückt. Über Lucien sagte Red Fish noch, er werde wohl im Land der Sioux bleiben, sich eine Frau suchen und eine Familie gründen.

Ich wünschte Lucien in Gedanken alles Gute, trotz allem, was vorgefallen war. Ich fühlte mich irgendwie versöhnt mit ihm, versöhnt mit seinem Freiheitsdrang, auch wenn er mitunter egoistisch vorgegangen war.

Twitty und ich hatten nicht viel Gepäck, dafür warme Kleidung, ein Gewehr, eine Pistole und Proviant. Von der Handelsstation fuhren Boote nach St. Louis, und von dort kam man mit anderen Händlern den Ohio River flussaufwärts bis nach Pittsburgh, das keine vierhundert Meilen von New York entfernt lag. Diese Strecke legten wir dann mit Postkutschen zurück. Die Reise war anstrengend und entbehrungsreich, wir hatten aber auch das Glück, dass uns niemand ausraubte oder übermäßig viel Geld abknöpfte. Wahrscheinlich, weil Twitty und ich einen kuriosen bis erbarmungswürdigen Eindruck auf viele gemacht hatten, wobei sich der junge Schmied auch als zupackend und entscheidungsklar entpuppte.

Der Abschied von den Lakota verlief wohltuend unsentimental, er war tief und berührend, aber eben nicht tränenreich oder wehklagend. Allein die Umarmung von Red Fish rührte an mein Herz, worauf ich dann doch ein paar Tränen vergoss. Old Smoke gegenüber beteuerte ich, viel gelernt zu haben, und erneuerte mein Versprechen, die Weisheit der Lakota zu verbreiten. Ich vermachte den Indianern auch den zweiten Wagen samt Ladung sowie die übrig gebliebenen Pferde. Ehe wir abreisten, sahen Twitty und ich noch mal alles durch. Bei Olivers Sachen fand ich einen kleinen Lederumschlag, worin sich ein zusammengefalteter, mehrseitiger Brief befand. Er war an Oliver gerichtet und entstammte der Feder seiner Mutter. Ich muss zugeben, dass ich unfassbar neugierig war, die Zeilen zu lesen, aber ich hielt es letztlich für pietätlos, weshalb ich es schließlich unterließ. Nichtsdestotrotz steckte ich ihn ein, vielleicht würde ich ihn einst der Verfasserin zurückgeben können. Ferner nahm ich noch zehn Dollar, eine Taschenuhr und einen Kompass aus seinem Besitz an mich, die ich seiner Familie auszuhändigen gedachte. Die Taschenuhr erachtete ich als sehr wertvoll, eine Spindeluhr aus Silber und vergoldetem Messing mit einem weißen Emaille-Zifferblatt sowie einer wunderschön gravierten Staubkappe. Der Rest seiner Habseligkeiten erschien mir unpersönlicher Natur zu sein. Eigenartig war, dass nirgendwo seine Pistole aufzufinden war. Für mich ließ das keinen anderen Schluss zu, als dass Oliver die Waffe im Tal dabeigehabt haben musste, verborgen unter seinem Hemd oder in seiner Manteltasche. Aber wer weiß, dachte ich, vielleicht hatte sie sich ja Sidney angeeignet.

In St. Louis, wo ich endlich Zugang zu Federkiel und Tinte hatte, verfasste ich zwei Briefe. Einen richtete ich an Mrs Hunter, meine New Yorker Kostwirtin, die Oliver nahestand. Den anderen Brief schrieb ich an Olivers Bruder Andrew, über den ich wenig wusste, außer dass er Anwalt war, älter als Oliver und in dessen Abwesenheit sämtliche Geschäfte übernommen hatte. Meist hielt er sich in New York auf.

Die Briefe waren dem Inhalt nach ähnlich. Beide drückten mein tiefes Bedauern aus. Andrew Hancock stellte ich mich kurz vor, denn ich ging nicht davon aus, dass er wusste, wer ich war. Ansonsten hielt ich mich knapp in der Schilderung der Ereignisse. Und trotz aller Tragik und alles Misslingens vermied ich es, die Expedition als gescheitert zu charakterisieren. Eine Heldengeschichte, schrieb ich am Ende, sei uns zwar verwehrt geblieben, doch hätten wir auch nicht versagt, sondern den Boden dafür bereitet, damit es andere in Zukunft besser machen können. Beiden kündigte ich meinen

Besuch an, vorausgesetzt, mir würde auf der Rückreise nichts zustoßen. Steven diktierte mir zwei Briefe, einen an seine Familie in Greenburgh, den anderen an Pueyos Mutter, die ebenfalls in dem Örtchen lebte. Bei Lawrence und Sullivan kannten wir den Wohnsitz nicht, ich hatte allerdings Olivers Bruder darum gebeten, die Hinterbliebenen der Toten in Kenntnis zu setzen.

An einem Morgen, Ende Dezember, nach einer zweieinhalbmonatigen Reise, kamen wir endlich in New York an. Die Stadt lag unter einer feinen Schneedecke, ein frostiger Wind wehte uns um die Ohren, wir waren ausgehungert und fast mittellos. Mit den letzten Cents ließen wir uns in die William Street kutschieren, zur Schenke von Mrs Hunter – und fanden das Gasthaus verriegelt, die Fenster mit Tüchern verhangen, auch war niemand da, der uns hätte Auskunft geben können. Es war gespenstisch, aber wir hatten keine Zeit, uns den Kopf zu zerbrechen, zudem sahen wir aus wie zwei Landstreicher, denen man im besten Falle Aufnahme im Armenhaus gewährt hätte.

Ich bat den Kutscher inständig, uns zum Landsitz der Hancocks nach Greenburgh zu fahren, als Pfand bot ich ihm Olivers Taschenuhr an, falls niemand in Greenburgh seinen Dienst entlohnen würde.

Stunden später standen wir schließlich vor der Villa, genau an der Stelle, wo etwa neun Monate zuvor die Expedition gestartet war. Steven ließ seinen Tränen freien Lauf, er fiel mir um den Hals und drückte mich so fest, als wollte er mich nie mehr wieder loslassen.

Das Band zwischen uns besteht immer noch. Wir treffen uns regelmäßig, ungefähr alle zwei Jahre. Um die Jahrhundertwende machte Steven eine Schmiede südlich von New York auf. Damit wurde er wegen des hohen Waffenbedarfs im Zweiten Unabhängigkeitskrieg zu einem vermögenden Mann, auch familiäres Glück war ihm beschieden. Wir sprechen stets miteinander wie zwei Veteranen, die an einem Feldzug teilgenommen hatten, von dem die Geschichtsschreibung keine Notiz genommen hat. Irgendwann hatte ich ihm gestanden, keine Ahnung vom Handlesen zu haben, worauf wir beide herzhaft lachen mussten.

Andrew Hancock war Gott sei Dank zu Hause. Er war überrascht über unser Erscheinen, freute sich aber, uns zu sehen, und regelte umgehend die Bezahlung des Kutschers. Steven verabschiedete sich zu seinem Elternhaus, während mich Andrew ins Gutshaus einlud. Ehe wir uns unterhielten, wurde ich erst einmal verköstigt, man ließ mir ein heißes Bad ein, und ich erhielt saubere Kleidung. Der Salon, den ich von der Unterredung mit Oliver kannte, hatte sich sehr verändert. Die Wände waren weiß getüncht, er war mit wuchtigen Möbeln bestückt und erweckte nun den Eindruck, es wäre das Zimmer eines Buchhalters. Ich vermisste vor allem die Marmorbüste mit dem Abbild Antinoos. Allein der schwere Eichentisch war übrig geblieben.

Andrew war von mittelgroßem Wuchs, hatte eher rundliche Formen sowie ein volles Gesicht. Lediglich die Partie um die Augen zeugte davon, dass er mit Oliver verbrüdert war. Auch wirkte er im Gegensatz zu diesem sehr bedächtig auf mich, als wäre er die Harmlosigkeit in Person. Doch dies schien mir nicht seine wahre Natur zu sein.

Mein Brief, hob er an, habe ihn vor gut drei Wochen erreicht. Die Nachricht sei für alle entsetzlich gewesen – aber ein Abenteuer dieser Art, räumte er fast im selben Atemzug ein, sei ein hochriskantes Unternehmen, weshalb ihn Olivers Tod nicht wirklich überrascht habe. Ich nickte und fragte mich insgeheim, warum sich seine Trauer so sehr in Grenzen hielt. Auch die detaillierten Umstände des Unfalls – wo er passiert war, ob der Tod zu vermeiden gewesen wäre etc. – interessierten Andrew nicht sonderlich. Die erfolglose Suche nach dem Incognitum kommentierte er mit einem prätentiösen Lächeln, als sei ihm dies von Anfang an klar gewesen. Daraufhin fragte ich ihn auf die Stirn zu, wieso sich Oliver seiner Meinung nach auf diese gefährliche und kaum aussichtsreiche Expedition eingelassen habe.

Andrew strich sich über seine glatt rasierte Wange, während er mich prüfend musterte. «Ganz einfach», sagte er schließlich, «Oliver hatte keine andere Wahl.» Sein Bruder habe mit dem Rücken zur Wand gestanden. Seine Geschäfte an der Börse liefen schlecht, seine Beteiligungen warfen zu wenig Gewinn ab, um die Verluste auszugleichen.

«Olivers größtes Problem war jedoch, dass er vor der Enterbung stand. Der Gerichtstermin sollte nach seiner Rückkehr stattfinden.»

Ein kühles Lächeln huschte über seine Lippen.

Ich stutzte. «Aber er hat doch schon geerbt, und euer Vater ist bereits gestorben …»

«Sicher», sagte Andrew, «so ist es.» Er erhob sich und ging langsam zum Fenster. «Das da draußen, die Farm und die Grundstücke, stehen nur einem Erben zu, der aus der Linie der Hancocks entstammt. So ist es seit drei Generationen in allen Testamenten festgelegt.»

In dem Augenblick fiel mir der Brief von Olivers Mutter ein. «Lassen Sie mich raten, es hat sich herausgestellt, dass Oliver kein Hancock ist.»

«Exakt. Es sind allerhand Beweise aufgetaucht, die das belegen. Allen voran eine eidesstattliche Aussage von Olivers leiblichem Vater, einem verarmten Bauern, der früher bei uns Stallbursche war. Der Kerl wollte eine Rente von seinem Sohn, irgendeine Unterstützung … Oliver war so dumm und hat ihn abgewimmelt – und hat genau das Gegenteil erreicht. Der Kerl hat einigen Wirbel gemacht. Sie sahen sich sogar ähnlich, er war also kein *echter* Hancock.»

«Aber wenn es niemanden gibt, der das im Testament verankerte Gesetz einklagt, dann wird der Fall auch nicht verhandelt, richtig?»

Andrew nickte zustimmend. «Wenn Sie jetzt denken, ich hätte aus Gier gegen ihn geklagt, so irren Sie sich. Ich stand meinem *Halb*bruder noch nie sehr nah. Er war einfach anders, nicht unintelligent, aber unkalkulierbar, aufbrausend … Wissen Sie, Oliver war ein schwacher Mensch. Und gerade die Schwachen stürzen sich mit Übereifer in grandiose Unternehmungen, um sich der Verantwortlichkeit für einen Misserfolg zu entziehen. Wenn Oliver etwas quälte, dann nahm es innerhalb von ein paar Minuten Ausmaße eines Shakespeare'schen Dramas an.» Andrew lachte über seine Bemerkung, ehe er wieder ernst wurde. «Ich habe eine Familie – drei Kinder und eine gesunde Frau. Oliver hatte keine Nachkommen … Er hätte es fertiggebracht, die mühevoll aufgebauten Besitztümer für leichtsinnige Unternehmungen zu opfern. Meiner Meinung nach war es der Beistand Gottes, dass dieser Bauer aufgetaucht ist.»

In mir keimte das Gefühl auf, dass Andrew in die Sache verwickelt war, dass er womöglich alles ins Rollen gebracht hatte … Aber das war jetzt ohnehin egal. Also erkundigte ich mich nach Joe Scheider. «Der Doktor», sagte ich, «hat die Expedition doch mit vorangetrieben, und er ist alles andere als ein kopfloser Mann …»

Andrew machte eine abwiegelnde Handbewegung. «Scheider ist auch eine gescheiterte Figur. Gewiss ein guter

Arzt. Er hat sogar meiner Tochter das Leben gerettet, als sie Keuchhusten hatte, aber er ist hoch verschuldet, ohne Oliver wäre er längst bankrottgegangen.»

«Haben Sie was gehört, ob er nach New York zurückgekehrt ist?»

«Nein, nichts dergleichen vernommen.»

Ich selbst habe später nie Anstrengungen unternommen, hatte nie den Drang, es herauszufinden, auch nicht bei Rickover und Billstrom. Mag sein, dass sie den Tod gefunden, mag sein, dass sie ein neues Leben begonnen haben.

Andrew schritt vom Fenster zum Tisch, blieb hinter seinem Sessel stehen und stützte seine Hände auf die Rückenlehne. «Hören Sie, John, es war eine Truppe von Versagern, in die Sie da hineingeraten sind. Danken Sie Gott, dass Sie überlebt haben. Und so hart es klingt, für meine Familie und für Greenburgh ist es besser, dass Oliver tot ist.»

Ich nickte langsam, schaute an ihm vorbei durchs Fenster, wo gerade ein paar Arbeiter einen Karren Brennholz aufs Gehöft schoben.

«Eine Frage habe ich noch, lebt Ihre Mutter noch?»

Andrew machte ein verdutztes Gesicht. Er richtete sich auf, verschränkte seine Hände über dem Bauch. «Ich weiß es nicht, und es interessiert mich auch nicht.»

«Erzählen Sie mir von ihr, war sie eine gute Mutter?»

Er setzte sich in Bewegung, umkreiste nun langsam den Tisch. Die Frage war ihm unbehaglich, andererseits wollte er mir gegenüber nicht als jemand erscheinen, der etwas zu verheimlichen habe.

«Sie war kein schlechter Mensch, glaube ich, aber sie hat Schande über die Familie gebracht … Insofern war sie wohl auch keine gute Mutter.» Er sah auf und zog die Mundwinkel in die Breite. «Mein Vater hat den Fehler begangen, sie zu heiraten, sie war sehr schön, aber viel zu jung. Nach meiner Geburt ging es bergab, sie passten nicht zusammen, aber sie hat sich auch nie untergeordnet. Vor Oliver hatte sie zwei Fehlgeburten. Wahrscheinlich war Oliver ein Kind der Rache, das sie meinem Vater in die Wiege gelegt hat. Ich war acht Jahre alt, als sie abgehauen ist. Ich weiß nicht, wohin, mit wem … Es kümmert mich nicht. Wissen Sie, viele in meiner Generation sind ohne Väter aufgewachsen, wir ohne Mutter. Das Leben ist kein Zuckerschlecken, für niemanden, aber wer bereit ist, hart zu arbeiten, wird immer und überall belohnt.»

Ich dankte ihm für die offenen Worte, obwohl ich ihm ansah, dass er vieles verschwiegen hatte. Andrew schien jedenfalls erleichtert, dass ich nicht nachfragte, und ebenso darüber, dass ich seiner Bitte nachkam, Olivers Tod in einer eidesstattlichen Aussage zu bestätigen. Wir hatten uns darauf geeinigt, dass ich von einem Unfall sprechen sollte. Meine Aussage hatte nur den kleinen schalen Beigeschmack, dass ich mich zu der Lüge überreden ließ, ich hätte Olivers Sturz selbst gesehen. Hätte ich nämlich die Wahrheit angegeben, hätte man Oliver als vermisst deklarieren müssen, was aufwendige und umständliche juristische Folgen gehabt hätte.

Zum Glück stand mein Koffer noch unangetastet im Gästezimmer der Villa mitsamt allen Zeugnissen und Papieren. Mit meiner Ausbildung als Mathematiker und Astronom stünden mir, laut Andrew, alle Türen in Amerika offen. Dies klang verlockend, außerdem brauchte ich dringend ein Einkommen, denn außer den Habseligkeiten in meinem Koffer sowie den Kleidern am Leib besaß ich nichts. Die Frage war allerdings, wo ich leben wollte. In Deutschland würde man mich verhaften, in die Schweiz zog es mich nicht zurück, darüber hinaus war in allen Zeitungen zu lesen, dass Napoleon Bonaparte immer mehr aufrüstete. Ein großer Krieg stand dort vor der Tür. Warum also nicht hierbleiben? Doppelzüngigkeit gab es in jedem Land. Und Macht, dies hatte ich begriffen, ist nirgendwo gutmütig und großzügig. Meine Weltanschauung war überall in der Minderheit, aber hier hatte ich die Erfahrung gemacht, dass es möglich war, Verbündete und Vertraute zu finden.

Andrew vermittelte mir schließlich eine Anstellung als Dozent für Astronomie an der Universität von Pennsylvania. Ich zog also nach Philadelphia und trat die Stelle im April 1797 an. Die Arbeit bereitete mir Vergnügen, und ich bewährte mich in den Augen der Universitätsleitung, sodass ich nach fünf Jahren zum Professor für Astronomie ernannt wurde. Dort begann ich auch, Teleskope zu bauen, die die Sterne noch näher heranzuholen vermochten.

Mit fünfundvierzig Jahren erwarb ich eine Farm außerhalb von Philadelphia, wo ich ein kleines Observatorium einrichtete. Fast jedes Mal, wenn ich einsam in die Sterne blickte, loderten meine Erinnerungen an die Lakota auf. Ich hatte mich frühzeitig entschlossen, mit niemandem über die Expedition zu sprechen (außer eben mit Twitty). Vieles wühlte mich auf, einige Ereignisse hätte man mir ohnehin nicht abgenommen, und ich hatte kein Interesse, als Lügenbold, Fantast oder Wichtigtuer abgetan zu werden. Manches machte mich wehmütig, weshalb ich die Reise hinter mir lassen wollte, um einer neuen Unbefangenheit Raum zu geben.

Als Präsident Jefferson 1804 Meriwether Lewis und William Clark auf eine staatlich finanzierte Expedition in den Nordwesten Amerikas schickte und bekannt wurde, dass sie – neben vielen anderen Aufträgen – in den westlichen Wäldern lebende Incognitumexemplare aufspüren sollten, war ich kurz versucht, mich zu melden und über meine Erfahrungen zu berichten, aber ich unterließ es letztendlich doch. Ich wollte kein Aufsehen erregen, außerdem, was hätte ich schon beitragen können, außer zu verkünden, dass es keine Mammuts im Gebiet der Lakota gäbe.

Meine Vergangenheit als katholischer Pfarrer verschwieg ich ebenso. Ich war einunddreißig Jahre alt, als ich nach Philadelphia ging, und gewillt, ein völlig neues Leben zu beginnen. Ich konvertierte zum Protestantismus und beantragte die Staatsbürgerschaft der Vereinigten Staaten (die ich dank der Universität rasch erhielt). Somit erlangte ich auch die vollen Bürgerrechte des Landes. Ich ließ meinen Namen anglisieren und hieß fortan John Stone. Zudem wollte ich Gott nicht mehr in meinem Namen haben, es erschien mir ausreichend, ihn im Herzen zu tragen. Meinen Glauben praktizierte ich für mich, ich betete und las gelegentlich in der Bibel wie in einem Roman. Ich versuchte so zu leben, als sei eine transzendente Erzählung der Welt wahr. Die Alternative dazu wäre nichts anderes als Sinn- und Hoffnungslosigkeit – und damit einhergehend die reine Macht des Stärkeren. Die Barbarei.

Kurze Zeit nachdem ich Professor geworden war, heiratete ich Sarah. Sie war die einzige Frau, die eine Stellung als Bibliothekar in ganz Pennsylvania hatte. Mit ihrer Natürlichkeit und Urteilskraft erinnerte sie mich manchmal an Nanawu. Wir bekamen drei Mädchen, Maria, Helen und Rosa. Und ich glaube, ich konnte ihnen ein guter Vater sein. Ich lehrte sie, den Geist wie ein Naturgeschehen zu betrachten, und hielt sie an, sich nicht mit ihren Gedanken zu identifizieren. Entscheidender sei es zu verstehen, dass jeder Mensch es selbst in der Hand hat, wie er sein Herz befüllt, ob mit Hass oder Güte, mit Gier oder Mitgefühl. Ich selbst war nicht frei von Fehlern und Irrungen, aber ich schaute darauf, dass das Licht in mir nicht Finsternis wurde.

Anlässlich Georges Cuviers Tod im Mai 1832 entschlossen sich seine wichtigsten akademischen Kollegen, ihm zu Ehren eine Publikation herauszugeben. In ihren Beiträgen würdigten sie Cuviers wissenschaftliche Verdienste, erinnerten an die anfänglich heftigen Widerstände gegen seine Erkenntnisse und lobten seinen Forschergeist. Es gebe immer noch Menschen, schreiben sie, die seine Arbeiten ignorieren und das Phänomen des Aussterbens abstreiten. Dabei seien die Beweise inzwischen erdrückend. Diese Textsammlung war das eindringlichste Plädoyer für die Anerkennung des «katastrophalen Aussterbens», welches ich bislang in englischer Sprache rezipiert hatte.

Cuvier argumentierte, dass das Aussterben von Tierarten und ganzer Pflanzengruppen durch gewaltige Katastrophen verursacht wurde, wie etwa Überschwemmungen oder Erdbeben, anstatt durch langsame, kontinuierliche Veränderungen über lange Zeiträume hinweg. Er stützte seine Annahme auf die Knochen von Tieren in geologischen Schichten, die in späteren Schichten nicht mehr zu finden waren, was auf plötzliche katastrophale Ereignisse schließen ließ. Ähnliches könne auch der gesamten Menschheit widerfahren. Die Möglichkeit, dass der Mensch eines Tages in seinem Fußabdruck versinkt, ist allzeit gegeben. Für Gott sind wir nicht unersetzlich.

Und umgekehrt kam mir der Gedanke, dass der Mensch imstande ist, Tiere und Pflanzen auszurotten, so wie er andere Menschen auszulöschen vermag, indem er sie zu *Unmenschen* oder Tieren herabstuft. Und somit ist wohl keine

Rasse vor der Ausrottung durch eine stärkere gefeit, die sich für überlegen hält.

Bei dem Gedanken wurde mir bange, und ich dachte sorgenvoll an meine Lakotafreunde im Westen. Von Zeit zu Zeit kann man schlimme Nachrichten lesen von blutigen Scharmützeln jenseits des Mississippi, wo Kolonisten große Landstriche besiedeln.

Etwa drei Monate nachdem ich die Textsammlung gelesen hatte, im Oktober 1834, reisten Sarah und ich mit dem Zug der Philadelphia & Columbia Railroad von Philadelphia ins Städtchen Lancaster, wo unsere Tochter Maria verheiratet ist. Es war das erste Mal, dass ein Zug auf dieser Stecke von einer Lokomotive gezogen wurde, und ich wollte Zeuge des maschinellen Fortschritts sein. Zugleich staune ich jedes Mal, wie derlei Erfindungen die Abläufe des Alltags beschleunigen, während ich mir unschlüssig bin, welchen Preis man dafür noch zu entrichten hat.

Kurz vor unserem Reiseziel stachen mir im vorderen Waggon sechs Männer ins Auge, sie saßen sich zu dritt gegenüber. Die Herren waren im gesetzten Alter, zwischen fünfzig und siebzig, anscheinend vermögend, Bankiers oder Kaufleute, alle in feine Anzüge gekleidet. Als einer von ihnen, der am Fenster saß und bislang nur hinausgestarrt hatte, seinen Kopf drehte, erkannte ich in ihm Oliver. Er war natürlich älter geworden, hatte weißes Haar und war ein wenig fülliger, aber er hatte dasselbe ebenmäßige Gesicht. Die hohen Wangenknochen, die klaren tagblauen Augen und vor allem die markanten Furchen um seine Nasenflügel sagten mir eindeutig, dass es sich bei diesem Mann um Oliver Hancock handeln musste. Für einen Moment stand mein Herz still. Intuitiv zog ich meinen Hut tiefer ins Gesicht, ich nahm meine Taschenuhr heraus, glotzte abwechselnd aufs Zifferblatt und auf diesen Mann. Trotz des Lärms meinte ich auch, seine Stimme wiederzuerkennen, ohne freilich zu verstehen, was er sagte. Einmal hörte ich, dass ihn jemand Tony nannte. Als sich die Gruppe zum Aussteigen erhob, sprach ihn ein jüngerer als Mr Walker an. Tony Walker … Erst ein paar Stunden später fiel mir ein, dass einer der Neuspanier (und mutmaßlichen Mörder Pueyos) Antonio Walker geheißen hatte. Andererseits ist Tony Walker ein Allerweltsname.

Als wir ausstiegen, verlor ich Oliver oder eben Tony Walker aus den Augen. Ich war schon davon ausgegangen, er wäre auf Nimmerwiedersehen in der Menge verschwunden, als er urplötzlich vor mir auftauchte. Wir standen nicht weiter als zwei Meter voneinander entfernt, und dieses Mal trafen sich unsere Blicke. Ich konnte keinen Schock oder Erstaunen aus seinen Augen ablesen. Er sah mich durchaus freundlich, aber distanziert an. Ich nickte grüßend, worauf er mich nun anlächelte und seinen Hut lupfte.

Das Gedränge war groß, Sarah fasste mich schon am Arm und zog mich weg zu unserer Tochter, wie es der junge Kerl mit Oliver tat. Und im Nu war er nicht mehr zu sehen.

Seltsamerweise dachte ich als Erstes an den Brief seiner Mutter und daran, dass es wohl ein Fehler gewesen war, ihn zu vernichten, vielleicht hätte er mir aufschlussreiche Erkenntnisse beschert. Und ich dachte natürlich an mein latent schlechtes Gewissen, dass ich mich so viele Jahre mitverantwortlich wähnte für seinen Tod.

Auf einmal begann ich zu lachen, verblüfft, aber in gewisser Weise auch hilflos über den Irrsinn und die Haken, die das Leben zu schlagen vermag. Meine Frau und meine Tochter fragten, was los sei. Ich schüttelte nur den Kopf und sagte, ich müsse erst einen Roman schreiben, um es ihnen verständlich zu machen.

Dank

Diesen Roman zu schreiben, war eine Expedition ins Unbekannte und nicht immer einfach. Mein besonderer Dank gilt denjenigen, die mir halfen, meinen inneren Kompass nicht zu verlieren, und mir beistanden, als der Boden unter den Füßen brüchig wurde:

Yvonne, Arne Zimmermann, Dr. Michael Andrick, Dr. Jan Schlösser, Götz Spielmann, Bärbel und Axel Schulz, Grete und Josef (†) Nußbaumeder, Prof. Dr. Ulf Abraham, Dr. Katrin Sorko, Marcel und Christel Neudeck, Dr. Wilhelm Trapp und Gunnar Schmidt.

Weitere Unterstützer waren: Dr. René Schlott, Prof. em. Dr. Aram Mattioli, Stiftung Bartels Fondation, Santa Maddalena Foundation sowie Stefan Debor (für Johannes).